PAVILLON

MARSHA CANHAM

Schöne Rebellin

Roman

Aus dem amerikanischen Englisch
von Michael Koseler

PAVILLON VERLAG
MÜNCHEN

PAVILLON TASCHENBUCH
Nr. 02/367

Titel der Originalausgabe
MIDNIGHT HONOR

Umwelthinweis:
Dieses Buch wurde auf chlor-
und säurefreiem Papier gedruckt.

Deutsche Erstausgabe 9/2003

Der Pavillon Verlag ist ein Verlag
der Ullstein Heyne List GmbH & Co. KG
Printed in Germany 2003
Umschlagillustration: John Ennis/Agentur Schlück
Umschlaggestaltung: Nele Schütz Design, München
Satz: Buch-Werkstatt GmbH, Bad Aibling
Gesetzt aus der Cochin
Druck und Bindung: Elsnerduck, Berlin
http://www.heyne.de

ISBN: 3-453-87504-4

Danksagung

Für meinen Mann Peter, der in achtundzwanzig Ehejahren gelernt hat, leise aufzutreten und schnell in Deckung zu gehen, wenn das Horrorwort »Abgabetermin« uns alle rund um die Uhr in Trab hält.

Für meinen Sohn Jeffrey, meine Schwiegertochter Michelle und meinen Munchkin Austin: Obwohl es in der Stadt keine Palmen gibt, sind die Tage wärmer, wenn ihr hier seid.

Ein herzliches Dankeschön den Intrepids, den Loopies und den Lesern/Cyberspace-Freunden auf A2R und RBL für die Gesellschaft, die sie mir um zwei oder drei Uhr morgens leisten, wenn meine Figuren mich zwingen, wach zu bleiben und in die Tasten zu hauen.

Besonderen Dank schulde ich Ruth Mounts, die einen Titel für mich gefunden hat, der mich stärker anstachelte, als es die schlichte Bezeichnung »Buch drei« getan hätte.

Und für Adrienne Ball, Freundin und Werbeagentin, die mir androhte, ein weiteres Jahr zu schmollen, falls ich sie nicht irgendwo *in diesem Buch erwähne.*

»Diese Taten, diese Ränke, diese schlecht geplante Narrheit,
gezeugt von mitternächt'ger Ehre …«

Unbekannter Verfasser

Prolog

Inverness, Mai 1746

Die Angst hüllte sie ein wie eine Decke, unter der sie keine Luft mehr zu bekommen schien. Dabei hatte Anne Farquharson Moy nach den Gräueln, die sie in Culloden erlebt und überlebt hatte, geglaubt, in Zukunft gegen jedwede Angst gefeit zu sein. Doch jetzt gab es bisweilen Momente, da ihr Herz so heftig hämmerte, dass sie glaubte, es würde ihr in der Brust zerspringen. Ihr Mund war wie ausgetrocknet, ihre Hände zitterten gleich denen einer von Schüttellähmung befallenen alten Frau. Die glitschigen Steinwände ihrer Zelle schienen jeden Tag näher zu rücken, schienen sich enger und enger um sie zusammenzuziehen. Die Luft war so dünn und verpestet, dass sie immer wieder keuchend nach Atem ringen musste, um den Druck in ihren Lungen zu mildern.

Und dann waren da noch die Geräusche …

Sie waren so entsetzlich, so durchdringend wie die Schreie, die sie bei Tag wie bei Nacht in ihren Träumen heimsuchten. Sie hatte mit angesehen, wie das Heer des Prinzen auf dem blutgetränkten Moor von Culloden ausradiert worden war, war Zeugin geworden, wie der von den englischen Soldaten abgefeuerte Kugelregen die anstürmenden Hochländer getroffen und niedergemäht hatte wie Figuren eines Kegelspiels für Kinder. Sie hatte die grässlichen, unvorstellbaren Schreie der Qual mit angehört – von Vätern, die gefallene Söhne in den

Armen hielten, von Brüdern, die sich auf zerfetzten Gliedern zu ihren Brüdern schleppten, um neben ihnen zu sterben. Und sie hatte die Schreie um Gnade gehört, als die Engländer das Gemetzel zum Abschluss brachten, indem sie die auf dem einstigen Feld der Ehre liegenden Verwundeten erstachen und verstümmelten.

Die Geräusche, die sie jetzt in ihrer Gefängniszelle vernahm, rührten von dem leisen, kaum hörbaren Stöhnen sterbenden Glaubens, zertretenen Stolzes und völliger Hoffnungslosigkeit her, das die Mauern des alten steinernen Gerichtsgebäudes in Inverness durchdrang.

Sie war allein in ihrer Zelle. Cumberland hatte das als Luxus bezeichnet, hatte man doch mindestens einhundert halb verhungerte Männer zusammengepfercht, wo eigentlich nur Platz für zwanzig gewesen wäre. Einige von ihnen litten unter eiternden Wunden und waren so entkräftet oder vom Fieber geschwächt, dass sie in ihren Exkrementen lagen. Ein Haferkeks sowie eine kleine Blechtasse mit Wasser bildeten die gesamte Ration für einen Tag. Alles Bitten und Flehen war vergeblich. Die Schwachen wurden schließlich zu hinfällig, um ihre letzten Kräfte mit derart nutzlosen Versuchen zu vergeuden – sie starben einfach, ohne ein Wort zu sagen. Die Stärkeren klammerten sich an ihre Wut, saßen zusammengekauert in feuchten Ecken und leisteten auf die einzige ihnen noch zu Gebote stehende Weise Widerstand – indem sie weiterlebten.

Wie hätten diese Männer auch weniger Mut zeigen können als die unbeugsame Lady Anne Moy, die dem Schlächter Cumberland ihre Verachtung mit so großartigem Trotz in das feiste Gesicht gespuckt hatte? Dreimal war er in den vergangenen sechs Wochen ins Gefängnis gekommen, um ihr die Freiheit anzubieten, falls sie bereit war, als Kronzeugin gegen die Anführer der

Jakobiten auszusagen. Jedes Mal musste er, deutsche Flüche vor sich hinmurmelnd, unverrichteter Dinge wieder abziehen.

Es war eine schwere Last, die da auf so zarten Schultern lag, und bei seinem dritten Besuch war die Versuchung, sein Angebot anzunehmen, stärker gewesen, als Anne sich selbst eingestehen mochte. Zum Glück hatte er ihr den Handel im Hof angetragen, unterhalb von Fenstern, in denen die abgezehrten, gequälten Gesichter der tapferen Männer zu sehen gewesen waren, die ihr Engagement für eine von Anfang an zum Scheitern verurteilte Sache bereits unendlich viel gekostet hatte. Wenn sie es irgend vermochte, diesen Männern durch ihr Verhalten etwas zu geben, an dem sich ihr Stolz und ihr Ehrgefühl aufrichten konnten, dann war es das Mindeste, was sie tun konnte. Zudem war es ein Opfer, das von Tag zu Tag unbedeutender wurde, da stündlich weitere Jakobiten wegen Hochverrats gehängt wurden und mit jeder Minute ihr eigener Tod unvermeidlich näher rückte.

Ihr einst glänzendes rotes Haar war stumpf und durch und durch verdreckt. Ihre Haut war grau, ihr Körper so mager und abgezehrt, dass sie trotz der zusätzlichen Decke, die einer der freundlicheren Wärter durch das Gitter geschmuggelt hatte, ständig fror. Dunkle purpurfarbene Ringe lagen unter ihren Augen, ihre Hände starrten vor Schmutz, ihre Nägel waren rissig und abgebrochen, weil sie sich immer wieder zu dem schmalen Fenster oben in der Zellenwand hochzog.

Als sie ihre nahezu durchscheinende Hand gegen das trübe Licht hielt, wollte es ihr kaum gelingen, das in ihr aufsteigende Schluchzen zu unterdrücken. Die Hand war so dünn geworden, dass sie den Ring nicht mehr tragen konnte, den Angus ihr am Tag ihrer Hochzeit angesteckt hatte. Eines Nachts war er ihr vom Finger gerutscht, und voller Verzweiflung hatte sie danach das Stroh und den Unrat auf dem Boden durchwühlt, bis sie ihn schließlich wieder gefunden hatte.

Seit ihrer Arretierung war dies das erste und einzige Mal gewesen, wo nicht viel gefehlt hätte und sie wäre in Tränen ausgebrochen, wo sie versucht gewesen war, den Teufel mit einem lästerlichen Fluch anzurufen, auf dass er sie aus ihrem Gefängnis holte.

Sie wusste nicht einmal, ob Angus überhaupt noch am Leben war. Zwar hatte Cumberland ihr versichert, dass er es noch sei, auch wenn sein Leben an einem seidenen Faden hänge, doch Anne hatte keinen Grund, ihm zu glauben, geschweige denn, ihm zu trauen. Der königliche Speichellecker hatte selbst gesagt, dass Bauchwunden sehr schnell brandig wurden und alles ärztliche Können dann vergeblich sei.

Anne ballte ihre Finger zur Faust zusammen und presste sie sich gegen die Lippen.

Eine dicke schimmernde Träne quoll zwischen ihren Wimpern hervor und kullerte langsam über ihre Wange bis zum Kinn. Dort blieb sie einen Moment lang haften, glitzernd wie ein flüssiger Diamant, bevor ein Zittern sie vom Kinn löste, worauf sie unbemerkt in den anderen Flecken aufging, die das Oberteil von Annes Kleid schwärzten. Das einst so prachtvolle Kleid starrte vor Dreck. Die Seide hatte ihre Farbe verloren und war an unzähligen Stellen eingerissen. Von den mehrfachen Lagen gefältelter leinener Unterröcke hatte sie sich bereits in der ersten Woche ihrer Gefangenschaft getrennt, um sie als Unterlage zu benutzen. Ihren Umhang hatte sie einem an Schüttelfrost leidenden Gefangenen zukommen lassen, um ihm Linderung zu verschaffen. Im Laufe der Wochen hatte sie ihre Schuhe, ihre Handschuhe und selbst die kleinen Rosettenknöpfe, die das Oberteil ihres Kleides zierten, mal gegen ein Stück Käse, mal gegen einen Kanten Schwarzbrot eingetauscht.

Als ihre zum Tausch geeigneten Wertgegenstände aufgebraucht waren, hatte ihr einer der englischen Wärter zu verstehen gegeben, dass ihr noch andere Möglichkeiten offen stünden, um Vergünstigungen zu erlangen. Kaum war er jedoch nachts in ihre Zelle gekommen, hatte sie ihm fast die Hoden eingetreten, sodass er, sich vor Schmerzen krümmend, geflohen war.

Obwohl sie erwartet hatte, dass er – zusammen mit einigen Kumpanen – zurückkehren würde, bekam sie seine hässliche Visage nie wieder zu Gesicht. Und wie ihr einer der Männer in der Nebenzelle zuflüsterte, würde sie ihn mit Sicherheit nie wiedersehen – ebenso wenig wie irgendjemand anders, hatte er doch ihren tapferen Colonel Anne schwer beleidigt.

Die anderen wussten freilich nicht, dass die schlimmste Beleidigung ihr bereits von Cumberland zugefügt worden war. Und dass es ausgerechnet Annes eigene Klinge gewesen war, die ihrem Mann den Bauch aufgeschlitzt hatte!

Erstes Kapitel

Invernesshire, Dezember 1745

Tiefe Furchen durchzogen den schmalen Pfad, der mit Pfützen geschmolzenen Schnees übersät war. Wo immer möglich, lenkten die beiden Reiter ihre Pferde auf das gefrorene Gras. Mehrmals verließen sie den Weg, um über ein Feld oder an einem Moor entlang zu reiten und auf diese Weise die Strecke von Moy Hall nach Dunmaglass abzukürzen. Anne Farquharson Moy trug dem anstrengenden Ritt angemessene Kleidung, die aus Hosen im Tartanmuster, einem warmen Wollhemd und einem Lederwams bestand. Überdies hatte sie sich ein großes Plaid um die Taille geschlungen und über die Schultern gezogen, um noch besser gegen den eisigen Wind geschützt zu sein. Ihr langes rotes Haar hatte sie sich unter die Mütze gestopft und diese tief in die Stirn gezogen. Im Gürtel trug sie zwei schwere, geladene und zündfertige Pistolen aus Stahl, die sie, wie sie wusste, ohne Zögern benutzen würde, falls sich die Notwendigkeit ergab – ein Umstand, der etwas Beruhigendes für sie hatte.

Neben ihr ritt ihr Cousin Robert Farquharson of Monaltrie, der ebenfalls in ein Plaid gehüllt war, um sich gegen die bittere Kälte zu schützen. Wenn der Wind sich in seinem Kilt verfing, kamen seine nackten, geröteten Beine zum Vorschein, doch er war es gewohnt, diesem unwirtlichen Wetter zu trotzen.

Robert hatte sie zur ausgemachten Zeit in einem

Wäldchen erwartet, das in der Nähe von Moy Hall lag. Als Anne zu ihm gestoßen war, hatten sie im Flüsterton lediglich ein paar Worte miteinander gewechselt, um sich sogleich auf den Weg durch die vereiste Landschaft zu machen.

Äußerste Vorsicht war geboten, wenn man dieser Tage sein Heim verließ, um sich irgendwo anders hinzubegeben. Im nahe gelegenen Inverness waren drei Bataillone Regierungstruppen stationiert, Hochlandregimenter, die unter dem Befehl von John Campbell, Earl of Loudoun, standen. Regelmäßig wurden von Fort George Patrouillen ausgeschickt, die bei Tag und bei Nacht die Gegend durchkämmten. Jedem konnte es widerfahren, dass er ohne Haftbefehl in Gewahrsam genommen wurde, dass man ihn ins Gefängnis steckte, ohne ihm einen ordentlichen Prozess zu machen. Erst in der vergangenen Woche waren etliche Angehörige des hiesigen Clans aus ihren Häusern ins Gefängnis geschleppt worden, wobei ihr einziges Vergehen darin bestand, dass sie einen Distelzweig an der Mütze trugen, mit dem sie ihre Sympathie für Prinz Charles Edward Stuart bekundeten.

Als Anne den Blick hob, sah sie, wie eine dicke Wolkendecke sich vor den Mond schob. Sie konnte riechen, dass bald weiterer Schnee fallen würde, was sie mit grimmiger Dankbarkeit erfüllte. Der Schnee – die peitschenden Eiskristalle, die typisch waren für die klare Hochlandluft – würde die Nacht sicherer machen, für sie genauso wie für andere.

Im Laufe des Tages hatte ihr Großvater ihr eine dringende Botschaft zukommen lassen. Trotz der ungeheuren Risiken, die alle Beteiligten dabei eingingen, hatte er sie um ein Treffen im Haus von John Alexander MacGillivray gebeten, einem Laird von enormem Einfluss, der einen derart Furcht einflößenden Ruf genoss, dass von Lord Loudouns Patrouillen nicht allzu viel zu befürchten stand. Anne war sich ziemlich sicher, dass nicht einmal die Kunde von der Anwesenheit Fearchar Farquharsons die Rotröcke dazu bringen würde, sich allzu nahe an Dunmaglass heranzuwagen – und das, obwohl sie erst vor kurzem von einer Verdoppelung der Belohnung, die auf die Ergreifung des alten grauen Fuchses ausgesetzt worden war, gehört hatte.

Mit hundertdreizehn Jahren war Fearchar Farquharson so etwas wie ein wandelndes Kapitel schottischer Geschichte. Er hatte die Restauration erlebt sowie die sechs Könige, die seitdem den englischen Thron bestiegen hatten, und hatte ertragen müssen, was sich jeder dieser Könige zur Lösung des »schottischen Problems« hatte einfallen lassen. An seiner ersten Schlacht hatte er vor fast einem Jahrhundert teilgenommen, als James Graham, der Duke of Montrose, eine Armee von Hochländern aufgestellt hatte, mit der er die zum Untergang verurteilte katholische Monarchie retten wollte. Auch 1689 hatte er für die Sache der Stuarts gekämpft, als England es zum ersten Mal gewagt hatte, einem Hannoveraner die Krone anzutragen. Bei dem gescheiterten Aufstand von 1715 hatte er dann eine entscheidende Rolle gespielt. Manch einer bezeichnete ihn ehrfürchtig als den »kleinen Teufel im Plaid«, doch für Anne war er lediglich ihr Großpapa, ein halsstarriger alter Krieger, der sein ehrwürdiges Alter in der Annahme erreicht hatte, es sei ihm beschieden, so lange zu leben, bis die Stuarts endlich wieder ihren rechtmäßigen Platz auf dem Thron Schottlands eingenommen hätten.

Seine größte Hoffnung auf einen Sieg war Mitte Juli auf den Hebriden gelandet. Fest entschlossen, im Namen seines Vaters den englischen wie auch den schottischen Thron wiederzuerobern, war Charles Edward

Stuart in Frankreich in See gestochen. Im August hatte er in Glenfinnan die Standarte der Stuarts aufgepflanzt und sich selbst zum Regenten ausgerufen. Dann hatte er – zum Erstaunen fast aller Engländer, die in ihrer Arroganz die englische Armee für unbesiegbar hielten – seine Hochländer nach Edinburgh geführt und die alte Königsstadt eingenommen, um im Anschluss daran den Regierungstruppen bei Prestonpans eine Aufsehen erregende Niederlage beizubringen. Nachdem der Prinz dann die schottischen Grenzen gesichert hatte, war er im Siegesrausch mit seiner Armee tief nach England vorgestoßen.

Derby lag nur hundertfünfzig Meilen von London entfernt. Als der englische König erfuhr, dass es dem Stuart-Prinzen gelungen war, ungehindert bis in die nächste Nähe des Throns vorzudringen, befahl er, seinen persönlichen Besitz zusammenzupacken und auf Schiffe zu verladen, damit er jederzeit fliehen konnte.

Bei dieser Nachricht war Fearchar – und nicht nur er, sondern alle stuarttreuen Hochlandclans – in einen derartigen Jubel ausgebrochen, dass es hieß, der ganze Great Glen habe von den Freudenschreien widergehallt. Er hatte sofort dafür plädiert, sich – notfalls zu Fuß – aufzumachen, um sich den tapferen, mutigen Kämpfern des Prinzen anzuschließen. Das wäre freilich etwas Ungeheuerliches gewesen, hätte er damit doch den Treueid gebrochen, der den gesamten Farquharson-Clan dem Willen ihres Lairds Angus Moy unterwarf, dem MacKintosh of Clan MacKintosh und Oberhaupt des Chattan-Clans.

Für Fearchar und andere wie ihn bedeutete es eine nahezu unerträgliche Schande, dass Angus Moy es unterlassen hatte, den Clan zusammenzurufen und nach Glenfinnan zu marschieren, um ihren tapferen Prinzen zu unterstützen. Stattdessen hatte Angus, zusammen mit einigen anderen einflussreichen Lairds, eine Offiziersstelle in der Regierungsarmee angenommen, sodass die Angehörigen der betreffenden Clans gezwungen waren, zu Hause zu bleiben oder gar die hannoveranischen Farben zu tragen, während ihr Prinz unerschrocken seinem Schicksal entgegenmarschierte. Da Fearchar zu denjenigen gehört hatte, die daraufhin ihr Missfallen aufs Unverblümteste zum Ausdruck gebracht hatten, war gegen ihn wie auch gegen Annes drei Cousins ein Haftbefehl erlassen worden.

Die ohne Mutter aufgewachsene Anne hatte den größten Teil ihrer Jugend in Gesellschaft des draufgängerischen Trios Robert, Eneas und James Farquharson of Monaltrie verbracht. Unter den zehn Kindern, den sechsundachtzig Enkeln und den unzähligen Urenkeln stellten diese vier Sprösslinge die Sterne an Fearchars Himmel dar. Sie waren seine Hoffnung, die er auch für Schottlands Hoffnung hielt, denn sie waren so furchtlos und stolz wie die Berge und Glens, in denen die wildesten, kühnsten und tapfersten Herzen heranwuchsen. Als Hochländer und Jakobiten taten sie daher ihre Loyalität gegenüber dem Prinzen mit der gleichen Offenheit kund, mit der sie die weiße Kokarde der Stuarts an der Mütze trugen.

Zu Beginn der Rebellion hatten Annes Cousins sich zu Fearchar in die Berge begeben, um unermüdlich die langen Strecken zwischen Inverness und Aberdeen, Aberdeen und Arisaig zurückzulegen und die Clans über die Ereignisse, die sich südlich der Grenze abspielten, auf dem Laufenden zu halten. Sie waren die Ersten gewesen, die von dem sensationellen Sieg berichtet hatten, den die Hochlandarmee bei Prestonpans über die Truppen von General Sir John Cope errungen hatte, und sie waren die Ersten, die vom Marsch des Prinzen nach England, vom Fall Carlisles, Manchesters und schließlich Derbys zu berichten wussten.

Wäre da nicht der kleine, lästige Umstand gewesen, dass sie eine Frau und mit dem Oberhaupt des Clans verheiratet war, hätte Anne sich wahrscheinlich ihren drei Cousins angeschlossen, denen sie näher stand als den eigenen Geschwistern – drei beschränkten Schwestern, die sich völlig damit begnügten, zu stricken und zu häkeln und sich um die Kinder zu kümmern. Ihre Cousins hatten ihr alles Wichtige beigebracht – zu reiten wie der Wind, zu jagen, mit der Muskete und dem Bogen zu schießen –, sodass sie in der Lage war, auf zwanzig Schritt Entfernung einen Dolch in das Auge eines Regenpfeifers zu schleudern, oder, wenn ihr der Sinn danach stand, ein Pint scharfen *Whisky* in einem Zug zu trinken, ohne dabei auch nur mit einer ihrer langen kastanienbraunen Wimpern zu zucken. Sie war ebenso außer sich gewesen wie ihre Cousins, als Angus es allen Angehörigen des Clans verboten hatte, nach Glenfinnan zu reiten, ebenso enttäuscht, verletzt und verärgert wie sie, als er später die Uniform der Black Watch angezogen und ein Bataillon von vierhundert Clansangehörigen aufgestellt hatte, um es den hannoveranischen Regimentern unter dem Befehl von Lord Loudoun zuzuführen.

Zitternd kauerte Anne sich auf ihrem Sattel zusammen. Sie wollte lieber nicht darüber nachdenken, wie wütend ihr Mann wäre, wenn er wüsste, dass sie nach Dunmaglass ritt, um sich mit ihrem Großvater zu treffen. Ausdrücklich hatte er ihr jeden weiteren Kontakt mit ihren geächteten Verwandten untersagt, damit Duncan Forbes, dem Lord President des Obersten Gerichtshofs, nichts von ihrer Verbindung zu den Rebellen zu

Ohren kam. Doch Anne zu verbieten, sich mit ihrer Familie zu treffen, war, als wolle man den Trauben verbieten, am Rebstock zu reifen. Nach außen hin mochte sie ja darauf bedacht sein, wie die Frau eines Gentleman auszusehen und aufzutreten, indem sie beispielsweise auf Hosen und Wams zugunsten von Seidenkleidern und einem steifen Korsett aus Fischbein verzichtete – ganz wie es sich für eine verheiratete Lady gehörte. In ihrem Innern war sie freilich nach wie vor die »wilde rote Annie«, und wenn ihre Familie sie brauchte, begab sie sich zu ihr. Blut war dicker als alle durch ein Ehegelöbnis geknüpften Bande.

Um die Wahrheit zu sagen, hatte die rote Annie dem Stand der heiligen Ehe nie sonderlich viel Gewicht beigemessen. Schon als heranwachsendes Mädchen hatte sie das Ganze für ein notwendiges Übel gehalten, ebenso wie den Gehorsamseid, den sie ihrem Mann gegenüber würde ablegen müssen. Es hatte nie an Bewerbern gemangelt, die erpicht darauf waren, die rothaarige Wildkatze zu zähmen, doch wenn ihr irgendjemand vorausgesagt hätte, dass sie eines Tages die Herrin von Moy Hall, Lady Anne MacKintosh, werden sollte, hätte sie so gelacht, bis ihr die Tränen nur so über die Wangen gelaufen wären.

Und Angus' Reaktion hätte wohl ganz ähnlich ausgesehen. Im Hochland geboren, doch in England ausgebildet und weit gereist, hatte er sicher nicht im Traum daran gedacht, eines Tages die Würde des Clansoberhaupts zu erben, ganz zu schweigen von der Verpflichtung, ein Abkommen einzuhalten, das geschlossen worden war, als er noch auf einem Pony ritt und kurze Hosen trug.

Anne war noch ein watschelnder Kobold von zwei Jahren gewesen, als Fearchar ihre Zukunft gesichert hatte, indem er sie mit einem MacKintosh verlobte. Dabei spielte es keine Rolle, dass Angus zwölf Jahre älter als sie und der vierte Sohn der Familie war, dem sein Erbe kaum mehr als ein bequemes Auskommen sichern würde. Immerhin war es eine Verbindung von zwei der größten Clans aus jener Zwölfer-Gruppe, die den mächtigen Clan der Katzen bildete. Es deutete auch einiges darauf hin, dass Angus' Vater dem Arrangement nur deshalb zugestimmt hatte, weil er annahm – oder hoffte –, das mopsgesichtige, barfüßige Kleinkind würde lange, bevor es ins heiratsfähige Alter kam, einer der zahlreichen Kinderkrankheiten erliegen, die im Hochland grassierten.

Niemand hätte damals ahnen können, dass Lachlan MacKintosh wenige Jahre später das Zeitliche segnen sollte und dass ebenjene Kinderkrankheiten, gegen die niemand gefeit war, nacheinander seine drei ältesten Söhne dahinrafften. Mit einer Geschwindigkeit, wie sie nur dem Schicksal zu Gebote steht, fielen der Titel und die Ländereien an Angus, der bis dahin auf dem Kontinent gelebt hatte, ohne auch nur im Entferntesten an Erbschaft oder die Last von Pflichten zu denken. Er war so lange abwesend gewesen und seine Kontakte zur Heimat waren so rar geworden, dass es fast vier Monate dauerte, bis ihn die Nachricht, dass er das neue Oberhaupt des Chattan-Clans war, erreichte.

Der große, elegante Gentleman, der eines Tages in Moy Hall ankam, glich in nichts den stämmigen, derben Burschen, die bisher schamlos mit Anne geflirtet und ihr hinter der Heumiete Küsse geraubt hatten. Er war reserviert und verstand sich gepflegt auszudrücken, ein Gelehrter und brillanter Rechner, der seinen Pflichten so gründlich und sachlich nachkam, dass er in ganz Invernesshire den Staub aufwirbelte, der sich auf zahllose Haupt- und Geschäftsbücher gelegt hatte. Die MacKintosh'schen Ländereien, die mehr als ein Jahrzehnt ziemlich schlampig verwaltet worden waren, sahen sich auf einmal dem strengen, scharfen Blick aus zwei blaugrauen Augen ausgesetzt. Ebendiese scharfsichtigen Augen waren es auch, die den Verlobungsvertrag entdeckten, der vor fast zwei Jahrzehnten zwischen Fearchar Farquharson und Lachlan MacKintosh ausgehandelt worden war.

Er unternahm diverse, keineswegs zaghafte Versuche, um die Abmachung für null und nichtig erklären zu lassen, da die geplante Verbindung für ein mächtiges Clansoberhaupt ziemlich unpassend war. In der Hoffnung, zu einem annehmbaren Kompromiss zu gelangen, vereinbarte er ein Treffen mit Fearchar und zog sich acht lange Stunden mit ihm in die Bibliothek von Moy Hall zurück. Fearchar erwies sich als würdiger Gegner. Nicht einmal das erbarmungslose Bestehen auf der seinerzeit festgelegten Mitgift von zwölftausend Mark – eine astronomische Summe für einen Mann, dessen größter Aktivposten sein Wort war – vermochte den knorrigen alten Krieger zu beugen, der innerhalb der festgesetzten Frist mit einem Beutel voller Münzen im Wert von zwölftausend Mark nach Moy Hall zurückkehrte.

Mit schwerem Herzen und bleiernen Füßen hatte Anne die Kirche in Aberdeen betreten. Ihr war voll und ganz bewusst, dass das Gelöbnis, das sie gleich ablegen musste, sie nicht nur an einen Mann binden würde, der sie nicht liebte und sie nicht haben wollte, sondern sie auch zu einem Leben mit Korsettstangen aus Fischbein und rüschenbesetzten Unterröcken verdammen würde.

Erst als sie den Weg zum Altar bereits zur Hälfte zurückgelegt hatte, sah sie ihren Mann zum ersten Mal.

Das durch ein Buntglasfenster hereinströmende Sonnenlicht beschien sein gewelltes, kastanienbraunes Haar, das wie eine funkelnde Krone wirkte. Er trug den traditionellen *breacan an fheile*, der von einem Rock aus blauem Grogram sowie einer reich bestickten, mit goldener Spitze besetzten Satinweste ergänzt wurde. Um seine Schultern hing ein grün und schwarz gemustertes Plaid, das von einer Brosche aus Silber und Rauchquarz zusammengehalten wurde, die das Wappen und das Motto des Clans zeigte. Die Klinge des Paradeschwerts, das er an der Seite trug, funkelte blau im Sonnenlicht, während in der Luft unzählige Staubpartikel glitzerten, die ihm wie ein silberner Strom um die Schultern zu fließen schienen.

Angus Moy war ganz einfach das schönste menschliche Wesen, das sie je zu Gesicht bekommen hatte. Sein Gesicht war so perfekt geformt, dass alle Züge miteinander harmonierten. Sein Mund, seine Nase, das metallische Grau seiner Augen – all das war zweifellos von Elfen geschaffen worden, um weibliche Herzen höher schlagen zu lassen, und Anne bildete in dieser Hinsicht keine Ausnahme. Sprachlos vor Staunen und ohne ein Glied bewegen zu können, starrte sie ihn, jegliches Zeitgefühl verlierend, an.

Der Bräutigam hatte sich ebenfalls nicht gerührt, wobei allerdings zu befürchten war, dass diese Starre bei ihm eher Überraschung, wenn nicht gar Entsetzen ausdrückte, war Anne doch keineswegs eine zarte, feine Blume, die zitternd darauf wartete, gepflückt zu werden. Sie war vielmehr groß und stattlich und hatte stramme Beine und Arme – ein Resultat all der Jahre, in denen sie mit ihren Cousins umhergeritten und durch die Gegend gezogen war. Sommersprossen übersäten ihr Gesicht, und obwohl ihr Haar mit Kämmen und Nadeln gezähmt worden war, um ihr zumindest den Anschein von Respektabilität zu geben, hatte der Wind es hier und da zerzaust, sodass ihr ein paar rote Strähnen über die Schultern und auf den Rücken hingen.

Eneas hatte ihn schließlich anstupsen müssen, damit er vortrat und ihre Hand nahm. Als sie dann vor dem Pfarrer gestanden hatten, hatten sie beide äußerst bleich ausgesehen.

»Ich denke an ihn«, sagte sie laut, als der kalte Nachtwind ihr ins Gesicht klatschte und sie aus ihrer Träumerei riss. »Und wenn ich an ihn denke, möchte ich am liebsten kehrtmachen und nach Hause reiten. Oder nie nach Hause zurückkehren.«

»Sagtest du was, Annie?«

Abrupt blickte sie auf. »Nein. Nein, ich habe bloß über den Wind geschimpft.«

»Ach so. Na, wenn wir erst mal den Pass hinter uns haben, wird er sicher nachlassen.«

Statt eine Antwort zu geben, steckte sie das Kinn wieder unter ihr Plaid. Sie hoffte inständig, dass ihr großer grauer Wallach nicht straucheln würde, wenn sie den Landrücken zwischen den beiden Bergen namens Garbhal Beg und Garbhal Mor überquerten. Hier waren die eisigen Böen so stark, dass es einem den Atem verschlug, und der Wind heulte wie ein Dutzend in der Finsternis kreischender Banshees.

Erst als sie den Pass hinter sich hatten und abwärts ritten, hörte das grässliche Heulen auf, und der Wind ließ so weit nach, dass Anne sich die Augen frei wischen konnte, um einen Blick auf das Tal zu werfen, das sich vor ihr ausbreitete.

Die Wolken hatten sich so dicht zusammengezogen, dass der Mond nur noch milchig durch sie hindurchschimmerte. Eine dünne Schneekruste bedeckte die

Hänge und verlieh den links und rechts des Pfades liegenden Felsbrocken Gestalt. Plötzlich nahm Anne zwischen den tiefen schwarzen Felsspalten eine Bewegung wahr.

Robbies Beispiel folgend, glitt eine ihrer behandschuhten Hände vom Zügel weg unter die Falten ihres Plaids. Nachdem ihre Finger sich um den schneckenartigen Griff der Pistole geschlossen hatten, zog sie die Waffe aus dem Gürtel, wobei sie gleichzeitig mit dem Daumen den Hahn spannte.

»Nun mal sachte, ihr beiden«, mahnte aus der Dunkelheit eine gedämpfte Stimme, die kaum lauter als ein Herzschlag war. »Ihr seid so spät dran, dass wir fast Reiter losgeschickt hätten, um nach euch zu suchen.«

»Ich musste erst warten, bis alle im Haus zu Bett gegangen waren«, erwiderte Anne seufzend.

Die dunkle Gestalt von Eneas Farquharson, dem Ältesten der Monaltrie-Brüder, sprang von den Felsbrocken, ohne erst um Erlaubnis zu fragen, hinter Robbie aufs Pferd, wo er wie in einem Damensattel aufsaß.

»Dein Mann ist noch in Inverness, ja?«

Die Tatsache, dass ihre Verwandten Angus für eine Gefahr hielten und jeden seiner Schritte überwachten, verletzte ein wenig ihren Stolz. »Ja. Er ist bis morgen bei seiner Mutter zu Besuch.«

»Der Rinderbraten, den man bei Lady Drummuir bekommt, ist absolut köstlich. Erst gestern haben wir bei ihr zu Abend gegessen, und ich kann das Fleisch immer noch auf der Zunge schmecken.«

Im Gegensatz zu ihrem Sohn war die verwitwete Lady MacKintosh eine eiserne und extrem lautstarke Anhängerin der Jakobiten, die behauptete, sie sei zu alt, um sich darüber Gedanken zu machen, ob ihr Verhalten unangenehme Folgen haben könne.

»Nach Inverness zu reiten war aber ein großes Risiko für euch.«

Eneas zuckte die Achseln. »Du weißt doch, wie Großpapa ist, wenn er sich etwas in den Kopf gesetzt hat. Oder ihm der Duft von gutem Fleisch in die Nase sticht.«

Anne schüttelte den Kopf und steckte ihre Pistole wieder in den Gürtel. »Wie geht es Mairi? Und den Kindern?«

»Sie lässt dich herzlich grüßen. Und die Kleinen auch.«

Annes Herz krampfte sich zusammen. Seit die Familien sich hatten verstecken müssen, hatte sie weder Eneas' Frau noch die Kinder gesehen. »Ich habe allerlei für sie mitgebracht – warme Kleidung, Schuhe, Essen.« Sie klopfte auf die prall gefüllten Säcke, die hinter ihr aufs Pferd gebunden waren. »Und ein paar Bücher, damit Mairi dafür sorgen kann, dass sie mit den Schularbeiten auf dem Laufenden bleiben.«

Sie ahnte sein breites Grinsen eher, als dass sie es sehen konnte, bedeckte doch ein dichter Bart die untere Hälfte seines Gesichts. »Dafür werden sie dir bestimmt sehr dankbar sein.«

»Ich hingegen werde *euch* nicht ganz so dankbar sein …« Sie unternahm den halbherzigen Versuch, ein finsteres Gesicht zu ziehen. »… wenn ich morgen früh aufwache und mir die Lunge aus dem Leibe huste.«

»Unsinn. Du bist aus härterem Holz geschnitzt, und das weißt du auch. Großpapa war erst vor einem Weilchen draußen, um ein Bad im Fluss zu nehmen. Dazu musste er erst mal das Eis aufhacken.«

Anne schauderte es, und sie hüllte sich fester in ihr Plaid. »Wie geht es ihm denn?«

»Ach, gesund und munter wie eh und je. Ziemlich aufgekratzt, weil er dich wiedersehen wird.«

Fröhlich plauderte Eneas auf dem ganzen Weg nach unten über seine Familie. Das Tal wurde von dicht stehenden Kiefern gesäumt, die den Wind abhielten und denen es zu danken war, dass es im Talkessel verhältnismäßig still war. Am anderen Ende des Tals ragte ein großes, zweistöckiges Steingebäude auf, an das unmittelbar der Wald angrenzte. Dahinter befand sich, wie Anne wusste, ein Abhang, der steil in den unten liegenden See abfiel. Es gab nur einen Weg, auf dem man nach Dunmaglass gelangen konnte. Von dort musste jemand Ausschau gehalten und zwischen den Latten eines Fensterladens hindurchgespäht haben, denn kaum hatten die Pferde vor dem Haus Halt gemacht, als die Tür aufging und ein Streifen gleißenden gelben Lichts auf den Schnee fiel.

Anne blinzelte in das Licht einer Laterne, die ihr vors Gesicht gehalten wurde. Der Träger der Laterne war James, der dritte Farquharson of Monaltrie, Robbies um sechs Minuten jüngerer Zwilling. Annes drei Cousins waren alle mittelgroß und hatten kurze, säulenartige Beine sowie einen fassartigen Rumpf, der nur aus festen Muskeln zu bestehen schien. Wie beim Rest der Familie waren ihre Augen blau und ihr Haar rot. Letzteres war bei den Zwillingen allerdings dick und glatt und stand auf eine Weise über ihren Ohren vom Kopf ab, die ihnen ein leicht dämonisches Aussehen verlieh.

Anne stieg vom Pferd. Nachdem Jamie einige gälische Kraftausdrücke ausgestoßen hatte, umarmte er sie mit einer solchen Heftigkeit und wirbelte sie herum, dass sie glatt den Boden unter den Füßen verlor. Kaum war sie wieder zu Atem gekommen, riss er ihr die Mütze vom Kopf, wie er es in ihrer Kindheit immer gemacht hatte.

In einer Fülle unbändiger Locken ergoss sich ihr

Haar über ihre Schultern. Wenn sie nicht so glücklich gewesen wäre, wieder mit ihren drei Cousins zusammen zu sein, hätte sich Jamie für seine Dreistigkeit sicher eine Ohrfeige eingefangen. Noch mehr freute sie sich aber darauf, ihren Großvater wiederzusehen. Nachdem sie sich bei den Zwillingen untergehakt hatte, steuerte sie schnurstracks auf die offene Tür zu.

Obwohl Dunmaglass größer und besser ausgestattet war als die meisten anderen der über die Glens verstreuten Steingebäude, war es dennoch typisch für das Haus eines Hochlandlairds, der mehr Wert auf praktische als auf schöne Dinge legte. Das Erdgeschoss bestand im Wesentlichen aus zwei Räumen. Einer wurde als Küche und Vorratskammer genutzt, der andere als Wohnraum, wo man die Mahlzeiten einnahm und Gäste empfing und wo ein riesiger offener Kamin für Behaglichkeit sorgte. Massive Holzdielen kleideten den Boden des Zimmers aus, in dem einstmals – dem schwachen, wiewohl unverkennbaren Geruch nach zu urteilen, der sich selbst durch die ständige Behandlung des Fußbodens mit Bienenwachs nicht ganz vertreiben ließ – Schafe und Ziegen eingepfercht gewesen waren, eine pragmatische Maßnahme, um die Tiere im Winter vor dem schlimmsten Frost zu schützen. Jetzt war das Vieh freilich Stühlen, einem langen Tisch aus Kiefernholz, einem Polstersofa von unbestimmter Farbe und unbestimmtem Alter sowie einem großen geflochtenen Läufer gewichen, der aus zahlreichen alten, zusammengedrehten Stofffetzen bestand. An einer Wand gab es eine Treppe, die zu den Schlafzimmern im Obergeschoss führte.

Fearchar Farquharson saß am Ende des Tisches, in unmittelbarer Nähe des Kaminfeuers. Zwischen seinen gespreizten knochigen Knien ragte ein alter Krückstock auf, auf den er seine Hände stützte. Seine Haut glich runzligem Pergament und schien hauptsächlich aus Falten zu bestehen, die von den spärlichen weißen Haarbüscheln auf seinem Kopf bis zum ausgefransten Kragen seines Mantels reichten. Seine Finger erinnerten an trockene braune Zweige, die nackten Schienbeine, die unter dem Saum seines Kilts hervorragten, bestanden fast nur aus Knochen und Knorpel, über die sich eine durchscheinende Schicht wettergegerbter Haut spannte.

Allein die Augen waren noch scharf und voller Leben, ihr Blau so schneidend wie die Stahlklinge eines Dolches.

»Ach!« Er pochte laut mit seinem Stock auf den Fußboden und lachte gackernd. »Die kleine rote Annie! Bist du also gekommen, ja? Gillies hier meinte, du würdest nicht kommen, aber ich wusste, du würdest. Na, was stehst du denn wie angewurzelt da? Komm her und gib einem alten Mann einen Kuss.«

Anne fiel vor ihm auf die Knie und lachte fröhlich auf, als er sie mit erstaunlicher Kraft in die Arme schloss.

»Wie schön, dich wiederzusehen, Großpapa«, rief sie. »Und wie schön, dass du so prächtig aussiehst.«

»Na ja, ich brauche zwar ganz schön lange, um morgens meine alten Knochen in Bewegung zu setzen, aber ich schaff's. Die Meilen werden ständig länger, die Dörfer scheinen immer weiter auseinander zu liegen, aber im Großen und Ganzen bin ich gesund und munter, dem Herrn sei's gedankt. Aber lass dich mal anschaun, Mädel. Dein Anblick tut meinen müden Augen gut, so wahr ich hier sitze! Und was ist das?« Er streckte die Hand aus und legte sie ihr keck auf den Bauch. »Vier Jahre verheiratet und immer noch nichts Kleines unterwegs? Große Güte, hätte ich gewusst, dass dein Mann nicht in der Lage ist, seine Pflicht zu erfüllen, hätte ich dich mit dem kleinen Gillies hier verheiratet. Der hätte gewusst, wie er dir Babys macht. Drei wären sicher schon da und das vierte unterwegs, und 'ne Menge Spaß hättet ihr beiden außerdem dabei gehabt.«

Anne, die an die Derbheit ihres Großvaters gewöhnt war, seufzte. Dem Ausdruck im Gesicht des »kleinen« Gillies konnte sie jedoch entnehmen, dass er nach wie vor darunter litt.

MacBean war ein stämmiger und kleinwüchsiger Hochländer. Was ihm an Größe fehlte, wurde freilich durch die Breite seiner massiven Schultern wettgemacht. Sein Gesicht war so zerfurcht wie die Bergkette, in der er zu Hause war. Gleichwohl errötete er so schnell wie ein Mädchen, wenn etwas Anzügliches gesagt wurde – besonders wenn es dabei um jene geheimnisvollen Kreaturen des anderen Geschlechts ging. In Gegenwart von Frauen jeglichen Alters war er schrecklich gehemmt – zum ungeheuren Vergnügen des alten grauen Fuchses.

»Du siehst aus, als wär dir ein Knochen im Hals stecken geblieben«, schnaubte Fearchar. »Nun sag schon was, Mann. Kriegst du nicht wenigstens so viel Spucke zusammen, um zur kleinen Annie hier hallo zu sagen?«

Gillies, der bereits rot wie eine Tomate war, wurde noch röter, als er nickte und murmelte: »Schön, dich wiederzusehen.«

»Gleichfalls, Gillies. Ich bin froh, dass du dich um Großpapa kümmerst.«

Wieder pochte der Alte mit seinem Stock auf den Boden. »Ich kann mich gut um mich selbst kümmern, Mädel. Diese Burschen habe ich nur deswegen bei mir, damit ich dafür sorgen kann, dass *ihnen* nichts passiert. Hast du schon gesehen, dass MacGillivray auch da ist?«

Als Anne in die Richtung blickte, in die er mit seinem Krückstock zeigte, bemerkte sie die dunkle Gestalt, die ziemlich weit hinten in der Ecke des Raums saß. Die langen, muskulösen Beine waren ausgestreckt und übereinander geschlagen, die Arme, die so dick waren wie kleine Baumstämme, über der eindrucksvoll breiten Brust verschränkt. Dunmaglass war sein Wohnsitz. Wenn sie dabei erwischt wurden, wie sie dieses heimliche Treffen abhielten, würde er am Galgen baumeln.

Für einen Hochländer war John Alexander MacGillivray eine außergewöhnliche Erscheinung. Er überragte die meisten anderen Männer um einen ganzen Kopf, und sein Haar glänzte in der blanken Goldfarbe reifen Weizens. Er war kein sonderlich schöner Mann, jedenfalls nicht im herkömmlichen Sinne des Wortes. Sein Mund war eine Spur zu kühn, seine Augen von erschreckender Schwärze, während sein kantiger Unterkiefer aus Granit gemeißelt zu sein schien. Doch wenn er lächelte, bekam eine Frau weiche Knie, und das, was er Gerüchten zufolge unter seinem Kilt hatte, vermochte sie vollends um den Verstand zu bringen.

Anne kannte MacGillivray schon seit ihrer Kindheit. Doch selbst jetzt bekam sie noch eine Gänsehaut auf den Armen, wenn er lächelte. Ihr Verstand und ihre Knie waren allerdings gegen ihn gefeit – was nicht immer so gewesen war: Es hatte einmal eine Zeit gegeben, als die Beziehung zwischen der wilden roten Annie und dem großen John MacGillivray sich in eine Richtung entwickelt hatte, die über bloße Freundschaft weit hinausging.

»Lady Anne«, sagte er leise und nickte ihr zu.

»MacGillivray.«

Es mutete merkwürdig an, einander mit einer solchen Förmlichkeit zu begrüßen. Aber andererseits war es viele Jahre her, seit sie mit ihren Cousins von Jahrmarkt zu Jahrmarkt gezogen war, in der Hoffnung, dort ein oder zwei Pennys auf MacGillivrays Geschick als Ringkämpfer zu setzen. Und bei einer solchen Gelegenheit war es dazu gekommen, dass er Anne, nachdem er alle fünf Runden gewonnen hatte, hinter eine der Buden geführt und sie zum ersten Mal geküsst hatte. Es war ein heißer Tag gewesen, sein nackter, eingeölter Oberkörper hatte in der Sonne geschimmert …

»Komm«, sagte Fearchar, Anne aus ihren Gedanken reißend, als er einen leeren Stuhl näher zum Feuer zog. »Setz dich, Mädel. Du musst von dem langen Ritt doch ganz durchgefroren sein. Willst du ein Schlückchen trinken, um dir die Knochen durchzuwärmen?«

Anne lächelte. »Gern, Großpapa. Das kann ich gut gebrauchen.«

Der alte Krieger kicherte in sich hinein und gab James ein Zeichen, der daraufhin einen Steingutkrug mit *Whisky* brachte. Nachdem Fearchar den Stöpsel herausgezogen hatte, setzte er den Krug an die Lippen und nahm zwei große Schlucke, bevor er den Krug dann an Anne weiterreichte.

Als Anne sah, wie dem Alten das Wasser in die Augen trat, zögerte sie. »Selbst Gebrannter, ja?«, fragte sie mit ironischem Unterton.

»Ja.« Er holte tief Luft, um seine brennende Kehle zu kühlen. »Und du wirst hoffentlich feststellen, dass ich das immer noch gut kann.«

Anne nahm all ihren Mut zusammen und setzte den Krug an die Lippen. Gleich ihrem Großvater trank sie zwei kräftige Schlucke, fest entschlossen, einen Hustenanfall zu unterdrücken, als der feurige Hochlandschnaps über ihre Zunge rann und sich brennend den Weg in den Magen bahnte. Kaum war er dort angelangt, explodierte in ihrem Innern ein Feuerball, dessen sengende Glut sich in ihrem ganzen Körper ausbreitete.

Sie folgte Fearchars Beispiel und nahm einen Riesenschluck Ale aus dem Bierkrug, der wie durch Zauberei neben ihr auf dem Tisch erschienen war. Als sie in hastigen Zügen trank, brachen ihre Cousins, Gillies und selbst der mit ausdruckslosem Gesicht dasitzende MacGillivray in Lachen aus.

»Heilige Muttergottes!«, keuchte sie. »Es ist wirklich ein Wunder, dass euch das Zeug noch kein Loch in den Magen gebrannt hat!«

Fearchar klopfte sich auf den Schenkel und stieß ein fröhliches Gackern aus. »Aber es sind schon mal drei Männer in die Luft geflogen, als sie hinterher eine Pfeife rauchen wollten.«

»Überrascht mich in keiner Weise.« Sie trank einen weiteren kühlenden Schluck Ale und wischte sich den Schaum mit dem Handrücken ab. »Aber du hast mich sicher heute Nacht nicht den ganzen Weg zurücklegen lassen, bloß um mir zu beweisen, dass du immer noch vorzüglichen Gerstenschnaps machen kannst. Was ist passiert? Warum bist du hier in Inverness, obwohl du sehr gut weißt, dass jeder Soldat in Fort George seinen erstgeborenen Sohn hingeben würde, um die Belohnung zu kassieren, die die *Sassenachs* auf deinen Kopf ausgesetzt haben?«

Fearchars fröhlicher Gesichtsausdruck verflog. Nachdem er den anderen Männern im Zimmer rasch einen Blick zugeworfen hatte, holte er rasselnd Luft und sagte: »Du hast also noch nichts gehört.«

Es war weniger eine Frage als ein schmerzerfüllter Ausruf, sodass Anne im ersten Moment annahm, es sei jemand gestorben. Jemand, der ihr nahe stand. Jemand, von dessen Tod sie nicht durch einen Fremden erfahren sollte.

»Ist Angus etwas passiert?«, fragte sie im Flüsterton.

Fearchar zog ein finsteres Gesicht und murmelte einen Fluch vor sich hin. »Deinem Mann geht es so gut wie vor zwei Tagen, als er dein Bett verlassen hat. Besser, als er es verdient, wenn du mich fragst.«

»Und warum …?«

»Der Prinz hat seine Truppen kehrtmachen lassen. Sie sind auf dem Rückzug.«

»Auf dem Rückzug!« Vor Überraschung klappte ihr der Unterkiefer herunter. »Aber … aber das ist doch nicht möglich! Sie waren doch nur noch wenige Tagesmärsche von London entfernt – die Nachricht hast du selbst mir zukommen lassen.«

»Stimmt. Und jetzt sind wir hier, um dir mitzuteilen, dass die Truppen den Rückzug angetreten haben«, sagte Robbie mit ruhiger Stimme. »Um dir mitzuteilen, dass General Wade sich mit fünftausend Mann ihrer rechten Flanke nähert und General Ligonier mit weiteren siebentausend gegen ihre linke Flanke vorrückt, während ihnen der gottverdammte Duke of Cumberland auf den Fersen ist, mit einigen Tausend Soldaten, die er vom Schlachtfeld in Flandern mitgebracht hat. Das heißt, zwischen dem Prinzen und London stehen etwa zwanzigtausend Soldaten, weshalb die Anführer zu dem Schluss gekommen sind, dass man es unseren tapferen Jungs nicht zumuten kann, sich da durchzukämpfen. Nicht wenn sie keinerlei Unterstützung bekommen – weder von hier noch in England. Seit sie den Esk überschritten haben, sind unseren Berichten zufolge nur zweihundert Männer zu ihnen gestoßen, obwohl Tausende versprochen hatten, sich ihnen anzuschließen.«

»Auf solche Versprechungen hätten sie nichts geben sollen«, sagte MacGillivray aus dem Schatten. »Der König von Frankreich hat auch versprochen, Tausende von Soldaten zu schicken, und wie viele hat er geschickt? Keinen einzigen. Außerdem hat er versprochen, Kanonen, Munition und Geld zu schicken, damit wir die Männer dafür entschädigen können, dass sie nicht in der Lage sind, im Frühjahr die Felder zu bestellen. Was haben wir bekommen? Wiederum nichts.«

»Die Felder bestellen?« Fearchar warf einen wütenden Blick über die Schulter. »Wie kann ein Mann denn an so was denken, wenn sein König und sein Land ihn brauchen?«

»Wenn seine Familie verhungert und seine Kinder vor Kälte sterben, denkt er an nichts anderes«, antwortete MacGillivray in kategorischem Ton. »Er macht sich Gedanken darüber, ob sie ein Dach über dem Kopf und genug Fleisch haben, um über den Winter zu kommen. Warum, glaubst du wohl, stehlen sich auf beiden Seiten so viele Männer nachts davon? Doch nicht weil sie Angst haben zu kämpfen oder in der Schlacht zu sterben, sondern weil sie ihren Frauen ein bisschen Geld oder etwas Brot bringen wollen. Das ist alles, was einem einfachen Mann am Herzen liegt.«

»Und dir?«, fragte Eneas. »Was liegt *dir* am Herzen, MacGillivray?«

»Mir?« Irgendjemand bewegte sich, sodass der Schein der Lampe über das Gesicht des Hochländers huschte, dessen Mundwinkel verächtlich nach unten gezogen waren. »Mir liegt am Herzen, was mein Clansoberhaupt mir befiehlt. Genau wie euch anderen. Deswegen sind wir ja hier und debattieren über das Warum und Wozu von Schlachten, statt selbst ins Feld zu ziehen und zu kämpfen.« Seine Augen funkelten, als er in Annes Richtung blickte. »Weil uns allen untersagt worden ist, mehr zu tun, nicht wahr?«

Anne hielt den Hohn in seinen Augen so lange aus, wie sie konnte, nur um am Ende doch den Blick zu senken und sich abzuwenden. Jeden Tag, jede Stunde wurde sie daran erinnert, dass Männer wie MacGillivray, Gillies und ihre Cousins jetzt bei der Armee des Prinzen in Derby wären, hätte Angus sie nicht an ihren Treueid gebunden. Zudem war ihr klar, dass, wenn es nicht so viele Lairds wie Angus gegeben hätte, die Vorsicht über Leidenschaft stellten, die Armee der Jakobiten von ihrer Stärke her allem gewachsen gewesen wäre, was die Engländer aufstellen konnten. Statt fünftausend tapferer Männer wären dem Stuartprinzen zehn- oder fünfzehntausend nach Derby gefolgt, und die Schande eines Rückzugs wäre ihnen erspart geblieben.

»Aber sie sind doch noch nicht geschlagen, oder?«, flüsterte Anne. »Dass sie vorsichtig sind und nach Schottland zurückkehren, heißt doch noch lange nicht, dass sie eine Niederlage erlitten haben.«

Fearchar wurde wieder ein wenig munterer. »Von Niederlage hat ja auch niemand gesprochen! Schließlich hat der Prinz gerade allen Clans die Nachricht zukommen lassen, dass er lediglich das Ende des Winters abwarten will, bevor er wieder nach Süden marschiert. Und dass er das Herz und den Mut dazu hat, hat er ja bereits bewiesen. Alles, was er tun muss, ist, nach Hause zurückzukehren und seine Armee auszubauen, um dann den schottischen Thron im Namen seines Vaters einzunehmen und diese englischen Dreckskerle aus Inverness und Perth zu vertreiben. Und für diesen Schritt ist es erforderlich ...« – Fearchar beugte sich vor, um seinen Worten mehr Nachdruck zu verleihen – »... dass *alle* seine Lairds und Clansoberhäupter an ihn glauben und den *Wunsch* haben, dass Schottland endlich wieder frei wird.«

»Angus will genauso wie alle anderen, dass Schottland unabhängig ist«, hielt sie mit ruhiger Stimme dagegen.

»Warum ist er dann nicht bei dem Prinzen in Derby? Warum trägt er die Uniform eines Kompaniehauptmanns der königlichen Black Watch, und warum ist er heute Abend in Inverness, um mit dem gottverfluchten Duncan Forbes zu soupieren?«

»Er versucht nur, den Frieden zu wahren …«

»Den Frieden?« Fearchar richtete sich auf. »Es geht doch wohl eher darum, dass die alle einen Teil von der Beute abhaben wollen! Er und MacLeod und Argyle. Argyle ist so scharf auf Lochaber, dass Forbes ihm noch nicht einmal einen Judaslohn zu zahlen braucht.«

Gillies MacBean zog eine Augenbraue hoch und wagte sich vorsichtig in die hitzige Auseinandersetzung. »Argyle muss man nicht bestechen, damit er gegen die Camerons kämpft, besonders nachdem er gehört hat, dass der *Camshroinaich Dubh* wieder in Lochaber ist.«

»Ewen Cameron?« Fearchar machte große Augen. »Ist er aus dem Grab auferstanden?«

»Nicht der alte Cameron«, erwiderte Eneas mit sanfter Stimme, »sondern der junge, Lochiels Bruder Alexander.«

»Oh. Ach ja, den meinte ich ja auch«, brummelte Fearchar und tat seine Gedächtnisschwäche mit einer Handbewegung ab. »Hab die ganze Zeit gewusst, dass du von dem kleinen Alasdair sprichst.«

Fast im selben Atemzug sackten seine Schultern nach vorn, und sein Kopf sank auf seinen Krückstock.

»Großpapa!« Als Anne die Hand nach ihm ausstrecken wollte, hielt Robbie sie davon ab.

»Das passiert von Zeit zu Zeit. Er schläft einfach ein, und nachdem er ein kleines Nickerchen gemacht hat, setzt er sich wieder auf, als sei nichts passiert. Du kannst mir glauben, in ein paar Minuten ist er wieder voll da.«

»Glaub ich dir gern, Robbie, aber ich sehe auch, wie dünn und erschöpft er ist. Er ist viel zu alt, um sich in den Bergen zu verstecken und in Höhlen zu leben!«

Jamie sprang seinem Bruder bei. »Na, dann mach ihm das mal klar, Cousine. Auf dich wird er sicher hören, während er uns bloß eins mit dem Stock überzieht und an allem, was wir sagen, vorbeihört. Er war fest entschlossen, heute Nacht hierher zu kommen, und hat seinen Willen durchgesetzt, trotz des verfluchten Schnees, des verfluchten Winds und der verfluchten tausend Soldaten, die die Gegend um Inverness unsicher machen.«

»Zwei«, sagte Anne leise, während sie eine Falte im Plaid ihres Großvaters glatt strich. »Ende der Woche werden es zweitausend sein. MacLeod und MacKenzie of Seaforth haben sich verpflichtet, weitere Männer zu schicken, um Loudouns Truppen zur Verteidigung von Fort George zu verstärken.«

»Woher weißt du denn das?«, fragte MacGillivray in scharfem Ton.

»Ich höre so einiges. Ich sehe so einiges.« Sie zuckte die Achseln und blickte zu MacGillivray hinüber. »Manchmal schickt Forbes eine Botschaft an Angus, der … der manchmal so unvorsichtig ist, seinen Schreibtisch nicht abzuschließen.«

»Ich hätte nie gedacht, dass Angus Moy ein unvorsichtiger Mensch ist.«

»Ist er auch nicht«, gab sie zu. »Bisweilen braucht man eine Haarnadel, um den Anschein von Unvorsichtigkeit zu erwecken.«

Jamie und Robbie grinsten, doch Eneas runzelte die Stirn. »Wenn er dich dabei erwischt, wie du an seinen Schlössern herumfummelst, wird er nicht sonderlich erbaut davon sein, Mädel.«

»Er wäre auch nicht gerade vor Freude außer sich, wenn er wüsste, dass ich hier bin. Er hat das alles gründlich satt, Eneas. Der Gedanke, dass es zu weiterem Blutvergießen kommen könnte, bei dem Hochländer Hochländer umbringen, macht ihn ganz krank.«

»Ah ja. Deswegen hat er wohl ein Regiment aus Angehörigen des MacKintosh-Clans aufgestellt, um für die Hannoveraner zu kämpfen. Deswegen verbringt er wohl so viel Zeit in Culloden House und trinkt Rotwein mit Duncan Forbes.«

»Moy Hall ist weniger als zehn Meilen von Culloden House entfernt! Wie soll er denn da den Kontakt mit Duncan Forbes vermeiden?«

»Ich schaffe es ja auch«, warf MacGillivray ein. »Und Dunmaglass liegt noch näher.«

»Mach dir doch nichts vor, Annie«, sagte Eneas. »Er ist zu lange weg gewesen, und er ist einfach nicht bereit, seine Ländereien und sein Vermögen in einem weiteren Krieg aufs Spiel zu setzen. Außerdem liegt es ihm im Blut, sein Mäntelchen nach dem Wind zu hängen. Sein Großvater war einer der ersten Lairds, die nach dem Aufstand von 1715 den Clansangehörigen die Waffen abnahmen. Und sein Vater war einer der Ersten, die dem hannoveranischen König den Treueid leisteten, damit er nicht seine Ländereien und seine Titel einbüßte. Es gab viele Clansangehörige, die ihn dafür verflucht haben, und auch heute gibt es noch viele, die nichts vergessen haben und niemals bereit wären, unter der Fahne der Hannoveraner zu kämpfen, selbst wenn dein Mann sie barfuß in den Schnee hinaustreiben und ihnen das Dach über dem Kopf abbrennen sollte.«

»Das würde er nie tun«, entgegnete Anne aufgebracht.

»Und ein echter Schotte würde niemals seinen rechtmäßigen König im Stich lassen«, gab Robbie erregt zurück. »Wenn der Stuart sein Schwert braucht, stünde er bereit. So einfach ist das.«

»Willst du damit sagen, dass Angus kein echter Schotte ist?«

»Ssst, Annie, beruhige dich.« Eneas warf Robbie einen drohenden Blick zu, bevor er fortfuhr. »Niemand würde so etwas von MacKintosh behaupten. Er ist ein braver Mann, ein gerechter Mann; das muss er sein, denn sonst hättest du ihm schon längst mit einem Dolch die Kehle durchgeschnitten.«

»Aber?«, fragte Anne mit zusammengebissenen Zähnen, um den unausgesprochenen Vorbehalt zu erfahren.

»Aber ... er hat sich nicht als der Führer erwiesen, den unser Clan braucht. Oh, gewiss, er kann Schafe und Pachtgelder nachzählen und versteht es sehr geschickt, die Verhandlung zu lenken, wenn zwei Kleinpächter sich um die Grenzen ihres Landes streiten. Aber er versäumt es, auf die Herzen der Männer zu hören. Sie wollen kämpfen, Annie. Wenn sie einen Anführer hätten, der bereit wäre, sie in die Schlacht zu führen, würden sie selbst gegen den Teufel kämpfen. Und wenn er nicht dazu bereit ist, werden sie sich anderswo nach einem Schwert umsehen, dem sie folgen können.«

Langsam ließ sie ihren Blick von einem Cousin zum nächsten gleiten, um anschließend Gillies MacBean – der es geflissentlich vermied, sie anzusehen – und MacGillivray zu mustern. Inzwischen hatten sich alle ihre Nackenhärchen aufgerichtet, und am Rückgrat verspürte sie ein Kribbeln, als liefen ihr Spinnen über die Haut.

»Deswegen habt ihr also dieses Treffen anberaumt, ja? Ihr habt vor, euch vom Clan loszusagen«, flüsterte sie. »Ihr habt vor, den Eid, den ihr Angus geleistet habt, zu brechen und euch dem Prinzen anzuschließen.«

»Ich will nicht abstreiten, dass wir mit dem Gedanken gespielt haben«, gab Eneas zu. »Das Problem ist nur, dass drei oder vier Männer nicht sonderlich ins Gewicht fallen. Aber wenn wir drei- oder viertausend wären …«

»Nicht einmal *dreihundert* Männer des Clans werden euch folgen, Eneas Farquharson! Ihr mögt es ja schaffen, sie so einzuschüchtern, dass sie geheime Versammlungen abhalten und sich einen Distelzweig an die Mütze stecken, aber sie aufzufordern, die Clansgesetze zu brechen, ist eine ganz andere Sache. Sie würden Haus und Hof verlieren. Sie würden ihre Clanszugehörigkeit und ihre Ehre verlieren.«

»Sie würden für ihren König, ihren Glauben und ihren Stolz kämpfen.«

»Diesem Stolz wäre keine Dauerhaftigkeit beschieden. Der Ruhm würde vergehen, und übrig blieben Männer, denen man nicht mehr trauen würde, weil sie ihr Wort schon einmal nicht gehalten haben. Oh, vielleicht wäre das anfangs noch nicht so, denn nach einem Sieg sind ja immer alle milde gestimmt. Aber es würde eine Zeit kommen, wo man sich daran erinnern würde, dass sie ihren Eid gebrochen haben, während so viele andere fest geblieben sind. Und das würde man ihnen dann vorhalten.«

»Es gibt etliche, die bereit sind, dieses Risiko einzugehen.«

»Gehörst du dazu? Bist du bereit, dein Heim aufs Spiel zu setzen? Alles zu verlieren, was sich deine Familie so schwer erkämpft hat? Willst du, dass eure Namen aus dem Kirchenregister gestrichen und deinen Kindern ihre angeborenen Rechte aberkannt werden?«

»Du solltest mich lieber fragen, ob ich meiner Frau noch ins Gesicht sehen könnte, wenn ich mein Schwert im Dachstroh verstecke, statt es an der Seite des Prinzen zu ziehen«, erwiderte Eneas mit ruhiger Stimme. »Es gibt einige Dinge, für die es sich lohnt zu kämpfen und zu sterben, Annie. Vielleicht würdest du das besser verstehen, wenn du ein Mann wärst.«

Sie sprang mit einer solchen Heftigkeit auf, dass ihr Stuhl fast ins Feuer gekippt wäre. »Dass ich kein Mann bin, hat nichts mit dem zu tun, was ich im Herzen fühle. Wenn mein Laird es mir befiehlt, würde ich mit euch allen in die Schlacht ziehen. Ich würde genauso tapfer kämpfen und genauso viele *Sassenachs* töten wie ihr, und ich würde ihr Blut nicht minder freudig vergießen wie ihr. Wag ja nicht zu sagen, dass ich das nicht tun würde!«

»Wir haben deine Loyalität nie auch nur einen Moment lang angezweifelt, Annie«, meinte Fearchar, der aus dem Schlaf aufgeschreckt worden war, als der Stuhl gegen den eisernen Kaminrost geknallt war. »Und es ist ja gerade das Feuer in deinen Augen und der Mut in deinem Herzen, worauf wir aus sind.«

»Mit dem Herzen bin ich immer auf eurer Seite gewesen, Großpapa. Darum brauchst du mich nicht erst zu bitten.«

»Diesmal schon. Zu viele der Lairds werden ihren Eid nicht brechen, aus genau den Gründen, die du angeführt hast, aber wenn sie einen Anführer hätten, wären sie vielleicht dazu bereit. Nein, nein …« Er wischte mit der Hand durch die Luft, als wolle er auf eine Schiefertafel geschriebene Worte löschen. »… das stimmt nicht ganz. Sie wollen *alle* den Anführer spielen, und deshalb würden sie sich gegenseitig die Köpfe einschlagen, bevor sie ihr Glen auch nur verlassen haben. Was sie brauchen, ist jemand, der so gerissen ist wie Forbes, so schamlos wie Loudoun, der jedem Mann, der sich in die Dienstliste einträgt, Land und Gold verspricht, jemand, dem sie vertrauen können und der die Macht hat, sie hinterher wieder dem Clan zuzuführen, egal, wer gewinnt und wer verliert.«

Anne fiel niemand ein, der eine derart enorme Aufgabe hätte bewältigen können. Doch dann blickte sie stirnrunzelnd zu MacGillivray hinüber, den großen goldenen Löwen des Hochlands, und zum zweiten Mal an diesem Abend verschlug es ihr den Atem. »Du, John? Sie haben dich gebeten, diese Aufgabe zu übernehmen?«

Bevor er antwortete, zog er die Beine an und setzte sich gerade hin. Langsam stand er auf, wobei sich der obere Teil seines Kopfes endlos nach oben zu verlängern und mit den Schatten an der Decke zu verschmelzen schien, bis er endlich in den helleren Lichtkreis trat, den das Kaminfeuer warf. Die cremefarbene Wolle seines Hemds nahm einen schimmernden Glanz an, der sich weiter nach oben ausbreitete und sein Haar erfasste. In seine schwarzen Augen trat plötzlich ein listiges Glitzern, das etwas Luziferisches hatte.

»Du tust mir zu viel Ehre an, Mädchen. Nicht mir wollen sie diese Aufgabe antragen«, sagte er leise, »sondern dir.«

Zweites Kapitel

In ebendem Moment, an fast derselben Stelle des schmalen Passes zwischen dem Garbhal Beg und dem Garbhal Mor, von der aus Anne zuvor die Schönheit des vor ihr liegenden Tals bewundert hatte, spannte einer von MacGillivrays Wachtposten den Hahn seines Steinschlossgewehrs und zielte auf eine dunkle Gestalt, die den Berg hochkam. Offenbar hatte der andere Mann das leise Klicken beim Einrasten des Hahns gehört, denn er blieb stehen, hob die Hand und stieß einen gedämpften, trillernden Pfiff aus, um sich zu erkennen zu geben. Nach einer warmen Mahlzeit und einigen vor einem prasselnden Feuer verbrachten Stunden kehrte er jetzt durchgewärmt und ausgeruht, mit trockener Jacke und trockenem Kilt, auf seinen Posten zurück. Der Wachtposten war froh, endlich abgelöst zu werden. Über seinem Bart und seinen Augenbrauen hatte sich bereits eine Kruste aus Eiskristallen gebildet, und seine Zehen waren ganz taub, obwohl er sich im Farnkraut ein schützendes Nest geschaffen hatte.

Nachdem er den Hahn wieder hatte zurückschnappen lassen, schüttelte er den Schnee von seinem Plaid ab und streckte mit überbetonten Bewegungen die Beine, die nach mehreren Stunden in der Kälte steif und verkrampft waren. Er freute sich auf die behagliche Wärme der Stallungen, wo ihn heiße Brühe und Ale erwarteten – ihn und die anderen, die das verschneite, schweigende Tal bewachten.

Eigentlich rechnete keiner von ihnen wirklich mit irgendwelchen Unannehmlichkeiten, denn es war eine garstige Nacht, und bekanntermaßen waren die Engländer nicht sonderlich erpicht darauf, nach Einbruch der Dunkelheit den Schutz der Garnison in Inverness zu verlassen. Um die Wahrheit zu sagen, hatten die meisten Wachtposten sich ihr Plaid über den Kopf gezogen, um es sich bis zur Wachablösung so behaglich wie irgend möglich zu machen.

Nachdem die beiden Männer ein paar Worte gewechselt und mit derben gälischen Ausdrücken über den immer dichter werdenden Schnee gewettert hatten, winkten sie einander zum Abschied zu und trennten sich. Keiner von ihnen bemerkte die zwei anderen dunklen Gestalten, die sich verstohlen bis zum Rande des Kiefernwaldes geschlichen und den Wachwechsel mit zusammengekniffenen Augen beobachtet hatten.

Im Gegensatz zu MacGillivrays Wachtposten konnten sie nicht damit rechnen, abgelöst zu werden, und waren – jeder auf seine Weise – gekleidet, wie es der Kälte angemessen war. Der Hochländer hatte sich seinen wollenen, in der Taille von einem Gürtel zusammengehaltenen Umhang fest um die Schultern gewickelt und die Mütze tief in die Stirn gezogen. Sein Bart verhüllte den unteren Teil seines Gesichts, von dem lediglich die schnabelartige Nase sowie die Augen zu sehen waren.

Der scharlachrote Uniformrock des englischen Offiziers war unter einem weiten schwarzen Militärmantel verborgen. Im Moment trug er zwar keine Kopfbedeckung, doch die frischen weißen Schneeflocken blieben nur ganz kurz auf seinem dunklen Haarschopf liegen, um sich schon im nächsten Moment in winzige Wasserperlen zu verwandeln. Er war glatt rasiert, und sein vor Konzentration starres Gesicht wirkte wie eine Maske, ein Eindruck, der nur durch die Dampfwölkchen gemildert wurde, die jeden seiner Atemzüge begleiteten.

»Wie viele, glauben Sie, sind noch da oben?«

»Vielleicht zwei«, antwortete der Schotte. »Vielleicht

aber auch zwanzig. MacGillivray, dieser Dreckskerl, ist äußerst vorsichtig. Es überrascht mich, dass wir es geschafft haben, so weit vorzudringen.«

Der Major stieß einen gedämpften Fluch aus, denn ihm war erst eben klar geworden, dass sie sich auf MacGillivrays Land befanden. Er war heilfroh, dass *er* so vorsichtig gewesen war, auf Umwegen durch den Wald hierher zu kommen.

»Haben Sie eine Ahnung, wer diese beiden Reiter waren?«

»Wahrscheinlich irgendwelche Rebellen, die sich mit dem alten Dreckskerl treffen wollen. Von denen gibt's ja genug.«

»Sie sind absolut sicher, dass Fearchar Farquharson in dem Haus da unten ist?«

»So sicher, wie ich sicher bin, eine Nase im Gesicht zu haben. Lomach hat den jüngsten Monaltrie heute in Inverness gesehen und ist ihm bis hierher gefolgt. Wenn er in dem Haus da unten ist, dann sind seine Brüder und ihr Großvater auch da. Wie Äpfel in einem Fass.«

»Ja. Und dieses Fass steht in Dunmaglass.«

»Haben Sie Schiss vor MacGillivray? Der kann doch genauso leicht wie jeder andere Mann eine Bleikugel verpasst bekommen.«

Der englische Offizier drehte den Kopf und starrte den Hochländer an. »Zweifellos. Aber wie viele seiner Männer werden versuchen, uns eine Kugel zu verpassen, bevor wir auch nur die Chance haben, an ihn heranzukommen? Zwischen diesen verfluchten Felsen könnte noch ein Dutzend von ihnen stecken, im Haus und im Stall ebenfalls – und mit Sicherheit wurde keiner von denen für diese Aufgabe ausgesucht, weil er ein schlechter Schütze ist oder Bedenken hat, seine Zielsicherheit unter Beweis zu stellen. Wir haben fünfzehn gute Leute dabei, die ich lieber nicht bei einer Attacke opfern würde, die nicht sehr erfolgversprechend ist.« Er richtete seinen Blick wieder auf das Haus. »Außerdem ist der alte Fuchs für mich lebendig viel wertvoller als tot, denn er zieht diese Rebellen an wie Dung die Fliegen, sodass wir ihn bloß zu beobachten brauchen, um zu erfahren, wer zu den Aufständischen gehört.«

Der Hochländer stieß eine weißgraue Atemwolke aus. Er wusste, dass es keinen Sinn hatte, dem *Sassenach* zu widersprechen, auch wenn es ihn wurmte, sich eine derart gute Gelegenheit durch die Lappen gehen lassen zu müssen. Er hätte dem arroganten MacGillivray nur zu gern die Beleidigungen heimgezahlt, die dieser ihm in der Vergangenheit zugefügt hatte.

Aber Hugh MacDugal of Argyle wurde nicht bezahlt, um an irgendjemandem sein Mütchen zu kühlen. Er wurde einzig und allein dafür bezahlt – und zwar sehr gut –, Spuren zu lesen. Seine Witterung war so ausgeprägt wie die eines Bluthunds, und es war in keiner Weise eine Übertreibung, wenn man behauptete, er könne während eines Unwetters eine Ameise durch einen Wald verfolgen. War der MacCrimmon-Clan dafür bekannt, dass er die besten Dudelsackbläser in ganz Kaledonien hervorbrachte, so konnten die MacDugals auf Generationen hervorragender Jäger zurückblicken. Ebendeshalb hatten die Engländer Hugh und seinen Bruder Lomach auch in ihre Dienste genommen, unmittelbar nachdem der Stuartprinz in Glenfinnan seine Standarte aufgepflanzt hatte.

Major Roger Worsham hingegen war erst vor vierzehn Tagen im Hochland angekommen. Doch während die meisten anderen englischen Offiziere ihre Stationierung in Inverness als Exil betrachteten und sich zunächst einmal mit dem einheimischen Whisky, dann mit den einheimischen Huren befassten, hielt Worsham Distanz zu seiner Umgebung und sonderte sich lieber ab, sobald er nicht mehr von Armeeangelegenheiten in Anspruch genommen wurde.

Er war Lord Loudoun direkt unterstellt, gehörte jedoch keinem Regiment an. Gerüchten zufolge hatte ihn der Duke of Cumberland persönlich nach Inverness geschickt.

Worsham zog sich weiter in den Wald zurück, wo die Bäume dichter standen und bessere Deckung gewährten. Nachdem MacDugal noch einmal seinen Blick über die Felsen hatte schweifen lassen, folgte er ihm, wobei er so lange in geduckter Haltung lief, bis die Schatten und der zunehmende Schneefall auch die kleinste Bewegung kaschierten. Obwohl die Kiefern hier so dicht standen, waren die übrigen Männer in ihren scharlachfarbenen Uniformröcken, die sich als stumpfe, blutrote Farbflecken von der bläulichen Düsternis ihrer Umgebung abhoben, deutlich sichtbar.

»Wenn wir ohnehin nicht angreifen wollen, sollten wir uns lieber weiter zurückziehen«, schlug MacDugal vor. »Sonst könnte es passieren, dass *wir* die Äpfel im Fass sind.«

Worsham hörte den Hohn aus der Stimme des Fährtenlesers heraus. Er drückte zwischen den Fingern mit dem Daumen nach, damit seine Lederhandschuhe besser saßen. »Ich habe sowieso genug gesehen. Es ist einfach zu kalt, um nur herumzustehen und zu beobachten, wie der Rauch aus dem Schornstein steigt. Behalten Sie die Hälfte der Männer hier, MacDugal, und postieren Sie sie, wo Sie wollen. Die übrigen nehme ich mit nach Inverness. Wenn MacGillivrays Gäste aufbrechen, müssen sie verfolgt werden, ebenso wie alle anderen, die noch ankommen sollten.«

»Von dieser Horde von Rotröcken? Bei diesem Schnee sind die so auffällig wie Laternen.«

»Haben Sie eine bessere Idee?«

»Ja. Nehmen Sie alle mit nach Inverness zurück. Lomach und ich kommen bestens allein zurecht.«

Worsham suchte nach der dunklen Gestalt des anderen Hochländers, der ebenfalls in ein Plaid gehüllt war. Da ihm das nicht gelang, heftete er seinen Blick erneut auf MacDugal. »Ich will nicht, dass Farquharson spurlos in den Bergen verschwindet.«

»Da brauchen Sie sich keine Sorgen zu machen! Er ist zwar alt, aber nicht so dumm, um Dunmaglass heute Nacht zu verlassen. Nicht, wenn MacGillivray für seine Sicherheit garantiert. Und lassen Sie sich's gesagt sein …«

Er machte eine Pause und blickte zum Himmel. »… hier draußen wird es noch viel schlimmer werden, bevor es wieder irgendwie besser wird.«

Zu diesem Schluss war inzwischen auch Eneas gekommen. »Es schneit immer stärker«, murmelte er, als er durch eine Ritze im Fensterladen spähte. »Wenn du wirklich noch heute Nacht zurückreiten willst, Annie, solltest du lieber bald aufbrechen.«

Da Anne noch nicht einmal in Erwägung ziehen konnte, die ganze Nacht von zu Hause fortzubleiben, blickte sie unwillig vom Feuer auf und nickte. In den vergangenen zehn Minuten hatte sie kaum etwas gesagt. Nachdem Fearchar wieder eingeschlummert war, hatten ihn die Zwillinge ins Bett getragen. Gillies hatte sich angeboten, neues Holz zu holen, obwohl Anne vermutete, dass das nur ein Vorwand war, um der Spannung zu entkommen, die seit MacGillivrays verblüffender Eröffnung im Raum geherrscht hatte.

»Mir? Sie wollen, dass *ich* den Clan anführe?«, hatte Anne hervorgestoßen.

MacGillivray hatte daraufhin lediglich mit seinen breiten Schultern gezuckt, und Anne war in keiner Weise sicher gewesen, ob das Lächeln, das um seine Lippen spielte, Belustigung oder Verachtung ausdrücken sollte.

Dann hatte sie sich zur Seite gedreht, um ihre Cousins und ihren Großvater anzustarren. »Das kann doch nicht euer Ernst sein.«

»Das ist unser voller Ernst, Mädel«, erklärte Fearchar. »Du bist die Einzige, die es tun kann.«

»Ganz gewiss nicht.«

»Zumindest die Einzige, auf die die Männer hören werden. Du bist die Frau des Clansoberhaupts. Du bist eine Farquharson. Du bist meine Enkelin und hast dank der Gnade Gottes im kleinen Finger mehr Mut als Angus Moy im ganzen Leib.«

»Er ist kein Feigling, Großpapa«, insistierte sie mit leiser Stimme.

»Er will bloß nicht kämpfen. Na schön, wir können auch ohne ihn kämpfen. Ich habe mir alle Gesetze vorgenommen, Mädelchen, und nirgendwo steht, dass eine Frau nicht den Clan anführen kann. Sicher, das hat es bisher noch nie gegeben, aber es ist ja auch noch nicht vorgekommen, dass unsere Armee bis nach London marschiert ist! Wir haben noch nie einen Prinzen gehabt, der bereit gewesen ist, alles, was er hat, zu riskieren, um zusammen mit seinen Truppen durch den Schlamm zu ziehen! Wir haben noch nie einen General wie Lord George Murray gehabt oder tapfere Männer wie Lochiel, Keppoch und Lord John Drummond, Männer, die bereit sind, alles aufs Spiel zu setzen, alles zu verlieren, um für Schottlands Freiheit zu kämpfen. Alles, was du brauchst, Mädel, ist die Unterschrift von hundert Lairds, die dich als ihre Anführerin anerkennen. Dann kannst du laut Gesetz einen Boten mit dem *crosh tarie* losschicken und die Männer zu den Waffen rufen.«

Seit Generationen war es Sitte, einen Boten mit einem brennenden Kreuz durch das Hochland zu schicken, um so die Angehörigen eines Clans aufzufordern, einem Aufruf ihres Oberhaupts Folge zu leisten. Zugleich drohte man ihnen damit aber auch an, dass ihre Häuser niedergebrannt würden, falls sie es unterließen, sich zur genannten Zeit am genannten Ort einzufinden.

»Die Unterschrift von hundert Lairds?« Sie gab einen Laut von sich, der sowohl Spott als auch Zorn ausdrückte. »Ist das alles? Keine Rüstung, kein Zauberschwert, keinen Helm mit Hörnern an den Seiten?«

»Man würde nicht unbedingt von dir erwarten, dass du in die Schlacht reitest«, sagte Robbie, den ihr Spott kränkte. »Du müsstest einen Stellvertreter benennen, einen erfahrenen Kämpfer, der die Männer in die Schlacht führen könnte.«

»Einen von euch prächtigen Burschen, nehme ich an?«

»Aber nicht mich«, sagte Jamie, wobei er abwehrend die Hände hob.

»Da hast du verdammt Recht«, stimmte Robert ihm zu. »Du hast ja schon Probleme, wenn du jemanden übers Moor führen sollst.«

Jamie sah ihn mit finsterem Blick an. »Wenn du auf das anspielst, was letzte Woche in Killiecrankie geschehen ist – woher sollte ich denn wissen, dass der Boden schon angetaut war?«

»Angetaut? Du hast bis zu den Achseln im Sumpf gesteckt und wie ein abgestochenes Schwein geschrien, als wir zu dir gelangten. Es hat zwei Stunden gedauert, bis wir dich da rausgezogen hattest, und zwei ganze Tage, bis du den Gestank wieder losgeworden bist.«

»Das reicht.« Mit scharfer Stimme beendete Eneas die Auseinandersetzung, um sich dann an Anne zu wenden. »Wir hatten nicht die Absicht, dich mit dieser Sache zu überrumpeln, und das Ganze ist auch keine unausgegorene Idee. Wir haben nämlich bereits etliche Lairds gefragt, wie ihre Antwort lauten würde, wenn man ihnen eine Petition vorlegen würde, die deinen Namen trägt. Und falls es dich interessiert: Siebenundzwanzig Lairds haben sich schon bereit erklärt zu unterschreiben – ohne irgendeinen der hier Anwesenden mitzuzählen.«

Anne fehlten die Worte. Siebenundzwanzig Lairds waren bereit, den Treueid zu brechen, den sie dem Oberhaupt ihres Clans geleistet hatten – und dies einzig und allein auf ihre Aufforderung hin. Gewiss, ein Teil von ihr war entsetzt. Respekt und bedingungslose Loyalität gegenüber der Autorität des Clansoberhaupts waren von Geburt an tief in jedem Clansangehörigen verwurzelt; was die anderen ihr da vorschlugen, lief auf Hochverrat innerhalb des Clans hinaus. Aber ein anderer Teil von ihr – derjenige, der es früher in vollen Zügen genossen hatte, mit ihren Cousins über die Moore zu reiten – war eingestandenermaßen ziemlich aufgeregt, denn was sie soeben erfahren hatte, ließ auf mindestens siebenundzwanzig Lairds schließen, die ihren Großvater nicht lachend aus dem Haus geschmissen und die Tür hinter ihm zugeknallt hatten.

»Du musst uns deine Antwort nicht schon heute Abend geben, Mädel«, sagte Fearchar. »Überschlaf das Ganze erst einmal. Denk darüber nach. Sieh ein- oder zweimal zu, wie dein Mann seinen feinen scharlachroten Uniformrock anlegt, bevor du einen Entschluss fasst.«

»Ich brauche nicht darüber nachzudenken«, erwiderte Anne mit ruhiger Stimme. »Die Antwort lautet nein. Was ihr verlangt, ist … ist einfach nicht möglich. Ist der reine Wahnsinn.«

»Annie«, sagte Robbie, »es geht um die Ehre des Clans.«

Sie sah ihren Cousin mit bohrendem Blick an. »Versuch ja nicht, die Sache zu rechtfertigen, indem du mir erzählst, es ginge um die Ehre des Clans. Damit wärst du vielleicht vor vier Jahren bei mir durchgekommen, aber heute klappt das nicht mehr.«

»Aber Annie …«

»Und hör mit deinem *aber Annie*-Gerede auf.« Jetzt entlud sich ihr ganzer Zorn auf Eneas. »Vor vier Jahren habt ihr alle darauf bestanden, dass ich einen Mann heirate, den ich nie zuvor gesehen hatte, einen Mann, den man mit Drohungen dazu bringen musste, ein Abkommen einzuhalten, das *er* weder geschlossen noch gewollt hatte. Trotzdem haben wir geheiratet, und ihr habt euer Verhalten gerechtfertigt, indem ihr behauptet habt, dass ich eine Verpflichtung gegenüber dem Clan hätte, dass die Verbindung zum Besten des Clans sei. Nun … mag sein, dass ihr eure Eide und Schwüre nicht ernst nehmt – oder vielleicht nehmt ihr sie nur dann ernst, wenn sie euch in den Kram passen –, aber ich nehme sie ernst. Angus ist mein Mann. Außerdem ist er mein Laird, und ich werde die Eide, die ich geleistet habe, nicht brechen, nur weil es dem Farquharson-Clan nicht mehr von Nutzen ist, dass ich mich an sie halte. Wenn ihr eine zweite Johanna von Orléans haben wollt, müsst ihr euch anderswo nach jemandem umsehen, der das weiße Schlachtross reitet.«

Als Jamie und Robbie anfingen, Gegenargumente vorzubringen, um sich zu verteidigen, kehrte Anne ihnen einfach den Rücken zu und achtete nicht mehr auf das, was sie sagten. In der Tat waren dereinst die vereinten Anstrengungen aller drei Cousins und ihres Großvaters nötig gewesen, um Anne zur Heirat mit Angus Moy zu überreden. Dass die Ehe sich dann nicht als das schreckliche Martyrium erwiesen hatte, das sie befürchtet hatte, schmälerte nicht im Mindesten den Groll, den sie jetzt empfand. Um zu bekommen, was sie haben wollten, hatten die anderen sie damals wie eine Schachfigur benutzt. Sie war nicht bereit, sich noch einmal derart benutzen zu lassen, besonders da es nur ihr Name war, den sie haben wollten, aber nicht sie selbst.

»Mach dir nichts draus, Mädel«, murmelte MacGillivray, als er zu ihr trat, um ihr einen Krug mit frischem Ale zu reichen. »Es war ganz richtig, dass du ihnen eine Abfuhr erteilt hast. Was sie von dir verlangen, ist töricht, und es ist besser, wenn du dich aus der Sache raushältst.«

Da Anne für eine Frau sehr groß war, war sie daran gewöhnt, die meisten Männer auf gleicher Augenhöhe ansehen zu können, doch wenn sie MacGillivray in die Augen blicken wollte, musste sie den Kopf zurücklegen.

Sie lächelte und wollte ihm gerade für das Bier danken, als ihr einfiel, dass Eneas gesagt hatte, keine der im Raum befindlichen Personen habe die Petition unterzeichnet. Das hieß, auch MacGillivray nicht, der während der ganzen Diskussion wie eine große Katze im Schatten gesessen und sich zweifellos über den törichten Plan sein Teil gedacht hatte. Andererseits genoss er unter Seinesgleichen uneingeschränkten Respekt, und die Männer seines Clans waren prächtige Kämpfer; wenn er den Befehl gab, zu den Waffen zu greifen, würde kein einziger zurückbleiben. Er wäre Annes erste Wahl gewesen, um Männer in die Schlacht zu führen, und sie hätte es durchaus verstehen können, wenn er sich ein wenig in seinem Stolz verletzt gefühlt hätte, weil es nicht sein Name war, der auf der Petition stehen sollte.

Da um seine Mundwinkel ein schwaches Grinsen zuckte, das zunehmend breiter wurde, hatte Anne den Eindruck, er wisse ganz genau, was sie gerade dachte.

Gleich darauf bestätigte er ihr dies, indem er leise lachend sagte: »Ich habe nicht den Ehrgeiz, mehr zu sein, als ich bin, Annie. Wenn sie mich gefragt hätten, hätte ich sie achtkantig rausgeschmissen.«

»Trotzdem hast du nichts unternommen, um zu *verhindern*, dass sie mich fragen.«

»Vielleicht war ich neugierig auf deine Antwort.«

Seine Augen glichen tiefen schwarzen Teichen, und Anne brachte es nicht fertig, den Blick von ihnen zu wenden, so sehr sie es auch versuchte. Ebenso wenig schaffte sie es, ihre Zunge im Zaum zu halten. »Was hättest du getan, wenn ich ja gesagt hätte?«, wollte sie wissen.

Er legte den Kopf schräg und betrachtete in aller Ruhe ihr Gesicht – ihre glatten, runden Wangen, die leicht nach oben gebogene Nase, ihre volle Unterlippe. Als er damit fertig war, hatte sich sein Lächeln irgendwo in der Stille verloren, und Anne hatte vergessen, was sie gefragt hatte.

»Man kann nie wissen, was alles hätte sein können, nicht wahr?«

Irgendwie wusste sie, dass er jetzt nicht von Petitionen, Unterschriften oder Rebellionen sprach. Er stand wieder mit ihr hinter der Jahrmarktsbude, die Hände tief in ihrem Haar vergraben. Sein fester, eingeölter Körper war heißer als die Sonne, während sein Mund ihr Empfindungen verschaffte, von denen sie bisher nichts geahnt hatte.

»Du solltest dich auf den Weg machen, Annie«, bemerkte Eneas vom Fenster her. »Ich werde Gillies die Pferde holen lassen.«

»Ja«, sagte sie, indem sie zu ihm hinüberblickte. »Danke.«

Als sie den Kopf wieder drehte, war MacGillivray vom Kamin in den Schatten zurückgekehrt und hatte alle soeben wachgerufenen Erinnerungen verwischt.

Drittes Kapitel

Anne eilte die dunkle Treppe hinauf, die ins Obergeschoss von Moy Hall führte. Nachdem sie das Haus durch die Hintertür betreten und zwei oder drei Schritte getan hatte, hatte sie, um jedes weitere Geräusch zu vermeiden, ihre nassen, schlammverkrusteten Stiefel ausgezogen und war in Strümpfen über den gebohnerten Holzfußboden gelaufen. Der Ritt von Dunmaglass war ohne Zwischenfall verlaufen. Trotzdem hatte Eneas, der sich entschlossen hatte, sie zu begleiten, von Zeit zu Zeit Halt gemacht, um über die Schulter in die wirbelnden Schneeböen zu spähen.

Zitternd und mit roter Nase gelangte Anne in ihr Schlafzimmer. Als sie sah, dass ein Feuer im Kamin loderte, stieß sie einen vernehmbaren Seufzer der Dankbarkeit aus. Während sie sich aus ihrem Plaid wickelte, rieselten Eisklümpchen und Schneeflocken zu Boden. Nachdem sie sich des Umhangs schon halb entledigt hatte, hielt sie plötzlich inne, drehte sich langsam um und starrte zu dem Kamin.

»Es ist eine kalte Nacht. Deswegen habe ich gedacht, du würdest ein Feuer zu schätzen wissen. Ich habe deine Zofe sogar angewiesen, ein Bad für dich vorzubereiten, aber das Wasser dürfte inzwischen wohl abgekühlt sein.«

Annes Hände krampften sich um die Falten des Wollumhangs, während sie in die Richtung blickte, aus der die Stimme kam. Angus saß in dem Lehnstuhl, der in der hinteren Ecke des Zimmers stand. Seine Jacke und seine Weste hatte er abgelegt. Sein feines Batisthemd stand fast bis zum Nabel offen, während seine in Stiefeln steckenden Füße auf einem mit besticktem Stoff überzogenen Hocker lagen.

Als sie sah, dass die lässige Positur ihres Mannes in etwa der glich, die MacGillivray den größten Teil des Abends eingenommen hatte, richteten sich die Härchen auf ihren Unterarmen auf.

»Angus?«

»Hast du jemand anderen erwartet?«

»Nein. Nein, natürlich nicht, aber …«

Er hatte ein Kristallglas in der Hand und fing an, es im Kreis zu schwenken, bis die darin enthaltene Flüssigkeit sich wirbelnd drehte. Neben ihm auf dem Tisch stand eine fast leere Karaffe mit Rotwein, die darauf schließen ließ, dass er schon eine ganze Weile in Annes Schlafzimmer saß.

»Ich … ich dachte, du würdest über Nacht in der Church Street bleiben«, sagte sie mit matter Stimme.

»Meine liebe Mutter wäre nicht sehr erbaut davon gewesen, wenn ich mich ihrer Gastfreundschaft aufgedrängt hätte.«

»Als Sichaufdrängen würde sie das sicher nicht empfinden.«

»Das ist es aber, wenn sie im Weinkeller Gewehre für Prinz Charles hortet oder Komplotte schmiedet, um die Zitadelle von Fort George zu erstürmen.« Er nippte an seinem Wein und ließ seinen Blick nachdenklich über ihr nasses, verdrecktes Äußeres wandern. »Außerdem dachte ich, in solch einer kalten, stürmischen Nacht würde meine Frau sich vielleicht freuen, wenn ich ihr Gesellschaft leiste. Du kannst dir vorstellen, wie überrascht und enttäuscht ich war, als ich in ein leeres Haus kam.«

Anne merkte, wie ihre Wangen warm wurden. Sie legte das schwere Plaid über die Lehne eines in der Nähe stehenden Stuhls.

»Großpapa ist in Inverness«, sagte sie, da ihr nicht

der Sinn danach stand, diese Nacht noch weiter Katz und Maus zu spielen. »Ich habe mich mit ihm getroffen.«

Die blaugrauen Augen verengten sich abrupt zu Schlitzen. »Fearchar? Er ist hier? Was zum Teufel fällt ihm denn ein, sich auch nur in die Nähe von Inverness zu wagen?«

Anne zwang sich, gleichmäßig zu atmen. Es kam selten vor, dass ihr Mann in ihrer Gegenwart fluchte, ja, das war sogar noch seltener als der Anblick, den er gerade bot, mit seinem aufgebundenen Halstuch, dessen Enden lose nach unten hingen, und seinem offenen Hemd, in dessen Ausschnitt die dunklen Büschel seines Brusthaars zu sehen waren. Normalerweise waren seine Manieren so geschliffen wie seine ganze Erscheinung, und in den vier Jahren ihrer Ehe hatte sie es bisher noch nicht ein einziges Mal erlebt, dass er sich diesbezüglich eine gravierende Nachlässigkeit gestattet hätte. All dies – das offene Hemd, der Schlamm an den Sohlen seiner Stiefel, die ihm unordentlich in die Stirn fallenden Strähnen seines kastanienbraunen Haars und die fast leere Karaffe mit Rotwein – rief Gefühle in ihr hervor, wie man sie haben mag, wenn man eine brennende Zündschnur vor ein Fass mit Schießpulver hält.

Und auch der Ausdruck in seinen Augen war nicht gerade geeignet, ihre Befürchtungen zu zerstreuen. Wie Kanonenrohre waren sie auf sie gerichtet und verfolgten jede ihrer Bewegungen, als sie ihre Mütze abnahm und neben das Plaid legte.

»Er wollte mir mitteilen, dass sich die Armee des Prinzen aus Derby zurückgezogen hat. Er war überrascht, dass ich die Neuigkeit nicht schon von dir erfahren hatte.«

»Die Quellen deines Großvaters sind besser als die

des Lord President. Der Armeekurier hat erst heute am späten Nachmittag Inverness erreicht.«

»Und du bist sofort nach Hause geeilt, um mir Bericht zu erstatten?«

Als sie sah, wie er auf diese sarkastische Bemerkung hin die Lippen zusammenpresste, hätte sie sich die Zunge abbeißen können, denn ihr kam der Gedanke – zu spät, sodass es ihr nicht erspart blieb, knallrot zu werden –, dass er vielleicht tatsächlich genau das getan hatte.

Nachdem er sie noch einen Moment lang mit starrem Blick gemustert hatte, fing er wieder an, den Wein im Glas kreisen zu lassen. »Dir ist hoffentlich klar, wie gefährlich es wäre, wenn man dich mit deinem Großvater zusammen erwischen würde?«

»Er war vorsichtig, ich war vorsichtig. Niemand hat gesehen, wie ich das Haus verlassen habe, und unterwegs bin ich niemandem begegnet.«

Sein Blick glitt nach unten und heftete sich auf die beiden Pistolen aus Stahl, die in ihrem Gürtel steckten. »Bitte erzähl mir nicht, dass du in einer Nacht wie dieser *allein* unterwegs warst.«

»Robbie hat an der Brücke auf mich gewartet. Eneas hat mich nach Hause gebracht.

»Große Güte! Deine Cousins sind auch hier?«

»Alle drei.« Sie machte eine Pause, um schließlich, wie von einem übermächtigen inneren Dämon getrieben, noch hinzuzufügen: »Eneas lässt dich herzlich grüßen.«

Angus presste die Lippen noch stärker zusammen. Er und Eneas Farquharson of Monaltrie waren nicht gerade die besten Freunde. Am Tag ihrer Hochzeit hatte Eneas vor der Kirche auf Angus gewartet, um ihn dann bei seiner feinen Grogramjacke zu packen und gegen die Wand zu drücken. Anschließend hatte er die Lippen gegen die Klinge seines Dolches gepresst und feierlich geschworen, höchstpersönlich MacKintosh das Herz aus dem Leibe zu schneiden, falls jemals gemunkelt werden sollte, er behandle Annie schlecht. Angus hatte ihn ausreden lassen, hatte es, ohne ein Wort zu sagen, hingenommen, mit brutaler Kraft und glitzerndem Stahl bedroht zu werden, um schließlich voller Gelassenheit seine Kleidung glatt zu streichen und davonzugehen. Nach Annes Wissen hatten sie seither kein Wort mehr miteinander gewechselt.

»Weiß Fearchar, dass die Gegend von Soldaten wimmelt?«

»Das ist nicht das erste Mal, dass Großpapas Name auf einem englischen Haftbefehl steht«, erwiderte Anne. »Er weiß, wer sein Freund ist … und wer ihn für ein paar Kupferpennys verkaufen würde.«

»Tausend Pfund kann man ja wohl kaum als ein paar Kupfermünzen bezeichnen.«

»Und auch nicht als Judaslohn von dreißig Silberlingen.«

Das saß, denn Angus hatte ein bisschen mehr als nur dreißig Silberstücke erhalten, um ein Regiment von MacKintosh-Leuten aufzustellen, das unter Lord Loudouns Befehl dienen sollte. Laut Duncan Forbes war das Geld dafür gedacht, die Männer mit Uniformen und Waffen auszustatten und ihnen den halben Schilling Sold zu zahlen, der ihnen pro Tag zustand, doch nur wenige Hochländer sahen das Ganze als Entschädigung für diesbezügliche Aufwendungen an. Nicht wenn reiche Lairds auf Summen bestanden, die über die zu erwartenden Kosten um mehrere Tausend Pfund hinausgingen.

Ohne auf eine Erwiderung zu warten – die auch gar

nicht zu kommen schien –, ging Anne in Richtung Ankleidezimmer, wobei sie sich schon das durchnässte Band aus dem Haar zog.

»Mir ist kalt, und ich bin müde. Können wir nicht morgen früh über alles sprechen?«

»Nein. Da ich seit drei Stunden hier sitze und mir mögliche und unmögliche Erklärungen für deine Abwesenheit spät in der Nacht durch den Kopf gegangen sind, würde ich lieber jetzt darüber sprechen.«

Sie blieb an der Tür stehen und sah ihn mit einem leichten Stirnrunzeln an. Obwohl seine Stimme geschmeidig wie Seide klang, waren die Muskeln um seinen Mund angespannt, und obwohl seine Hand das Weinglas nicht mehr kreisen ließ, schwappte der Inhalt nach wie vor hin und her.

Unwillkürlich wanderte ihr Blick zu den säuberlich zurückgeschlagenen Betttüchern. Das Schlafzimmer gehörte zu einer Suite von vier Räumen, der größten in Moy Hall, die so aufgeteilt war, dass zwei Ankleidezimmer Annes Schlafgemach von dem ihres Mannes trennten. In den ersten dreieinhalb Jahren ihrer Ehe hatten sie nur selten getrennt geschlafen, sondern meistens das massive Himmelbett in Angus' Zimmer lustvoll miteinander geteilt.

Doch in den letzten sechs Monaten war es genau umgekehrt gewesen, und die zwischen ihnen herrschende Spannung war so offenkundig geworden, dass selbst die Dienstboten etwas davon mitbekommen hatten und die Zofen dazu übergegangen waren, abends beide Betten herzurichten.

»Du hast doch sicher nicht angenommen, dass ich mit einem anderen Mann zusammen war«, sagte sie leise.

Seine Hand krampfte sich um den Stiel des Glases zusammen. Bevor er den Blick wieder auf sie richtete, spitzte er leicht den Mund. »Ehrlich gesagt, nein. Zumindest war das nicht mein erster Gedanke, obwohl ich zugeben muss, dass ich auch daran gedacht habe. Und um die Wahrheit zu sagen, hätte ich das vielleicht einigen der anderen Möglichkeiten vorgezogen. In einer dunklen, stürmischen Nacht beschwört die Fantasie so mancherlei herauf.«

»Es tut mir Leid, wenn du dir Sorgen gemacht hast. Aber ich dachte wirklich, dass du über Nacht in Inverness bleiben würdest.«

»Und das berechtigt dich, mit geladenen Pistolen im Gürtel durch die Gegend zu galoppieren?«

»Ich bin nicht durch die Gegend galoppiert. Ich war in Dunmaglass.«

»Ah.«

Dieses kleine Wort klang so anzüglich, dass sie sein Gesicht nach einer Regung absuchte, allerdings vergebens – wie immer, wenn er auf der Hut war. Und dieser Tage schien das meistens der Fall zu sein. Wenn er beschloss, sich hinter seine Maske der Gleichgültigkeit zurückzuziehen, verrieten weder seine Augen noch seine Miene, was er dachte und empfand, selbst wenn er sehr wütend oder völlig verzweifelt war. Es gab Situationen, in denen Anne ihn um seine Fähigkeit, sich absolut unbeteiligt zu geben, beneidete, aber es gab auch andere Momente – so wie jetzt –, in denen sie ihm mit der ganzen Leidenschaftlichkeit ihres Hochlandbluts grollte.

Die Vorstellung, dass er angenommen haben könnte …

Aber das war töricht. Schon der Gedanke, er könne den Verdacht gehabt haben, dass sie sich aufgemacht hatte, um John MacGillivray zu sehen …

»Ich bin nach Dunmaglass geritten, um Großpapa zu

treffen«, sagte sie mit ruhiger Stimme. »Er hat den Ort bestimmt, nicht ich.«

Sie beobachtete, wie er den Rest des Weins austrank und nach der Karaffe griff, um sich das Glas nachzufüllen. »Wenn du so sicher warst, dass ich heute Nacht nicht nach Hause kommen würde, hättest du ihn ja hierher einladen können. Das hast du doch sicher schon öfter getan, nicht wahr?«

Anne kaute an ihrer Unterlippe herum. Dass er eine Maske der Gleichgültigkeit trug, hieß noch lange nicht, dass er nicht merkte, was um ihn herum vor sich ging. Da sie nicht wusste, wie sie auf diese Beschuldigung reagieren sollte, ging sie einfach nicht auf sie ein. »Er ist mein Großvater. Er wollte mich sehen, und ich bin seiner Aufforderung nachgekommen.«

»Und ich bin dein *Mann*. Ich *erwarte* dich zu sehen, wenn ich nach Hause komme.«

»Wenn du öfter zu Hause wärst«, entgegnete sie, »würde sich diese Erwartung vielleicht auch öfter erfüllen.«

Sie ging in ihr Ankleidezimmer, wo sie sich, sobald er sie nicht mehr sehen konnte, gegen die Wand lehnte und die Augen schloss. Sie hörte, wie er das Glas mit einem Knall auf den Tisch stellte. Als er jedoch nicht in der Tür erschien, wie sie erwartet hatte, schlug sie die Hände vors Gesicht und schüttelte missbilligend den Kopf, weil sie ihre Zunge nicht im Zaum gehalten hatte.

Angus hatte sich zunächst tatsächlich aus seinem Sessel erhoben, um zu ihr zu gehen. Auf halbem Wege besann er sich indes eines anderen und blieb stehen. Als er sie durch die vom Licht beschienene Ritze zwischen Tür und Türrahmen hindurch sah, biss er so fest die Zähne zusammen, dass seine Wangenmuskeln zitterten.

»Ich ... habe dir nie verboten, deinen Großvater zu

sehen – oder irgendeinen anderen Angehörigen deiner Familie«, sagte er nach einer langen Pause. »Ich hatte nur gehofft, dass du einsehen würdest, wie notwendig dabei eine gewisse Diskretion ist.«

»Es schien mir notwendiger, Essen und warme Kleidung für die Kinder mitzunehmen. Weißt du, dass sie alle um ihr Leben fürchten und jetzt in einer Höhle leben müssen? Eneas erzählt, dass die Kleinen sehr tapfer sind und sich niemals beklagen, doch es ist bitterkalt, und sie haben beide Erkältungen, und … und Mairi hat im letzten Monat eine Fehlgeburt gehabt. Sie ist auf einem Felsen ausgerutscht …«

Ihre Stimme verlor sich. Angus sah, wie sie die Hände vom Gesicht nahm, um sie auf dem Bauch zu falten, als betreffe der schreckliche Verlust sie selbst. Ihr Gesicht wirkte auf einmal sehr verletzlich. Zögernd trat er einen Schritt vor, dann noch einen, doch als er endlich zu dem Schluss gekommen war, dass sie ihm nicht die Tür vor der Nase zuknallen würde, war die Gelegenheit bereits vorüber.

»Mairi tut mir wirklich Leid«, sagte er mit sanfter Stimme. »Aber im Moment ist es eher deine Gesundheit, um die ich mir Sorgen mache. Das Badewasser müsste eigentlich noch warm sein. Hardy hat etwa alle halbe Stunde neues Wasser nachgegossen. Falls nötig, kann ich dir noch ein paar Eimer bringen lassen.«

»Nein. Danke. So ist es gut.«

Als sie den schmalen Lichtstreifen durchquerte, blickte er auf. Ihr Haar wallte wie ein roter Seidenvorhang über ihren Rücken. Während er sie beobachtete, raffte sie ihre langen Locken mit den Händen zusammen, schlang sie auf dem Kopf zu einem formlosen Knoten zusammen und steckte die Masse – bis auf ein paar widerspenstige Strähnen – mit zwei Perlmuttkämmen fest.

Danach lagen ihr Nacken und ihre Schultern bloß, und als sie sich ein wenig zur Seite drehte, konnte er auch die Rundung ihrer blassen weißen Brust erkennen.

Kurze Zeit später kam Anne wieder heraus, bekleidet mit einem Morgenmantel aus dicker Chenille, der ihren Körper ganz unförmig wirken ließ. Sie wagte einen Blick in die Ecke. Ihr Mann war noch da. Den Kopf gegen die Polsterung des Sessels gelehnt, starrte er zur Decke und schien gedankenverloren die Schattenmuster zu studieren, die der Schein des Feuers auf die Stuckornamente warf.

Sie nahm die Kämme aus ihrem Haar und versuchte es mit einer Bürste zu entwirren. Es war nach wie vor feucht vom Schnee und widerspenstig wie immer. Immerhin war sie froh, etwas tun zu können, das kein Nachdenken erforderte. Der lange Ritt nach Dunmaglass und das Treffen mit ihrem Großvater hatten sie, auch wenn sie das nicht gerne zugab, derart mitgenommen, dass sie mit ihren Kräften fast völlig am Ende war. Sie hatte gehofft, dass sich Angus inzwischen in sein eigenes Zimmer zurückgezogen haben würde, denn sie war nicht nur müde, sondern auch ziemlich durcheinander, sodass ihr in keiner Weise der Sinn nach weiteren Auseinandersetzungen stand.

Noch wichtiger war freilich die Tatsache, dass sie Angus bislang noch nie vorsätzlich angelogen hatte und nicht den geringsten Wunsch verspürte, jetzt damit anzufangen. Daher hoffte sie inständig, dass er nicht weiter in sie dringen und sie fragen würde, warum Fearchar sie ausgerechnet in einer derart kalten, unfreundlichen Nacht zu sich bestellt hatte. Dass man sie gebeten hatte, eine Rebellion innerhalb des Clans anzuzetteln, war von einer Ironie, die sie selbst kaum zu fassen vermochte, denn schließlich hatte sie sich alle Mühe gegeben, ihre rebellische Ader zu unterdrücken.

Anne hielt mitten im Bürsten inne.

Sie hatte wirklich mit allen Kräften versucht, eine gute Ehefrau zu sein und sich ein gesetztes Verhalten anzueignen, um ihren Mann nicht zu blamieren, wenn sie beide in vornehmer Gesellschaft eingeladen waren. Täglich arbeitete sie daran, sich den harten schottischen Akzent abzugewöhnen und sich so auszudrücken, wie es die gesellschaftliche Etikette vorschrieb. Sie trug einen ständigen Kampf mit sich selbst aus, um ihre Gefühle im Zaum zu halten und sich jenen kalten, reservierten Frauen anzugleichen, deren maskenhafte Gesichter wahrscheinlich in tausend Teile zersprungen wären, wenn sie laut gelacht hätten.

Anne dagegen lachte viel und so herzhaft, dass ihr zurückhaltender Mann oft – fast gegen seinen Willen – mit einem Lächeln darauf reagierte, und zwar nicht etwa mit jenem falschen Lächeln, das er so oft an den Tag legte, wenn sie in Gesellschaft waren, sondern mit jenem sinnlichen Lächeln, das er sich normalerweise für die Abgeschiedenheit ihres Schlafzimmers aufsparte.

Seufzend ließ sie die Hand mit der Haarbürste einen Moment lang im Schoß ruhen.

Ungeachtet der Art und Weise, wie ihre Ehe zustande gekommen war, hatte er ihr nie irgendeinen Anlass gegeben, an ihrer Fähigkeit, ihn als Frau zufrieden zu stellen, zu zweifeln, ebenso wenig wie sie ihm je irgendeinen Anlass zu der Vermutung gegeben hatte, sie käme lediglich zur Erfüllung ihrer ehelichen Pflichten Nacht um Nacht in sein Bett. Es gab Zeiten, da hätte sie vor Freude weinen können, wenn sie seine Hände und seinen Mund auf ihrem Körper spürte. Und es gab Zeiten – wenn das Licht gedämpft und er tief in ihr war –, wo sie ein Verlangen nach Nähe zu spüren vermeinte, das über die körperliche Vereinigung hinausging, Zeiten, in denen sie es als widersprüchlich und verwirrend empfand, wenn er ihr mit leidenschaftlicher Stimme Liebesworte zuflüsterte, während seine Hände und sein Mund hungrig über ihren Körper wanderten. Er war ein geschickter, freigebiger Liebhaber, und man merkte seinem Körper an, welche unbändige, mit keiner noch so großen geistigen Disziplin zu zügelnde Lust er empfand. Und er weckte Bedürfnisse in ihr, die sie mit großer Bereitwilligkeit – oft sogar mit schamlosem Eifer – nachts sein Bett aufsuchen ließen.

Die Vorstellung, dass ihm, als er vorhin in der Dunkelheit gesessen hatte, der Verdacht gekommen war, sie könne einen Liebhaber haben, hatte etwas derart Ironisches, dass es sie fast zum Lächeln brachte. In den vergangenen sechs Monaten hatte es unzählige Situationen gegeben, in denen sie in demselben Sessel gesessen und ihm gegenüber den gleichen Verdacht gehegt hatte.

Angus hatte ihr nie irgendeinen Anlass zu der Annahme gegeben, er sei ihr untreu gewesen, doch was diese Dinge betraf, waren Männer von Natur aus von großer Durchtriebenheit. Von verheirateten Männern, besonders von attraktiven, welterfahrenen Männern, die alle Höfe Europas besucht hatten, wurde nachgerade erwartet, dass sie eine Geliebte hatten. Das war gang und gäbe, ähnlich der Gepflogenheit, in einem Haus zweierlei Sets von Geschirr zu haben, eins für besondere Gelegenheiten, eins für den täglichen Gebrauch. Nur wenige seiner Standesgenossen hätten es verstanden, wenn er sich dagegen gesträubt hätte, eine der nicht gerade zur Schüchternheit neigenden Schönen auszuprobieren, die jedes Mal, wenn die englische Garnison Verstärkung erhielt, in ganzen Schiffsladungen anzukommen schienen.

Die wilde rote Annie war doch schließlich nur die Art Frau, mit der ein Mann hinter den Stall ging, um ihr den Rock zu heben und zu einem kurzen, schnellen Vergnügen zu kommen. Sie gehörte nicht zu den Frauen, die man heiratete oder denen man treu blieb.

Doch Angus hatte sie seit über einem Monat nicht angerührt, weder in aller Schnelle noch in irgendeiner anderen Form, was sie zutiefst bedrückte. Das Kribbeln, das sie jetzt in ihrem Körper verspürte, rührte zum geringeren Teil daher, dass sie sich rasch nass abgerieben hatte und in der Nähe des Feuers saß, sondern war eher auf den heißen Blick zurückzuführen, mit dem er jede ihrer Bewegungen verfolgte. Und dass sein Hemd weit offen stand und er geistesabwesend mit dem Finger den Stiel des Weinglases streichelte, trug auch nicht gerade zu ihrer Beruhigung bei.

Sie kämpfte gegen den Drang an, sich die eigenen Finger zwischen die Schenkel zu pressen, um nach Möglichkeit dem Verlangen Einhalt zu gebieten, das sich dort bemerkbar machte und von Sekunde zu Sekunde zuzunehmen schien. Doch da sie im Laufe der Zeit herausgefunden hatte, dass eine Ehe aus mehr als dem Arrangieren von Dinnerpartys und der Beaufsichtigung von siebzig Dienstboten bestand, konnte Anne ihrem Körper nicht einfach befehlen abzukühlen, ebenso wenig wie sie so tun konnte, als seien die vom Schein des Feuers geworfenen Schatten fesselnder als die Erinnerung an das Gefühl, wenn sein Atem über ihren Hals strich oder seine Finger ihre Brüste streichelten.

Nein, sie wollte sich nicht mit ihm streiten. Sie wollte ihren Morgenmantel abwerfen und sich wie eine Hure nackt vor ihm auf dem Kaminvorleger rekeln, falls ihn das dazu bringen würde, aus dieser verdammten Ecke herauszukommen.

Anne blickte nach unten auf die Haarbürste, die immer noch in ihrem Schoß lag. Den Regeln der feinen Gesellschaft zufolge galt es als unangemessen, den eigenen Mann tatsächlich zu lieben. War aber auch der Wunsch unangemessen, seine Arme um sich zu spüren oder die körperliche Lust zu genießen, wenn ein Teil von ihm sich in ihr bewegte?

»Komm, lass mich dir helfen.«

Anne schreckte hoch. Als sie sich zur Seite drehte, stellte sie fest, dass Angus mit ausgestreckter Hand neben ihr stand. Sie hatte gar nicht gehört, wie er aufgestanden war und das Zimmer durchquert hatte. Und da sie im ersten Moment nicht verstand, was er meinte – erst als er sich über sie beugte und ihr sanft die Haarbürste aus der Hand nahm, begriff sie es –, blieb sie reglos sitzen und sah ihn lediglich mit wachsamen Augen an.

»Du siehst aus, als würden dir gleich die Arme abfallen.«

»Ich schaff das schon«, flüsterte sie.

»Aber sicher.«

Ohne weitere Umstände nahm er die Haarbürste und trat hinter sie. Es war das erste Mal, dass er so etwas machte, und in Anbetracht ihrer höchst unschicklichen Erregung war sie sich in keiner Weise sicher, ob sie jetzt imstande sein würde, es zu ertragen.

Mit der brüsken, sachlichen Art eines Mannes machte er sich erst einmal daran, ihr zerzaustes Haar zu entwirren, was ihm auch rasch gelang. Als die Bürste dann von der Kopfhaut bis zu den Enden der Locken glitt, ohne auf Widerstand zu stoßen, verlangsamten sich seine Bewegungen und wurden merklich bedächtiger. Es dauerte nicht allzu lange, bis auch alle Feuchtigkeit aus ihrem Haar heraus war, sodass die seidigen glänzenden

Strähnen jedes Mal, wenn er mit der Bürste darüber strich, vor Elektrizität knisterten. Auch auf ihrer Haut verspürte Anne ein Prickeln und Kribbeln. Reglos und ohne Atem zu holen saß sie mit wild klopfendem Herzen da und überlegte, ob ihm wohl klar war, welche unglaublich erotischen Schauer ihr gerade über den Nacken und das Rückgrat rieselten, um sich schließlich in ihrem Unterleib zusammenzuballen.

Die Revers ihres über den Brüsten ein wenig klaffenden Morgenmantels bebten. Als er die Bürste einmal besonders lange und auf besonders sinnliche Weise durch ihr Haar gleiten ließ, rief das zwischen ihren Schenkeln eine Welle nadelstichartiger Implosionen hervor, und sie stieß ein hörbares Keuchen aus.

Angus hielt im Bürsten inne.

Wie gelähmt saß sie da, kaum imstande, Luft zu holen, und als er die Hand ausstreckte, um ihr mit den Fingerspitzen über den Hals zu streichen, wäre sie fast im selben Augenblick zum Höhepunkt gekommen. Er tat so, als wolle er lediglich die verirrten Haarsträhnen, die seiner Aufmerksamkeit entgangen waren, mit der Hand zusammenraffen, doch als sie ein kaum hörbares Wimmern ausstieß, gab er es auf, so zu tun, als ob, und fuhr fort, sie zu liebkosen. Er strich ihr mit den Fingern über die warme glatte Kurve ihres Halses, obwohl es dort keine verirrten Haarsträhnen mehr einzusammeln gab.

Der nächste Angriff auf ihre Sinne fand statt, als er den dicken Strang ihres Haars in drei Teile teilte und sich anschickte, es zu flechten.

»Den Rest kann ich selbst machen«, bot sie an.

»Nein, nein. Was ich angefangen habe, bringe ich auch zu Ende. Außerdem habe ich dir schon unzählige Male dabei zugesehen, sodass es mir eigentlich keine Schwierigkeiten bereiten dürfte.«

Nachdem er ein paar erfolglose Flechtversuche unternommen hatte, langte Anne lächelnd nach hinten, um ihm die Aufgabe abzunehmen. Als sich dabei ihre Hände streiften, zog er seine Hand nicht zurück, sondern packte Anne beim Handgelenk und hielt es einen Moment lang fest, um es dann zum Mund zu heben und die Lippen darauf zu pressen.

»Ich habe dich vorhin angeschwindelt, als ich sagte, es sei nicht mein erster Gedanke gewesen, dass du mit einem anderen Mann zusammen sein könntest. Nach zwei Flaschen Rotwein hielt ich das dann sogar für einen ziemlich nahe liegenden Schluss. Und als du sagtest, du seist in Dunmaglass gewesen, trug das nicht gerade dazu bei, den Verdacht zu zerstreuen.«

»John MacGillivray und ich kennen uns schon seit ewigen Zeiten.«

»Ja«, sagte er, während er mit den Fingern über die weiche Haut ihres Unterarms fuhr, »und um dieses Privileg habe ich ihn immer beneidet.«

Anne spürte, wie sein heißer Atem gegen ihr Handgelenk schlug und seine Finger bis zu ihrer Armbeuge glitten. Sie brauchte zwei Anläufe, um antworten zu können. »Tatsächlich?«

»Ich beneide jeden Mann, der dich länger kennt als ich«, gestand er.

Vermutlich war es der Rotwein, der aus ihm sprach. In diesem Fall würde Anne dafür sorgen, dass er jeden Abend eine ganze Gallone davon neben seinem Sessel hatte.

Erneut drückte er seine Lippen auf ihr Handgelenk, um sie anschließend auf den Weg zu schicken, den bereits seine Fingerspitzen genommen hatten. Der Ärmel war ihr bis weit über den Ellenbogen zurückgerutscht, und als er die seidene Bordüre erreichte, brauchte er bloß ein wenig den Kopf zu drehen, um seine Lippen in ihre Halsgrube zu pressen.

Anne schaffte es kaum, den Kopf still zu halten. Sein warmer Mund und seine heiße feuchte Zunge glitten nach oben, um ihr Ohrläppchen zu necken und sich danach in aufreizender Weise wieder nach unten zu schlängeln, bis sie zum Kragen ihres Morgenmantels gelangten. Sanft schob seine Hand die Chenille beiseite, sodass Anne von neuen Wellen der Lust durchströmt wurde und schon befürchtete, die Verführung könne zu Ende sein, bevor sie richtig begonnen hatte, weil sie in Kürze zum Höhepunkt kommen würde. Überdies würde er mit einem Blick feststellen können, wie erregt sie war, da sich die Haut ihrer Brüste so sehr zusammengezogen hatte, dass die Knospen ihrer Brustwarzen wie kleine reife Beeren aussahen.

Ohne seinen Mund von ihrem Körper zu lösen, ließ er sich langsam auf einem Knie vor ihr nieder. Dann schob er ihr den Morgenmantel von den Schultern, ließ seine Hände zu ihren Brüsten gleiten und umspannte sie. Nachdem er die Brustwarzen mit der Zunge befeuchtet hatte, sah er fasziniert zu, wie die geröteten Spitzen im Schein des Feuers schimmerten.

»Eifersucht«, murmelte er, »kann eine schreckliche Sache sein. Fast so schrecklich wie Stolz.«

Vielleicht wäre Anne eine passende Antwort darauf eingefallen, wenn sie nicht im gleichen Moment gespürt hätte, wie seine Lippen sich öffneten, damit er ihre Brust in den Mund nehmen konnte. Das prickelnde Gefühl ließ sie vollends dahinschmelzen. Sie wühlte ihm mit den Fingern im Haar herum, während er noch stärker an ihrer Brust sog und ihr Fleisch mit der Zunge bearbeitete, bis sie anfing, leise, halb unterdrückte Lustschreie auszustoßen.

Doch als sie sich anschickte, von der Stuhlkante zu rutschen, um sich zu ihm auf den Kaminvorleger zu gesellen, hielt er sie davon ab. Mit einem leisen, schmatzenden Laut gaben seine Lippen ihr Fleisch frei. Seine Hände wanderten zu ihren Schenkeln, um sie auseinander zu drücken. Mit ungläubigem Staunen bemerkte sie, wie er kurz darauf seinen warmen, aufreizenden Mund in den kupferfarbenen Haarflaum zwischen ihren Beinen drückte, sodass Anne sich an der Stuhlkante festklammern musste, um nicht mit einem Ruck zu Boden zu fallen.

Ihr warnender Aufschrei veranlasste ihn, sie bei den Hüften zu packen, um ihr während dieses ersten, unbändigen Ausbruchs von Lust Halt zu geben. Seine Zunge ging auf Erkundungstour und drang immer tiefer zwischen die feuchten Hautfalten vor, um verschlungene Muster auf ihr Fleisch zu malen, das sich jedes Mal bebend zusammenzog, wenn eine neue Welle der Lust sie durchströmte.

»Hör auf«, keuchte sie. »Du musst aufhören. Das halte ich nicht aus.«

»Doch, doch«, murmelte er, »und du wirst noch ganz andere Sachen aushalten, denn ich habe noch gar nicht richtig angefangen.«

Ohne auf ihr protestierendes Stöhnen zu achten, schob er seine Zunge noch tiefer in sie hinein und brachte überdies seine langen, spitz zulaufenden Finger zum Einsatz. Deren tückische Fertigkeiten zwangen sie schließlich, ihn bei den Schultern zu packen, da sie in Zuckungen geriet, die sie vom Stuhl zu reißen drohten, sodass Angus nichts anderes übrig blieb, als sie zu sich auf den Vorleger zu ziehen. Als es nichts mehr gab, was ihre oder seine Lust hätte hemmen können, schob er ihr die angewinkelten Arme unter die Knie und hob sie an, bis sie so schamlos entblößt war wie die Hure, die sie vorhin zu sein gewünscht hatte. Als dann ihr Höhepunkt einsetzte, rissen die Wellen der Ekstase sie mit sich fort, bis ihr fast die Sinne geschwunden wären.

Angus ließ kurz von ihr ab, allerdings nur, um sich seiner Stiefel und seiner Hose zu entledigen. Mit schweren Augenlidern beobachtete Anne, wie er sich das Hemd über den Kopf zog und es von sich schleuderte. Als er seine Kniehosen ablegte und seine dicke, stolz und steil aufgerichtete Männlichkeit zum Vorschein kam, seufzte sie auf. Als er bemerkte, wo ihr Blick verweilte, ließ er sich zwischen ihren Schenkeln nieder, allerdings ohne sie dort zu berühren. Stattdessen ergriff er ihre Hand und forderte sie auf, ihn anzufassen.

Anne ließ die Hand über seinen harten Schaft gleiten. Die Venen traten hervor, während die glitschige Kuppe von seiner maßlosen Erregung Zeugnis ablegte. Anne fuhr fort, ihn auf und ab zu reiben, und beobachtete dabei den Ausdruck in seinen blaugrauen Augen. Sie wusste, dass keine Zeit für irgendwelche Vorspiele blieb, wenn er so hart war wie jetzt.

Als er sie wieder in die Arme schloss, gab es kein Zögern mehr, nur noch pures Verlangen. Sie grub die Finger in seine festen Rückenmuskeln und hieß den ersten, kräftigen Stoß, den er ausführte, mit einem Freudenschrei willkommen. Obwohl er so groß war, dehnte sich ihre Scheide begierig aus, um ihn in sich aufzunehmen. Sie spürte jeden Inch seines erhitzten, in sie eindringenden Fleisches. Die Lust, die sie empfand, war unbeschreiblich. Sie merkte, wie er noch härter wurde – unvorstellbar hart –, als er sie mit aller ihm zu Gebote stehender Kraft stieß.

Mit heiserer Stimme flüsterte er ihr einen Befehl zu, worauf sie die Beine um seine Taille schlang. Mit angespanntem Gesicht bäumte er sich auf, sodass seine schweißbedeckten Brust- und Schultermuskeln hervortraten und im Licht schimmerten. Schließlich nahm sie sein entschuldigendes, leichtes Kopfschütteln wahr, als er das Unvermeidliche nicht länger hinauszögern konnte. Er stieß ein letztes Mal mit aller Kraft zu, um sich dann mit heißem Schwall in sie zu ergießen. Jedes Beben, jedes Zittern, jedes Pulsieren teilte sie dabei mit ihm, bis die ungeheure Anstrengung die beiden schließlich total erschöpft miteinander verschmelzen ließ.

Und selbst danach fuhr er noch fort, sich sachte in ihr hin und her zu bewegen, da es seinem Fleisch ebenso widerstrebte wie ihrem, sich auch nur das kleinste Beben der Lust entgehen zu lassen. Irgendwie brachte sie die Kraft auf, die Augen zu öffnen. Als sie dies tat, erblickte sie an der Wand den Schatten ihrer miteinander verschlungenen Körper, ein Anblick, der berauschender war als zehn Flaschen besten französischen Rotweins.

Sie ließ ihre Hände, die sich in seine Gesäßbacken verkrallt hatten, nach oben gleiten und lächelte schwach, als sie spürte, wie feucht sein Rücken und seine Schultern waren. In der Regel schwitzte Angus Moy nicht, ebenso wenig wie es zu seinen Gepflogenheiten gehörte, keuchend zu atmen oder so großspurig wie ein Jugendlicher zu grinsen, der gerade den wahren Grund dafür entdeckt hat, warum Pfarrer so viel Zeit damit verbringen, von der Kanzel gegen die Sünden des Fleischs zu predigen.

»Verzeih mir«, murmelte er, während er seine Lippen auf die ihren presste. »Du hast gesagt, du seist müde. Ich wollte dich nicht davon abhalten, ins Bett zu gehen.«

»Ja, es wäre sehr schön, ins Bett zu gehen«, erwiderte sie. »Später.«

»Später?« Das sagte er so, als ob das Wort eine Fülle von Möglichkeiten umschlösse. Anne merkte, wie seine immer noch in ihr steckende Männlichkeit sich rührte, und seufzte auf.

»Ich bin immer noch voll da«, flüsterte er. »Wie das möglich ist, mag Gott wissen, aber jedenfalls bin ich immer noch voll da.«

»Ja«, stieß sie hervor und schob ihm ihre Hüften entgegen, um das köstliche Gefühl, das seine immer dicker werdende Männlichkeit ihr bereitete, ganz auszukosten. »Und genau da wirst du auch bleiben, Mylord, bis keiner von uns mehr die Kraft hat, nein zu sagen.«

Viertes Kapitel

Als Anne die Augen wieder aufschlug, war es im Zimmer stockdunkel. Noch nicht einmal vom Kamin kam ein rötlicher Schein herüber, der es ihr erlaubt hätte, sich zu orientieren. Deshalb dauerte es einen Moment, bis Anne klar wurde, dass sie sich nicht mehr in ihrem eigenen Schlafzimmer befand, sondern in Angus' großem Bett lag, dessen schwere Vorhänge zum Schutz vor Zugluft zugezogen waren. Jenseits dieses samtenen Kokons hörte sie den Wind stöhnend gegen das Fenster drücken und das durch winterliche Sturmböen verursachte Klirren der Fensterscheiben. Innerhalb des Kokons waren dagegen nur ihre eigenen Atemgeräusche zu hören. Aber die Wärme, die in der Einbuchtung neben ihr noch zu spüren war, ließ darauf schließen, dass sie noch nicht allzu lang allein dalag.

Die Schlafgewohnheiten ihres Mannes hatten sie immer verblüfft. Während es ihr stets Mühe bereitete, sich von ihrer warmen Bettdecke und ihrem weichen Kissen zu trennen, hielt es Angus selten die ganze Nacht im Bett, ganz gleich, wie lang der Tag gewesen oder wie spät es am Abend geworden war. Er hatte einen leichten, unruhigen Schlaf und war oft schon einige Zeit auf, wenn sich der Erste ihrer Dienstboten den Schlaf aus den Augen rieb. So manches Mal traf Anne ihn beim Aufwachen lesend oder an seinem Schreibtisch sitzend an, um liegen gebliebene Korrespondenz zu erledigen. Diese Angewohnheit, so behauptete er, habe er auf seinen Reisen durch Europa angenommen. Um alles sehen und alles machen zu können, hatte er damals gelernt, mit dürftigen zwei oder drei Stunden Schlaf pro Nacht auszukommen.

Anne hielt es für völlig undenkbar, dass es irgendwo

auf der Welt eine Burg gab, die sie dazu bringen könnte, vor Tagesanbruch aufzustehen und zwanzig Meilen mit einem Pferdegespann zu fahren, um dann zu sehen, wie sich die Zinnen dieser Burg verschwommen hinter einem Nebelschleier abzeichneten. Für noch unwahrscheinlicher hielt sie es, dass sie ihre Füße in Schuhe mit hohen, gläsernen Absätzen zwingen würde, bloß um am Hof irgendeines russischen Fürsten die Nacht durchzutanzen. Die Schönheit der Glens und alten Burgen Schottlands war ihr hundertmal lieber, und sie kannte kein größeres Vergnügen, als barfuß über eine nach Heidekraut duftende Wiese zu rennen.

Mit einer Ausnahme natürlich.

Ihr Lächeln strahlte ganz entschieden Zufriedenheit aus, eine Zufriedenheit, die sie am gesamten Körper empfand. Es war so lange her – zu lange –, seit ihre Nase beim Aufwachen in Kissen vergraben gewesen war, die nach dem Sandelholzöl rochen, mit dem Angus sich die Haare einrieb. Es war ein ganz ausgeprägter, höchst individueller Duft, eine weitere Besonderheit, die er sich im Ausland angewöhnt hatte, denn er hasste das kreidige Gefühl von Puder und setzte sich selten dem unerträglichen Jucken einer Perücke aus.

Wollüstig räkelte sie ihren nackten Körper zwischen den köstlich weichen Betttüchern aus Leinen. Sie war noch ganz schlaftrunken und so benommen, als hätte ihr jemand Laudanum verabreicht, dessen Wirkung noch nicht ganz nachgelassen hatte. Ihre Lippen brannten, und ihre Wangen waren von Angus' Bartstoppeln ein wenig aufgerieben. Als sie sich mit der Hand über die Brüste strich, merkte sie, dass diese immer noch ziemlich empfindlich waren. Eine träge Drehung in der Hüfte lenkte ihre Aufmerksamkeit auf das Pulsieren zwischen ihren Schenkeln.

Von der anderen Seite des Vorhangs ließ sich ein schwaches Geräusch vernehmen. Sie hob den Kopf vom Kissen und lauschte einen Moment lang. Dann rollte sie sich leise zum Rand des Bettes und fuhr mit der Hand über den Samt, bis sie den Spalt zwischen den Vorhängen gefunden hatte. Vorsichtig, damit die Matratze nicht knisterte, beugte sie sich vor und schob die Vorhänge mit der Fingerspitze auseinander.

Zuerst sah sie aus Mangel an Licht gar nichts. Die Nachtlampe in der Nische neben der Tür zum Ankleidezimmer war zwar an, doch der Docht war so weit nach unten gedreht, dass die qualmende Flamme nur einen äußerst schwachen Lichtpunkt bildete. Irgendetwas in der Beschaffenheit der Schatten lenkte ihren Blick jedoch in Richtung Schreibtisch. Nachdem sie ein Weilchen scharf hingesehen hatte, vermochte sie Angus auszumachen, der in dem Ledersessel saß, auf dem er normalerweise Platz nahm, um mit kratzender Feder seine Briefe zu schreiben. Jetzt schrieb er jedoch nichts, sondern saß, die Ellenbogen auf die Knie gestützt, das Kinn in die Hände gebettet, mit gebeugtem Kopf da.

Anne schob den Samtvorhang weiter auseinander. »Angus?«

Als er sich weder bewegte noch sonst irgendwie auf ihr Flüstern reagierte, befeuchtete sie sich mit der Zunge die Lippen und versuchte es noch einmal. »Angus … geht es dir nicht gut?«

Er atmete tief aus. »Mir geht es bestens. Leg dich wieder schlafen.«

»Warum sitzt du denn in der Dunkelheit?«

»Es ist gar nicht dunkel«, erwiderte er und hob den Kopf. »Es ist nur … sehr still.«

Anne zog die Beine an und schwang sie über den Rand des Bettes. Sie war nackt in das Zimmer getragen worden, und jenseits der Vorhänge war es merklich kühler. Da er den Morgenmantel anhatte, der normalerweise neben seinem Bett hing, und nichts anderes zur Hand war, zog sie die oberste Decke vom Bett, wickelte sie sich um die Schultern und stand dann auf.

»Ich hoffe, du willst mir damit nicht auf behutsame Weise zu verstehen geben, dass ich schnarche, Mylord?«

Da sein Gesicht lediglich ein Schemen in der Dunkelheit vor, konnte sie, als sie auf ihn zuging, nicht erkennen, ob ihre Bemerkung mit einem Lächeln aufgenommen wurde. Der Morgenmantel war dunkelblau und bestand aus wattiertem Brokat, der sich ganz kühl anfasste, als sie Angus mit der Hand über die Schulter strich.

»Es geht mir wirklich bestens, Anne. Geh lieber wieder ins Bett, bevor du dir eine Erkältung holst.«

»Darf ich wenigstens das Feuer für dich schüren? Sieh mal, da ist noch Glut ...«

»Wenn *du* es möchtest, werde ich Feuer für dich machen; ansonsten ... bitte! Ich brauche einfach etwas Zeit, um *nachzudenken*.«

Die plötzliche Schärfe in seiner Stimme ließ Anne leicht zurückprallen. Dabei war es dieselbe Stimme, die erst vor kurzem, als er sich stöhnend gegen ihr Fleisch gepresst hatte, so leise und weich geklungen hatte.

»Entschuldige bitte. Ich ... wollte dich ganz gewiss nicht stören.« Sie zog die Decke weiter über die Schultern. »Vielleicht wäre es dir lieber, wenn ich in mein eigenes Schlafzimmer zurückkehren würde?«

Bevor sie sich wegdrehen konnte, hielt er sie an der Hand fest. »Nein. Nein ... Anne, ich bin derjenige, der sich entschuldigen muss. Ich ... ich will nicht, dass du gehst. Ganz und gar nicht. Bitte! Komm her und setz dich eine Minute zu mir. Mir dröhnt der Schädel, und ich habe ein Völlegefühl im Bauch, als hätte ich Blei gegessen.«

»Das war's dann also mit meinem Plan, dir jeden Abend eine Gallone Rotwein einzuflößen«, murmelte sie.

»Wie?«

»Ach, nichts. War sowieso ein dummer Gedanke.«

Angus zog sie auf seinen Schoß, und sie kuschelte sich an ihn. »Es tut mir wirklich Leid.« Er fuhr ihr mit der Hand über den Rücken, um ihre zerzausten Haare zu glätten. »Ich wollte dich nicht so anschnauzen.«

»Und ich wollte dich nicht stören. Wenn du willst, gehe ich ins Bett zurück.«

Nachdem er einen Moment über das Angebot nachgedacht hatte, drückte er einen Kuss auf ihre zerwühlten Haare. »Nein. Es wäre mir lieber, wenn du hier bleibst.«

Anne seufzte und schmiegte sich noch enger an ihn. Einige Sekunden später veranlasste der leichte Unterton von Bedauern, den sie aus seiner Stimme herausgehört hatte, sie jedoch, verstohlen den Kopf zu heben, um in der Düsternis sein Gesicht zu studieren.

War es ihm jetzt, da die Wirkung des Rotweins sich verloren hatte, peinlich, wie sie sich beide im Laufe der Nacht verhalten hatten? Ihrer Ansicht nach musste ein Mann, der seinen Gefühlen nie ungezügelt ihren Lauf ließ, Lust für eine ganz entschiedene Schwäche halten. Gleichwohl hatte er offenbar den Mangel an Aufmerksamkeit, den er in den vergangenen Wochen gezeigt hatte, in dieser Nacht wieder wettmachen wollen. Fragte er sich also jetzt, wie er ihr beim Frühstück ins Gesicht sehen sollte, wenn eine Platte mit Frühstückswürstchen vor ihnen stand und sich ihm die Erinnerung daran aufdrängte, wo Anne erst vor wenigen Stunden ihren Mund gehabt hatte?

Ein Gefühl des Unbehagens breitete sich in ihrem Körper aus und drohte die tiefe Zufriedenheit, die sie erfüllte, zu verdrängen.

»Habe ich etwas gesagt … oder … etwas getan, was dir Sorgen bereitet?«

Nachdem Angus eine Weile nachgedacht hatte, tat er die Frage mit einem Kopfschütteln ab. »Nein, es hat nichts mit dir zu tun. Jedenfalls ist es nichts, worüber du dir Gedanken machen müsstest.«

Sein Ton war so gönnerhaft, als hätte er ihr den Kopf getätschelt und ihr eine Süßigkeit angeboten.

»War sehr vergnüglich mit dir, Mädel. Es ist dir gut gelungen, mich zu zerstreuen«, sagte sie mit leisem Spott in der Stimme, »und jetzt geh Kartoffeln schälen. Gewiss, Mylord, werde ich tun. Und soll ich auch gleich noch den Stall ausmisten?«

Mit hochgezogener Augenbraue starrte er sie in der Dunkelheit an. »Zu zerstreuen? Hältst du dich für eine Zerstreuung?«

»Ich will mich nicht dafür halten, aber du lässt mir kaum eine andere Wahl, wenn du mich so anfährst und sagst: *Geh ins Bett zurück und stör mich nicht.*«

Angus öffnete den Mund, klappte ihn jedoch schnell wieder zu, um dem Vorwurf nicht mit weiteren Plattitüden zu begegnen.

»Ich habe dich nicht angefahren.«

»Du hast selbst gesagt, du hättest mich angeschnauzt. Jedenfalls klangst du so, als seist du böse.«

»Aber nicht auf dich, Anne. Auf mich selbst vielleicht, aber nicht auf dich. Na schön, ich gebe zu, dass ich vorhin böse auf dich war, aber nur, weil ich mir Sorgen gemacht habe. Ich hatte ja reichlich Zeit, um über viele

Dinge nachzudenken, einschließlich der Frage, was es für mich bedeutet, dass du ein Teil meines Lebens bist.«

Sie runzelte die Stirn. »Und was bedeutet es? Einen warmen Körper im Bett, wenn du einen brauchst? Eine Gastgeberin an deiner Tafel? Jemanden, der die Wäsche nachzählt und gelegentlich einen Dienstboten ausschimpft, weil er deine Tische nicht richtig eingewachst hat?«

»*Meine* Tische?«

»Wenn ich dich daran erinnern darf, habe ich – abgesehen von den Kleidern, die ich am Leibe trug – nichts mit hierher gebracht. Folglich sind es deine Tische, deine Stühle, deine Vorhänge, deine Teller, und du hast mir nie Anlass gegeben, das Ganze irgendwie anders zu sehen.«

Seine Hand bewegte sich nervös auf ihrer Schulter hin und her. Sie wusste, dass er gerade an den Strauß Blumen dachte, mit dem sie in der ersten Woche nach ihrer Ankunft in Moy Hall ein Zimmer geschmückt hatte. Sie hatte einen langen Spaziergang gemacht und ein paar Zweige Heidekraut sowie einige Glockenblumen gesammelt – im Nachhinein betrachtet gewiss eine eher schäbige Gabe, doch damals war ihr der Strauß recht hübsch vorgekommen, sodass sie ihn in eine merkwürdige kleine Porzellanvase ins Wohnzimmer gestellt hatte. Binnen einer Stunde waren die Blumen verschwunden, und die Dienstmädchen tuschelten kichernd über das »Unkraut«, das der Kammerdiener Robert Hardy in der wertvollen antiken Vase des Hausherrn vorgefunden hatte. Mit keiner Silbe war Angus auf den Vorfall eingegangen, der ihr jedoch eine schmerzliche Lehre erteilt hatte und sie in Zukunft davor bewahrte, sich irgendetwas anzumaßen.

»Mir war gar nicht bewusst, dass du dich in deinem

eigenen Zuhause immer noch wie ein Gast fühlst«, sagte er leise.

»Manchmal schon. Und bei anderen Gelegenheiten …«

Er beugte den Kopf nach vorn, während sie den ihren senkte. »Bei anderen Gelegenheiten?«

»… merke ich, wie lästig meine Anwesenheit ist«, sagte sie mit sanfter Stimme. »Oder sogar peinlich.«

Angus setzte sich wieder gerade hin. »Ich gebe zu, dass du manchmal extrem eigensinnig und unbesonnen bist. Außerdem hast du die beunruhigende Angewohnheit, stets das zu sagen, was du denkst, ohne vorher über die Folgen nachzudenken – und das nicht nur, wenn wir unter uns sind. Ich würde sogar so weit gehen zu sagen, dass du wahrscheinlich nicht das bist, was den meisten Männern vorschwebt, wenn sie sich ein ruhiges, gesetztes Leben auf dem Lande ausmalen. Andererseits … wenn ich so etwas hätte haben wollen …«

»Hättest du Margaret MacNeil oder ihre reizende französische Cousine Adrienne de Boule heiraten können. Soviel ich weiß, waren sie beide äußerst betrübt, als sie hörten, dass du eine Landpomeranze zur Frau nehmen wirst.«

»Ich kann mir nicht vorstellen, dass dich irgendjemand als Landpomeranze bezeichnet.«

»Dann solltest du genauer darauf achten, was die Klatschmäuler sagen. Ich möchte bezweifeln, dass jemand wie Madmoiselle de Boule dir je Kummer bereiten würde, weil sie mitten in der Nacht mit Pistolen im Gürtel ausreitet, ebenso wenig wie sie dir Schande machen würde, weil sie die falsche Gabel oder den falschen Löffel benutzt. Sie würde sich wahrscheinlich sehr wohl fühlen, wenn sie bei einer Dinnerparty neben Duncan Forbes säße, und sie würde es nie wagen zu fragen, warum in Gottes Namen du die Uniform der Black Watch trägst, obwohl es nahezu jeden aus deinem Clan mit Scham erfüllt, dich darin zu sehen.«

Kaum hatte Anne die Worte ausgesprochen, da bedauerte sie sie auch schon, denn sie trafen ihn wie ein Schlag ins Gesicht. Sein Körper versteifte sich, und die Hand, die begonnen hatte, unter den Falten der Bettdecke auf Wanderschaft zu gehen, zog sich abrupt zurück.

»Sind wir also wieder einmal bei dieser Sache gelandet!«

»Das ist schließlich nichts, was wir einfach unbeachtet lassen können, wenn wir nicht dazu in Stimmung sind.«

»Nein, sicherlich nicht. Und ich würde sagen, dass die momentane Stimmung gründlich verdorben ist.«

Das Leder knarrte, als er sich vorbeugte, um sie damit indirekt aufzufordern, seinen Schoß zu verlassen. Nachdem sie dies getan hatte, stand er auf und ging zum Kamin hinüber. Er bückte sich, um einen Holzspan anzuzünden, mit dem er dann zwei auf dem Kaminsims stehende Kerzen zum Leben erweckte. Im Schein der hellen gelben Flammen konnte Anne sehen, dass sein Mund zu einem schmalen Strich zusammengepresst und seine Gesichtsmuskeln aufs äußerste gespannt waren. Sein Haar war immer noch jungenhaft zerzaust und hing ihm in dunklen Strähnen über die Wangen und in die Stirn, doch statt die Wirkung seines Zorns zu mildern, hob es nur hervor, mit welcher Schnelligkeit er sich aus einem rücksichtsvollen Liebhaber in einen leidenschaftslosen Magnaten verwandeln konnte.

»Vermutlich hätte ich dich das schon eher fragen sollen, aber ich dachte … na, egal, was ich dachte«, sagte er. »Ich nehme an, Fearchar hat dich kommen lassen, weil er wissen wollte, ob ich die Absicht habe, mich eines Besseren zu besinnen, ob ich bereit bin, den Lairds des Chattan-Clans zu erlauben, sich der Armee des Prinzen anzuschließen, falls dies ihr Wunsch ist?«

»Er hat gehofft, dass es auch dein Wunsch ist.«

»Mich Truppen anzuschließen, die auf dem Rückzug sind? Mir mag ja die militärische Erfahrung des Farquharson-Clans fehlen, aber ich neige zu der Ansicht, dass dies nicht gerade der beste Zeitpunkt ist, um sich auf ihre Seite zu schlagen.«

»Wenn du das früher getan hättest«, sagte sie mit ruhiger Stimme, »wären sie jetzt vielleicht nicht auf dem Rückzug.«

»Glaubst du allen Ernstes, ein paar Hundert Mann hätten irgendetwas am jetzigen Stand der Dinge ändern können?«

»Nicht allein, nein. Aber wenn die paar Hundert MacKintosh-Leute sich mit den MacLeods, den MacDonalds und den unzähligen anderen Clans zusammengeschlossen hätten, die es vorgezogen haben, zu Hause zu bleiben, um sich ihren Familienbesitz zu sichern, wären es Tausende gewesen, und das hätte in der Tat die Lage ändern können.«

Da der Holzspan inzwischen bis zu seinen Fingern heruntergebrannt war, warf er den verkohlten Überrest ins Feuer und ging zum Fenster hinüber. Er schob den Vorhang zur Seite, um nach draußen zu blicken, wo es noch immer stockdunkel war und wenig zu sehen gab. Als er sich umdrehte, schob er die Hände in die Taschen seines Morgenmantels und starrte sie mit finsterer Miene an, wobei sich das Licht der Kerzen unheimlich in seinen Augen widerspiegelte.

»Vielleicht hast du Recht«, sagte er. »Vielleicht hätte ich dich an einigen der Diskussionen teilnehmen lassen sollen, die ich mit meinem Gewissen geführt habe. Obwohl ich natürlich bereits alle Argumente kenne.«

Anne sagte nichts und stand mit eiskalten Füßen da, während ihre Zehen sich nervös in den Teppich gruben.

»Glaubst du wirklich, ich will wackere Männer wie Fearchar, Gillies MacBean und John MacGillivray dazu zwingen, einen Eid zu halten, der ihnen total gegen den Strich geht? Glaubst du, es gefällt mir, diesen mürrischen Blicken zu begegnen oder mitzubekommen, wie Männer hinter meinem Rücken ausspucken? Glaubst du, dass auch nur ein einziger Tag vergeht, ohne dass mir die Entscheidungen, die ich treffen musste, Seelenqualen bereiten?«

»Du warst ja nicht gezwungen, sie allein zu treffen«, erinnerte sie ihn.

»Tja, man könnte in der Tat annehmen, dass es ein Leichtes sein müsste, einfach alle Lairds des Chattan-Clans zusammenzurufen, um gemeinsam einen Beschluss zu fassen. Ich habe jedoch feststellen müssen, dass es leichter ist, Öl und Wasser miteinander zu vermischen, als zwei Hochländer dazu zu bringen, sich über irgendeinen Punkt zu einigen. Wenn zwanzig von ihnen in einem Zimmer sind, kann das durchaus dazu führen, dass sich am Ende hundert verschiedene Meinungen gegenüberstehen, von denen neunundneunzig es nach sich ziehen, dass man mit dem Schwert aufeinander losgeht und Blut vergießt. Nein.« Er schüttelte traurig den Kopf. »Ein Teil der Aufgaben, die die Würde des Clansoberhaupts mit sich bringt, besteht darin, dass ich solche Lasten zu tragen habe, und zwar ich allein. Wie leicht doch alles sein würde, wenn es nicht so wäre.« Er machte eine Pause und hielt die Hand hoch, um eine etwaige Entgegnung Annes abzublocken.

»Unglücklicherweise gibt es mehr als zweitausend Familien, die darauf angewiesen sind, dass ich meine Entscheidungen mit dem Kopf und nicht mit dem Herzen treffe. Auf jeden Mann, dem ich befehle, um einer waghalsigen, schlecht geplanten Sache willen zu den Waffen zu greifen, kommen mindestens doppelt so viele Frauen, Kinder und Säuglinge, die dann als Erste unter den Folgen solch blinder Arroganz zu leiden hätten. Es bedrückt dich, weil deine Nichten und Neffen jetzt in Höhlen leben müssen. Stell dir vor, wie es wäre, wenn tausend andere plötzlich kein Dach mehr über dem Kopf hätten, weil ihre Häuser niedergebrannt, die Felder in Brand gesteckt worden sind und das Vieh geschlachtet worden ist. Stell dir vor, wie es wäre, wenn die Väter, Söhne und Ehemänner verhaftet und mit Schiffen in ein fremdes Land deportiert werden, um dort für den Rest ihres Lebens wie Sklaven zu arbeiten.«

»Die Engländer können nicht jeden Mann in Schottland verhaften«, entgegnete sie. »Und denjenigen, die sie tatsächlich verhaften, ist solch ein Schicksal vielleicht lieber, als gezwungen zu sein, die hannoveranischen Farben zu tragen und für einen König ins Feld zu ziehen, den sie verachten.«

»Du glaubst, sie würden lieber für einen König kämpfen, der es noch nicht einmal fertig bringt, ihnen seine Anerkennung dafür auszusprechen, dass sie bereit sind, im Namen der Loyalität zahlreiche Opfer zu bringen? James Stuart ist seit sechzig Jahren im Exil. Er ist fett und träge geworden und lebt auf Kosten anderer, ebenso fetter, träger Monarchen, die sich seiner zwar erbarmt haben und lautstark ihrer Entrüstung und Empörung Ausdruck geben, sich insgeheim aber über die Vorstellung, er könne den Thron wiedererlangen, lustig machen. War er von seiner Sache wenigstens überzeugt genug, um selbst nach Schottland zu kommen? Große Güte, natürlich nicht. Stattdessen hat er seinen unerfahrenen, großspurigen Filius hergeschickt – einen

Mann, der zuvor noch nie ein Schlachtfeld aus der Nähe gesehen hatte, ganz abgesehen davon, dass ihm die nötigen Mittel fehlen, um ein ganzes Land zu unterwerfen. Und nicht nur irgendein Land, sondern *England*, verdammt noch mal. Die größte Militärmacht der Welt.«

»Aber bei Prestonpans hat er gesiegt«, versuchte sie tapfer dagegenzuhalten. »Seine Truppen haben Edinburgh, Perth und Stirling eingenommen, und auf dem Weg nach Derby hat er in vielen englischen Städten die Fahne der Stuarts aufgepflanzt.«

»Bei Prestonpans hat Lord George Murray die Truppen angeführt. Wenn er und Männer wie Donald Cameron of Lochiel nicht gewesen wären, wären Charles Stuart wahrscheinlich noch nicht einmal tausend Mann gefolgt, als er von Glenfinnan losmarschiert ist. Und was das Aufpflanzen seiner Fahne in englischen Städten angeht, so garantiere ich dir, dass die alle wieder heruntergerissen wurden, sobald sich der Staub hinter seinen abziehenden Truppen gelegt hatte.«

Ihre Finger krampften sich um die Falten der Bettdecke, doch Angus hob die Hand, damit sie noch einen Augenblick lang schwieg.

»Aber selbst wenn … *selbst wenn* das Unwahrscheinliche geschehen und die Armee der Jakobiten bis nach London marschiert wäre, wie lange, glaubst du, hätte er sich dort wohl halten können? Die Engländer haben es geschafft, innerhalb einer Woche nach der Grenzüberschreitung des Prinzen dreißigtausend Soldaten zusammenzuziehen. Hätte der Hauptstadt wirklich Gefahr gedroht, hätten ihnen fünfmal so viele zur Verfügung gestanden. Sie haben auch die nötigen Mittel, um für Kost und Kleidung der Armee zu sorgen, die Männer zu *bezahlen* und sie ausreichend mit Gewehren, Kanonen und Munition auszustatten. Unsere Männer müssen um Essen betteln und sich Lappen um die Füße wickeln, wenn ihre Schuhe durchgelaufen sind. Außerdem sind wir darauf angewiesen, von außerhalb des Landes Gewehre und Munition zu erhalten, während die Engländer eine Flotte von fünfhundert Schiffen haben, die die Küsten so dicht abriegeln könnten, dass selbst die Fische kehrtmachen würden.«

»Wir haben starke Verbündete«, konterte sie aufgebracht.

»Die haben wir in der Tat. Zwei von Englands mächtigsten Feinden: Frankreich und Spanien. Und wenn jemals die Chance bestand, in den Reihen des englischen Militärs Unterstützung oder Sympathie zu finden, dann ist sie damit null und nichtig geworden. Wenn man einen hundert Jahre währenden Krieg geführt hat, um Frankreich auf der anderen Seite des Kanals zu halten, und mit Hilfe von Fischerbooten und Leuchtfeuern eine unbesiegbare Armada abgeschmettert hat, ist es nicht sehr wahrscheinlich, dass man heute die eine oder andere dieser beiden Nationen dazu einlädt, an der englischen Küste Militärlager aufzuschlagen. Und was ihre Entschlossenheit als Verbündete betrifft – wie macht die sich denn bemerkbar? König Louis hat den Aufständischen vierzigtausend Soldaten und ganze Schiffe mit Gewehren und Gold versprochen. Bisher hat er lediglich zwei morsche Lastkähne mit einer Ladung Kanonenkugeln geschickt, die ohne dazu passende Kanonen völlig nutzlos sind.«

Anne drehte den Kopf. »Du hast gute Arbeit geleistet, um dich davon zu überzeugen, dass unsere Sache schon verloren ist, bevor es überhaupt richtig losgegangen ist.«

»Ich bin nur Realist, Anne. Sobald der Prinz seinen

Fuß auf englischen Boden setzte, war er verloren. Hätte er an der Grenze Halt gemacht, hätte er daran gedacht, gewonnenes Terrain zu sichern, seine Garnisonen zu verstärken und Rekruten einzuberufen, um unsere Heimat und unsere Freiheit vor einer neuen englischen Invasion zu beschützen ...« Seine Stimme verlor sich. »Nun, wir werden nie erfahren, was dann vielleicht geschehen wäre, nicht wahr?«

»Aber es ist noch nicht zu spät. Wir können immer noch helfen, unsere Grenzen zu verteidigen.«

»Gegen dreißigtausend rachsüchtige Engländer? In einem Winterfeldzug? Du weißt sehr gut, dass die Hälfte der Männer des Prinzen sich davonstehlen und auf ihre Bauernhöfe und zu ihren Familien zurückkehren wird, sobald sie den Esk überschritten haben und wieder in Schottland sind. Wenn er Glück hat, bleibt die andere Hälfte zumindest so lange bei ihm, bis er Edinburgh erreicht hat. Andererseits, wenn die Berichte stimmen ...« Er ging zu seinem Schreibtisch zurück und zog die oberste Schublade auf, der er nach kurzem Zögern ein Blatt Papier entnahm. Anne hatte schon genug offizielle Dokumente gesehen, um die Militärsiegel und Regierungsstempel wiederzuerkennen, und auch der pompöse Schnörkel war ihr vertraut, mit dem John Campbell, vierter Earl of Loudoun und Befehlshaber der in Inverness stationierten englischen Truppen, seine Unterschrift leistete.

»Cumberlands Armee ist angeblich weniger als zwei Tagesmärsche hinter dem Prinzen. Wenn das tatsächlich der Fall ist, schafft er es vielleicht noch nicht einmal bis zur Grenze, und dann wäre die Frage, ob es ihm gelingt, Schottland gegen eine Invasion zu verteidigen, ohnehin müßig.«

»Nur zwei Tagesmärsche!«

»Und dieser Bericht ist bereits achtundvierzig Stunden alt.«

Anne hielt erneut den Atem an, als sie ihrem Mann ins Gesicht blickte. »Was willst du jetzt tun?«

»Ich werde beten, dass, was immer geschieht, mehrere Hundert Meilen von hier entfernt geschieht. Dass es rasch geschieht und für den Rest des Landes möglichst wenig Folgen hat. Vor allem aber werde ich, so unerfreulich und unpopulär das in den Augen deines Großvaters und deiner Cousins auch sein mag, alles tun, was in meiner Macht steht, um mein Zuhause, meine Familie und meinen Clan zu schützen.«

»Selbst wenn das bedeutet, zu den Waffen greifen und *gegen* den Prinzen kämpfen zu müssen?«

»Die Männer des Chattan-Clans werden gegen niemanden kämpfen«, stellte Angus kategorisch fest. »Sie werden lediglich als Wachtposten und zum Schutz verwendet werden. Das habe ich Lord Loudoun gleich zu Anfang klargemacht.«

»Und wenn nun zufällig der Prinz die Straße entlanggeritten kommt, während sie die Täler und Berge um Inverness bewachen ... werden sie dann ihre Musketen beiseite legen, oder werden sie den Befehl erhalten, auf ihn zu schießen?«

Angus senkte den Kopf und stieß durch seine geschürzten Lippen die Luft aus. »Ich bete jede Nacht darum, dass es nie dazu kommt, ebenso wie ich jede Nacht darum gebetet habe, dass beide Seiten Vernunft annehmen und einen Weg finden mögen, diese Sache friedlich zu lösen.«

»Diese Sache«, murmelte sie. »Kannst du dich noch nicht einmal dazu durchringen, diese Situation beim Namen zu nennen? Es ist Krieg, Angus. Krieg. Und im Krieg muss es eine Seite geben, die gewinnt, und eine, die verliert. Was du getan hast, was du nach wie vor tust, indem du die Engländer unterstützt, hilft nur der falschen Seite zu gewinnen.«

»Der Seite, die *du* für die falsche hältst«, entgegnete er mit leiser, aber nachdrücklicher Stimme. »Ich gebe mir große Mühe, mich auf keine Seite zu schlagen.«

»Ja, das sehe ich an den Dinners in Culloden House und den Soireen in Fort George und all den Vergünstigungen, die dir die Regierung gewährt hat, all dem Land, das man dir als Gegenleistung für deine Unterstützung versprochen hat. Es muss sehr schwer sein, so zu tun, als mache man sich nichts aus all den Schmeicheleien und Aufmerksamkeiten.«

»Ich versuche, so gut wie möglich damit fertig zu werden«, erwiderte er gelassen. »Darf ich dem bezaubernden Ausdruck des Hohns, der bei der Erwähnung von Culloden House gerade in dein Gesicht trat, entnehmen, dass du die Dinnerparty vergessen hast, die morgen Abend dort stattfindet und auf der wir *beide* erwartet werden?«

»Dinnerparty?«

»Zur Feier von Lady Regina Forbes' achtzigstem Geburtstag.«

»Ach du meine Güte, das hatte ich völlig vergessen!« Sie riss ungläubig die Augen auf. »Du erwartest doch wohl nicht von mir, dass ich dich dahin begleite, um dann einen ganzen Abend im selben Zimmer wie Duncan Forbes und dieser widerliche Earl of Loudoun zu verbringen!«

»Culloden House ist ein großer Landsitz. Zweifellos wirst du dort genügend Räumlichkeiten finden, in die du dich zurückziehen kannst. Im Übrigen erwarte ich in der Tat, dass du mich begleitest. Wie immer du zu ihrem Sohn stehen magst, die verwitwete Lady Forbes hat nichts getan, um deine Feindschaft oder deine Verachtung zu verdienen. Selbst meine Mutter hat sich bereit erklärt, ihre Höhle anlässlich der Dinnerparty zu verlassen, und wenn die Drachenlady es fertig bringt, ihre Zunge einen Abend lang im Zaum zu halten, sollte dir das eigentlich auch gelingen. Dazu gehört natürlich auch, dass du es unterlässt, die anderen Gäste zu beleidigen oder bei jeder eingebildeten Kränkung deine Messer zu ziehen.«

»Bei einem feierlichen Dinner pflege ich keine Messer dabeizuhaben«, fuhr sie ihn an.

»Dann hast du offenbar noch nie in einen Spiegel geguckt, wenn du wütend bist.« Er hielt einen Moment inne, um seine Selbstbeherrschung wiederzuerlangen. »Also?«

»Also was?«

»Ich habe vor, gegen sechs Uhr abends von hier aufzubrechen. Darf ich darauf rechnen, dass Sie mir die Freude machen, mir in der Kutsche Gesellschaft zu leisten, Lady MacKintosh?«

Anne drehte sich um und ging auf das Ankleidezimmer zu. An der Tür zu ihrem eigenen Schlafzimmer blieb sie stehen und blickte über die Schulter zurück. »Morgen um sechs werden Sie vermutlich die Antwort darauf wissen, Mylord. Genau wie ich.«

Fünftes Kapitel

Angus war in der Bibliothek, als die Uhr auf dem Kaminsims sechs schlug. Er trug eine elegante lange Jacke aus schwerem, jägergrünem Samt, darunter eine bordierte Seidenweste in einem etwas helleren Grünton. Letztere war mit Efeublättern bestickt, während die Aufschläge der Jacke reich mit verschnörkelten Stickereien aus Goldfaden verziert waren. Die Ärmelaufschläge waren zurückgeschlagen, damit die prächtigen, sich um die Handgelenke schmiegenden Rüschen besser zur Geltung kamen. Der Kilt bestand aus rotem und grünem Tartan, die Waden steckten in Strümpfen aus dunkelroter Wolle, in die ein grünes Gittermuster eingearbeitet war. Angus' Schuhe zierten silberne Schnallen, von der Schulter zur Hüfte zog sich ein Gurt aus weichem Ziegenleder und getriebenem Gold, an dem in einer Scheide aus gleichem Material sein Paradeschwert hing. Wie gewöhnlich trug er keine Perücke, sondern hatte sich die Schläfenhaare mit der Brennschere kräuseln lassen, während der Rest seines langen Haars zu einem Pferdeschwanz zusammengebunden war.

Er hatte Anne den ganzen Tag nicht gesehen und auch keine Nachricht von ihr erhalten, aus der hervorging, ob sie ihn zu der Dinnerparty begleiten würde oder ihn allein dort hingehen ließe. Trotz seiner Exzesse in der vergangenen Nacht hatte er in den letzten fünfzehn Minuten zwei große Gläser Rotwein geleert, während er auf und ab ging und den großen Zeiger des Chronometers beobachtete, der unerbittlich auf die Zwölf zukroch. Normalerweise pflegte sie pünktlich zu sein, häufig kam sie sogar zu früh. Vor einem Weilchen hatte Angus Annes Kammerzofe Drena die Halle entlanghuschen sehen, doch hatte er es für unter seiner

Würde gehalten, sich bei einem Dienstboten danach zu erkundigen, ob seine Frau zum Ausgehen oder für einen Abend zu Hause gekleidet war.

Zum zehnten Mal innerhalb von zehn Minuten rückte er seinen Sporran zurecht und fuhr mit dem Finger zwischen Hals und Halstuch entlang, um das beengende Gefühl ein wenig zu lindern. Wie gewöhnlich hatte ihm sein Kammerdiener Robert Hardy beim Ankleiden geholfen. Obwohl der hoch gewachsene hagere Diener seine Ansichten selten in Worte fasste, ließ sich seine Stimmung im Allgemeinen daran ablesen, wie fest er das Halstuch band oder wie rabiat er Fusseln von der Samtjacke bürstete.

Heute Abend hatte er den Samt so kräftig mit der Bürste bearbeitet, dass Angus' Schultern fast Schaden genommen hätten, und wenn das gestärkte Leinen auch nur eine Spur fester gebunden worden wäre, wäre das Gesicht seines Herrn blau angelaufen.

Hardy, seit vielen Jahren ein treuer und zuverlässiger Diener, hatte auf die Absicht seines Herrn, einen rothaarigen Wildfang zu heiraten, anfänglich derart pikiert reagiert, dass er sich beinah anderswo eine Beschäftigung gesucht hätte. Wie die anderen Dienstboten hatte er Anne voller Herablassung behandelt – bis zu dem Tag, da er auf die über und über mit Blut beschmierte Anne getroffen war, die verzweifelt einem der Küchenmädchen zu helfen versuchte, das sich an einem Kaminrost geschnitten hatte. Annes rascher Reaktion verdankte das Mädchen nicht bloß das Leben – die Kenntnisse, über die Anne in puncto Wunden und das Nähen von Wunden verfügte, hatten wahrscheinlich auch den Arm gerettet. Da die meisten hochgeborenen Damen in einer solchen Situation wohl eher hysterisch aufgekreischt hätten, um dann in Ohnmacht zu fallen, statt sich ihr Seidenkleid durch Blutflecke zu ruinieren – wobei das Blut obendrein noch von einem Dienstboten stammte –, begann Hardy dem ehemaligen »Wildfang« mit einem gewissen Respekt zu begegnen. Er machte sich daran, ihr beizubringen, welche Gabeln oder Löffel sie bei den einzelnen Gängen eines langen, festlichen Mahls benutzen musste, indem er kaum merklich nickte oder den Kopf schüttelte. Später legte er zur Demonstration dann ein komplettes Gedeck für ein festliches Bankett auf und erklärte ihr, wozu die einzelnen Teile dienten. Danach brachte er ihr bei, wie man Menüs plant, und als er entdeckte, dass ihre Orthographie ebenso zu wünschen übrig ließ wie ihre Handschrift, sorgte er voller Diskretion dafür, dass sie jeden Tag ein Lehrer aufsuchte, bis sie schließlich imstande war, ganze Seiten mit Gedichten und Prosa in Schönschrift abzuschreiben. Darüber hinaus lehrte er sie auf ihre schüchterne Bitte hin, wie man sich richtig ausdrückte, wie man auftrat und sich zu benehmen hatte. Sie sträubte sich zwar dagegen, Sticken und Klavierspielen zu lernen, fand jedoch Gefallen am Zeichnen und Malen und erwies sich beim Aquarellieren als echtes Talent.

Hardy, geleitet von unverletzlichen, ihm in Fleisch und Blut übergegangenen Verhaltensregeln, hatte Angus über jeden Fortschritt auf dem Laufenden gehalten. Der Laird wiederum hatte mit ihm über andere Interessen Annes gesprochen, die sie nebenher einmal erwähnt hatte, sodass sie, wenn Hardy ihr diese Dinge vorschlug, in keiner Weise den Eindruck hatte, sie werde zu etwas gezwungen oder von der Hand ihres Mannes gelenkt.

Angus fühlte sich belohnt genug, wenn er den Stolz sah, der nach jeder gemeisterten Hürde in ihren Augen leuchtete. Es verlangte ihn nicht sonderlich danach, sie in eine geschniegelte, parfümierte Schlossherrin verwandelt zu sehen; im Gegenteil, es brachte ihn immer noch zum Schmunzeln, wenn er an den Ausdruck in den Gesichtern mehrerer förmlich-steifer Besucher dachte, als sie, erhitzt und völlig außer Atem, mit fliegendem Haar ins Zimmer gerannt gekommen war, barfuß und mit gerafften Röcken, um den kneifenden Zähnen des Hündchens zu entgehen, das ihr dicht auf den Fersen war.

Anne war wie ein kleiner Wirbelwind in sein Leben eingebrochen. Wenn sie bei Tisch lachte, hatte ihn das öfter, als er sich selbst eingestehen mochte, veranlasst, sie anzustarren, und zwar nicht etwa weil er das Gurgeln missbilligte, sondern weil er sich fragte, warum es dort nie zuvor erklungen war. Der Gedanke, dass seine Mutter mit seinem Vater scherzte – sei's allein, sei's in Gesellschaft –, war ihm ebenso fremd wie die Vorstellung, dass sie im Laufe ihrer Ehe mindestens viermal intimen Umgang miteinander gehabt haben mussten.

Obwohl er Anne in der letzten Nacht sanft gescholten hatte, weil sie immer unverblümt ihre Meinung sagte, beneidete er sie insgeheim um dieses Privileg. Nur zu gern hätte auch er für sich das Recht in Anspruch genommen, so offen und ehrlich mit seinen Gefühlen umgehen zu dürfen wie sie. Doch die MacKintoshs konnten ihren Stammbaum bis zu König Malcolm IV. zurückverfolgen, der 1153 geherrscht hatte, und in Angus' Jugend war kein Tag vergangen, an dem man ihn nicht an diesen Umstand erinnert hätte. Ebenso wenig war ihm gestattet worden, zu vergessen, dass die törichte Begeisterung seines Großvaters, der sich bei dem fehlgeschlagenen Aufstand von 1715 auf die Seite der Jakobiten gestellt hatte, den Clan teuer zu stehen gekommen war. Ihnen wurden Geldstrafen auferlegt und einige ihrer Ländereien eingezogen, und erst nach fast zwei Jahrzehnten und der Ablegung des Treueids gegenüber dem englischen König war es der Familie gelungen, ihre früheren Eigentumsrechte und ihre ehemalige Stellung wiederzuerlangen.

Angus hatte nicht um die Bürde gebeten, Clansoberhaupt zu werden. Die anderen Lairds hatten sogar darüber debattiert, ob diese Würde vielleicht eher Cluny MacPherson zufallen solle, da sie nicht so recht wussten, was sie von einem Mann halten sollten, dessen Führungsqualitäten noch nie auf die Probe gestellt worden waren und der zehn Jahre auf dem Kontinent verbracht hatte, um Opern zu besuchen und die alten Sprachen toter Dichter zu studieren.

Angus Moy selbst hätte als Erster zugegeben, dass er ein Gelehrter und kein Kämpfer war. Kunst, Musik und Literatur waren die Dinge, die ihn interessierten. Obwohl ein spanischer Fechtmeister ihm das Fechten beigebracht hatte, hatte er nie ein Duell ausgetragen, nie ein Breitschwert geschwungen oder im Zorn einen Schuss abgefeuert. Insgeheim beschämte es ihn, dass er sich hatte übergeben müssen, als er einmal gesehen hatte, wie einem Bettler unter den Rädern eines Wagens die Hand zu blutigem Brei zerquetscht wurde.

Als die Lairds des Chattan-Clans sich schließlich versammelt hatten, um seinen Titel anzuerkennen und ihm den traditionellen Lehnseid zu leisten, war ihm ziemlich bange gewesen. Viele von ihnen waren in Samt und Spitze gekleidet gekommen, doch ebenso viele waren mit bärtigen, mürrischen Gesichtern und auf dem Rücken hängenden *claï' mór* in die Halle stolziert. Angus hatte schnell festgestellt, dass sich in dem Jahrzehnt, in dem er außer Landes gewesen war, wenig verändert hatte, was nichts anderes hieß, als dass sich in den letzten sechshundert Jahren nicht sonderlich viel am Feudalsystem geändert hatte. Während sich die Bewohner des schottischen Tieflands mehr oder weniger mit den fortschrittlichen Gegebenheiten der englischen Herrschaft abgefunden hatten und sogar dabei waren zu lernen, wie man durch den Export von Wolle, Kohle und Roheisen zu Wohlstand gelangen konnte, hielten die Hochländer nach wie vor an ihrem Clanssystem fest, das seit eh und je in den Bergregionen herrschte. Bereitwillig akzeptierten die Tiefländer die fairen Praktiken der Gerichtshöfe und lebten in dem Bewusstsein, dass man, nur weil man auf einem Bauernhof geboren worden war, noch lange nicht auch auf einem Bauernhof sterben musste. Die Kleinpächter in den Hochlanden hingegen konnten noch nicht einmal ohne die Erlaubnis des Clansoberhaupts heiraten, geschweige denn ein Fuder Weizen verkaufen, ohne neun Zehntel des Gewinns an den Grundherrn abzugeben.

Angus hatte niemandes Erlaubnis gebraucht, um zu heiraten; er hätte das zwischen seinem Vater und Fearchar Farquharson geschlossene Abkommen mit einem Federstrich für ungültig erklären können. Doch er hatte dem alten, ergrauten Krieger seinen Willen gelassen. Er hatte ihn nach Moy Hall eingeladen und sich seine Argumente angehört, obwohl er die ganze Zeit genau gewusst hatte, was er tun würde.

Zufällig hatte Angus Anne Farquharson schon zu Gesicht bekommen, bevor er die mit Efeu bewachsenen Mauern seines eleganten Landsitzes hatte in Augenschein nehmen können. Sie war über das Moor geritten gekommen, mit langem wehenden Haar, das an einen feurigen roten Schweif erinnerte. Zuerst hatte er angenommen, ihr Pferd sei durchgegangen, denn der riesige, mächtige Hengst war wild wie ein Schlachtross mit donnernden Hufen durch das Gras geprescht. Doch dann hatte er die beiden Männer erblickt, die ihr dicht auf den Fersen waren – ihre Cousins, wie er später erfahren sollte –, und hatte gesehen, wie sie auf der Kuppe eines Hügels Halt machte, um die beiden und ihren armseligen Versuch, sie einzuholen, mit einem rüde nach oben gestreckten Finger zu verspotten.

Tagelang war Angus das Bild ihres Gesichts, das atemberaubend schön war wie das Hochland, das sie in ungezähmter Pracht umgab, nicht aus dem Kopf gegangen. Und jedes Mal, wenn er dazu ansetzte, sich mit Fearchar über die Bedingungen des Verlöbnisses zu streiten, hatte es sich zwischen seine Gedanken gedrängt. Das hätte nicht sein dürfen. Es hätte keinen Einfluss haben dürfen auf sein Denken und Handeln. Aber es war so.

Selbst heute, nach vier Jahren Ehe, schaffte es die wilde rote Annie noch, ihm den Atem zu benehmen. Sie schaffte es, dass seine Handflächen feucht wurden und er ein Ziehen in der Leistengegend verspürte, wenn er an ihren Körper dachte. Sie schaffte es, dass er in einer Bibliothek auf und ab lief, an seinem Kragen und seinen Manschetten herumzupfend, und sich jedes Mal, wenn er draußen in der Halle Schritte hörte, mit gespielter Gleichgültigkeit vor ein Fenster stellte.

Nachdem Angus den Rest des warm gewordenen Rotweins getrunken hatte, blickte er erneut auf die Uhr. Es war zehn nach sechs. Die Einladung war für sieben Uhr, obwohl das Dinner, wie es Mode war, nicht vor zehn serviert werden würde. Die Kutsche würde angesichts der vereisten Straßen mindestens eine Stunde bis nach Culloden House brauchen, und obwohl es als Gipfel des schlechten Geschmacks galt, wenn ein Gast tatsächlich zur festgelegten Stunde erschien, konnte Angus seinen Aufbruch im Höchstfall bis sieben hinauszögern.

Natürlich konnte er auch überhaupt nicht hinfahren.

Ihm stand sogar noch weniger als Anne der Sinn danach, die selbstzufriedenen, anmaßenden Gesichter von Duncan Forbes und seiner Phalanx großtuerischer englischer Bluthunde zu sehen. Doch letzten Endes blieb ihm nichts anderes übrig, als hinzufahren, denn seine Lage glich der eines Mannes, dem jemand fest mit dem Stiefel in den Nacken tritt.

Er merkte gar nicht, dass er die Augen geschlossen hatte, bis das leise Rascheln von Seide ihn plötzlich veranlasste, sie zu öffnen.

Sie war ganz entschieden nicht für einen Abend am häuslichen Kamin gekleidet. Schimmernd wie der glänzende Flügel einer Libelle hob sie sich gegen die dunklere Halle ab; ihr glockenförmiger Rock bauschte so stark, dass er den ganzen Türrahmen ausfüllte. Das bestickte, aus blassgoldener Seide bestehende Oberteil war quadratisch geschnitten, während das Mieder ihre Taille betonte und unten V-förmig auslief. Ihre Brüste waren nach oben gedrückt und erhoben sich als sanfte Hügel über dem oberen Rand der Seide, und auch wenn der Blick eines Bewunderers zunächst dort verweilen mochte, um die cremefarbenen Halbmonde zu würdigen, wanderte er nach einer Weile doch unwillkürlich zu der schlanken Säule ihres Halses und der sorgfältig aufgesteckten Pracht der glänzenden roten Locken.

Ohne hinzusehen, versuchte Angus, sein Glas auf den Kaminsims zu stellen. Da ihm das nicht gelingen wollte, musste er den Blick einen Moment lang von Anne abwenden, um den Kristallfuß sicher auf dem Steinsims abzusetzen. Als er wieder in ihre Richtung sah, war sie bereits ins Zimmer gerauscht, wobei die geschlitzten Stoffbahnen an der Vorderseite ihres Rocks elegant ins Flattern geraten waren und den Blick auf die vielen Schichten von Unterröcken freigegeben hatten.

»Entschuldige, dass ich zu spät komme. Drena hatte große Probleme mit meinem Haar.«

»Es hat sich gelohnt zu warten«, murmelte er. »Du siehst hinreißend aus.«

Komplimente brachten Anne immer ganz durcheinander. Mit einer nervösen Drehung der Hände zeigte sie auf den Beistelltisch. »Haben wir es schrecklich eilig, oder könnte ich noch einen Schluck Wein haben, bevor wir aufbrechen?«

»Selbstverständlich.« Er blickte an ihrer Schulter vorbei zu Hardy hin, der außer Hörweite bereitstand. Der ältliche Diener kam sofort auf ihn zu, nachdem er einem anderen Diener, der sich mit den Umhängen über dem Arm bereithielt, signalisiert hatte, dort zu bleiben, wo er war.

Nachdem Angus mit einem Nicken zu verstehen gegeben hatte, dass er auch noch etwas trinken wolle, wurden zwei Gläser mit Wein auf ein silbernes Tablett gestellt. Das erste wurde Anne angeboten, die einen verstohlenen Blick mit Hardy wechselte, bevor sie das Glas nahm. Obwohl er sich nichts anmerken ließ, stellte er fest, dass sie nach scharfem Hochlandschnaps roch. Auch ihre Hand war merklich unsicher und ihr Mund trocken.

Bis in den späten Nachmittag hinein war sie fest entschlossen gewesen, die Nachricht nach unten zu schicken, dass sie zu krank sei, um heute Abend das Haus zu verlassen. Sie fühlte sich verletzt und verraten und war ziemlich verwirrt vom widersprüchlichen Verhalten ihres Mannes und den Gefühlen, die dadurch in ihr hervorgerufen worden waren. Mehrmals hatte sie Hardy kommen lassen, ihn jedoch immer wieder ohne jede Nachricht weggeschickt. Einzig der Allmächtige hatte eine Nachricht von ihr empfangen, denn er hatte sich anhören dürfen, wie sie lauthals fluchte, sobald die Türen geschlossen waren.

Da sie in den letzten vierundzwanzig Stunden kaum geschlafen hatte, waren ihre Nerven zum Zerreißen angespannt. Normalerweise waren enorme Vorbereitungen geistiger und körperlicher Art erforderlich, bevor sie es schaffte, die Spießgesellen ihres Mannes zu ertragen und ihnen gegenüber ein einigermaßen zivilisiertes Benehmen an den Tag zu legen. Da »einigermaßen zivilisiert« für sie lediglich hieß, darauf zu verzichten, ihnen ins Gesicht zu spucken oder sie als Feiglinge und Verräter zu beschimpfen, hatte Angus nicht oft darauf gedrängt, ihn zu gesellschaftlichen Veranstaltungen in Culloden House oder Fort George zu begleiten. Und eben weil er ihr so oft die Pein erspart hatte, den ganzen politischen Sermon und den ganzen Dünkel über sich ergehen lassen zu müssen, hatte sie schließlich beschlossen, ihn heute Abend zu begleiten.

Überdies hatte er Recht mit dem, was er über seine Mutter gesagt hatte. Wenn die verwitwete Lady MacKintosh es fertig brachte, einen ganzen Abend lang dazusitzen, ohne Duncan Forbes oder Lord Loudoun eins auf die Nase zu geben, dann sollte Anne Farquharson Moy, Lady MacKintosh, das auch schaffen. Falls die verwitwete Lady MacKintosh indes doch von ihren Fäusten Gebrauch machen würde, wie sie dies vor einem Monat, an einem denkwürdigen Nachmittag auf dem Marktplatz getan hatte, dann wollte Anne das nicht verpassen, weil sie zehn Meilen weit weg war und schmollte.

Durch diesen Gedanken ein wenig aufgerichtet, nahm sie das Glas und trank es in einem Zug leer. Der Wein war stark und süß, und hätte Hardy ihr nicht mit einer entschiedenen, keinen Widerspruch duldenden

Geste das leere Glas aus der Hand genommen, hätte sie vielleicht noch um ein zweites gebeten.

»Also dann«, sagte Angus, indem er sein eigenes, noch volles Glas absetzte. »Wenn du so weit bist ...«

Sie drehte sich um und ging ihm in die Halle voran. Einen Augenblick später half Hardy ihr in ihren weiten wollenen Umhang, der mit Pelz besetzt war und eine Kapuze hatte, die so groß war, dass darunter auch die kunstvollste Frisur Platz fand. Während ein Dienstmädchen sich mit Schnallen, Handschuhen und Muff zu schaffen machte, legte Angus sein Übergewand an, das bei dieser festlichen Gelegenheit aus einem langen, breiten Plaid bestand, das er sich um die Schultern wickelte und über einen Arm drapierte.

Die Kutsche wartete bereits vor dem Portal von Moy Hall. Sobald Anne und Angus aus dem Haus traten, riss ein Lakai die Tür auf. Der Himmel war klar und dunkel, die Luft roch nach Schnee und Holzrauch. Als Anne stehen blieb, um die frische Luft einzuatmen, schob Angus die Hand unter ihren Ellenbogen, um sie über den Läufer zu geleiten, den man ausgerollt hatte, damit ihre Schuhe nicht schmutzig wurden. Neben ihnen tanzten vom Wind aufgewirbelte Schneeflocken über den Boden, die sich unter Annes Röcke verirrten und ihre Beine hochwirbelten. Sie machte keine Einwendungen, als Angus sich neben sie setzte und eine Reisedecke aus Schaffell über sie beide breitete, doch sie ermutigte ihn auch nicht dazu, irgendein belangloses Gespräch zu beginnen, sondern schmiegte sich in die Ecke und drehte das Gesicht zum Fenster, wobei die weit ausgestellte Kapuze jeden unnötigen oder unerwünschten Blickkontakt verhinderte.

Culloden House lag mitten in einem wunderschön gestalteten Park. Nach Norden zu hatte man von dort einen eindrucksvollen Blick auf den Moray Firth, während im Süden die imponierenden Zinnen der Grampian-Berge aufragten. Das Haus selbst hatte drei Stockwerke und prunkte mit achtzehn Schlafzimmern, die alle mit marmornen Kaminen, Kristallleuchtern und seidenen Wandbespannungen mit Brokatmustern ausgestattet waren. Es gehörte zu den prächtigsten Landsitzen der Gegend und hatte früher einmal den MacKintoshs gehört, war jedoch Anfang des vorigen Jahrhunderts zur Begleichung von Schulden verkauft worden.

Zahlreiche Fackeln und Lampen beleuchteten sowohl die Steinsäulen, die das Tor säumten, wie auch die breite, kreisförmige Auffahrt. Jedes Fenster des Hauses war strahlend erleuchtet, und da es ihrer so viele gab, war, lange bevor die Kutsche mit Anne und Angus über den letzten Hügel gerollt war, am Himmel ein heller Schein zu sehen gewesen.

Während sie schweigend die zehn Meilen zum Culloden House zurückgelegt hatten, hatte Annes Stimmung sich nicht sonderlich aufgehellt. Sie sah äußerst bedrückt aus, und vor lauter Nervosität hatte sie so lange an einer Naht ihres Handschuhs herumgezupft, bis ein Gewirr loser Fäden heraushing. Ein- oder zweimal hatte sie verstohlen einen Blick auf Angus geworfen, doch da die Lampe im Innern der Kutsche einen Schirm aus gepresstem Horn hatte, der das Licht dämpfte, hatte sie kaum mehr als sein Profil zu erkennen vermocht. Die zuckenden Muskeln in seinem Unterkiefer verrieten ihr jedoch, dass seine Nerven zum Zerreißen gespannt waren. Sie vermutete, dass er im Kopf ganze Konversationen durchspielte und auf Mittel und Wege sann, wie sich potenziell aufrührerische Themen umschiffen ließen, wenn seine jakobitische Mutter und seine jakobitische Frau zusammen in einem Raum waren, der voll von Repräsentanten König Georgs war.

Ihm war durchaus bewusst, dass er mit dem Feuer spielte, wenn er sie heute Nacht mit hierher nahm, und ihr war ziemlich rätselhaft, warum er es überhaupt tat, ja, sogar darauf bestanden hatte, dass sie mitkam – besonders da die Nachricht vom Rückzug des Prinzen wahrscheinlich Thema eines jeden Gesprächs sein und hitzig diskutiert werden würde. Trotz seiner Behauptung, dass ihre Abwesenheit als Beleidigung der verwitweten Lady Forbes ausgelegt werden könnte, würde es nur wenige geben, die in ihrer Anwesenheit etwas anderes als einen Affront sehen würden.

Unglücklicherweise war es jetzt für einen Rückzieher zu spät. Sie waren bereits durch das Tor und über die Auffahrt gefahren und machten gerade vor der ausladenden Vordertreppe Halt. Als Angus ihr aus der Kutsche half, hielt er ihre Hand einen Moment länger als nötig fest.

»Was ist los? Ist irgendetwas nicht in Ordnung?«

Die Kapuze ihres Umhangs war zurückgerutscht und gab den Blick auf ihre hoch aufgetürmten roten Haare frei. Im Licht der Fackeln schien das Blau ihrer Augen einen hellen Glanz anzunehmen, während sich ihre von der kalten Nachtluft rosa gefärbten Wangen fast leuchtend von der Dunkelheit hinter ihnen abhoben.

»Nein«, murmelte er. »Es ist alles in Ordnung. Ich … ich wollte dir nur noch einmal sagen, wie hinreißend du heute Abend aussiehst.«

Anne stockte der Atem, als sie das Kompliment erwiderte, indem sie ihrem Mann ins Gesicht blickte. Er war schon bei Tageslicht unwiderstehlich attraktiv, doch bei Kerzenlicht wirkte er so königlich und aristokratisch, wie man sich einen Monarchen vorstellte. Seine grauen

Augen lagen tief in den Höhlen und waren von langen dunklen Wimpern umschattet. Seine Nase war fein geschnitten und gerade, sein Mund nahezu perfekt und so sinnlich, dass Anne bezweifelte, es könne irgendeine Frau geben, die ihn nicht unwillkürlich anstarren würde. Letzte Nacht hatte dieser Mund alle Stellen ihres Körpers berührt und hatte ihr unglaubliche Lust bereitet. Und was würde er ihr heute Nacht bereiten?

»Gehen wir?«

Im Foyer wurde Anne der Umhang abgenommen. Die Aufenthaltsräume, die Salons und der Speisesaal der Familie befanden sich im Erdgeschoss und wurden alle von riesigen Kronleuchtern erleuchtet. Von den nach Süden liegenden Räumen hatte man Zugang zu den hinteren Terrassen und den gepflegten Gartenanlagen. Der erste Stock prunkte mit einer gewölbten Halle, deren Decke von massiven Eichensäulen gestützt wurde. Dort befand sich der große Ballsaal, der in den nächsten Stunden als Bankethalle dienen würde. Nach dem Essen würde man die Tische hinaustragen, damit der Tanz beginnen konnte. Bis zum Morgengrauen würden die Musiker dann unermüdlich spielen.

Das Obergeschoss mit seinen zahlreichen Schlafzimmern war für wichtige Gäste reserviert oder für solche, deren Heimweg so lang war, dass sie nicht daran denken konnten, noch in derselben Nacht nach Hause zurückzukehren. In glücklicheren Zeiten hätten zehn Meilen nach einem langen Abend als viel zu große Entfernung gegolten, doch Anne bezweifelte, dass die Einladung, über Nacht zu bleiben, ergangen war, nachdem die Gastgeber das Antwortschreiben erhalten hatten, in dem bestätigt wurde, dass sie ebenfalls anwesend sein würde.

Duncan Forbes und seine Frau Mary hatten sich am

oberen Ende der Treppe aufgebaut und begrüßten die Gäste. Neben ihnen standen ihr einziger Sohn John und seine fade Frau, die er vor weniger als einem Jahr geheiratet hatte. Weder der Vater noch der Sohn war auffällig genug, um in einem vollen Raum die Aufmerksamkeit auf sich zu ziehen. Beide hatten einen fahlen Teint, der durch die stark gepuderten Perücken – die so straff und präzise gekräuselt waren, wie es ihren verkniffenen Persönlichkeiten entsprach – noch unvorteilhafter wirkte. Sie hatten lange spitze Nasen und vorstehende braune Augen, einen schmallippigen, strengen Mund und ein Kinn, das so beschaffen war, dass es von einem Bart profitiert hätte.

Neben ihnen standen zwei Verwandte, der Reverend Robert Forbes und Douglas, ein Neffe der Familie. Das Äußere des Letzteren war ein wenig ansprechender als das der übrigen Familienmitglieder, denn er hatte ein jugendfrisches, fast hübsches Gesicht. Wenn die Gerüchte stimmten, dass er sich in der Damenwelt allmählich einen bestimmten Ruf erwarb, kam er überdies eher nach seinem Großvater, dem verstorbenen und viel betrauerten »Bumper John« Forbes, auf den eine Tradition zurückging, die offenbar nach wie vor gepflegt wurde – nämlich die, ein Fass Whisky aufzumachen und es neben den Gastgeber und die Gastgeberin zu stellen, um jeden Gast mit einem vollen Becher Whisky zu begrüßen.

Es war Bumper Johns Witwe, Lady Regina Forbes, die heute ihren achtzigsten Geburtstag feierte. Sie hockte zwischen ihrem Sohn und ihrem Enkel auf einem thronartigen Sessel, eine winzige, verschrumpelte Zwergin, deren braune Glupschaugen unter einer viel zu großen, lächerlich wirkenden Perücke hervorblickten. Mit einer Hand hielt sie ein Hörrohr umklammert, das sie kaum zu heben vermochte; an der anderen trug sie so viele Ringe, dass diese wie ein toter Gegenstand über die Armlehne des Sessels baumelte.

Während Anne mit ihrem Mann darauf wartete, offiziell willkommen geheißen zu werden, ließ sie ihren Blick durch die überfüllte Halle schweifen. Bei den männlichen Gästen dominierten scharlachrote Uniformjacken, deren blaue, gelbe, gelbbraune und grüne Aufschläge die Kompaniezugehörigkeit des Trägers anzeigten. Die Frauen, deren Lachen sich wie das Klirren von Kristallprismen anhörte, trugen Seide in allen nur denkbaren Farbschattierungen und waren mit glitzernden Juwelen behangen. Drei Viertel der Gäste waren Offiziere, von denen mindestens die Hälfte den Kilt trug, der sie als Angehörige eines Hochlandregiments auswies. Anne erkannte auf Anhieb einige Mitglieder des MacLeod- und des Campbell-Clans wieder, darunter MacKenzie of Seaforth und Munro of Culcairn; Letzterer ein durch und durch unangenehmer Bursche, der während des Aufstands von 1715 ein Auge verloren hatte und die hässliche Narbe nun wie ein Ehrenzeichen trug. Sie sah, wie sich einer nach dem anderen von ihnen umdrehte und in ihre Richtung starrte, als sie und Angus die letzte Stufe der in den ersten Stock führenden Treppe hinaufstiegen. Nach und nach verstummten die Gespräche der anderen, bis schließlich gespanntes Schweigen herrschte.

Wäre Angus allein auf der Party erschienen, so hätten sie ihn wohl mit fröhlichen Rufen und viel Schultergeklopfe begrüßt, vermutete Anne. Sie selbst sah in ihnen jedoch nichts als Verräter, die verzweifelt versuchten, ihren Verrat zu rechtfertigen, und wenn an Angus' spöttischer Bemerkung, ihre Blicke seien wie Messer, etwas dran war, dann hätte sie jeden dieser Männer gern so lange fixiert, bis er verblutet war.

Angus, der ihre Gefühle erriet, drängte sie vorwärts und stellte sie zunächst dem Reverend Robert Forbes vor. Er war ein wichtigtuerischer, wenn auch harmloser Mann, der dazu neigte, aus alltäglichen Sätzen eine Predigt zu machen, was auch diesmal prompt passierte. Nachdem er die üblichen spaßigen Bemerkungen über das Wetter gemacht hatte, klagte er über die Tatsache, dass sein Pfarrbezirk in Leith so weit entfernt lag, so dass es ihm nicht möglich war, häufiger nach Inverness zu kommen. Seine Frau, die zu beschränkt war, um zu begreifen, dass von ihr nichts anderes erwartet wurde als ein steifes Kopfnicken in Annes Richtung, brauchte ihr ganzes Repertoire an Komplimenten auf. Nachdem sie Annes Kleid gelobt und ihre Freude über das Wiedersehen bekundet hatte, wirkte das hinter ihnen herrschende Schweigen fast ohrenbetäubend.

Angus wurde mit ausgesuchter Herzlichkeit von Duncan Forbes und seinem Sohn empfangen, der ihn mit dem traditionellen *cend mile failte* – sei hunderttausendmal willkommen – und einem Glas Whisky begrüßte. Doch als Angus sich nach unten beugte, um Lady Regina Forbes Geburtstagswünsche ins Hörrohr zu brüllen, reckten beide Männer bewusst das Kinn ein wenig höher, um auf Anne herabblicken zu können. Ihre Frauen ließen ihren Blick langsam von Annes ungepudertem Haar zu ihren Schultern und von da bis zu ihrer Taille und zum Saum ihrer Röcke wandern und vermittelten ihr deutlich das Gefühl, sie habe in Wasser gebadet, das nicht heiß genug gewesen sei. Die Flügel ihrer empfindlichen kleinen Nasen bebten, ihre verkniffenen Münder spitzten sich, um ihr zu verstehen zu geben, dass es auf der ganzen Welt nicht genug Seide oder Parfüm gab, um den an ihr haftenden Geruch nach Stall und verschwitztem Sex zu überdecken.

»Ist dieser Teufel von Ihrem Großvater noch am Leben?«

Verblüfft bemerkte Anne, wie die knochige Hand von Lady Regina ihr Handgelenk umklammerte. Sie erinnerte sich dunkel daran, Gerüchte gehört zu haben, denen zufolge es vor Jahren einmal eine heiße Affäre zwischen Fearchar und Lady Regina gegeben haben musste. Das plötzliche Funkeln, das in die Triefaugen der alten Dame getreten war, ließ darauf schließen, dass auch ihr diese Sachen wieder eingefallen waren.

»Ja. Er ist noch immer sehr munter.«

»Hä? Was haben Sie gesagt?«

Statt sich nach unten zu beugen, um in das Hörrohr zu sprechen, hob Anne lediglich die Stimme. »Ich habe gesagt, ja, Mylady, mein Großvater Fearchar Farquharson of Invercauld ist immer noch sehr munter und erfreut sich bester Gesundheit. Sicher wird es ihn freuen zu hören, dass Sie sich nach ihm erkundigt haben.«

Die Alte lachte gackernd. »Flöhe hat er? Na ja, er war ja immer ziemlich behaart, aber wenn er sich tüchtig mit Laugenseife abschrubbt, kann er den kleinen Mistviechern den Garaus machen. Nicht dass ich ihn bloß wegen ein paar Blutsaugern aus dem Bett schmeißen würde. Er hat immer gewusst, wie man's einem Mädel richtig besorgt, das hat er. Auf seinem Schwanz konnte man die ganze Nacht reiten, und selbst am Morgen ging's dann noch weiter. Hä?« Sie klopfte sich die Perücke zurecht, die verrutscht war, weil ihr Sohn ihr hastig etwas ins Ohr geflüstert hatte, und warf diesem einen finsteren Blick zu. »Was ist denn nun schon wieder los? Wieso bist du denn so rot? Sprich lauter, Mann. Bei dem ganzen Gequatsche kann ich kein Wort verstehen.«

Indes hatte gerade die Tatsache, dass gar kein »Gequatsche« zu hören gewesen war, in dem die Unterhaltung hätte untergehen können, das Gesicht des Lord President dunkelrot anlaufen lassen. Er gab vier in der Nähe stehenden Lakaien ein Zeichen, die daraufhin den Sessel anhoben und die alte Dame in ein angrenzendes Zimmer trugen. Die gegenwärtige Lady Forbes und ihre farblose Schwiegertochter trippelten der Gruppe hinterher.

»Sie müssen meine Mutter entschuldigen«, sagte Duncan Forbes, sobald sich das Durcheinander gelegt hatte. »Ihr Gedächtnis ist äußerst sprunghaft, und außerdem scheint es sie jeden Tag weniger zu kümmern, was sie sagt und zu wem sie es sagt.«

»Falls ich jemals achtzig werden sollte, hoffe ich, dasselbe Privileg für mich in Anspruch nehmen zu können«, erwiderte Angus lächelnd.

Nachdem die beiden Männer mit einer knappen Verbeugung einander bedacht hatten, führte Angus Anne weg, wobei ihm auffiel, dass ihr Glas Whisky bereits halb leer war. Obwohl die meisten Gespräche nach einem viel sagenden Blick von Duncan Forbes wieder aufgenommen wurden, schritten Lord und Lady MacKintosh einen Pfad des Schweigens entlang, als würde vor ihnen gerade ein Pflug eine neue Furche ziehen.

»Ich wage nicht zu hoffen, dass wir damit unsere Pflicht erfüllt haben«, murmelte sie.

»Du hältst dich sehr gut, meine Liebe«, erwiderte Angus mit ebenso leiser Stimme. »Nein, haben wir nicht.«

»MacKintosh!« Die dröhnende Stimme von John Campbell, Earl of Loudoun, sprengte die dicht gedrängt stehenden Gäste auseinander. Er war ein Mann von massiger Gestalt, nicht übermäßig groß, doch von so enormem Umfang und mit so breiten Schultern, dass er eine Herausforderung für jeden Schneider darstellte. Da ein Netz feiner roter Adern seine Wangen durchzog, waren diese ständig gerötet. Seine dicke, knollige, wie ein Schwamm gemaserte Nase war wahrscheinlich die größte, die es in ganz Schottland gab. »Freue mich, Sie heute Abend hier zu sehen, Captain. Sie und natürlich Ihre schöne Frau. Lady Anne. Ist mir ein Vergnügen.«

Er kam mit einer Horde in Scharlachrot gekleideter Offiziere im Schlepptau auf sie zu, die fast alle so steif aussahen, als würden sie einen Sprung bekommen, wenn sie sich nach vorn beugten.

»Meine Frau kennen Sie ja?«

Die beiden Frauen tauschten ein gezwungenes Lächeln aus. Von allen an diesem Abend anwesenden Männern war Lord Loudoun Anne am meisten zuwider. Als Befehlshaber der Regierungstruppen in Schottland war er als Erster an Angus mit dem »Angebot« herangetreten, ihn nicht zu verhaften, sein Land und seine Titel nicht einziehen zu lassen, keine Truppen in Moy Hall einzuquartieren und weder seinen Besitz noch seine Pachtgelder noch sein Vieh zu konfiszieren, sofern er bereit wäre, ein Regiment von MacKintosh-Männern aufzustellen, die das weiße Pferd der Hannoveraner an der Mütze trugen. Ganz ähnliche Angebote hatten er und Duncan Forbes allen wichtigen Lairds gemacht, und diejenigen, die sich hartnäckig geweigert hatten, waren entweder eingekerkert worden oder versteckten sich in Höhlen.

Als der Earl sich höflich über Annes Hand beugte, blieben seine Augen am oberen Rand ihres gut gefüllten Mieders hängen. »Es ist ungemein lange her, seit wir das Vergnügen hatten, Sie unter uns sehen zu dürfen, Lady Anne. Angus, ich weiß, dass Sie meine neuen Adjutanten bereits kennen, aber gestatten Sie mir, sie Ihrer Frau vorzustellen: Lady Anne MacKintosh, Major Roger Worsham und Captain Fergus Blite, die beide vor vierzehn Tagen aus London gekommen sind.«

Anne war zwar froh darüber, Loudoun keinen Moment länger als nötig ins Gesicht sehen zu müssen, doch keiner der beiden neuen Offiziere stellte eine Alternative dar, die in irgendeiner Hinsicht ansprechender gewesen wäre. Captain Blite war auffallend hässlich, und sein Gesicht wurde von einem milchigen weißen Film verunstaltet, der eines seiner Augen überzog. Der Major wirkte insofern etwas vorteilhafter, als seine Gesichtszüge fast makellos schön waren, doch er stand steif wie ein Stock da, das Knie ein wenig vorgeschoben, um zu demonstrieren, wie gut seine eng anliegenden Hosen saßen. Um seine Lippen spielte ein verschlagenes Lächeln, das deutlich zu verstehen gab, dass er schon viel von der rothaarigen jakobitischen Herrin von Moy Hall gehört hatte.

Adrienne de Boule war zierlich und grazil und hatte kohlrabenschwarzes Haar, das jedoch unter einer dicken Schicht Reismehl verschwand. Sie war Französin und redete immer in einem leicht akzentgefärbten Flüsterton, der die Männer zweifellos dazu bringen sollte, sich zu ihr zu beugen, um ihren Worten zu lauschen. Ihre Haut bedurfte keiner Waschungen mit Quecksilber, um weiß und bleich zu werden; ihre großen dunklen, äußerst ausdrucksvollen Augen waren mit dichten schwarzen Wimpern besetzt, mit denen sie wirkungsvoll klimpern konnte.

Als ihr Blick sich auf Angus heftete, gerieten diese Wimpern heftig in Bewegung, und als er sich über ihre Hand beugte, holte sie so tief Luft, dass ihre Brüste – die ohnehin schon hoch genug aufgeschnürt waren – ihr Mieder zu sprengen drohten.

»Lady MacKintosh«, sagte der immer noch lächelnde Worsham, ohne zu bemerken, dass seine Begleiterin nahe daran war, den Rock zu heben, falls Angus auch nur das kleinste Anzeichen von Interesse zeigen sollte. »Es ist mir eine Ehre, endlich Ihre Bekanntschaft machen zu dürfen. Ich bitte vielmals um Entschuldigung, dass ich Sie bisher noch nicht in Moy Hall aufgesucht habe, aber ich versichere Ihnen, dass ich diese Nachlässigkeit unverzüglich wieder gutmachen werde.«

Anne wandte den Blick von Mademoiselle de Boule ab und quittierte das Versprechen des Majors mit einem eisigen Lächeln. »Es ist nicht nötig, dass Sie sich extra diese Mühe machen, Major. Ich bin dieser Tage ohnehin selten zu Hause.«

»Haben Sie so viel zu tun, dass Sie den ganzen Tag unterwegs sind?«

»Nein. Aber für uneingeladene Gäste bin ich selten zu Hause.«

Der Major zog eine seiner Brauen hoch. Seine Augen waren von so hellem Blau, dass sie fast farblos wirkten, doch die jetzt in ihnen auflodernde Wut ließ sie plötzlich viel dunkler aussehen.

Unterdessen räusperte Loudoun sich lautstark. »Von dem Vorfall letzte Nacht haben Sie schon gehört, ja?«

Langsam wandte Angus den Blick von Worsham ab. »Ein Vorfall?«

»Mmm. Letzte Nacht ist es auf der Straße nach Inverness zwischen Major Worshams Patrouille und einigen Rebellen zu einem Scharmützel gekommen.«

»Drei von meinen Leuten wurden getötet«, warf Worsham ein, »und mehrere verwundet. Der Anführer der Rebellen wurde von einer Kugel getroffen und ging zu Boden, doch bevor wir feststellen konnten, um wen es sich handelt, haben seine Leute ihn weggeschafft.«

»Davon hatte ich noch nichts gehört«, sagte Angus mit einem Stirnrunzeln.

»Nein? Ich habe einige Männer die Verfolgung aufnehmen lassen, aber sie haben die Spuren im Schnee verloren. In der Nähe von Loch Moy, nebenbei bemerkt.«

»Eine gut gewählte Gegend«, bestätigte Angus. »Der Wald ist so dicht und der Boden teilweise so steinig, dass man dort die Spuren einer ganzen Armee verlieren würde.«

»Das werde ich mir merken«, entgegnete Worsham und richtete seine hellen Augen wieder auf Anne. »Ich darf doch wohl davon ausgehen, dass Sie es unverzüglich melden würden, falls Sie in der näheren Umgebung irgendetwas Ungewöhnliches beobachten sollten? Zum Beispiel ... Verwundete. Oder eine große Gruppe bewaffneter Rebellen.«

»Oh, selbstverständlich«, versicherte ihm Anne.

Abermals lächelte Worsham. Anne lief es kalt den Rücken herunter.

»Wissen Sie«, sagte er, »ich habe eigenartigerweise das Gefühl, dass wir uns schon einmal begegnet sind.«

»Ganz sicher nicht, Major.«

»Sie sind gestern wohl nicht zufällig spät in der Nacht über das Moor geritten, wie?«

Die Dreistigkeit der Frage überrumpelte Anne, was zweifellos auch beabsichtigt war, und es war Angus, der mit einem bitteren Lachen antwortete: »Gestern Nacht? Gestern Nacht hat meine liebe Frau mir gehörig die Leviten gelesen, weil ich am Nachmittag zu viel getrunken hatte, um dem Rehbraten zusprechen zu können, den sie für unser Abendessen hatte vorbereiten lassen.«

Worshams helle Augen funkelten. »Gleichwohl trügt mein Gefühl mich selten, besonders wenn eine schöne Frau im Spiel ist. Sind Sie vielleicht schon einmal in London gewesen, Mylady? Im Theater oder in der Oper?«

»Nein, Sir«, erwiderte Anne. »Ich bin noch nie in London gewesen und verspüre auch nicht den geringsten Wunsch, dort hinzufahren, denn soviel ich gehört habe, ist es eine dunkle, öde Stadt. Es heißt, dass es dort immer regne und auf den Straßen der Geruch von Unrat derart stark sei, dass er allen anhafte, die von dort kommen.«

Es dauerte einen Moment, bis der Major die verklausulierte Beleidigung begriffen hatte. Sein Hals überzog sich mit scharlachroten Flecken, und sein Rücken hatte er total durchgedrückt. Wenn am anderen Ende der Halle nicht plötzlich ein Dudelsack erklungen wäre, hätte er vielleicht auch noch die fest zusammengepressten Lippen geöffnet, um die Zähne zu fletschen.

Anne spürte, wie Angus sie beim Arm packte und zu einer der Eichensäulen zog, wobei er so tat, als wolle er den Dudelsackpfeifern aus dem Weg gehen, deren Spiel die Gäste in den Bankettraum rufen sollte. Während die Melodie des Forbes'schen *piob rach'd* erklang, beugte Angus sich nach unten und flüsterte ihr ins Ohr: »Nur zu deiner Information – es heißt, Major Worsham sei einer der bevorzugten Schützlinge des Duke of Cumberland. Er hat sich unter General Henry Hawley die Zähne gewetzt und hat die letzten sechs Monate in Flandern verbracht, um im Mondlicht Kehlen aufzuschlitzen.«

»Er ist ein verdammter *Sassenach*«, flüsterte Anne zurück, »und jagt mir keine Angst ein.«

»Das sollte er aber. Ich bezweifle nämlich stark, dass der letzte *Mann*, der zu ihm gesagt hat, er rieche nach Scheiße, noch in der Lage ist, irgendetwas zu riechen.«

Sechstes Kapitel

Annes geschätzte Schwiegermutter lachte mit der Herzhaftigkeit eines Mannes. »Du hast zu ihm gesagt, dass er nach was rieche?«

Die fast siebzigjährige Lady Drummuir hatte den kräftigen Körperbau und die direkte Art einer Frau, die zu lange gelebt und zu viele Zwistigkeiten miterlebt hatte, um sich um kleinkarierte Klatschmäuler und dünkelhafte Standesgenossinnen zu kümmern – von denen einige ihre Fächer aufschnappen ließen, kaum dass Lady Drummuirs fröhliches Gelächter zu hören war.

»Nach Scheiße?« Sie wischte sich die Augen, während ihr enormer Busen immer noch vor Lachen bebte. »Dann ist ihm zum zweiten Mal innerhalb einer Woche mitgeteilt worden, dass er sich gründlicher baden muss, der verdammte *Sassenach*.«

Das Dinner hatte einen ruhigen Verlauf genommen. Dem gesunden Appetit von über sechzig Gästen war mit Gerichten wie in Scheiben geschnittenem Rindfleisch, Räucherlachs, Rehrücken und riesigen Schüsseln pochierter, in Butter schwimmender Muscheln Tribut gezollt worden. Somit hatte sich die Aufmerksamkeit aller auf die überreichliche Menge guten Essens und guten Weins konzentriert – beides war in den vergangenen Monaten knapp gewesen.

Gewiss, gelegentlich brachen die Rotröcke, die sich um Lord Loudoun geschart hatten, in lautes Gelächter und stürmische Hurrarufe aus, um ihre Begeisterung über den Rückzug der jakobitischen Armee zum Ausdruck zu bringen. Sein Rang und seine Stellung verpflichteten Angus, mitten unter ihnen zu sitzen, doch Anne und Lady Drummuir hatten sich einen Platz weiter unten am Tisch gesucht, wo die Gesellschaft größtenteils aus alten Frauen und biederen alten Jungfern bestand.

Und einigen Überraschungen.

Als Anne bereits Platz genommen hatte, blickte sie den Tisch entlang und nahm eine Mähne dunkelblonden Haars wahr, die ihr äußerst vertraut vorkam. Zugegeben, das Haar war glatt gekämmt und im Nacken zusammengebunden, doch die breiten Schultern und die dunklen grüblerischen Augen von John Alexander MacGillivray waren unverwechselbar.

Anne wäre die Letzte gewesen, die ihr Erstaunen darüber ausgedrückt hätte, einen bekannten Sympathisanten der Jakobiten am Banketttisch des Lord President sitzen zu sehen. Abgesehen davon, dass er ein reicher und mächtiger Laird war, war es höchstwahrscheinlich MacGillivrays Schwarzmarktburgunder, den die Gäste tranken, denn die Angehörigen seines Clans waren für ihre Aktivitäten als Schmuggler ebenso berühmt wie für ihren kriegerischen Unabhängigkeitsdrang. Wie Anne war er sicher aus Höflichkeit eingeladen worden, und wie Anne war er wahrscheinlich aus Respekt vor der verwitweten Lady Forbes gekommen.

Sie schaffte es, ihm flüchtig zuzulächeln, bevor Lady Drummuir sie wieder ins Gespräch zog.

»Er hatte die Dreistigkeit, mit einem Trupp Soldaten in mein Haus zu kommen und die Keller zu durchsuchen«, erklärte sie, wobei sie entrüstet die Nasenflügel blähte. »Er behauptete, ihm sei zu Ohren gekommen, dass die Jakobiten in meinen Weinfässern einen Vorrat an Bleikugeln lagerten, worauf ich zu ihm sagte, er möge nicht so dumm daherreden. Die Tonnen würden zur Aufbewahrung des Schießpulvers benutzt, die Kugeln habe alle der Prinz im Sack.«

Douglas Forbes, der Neffe des Lord President, hatte

gerade den Mund voller Blutwurst und kaute noch einige Sekunden weiter, bis er das Wortspiel verstand und sich heftig verschluckte. Da die Etikette und die Höflichkeit verlangten, dass einer der nächsten Angehörigen der Gastgeberfamilie bei den beiden Damen MacKintosh saß, hatte er sich freiwillig erboten. Er saß zwischen Anne und Lady Drummuir, und im Laufe der Mahlzeit hatte die eine oder die andere sich schon mehrmals genötigt gesehen, ihm kräftig auf den Rücken zu klopfen.

Diesmal war Lady Drummuir dran, die ihm einen derart herzhaften Klaps gab, dass er beinahe nach vorn auf den Tisch geplumpst wäre. »Na kommen Sie, Jungchen, trinken Sie mal ein Schlückchen Wein. Gleich hat Ihre Qual ein Ende. Sehen Sie mal da! Die Damen heben schon ihre vornehmen Ärsche, um pinkeln zu gehen, während die Herren sich mit ihrem Brandy und ihren Zigarren in den Salon begeben, damit die Tische weggeräumt werden können.«

»Ich versichere Ihnen, dass es keine Qual gewesen ist, Lady Drummuir«, erwiderte er mit einem Grinsen. »Ganz im Gegenteil.« Als er bemerkte, dass Anne aufstehen wollte, erhob er sich rasch, um ihren Stuhl zurückzuziehen. Sie dankte ihm für seine Höflichkeit, woraufhin er knallrot wurde und, durch ihre Reaktion ermutigt, losstammelte: »Falls Sie es nicht für zu vermessen halten, Lady Anne, wäre es mir eine unvergleichliche Ehre, wenn Sie mir nachher das Vergnügen machen würden, mir einen Tanz zu gewähren. Das heißt, falls Sie nicht schon vergeben sind. Und natürlich nur, falls Sie überhaupt tanzen möchten. Mit mir, meine ich.«

»Eine unvergleichliche Ehre? Ich glaube, einen solchen Wert hat noch nie jemand einem bloßen Tanz zugemessen. Danke für die Aufforderung, Mr. Forbes. Allerdings vermute ich, dass es Ihrem Onkel arg missfallen würde, wenn Sie mit mir tanzten.«

»Hauptsache, Ihnen würde es nicht missfallen, Lady Anne. Mein Onkel kann von mir aus vor Wut platzen.«

Sie lachte und neigte den Kopf. »Das ist freilich eine Versuchung, der ich nicht widerstehen kann, Sir. Aber die Ehre wäre ganz auf meiner Seite, und ich würde sehr gern mit Ihnen tanzen.«

Der junge Mann war derart hingerissen, dass er sich schon anschickte, sie nach draußen in den Gang zu eskortieren, als plötzlich MacGillivray neben ihnen auftauchte, dessen funkelnder Blick es Douglas Forbes geraten scheinen ließ, sich schnellstens aus dem Staub zu machen.

»Ich muss mit dir sprechen«, murmelte er, kaum die Lippen bewegend, als er Anne zum Ende des Speisesaals begleitete. »Stiehl dich davon, sobald du dazu in der Lage bist, und komm nach unten in die Bibliothek.«

Ohne auf eine Antwort zu warten – und so verblüfft, wie Anne von seiner Bitte war, fiel ihr im Moment auch keine ein –, verbeugte er sich, sobald sie die Tür erreichten, und schritt den Gang hinunter, wo er sich mit galanten Entschuldigungen den Weg durch die zahlreichen Gruppen schwatzender Frauen bahnte.

»Ein prächtiges Mannsbild, dieser MacGillivray«, sinnierte Lady Drummuir, während sie sich bei Anne unterhakte, um zusammen mit ihr gesetzten Schrittes den Gang entlangzuwandeln. »Wenn ich vierzig Jahre jünger wäre, würde ich nicht nur vom Hörensagen wissen, was er unter dem Kilt hat. Tja, da wird so manches Paar Schenkel trauern, wenn bekannt wird, dass er sich endlich entschlossen hat zu heiraten.«

»Tatsächlich?«

»Hast du etwa noch nichts davon gehört? Er hat um die Hand von Elizabeth Campbell of Clunas angehalten – zumindest haben mir das die Elfen berichtet.«

Unter den »Elfen« der alten Dame war ein Netz von Spionen zu verstehen, das mindestens so ausgedehnt war wie das des britischen Militärs. Wenn sie sagten, dass John MacGillivray im Begriff sei, sich eine Braut zu nehmen, dann brauchte man sich nur noch zu überlegen, was man in der Kirche anziehen sollte. Anne fragte sich, ob er wohl darüber mit ihr sprechen wollte. Falls das Gerücht stimmte, freute sie sich für ihn. Wirklich und wahrhaftig. John war ein feiner Mensch, loyal und ehrenhaft, der weder Allüren hatte noch so arrogant war, wie es Männer, denen man überall nachsah, zu sein pflegten.

Doch so sehr sie sich auch bemühte, sie schaffte es nicht, sich ein deutliches Bild von Elizabeth of Clunas ins Gedächtnis zu rufen. Das Einzige, was ihr einfiel, waren glatte braune Haare und Unmengen von Sommersprossen.

»Ich habe gesagt …« Die scharfe Stimme ihrer Schwiegermutter riss Anne aus ihren Gedanken. »… merkwürdig, dass er dir nichts davon erzählt hat.«

»Aus welchem Grund hätte er das denn tun sollen?«, erwiderte Anne.

»Aus keinem. Aus überhaupt keinem, obwohl ich angenommen hätte, dass er dir vielleicht letzte Nacht etwas davon erzählt hat, als du in Dunmaglass warst.«

Anne drehte sich ihrer Schwiegermutter zu und starrte sie sprachlos an.

»Ach, Mädel, du wärst überrascht, wenn du wüsstest, was ich alles weiß. Zum Beispiel weiß ich auch, worüber dein Großvater mit dir sprechen wollte, und finde, es war klug von dir, dass du abgelehnt hast. Es würde nichts Gutes dabei herauskommen, wenn man den Clan spaltet. Zu viele Clans sind bereits gespalten, und solche Wunden heilen nie. Niemals.«

»Zerreißt es dir nicht auch das Herz«, flüsterte Anne zurück, »wenn du siehst, dass Leute unseres Clans die Uniform der Black Watch tragen? Wenn du siehst, dass Angus sie in ebendieser Uniform anführt?«

»Ach, Kind, im Laufe der Jahre hat es mir so oft mein armes Herz zerrissen, dass es schon vor langer Zeit hätte aufhören müssen zu schlagen. Einige der Entscheidungen, die Angus getroffen hat, haben mich weiß Gott bis ins Mark erschüttert, aber er ist mein Sohn, und ich liebe ihn. Auch wenn ich schimpfe und wettere und allerlei törichtes Zeug zusammenschwafle – und eines Tages wird Duncan Forbes mich sicher ins Gefängnis werfen lassen, weil er hofft, dass die Ratten mir die Zunge abnagen –, werde ich Angus nicht in den Rücken fallen. Ich weiß, dass er nur tut, was nach seinem Dafürhalten das Beste für den Clan ist.«

»Ohne Rücksicht darauf, ob die Lairds damit einverstanden sind oder nicht?«

»Weder du noch ich werden den Tag erleben, wo alle Lairds des Chattan-Clans sich auch nur über einen einzigen Punkt einig sind. Aber dir ist doch sicher aufgefallen, dass er nur diejenigen aufgefordert hat, die schwarze Kokarde zu tragen, die ohnehin keine Bedenken haben?«

Das entsprach, wie Anne wusste, der Wahrheit. Um Loudouns Forderungen zu erfüllen, hatte Angus die Männer sehr umsichtig ausgesucht und sich tunlichst davor gehütet, Männern wie MacGillivray oder MacBean zu befehlen, für die Armee des Königs zu den Waffen zu greifen. Wenn er das gewagt hätte, hätten sie ihn wahrscheinlich spontan erschossen und seine Leiche in einem Brunnen verschwinden lassen.

»Angus hat mir versprochen … er hat mir sein Wort gegeben, dass unsere Männer nicht an Kämpfen teilnehmen werden«, sagte Anne mit verhaltener Nachdrücklichkeit. »Er besteht darauf, dass sie nur als Wachtposten und zum Schutz eingesetzt werden.«

»Das wäre schön«, stimmte Lady Drummuir zu. »Obwohl mir nicht ganz klar ist, wie er ein solches Versprechen halten will, wenn Forbes und der kartoffelnasige Loudoun darauf bestehen, die Hochlandregimenter an exponierter Stelle aufzustellen.«

»Er wird es halten«, insistierte Anne. »Er hat mich noch nie angelogen oder sein Wort gebrochen, trotz allem, was passiert ist, und ich glaube einfach nicht, dass er es jetzt tun wird.«

»Na, dann wollen wir uns beide diesen Glauben bewahren, ja? Er ist ein guter Junge, auch wenn er verdammt dickköpfig sein kann. Natürlich würde ich das ableugnen, falls du es ihm erzählen solltest, denn es ist immer besser, wenn Söhne ein kleines bisschen Angst vor ihren Müttern haben.« Lady Drummuirs Blick fiel auf Lady Regina Forbes, die gerade auf ihrem Stuhl in ein angrenzendes Zimmer getragen wurde. »Die arme Seele! Wie gebrechlich sie geworden ist! Und hast du außer bei einer Leiche schon jemals solch eine Hautfarbe gesehen? Ich werde wohl nicht umhinkommen, ihr meine Aufwartung zu machen, aber sollte ihre schwachsinnige Schwiegertochter auch nur ein Sterbenswörtchen zu mir sagen, werde ich ihr eins auf die Nase geben.«

Nachdem Anne noch kurz einer der alten Jungfern Gesellschaft geleistet hatte, entschuldigte sie sich und schloss sich unauffällig einigen anderen Gästen an, die gerade in Richtung Treppe gingen. Das hätte sie auch getan, wenn MacGillivray sie nicht um ein Gespräch unter vier Augen gebeten hätte. Die endlosen Stunden am Dinnertisch hatten ihre Nerven stark strapaziert, und in Anbetracht des bevorstehenden Tanzes hätte sie sich am liebsten irgendwo eine stille dunkle Ecke gesucht, um dort zu warten, bis Angus kam und sagte, dass sie aufbrechen könnten. Während des Essens hatte er ihr mehrmals einen besorgten Blick zugeworfen, als überlege er, an wen er sich mit der Bitte wenden konnte, ihm als Sekundant zu dienen, falls seine Frau oder seine Mutter eine Beleidigung vom Stapel lassen sollten, die sich nicht zurücknehmen ließ. Er war ihr nicht aus dem Speisesaal nach draußen gefolgt, und als sie ihn das letzte Mal gesehen hatte, hatte er in einer Ecke gestanden und sich mit Duncan Forbes unterhalten.

Als sie sich einigermaßen sicher war, dass sie von niemandem beobachtet wurde, ging Anne die Treppe hinunter und die große gewölbte Halle entlang, bis sie im hinteren Teil des Hauses zu einem links von der Halle abgehenden Korridor gelangte.

Als sie um die Ecke bog, blieb sie stehen und blickte noch einmal zurück. Sie kam sich eher wie ein Dieb als ein Gast vor, denn dabei erwischt zu werden, wie man in der Bibliothek des Lord President herumschlich, war etwas gänzlich anderes, als mitten in der Nacht durch die Gegend zu reiten.

Die hohe Flügeltür der Bibliothek stand einen Spalt weit auf. Obwohl der Gang hell erleuchtet war und kein Teil des Hauses durch Posten abgesperrt wurde, kam sie sich trotzdem wie ein Eindringling vor und ging mit gerafften Röcken den Korridor entlang, damit ihre Unterröcke nicht allzu vernehmlich über den Fußboden schleiften. Sie spähte durch die geöffnete Tür ins Zimmer, konnte jedoch nur sehr wenig erkennen. Der

Raum war äußerst spärlich beleuchtet, und sie vermutete, dass MacGillivray, falls er bereits im Zimmer war, vielleicht einige der Kerzen und Lampen gelöscht hatte, damit der Raum für zufällig vorbeikommende Gäste weniger einladend wirkte.

Nachdem sie tief Luft geholt hatte, schob sie die Tür weiter auf. Im Schein des vom Gang hereinfallenden Lichts ging sie fast bis zur Mitte des Zimmers, wo sie Halt machte.

»Hallo?«, rief sie leise. »Ist da jemand?«

Der Raum war groß und wirkte wie das Zimmer eines Gelehrten. Die dunkle Holztäfelung verlieh ihm etwas Düsteres, ein Eindruck, der noch durch die gut gefüllten Bücherregale verstärkt wurde, die die Wände bis zu einer Höhe von zwanzig Fuß bedeckten. Zwei muschelförmige Alkoven wurden von karminroten Draperien gerahmt, die faltenreich zu beiden Seiten herabhingen und von dicken Kordeln zusammengehalten wurden. In einem der Alkoven stand ein Polsterstuhl, der es einem gestattete, bei Tageslicht dort zu lesen; in den anderen Alkoven war eine Glastür eingelassen, die zur Terrasse führte. Zwischen den beiden Fensternischen befand sich ein riesiger Schreibtisch aus Kirschholz, über dem ein großer Gobelin hing, auf dem ein mittelalterliches Schlachtfeld mit Bogenschützen und Rittern in schwerer Rüstung dargestellt war.

Die muffige Luft roch nach Leder und Papier, und es war so still wie im Scriptorium eines mittelalterlichen Klosters. Langsam drehte Anne sich einmal um sich selbst und betrachtete mit ehrfürchtigem Staunen die vielen Bücher. Ob die wohl schon jemand alle gelesen hatte? Die Antwort darauf fand sie in den goldgerahmten Porträts, die zwischen den Bücherregalen an der Wand hingen und Männer mit den strengen, langen Gesichtern von Akademikern zeigten, wohingegen sich nicht ein einziger Soldat oder Krieger unter ihnen befand.

»Verbissen und langweilig bis zum Gehtnichtmehr«, stellte MacGillivray fest, der aus einem der Alkoven trat. »Kein Wunder, dass Forbes solch ein heroischer Typ ist. Der da …« Er wies verächtlich mit dem Daumen auf einen der verkniffenen Forbes'schen Vorfahren. »… sieht aus, als hätte er gerade einen Löffel voll Schafsdung zu sich genommen und als fehle ihm der Mumm, ihn wieder auszuspucken.«

»Was wir machen, ist sehr gefährlich«, sagte Anne. »Wenn jemand vorbeikommt und uns sieht, wäre es verteufelt schwierig, unsere Anwesenheit hier zu erklären.«

»Zwei alte Freunde, die ein bisschen frische Luft schnappen wollen. Was sollte denn daran verfänglich sein?«

Abgesehen vom unbefugten Betreten der Bibliothek ergab sich, wie Anne fand, das Verfängliche der Situation aus dem Mangel an Licht, den dichten Schatten um sie herum und dem schiefen, herausfordernden Lächeln in seinem Gesicht. Es ergab sich aus dem viel sagenden Funkeln in seinen unergründlichen schwarzen Augen und den Erinnerungen an einen heißen Nachmittag hinter einer Jahrmarktsbude.

»Komm«, sagte er, indem er auf die Glastür zeigte. »Wir können uns auch draußen auf der Terrasse unterhalten.«

Draußen war es zwar kälter, doch da das Gebäude sie vor dem Wind schützte, empfanden sie die frische Luft nach dem Kerzenrauch und dem penetranten Parfümgeruch als willkommene Abwechslung.

Anne ging zum hinteren Ende der Terrasse und stand einen Moment lang da, um den Blick über die in kristallene Stille gehüllten Gartenanlagen schweifen zu lassen. Dann drehte sie sich um und blickte ihm in seine dunklen Augen.

»Ich hoffe, du hast mich nicht hierher bestellt, um mit mir über den Vorschlag zu sprechen, den Fearchar letzte Nacht gemacht hat. Da du jedoch erleichtert warst, als ich abgelehnt habe, kann ich mir nicht vorstellen, was es sonst noch zu bereden gibt.«

»Ich war erleichtert, ja. Aber aus anderen Gründen, als du vielleicht annimmst.«

»Du hättest eine Petition unterschrieben, die befürwortet, dass ich Clansoberhaupt werde?«

»Willst du vielleicht behaupten, du würdest keine fähige Anführerin abgeben?«

»Ich würde mich genauso gut machen wie ein Mann, und sogar besser als die meisten Männer«, erwiderte sie in ruhigem Ton. »Ich kann mir bloß nicht vorstellen, dass ausgerechnet du es billigen würdest, wenn eine Frau diese Position einnimmt.«

»Nun ja, wenn du auf ein Geständnis drängst … ich kann mir in der Tat bessere Positionen für ein Mädel vorstellen«, murmelte er mit rätselhaftem Lächeln. »Aber ich habe gesehen, wie du deinen Cousins mit einem Schwert in den Hintern gepikt hast, und ich habe beobachtet, wie du einen Hirsch mit einem einzigen Schuss erlegt hast. Ich habe gesehen, wie du die drei in ein Handgemenge mit doppelt so vielen Gegnern geführt hast, und ich habe gehört, wie die Menge die wilde rote Annie bejubelt hat, als du eine Pause gemacht hast, weil du lädiert warst, was dich aber nicht daran gehindert hat, dich gleich wieder ins Getümmel zu stürzen. Aber das war natürlich, bevor du dein Pulverhorn und deine Muskete gegen elegante Seidenröcke und Rüschen aus feinster Spitze eingetauscht hast. Und bevor du angefangen hast, wie eine Dame zu sprechen und deine Suppe mit dem Löffel zu essen, statt sie gleich aus der Schüssel zu schlürfen.«

»Dasselbe könnte ich ja wohl über dich sagen«, konterte sie, während sie ihn von oben bis unten mit hochgezogener Augenbraue musterte. Sein rot und blau gemusterter Kilt wurde von Wams, Weste und Rüschenärmeln ergänzt, ganz, wie es sich für einen Gentleman ziemte. »Glatt rasiert, das Haar gekräuselt und von einem Band zusammengehalten, wenn du am Tisch des Lord President dinierst. Die Schnallen deiner Schuhe auf Hochglanz poliert, und …« Sie beugte sich vor, um zu schnuppern. »… ist das Franzwasser, was ich da rieche? Obwohl deine Verlobte gar nicht hier ist und nichts davon hat?«

Seine Augen verengten sich. »Wer hat dir erzählt, dass ich eine Verlobte habe?«

»Lady Drummuir, falls das eine Rolle spielt … was es nicht sollte.«

»Nein«, sinnierte er. »Das sollte es nicht. Ebenso wenig wie der Grund für deine rauen Wangen, die gestern noch ganz glatt waren.« Er streckte die Hand aus und fuhr mit der Fingerspitze über ihr Kinn und ihren Hals. »Du solltest deinem Mann raten, beim Rasieren eine schärfere Klinge zu benutzen. Es ist schade, wenn so feine glatte Haut aufgescheuert wird.«

Mit laut pochendem Herzen wich Anne zurück. »Ich glaube kaum, dass wir hier Angus' Rasiergewohnheiten erörtern sollten.«

»Ebenso wenig wie meine Beziehung zu Elizabeth of Clunas.«

Sie setzte an zu sagen: »Ich sehe nicht ein …«, schloss jedoch den Mund wieder und schlang die Arme um sich, weil ihr plötzlich kalt war. »Du hast gesagt, du musst etwas mit mir besprechen. Man wird uns bald vermissen.«

»Dich vielleicht. Ich habe mich bereits verabschiedet.«

»Du willst schon gehen? Aber …?«

»Du hast wohl einen Tanz für mich reserviert, wie? Tut mir Leid, wenn ich dich enttäuschen muss, aber ich habe meine Aufwartung gemacht und keinen einzigen Tropfen Blut vergossen außer meinem eigenen.« Er griff sich unter die Jacke, und als er sein Gesicht für den Bruchteil einer Sekunde dem Licht zuwandte, war zu sehen, dass sein Lächeln einen neuen Ausdruck angenommen hatte – den des Schmerzes.

Als er seine Hand wieder hervorzog, waren seine Finger feucht und schimmerten rot.

»Mein Gott! Was ist denn mit dir?«

»Es ist nur ein kleines Loch«, sagte er, ihre Besorgtheit mit einer Handbewegung abtuend. »Ein glatter Durchschuss.«

»*Ein Durchschuss?* Du bist angeschossen worden?«

»Sprich doch noch ein bisschen lauter, Mädel.« Mit finsterer Miene blickte er zu den Fenstern im ersten Stock hoch. »Ich glaube nicht, dass es schon alle gehört haben.«

»Angeschossen«, zischte sie. »Was soll denn das heißen, du bist angeschossen worden? Wann denn? Wo denn? Und warum zum Teufel bist du dann hier und spielst den Gentleman?«

»Ja, *spielen* ist das richtige Wort. Denn wenn ich heute Abend nicht gekommen wäre und nicht so getan hätte, als wäre alles in schönster Ordnung, würde ich morgen früh wahrscheinlich am Galgen baumeln.«

Kopfschüttelnd bemühte sich Anne, einen Leinenstreifen von dem Unterrock abzureißen, den sie zuunterst trug. »Verstehe ich nicht.«

»Nachdem du letzte Nacht aufgebrochen warst, sagte

einer der Jungs, ihm sei so, als höre er Pferde im Wald. Wir sind sofort los und haben festgestellt, dass sich in der Tat ein Trupp verdammter Rotröcke nicht weit vom Rand des Glens zwischen den Bäumen versteckt hatte. Ihre Spuren waren im Schnee ziemlich leicht zu verfolgen, aber …«

Sie blickte abrupt hoch. »*Ihr* wart das. Ihr wart die Rebellen, von denen der Major vorhin gesprochen hat.«

MacGillivray zuckte lediglich die Achseln. »Er ist nicht so dumm wie die meisten anderen *Sassenachs*. Er hat einige Männer zurückgelassen, um ihren Rückzug zu decken. Einer von denen sah uns und gab einen Warnschuss ab. Bevor wir's uns versahen, kamen die Soldaten angaloppiert, und wir waren mitten in einem Kampf.«

Anne richtete sich wieder auf und faltete den Leinenstreifen dick zusammen. Nachdem sie seine abwehrende Hand weggeschlagen hatte, öffnete sie vorsichtig seine Jacke und brachte den behelfsmäßigen Verband unter seiner Weste an. Sein Hemd war bereits dunkel von Blut, das hier und da auch schon durch die Brokatweste gedrungen war.

»Du musst sofort aufbrechen und die Wunde versorgen lassen, damit du nicht verblutest.«

»Ja, werde ich tun. Aber vorher wollte ich dich noch warnen.«

»Mich warnen? Wovor?«

»Es gab noch andere Spuren, die aus dem Glen herausführten. Die von zwei Männern, die dir und deinem Cousin Eneas auf dem größten Teil der Strecke nach Moy Hall gefolgt sind.«

»Auf dem *größten* Teil der Strecke?«, wiederholte sie.

»Nachdem ihr den Moy Burn überquert hattet, haben meine Jungs alle Spuren verloren. Ist Eneas eine Zeit lang durchs Wasser geritten?«

Sie nickte. »Ich hielt das zwar für übervorsichtig, aber …«

»Von jetzt an können wir gar nicht vorsichtig genug sein, Mädel, es sei denn, du möchtest gern Bekanntschaft mit einem Galgen machen.«

»Möchte ich nicht.« Schaudernd blickte Anne zum Haus zurück. »Er hat mich gefragt, ob ich letzte Nacht übers Moor geritten bin.«

»Wer? Der feine Major mit den hellen Augen?«

Sie nickte. »Angus hat die Sache mit einem Scherz abgetan und behauptet, ich sei die ganze Nacht bei ihm gewesen. Aber ob der Major ihm geglaubt hat …« Sie zuckte die Achseln. »Außer Moy Hall gibt es nicht allzu viele andere Häuser, zu denen unsere Spuren hätten führen können.«

»Stimmt, aber andererseits wussten seine Männer auch nicht, wen sie verfolgten, nicht wahr?«, entgegnete er mit ruhiger Stimme. »Schließlich warst du ja nicht in Samt und Seide gekleidet.«

»Ja, aber …«

»Aber gar nichts. Wenn sie wirklich den Verdacht hätten, dass du es warst, hätten sie dich inzwischen schon in Ketten gelegt. Und wenn Angus dich, wie du sagst, gedeckt hat …« Er machte eine Pause, als ob das Verhalten ihres Mannes ihn ebenso überraschte, wie es sie überrascht hatte. »War er denn letzte Nacht nicht in Inverness?«

»Er ist früher zurückgekommen und hat auf mich gewartet, als ich heimgekehrt bin. Unnötig zu sagen, dass er nicht sonderlich davon erbaut war, dass ich außer Haus gewesen bin.«

»Er hat doch nicht etwa die Hand gegen dich erhoben?«

Johns Stimme klang plötzlich so anders, dass Anne

überrascht aufblickte. »Nein. Nein, natürlich nicht. Angus hat noch nie im Zorn die Hand erhoben, noch nicht einmal, um einer Fliege etwas zuleide zu tun, jedenfalls nicht in den vier Jahren, die ich ihn kenne.«

Er sagte nichts, doch nach einer Weile hörte sie, wie er mit den Zähnen klapperte, weil ihn ein Frösteln überlief.

»Du musst sofort gehen«, sagte sie. »Komm, ich bringe dich zur Tür.«

»Also das wäre wirklich sehr unklug. Bleib hier. Zähl bis fünfzig oder so, bevor du wieder nach drinnen gehst, und achte darauf, dass dich niemand sieht, wenn du die Bibliothek verlässt. Geh die Treppe hinauf und mach Angus ausfindig. Weich ihm nicht von der Seite. Er wird dir helfen, den restlichen Abend zu überstehen, bis du wieder zu Hause und in Sicherheit bist.«

»Aber was ist mit dir? Meinst du, du schaffst es?«

Er blickte nach unten auf ihre Hand, die sie ihm auf den Unterarm gelegt hatte. »Um mich unterzukriegen, ist mehr als ein erbsengroßes Stück englischen Bleis erforderlich, Mädel. Aber denk dran, was ich gesagt habe. Bleib in der Nähe deines Mannes.«

»Sei vorsichtig.«

Nachdem er sie einen Moment lang unverwandt angesehen hatte, überquerte er die Terrasse und schwang sich über die niedrige Steinbalustrade. Eine Weile hörte sie noch das Knirschen seiner Schuhe auf dem gefrorenen Boden, das jedoch bald in dem Lärm unterging, den die Gäste im ersten Stock machten.

Man hatte MacGillivray angeschossen und sie verfolgt. Im Wald bei Dunmaglass waren englische Truppen gewesen, und wenn sie MacGillivrays Haus beobachtet hatten, mussten sie gewusst haben, dass Fearchar und ihre Cousins dort waren.

Aber waren sie Fearchar nach Dunmaglass gefolgt, oder hatten sie die ganze Zeit Dunmaglass beobachtet? Falls Ersteres zutraf, hieß das, dass ihr Großvater doch nicht der gerissene alte Fuchs war, für den er sich selbst hielt, und dass er jederzeit verhaftet werden konnte.

Wenn es MacGillivray war, den die Regierung überwachen ließ, dann konnte das daran liegen, dass die Engländer genau das vorausahnten, was Anne mitten in der Nacht nach Dunmaglass gebracht hatte, nämlich der Plan, den großen Clan der Katzen in zwei Parteien zu spalten. Das würde sie mit gutem Grund alarmieren. Inverness lag im Herzen des MacKintosh-Territoriums, und die Aussicht, dass sich tausend schwertschwingende Clansangehörige in die Berge zurückzogen – Männer, die für ihr Talent, blutige Überfälle durchzuführen und danach in der Nacht zu verschwinden, berühmt waren –, würde zweifellos dazu führen, dass die Latrinen innerhalb der Garnisonsmauern überflossen. Loudoun und Forbes würden alles, was in ihrer Macht stand, tun, um solch eine Spaltung zu verhindern, selbst wenn das bedeutete, das Clansoberhaupt zu verhaften, ohne dass es einen Beweis für irgendein Vergehen gab.

Das Ganze war von einer derart unerbittlichen Logik, dass Anne sich die Finger gegen die Schläfen presste und ihre ganze Willenskraft zusammennehmen musste, um MacGillivray nicht über die Steinbalustrade zu folgen.

Aber das konnte sie natürlich nicht tun. John hatte Recht: Sie musste wieder nach oben gehen, Angus ausfindig machen und so tun, als sei nichts geschehen.

In ihrem Schädel pochte und hämmerte es, als würde dieser gleich platzen, und die vorhin so angenehm frische Luft hatte jeglichen Reiz verloren. Da sie annahm, dass sie inzwischen mehrmals bis fünfzig hätte zählen können, lenkte sie ihre Schritte in Richtung Bibliothek zurück. Der Schnappriegel an der Glastür erwies sich als ausgesprochen widerspenstig, und gerade als sie es mit viel Gefluche endlich geschafft hatte, die Tür zu schließen, und sich anschickte, aus dem Alkoven zu treten, hörte sie aus dem Korridor draußen den Klang von Stimmen. Wie versteinert blieb sie stehen. Die Schritte hörten sich zackig an und kamen zielstrebig auf die Bibliothekstür zu.

Anne warf einen raschen Blick in den Raum, doch es gab nichts, wo sie sich hätte verstecken können, nichts außer den Fenstern und den zwei Fuß tiefen Alkoven hinter ihr.

Ohne nachzudenken, griff sie schnell nach den goldenen Kordeln, mit denen die Vorhänge auf beiden Seiten zusammengerafft waren. Der schwere karminrote Stoff fiel vor die Öffnung des Alkovens und trennte diesen vom Zimmer ab. Verzweifelt hielt Anne die Vorhänge fest, bis sie sich nicht mehr bewegten. Dann wich sie gegen die Glastür zurück, wobei sie das Gefühl hatte, für jemanden, der zufällig aus einem der oberen Fenster nach unten blicken sollte, geradezu auf dem Präsentierteller zu sitzen. Den Geräuschen nach, die jetzt jenseits der dünnen Wand aus Samt zu vernehmen waren, betraten mehrere Männer die Bibliothek. Nachdem die Tür geschlossen worden war, waren Schritte zu hören, die zielstrebiger klangen und darauf schließen ließen, dass sich jemand dem Schreibtisch näherte.

»Wenn ich das hier weggeschlossen habe, werde ich mich gleich verdammt besser fühlen«, sagte die unangenehm vertraute Stimme von Duncan Forbes. »Vermutlich muss man ja die Entschlossenheit des Kuriers bewundern, der den ausdrücklichen Befehl hatte, die Depesche direkt an den Empfänger zu übergeben, aber trotzdem ist das Ganze verflucht lästig.«

»Wobei sind *Sie* denn gestört worden?« Lord Loudouns Lachen klang ausgesprochen dreckig. »Ich hatte praktisch schon die Titten der entzückenden Miss Chastity Morris in den Händen, und mit Sicherheit hätte es nicht mehr lange gedauert, bis sie sie mir bereitwillig überlassen hätte, wenn Worsham nicht gekommen wäre, um mich wegzuholen.«

»Ich bitte vielmals um Entschuldigung, Mylord. Aber zweifellos werden Sie in der Lage sein, einen neuen Angriff durchzuführen und die Festung zu stürmen.«

»Nur wenn Sie bereit sind, ein Ablenkungsmanöver in die Wege zu leiten, das meine Frau anderweitig bindet.«

Das höfliche Lachen, das daraufhin erklang, ließ darauf schließen, dass mindestens noch zwei oder drei andere Männer Duncan Forbes in sein Arbeitszimmer begleitet hatten. Als Anne erneut in dem dunklen Alkoven umherblickte, stellte sie mit Bestürzung fest, dass die geringsten Lichtstrahlen die Goldfäden in ihrem Rock zum Funkeln brachten. Noch schlimmer war freilich, dass ihre Krinoline ein Gestell aus Reifen hatte, das ihre Röcke zu einer anmutigen Glockenform bauschte. Da sie sich gegen die Glasscheiben der Tür presste, stand der untere Rand so weit vor, dass er fast den Samtvorhang berührte.

So vorsichtig wie nur möglich raffte sie die Seide zusammen, um sie aus der Gefahrenzone zu bringen.

»Irgendwelche Nachrichten von Hawley?«, fragte eine nüchtern klingende Stimme. »Schickt er Verstärkung aus Edinburgh?«

»General Hawley stehen nur zweitausend Mann zur Verfügung, und er hat den Befehl, Falkirk, Perth und Stirling zu halten. Ich bezweifle, dass er im Moment auch nur einen Stallburschen entbehren könnte.«

»Wenn der Bericht, den wir gestern erhalten haben, stimmt, besteht die ganze Armee des Prinzen nur aus fünftausend Mann. Schlecht ausgerüstet und demoralisiert, wie sie sind ...«

»Wir haben ihre Entschlossenheit schon einmal unterschätzt«, warf Worsham mit seiner leicht hinterhältig klingenden Stimme ein. »Und es könnte uns schlecht bekommen, diesen Fehler noch einmal zu begehen. Major Garner, soviel ich weiß, waren Ihre Dragoner unter den Ersten, die bei Colt's Bridge und dann bei Prestonpans die Rebellen angegriffen haben?«

Anne wusste ein Gesicht mit dem Namen des englischen Offiziers zu verbinden. Hamilton Garner war groß, blond und arrogant und hatte die kalten grünen Augen einer Kobra. Bei Colt's Bridge waren seine Dragoner vor den Hochlandtruppen geflohen, ohne einen einzigen Schuss abzufeuern. In der Schlacht bei Prestonpans war es kaum mehr als dreitausend Jakobiten gelungen, durch einen morgendlichen Überfall aus dem Hinterhalt die Armee von General Sir John Cope zu besiegen, die doppelt so stark war. Major Garner hatte zu den beschämend wenigen gehört, die ausgeharrt und gekämpft hatten, war jedoch gefangen genommen worden. Schließlich, da die Zahl der Gefangenen die der Sieger gewaltig übertraf, waren er und die anderen freigelassen worden, hatten jedoch ihr Ehrenwort geben müssen, nie wieder gegen Prinz Charles zu kämpfen. Garner hatte dieses Versprechen gebrochen, sobald er frei war. Er hatte die Feiglinge, die unter seinem Befehl gestanden hatten, fast zu Tode peitschen lassen und gegen fünf Offiziere ausgesagt, die daraufhin öffentlich gehängt wurden.

Es gab Gerüchte, dass der Major nicht nur gegen den Prinzen kämpfte, weil es seine Pflicht als Offizier war, sondern dass er auch eine persönliche Fehde mit einem der kühnsten und erfolgreichsten Kommandanten des Prinzen austrug, nämlich mit Alexander Cameron, dem *Camshroinaich Dubh*, dessen Name Geister aus Fearchar Farquharsons Vergangenheit heraufbeschworen hatte. Lady Drummuir war über ihr zuverlässiges Netz von Spionen zu Ohren gekommen, dass Cameron in einem Duell Hamilton Garners Verlobte für sich gewonnen habe, woraufhin er die Frau – eine Engländerin – selbst geheiratet und auf seinen Wohnsitz in Lochaber gebracht habe.

Er war bei Colt's Bridge und Prestonpans ebenfalls mit dabei gewesen, und nachdem Garner ihn dort gesehen hatte, kannte seine Wut keine Grenzen mehr. Er hatte geschworen, seinen Feind bis ans Ende der Welt zu verfolgen, auch wenn das bedeutete, jeden einzelnen Jakobiten eigenhändig töten zu müssen.

»Diese Rebellen halten sich beim Kampf an keinerlei militärische Regeln«, beschwerte sich Garner jetzt. »Schon unzählige Male habe ich versucht, General Hawley über diese unerfreuliche Tatsache aufzuklären. Sie schleichen in der Dunkelheit umher, waten durch Sümpfe, und wenn sie auftauchen, sind sie mit stinkendem Schlamm bedeckt. Die Gefechtslinien, die sie bilden, sind absolut dilettantisch und lösen sich auf, sobald ihre Dudelsackpfeifer mit ihrem höllischen Lärm loslegen, um sie anzufeuern. Sie feuern ihre Musketen nur einmal ab und werfen sie beiseite, um sich dann mit dem Claymore in der Hand auf unsere Linien zu stürzen, während unsere Männer noch über ihre Waffen gebeugt sind, um sie neu zu laden. Wenn sie sich von ihrer Kleidung behindert fühlen, werfen sie sogar ihre Plaids und ihre Röcke ab. Das müssen Sie sich einmal vorstellen: Unzählige kreischende, halb nackte Teufel, die auf einen losstürmen und dabei Schwerter schwingen, die so groß sind wie ein normaler Mann.«

Schweigen trat ein. Nach einer Weile war ein empörtes Räuspern von Lord Loudoun zu hören. »Sie kämpfen wie Barbaren, meine Herren. Sie essen kalten Haferbrei und Tierblut, Herrgott noch mal! Sie sind ein lärmender, unorganisierter Pöbelhaufen, und der Major hat beispielhafte Entschlossenheit bewiesen, als er jeden Mann auspeitschen ließ, der darauf bestand, die Bedingungen seines Versprechens einzuhalten.«

»Genau«, murmelte Worsham, den die Tirade des Earls ziemlich verblüffte, »denn was für einen Wert hat es, sich an seinen Soldateneid zu halten, wenn man es mit Viehdieben und Schaffickern zu tun hat?«

Anne, die hinter dem Vorhang zuhörte, kochte das Blut in den Adern. Sie öffnete die Lippen, um tief durchzuatmen, doch ihr Mieder war so eng, dass ihr dies nur unzureichend gelang. Der Drang, den Vorhang aufzureißen und die ganze Bande zur Rede zu stellen, wuchs immer mehr, und so groß, wie ihr Zorn war, hätte sie vielleicht tatsächlich alle Vorsicht in den Wind geschlagen und ebendas getan, wäre nicht in diesem Moment eine Stimme zu hören gewesen, die sie abrupt innehalten ließ.

»Nun mal sachte. Sie urteilen zu hart über meine Landsleute. Wir haben nicht alle ein Faible für die Tiere auf unserem Bauernhof. Einige von uns ziehen es vor, sich mit den lieblichen englischen Maiden zu befassen, die Sie aus London kommen lassen haben.«

Angus Moys Bemerkung wurde mit herzhaftem Gelächter quittiert.

»Die Huren sind in der Tat tadellos«, sagte ein anderer Mann. »Und ganz entschieden williger als ihre Pendants aus dem Hochland.«

Das erneute schmutzige Lachen, das daraufhin einsetzte, wurde von Worshams Stimme übertönt. »Aber Ihre Frau, Sir«, sagte er zu Angus, »scheint mir eine feurige kleine Hexe mit viel überschüssiger Energie zu sein. Die werfen Sie doch sicher nicht mit den anderen in einen Topf?«

Anne hielt den Atem an, während ihre Finger sich um die Falten ihres Rocks krampften. Sie hoffte zuversichtlich, gleich das tödliche Zischen von Stahl zu hören – zu hören, wie ihr Mann sein Schwert zog, um dem Engländer sein Grinsen aus dem Gesicht zu hacken. Schockiert hörte sie jedoch, wie er übertrieben laut aufseufzte.

»Ach, ich bin die ganze … Energie meiner Frau schon seit langem leid. Ebenso wie ich es satt habe zu versuchen, ihre Zunge oder ihren Hang, eine aussichtslose Sache zu unterstützen, zu bändigen.«

»Frauen«, sagte Duncan Forbes, »können manchmal ganz schön widerspenstig sein. So hübsch sie auch anzuschauen sein mögen und so schön es auch sein mag, mit ihnen ins Bett zu gehen, wenn man sie nicht schon auf dem Rückweg vom Altar fest an die Kandare nimmt, kann das dazu führen, dass sie einem ohne Unterlass Verdruss bereiten. Selbst meinen Sohn hat das affektierte Gehabe seiner Arabella früher manchmal fast zur Verzweiflung getrieben, aber nachdem er sie ein paar Mal tüchtig durchgebläut hatte, nahm sie rasch Vernunft an. Vielleicht haben Sie Ihrer Frau einfach zu viel durchgehen lassen, mein Junge. Eine kräftige Tracht Prügel ab und an schadet nichts und erinnert die Weiber daran, wer der Herr im Haus ist und wessen gnädigem Wohlwollen sie ihre Existenz verdanken.«

»Das werde ich mir merken«, sagte Angus mit einem leisen, glucksenden Lachen.

»Sie ist doch eine Farquharson, nicht wahr?«, fragte

Major Garner, während zu hören war, wie Forbes eine Schublade seines Schreibtischs zumachte und abschloss. »Und mit dem alten Mann und seinem Trio von Fußsoldaten verwandt?«

»Er ist ihr Großvater«, erläuterte Angus.

»Und Sie halten es nicht für nötig, sie im Zaum zu halten?« Sein Erstaunen war so offenkundig wie Angus' Nonchalance.

»Ehrlich gesagt, haben wir ihm geraten, es nicht zu tun«, antwortete Loudoun. »Sie ist der ganze Stolz des alten Dreckskerls, und solange er annimmt, es stehe ihr frei, zu kommen und zu gehen, wie es ihr gefällt, wird er in Kontakt mit ihr bleiben. Besonders jetzt. Ich bin mir sicher, dass Fearchar Farquharson ziemlich genau weiß, wo die Rebellenarmee ist und wo sie sich nach Überschreiten der Grenze hinbegeben wird.«

»Ich wette, nach Glasgow«, sagte Forbes. »Der Thronprätendent muss extrem knapp an Vorräten sein und wird es nicht riskieren wollen, ohne eine Neuformierung seiner Streitkräfte nach Edinburgh zu marschieren.«

»Aber er wird auch nicht allzu lange damit warten wollen, die Königsstadt zurückzuerobern«, meinte Garner. »Sicher weiß er, dass die Reservetruppen, die er zurückgelassen hatte, gezwungen waren, ihre Stellung aufzugeben, als Hawley nach Norden kam. Trotzdem wird er wie jeder bisherige König und jede bisherige Königin aus dem Hause Stuart glauben, dass Edinburgh der Schlüssel zu ganz Schottland ist.«

»Stimmt«, sagte Loudoun im Brustton der Überzeugung. »Und deswegen hat Hawley *uns* gebeten, *ihm* Verstärkung zu schicken. Dreitausend Mann, genau gesagt, was unsere Streitkräfte auf ein Minimum reduzieren würde, aber wenn wir die Sache auf diese Weise eher früher als später zu Ende bringen können, ist das Ganze durchaus das Risiko wert. Ich hatte eigentlich vor, erst morgen früh mit Ihnen über Ihre Verlegung zu sprechen, Angus, aber ich sehe keinen Sinn darin, damit zu warten. Der General hat ausdrücklich um Truppenverbände der Royal Scots gebeten – was könnte es für eine bessere Methode geben, um eine Armee auf dem Rückzug vollends zu demoralisieren, als ihnen auf dem Schlachtfeld die eigenen Landsleute gegenüberzustellen, nicht wahr? –, und da Ihre Leute rundum einsatzbereit sind, werde ich Ihre Brigade mit Major Garner zurückschicken. Sie haben, glaube ich, die Absicht, am Ende der Woche aufzubrechen, Major, stimmt's?«

»Wenn möglich, noch früher«, erwiderte Garner. »Ich warte nur noch auf die Ankunft eines Schiffs mit Nachschub.«

Anne schloss die Augen und spürte, wie alle Kraft aus ihrem Körper wich. Die Knie wurden ihr weich, und ihre Hände zitterten derart stark, dass ihr der zusammengeraffte Stoff ihres Seidenrocks aus den Fingern glitt und der Saum nach vorn rutschte, sodass er leicht gegen den unteren Rand des Samtvorhangs stieß.

»So sieht die Sache also aus, Angus. Angus? Hören Sie uns überhaupt zu, Mann?«

»Wie? Oh. Ja. Ja, natürlich. Ich war gerade nicht ganz da.«

»Bald werden Sie im dichtesten Kampfgetümmel sein, mein Guter, und ständig voll und ganz da sein müssen. Wir verlassen uns darauf, dass Sie Hawley helfen, Edinburgh zu halten und die Rebellen so lange aufzuhalten, bis Cumberland mit seiner Armee nach Norden kommt. Versuchen Sie in der Zwischenzeit unbedingt herauszufinden, was Ihre Frau weiß. Es kann nur von Nutzen sein, wenn wir die Absichten des Prinzen im Voraus kennen, und eine Frau, die weiß, dass ihr Mann für längere Zeit weggeht, ist oft geneigt, mehr zu verraten als sonst.«

»Ich möchte bezweifeln, dass meine bevorstehende Abwesenheit irgendetwas anderes als Erleichterung in ihr hervorruft.«

»Dann flüstern Sie ihr was ins Ohr«, riet Forbes. »Kitzeln Sie sie am Kinn, versprechen Sie ihr, dass Sie Ihr Pulver feucht und Ihren Docht trocken halten werden, oder was sonst noch erforderlich sein mag, um sie zu besänftigen. Unsere Zeit wird allmählich knapp, und Ihre Bemühungen werden nicht unbelohnt bleiben. Lochaber gehörte früher einmal zum Territorium der MacKintoshs; das könnte bald wieder der Fall sein.«

»Ich werde mein Möglichstes tun, Sir.«

»Daran zweifle ich nicht im Geringsten.«

Siebentes Kapitel

Anne hätte nicht zu sagen vermocht, wie lange sie noch in der Dunkelheit des Alkovens blieb, nachdem die Männer gegangen waren. Sie war viel zu entsetzt, um nachdenken zu können. Viel zu wütend. Viel zu enttäuscht. Viel zu verletzt. Der Verrat ihres Mannes ging so weit über ihr Fassungsvermögen, dass sie sich fast einbildete, was sie gehört hatte, sei die Stimme von jemand anderem und nicht die von Angus gewesen.

Am liebsten hätte sie losgeheult, aber irgendwie kam ihr das nicht angemessen vor. Einem kleinen, hinterhältig grausamen Teil von ihr war eher nach Lachen zumute – denn tat man nicht genau das, wenn man zufällig dem Dorftrottel über den Weg lief? Doch sie war sich noch nicht ganz sicher, wer mehr zum Narren gehalten worden war. Da sie mit solcher Entschlossenheit daran geglaubt hatte, dass der Mann, den sie geheiratet hatte, von Natur aus gut und ehrenhaft war, hatte sie die Möglichkeit, er könne ein vollendeter Lügner, Ränkeschmied und Verräter sein, nie auch nur in Betracht gezogen. Lochaber war in der Tat ein dickes, üppiges Stück vom Kuchen, und wenn Forbes und Loudoun ihm das für seine Unterstützung angeboten hatten, dann war das weit mehr als dreißig Silberlinge, dann war das etwas, um dessentwillen es sich lohnte, seine Frau zu hintergehen und seinen Prinzen zu verraten.

Hatte er gedacht, eine Nacht der Leidenschaft würde sie brav und gefügig machen? Hatte er gedacht, eine mit süßem Liebesspiel zugebrachte Nacht würde sie dazu bringen, ihm den Aufenthaltsort ihres Großvaters und ihrer Cousins zu verraten? Das hatte sie zwar tatsächlich getan, aber die Dragoner waren ja schon vorher ausgeschickt worden, um Dunmaglass zu beobachten.

Und wenn er sie nur bei Laune hielt, wie Loudoun befohlen hatte, warum hatte er Worsham dann angelogen und behauptet, sie sei letzte Nacht zu Hause gewesen?

Sie presste sich die Hände gegen die Schläfen und drückte fest zu. Es war einfach zu verwirrend. Es gab zu viele Widersprüche, als dass sie eine Lösung hätte finden können. Sie war sich noch nicht einmal darüber schlüssig, was sie in den nächsten fünf Minuten tun sollte.

Anne blickte an sich herab. Ihr Rock war stellenweise stark zerknittert, weil sie den Stoff mit den Händen zusammengerafft hatte. Während sie geistesabwesend versuchte, die Falten zu glätten, drehte sie den Kopf und blickte zum Fenster hinaus, um den von Sternen übersäten Himmel zu betrachten. Wie war es nur möglich, dass alles so schön aussah und so friedlich wirkte, obwohl doch ihre eigene Welt gerade in die Brüche gegangen war?

Irgendetwas … ein Geräusch, ein Rascheln, ein leises Knarren der Dielenbretter … riss Anne aus ihren Gedanken. Stirnrunzelnd starrte sie eine Weile den Vorhang an. Dann schlich sie sich auf Zehenspitzen ein Stück vor, um vorsichtig durch den Spalt zwischen den beiden Portieren zu spähen. Sie überlegte, ob vielleicht einer der Offiziere im Zimmer geblieben war, ohne dass sie es bemerkt hätte. Forbes hatte etwas in seinem Schreibtisch weggeschlossen, etwas, dessen Besitz ihn ganz nervös machte. Möglicherweise hatte er ja jemanden zurückgelassen, um es zu bewachen.

Sie hörte das Geräusch von neuem und musste einen Schrei unterdrücken, denn in dem Moment flitzte etwas Kleines, Pelziges unter den Saum ihres Rockes und huschte auf der anderen Seite wieder heraus.

»Gott im Himmel!«, stieß sie hervor und griff sich an den Busen. Es war eine Maus. Eine verdammte Maus!

Sie trat mit dem Fuß nach dem Tier, schaffte es jedoch lediglich, sich den Zeh zu stoßen und sich mit dem Absatz am unteren Reifen ihrer Krinoline zu verheddern. Nachdem sie sich leise fluchend befreit hatte, schob sie eine Hälfte des Vorhangs beiseite und schlüpfte, bereitwillig dem Nagetier den Alkoven überlassend, ins Zimmer zurück.

Die Bibliothek sah aus wie zuvor, obwohl jetzt, da die Tür zum Gang geschlossen war, größere Dunkelheit im Zimmer herrschte. Schwache Geräusche sickerten durch die Stille, die darauf schließen ließen, dass über ihr allmählich der Ball in Gang kam. Die Musiker würden ihre Instrumente stimmen. Lakaien würden sich, silberne Tabletts mit Wein und Punsch balancierend, durch die Gäste schlängeln. Die am Rande der Tanzfläche aufgestellten Stühle würden bereits von alten Frauen und Matronen besetzt sein, die sich mit ihren Fächern Luft zufächelten und die Köpfe zusammensteckten, um sich in spitzen Bemerkungen über die Kleider oder die Dekolletés der anderen Frauen zu ergehen. Die Soldaten würden die Frauen in Augenschein nehmen und überlegen, welche von ihnen wohl am ehesten bereit wäre, sie in eine dunkle Ecke zu begleiten und einige lüsterne Bedürfnisse zu stillen.

Annes Blick schweifte zum Schreibtisch des Lord President. Es war ein massives, solide gebautes Möbelstück, mit tiefen Schubladen auf beiden Seiten. Die obersten Schubladen links und rechts waren ebenso wie die breite, niedrige Schublade in der Mitte mit Messingschlössern versehen. Fast ohne nachzudenken, zog sich Anne eine dünne Stahlnadel aus dem Haar.

Nachdem sie mit den Fingerspitzen über das glatte, polierte Holz gefahren war, warf sie noch einmal einen Blick zur Tür. Dann beugte sie sich vor und führte mit sicherer Hand das Ende der Nadel in das mittlere Schloss ein.

Ähnlich wie das Schloss von Angus' Schreibtisch hatte es einen einfachen, aus einem einzigen Sperrriegel bestehenden Mechanismus und gab bei der zweiten Umdrehung nach.

Geräuschlos glitt die Schublade auf, und Anne lugte hinein. Da waren allerlei Papiere – größtenteils angefangene Briefe, während keines der anderen Schriftstücke wichtig genug aussah, um von einem Nachtkurier gebracht worden zu sein –, mehrere Stäbe Siegelwachs sowie zwei große goldene Stempel, der eine mit Forbes' Familienwappen, der andere mit seinem Dienstsiegel. Die linke Schublade ging ebenso leicht auf und enthielt einen verschlossenen Kasten, den Anne in zwei Sekunden aufbekam. Der beträchtliche Vorrat an Goldmünzen ließ sie jedoch ebenso unberührt wie der Inhalt der dritten und letzten verschlossenen Schublade.

Stirnrunzelnd blickte Anne über den Schreibtisch hinweg zur Tür, um dann – ohne darauf zu achten, dass ihre seidenen Röcke zerknittert wurden – in die Hocke zu gehen. Sie hatte deutlich gehört, dass Forbes etwas abgeschlossen hatte, doch die anderen Schubladen ließen sich mühelos aufziehen.

Als sie die letzte Schublade wieder zuschob, fiel ihr etwas auf. Die linken Schubladen waren bei weitem nicht so tief wie die rechten, kaum so lang wie ihr Unterarm, während sie den Arm bei den anderen bis zur Schulter hineinstecken konnte. Sie kauerte sich hin und betastete das Holz, vermochte zunächst aber nichts zu entdecken. Als sie dann eine rasch mit Feuerstein und Zunder angezündete Kerze zu Hilfe nahm, spürte sie jedoch ein in das Holz eingelassenes kleines Schlüsselloch, neben dem eine schmale Furche verlief, die man, wenn man es nicht besser wusste, für einen Teil der Holzmaserung hätte halten können.

»Wie clever von dem Dreckskerl«, murmelte sie und fand ihren Verdacht bestätigt, als sie die Außenseite des Schreibtischs inspizierte, wo zwischen dem verschnörkelten Schnitzwerk zwei schmale, mit dunkler Patina überzogene Scharniere verborgen waren, die optisch mit den Holzverzierungen verschmolzen.

Ohne weitere Zeit mit der Bewunderung der Schreinerarbeit zu verschwenden, brachte Anne ihre Haarnadel zum Einsatz und fluchte leise vor sich hin, als sich herausstellte, dass das Schloss komplizierter war als die anderen. Als es schließlich doch nachgab und sie das Geheimfach zu öffnen vermochte, erblickte sie als Erstes einen Packen zusammengebundener und in einen Lederbeutel gewickelter Depeschen. Es gab auch noch weitere Bündel mit Schriftstücken, die sie alle flüchtig begutachtete, um einige davon neben sich auf dem Fußboden zu stapeln, während sie andere in das Fach zurücktat.

Als die Grenze dessen erreicht war, was sie nach ihrem Dafürhalten ohne Gefahr unter ihrem Kleid verbergen konnte, schob sie das Geheimfach wieder zu. Da sie die Kunst, etwas mit einer Haarnadel zu *verschließen*, nie ganz gemeistert hatte, blieb ihr nichts anderes übrig, als zu hoffen, dass vor morgen früh niemand nach den fehlenden Papieren suchen würde.

Sie stand auf und hob ihre Röcke so hoch, bis das Gestell ihrer Krinoline frei lag. Zwischen der vierten und der fünften Fischbeinstange war eine Tasche an die Leinenstreifen genäht. Obwohl sie letzte Nacht Angus gegenüber beteuert hatte, bei einer gesellschaftlichen Veranstaltung kein Messer bei sich zu tragen, entnahm sie der Tasche jetzt einen gefährlich scharfen Dolch. Die

Papierbündel passten bequem in die Tasche. Da sie nicht wusste, wo sie den Dolch lassen sollte, verbarg sie ihn in einem Regal hinter den Büchern.

Die Hand gegen das enge Mieder gepresst, hielt sie einen Moment inne, um wieder zu Atem zu kommen. Dann vergewisserte sie sich, dass ihre Röcke wieder gerade und ordentlich saßen, ihr Haar nirgendwo zerzaust war und sie nichts zurückgelassen hatte. Alles schien so zu sein, wie sie es vorgefunden hatte, abgesehen von den Vorhängen der Alkoven, was vorhin aber offenbar niemandem aufgefallen war. Als letzte Vorsichtsmaßnahme wagte sie sich noch einmal aufs Mäuseterritorium und öffnete die Glastür einen Spalt breit, sodass man gegebenenfalls denken konnte, jemand sei auf diesem Wege ins Zimmer eingedrungen.

Als sie die zum Gang führende Tür erreicht hatte, blieb sie stehen und presste das Ohr ans Holz. Nachdem sie sie vorsichtig ein kleines Stück geöffnet hatte, straffte sie entschlossen die Schultern und trat in den Korridor hinaus, mit verlegenem Gesichtsausdruck, als hätte sie sich eben in der Richtung geirrt.

Es war indes gar nicht nötig, so zu tun, als ob. Abgesehen von einem Paar, das mit hochroten Gesichtern aus einer dunklen Nische des Korridors kam und es geflissentlich vermied, sie anzusehen, begegnete Anne niemandem, bis sie in die Nähe der Eingangshalle kam. Wegen des Gewichts des an ihrer Krinoline hängenden Bündels hatte sie das Gefühl, dass ihr Rock schief sitze und am Boden schleife, und als sie an einem reich verzierten, goldgerahmten Spiegel vorüberkam, erwartete sie mit Sicherheit, ein Spiegelbild zu sehen, das von ihrer Schuld Zeugnis ablegte. Doch zu ihrer Überraschung erblickte sie lediglich eine große blasse Frau in goldfarbener Seide, deren Augen möglicherweise ein wenig zu weit aufgerissen und zu dunkel waren und die sich zwingen musste, Halt zu machen und sich über die polierte Oberfläche zu neigen, als wolle sie ihr Haar in Ordnung bringen.

Wenn sie Glück hatte, würde man den Diebstahl erst entdecken, wenn sie schon lange weg war, und selbst dann würde sie, da sie ja nur eine Frau war, nicht als Hauptverdächtige gelten. Sobald sie nach Moy Hall zurückgekehrt und in der Lage war, wieder klar zu denken, würde sie entscheiden, was mit den gestohlenen Papieren zu tun war, doch im Moment musste sie einzig und allein danach trachten, von hier wegzukommen. Sie musste versuchen, die Fassung wiederzuerlangen, und so tun, als sei alles in Ordnung, als sei der entsetzliche Schmerz, der in ihrer Brust wütete, gar nicht da.

»Meine Liebe, fühlst du dich nicht wohl?«

»Wie?« Als Lady Drummuir die Hand ausstreckte und Anne am Arm berührte, zuckte diese zusammen.

»Du siehst aus, als wäre dir der Geist von William Wallace begegnet.«

Anne schluckte. »Mir geht es bestens. Ich bin nur erschöpft. Hast du Angus irgendwo gesehen?«

»Das hast du mich schon mal gefragt, vor nicht ganz zwei Minuten. Nein. Nein, hab ich nicht.«

Anne suchte den überfüllten Raum ab, doch obwohl sie Forbes und Loudoun auszumachen vermochte, die gerade über irgendetwas lachten, war von ihrem Mann nirgendwo etwas zu sehen. Als ein Diener vorüberging, ließ sie sich ein Glas Wein geben, das sie in drei Zügen leerte, um sofort nach einem zweiten zu greifen.

Mittlerweile hatten sich die Paare in zwei Reihen aufgestellt und in einem Wirbel von Farbe die ersten Figuren des Kontertanzes ausgeführt. Anne erspähte

Adrienne de Boule, deren saphirblaues Seidenkleid wie ein Juwel unter den tausend Kerzen des Kronleuchters funkelte. Ihr Partner war der grünäugige Major Garner – ein gut zueinander passendes Paar, wie Anne voller Gehässigkeit konstatierte, obwohl sie fast wünschte, Angus wäre Adriennes Partner, denn dann hätte sie wenigstens gewusst, wo er war.

Ein Stück weiter hinten tanzte der junge Mr. Forbes mit einer der MacLaren-Schwestern, die alle sieben so erschreckend gleich aussahen, dass man sie nicht auseinander halten konnte. Bei jeder Drehung reckte er den Hals und versuchte Annes Aufmerksamkeit auf sich zu ziehen, doch sie ignorierte ihn.

Während ihr Fuß ungeduldig im Takt der Musik auf und ab wippte, suchte sie von neuem den riesigen Raum ab und ließ ihren Blick über die Gruppen uniformierter Offiziere, die Tische mit Erfrischungen und die mit Vorhängen versehenen Nischen gleiten, wo zwanzig Fuß hohe Bogentüren zu den Balkons führten …

Plötzlich stutzte sie, und ihr Blick huschte zu den Türen zurück.

Als sie die Bibliothek betreten hatte, waren die Vorhänge der zwei Alkoven zurückgezogen und mit goldenen Kordeln zusammengebunden gewesen. Doch als sie vorhin noch einmal an der Tür stehen geblieben war und zurückgeblickt hatte … waren *beide* Vorhänge vorgezogen gewesen!

Sie kämpfte gegen die Panik an, die unversehens in ihr aufstieg, und zwang sich, ruhig zu bleiben und scharf nachzudenken, um sich in Erinnerung zu rufen, was *genau* sie von der Tür aus gesehen hatte. Beide Vorhänge waren zurückgezogen gewesen, als sie die Bibliothek betreten hatte, das stand außer Frage. Doch ebenso stand – so sehr sie auch versuchte, an dem Bild, das sich ihr eingeprägt hatte, etwas zu ändern – außer Frage, dass beide Vorhänge zugezogen gewesen waren, als sie gegangen war. Jemand musste zusammen mit ihr in der Bibliothek gewesen sein! Jemand von Forbes' Leuten, der zurückgeblieben war? Oder jemand, der sich wieder zurückgeschlichen hatte, nachdem die anderen gegangen waren?

Kurz bevor die Maus sie aufgeschreckt hatte, hatte sie ein Geräusch vernommen, dass sich wie ein verstohlener Schritt angehört hatte. Wer immer das gewesen sein mochte, musste gehört haben, wie sie fluchend nach der Maus getreten hatte, und schnell in den zweiten Alkoven gehuscht sein, wo der Betreffende dann genau wie sie den Vorhang zugezogen hatte, um sich zu verstecken.

Aber wenn das tatsächlich der Fall gewesen war … dann hieß das, dass jemand sie beobachtet hatte, als sie den Schreibtisch des Lord President durchsuchte! Jemand hatte gesehen, wie sie das Schloss geknackt, die Papiere gestohlen und unter ihrem Unterrock verstaut hatte!

Das Geräusch splitternden Glases ließ Lady Drummuir zusammenfahren. Als sie sich zur Seite drehte und Blut zwischen Annes Fingern hervorquellen sah, schrie sie erschrocken auf. »Große Güte, was hast du denn da angestellt, Kind?«

Anne hatte gar nicht bemerkt, dass ihre Hand immer fester zugedrückt hatte, bis das Weinglas schließlich zersprungen war. Auch jetzt war ihr nur vage bewusst, dass die alte Dame ihre Hand vom Kleid weghielt und einem der Diener zurief, ein sauberes Tuch zu bringen.

Das Einzige, woran sie zu denken vermochte, war, dass jemand zusammen mit ihr in der Bibliothek gewesen war und beobachtet hatte, wie sie wichtige Papiere aus dem verschlossenen Schreibtisch des Lord President gestohlen hatte.

»Oje, du hast dich geschnitten, Schätzchen. Komm, ich wickel dir was rum, damit dir das Blut nicht auf dein schönes Kleid tropft. Das kommt bloß daher, dass die Gläser aus billigem Glas sind«, empörte sich die verwitwete Lady MacKintosh. »Sein ganzes Kristall und sein ganzes Silbergeschirr hat er in Kisten packen und aus Sicherheitsgründen nach London bringen lassen. Eigentlich ein Wunder, dass die Teller unter dem Gewicht des Brots keine Risse bekommen haben und das Besteck sich nicht jedes Mal, wenn man es zum Mund geführt hat, verbogen hat.«

Die Hand mit einer Serviette umwickelt, ließ Anne sich aus dem Ballsaal führen. Einige Damen in der Nähe des Ausgangs schrien auf und fielen den in ihrer Gesellschaft befindlichen Männern zuliebe in Ohnmacht, doch im Großen und Ganzen erregte der kleine Unfall keinerlei Aufsehen. Anne wurde in einen kleinen Salon geschafft, wo man ihr Wasser und weitere Tücher brachte.

Außerdem wurde Doktor Faustus MacMillan geholt, ein klein gewachsener, großspuriger Mann mit blutunterlaufenen Augen und Wurstfingern. Unter Lady Drummuirs kritischem Blick wusch er die zahlreichen kleinen Schnitte mit Wasser aus und verband die Hand mit sauberen Leinenstreifen. Kurz bevor er fertig war, kamen Angus und Lord Forbes durch die Tür. Ersterer sah aufrichtig besorgt aus, als er sich neben Annes Stuhl aufs Knie niederließ.

»Was ist passiert? Mir wurde gesagt, es sei ein Missgeschick passiert und dass du blutest.«

Der Arzt schielte über den Rand seines Kneifers. »Nichts allzu Ernsthaftes, Mylord. Sie hat sich nur an einem Glas geschnitten. Reichlich Blut, aber wenig Grund zur Sorge.«

»Nur ein kleiner dummer Unfall«, flüsterte Anne. »Das Glas ist zersprungen, als ich es vom Tablett nahm.«

»Und deine Hand ...?« Angus machte Anstalten, nach der verbundenen Hand zu greifen, die Anne jedoch ruckartig zurückzog.

»Meine Hand ist völlig in Ordnung. Es sind nur ein paar kleine Schnitte, die in ein oder zwei Tagen verheilt sein werden. Es war absolut unnötig, den Doktor von der Gesellschaft wegzuholen. Ich hätte mich selbst um alles kümmern können.«

Sie versuchte, ihre Worte nicht so klingen zu lassen, als ob sie sie ihm ins Gesicht spuckte, doch da das eigentlich der Fall war, konnte sie nur schwer abschätzen, in welchem Maße ihr das gelang.

»Bist du sicher ...?«

»Absolut. Bitte mach dir keine weiteren Sorgen.«

»Sorgen?« Forbes stieß schnaubend die Luft aus und verschränkte die Hände auf dem Rücken. »Er war fast außer sich, werte Dame. Ist bleich geworden wie ein liebeskranker Galan, das schwöre ich, und das mit gutem Grund, denn ich muss gestehen, dass auch mir einen Moment lang das Herz stockte. Zeigen Sie mir den ungeschickten Tölpel, der Ihnen ein kaputtes Glas gegeben hat, damit ich ihn eigenhändig verprügeln kann.«

»Es war einzig und allein meine Schuld«, erwiderte Anne in kühlem Ton.

»Und die meines Sohnes«, fügte Lady Drummuir hinzu, indem sie Angus einen vorwurfsvollen Blick zuwarf. »Wenn sie sich nicht dauernd gefragt hätte, wo du abgeblieben bist, wäre sie nicht so abgelenkt gewesen und hätte vielleicht gesehen, dass das Glas einen Sprung hat.«

»Du hast mich gesucht?«, fragte Angus Anne.

»Nein. Ich meine, ja, doch. Ich ... ich wollte dir sagen, dass ich aufbrechen werde. Ich habe schreckliche Kopfschmerzen und wollte dir sagen, dass ich nach Hause fahre.«

»Nach Hause?« Forbes runzelte die Stirn wie ein gütiger Vater. »Unsinn. Sie werden über Nacht hier bleiben. Ich werde sofort ein Schlafzimmer für Sie herrichten lassen und ...«

»Nein!« Anne sprang auf. »Ich meine ... nein, danke. Ich würde es vorziehen, nach Hause zu fahren. Es ist nicht nötig, dass Angus ebenfalls aufbricht«, fügte sie hinzu. »Ich komme bestens allein zurecht.«

»Sei nicht albern«, entgegnete Angus. »Selbstverständlich werde ich dich nach Hause bringen.«

In ihrer Verzweiflung wandte Anne sich Hilfe suchend an ihre Schwiegermutter. »Bitte ...?«

Lady Drummuir runzelte die Stirn, nahm die Sache aber gleich in die Hand. »Macht doch nicht solch ein Gewese um ein paar kleine Schnitte! Schließlich besteht ja nicht die Gefahr, dass das Mädel verblutet. Und da ich ohnehin vorhatte aufzubrechen, wird Annie einfach mit zu mir kommen. Wenn du willst, kannst du sie dann morgen früh in der Church Street abholen, Angus. Du kannst aber auch jetzt mitkommen, wenn du mir nicht zutraust, sie sicher zu mir zu schaffen. Allerdings muss ich dich darauf hinweisen, dass mir schon den ganzen Abend danach zumute ist, jemandem eine runterzuhauen, sodass du also ein gewisses Risiko eingehst, wenn du mitkommst.«

Obwohl ein leichtes Zucken durch Angus' Wange ging, blieb ihm nichts anderes übrig, als seiner Mutter mit einer knappen Verbeugung zu verstehen zu geben, dass er einverstanden war. Anne hatte ebenfalls keine andere Wahl: Da er darauf bestand, sie zur Haustür zu begleiten, war sie gezwungen, seinen Arm zu nehmen, obgleich sie bei jedem Schritt, den sie machte, befürchtete, dass schon im nächsten Moment ein großes Geschrei losbrechen und die Forderung nach ihrer Verhaftung laut werden könne. Als die Diener endlich ihre Umhänge gebracht hatten und Lady Drummuirs Kutsche vor dem Portal vorgefahren war, war Anne, der der kalte Schweiß auf der Stirn stand, vor Angst so benommen, dass sie noch nicht einmal merkte, wie Angus ihr die Wange küsste und ihr mit leiser Stimme versprach, morgen in aller Frühe zu ihr zu kommen.

Und dann saß sie in der Kutsche. Die Tür wurde geschlossen und zugeklinkt. Als die Kutsche anfuhr, sah Anne, wie Angus, dessen Gestalt sich dunkel gegen das Licht der Fackeln abhob, zum Abschied den Arm hob. Die entwendeten Depeschen drückten gegen ihren Schenkel und machten sich fast ebenso unangenehm bemerkbar wie der Kloß, den sie im Hals hatte.

Offenbar hatte derjenige, der zusammen mit ihr in der Bibliothek gewesen war, beschlossen, mit ihr Katz und Maus zu spielen.

Achtes Kapitel

»Ich kann einfach nicht glauben, dass du ein solches Risiko eingegangen bist«, meinte Lady Drummuir, die so schockiert war, dass ihr fast die Worte fehlten. Sobald sie das Tor hinter sich gelassen hatten, hatte sie um eine Erklärung gebeten. Da Anne dringend jemanden brauchte, dem sie sich anvertrauen konnte, beichtete sie ihr, was alles geschehen war, seit sie sich mit John MacGillivray in der Bibliothek getroffen hatte. »Und ich kann einfach nicht glauben, dass du so dreist warst, den Schreibtisch des Lord President aufzubrechen. Mit einer Haarnadel, sagst du?«

»Es war ein ziemlich einfaches Schloss.«

»Trotzdem ist das nicht gerade ein Talent, das man bei der Frau eines Lairds erwartet, Fräuleinchen.«

»Ich bin schließlich auch die Enkelin eines Räubers«, erinnerte Anne sie.

»Ja, und schon allein deswegen wärst du auf der Stelle in Ketten gelegt worden. Aber wenn es stimmt, dass dich jemand beobachtet hat, wundert es mich wirklich, dass dir bis jetzt noch niemand die Höllenhunde auf den Hals gehetzt hat.«

Das »bis jetzt« schien einen Moment lang in der eingetretenen Stille nachzuhallen, und indessen malten sich die beiden Frauen aus, welch unerfreulichen Lauf diese Geschichte nehmen könnte.

»Warum, glaubst du, ist das so? Warum, glaubst du, eskortiert dich im Moment nicht ein Dutzend Rotröcke?«

Anne, die das Ganze total verwirrte, biss sich auf die Unterlippe. »Keine Ahnung. Als ich Forbes vorhin mit Angus in den Salon kommen sah …« In jenem Moment war sie um ein ganzes Jahr gealtert. Nach wie vor vermochte sie nicht zu fassen, dass man ihr gestattet hatte, Culloden House ungehindert zu verlassen.

»Und du hast keine Ahnung, wer dich in der Bibliothek beobachtet haben könnte?«

»Nein. Ich war mir sicher, dass alle gegangen waren. Einmal war mir jedoch so, als hätte ich etwas gehört …«

»Ja? Und was?«

Anne schüttelte den Kopf. »Einen Schritt oder das Knarren einer Diele, aber ich war so außer mir, so wütend und durcheinander … dann habe ich die Maus gesehen und …«

»Und hast aufgeschrien und die Maus fast zu Tode getrampelt, sodass der Unbekannte reichlich Zeit hatte, in den anderen Alkoven zu schlüpfen.«

Anne, deren Gesicht ganz bleich geworden war, nickte. »So muss es gewesen sein. Aber wenn es Forbes oder einer der anderen Offiziere war, warum hat er mich dann nicht aufgehalten? Der Unbekannte muss doch gesehen haben, wie ich die Depeschen an mich genommen habe. Warum hat man mich dann nicht im Ballsaal oder im Salon zur Rede gestellt und als Diebin entlarvt?«

Die verwitwete Lady MacKintosh runzelte die Stirn. Offenbar fragte sie sich das auch.

»Das Gute daran ist«, sagte sie schließlich, »das *einzig* Gute, dass es keiner der Männer gewesen sein kann, die zuvor in der Bibliothek gewesen sind, denn ich kann mir kaum vorstellen, dass irgendeiner von denen nicht vor Schadenfreude außer sich gewesen wäre angesichts der Vorstellung, dass man dich bis aufs Hemd auszieht und verhaftet, wenn man den Beweis für deinen Verrat unter deinem Rock findet. Andererseits«, fügte sie hinzu, sich selbst gegenüber den Advokat des Teufels spielend, »hätten sie vielleicht, wenn sie dich in aller Öffentlichkeit gedemütigt und verhaftet hätten, befürchten müssen, dass die anderen Lairds eingreifen, weshalb es ihnen geratener schien, zu warten, bis du aus Culloden weg bist, um die Verhaftung dann an anderer Stelle vorzunehmen, wo keine Gefahr besteht, dass Schwerter gezogen werden.«

Nachdem sie einander einen Moment lang angestarrt hatten, entriegelten beide Frauen gleichzeitig die Seitenfenster, um sie dann so weit nach unten zu schieben, dass sie den Kopf hinausstecken und die dunkle Straße hinter ihnen in Augenschein nehmen konnten. Abgesehen von dem gedämpften Lichtschein, der aus den kleinen Landhäusern am Wegesrand drang, zog sich die Straße wie ein dunkles, starres Band durch die von Bäumen gesäumten Parks auf beiden Seiten. Am Ufer des Moray Firth entlangfahrend, näherten sie sich jetzt der Umgebung von Inverness, und wenn ihnen tatsächlich jemand von Culloden House gefolgt sein sollte, dann wäre dieser Abschnitt der Strecke am geeignetsten gewesen, um sie einzuholen.

Anne steckte den Kopf so lange aus dem Fenster, bis ihre Wangen eiskalt waren und der Wind etliche ihrer Locken zerzaust hatte.

Als sie den Kopf wieder zurückzog, hatte ihre Schwiegermutter ihre eigene Frisur bereits in Ordnung gebracht. Sie zog es vor, mit keinem Wort auf das würdelose Benehmen, dessen sie sich beide kurz schuldig gemacht hatten, einzugehen.

»Es gibt noch eine dritte Möglichkeit«, sagte sie. »Nämlich, dass du nicht die Einzige warst, die herausfinden wollte, was der Lord President in seinem Schreibtisch weggeschlossen hat.«

»Du meinst, einer der anderen Gäste hatte vor, ihn zu berauben?«

»Wir waren nicht die Einzigen, die ihren Arsch lieber

nicht auf dieses Fest geschleppt hätten. MacGregor und sein Sohn waren da und standen beide steifer als ein Stock herum. In den Ecken lungerten MacPherson, Strathbogie, MacFall und MacKillican herum und sahen alle so aus, als hätten sie die gleiche Stinklaune wie MacGillivray. Nachdem sie ihre Aufwartung gemacht hatten, haben sie sich höchstwahrscheinlich alle genauso rasch davongemacht wie er, wenn auch sicherlich nicht mit derselben Eile wie der große John. Jeder von denen hätte ohne weiteres der Unbekannte in der Bibliothek gewesen sein können.«

Die beiden Frauen tauschten einen Blick aus und sahen schnell wieder weg. Zu überzeugen vermochte diese These keine von ihnen. Dann breitete sich erneut Schweigen aus, das nur vom Geräusch der über die zerfurchte Straße rumpelnden Kutschenräder durchbrochen wurde.

»Bist du absolut sicher, dass du gehört hast, was du behauptest, gehört zu haben, Mädel?«

Es war erst wenige Stunden her, seit die alte Dame ihren Sohn verteidigt und gesagt hatte, er tue nur, was nach seinem Dafürhalten das Beste für den Clan sei, und Anne wusste, dass die Sorge um ihr persönliches Wohl nicht der einzige Grund für die belegte Stimme ihrer Schwiegermutter war.

»Ich habe gehört, wie Forbes ihm geraten hat, mich mit Freundlichkeit zu überhäufen, damit ich ihm alles anvertraue, was Fearchar mir über die Armee des Prinzen erzählt hat. Außerdem habe ich gehört, wie Angus gesagt hat, dass er … dass er meine ganze Energie und meine Neigung, eine aussichtslose Sache zu unterstützen, satt habe.«

Lady Drummuir stieß einen Seufzer aus, der von der ganzen Last ihrer sieben Lebensjahrzehnte zeugte.

»Und jetzt bist du der Ansicht, es sei deine Aufgabe, in einem Anfall von Rachsucht davonzustürmen?«

Obwohl Anne kein Wort davon gesagt und noch nicht einmal für sich selbst eine Entscheidung getroffen hatte, kam sie jetzt ohne Zögern zu einem Entschluss. »Großpapa hatte Recht. Es gibt sonst niemanden, der den gleichen Rang hätte und dem die Lairds folgen würden. Und es gibt auch keinen Sohn oder Bruder, dem man die Aufgabe übertragen könnte, die Ehre der Clans zu retten.«

»Das weiß ich, Kind, aber die Gefahr …! Willst du dir einen *clai' mór* auf den Rücken und Pistolen an die Hüften schnallen, um mit blutunterlaufenen Augen in die Schlacht zu ziehen? Gewiss, du hast das Herz auf dem rechten Fleck, das gebe ich gern zu. Du wirst im Clan wahrscheinlich auch genug Scham wecken, um die notwendigen Unterschriften zu bekommen, aber letztendlich brauchen die Lairds einen Mann, der sie anführt.«

»Ich werde ihnen einen Mann geben«, sagte Anne mit ruhiger Stimme. »Ich werde ihnen John MacGillivray geben.«

»MacGillivray!«

»Er ist offensichtlich bereit zu kämpfen, und seine Männer ebenso.«

»Das ist kein Mann, der mit sich spielen lässt, Anne«, warnte die verwitwete Lady MacKintosh. »Er ist wie ein großer Vollbluthengst, von dem man meint, man habe ihn zugeritten, doch wenn man ihm den Zaum angelegt hat, kann es passieren, dass er sich nicht mehr zügeln lässt.«

»Ich bin mir nicht sicher, ob ich ihn überhaupt würde zügeln *wollen*«, erklärte Anne mit mehr Selbstsicherheit, als sie eigentlich empfand. »Und es ist Angus, der beunruhigt sein sollte, nicht ich.«

Ihre Schwiegermutter verfiel wieder in Schweigen und drehte sich zur Seite, um aus dem Fenster zu starren, während die Kutsche an St. John's Chapel vorüberfuhr und ihr Tempo verlangsamte, um in die von Bäumen gesäumte Allee einzubiegen, die zum Drummuir House führte. Das große, stattliche Herrenhaus aus der Zeit von William und Mary war aus Ziegeln gebaut, die einen warmen Rotton hatten, während die Ecksteine aus hellem Sandstein bestanden. Da das Gebäude in der Nähe des Flusses lag, hüllte den umliegenden Park ständig feiner Nebel ein.

»In Zeiten wie diesen«, seufzte Lady Drummuir, »tut Duncan Forbes mir fast Leid. Er war zwar schon immer ein unangenehmer Mensch, aber alles, was er getan hat, hat er getan, weil er ehrlich glaubte, es würde zum Besten Schottlands sein. Vor nicht ganz zwei Jahren wollte er Hochlandregimenter nach Flandern schicken, um Seite an Seite mit den Engländern zu kämpfen. Er dachte, wenn Männer wie Lochiel und Lord George Murray auf dem Kontinent wären, um gegen die Holländer zu kämpfen, gäbe es zu Hause niemanden mehr, der eine Rebellion anzetteln könnte. Und vermutlich hatte er damit Recht, denn dann wären sie nicht hier gewesen, um in Glenfinnan mit dem Prinzen zusammenzutreffen, der wiederum nicht in der Lage gewesen wäre, eine Armee aufzustellen, sodass dieser ganze Zwist hätte verhindert werden können – und das wäre vielleicht gar nicht so schlecht gewesen.«

»Hättest du dir das gewünscht? Dass wir uns nach und nach allen englischen Forderungen und Befehlen beugen, bis es kein Schottland mehr gibt?«

»Schottland wird es immer geben, Anne Moy! Aber müssen wir die Glens denn immer mit Blut tränken, um das zu beweisen?«

»Mit englischem Blut«, erwiderte Anne mit sanfter Stimme. »Ja, wenn es nötig ist.«

»Puh! Du bist so eigensinnig wie dein Großvater.«

»Ist das so schlecht?«

Ohne sich Anne zuzudrehen, schob Lady Drummuir ihre behandschuhte Hand über die Polsterbank, um Anne sanft die Hand zu drücken.

»Nein, Mädel«, flüsterte sie. »Aus mir spricht nur der Neid einer alten Frau, denn wenn ich könnte, würde ich mich hinter dich auf diesen prächtigen Hengst schwingen.«

Als Angus am nächsten Morgen zum Drummuir House kam, war er nicht allein. Er wurde von Major Roger Worsham begleitet, der in einem makellos sauberen, scharlachroten Uniformrock mit glänzenden Messingknöpfen steckte, dessen breite gelbbraune Revers so aussahen, als seien die Ränder mit einem Rasiermesser geschnitten.

Sein unbewegtes Gesicht wirkte nicht minder amtlich. Mit kaltem Blick musterte er seine Umgebung, als man die beiden in den gelben Salon führte – ein prächtiges Zimmer, dessen Wände mit gelbem Seidendamast bespannt waren. Die eleganten Sofas und die zierlichen Stühle waren mit demselben Stoff überzogen, während goldgerahmte Gemälde und blassgelbe Holzfriese den Gesamteindruck abrundeten. Den Raum, der normalerweise nur bei offiziellen Anlässen benutzt wurde – was Angus' Aufmerksamkeit nicht entging –, beherrschte ein riesiger weißer Marmorkamin, der so kalt war wie der Ausdruck im Gesicht Lady Drummuirs, die fast eine halbe Stunde nach Ankunft der beiden Männer erschien, um sie zu begrüßen.

»Angus.«

Er neigte leicht den Kopf. »Mutter.«

»Major.«

Worsham zog eine Augenbraue hoch. »Madam.«

»Da wir jetzt wissen, wer wir alle sind, erzählt ihr mir vielleicht mal, warum ihr zu einer so unschicklichen Zeit hier aufkreuzt. Lady Anne liegt noch im Bett, und ich habe noch nicht mal Zeit gehabt, mein Korsett richtig zu schnüren. Ich hoffe, Sie wollen hier nicht schon wieder nach Munition suchen, Major, denn daran scheint es uns MacKintoshs im Moment auch zu mangeln.«

Damit war ein ziemlich barscher Ton angeschlagen, den Worsham mit einem affektierten Lächeln quittierte. »Ich bitte um Vergebung für die frühe Stunde, aber als Captain MacKintosh sagte, dass er hierher wolle, hielt ich es für das Beste, ihn zu begleiten, um uns beiden später weitere Unannehmlichkeiten zu ersparen.«

»Tja, zum Frühstück kommen Sie jedenfalls zu spät, und fürs Dinner ist es noch zu früh.«

»Es wäre mir nie in den Sinn gekommen, Ihnen Umstände zu machen.«

»Gut, denn mir wäre es auch nie in den Sinn gekommen. Falls du gekommen bist, um Anne abzuholen, so hättest auch du dir deinen Weg sparen können«, sagte sie zu Angus. »Sie würde nämlich gern ein paar Tage bei mir bleiben.«

»Ein paar Tage? Ist sie krank?«

»Sie ist gesund wie ein Zugpferd. Seit wann kann sie denn nicht mehr bei ihrer Schwiegermutter zu Besuch sein, wenn ihr der Sinn danach steht?«

»Natürlich kann sie das, aber …«

»Dann werde ich ihr sagen, dass du nichts dagegen hast. Sie hat ja einen kleinen Teil ihrer Garderobe hier, sodass es also nicht nötig sein wird, nach Kleidern oder sonstigen Dingen des täglichen Bedarfs zu schicken. Willst du, dass ich ihr etwas ausrichte?«

»Da ich wegen Lady Anne hergekommen bin, würden wir es eigentlich vorziehen, mit ihr persönlich zu sprechen«, sagte Worsham.

»Und worum geht es dabei, Major?«

»Um eine Kleinigkeit. Ich werde ihre Zeit nicht allzu lange in Anspruch nehmen.«

Lady Drummuirs anschwellender Busen und ihre geblähten Nasenflügel ließen nichts Gutes ahnen, doch die gepfefferte Erwiderung, zu der sie gerade ansetzte, wurde von einer ruhigen Stimme, die von der Tür her erklang, im Keim erstickt. »Kein Grund zur Aufregung. Da bin ich.«

Als Anne ins Zimmer trat, drehten beide Männer sich um. Es war sofort zu sehen, dass sie sich nicht die Zeit genommen hatte, sich mit einem Korsett oder ihrem Haar abzumühen, denn Letzteres fiel ihr offen in weichen roten Wellen über die Schultern. Ihrem Schamgefühl zollte ein lose sitzendes *contouche* aus weißem Musselin Tribut, das am Ausschnitt und an den Handgelenken mit feinen Spitzenrüschen besetzt war. Wenn sie sich bewegte, lugten unter dem Saum weitere Rüschen hervor, die leise raschelnd über den Teppich schleiften.

Sie blieb vor einem der hohen Fenster mit viereckigen Scheiben stehen, sodass ihr die hellen Sonnenstrahlen in den Rücken fielen. Die Kombination aus schimmerndem weißen Musselin und feurigem roten Haar schlug beide Männer sofort in den Bann. Als bewusstes Ablenkungsmanöver war das Ganze insofern erfolgreich, als die Muskeln in Angus' Kinnlade in Bewegung gerieten und ihm – obwohl er sich alle erdenkliche Mühe gab, dagegen anzukämpfen – die Hitze ins Gesicht stieg und dieses mit dunkler Röte überzog.

Worshams Reaktion war ungleich primitiver. Seine hellen Augen verengten sich zu Schlitzen, und an seinem Mundwinkel schimmerte ein Speicheltropfen.

»Sie wollten mit mir sprechen, Major?«

Die knappe Frage, bar aller gesellschaftlichen Floskeln, lenkte seine Aufmerksamkeit rasch auf ihr Gesicht zurück. »Ich hoffe, die letzte Nacht hatte keine schlimmen Folgen für Sie. Wie ich gehört habe, haben Sie sich an der Hand geschnitten.«

Sie hob die Hand und drehte sie hin und her, um ihm den Verband zu zeigen. »Nicht der Rede wert. Ein kleines Missgeschick.«

»Lady Forbes war trotzdem äußerst beunruhigt und hat mich gebeten, Ihnen mitzuteilen, wie Leid ihr dieser unglückselige Zwischenfall tut.«

»Ich bin überzeugt, dass sie vor Sorge kein Auge zugetan hat. Doch von einem Zwischenfall kann man wohl kaum sprechen, Sir. Ein Glas ist zersplittert, das ich in dem Moment zufällig in der Hand hatte.«

»Wie Sie meinen. Im Übrigen haben Sie Recht; heute Morgen hatte man in Culloden House in der Tat ganz andere, dringendere Sorgen. Wie es scheint, hat sich jemand die Freiheit genommen, dort einiges Unheil anzurichten.«

»Unheil? Inwiefern?«

»Einer der Gäste behauptet, Sie gestern Abend kurz nach Mitternacht in der Nähe der Bibliothek des Lord President gesehen zu haben«, erwiderte er, ohne direkt auf ihre Frage zu antworten. »Stimmt das?«

Anne spitzte die Lippen, als denke sie nach. Kurz darauf hellte sich ihr Gesicht auf, und sie nickte. »Ja, ich glaube schon, obwohl ich die genaue Zeit nicht beschwören könnte. Leider hatte ich dem Souper zu sehr zugesprochen und fühlte mich nicht ganz wohl. Weil ich hoffte, es würde mir gut tun, wenn ich ein bisschen auf und ab gehe, habe ich mir einen ruhigen Korridor gesucht. Unglücklicherweise fühlte ich mich hinterher eher benommen, daher …« Sie hielt die Hand hoch. »… der Unfall.«

»Haben Sie zufällig sonst noch jemanden in dem Korridor gesehen, während Sie Ihren … Verdauungsspaziergang machten?«

»Nicht dass ich wüsste … oder warten Sie mal. Doch. Ja, ich habe ein junges Paar aus einem der Räume kommen sehen – leider kenne ich das Haus nicht gut genug, um Ihnen sagen zu können, aus welchem –, aber die beiden schienen von der Begegnung genauso überrascht zu sein wie ich. Vermutlich hatten sie sich ebenfalls aus dem Lärm des Ballsaals geflüchtet, um ein Weilchen ungestört zu sein.«

Worsham deutete ein Kopfnicken an, um die Annahme zu bestätigen. »Major Bosworth war derjenige, der berichtet hat, er habe Sie in der Nähe der Bibliothek gesehen. Allerdings hat er vergessen zu erwähnen, dass er nicht allein war.«

»Das überrascht mich nicht«, erwiderte Anne gelassen. »Lord Ian MacLeod wäre sicher nicht allzu erbaut davon zu hören, dass seine Tochter mit einem englischen Offizier irgendwo allein gewesen ist. Und ihr Verlobter ebenfalls nicht.«

Erneut verengten sich die hellen blauen Augen zu Schlitzen. »Wohingegen eine verheiratete Frau, die eine Zusammenkunft mit einem Mann hat, weniger Skandal erregen würde?«

Anne erwiderte seinen Blick, ohne mit der Wimper zu zucken. »Zweifellos käme es dabei sowohl auf die Person des Mannes wie auch auf die Art der Zusammenkunft an.«

»Das ist interessant formuliert, Lady Anne. Verzeihen Sie die Kühnheit meiner Frage, aber von welcher Art war Ihre Zusammenkunft mit John MacGillivray?«

Unwillkürlich warf Anne einen Blick in Richtung ihres Mannes, einen Blick, der kaum mehr als ein Flackern der Augen war, auf Worsham jedoch dieselbe Wirkung hatte wie eine frische Blutspur auf einen Falken.

»MacGillivray?«

»Ja. Man hat beobachtet, wie Sie beide kurz vor der betreffenden Zeit vor dem Speisesaal miteinander geflüstert haben.«

»Mir ist nicht erinnerlich, dass wir beide miteinander *geflüstert* haben, Sir, obwohl es durchaus sein kann, dass er kurz stehen geblieben ist, um mir gute Nacht zu wünschen. Das weiß ich nicht mehr genau.«

»Im Erdgeschoss haben Sie ihn nicht noch einmal gesehen?«

»Nein.«

»Und würden Sie es mir sagen, wenn Sie ihn noch einmal gesehen hätten?«

»Nein, würde ich nicht«, gab sie unumwunden zu. »Und wenn Sie keine weiteren Fragen haben, würde ich …«

»Soviel ich gehört habe, ist Ihre Beziehung zu John MacGillivray mehr als nur oberflächliche Freundschaft.«

»Da haben Sie falsch gehört, Sir. John MacGillivray ist ein redlicher, ehrenhafter Mann, der seinem Clan und seinem Land gegenüber absolut loyal ist.« Diesmal warf sie Angus einen offenen Blick zu, um sich dann wieder Worsham zuzuwenden. »Er war immer mein Freund, was auch jeder, der danach fragt, wissen kann und worauf ich sehr stolz bin. Aber mehr war nie zwischen uns.«

»Nichts, was Sie veranlassen würde, für ihn zu lügen? Oder ihn zu schützen?«

»John MacGillivray bedarf wohl kaum meines Schutzes, Sir.«

»Worauf zielen diese Fragen eigentlich ab, Major?«, fragte Angus, dessen Verärgerung sich an der Art und Weise ablesen ließ, in der er seine Handschuhe auszog und auf einen in der Nähe stehenden Stuhl warf. »Und überlegen Sie sich bitte ganz genau, was Sie jetzt antworten.«

»Wie Sie wissen, war letzte Nacht jemand in der Bibliothek des Lord President und hat einige äußerst ... kompromittierende Papiere gestohlen.«

»Mein Gott«, murmelte Angus wütend. »Und deswegen haben Sie mich von Culloden House hierher begleitet? Damit Sie meine Frau des Diebstahls bezichtigen können?«

»Es war nicht ganz klar, wo sie – und auch MacGillivray – sich zur Zeit des Diebstahls aufgehalten hat.«

»Nun, das hat sie Ihnen ja gerade erklärt. Außerdem hat sie Ihnen mitgeteilt, dass sie MacGillivray nicht mehr gesehen hat. Wenn Sie mich nach ihm gefragt hätten, hätten Sie sich den Weg hierher sparen können.«

»Sie?«

»In der Tat. Kurz nach unserem Treffen in der Bibliothek bin ich MacGillivray in der unteren Halle begegnet und habe mit ihm gesprochen. Er hatte der verwitweten Lady Forbes bereits seine Aufwartung gemacht und bat mich um die Erlaubnis, sich verabschieden zu dürfen, da er heute Morgen in Clunas etwas Dringendes zu erledigen hatte und früh aufbrechen wollte. Ich glaube, es hatte etwas mit dem Gesundheitszustand seiner Verlobten, Lady Elizabeth of Clunas, zu tun, die wegen ihrer Erkrankung letzte Nacht ja auch nicht an der Geburtstagsfeier teilnehmen konnte. Er war ganz außer sich vor Sorge, was seine scheinbare Benommenheit erklären würde. Ich glaube, sie wollen nächsten Monat heiraten, obwohl es ihm die reizende Dame schon seit einiger Zeit ungeheuer angetan hat. Zumindest vermochte er gestern Abend über nichts anderes als über sie zu sprechen – bis schließlich ich selbst ebenfalls ganz benommen war.«

»Aah ja.« Als Worsham sich von neuem Anne zuwandte, trat wieder ein raubtierhaftes Funkeln in seine Augen. »Wenn ich mich recht erinnere, ist unser Gespräch gestern Abend unterbrochen worden, als wir uns gerade darüber unterhalten haben, wo Sie Donnerstag Nacht gewesen sind.«

Da MacGillivray Anne gewarnt und sie darauf aufmerksam gemacht hatte, dass Eneas und ihr jemand von Dunmaglass aus gefolgt war, zögerte sie für den Bruchteil einer Sekunde mit einer Antwort, was Angus nutzte, um erneut ein unwilliges Schnauben auszustoßen.

»Und ich werde Ihr Gespräch auch diesmal unterbrechen, Sir, indem ich Ihnen nochmals erkläre, dass meine Frau und ich am Donnerstag Abend zu Hause waren. Wie Sie sich vielleicht erinnern werden, habe ich Lord Loudoun erzählt, dass John MacGillivray ebenfalls bei uns war und bis in die frühen Morgenstunden mit uns Karten gespielt hat, bis er und ich dann, nachdem wir beide ein paar …« Er warf Anne einen verlegenen Blick zu, während diese ihn mit weit aufgerissenen Augen anstarrte. »… nun ja, zugegeben, wesentlich mehr als nur ein paar Flaschen Schnaps geleert hatten, ins Bett getragen werden mussten. Wenn Sie meine Frau gestern Abend mit MacGillivray haben flüstern sehen, dann hat sie ihm möglicherweise auch eine Standpauke gehalten. Mir hatte sie vorher schon eine gehalten, und zwar eine, die sich gewaschen hat.«

Als Worsham von Angus zu Anne blickte, zuckte in seiner Wange ein Muskel auf und ab, was Anne jedoch nur am Rande bemerkte, da sie immer noch ihren Mann anstarrte. Er hatte es wieder getan. Er hatte für sie *und* MacGillivray gelogen, um ihnen beiden ein Alibi zu verschaffen, das nur jemand anzuzweifeln wagen würde, der über eindeutige, unwiderlegbare Beweise verfügte. Es war klar, dass der Major solche Beweise nicht hatte, und Lady Drummuir machte sich sein Zögern kurzerhand zunutze.

»Soll Gibb Sie hinausbegleiten, Major, oder finden Sie allein zur Tür?«

Worsham blickte vom einen zum anderen. Der Verlauf, den das Gespräch genommen hatte, stellte ihn offensichtlich in keiner Weise zufrieden. Nachdem er einen Moment lang mit geballten Fäusten dagestanden und die ihm zu Gebote stehenden Möglichkeiten abgewogen hatte, deutete er eine Verbeugung an und stolzierte aus dem Salon. Von draußen hallte noch eine Weile der wütende Tritt seiner Stiefel herein.

Erst als die aus der Eingangshalle hereindringenden Schritte verklungen waren, sagte Lady Drummuir wieder etwas. »Ich fürchte, du hast dir gerade einen Feind gemacht, mein lieber Angus.«

»Er ist ein wichtigtuerischer Dummkopf und kann von Glück sagen, dass ich nicht mein Schwert gezogen habe.«

»Du bist sicher eine echte Bedrohung für einen Mann, der wahrscheinlich statt eines Zahnstochers seinen Säbel benutzt.« Ihr Sarkasmus trug ihr einen eisigen Blick ein. Sie ging in Richtung Tür. »Ich brauche unbedingt ein morgendliches Schlückchen *Whisky*. Soll Gibb Kaffee bringen, oder möchtet ihr lieber auch etwas Stärkeres?«

»Für mich nichts«, antwortete Angus. »Ich werde nicht lange bleiben.«

»Wie du willst.«

Als seine Mutter gegangen und die Tür fest geschlossen war, wandte er sich Anne zu, die seinem Blick ganze zwei Sekunden standhielt, bevor sie sich umdrehte und aus dem Fenster starrte.

»Du hast allen Grund, verlegen zu sein«, sagte er in verdächtig sanftem Ton. »Du bist dreister als ...« Da ihm kein passender Vergleich einfiel, begnügte er sich damit, einen tiefen Seufzer auszustoßen. »Wenn ich mir vorstelle, was ihr für Komplotte aushecken könntet, meine Mutter und du, wird mir Angst und Bange bei dem Gedanken, euch beide hier allein zu lassen. Bitte sag zumindest, dass die Dummheit, die du letzte Nacht begangen hast, nicht geplant war.«

Überrascht sah sie ihn an. »Du glaubst doch wohl nicht wirklich, dass MacGillivray und ich uns zu einem heimlichen Stelldichein davongestohlen haben, wie?«

»Einem Stelldichein? Nein. Aber ich glaube, dass du an irgendeiner Torheit beteiligt warst, obwohl es sich meiner Kenntnis entzieht, ob du dich darauf eingelassen hast, bevor oder nachdem du das Schloss aufgebrochen und die Papiere aus Duncan Forbes' Schreibtisch gestohlen hattest. Und bitte verschwende nicht deine und meine Zeit damit, es zu leugnen. Ich war da und habe dich gesehen.«

Jemand anders wäre jetzt vielleicht vor Schock in Ohnmacht gefallen oder zumindest schuldbewusst errötet, doch zu Annes Ehre ist festzuhalten, dass sie ihn lediglich über den Sonnenstrahl hinweg anstarrte, der hell durch das Fenster zwischen ihnen ins Zimmer fiel – eine Reaktion, die Angus eine wenn auch widerwillige Bewunderung abnötigte.

»Du warst das also in dem Alkoven?«

»Mir war so, als hätte ich hinter den Vorhängen eine Bewegung gesehen, einen Schatten am unteren Rand, der sich von Zeit zu Zeit über das von draußen hereinscheinende Mondlicht legte. Nachdem wir gegangen waren, habe ich die Tür einige Minuten beobachtet, um zu sehen, ob jemand herauskommt, und als das nicht der Fall war, bin ich wieder nach drinnen gegangen. Meine Hand war nur noch wenige Zentimeter von dem verdammten Vorhang entfernt, als du aufgekreischt und angefangen hast herumzuhopsen. Als mir klar wurde, dass du es bist, wollte ich zunächst den Vorhang zur Seite reißen, um festzustellen, ob du allein bist. Doch dann habe ich beschlossen, es nicht zu tun, um dir die Peinlichkeit zu ersparen, falls du tatsächlich nicht allein sein solltest.«

»Um *mir* die Peinlichkeit zu ersparen? Nach dem, was ich kurz zuvor gehört hatte, würde ich meinen, dass du derjenige bist, der sich maßlos schämen müsste. Oder war es jemand anders, der ganz erfreut klang über den Befehl, sich in Edinburgh General Hawley anzuschließen, und der behauptete, die Machenschaften seiner Frau langweilten ihn? War es jemand anders, der mich angelogen hat, als er mir *hoch und heilig* versprach, dass die Männer unseres Clans an keinen richtigen Kämpfen teilnehmen würden?«

»Versuch nicht, von deinen eigenen Aktivitäten abzulenken«, warnte er mit sanfter Stimme, ohne auch nur den Anstand zu haben, auf irgendeinen der Vorwürfe einzugehen. »Ist dir eigentlich klar, was dir hätte passieren können, wenn man dich dabei erwischt hätte, wie du hinter diesem verdammten Vorhang lauerst und eine dienstliche militärische Besprechung belauschst? Begreifst du überhaupt, was für ein Glück du gehabt hast, dass ich es war, der in die Bibliothek zurückgekommen ist, und nicht Worsham oder dieser andere Dreckskerl, Garner?«

»Zu dem Zeitpunkt habe ich, ehrlich gesagt, gar nichts gedacht, sondern kam mir lediglich verraten vor.«

Er wandte kurz den Blick ab. Diesmal gelang es ihm nicht ganz, der in ihm aufsteigenden Hitze Einhalt zu gebieten, sodass sich sein Hals und seine Wangen mit roten Flecken überzogen.

»Hast du die Depeschen noch, oder hast du sie MacGillivray gegeben?«

»Willst du dich denn noch nicht einmal verteidigen?«

»Wozu? Du bist doch bereits zu dem Schluss gekommen, dass ich in allen Punkten schuldig bin.«

»Du hast mir schließlich keine andere Wahl gelassen. Du hast mir ein Versprechen gegeben, das du gebrochen hast. Du hast mich angelogen, nachdem du geschworen hattest, es nie zu tun. Und als du es so leidenschaftlich und überzeugend geschworen hast, dachte ich … dachte ich eigentlich …« Als ihr die Stimme versagte, biss sie sich fest auf die Unterlippe. »Ich dachte eigentlich, dass du meinst, was du sagst. Aber das war natürlich, bevor ich herausgefunden habe, wie sehr meine … *Possen* … dich langweilen.«

»Als ich dir dieses Versprechen gab, habe ich ehrlich gedacht, dass es möglich sei, es zu halten.«

»Das war erst vor zwei Tagen. Hat sich inzwischen so viel geändert?«

Angus fuhr sich mit der Hand durch das dunkle Haar und machte den eleganten Wellen und Locken vollends den Garaus. »Ja. Ja, es hat sich bei Gott viel geändert, und zwar von dem Augenblick an, wo ich Colonel Loudoun schwören musste, dass MacGillivray Donnerstag Nacht bei mir war, dass es nicht er gewesen sein kann, der Worshams Leute angegriffen hat. Du kannst dir vorstellen, was der Major davon geglaubt hat, denn das widersprach ja seinem Bericht, aus dem hervorging, dass MacGillivray in Dunmaglass war und von einer Elitetruppe von Dragonern genauestens überwacht wurde.«

»Warum hast du es dann getan?«

»Ganz sicher nicht, weil ich seine Aktionen in irgendeiner Weise billige. Ich habe es getan, weil in Culloden House höchstwahrscheinlich Soldaten auf ihn warteten, um ihn zu verhaften. Weil er zu meinem Clan gehört und einmal mein Freund war und weil ich befürchtet habe, falls er in irgendeiner Weise in diese Sache hineingezogen würde, würden die Anschuldigungen immer weiter um sich greifen und am Ende nicht einmal vor der Schwelle von Moy Hall Halt machen. Das war natürlich, bevor ich in der Bibliothek gestanden und beobachtet habe, wie meine Frau sich mit einer Haarnadel am verschlossenen Schreibtisch des Lord President zu schaffen macht. Und bevor ich gesehen habe, wie sie Papiere und Militärdepeschen stiehlt, was ihr einen längeren Aufenthalt in einer Gefängniszelle einbringen könnte, vorausgesetzt, es gelingt ihr, der Axt des Henkers lange genug zu entgehen, um in den Genuss eines Gefängnisaufenthalts zu kommen. Aus dem Grunde, meine Liebe, wirst du mir nachsehen müssen, dass ich nicht der Ansicht bin, *mein* Verhalten rechtfertigen zu müssen.«

In Annes Kinn deutete sich ein Zittern an, und ihre Augen waren so groß geworden und hatten einen derart stechenden Blauton angenommen, dass es schien, als färbe sich auch das Weiße des Auges leicht blau.

»Ich habe nichts von dem Angriff auf Worshams Leute gewusst«, entgegnete sie mit sanfter Stimme. »Ich habe nicht gewusst, dass John darin verwickelt war. Das habe ich erst später erfahren, als er mir erzählte, dass er angeschossen worden sei.«

»*Angeschossen?*«

Sie nickte. »In der Schulter.«

Angus presste die Zähne zusammen und schürzte die Lippen. Offensichtlich musste er sich extrem zusammenreißen, um nicht einen Schwall von Flüchen auszustoßen.

»Hast du«, fragte er mit zusammengebissenen Zähnen, »die Depeschen noch?«

»Nein. Deine Mutter hielt es für besser, sie nicht im Haus aufzubewahren.«

»Gute Güte.« Er schloss die Augen und presste sich die Hand gegen die Schläfe. »Was hat sie denn mit ihnen gemacht? Wo hat sie sie hinbringen lassen?«

Obwohl ihre Stimme ganz fest war, als sie »Das weiß ich nicht« antwortete, verriet der Ausdruck ihrer Augen, dass sie log. Angus bedurfte keiner Karte, um den Weg zu verfolgen, den die Papiere genommen hatten. Der Kurier, der die Depeschen gebracht hatte, war direkt aus Frankreich gekommen; die Papiere, die er bei sich trug, stammten von einem Spion Forbes', der am Hofe von König Louis eine hohe Stellung bekleidete. Fearchar Farquharson würde, sobald er die Dokumente geöffnet und erkannt hatte, was er da in Händen hielt, genau wissen, was zu tun war.

»Was willst du denn jetzt tun?«, fragte sie leise.

Die Frage lenkte ihn einen Moment lang von seinen Überlegungen ab. »Tun?«

Sie würgen – das wollte er tun. Doch stattdessen verschränkte er die Hände auf dem Rücken und wich ihrem Blick aus, so wie sie vorhin dem seinen ausgewichen war. Er blickte aus dem Fenster und sah, wie gerade ein Falke vorüberflog, der sich mit ausgebreiteten Flügeln völlig regungslos von den Luftströmungen tragen ließ. Einzig sein Kopf bewegte sich, und die Augen hielten unablässig nach Beute Ausschau, während der bösartig gekrümmte Schnabel schon jetzt weit aufgerissen war. Man brauchte seine Fantasie nicht allzu sehr anzustrengen, um den Falken mit Major Roger Worsham zu vergleichen, denn die Augen des Offiziers hatten dasselbe raubgierige Funkeln, sein Gesicht zeigte dieselbe berechnende Reglosigkeit, wenn er seine Beute beobachtete.

Wenn Worsham den Verdacht hatte, dass Angus in Bezug auf MacGillivray und Anne gelogen hatte, dann war es weit wichtiger, sich die Frage zu stellen, was *er* tun würde.

Angus, der wusste, dass Anne ihn beobachtete und auf eine Antwort wartete, nahm sich noch einen Moment Zeit, um seine Gefühle unter Kontrolle zu bringen. Dann sah er sie an. »Was ich tun werde? Ich werde mich nach Hause begeben und die nötigen Vorbereitungen für meine Abreise nach Edinburgh treffen.«

»Verstehe.«

»Wirklich? Weil ich nämlich nicht verstehe, welche Alternativen es geben sollte, Madam. Ich bin Offizier der Königlich-Schottischen Infanterie Seiner Majestät, und wenn ich mich weigerte, einem Befehl zu gehorchen, würde mir wahrscheinlich nichts anderes übrig bleiben, als zu fliehen und mich zusammen mit deinem Großvater und deinen Cousins in den Bergen herumzudrücken.«

»Oder das Kommando zu geben, auf das hin sich dir tausend tapfere Männer anschließen würden, um dem Prinzen entgegenzumarschieren. Wenn du das tätest und wenn du mich bätest, mit dir zu kommen, würde ich voller Stolz die ganze Zeit an deiner Seite reiten.«

»Würdest du das?« Er trat vor und zerschnitt mit seinem Körper den Sonnenstrahl, als er die Arme ausstreckte und ihr Gesicht zwischen die Hände nahm. »Was, wenn ich dich bitten würde, sofort mit mir zu kommen? Was, wenn ich dich bitten würde, von hier wegzugehen und mit mir nach Frankreich zu segeln?«

Ihre Augen wurden noch größer und blauer, so unmöglich das auch zu sein schien. »Nach Frankreich?«

»Ich habe Freunde in Paris, bei denen wir bleiben könnten, bis sich die Lage hier wieder beruhigt hat. Diese ganze Angelegenheit wird in ein, höchstens zwei Monaten vorüber sein.«

Der Hoffnungsschimmer, der in ihren Augen aufgeflackert war, verflüchtigte sich wieder. Ihr ungläubiges Staunen und ihre Verwirrung ließen sich so leicht aus ihrer Miene ablesen wie nahezu alle anderen Gefühle, die sich vorübergehend in ihrem Gesicht widerspiegelten. Und dieses eine Mal wünschte Angus, dass Anne den Adrienne de Boules dieser Welt ähneln würde, deren Gesicht eine leere Seite war, auf der nichts geschrieben stand, was man nicht sehen wollte.

»Hier ist meine Heimat«, erwiderte sie, indem sie ihr Gesicht mit einer sanften, aber entschlossenen Geste aus seinen Händen befreite. »Hier gehöre ich her. Wenn ich fortlaufe, würde sich nichts ändern, ebenso wenig wie es etwas dazu beitragen würde, die Mauer zu durchbrechen, die du zwischen uns errichtet hast.«

Ihre Zurückweisung traf ihn bis ins Mark, und er bezweifelte, dass sie ihm jetzt noch zuhören würde, selbst wenn er versuchte, ihr zu erklären, dass er die Mauer vorsätzlich errichtet hatte, um ihr genau den Schmerz zu ersparen, den sie gerade empfand.

Er starrte auf ihren Mund und erinnerte sich, wie bereitwillig dieser vor nur zwei Nächten auf seine geflüsterten Bitten reagiert hatte. Wie in Gottes Namen sollte er es schaffen, sich einfach umzudrehen und zur Tür hinauszugehen, wenn er wusste, dass sie ihn, falls er es täte, hassen würde? Wie sollte er es fertig bringen, die Augen zu schließen, ohne sie zu sehen, sie zu hören, ohne von dem Bild ihres sich lustvoll hin und her windenden Körpers heimgesucht zu werden?

Wie gelähmt fielen seine Arme herab. »Entschuldige. Ich hätte es besser wissen müssen und nicht ... nun ja, ich hätte es einfach besser wissen müssen. Bitte vergib mir und verzeih die Störung. Ich werde dich nicht mehr belästigen.«

»Angus ...?«

»Alles in allem«, fügte er kurz angebunden hinzu, »ist es vielleicht das Beste, wenn du hier bleibst. Drummuir House ist zwar keine mit Kanonen bestückte Festung, aber ich bin überzeugt davon, dass du mit meiner Mutter als Zerberus hier sicherer bist als anderswo. Und ich würde dir vorschlagen ... wenn es irgendwie geht ... MacGillivray eine Botschaft zukommen zu lassen; überrede ihn dazu, sich eine Weile von Dunmaglass fern zu halten. Im Moment ist er vielleicht nicht allzu geneigt, einen Rat von mir anzunehmen, aber Worsham ist blutdürstig, und es wäre klug, wenn John außer Reichweite bliebe.«

»Ich werde ihm eine Warnung zukommen lassen«, sagte sie und senkte den Kopf, damit er nicht sah, wie nahe sie den Tränen war. »Danke.«

»Du brauchst mir nicht zu danken, Anne. Wenn er jetzt vor mir stünde, wäre ich eher geneigt, ihn selbst an Worsham auszuliefern, als dich weiteren Gefahren auszusetzen.«

Bestürzt blickte sie ihm ins Gesicht, ohne indes etwas zu entdecken, das das beklemmende Gefühl in ihrer

Brust gemildert hätte. Die Maske war wieder da, der Blick so kühl und distanziert, dass sie kaum zu glauben vermochte, dass er sie gerade aufgefordert hatte, mit ihm nach Frankreich davonzulaufen.

Der Druck in ihrer Brust wurde so unerträglich, dass sie das Gesicht abwandte und deshalb nicht mitbekam, wie er die Hand nach ihrer Schulter ausstreckte. Doch als er sie fast schon berührte, hielt er inne. Die langen, spitz zulaufenden Finger ballten sich fest zur Faust zusammen und zogen sich zurück.

»Wenn du irgendetwas brauchst, während ich weg bin, so weißt du ja, wo ich die Geldkassette aufbewahre.«

»Ich werde schon zurechtkommen. Ich wünsche dir eine sichere Reise nach Edinburgh. Keine von Erfolg gekrönte, ganz gewiss nicht, aber eine sichere.«

Als er ihr Profil betrachtete und die Träne sah, die wie ein schimmerndes Juwel in ihrem Augenwinkel zitterte, wusste er, dass er, wenn er nicht sofort, noch im selben Moment aufbrach, überhaupt nicht mehr imstande sein würde, aufzubrechen.

»Gibt es sonst noch etwas …?«

»Nein«, flüsterte sie. »Es gibt nichts mehr, was wir einander noch zu sagen hätten.«

Angus nickte. Nachdem er mit steifen Bewegungen seinen Hut und seine Handschuhe vom Stuhl genommen hatte, blickte er zum Fenster zurück. Anne hatte sich nicht von der Stelle gerührt. Sie stand direkt im Sonnenlicht, das ihre Haut zum Leuchten brachte und die zerzausten Strähnen ihres Haars in feuriges Rot und Gold verwandelte.

»Soll ich dir aus Edinburgh schreiben?«

»Wenn es dir Freude macht.«

Er atmete tief und legte die Hand auf den Türknauf. »Dann werde ich schreiben.«

Obwohl die Tür ganz leicht aufging, schienen seine Füße es nicht über die Schwelle zu schaffen, ohne dass er noch einmal stehen blieb.

»Anne … ich weiß, dass ich dich in der letzten Zeit ziemlich enttäuscht habe, dass ich mich wahrscheinlich nicht als der Mann erwiesen habe, den du dir erträumt hast. Aber was auch immer in den kommenden Wochen geschehen oder nicht geschehen mag, ich möchte nicht gehen, ohne dir zu sagen, dass ich in den vergangenen vier Jahren sehr glücklich gewesen bin. Außerordentlich glücklich sogar, und dafür … dafür möchte ich dir danken. Vielleicht kannst du dich eines Tages, wenn alles vorüber ist, sogar dazu überwinden, mir zu vergeben.«

Anne sagte nichts. Sie konnte gar nichts sagen, weil sie zu heftig weinte. Kurz darauf fiel die Tür leise hinter ihm ins Schloss.

Neuntes Kapitel

Als John MacGillivray erwachte, vernahm er Stimmengeflüster. Die Laute drangen nur undeutlich an sein Ohr, aufgrund seiner Benommenheit, die von der Unmenge starken Schnapses herrührte, die er am Abend zuvor in sich hineingeschüttet hatte. Er hatte es kaum von Culloden nach Dunmaglass geschafft, und als er seine blutgetränkte Weste und sein blutgetränktes Hemd ausgezogen und die aufgerissene Wundnaht gesehen hatte, hatte er gewusst, dass es nur einen Weg gab, um das klaffende rohe Fleisch zu verschließen. Glücklicherweise hatte er vor dem Kaminfeuer Gillies MacBean entdeckt, der sich, das Plaid um die Schultern gewickelt, auf dem Fußboden zusammengerollt hatte und gewaltig schnarchte, was darauf schließen ließ, dass er noch nicht sehr lange schlief. Nach dem Scharmützel mit den englischen Soldaten war ihm die Aufgabe zugefallen, Fearchar Farquharson tiefer in die Berge zu eskortieren und eine starke Wache von Clansangehörigen bei ihm zurückzulassen. Jamie Farquharson war mit Gillies nach Dunmaglass zurückgekehrt und lag mit über den Kopf gezogenem Plaid neben ihm vor dem Kamin.

Bevor der Whisky MacGillivray die Sinne vernebelt hatte, hatte er Gillies befohlen, die Klinge eines Messers ins Feuer zu legen und so lange zu erhitzen, bis sie rot glühte. Als der Stahl glühte und die Flasche Whisky leer war, hatte John die Tischkante gepackt und von Jamie verlangt, dass dieser seine Arme festhielt. Dann hatte er MacBean in barschem Ton ermahnt, es gleich beim ersten Mal richtig zu machen, denn er habe seine Hand am Schwert und eine gute Pistole im Gürtel und werde nicht zögern, von ihnen Gebrauch zu machen, falls die beiden Tölpel die Sache verpatzen sollten.

Der Geruch verbrannter Haut hatte all seine eisenharten Muskeln zum Zittern gebracht und jeden Nerv anspannen lassen, doch der Schmerz war glücklicherweise nur kurz gewesen, da John schon im nächsten Moment bewusstlos nach vorn gesunken war.

Und jetzt hörte er die flüsternden Stimmen, die einander überlagerten und in sich selbst widerzuhallen schienen, wobei die Worte zu einem Durcheinander aus sch! und pst! und Seufzern einer weichen weiblichen Stimme wurden. Reglos blieb er liegen, ohne die Augen aufzumachen, weil er befürchtete, beim Öffnen festzustellen, dass er auf weißen Wolken schwebte, über sich den Himmel, unter sich das Feuer der Hölle, umgeben von einer Schar Seraphim, die mit ernsten Gesichtern darüber beratschlagten, ob sie ihn nach oben oder nach unten schicken sollten.

Als etwas Eiskaltes seine Stirn berührte, öffnete er die Augen einen Spalt und stellte mit Erleichterung fest, dass ihn weder gleißendes Licht umgab noch durchsichtige Flügel umschwebten. Das Flüstern hatte ebenfalls aufgehört, doch er hatte das Gefühl, noch nicht ganz über den Berg zu sein, denn die neben seinem Bett stehende Erscheinung weigerte sich hartnäckig zu verschwinden. Gebannt starrte er sie eine halbe Ewigkeit lang an. Wenn es kein Engel war, dann war es etwas, das der Teufel geschickt hatte – ein kleiner Spuk, wie seine Mutter diese Erscheinungen zu nennen pflegte, die Vision von etwas, von dem man so lange träumte oder das man sich so sehr wünschte, bis der Teufel es schließlich dazu benutzte, einen zu peinigen.

Seine persönliche Schimäre stand lediglich da und blickte zu ihm herab. Ihr vom Licht der Lampe beschienenes Gesicht war ein blasses Oval, während das über ihre Schultern fallende, schimmernde Haar züngelnden

Flammen glich. Sie trug ein weißes Hemd und Männerhosen, und er sah, wie sich ihre Brüste weich unter dem Stoff wölbten, ohne von irgendwelchen törichten Konstruktionen aus Fischbein eingeschnürt zu sein.

Wenn es eine Vision war, dann war sie immerhin real genug, um ihn versuchsweise die Hand ausstrecken zu lassen. Und als seine Hand auf festes Fleisch stieß, vermochte er den Wunsch, sie neben sich aufs Bett zu ziehen, ebenso wenig zu beherrschen wie das Verlangen, sich auf sie zu werfen und in sie einzudringen, bis die Vision endlich verblasste und verschwand.

Als MacGillivrays Hand sich um ihr Handgelenk legte, schrie Anne überrascht auf. Da Gillies MacBean ihr versichert hatte, dass er immer noch seinen schweren Rausch ausschlief, war sie einen Moment lang zurückgeblieben, um ihn wieder richtig zuzudecken und ihm vielleicht auch mit einem Tuch die Schweißperlen abzuwischen, die auf seiner Stirn schimmerten. Als sie seine Haut berührte, hatte sie keinerlei Anzeichen von Fieber feststellen können. Dafür hatte sie, so nahe an seinem Bett stehend, etwas gesehen, das ihrem Blick vorher, als sie von der Tür aus hinübergeschaut hatte, der Schatten und der zerwühlten Bettdecke wegen verborgen geblieben war.

Seine ganze linke Seite war entblößt und bot von den Schultern bis zu den Zehen seines außergewöhnlich langen Körpers ein prächtiges Schauspiel sehniger Kraft dar. Seine Brust wirkte wie aus Granit gemeißelt, seine Arme und Schultern wie aus Eiche geschnitzt. Seine Beine waren mit einem Haarpelz bedeckt, der so blond war wie das Haar auf seinem Kopf, während in den Achselhöhlen kupferfarbene Haarbüschel sprossen, ebenso wie in seiner Leistengegend, wo das Haar allerdings dichter und dunkler war. Dort eingebettet fand sich der Beweis, dass die Gerüchte, die ihr über das Ausmaß seiner Männlichkeit zu Ohren gekommen waren, in keiner Weise als übertrieben bezeichnet werden konnten. Und auf ebendieser Stelle ließ sie mit stockendem Atem ihren Blick verweilen, denn während sie John betrachtete, begann sein Geschlecht sich zu rühren und zu wachsen.

Als seine Finger sich um ihr Handgelenk schlossen, verlor sie so weit die Fassung, dass sie keinen Widerstand mehr zu leisten vermochte, als er sie neben sich aufs Bett zog. Sein Mund presste sich auf den ihren und unterdrückte den erschrockenen Aufschrei, der sich in ihrer Kehle bildete, und kaum hatte sie die Lippen geöffnet, um erneut zu einem Schrei anzusetzen, als seine Zunge energisch in sie eindrang. Sie wand sich hin und her und versuchte freizukommen, doch schon im nächsten Moment hatte er sich auf sie geworfen, sodass ihre Beine unter den seinen festklemmten. Jeder Versuch, ihn wegzudrücken, mutete wie der Versuch an, einen Berg beiseite zu schieben – einen Berg mit zielstrebigen Händen, heißen Lippen und einer fleischigen Ausbuchtung von schockierender Größe, die sich bereits zwischen ihre Schenkel drängte.

Seine Zunge erkundete ihren Mund und drang tief in ihn ein, sodass ihre Schreie in einem erstickten Keuchen untergingen. Als er, ihre Hosen verfluchend, die sich als wirkungsvolleres Abschreckungsmittel erwiesen als ihre unterdrückten Schreie, die Stellung wechselte, nahm sie ihre Anstrengungen, ihn von sich herunterzuschieben, mit neuer Kraft auf. Dabei traf ihr Handballen seine verwundete Schulter, worauf er sich, vor Schmerz brüllend, aufbäumte.

Während er wieder zu sich kam, starrte er mit animalisch gefletschten Zähnen auf sie herunter. Seine langen goldenen Locken waren nach vorn gefallen, sodass die Enden Anne an der Wange kitzelten, während die dichte Haarmasse oben auf dem Kopf weitere Schatten warf, in denen sein Gesicht weitgehend verborgen war. Immerhin reichte das Licht aus, um zu sehen, wie sein Gesichtsausdruck sich wandelte und von wilder Lust in Erstaunen und Verwirrung überging.

»Annie? Dann bist du also wirklich vorhanden?«

»Natürlich bin ich wirklich vorhanden, du Einfaltspinsel. Und jetzt geh von mir runter!«

»Mein Gott«, stieß er hervor, während er sich langsam hochrappelte. »Mein Gott, Annie ... das tut mir Leid. Ich wusste nicht ... Ich meine, ich dachte, du seist ... Was um Himmels willen ist denn das für ein Gestank?«

»Ich fürchte, der Gestank geht von dir aus«, erwiderte sie, indem sie den Blick ostentativ auf das geschwärzte Fleisch seiner Wunde richtete, das durch die dünne Schicht Salbe hindurchschimmerte, die ihm Gillies zum Schutz gegen Infektionen aufgetragen hatte. Der Geruch erinnerte an verfaulten Fisch.

Er ließ sofort von ihr ab, und als er bemerkte, wie entblößt er war, griff er hastig nach der Bettdecke und zog sie bis über die Taille hoch. Anne, die nach wie vor seinen Geschmack im Mund hatte, schlängelte sich aus dem Bettzeug heraus. Nachdem sie unbeholfen aus dem Bett geklettert war, zog sie sich in sichere Entfernung zurück und versuchte, ihre Befangenheit zu überspielen, indem sie sich die Kleidung zurechtzupfte.

John rollte sich auf den Rücken und blickte, aufs Neue verwirrt, im Raum umher. »Das ist mein Schlafzimmer, nicht wahr?«

Anne warf einen säuerlichen Blick auf die überall herumliegenden Kleidungsstücke, den halb vollen Nachttopf neben seinem Bett und die Wachsklumpen auf dem Tisch, der selten Öl und Scheuerstein zu sehen bekommen hatte. »Kommt mir jedenfalls so vor.«

»Was zum Teufel machst du hier? Wie spät ist es eigentlich?«

»Kurz nach vier Uhr nachmittags. Ich bin von Drummuir House gekommen, um dir meinerseits eine Gefälligkeit zu erweisen.«

»Eine Gefälligkeit?«

In seinen Augen schimmerte kurz etwas auf, das Anne jedoch mit einem Stirnrunzeln im Keim erstickte. »Nicht diese Art von Gefälligkeit, verdammt noch mal. Werd endlich nüchtern! Ich bin gekommen, um mich für deine Warnung von gestern Abend erkenntlich zu zeigen.«

Er wühlte mit der Hand in seinem Haar herum, das daraufhin über dem rechten Auge wie ein Kamm zu Berge stand. »Warnung? Moment, Moment. Dreh dich mal um, Mädel, damit ich meine Sachen zusammensuchen kann.«

Sie warf ihm seinen Kilt zu, den sie über einem Stuhl hängen sah, und ging in Richtung Tür. »Komm nach unten, wenn du anständig angezogen bist. Dann werde ich dir deine Schulter ordentlich verbinden. Vorher könntest du vielleicht mal deinen Kopf – und auch noch was anderes – in kaltes Wasser stecken.«

Er schickte ihr einen gedämpften gälischen Fluch hinterher, der so anschaulich war, dass sie lächeln musste, während sie die Treppe hinunterging. Unten traf sie auf Gillies, der sich gerade über das Feuer beugte. In der Ecke hockten zwei weitere Clansangehörige und unterhielten sich mit Donuil MacKintosh, dem jungen Mann, der Anne auf Geheiß von Lady Drummuir nach Dunmaglass begleitet hatte. Draußen im Hof wimmelte es von weiteren Clansangehörigen. Da man diesmal kein Risiko eingehen wollte, waren auch im Wald und am Berghang Männer postiert worden. Der äußere Ring von Wachtposten war weit über die steilen felsigen Kuppen des Garbhal Beg und des Garbhal Mor hinaus ausgedehnt worden, damit man früh genug gewarnt war, falls sich jemand dem Glen näherte.

»Möchten Sie ein Ale, Mylady?«, fragte Gillies, der sich aufgerichtet hatte, als sie ins Zimmer gekommen war.

»Gern. Aber nur wenn du aufhörst, mich *Mylady* zu nennen. So wie du das sagst, bin ich versucht, über die Schulter zu blicken, um nachzuschauen, wer außer mir noch ins Zimmer gekommen ist.«

Gillies wurde rot und grinste. »In Ordnung. Werde ich machen.«

»Annie«, half sie nach.

»Ja«, murmelte er, »Annie.«

Jamie Farquharson hielt ihm seinen eigenen Bierkrug hin. »Wenn du ohnehin beim Ausschenken bist, nehme ich auch noch einen Schluck. Meine Kehle ist so trocken wie ein staubiger Furz.«

»Dann solltest du lieber Kaffee trinken. Wenn ich richtig rieche, wird gerade welcher gekocht. Aber damit solltest du dich ranhalten, denn ich habe den Verdacht, dass der Laird des Hauses einen ganzen Kessel Kaffee braucht, bis er wieder imstande ist, seine Finger zu zählen, ohne sich zu verhaspeln.«

»Scheiß auf Kaffee«, ertönte MacGillivrays streitlustige Stimme vom unteren Ende der Treppe. »Ich nehme auch ein Ale.«

Mit schweren, schleppenden Schritten kam er, das eine Auge geschlossen, das andere blutunterlaufen, ins Zimmer.

Anne nahm einen Zinnbecher, schöpfte dampfenden schwarzen Kaffee aus dem Kessel hinein und stellte ihn vor MacGillivray auf den Tisch, nachdem dieser sich auf einen Stuhl hatte plumpsen lassen. »Ich brauche dich mit einem klaren Kopf, John. Wenn ich gegangen bin, kannst du dich wieder voll laufen lassen.«

»Du redest wie meine alte Mutter«, knurrte er, trank jedoch, wenn auch widerwillig, einen Schluck Kaffee.

Während er, ständig vor sich hin murmelnd, zwei Becher Kaffee und ein Dutzend gebratene Eier zu sich nahm, machte Anne ein Leinentuch ausfindig und riss es in Streifen. Nachdem sie die Wunde sorgfältig ausgewaschen hatte, trug sie eine neue Schicht des mit Weidenasche vermengten Schweinefetts auf und legte den Verband an. Als er dann noch einen dritten Becher Kaffee geleert und einen halben Teller Haferkekse gegessen hatte, waren seine Augen eher weiß als rot, und die grünliche Färbung seiner Haut war zurückgegangen.

»So, Mädel«, sagte er, »jetzt habe ich die Dämonen aus meinem Blut vertrieben. Bist du nun bereit, mit mir zu sprechen?«

Anne wischte sich die Hände ab und ging ihren kurzen, am Haken hängenden Wollmantel holen, in dessen gestepptem Futter das Bündel Depeschen steckte, das sie aus Duncan Forbes' Schreibtisch gestohlen hatte. Sie hatte Angus ohne Skrupel angelogen, als er sie gefragt hatte, ob sie die Papiere noch habe, denn wenn sie zugegeben hätte, dass sie an ihren Schenkel gebunden und keine zwei Fuß von ihm entfernt waren, wäre nicht auszuschließen gewesen, dass er einfach ihren Morgenrock angehoben hätte, um die Schriftstücke an sich zu nehmen.

Als sie das in Leder gehüllte Paket vor John MacGillivray auf den Tisch legte, trank er einen letzten

Schluck Kaffee und wischte sich die Lippen an der Manschette ab.

»Was ist denn das?«

»Kannst du Französisch lesen?«

Mit einem Stirnrunzeln griff er nach den Papieren. »*Bien sûr je peux lire français, Mademoiselle Haut Âne*. Und Latein auch, falls es erforderlich sein sollte, dir ein paar Bibelzitate vorzutragen, um dich von der Sünde des Hochmuts zu reinigen.«

»Ich habe das nur gefragt«, erklärte sie beschwichtigend, weil sie merkte, in was für einer gereizten Stimmung er war, »weil ich selbst kaum genug Französisch kann, um guten Morgen und gute Nacht zu sagen. Lady Drummuir hat die Papiere laut vorgelesen, und wir waren uns beide nicht völlig sicher, ob wir den Inhalt richtig verstanden haben, aber falls wir das haben und falls du das Ganze genauso auffasst, dann müssen wir diese Papiere so schnell wie möglich dem Prinzen zukommen lassen.«

Er ließ seinen Blick noch einen Moment auf ihr ruhen, wobei er sie mit einer Gründlichkeit musterte, die ihr genauso den Atem benahm wie zuvor sein Kuss.

»Hol mal das Licht näher heran«, sagte er dann zu Jamie und nahm das in Leder gehüllte Paket an sich, um mit Daumen und Zeigefinger die Schnur aufzureißen, mit der es zusammengebunden war. Erst als er die zusammengefalteten Blätter herauszog, wandte er den Blick von Anne ab, um sich dem zu widmen, was vor ihm lag.

Jamie schob die Lampe näher und schraubte, ohne dass man ihn erst darum bitten musste, den Docht hoch. Er und Gillies hatten ebenfalls am Tisch Platz genommen, wobei Letzterer den Hals reckte, um die Wörter erkennen zu können, die für ihn freilich nicht mehr als Kritzeleien auf einem Stück Papier darstellten.

John las die Dokumente ein erstes Mal durch, wobei er hier und da Formulierungen übersprang, die ihm auf den ersten Anhieb zu kompliziert waren. Doch als er sie zum zweiten und dann zum dritten Mal las, klopfte er nicht nur jede Silbe ab, sondern formte voll ungläubigen Erstaunens jedes Wort unhörbar mit den Lippen nach.

Als er fertig war, sah er zu Anne hinüber. »Wo hast du das her?«

Sie erzählte es ihm, und nachdem er eine Weile vor sich hingestarrt hatte, wandte er seine Aufmerksamkeit wieder dem zu, was er in den Händen hielt. »Wie hast du das Ganze denn verstanden?«

Angefeuert von der Erregung, die sie in seinen Augen hatte auflodern sehen, befeuchtete Anne sich mit der Zunge die Lippen. »Ich glaube, es bedeutet, dass die Holländer und die Franzosen einen Vertrag unterzeichnet haben, in dem die Holländer sich verpflichten, mindestens zwei Jahre lang keinen Krieg gegen Frankreich zu führen. In dieser Zeit wollen die beiden Länder gemeinsam die Bedingungen für einen dauerhaften Frieden aushandeln.«

John nickte. »Ja, so habe ich das auch verstanden.«

Jamie zog eine Augenbraue hoch. »Na und? Die Franzosen und die Holländer haben einen Vertrag geschlossen. Was kümmert uns das?«

Anne blätterte in den Dokumenten herum, die sie zusätzlich aus dem Schreibtisch des Lord President entwendet hatte, bis sie das gesuchte Schriftstück fand und aus dem Bündel herauszog.

»Hier sind Listen, in denen die ungefähre Anzahl der Männer genannt wird, über die jede Armee der Regierungstruppen verfügt. Dem Duke of Cumberland zum Beispiel stehen achttausend Mann zur Verfügung, alles

Veteranen, die er aus Flandern mitgebracht hat, darunter auch holländische Regimenter mit einer Gesamtstärke von über sechstausend Mann.«

Jamie kratzte sich am Bart. »Tja, und?«

Ein Grinsen begann sich über MacGillivrays Gesicht auszubreiten. »Cumberlands Truppen sind die einzigen, die wirklich schon im Kampf gestanden haben. Die unerfahrenen Rekruten, die unter Wade, Ligonier und Hawley dienen, haben bisher den größten Teil ihrer Zeit damit verbracht, auf dem Exerzierplatz herumzumarschieren und Melonen von Zaunpfählen zu schießen. Deswegen sind auch die meisten von ihnen bei Prestonpans davongelaufen. Sie hatten noch nie ein Schlachtfeld aus der Nähe gesehen, hatten noch nie Auge in Auge mit Männern gestanden, die mit gezogenem Schwert auf sie losstürmen, um sie in Stücke zu hacken. Ich will damit nicht sagen, dass sie deswegen eine weniger große Gefahr darstellen, denn rein zahlenmäßig sind sie der Armee des Prinzen fünf- oder sechsmal überlegen, und früher oder später treffen auch ihre Kugeln ihr Ziel. Doch in der Zeit, die sie brauchen, um zu den Waffen zu greifen, würden Cumberlands Holländer schon die Hälfte von uns niedermachen.«

Jamie nickte, als verstünde er alles. Dann warf er Gillies einen verstohlenen Blick zu, der lediglich die Achseln zuckte.

»Das heißt«, erläuterte Anne, »dass Cumberland ohne die holländischen Brigaden ziemlich aufgeschmissen wäre. Und wenn die Franzosen und die Holländer diesen Vertrag geschlossen haben, bedeutet das, dass die Holländer nicht mehr an Kampfhandlungen gegen Verbündete Frankreichs teilnehmen können …« Sie machte eine Pause und breitete die Arme aus. »… wozu auch wir gehören.«

»Du meinst, sie können nicht gegen den Prinzen kämpfen?«

»Nicht, wenn sie den Vertrag nicht brechen wollen.«

MacGillivray strich sich mit der Hand übers Kinn. »Kein Wunder, dass Forbes die Depesche möglichst schnell wegschließen wollte. Es könnte Wochen dauern, bis die Nachricht von dem Vertrag den Weg über den Kanal findet, und noch länger, bis entweder Holland oder Frankreich einen offiziellen Vertreter herüberschickt. Bis dahin könnten bereits alle Schlachten geschlagen sein. Ja, Annie, du hast Recht. Das müssen wir sofort dem Prinzen zukommen lassen. Jamie, mein Junge, wie lange würdest du auf einem schnellen Pferd nach Aberdeen brauchen?«

»Aberdeen?« Anne runzelte die Stirn. »Aber die Armee des Prinzen ist doch nicht im Osten, sondern im Westen.«

»Du bist nicht ganz auf dem Laufenden, Mädel. Aus Clunas ist letzte Nacht die Nachricht gekommen, dass Lord Lewis Gordon in Aberdeen ist und neue Truppen sammelt, um anschließend zur Armee des Prinzen zu stoßen.«

»Aberdeen«, flüsterte sie. »Das muss der Grund sein, warum Colonel Loudoun Verstärkung nach Edinburgh schickt und den Befehl gegeben hat, die Stadt zu halten und nicht in die Hände der Rebellen fallen zu lassen.«

»Woher weißt du denn das?«

»Angus hat Order, noch vor Ende der Woche mit seinen Königlich-Schottischen Regimentern nach Edinburgh zu marschieren.«

In dem verbitterten Schweigen, das sich daraufhin breit machte, hörte man Gillies leise murmeln: »Heilige Muttergottes!«

»Jamie! Haben deine Stiefel Wurzeln im Fußboden geschlagen?«

Beim Klang von MacGillivrays lauter, gebieterischer Stimme fuhr Farquharsons Kopf herum. »Nein. Ich brech auf, sowie mein Pferd gesattelt ist.«

»Reite über Clunas und erzähl Fearchar, was du vorhast. Vielleicht kennt er einen schnelleren Weg, um dem Prinzen eine Nachricht zukommen zu lassen. Nimm ein Dutzend meiner Männer mit und mach unterwegs unter gar keinen Umständen Halt. Binde dir dieses Paket um die Taille und hüte es wie deinen Augapfel. Soll das da auch mit?«, fragte er Anne, indem er auf die vor ihr ausgebreiteten Papiere zeigte.

»Ja. Ja, natürlich. Die haben einen wesentlich größeren Wert für ... für ...« Sie hielt inne, fuhr sich mit der Zunge über die Lippen und stand ostentativ auf. »Ich möchte dich auch bitten, Großpapa eine Nachricht von mir zu überbringen, Jamie. Ich möchte, dass du ihm mitteilst, dass ich mich anders besonnen habe. Wenn er die Petition noch hat und nach wie vor glaubt, die Lairds würden mir folgen, werde ich so viele MacKintosh-Männer wie möglich um mich sammeln und nach Aberdeen führen, um zur Armee des Prinzen zu stoßen.«

Alle drei Männer erstarrten und gafften sie mit offenem Mund an.

»Wirklich?«, fragte Jamie ganz begeistert. »Du willst einen Boten mit dem brennenden Kreuz losschicken und den Clan in den Kampf führen?«

»Auf brennende Kreuze würde ich lieber verzichten, aber ich werde alles in meiner Macht Stehende tun, um jeden in Invernesshire noch vorhandenen Mann von Ehre dazu zu bringen – sei's mit Bitten, sei's mit Bestechung, sei's mit Drohungen –, sich uns anzuschließen. Allerdings nur unter einer Bedingung«, fügte sie mit erhobener Stimme hinzu, um schon im Voraus das Geschrei abzublocken, mit dem sie rechnete. »Wir alle wissen, dass keine Petition der Welt sie dazu bringen würde, einer Frau in den Kampf zu folgen, und deshalb ...« Sie hielt inne und sah MacGillivray unverwandt in die schwarzen Augen. »... wird unser Plan nur dann Erfolg haben, wenn John MacGillivray an meiner Seite reitet und sich bereit erklärt, das Kommando zu übernehmen.«

Als folgten sie dem Flug eines Balls, der einem anderen Spieler zugeworfen wird, drehten Gillies und Jamie ruckartig die bärtigen Köpfe, um nun ihrerseits MacGillivray anzustarren. Dieser hatte sich ein Hemd über den bandagierten Oberkörper geworfen, ohne sich die Mühe zu machen, es zuzubinden. Den Kilt hatte er hastig um die Hüfte geschlungen, während sein Haar ungekämmt geblieben war und immer noch wie die Mähne eines Löwen abstand, doch sein Kinn war derart entschlossen vorgeschoben, sein Blick derart grimmig, dass Anne sich fragte, wie ein simpler Engländer es fertig bringen sollte, auf dem Schlachtfeld angesichts solch eines Furcht einflößenden Anblicks – abertausendmal vervielfacht – nicht schreiend vor Angst davonzulaufen.

»Bist du dazu bereit, John?«, fragte sie. »Bist du bereit, für Schottland zu kämpfen?«

»Nein.«

Seine Antwort bestürzte sie derart, dass es ihr die Sprache verschlug. Obwohl er eine volle Minute brauchte, die Depeschen wieder zusammenzufalten und den Lederbeutel zu verschnüren, vermochte sie in der ganzen Zeit nichts zu sagen.

»Nein«, wiederholte er, einen leisen Seufzer ausstoßend. »Aber ich bin bereit, für das zu kämpfen, was Schottland dir bedeutet.«

Es dauerte einen Moment, bis die anderen die Bedeutung seiner Worte voll und ganz begriffen, doch dann stimmten Gillies und Jamie ein wahres Freudengeheul an. Brüllend stampften sie mit den Füßen und sprangen, einander die Hände auf die Schultern legend, im Kreis umher, um aus dem Stegreif zu imaginärer Dudelsackmusik einen Reel zu tanzen. Die beiden in der Ecke dösenden Clansangehörigen wurden ebenso in den Tumult hineingezogen wie Donuil MacKintosh, während Anne und MacGillivray ungeachtet des Tohuwabohus um sie herum einander immer noch über den Tisch hinweg anstarrten und die Luft zwischen ihnen zu vibrieren schien.

»Das ist doch wohl dasselbe, oder?«, fragte sie mit einem leichten Stirnrunzeln.

Er schüttelte den Kopf. »Im Moment nicht. Aber vielleicht, wenn wir auf dem Schlachtfeld sind.«

Zehntes Kapitel

Falkirk, Januar 1746

Am 20. Dezember überquerte Charles Edward Stuart den Esk und führte seine Armee nach Schottland zurück. Nachdem sie durch das eisige Wasser gewatet waren, fielen Männer aller Dienstgrade auf die Knie, um ihrem Gott, ihrem König und ihrem Prinzen dafür zu danken, dass sie sie sicher nach Hause gebracht hatten.

Da die Engländer nur einen Tagesmarsch hinter ihnen waren, teilte der Prinz seine arg mitgenommenen Truppen in zwei Abteilungen auf. Mit der einen marschierte er selbst durch das Gebirge nach Glasgow, während die andere vom kommandierenden General Lord George Murray angeführt wurde und gezwungen war, den längeren und beschwerlicheren Weg durchs Flachland zu nehmen, da sie auch die Munitionswagen sowie die wenigen Kanonen mit sich führte, die man nicht vernagelt hatte, um sie auf der anderen Seite des Flusses zurückzulassen.

Die Hälfte der Stuart-Armee war barfuß, ihre Kleidung zerschlissen, ihre Bäuche eingefallen. Gleichwohl gaben sie den Stoff ab, aus dem Legenden entstehen. Fünftausend schlecht ausgerüstete Hochländer hatten die vereinten Streitkräfte der Generäle Wade, Ligonier und Cumberland ausgetrickst und ausmanövriert.

Vorsichtigen Schätzungen zufolge bestanden die Regierungstruppen aus nahezu dreißigtausend Mann, die nun aus drei verschiedenen Richtungen nach Schottland marschierten, um die ihrem König und ihrem Land angetane Schande zu rächen.

An manchen Tagen konnte die Nachhut der sich zurückziehenden prinzlichen Truppen den Rauch sehen, der von den Lagerfeuern der Vorhut General Wades aufstieg.

Zwei Dinge verlangsamten das Vorankommen der englischen Truppen und zwangen sie schließlich sogar, Halt zu machen. Kurz nachdem die Jakobiten den Fluss überquert hatten, brach ein furchtbares Unwetter los, das mit Schnee und Hagel auf die Engländer niederging und den ohnehin schon aufgewühlten Fluss derart anschwellen ließ, dass selbst der tollkühnste Befehlshaber nicht den Versuch gewagt hätte, ihn zu durchqueren. Darüber hinaus erhielt der Duke of Cumberland aus London eine Depesche von äußerster Dringlichkeit, die ihn davon in Kenntnis setzte, dass eine gewaltige Flotte französischer Schiffe Kurs auf die Nordostküste nahm. Cumberland gab sofort die Verfolgung auf und befahl Ligonier, sich in die alte Festungsstadt York zu begeben, denn er wusste nur zu gut, dass es den Krieg um Monate verlängern konnte, wenn die Franzosen erst einmal Fuß auf englischem Boden gefasst hatten.

In Wirklichkeit stammte diese »Eilbotschaft« allerdings aus der Feder eines grauhaarigen alten Fuchses, der bei der Abfassung zweimal eingeschlummert war. Das einzige französische Schiff, das landete, tat dies weit nördlich der Stelle, wo Cumberland voller Sorge die Küste beobachtete. Die kaum mehr seetüchtige alte Fregatte brachte zwar tatsächlich Truppen, doch waren es weniger als dreihundert Mann, die alle zur persönlichen Garde von Lord John Drummond gehörten. Von größerem Wert für die Jakobiten, die sich in Aberdeen sammelten, waren die Gewehre und die Munition im Laderaum des Schiffes sowie die vier Kisten Gold, die Drummond endlich aus der Schatzkammer des französischen Königs loszueisen vermocht hatte.

Als Jamie Farquharson in Aberdeen eintraf, war man

noch dabei, das Schiff zu entladen. Kaum hatte Lord Drummond die Dokumente, die Jamie brachte, gelesen, da begriff er, welche Bedeutung der Vertrag mit den Holländern hatte. Unverzüglich gab er daraufhin seine Rolle als Blockadebrecher auf und erklärte sich zum offiziellen Vertreter von König Louis in Schottland. In dieser Eigenschaft schickte er eine offizielle Botschaft an den Befehlshaber der sechstausend unter dem Befehl des Duke of Cumberland stehenden holländischen Veteranen, in der er ihm den Rat gab, sofort nach Hause zurückzukehren, da er andernfalls die Bedingungen des neuen Vertrags verletzen würde.

Cumberland war verständlicherweise außer sich vor Wut, als er zusehen musste, wie fast drei Viertel seiner Truppen aus dem Lager marschierten. Überdies musste er – nachdem er drei Wochen lang Wache gehalten hatte, ohne dass auch nur ein einziges französisches Segel in Sicht gekommen wäre – sich eingestehen, dass man ihn hinters Licht geführt hatte. Als der erzürnte Herzog seinen Blick und seine Armee wieder in Richtung Schottland lenkte, schwor er, den Kopf seines königlichen Cousins nach London zu bringen und am Tor von seines Vaters Palast aufzuspießen, bis das Fleisch verfaulte und von den Knochen fiel.

Obwohl Colin Mor schon seit einiger Zeit Geräusche im Glen hörte, dauerte es eine ganze Weile, bis er sich vor die Tür wagte, um nachzusehen, was los war. Zuerst hatte er aus der Ferne ein dumpfes Rumpeln vernommen und die Fensterläden geschlossen, weil er annahm, ein Unwetter ziehe heran. Doch als die Geräusche immer lauter wurden und näher kamen, ließen sich Einzelheiten ausmachen, für die eindeutig Menschen verantwortlich waren – das Rollen von Rädern, die über den zerfurchten Boden rumpelten, das Getrampel zahlreicher Füße, das Knarren von Ledersätteln und das gedämpfte Klirren von Pferdegeschirr.

Colin stand vor seiner Hütte, deren offene Tür schief in den als Angeln dienenden Stricken hing. Die Dämmerung war früh hereingebrochen an diesem Januarabend, und das Licht in der näheren Umgebung reichte gerade aus, den dichten Nebel in grauen, suppigen Dunst zu verwandeln. Kalt und feucht hatte sich der Nebel über den Talkessel gelegt und alles verhüllt, was weiter als einen Steinwurf entfernt war. Es war ganz gewiss keine Nacht, die einen dazu einlud, eine Reise zu machen, und Colins winziges Tal lag zudem weitab von allen Hauptdurchgangsstraßen. Oft genug klagte seine Frau darüber, dass die kleine Schaffarm am Ende der Welt lag, mit hohen schroffen Berggipfeln im Norden, dichten Kiefernwäldern im Osten und Westen und einer sumpfigen Biegung des Flusses Dee im Süden. Die nächste Kirche stand in Kildrummy, von wo es bis nach Aberdeen noch einmal dreißig Meilen flussabwärts waren.

Inzwischen war seine Frau Rose hinter ihm aufgetaucht. Auf dem Arm trug sie ein Kind, während sich zwei weitere an ihrem Rock festklammerten.

»Was hat das zu bedeuten, Colla?«, flüsterte sie voller Angst.

Er schüttelte den Kopf und legte ihn schräg, als helfe ihm das, deutlicher zu hören. Der Nebel verzerrte die Geräusche und die Richtung, aus der sie kamen, sodass es nahezu unmöglich war, festzustellen, ob sich zehn oder hundert Leute näherten und ob sie hundert oder nur noch zehn Schritt entfernt waren. Um Roses ängstliche Atemzüge zu hören, musste er sich dagegen nicht einmal halb so anstrengen. Seine Frau war extrem abergläubisch und hatte im Laufe des Tages einen Raben mit blutigem Schnabel über die Hütte fliegen sehen, nach ihrer Auffassung ein Vorbote des Todes, der bald in ihr Haus kommen würde.

»Nimm die Kinder und geh wieder nach drinnen«, befahl er mit leiser Stimme. »Und sag meiner Schwester, dass sie die Falltür hochklappen soll.«

»Heilige Muttergottes, du glaubst doch nicht etwa, dass es englische Soldaten sind?«

Der Gedanke war ihm zwar auch gekommen, doch hatte er ihn schnell wieder verworfen. Immerhin lag Inverurie Castle in der Nähe, eine jakobitische Festung, und so dumm waren die *Sassenachs* denn doch nicht, dass sie sich allzu weit in die dicht bewaldeten Glens der Umgebung hineinwagten. Überdies war der größte Teil der Regierungstruppen nach Edinburgh verlegt worden, kaum dass die Nachricht eingetroffen war, der Vormarsch Wades und Cumberlands werde sich verzögern.

»Nun geh schon rein und sieh zu, dass ihr notfalls jederzeit ins Versteck kriechen könnt!«

Er wartete, bis sie gegangen war, um dann bis zur Ecke des niedrigen Dachs seiner Hütte zu schleichen. Unter dem Dachstroh, nur eine Armeslänge entfernt, hatte er seine Muskete verborgen, zusammen mit seiner *taugh-cath*, einer in den Bergen von Lochaber geschmiedeten Axt. Die Muskete war stets geladen, doch da es im Laufe des Tages geregnet hatte, würde das Pulver feucht sein. Oder vielleicht auch nicht ganz feucht, sodass es eine Fehlzündung geben und er ein Auge verlieren würde. Wie gut konnte er seine Frau und seine Familie dann noch schützen? Erst in der letzten Woche hatte er von einer Frau gehört, die von den Engländern vergewaltigt und nackt liegen gelassen worden war, bis sie von ihrem Mann aufgefunden wurde, als dieser vom Feld nach Hause kam. Und erst letzten Monat hatte er die Leichen von zwei *Sassenachs* in einem Sumpf versenken müssen, die seiner Schwester beleidigenderweise einen Penny geboten hatten, wenn sie die Beine für sie breit machte. Die Schlampe war sogar dazu bereit gewesen, und den Penny hätten sie gut gebrauchen können, doch Colin war zu dem Schluss gekommen, dass die beiden sich ungleich besser melken lassen würden, wenn sie tot waren.

Der Lärm jetzt hörte sich jedoch so an, als seien es so viele, dass der Sumpf sie gar nicht alle würde aufnehmen können.

Vielleicht würden sie ja vorbeireiten, wer immer es auch sein mochte. Schließlich schmiegte sich seine Torfhütte eng an den Berghang und war selbst bei hellem Sonnenlicht nur schwer zu erkennen. Möglicherweise war da draußen aber auch gar niemand, jedenfalls niemand von menschlicher Gestalt …

Als hätten die Druiden seine Gedanken gelesen, ließ das laute Rumpeln auf einmal nach, bis es schließlich ganz aufhörte.

Dann löste sich etwas aus der wabernden Masse und kam langsam auf ihn zu. Das Grau des Nebels färbte sich gelblich, als sich der zuckende, immer größer werdende Lichtkreis einer Fackel näherte und wirbelnde Nebelschwaden vor sich hertrieb, sodass Colin der Gestank von Pech ins Gesicht schlug.

Langsam hob sich seine Hand in Richtung Strohdach.

»Ist dies das Haus von Colin Mor?«

Beim Klang der Frauenstimme hielt seine Hand abrupt inne, und sein Denkvermögen setzte aus.

»Colin Mor of Dalziel?«

Obwohl er die Lippen öffnete, brachte er keinen Ton heraus, denn im selben Moment schälte sich ein riesiges schwarzäugiges Monster aus den wirbelnden grauen Nebelschwaden. Mit angehaltenem Atem beobachtete er, wie das Monster die Form eines großen gescheckten Wallachs annahm, auf dessen Rücken eine Frau saß, bei deren Anblick ihm fast die Augen aus dem Kopf fielen. Sie trug Hosen mit Tartanmuster und einen kurzen grünen Samtmantel, der mit goldener Spitze besetzt war. Ihr Haar, so rot wie das Feuer der Hölle, war zu einem langen Zopf geflochten, der sich über ihre Schulter schlängelte. Am oberen Teil ihrer Mütze prangte eine Adlerfeder. In ihrem Gürtel trug sie zwei Pistolen, während in ihrem Schoß der metallene Lauf eines Steinschlossgewehrs schimmerte.

Colins Unterkiefer klappte noch weiter nach unten.

Im ganzen Hochland hatte sich schon die Nachricht verbreitet, dass Lady Anne MacKintosh es übernommen hatte, ihren Clan zum Kampf für Prinz Charles aufzuwiegeln. Seit ihr Mann nach Edinburgh aufgebrochen war, um für die Engländer zu kämpfen, ritt sie im Land herum, um jedem zum Bund des Chattan-Clans gehörenden Laird ihre Petition vorzulegen.

Sein Blick wanderte zu den zuckenden gelben und orangefarbenen Lichtflecken hinter ihr, wo er drei weitere Reiter erblickte, von denen zwei Fackeln trugen, deren Flammen in der nebelfeuchten Luft knisterten und zischten. Als er die beiden bärtigen, einander zum Verwechseln ähnlichen Gesichter betrachtete, kam er zu dem Schluss, dass es vermutlich die berüchtigten, aus Monaltrie stammenden Cousins der Lady waren. Der dritte Mann, der blonde Riese, der sein Ross neben Lady Anne hatte Halt machen lassen, brauchte Colin ebenfalls nicht eigens vorgestellt werden, sondern jagte ihm allein durch seinen Anblick eine Welle der Erregung durch den Körper.

»Colin Mor?«

»Ja«, krächzte er. »Ja, der bin ich.«

»Du weißt, wer ich bin?«

»Ja.« Seine Stimme erstarb fast vor Ehrfurcht, sodass seine Antwort kaum zu hören war.

»Wir sind seit Tagesanbruch unterwegs, Colin Mor«, sagte Anne, »und wären dir dankbar, wenn du uns deine Gastfreundschaft gewähren würdest und wir unser Lager diese Nacht auf deiner Wiese aufschlagen dürften.«

Colins Brust schwoll vor Stolz an. »Das wäre eine große Ehre für mich, Colonel Anne, so wahr mir Gott helfe. Ich hab nicht viel anzubieten, aber vom Abendessen ist noch etwas Stew übrig – heiß und deftig –, und ein Fässchen Ale hab ich auch noch, frisch gebraut.«

»Unsere Männer haben genug Essen dabei«, erwiderte Anne, wobei sie ihn dankend anlächelte. »Aber wenn du einen Platz an deinem Feuer für mich hättest, bis die Zelte aufgeschlagen sind, würde ich nicht nein sagen.«

Unverzüglich verlor sich die Schüchternheit des Kleinpächters, der auf sie zueilte und, nachdem er sich die Handflächen trocken gerieben hatte, den Zügel des Wallachs ergriff. »Sie werden diese Nacht in keinem engen Zelt schlafen, Mylady. Nicht solange ich Ihnen ein Dach über dem Kopf und ein Bett anzubieten habe. Und für Ihre Leute ist sicher genug Platz auf dem Fußboden.«

MacGillivray schwang ein Bein über den Sattel und saß ab. Mit ausgestreckter Hand kam er auf Colin zu, dessen Finger er fast zermalmte, als er ihm herzhaft die Hand drückte.

»Du hast auf deinem Fußboden Platz für sechshundert Männer?«, fragte er ihn mit löwenhaftem Grinsen.

»Sechs …?«

Als MacGillivray den verblüfften Gesichtsausdruck des Kleinpächters sah, brach er in Lachen aus. Dann drehte er sich kurz um und erteilte mit erhobener Stimme den Befehl zum Aufschlagen des Lagers, der von Mann zu Mann weitergegeben wurde und wie ein nicht enden wollendes Echo durchs Tal hallte.

Colin Mor konnte nur bis dreiundzwanzig zählen, weil er jeden Abend ebendiese Anzahl von Schafen in die Hürde sperrte, und selbst diese Aufgabe bereitete ihm immer einige Mühe. *Sechshundert* hörte sich indes so an, als sollte er eher zwei Fässchen Ale aufmachen.

MacGillivray streckte die Arme aus, um Anne aus dem Sattel zu helfen. Zwar hätte sie sich eher die Zunge abgebissen, als es zuzugeben, aber ihr Gesäß fühlte sich wie Blei an, und ihre Schenkel schmerzten so stark, dass sie inständig hoffte, nicht allzu würdelos zu wirken, weil sie ständig o-beinig durch die Gegend stakste. Seit zwei Tagen waren sie unterwegs und hatten dabei mit allen Unbilden kämpfen müssen, die der Natur zu Gebote standen: stürmische Winde und bittere Kälte auf den Bergpässen, Regen und Schlamm im Moorland. Der Nebel war vor einer Stunde hereingebrochen, sodass sie die letzte Meile ohne Sicht geritten waren und sich nur an den Schafpfaden im Tal hatten orientieren können.

Auf dem ganzen Weg hatten die Männer gesungen, gelacht und miteinander gescherzt. An jeder Wegkreuzung, bei jedem Steinhügel, an dem sie vorüberkamen, hatten weitere Männer auf sie gewartet, um sich ihnen voller Begeisterung anzuschließen, Männer, die darauf brannten, endlich für Schottlands Ehre zu kämpfen.

Begleitet von MacGillivray, hatte Anne jeden Laird des Chattan-Clans aufgesucht, um ihm ihre Petition vorzulegen. Einigen widerstrebte es verständlicherweise, sich offen ihrem Oberhaupt zu widersetzen, doch zum Schluss hatte sie siebenundneunzig Unterschriften zusammen, womit von den erforderlichen hundert nur noch drei fehlten. Unzählige Zelte und Lagerfeuer waren über das offene Gelände um Dunmaglass verstreut gewesen, denn MacGillivrays Haus war zum Sammelpunkt und Hauptquartier des Clans geworden. Die Umstände zwangen Anne von Drummuir House nach Dunmaglass überzusiedeln. Dort war sie ständig von einer Leibwache umgeben, die aus John, Gillies MacBean, zwanzig bewaffneten Männern des Clans sowie zwei von ihren drei Cousins bestand; der dritte Cousin, gewöhnlich Eneas, ritt zwischen Dunmaglass und Aberdeen hin und her, um Botschaften an oder von Fearchar zu überbringen.

Die Wunde an MacGillivrays Schulter war bemerkenswert schnell verheilt, ohne dass sein Arm irgendwie steif geblieben wäre. Im Gegenteil, jeden Tag staunte Anne aufs Neue über seine Kraft, wenn sie beobachtete, wie er morgens mit seinen Männern Scheingefechte austrug und seine große Stahlklinge durch die Luft schwang, bis ihm der Schweiß übers Gesicht lief. Die Nachmittage verbrachte er damit, von Gehöft zu Gehöft zu reiten, um die anderen Lairds davon zu überzeugen, dass er die Fähigkeit hatte, auf dem Schlachtfeld das Kommando zu übernehmen. Abends kümmerte er sich um das kleine Waffenarsenal, das im Wohnzimmer von Dunmaglass untergebracht worden war. Jeder verfügbare Raum wurde von Gewehren, Tartschen und Schwertern eingenommen, während Tag und Nacht zahlreiche Männer über lange Schragentische gebeugt waren, um entweder Kugeln zu gießen oder Schießpulver zu portionieren und in Kartuschen aus Pappe zu füllen.

Die meisten Männer waren mit Schwertern und Piken ins Tal gekommen, einige auch mit Musketen und Lochaber-Äxten, doch gab es noch genug, die nur ihr Herz und ihren Stolz mitbrachten, und um diese Männer auszurüsten, hatte Anne die Geldkassette in Moy Hall geplündert. MacGillivray hatte jede Münze gut verwendet, und als es über seine Schmugglerkumpane keine Gewehre oder Fässer mit Schießpulver mehr zu kaufen gab, hatte er sich mitten in der Nacht mit einem Dutzend seiner besten Männer davongestohlen, um noch vor Tagesanbruch mit Wagen voller Fässer und Kisten zurückzukehren, die das Siegel des Quartiermeisters der britischen Armee trugen.

Nie schien er zu schlafen, nie sah er müde aus, im Gegenteil, er wirkte eher entspannter als zuvor, als sei die Last der Verantwortung, die er jetzt trug, nicht halb so drückend wie die Last des erzwungenen Nichtstuns.

Anne hingegen erlebte am eigenen Leibe, wie ihrem Großvater zumute war, wenn es zu einer kaum noch zu bewältigenden Aufgabe wurde, die Augen bloß einen Moment länger offen zu halten. Die pure Notwendigkeit hatte ihr geboten, von Drummuir House nach Dunmaglass überzusiedeln, wo man freilich in keiner Weise auf weibliche Bewohner eingestellt war. Das Mobiliar war bestenfalls spartanisch, und die einzige Badewanne, die es gab, bestand aus einem großen, in der Mitte auseinander gesägten Holzfass. Sie ließ sich Kleidung aus Moy Hall kommen, doch Rock und Korsett erwiesen sich schon bald als ausgesprochen hinderlich. Seit sie Lady Drummuirs Haus in der Church Street verlassen hatte, hatte sie keine Seide mehr auf der Haut gespürt, geschweige denn ihr Haar mit einer Brennschere bearbeitet. Tag und Nacht war sie von stämmigen Männern umgeben, die dazu übergegangen waren, sie mit

Colonel Anne anzusprechen, ein Titel, auf den sie mittlerweile ganz automatisch reagierte.

Die ersten Tage hatten sie mit einem Hochgefühl erfüllt. Mit MacGillivray und ihren Cousins auszureiten hatte Anne all die Abenteuer ihrer wilden, unbändigen Jugend in Erinnerung gerufen. Doch jetzt, vierzehn Tage später, fühlte sie sich einfach nur noch müde und schmutzig. Die Hosen aus grober Wolle juckten zu den ungelegensten Zeiten und an den heikelsten Stellen, und während Männer keine Bedenken zu haben schienen, sich jederzeit überall zu kratzen, war sie gezwungen, schweigend zu leiden und sich vor Juckreiz zu krümmen. Desgleichen hatte sie sich nie viel Gedanken darüber gemacht, warum Angus ihr seine Gegenwart ersparte, wenn er gerade aus dem Stall kam und nach Pferd, Leder und Schweiß roch. Jetzt bekam sie alles mit – den Geruch ungewaschener Wolle, die nass geworden war, das scharfe Odeur von Schafsdung, in den versehentlich jemand getreten war, die durchdringende Mischung aus Körperschweiß, Torf und Holzrauch, die einfachen Clansangehörigen anhaftete, die vielleicht nur einmal im Jahr ein Bad nahmen.

Möglicherweise war ihr deswegen mit der Zeit MacGillivrays charakteristischer Geruch aufgefallen. Obwohl er mit dem heißen Wasser und der Seife bei weitem nicht so penibel war wie Angus, zögerte er nicht, sich nach dem morgendlichen Exerzieren mit seinen Männern auszuziehen und sich einen Eimer Wasser über den Körper zu schütten, um sich den Schweiß abzuspülen. Einmal, als er gerade dabei war, war Anne zufällig an einem Fenster vorübergekommen und hatte so lange und so angestrengt nach draußen gestarrt, dass ihre Augen ganz trocken wurden und brannten. Der Umstand, dass draußen ein Dutzend Männer nackt im

Schnee standen und sich gegenseitig mit Wasser begossen, hätte sie freilich kaum beeindruckt. Nein, es war vielmehr der Anblick von John MacGillivray gewesen, der in all seiner muskulösen Pracht mit zurückgeworfenem Kopf dagestanden hatte, während ihm sein nasses goldenes Haar über die Schultern wallte, was ihr die Hitze ins Gesicht getrieben und an bestimmten Körperstellen ein Kribbeln hervorgerufen hatte.

Als nicht minder schwierig hatte es sich erwiesen, nicht daran zu denken, wie er nackt im Kerzenlicht gelegen oder wie seine kräftigen Arme sich um sie geschlungen und sie aufs Bett gedrückt hatten. Und noch schwerer war es, sich nicht daran zu erinnern, wie sein heißer, muskulöser Körper sie gegen die Wand der Jahrmarktsbude gepresst hatte, wie seine Hände ihr kühn zwischen die Schenkel gefahren waren und versucht hatten, sie auseinander zu drücken, damit sie fühlen konnte, was er sonst noch zu bieten hatte.

Dass er in seiner Kleidung ziemlich lässig war, trug auch nicht gerade zu ihrer Beruhigung bei. Zu Hause hatte er es gern bequem und trug wenig mehr als ein langes weites Hemd mit einem kurzen Kilt. Ersteres war oft nicht zugeschnürt und klaffte bisweilen so weit auseinander, dass der rötlich-goldene Haarteppich zu sehen war, der seine Brust bedeckte. Er hatte auch keinerlei Hemmungen, eine seiner großen Hände unter das Baumwollgewebe zu schieben und sich zerstreut an der Brust oder an den Rippen zu kratzen, wenn er sich gerade mit seinen Männern unterhielt. Und vermutlich ahnte er nicht im Geringsten, welche Wirkung es auf Anne hatte, wenn er sich mit den Fingern durchs Haar fuhr und sich die goldene Mähne auf eine Weise zerzauste, die etwas Jungenhaftes hatte.

Außerdem roch er wunderbar, denn es kam selten

vor, dass John MacGillivray ohne Zigarre zwischen den Zähnen auftrat. Pfeifen waren so verbreitet wie Dolche oder Pistolen, die praktisch jeder Mann im Gürtel trug, doch Zigarren waren ein Luxus, eine der wenigen Extravaganzen, die er sich als verhältnismäßig wohlhabender Laird leistete. Überdies war es ein Luxus, den er nicht teilte, obwohl die Farquharson-Zwillinge ihm oft mehr als deutlich zu verstehen gaben, dass sie zu ihrem abendlichen Bier gern etwas zu rauchen hätten. Er überhörte alle ihre diesbezüglichen Appelle an seine Gastfreundschaft, und obwohl die beiden Burschen so dreist waren, mit aller Gründlichkeit die Schränke und Truhen von Dunmaglass zu durchsuchen, gelang es ihnen nicht herauszubekommen, wo er seinen Zigarrenvorrat aufbewahrte.

Anne fand den Duft berauschend, mitunter sogar peinlich erregend, besonders wenn er während einer Diskussion am Tisch saß, waghalsig mit seinem Stuhl nach hinten kippelte und den funkelnden Blick eines Löwen hatte, der gerade über seine nächste Mahlzeit nachdachte.

Oder wenn er sich über ihre Schulter beugte, um sich irgendetwas anzusehen, und sein seidiges Haar ihre Wange streifte, während sie seinen warmen Atem auf der Haut spürte.

Oder wenn sie durchgefroren und müde war und ihre völlig verkrampften Beine schmerzten, weil sie den ganzen Tag im Sattel gesessen hatte, und er dann neben ihr stand, den Arm um ihre Taille gelegt, um sie zu stützen, während sie mit zitternden Knien dastand und sich lieber gegen ihn lehnte, statt kraftlos zu Boden zu sinken.

»Hier entlang, bitte, Colonel Anne«, sagte Colin Mor mit einer unbeholfenen Verbeugung, wobei er mit der Hand auf die Tür seiner Hütte wies, »meine Frau Rose wird Ihnen gern ein Schälchen heiße Brühe geben, damit Ihnen wieder ordentlich warm wird.«

Anne fuhr zusammen und wandte schuldbewusst den Blick von MacGillivrays Gesicht ab, über das sich ein Lächeln ausbreitete. Wie lange hatte sie ihn so angestarrt? War das eben eine weitere momentane Konzentrationsschwäche »à la Fearchar« gewesen? Der große Hochländer erwies sich als genauso geschickt darin, ihre Gedanken zu lesen, wie Angus, doch während es manchmal ganz wunderbar sein konnte, wenn der Ehemann wusste, wann sich seine Frau nach bestimmten … Aufmerksamkeiten sehnte, hielt sie es nicht für sonderlich klug, MacGillivrays diesbezügliches Interesse anzustacheln.

Als sie bemerkte, dass ihre Hände, mit denen sie sich abgestützt hatte, immer noch vertraulich auf Johns Brust ruhten, ließ sie sie schnell sinken und drehte sich um, um Colin Mor in die Hütte zu folgen. Seine Frau hatte bereits die Lampe und zwei dicke Talgkerzen angezündet. Jetzt trat sie nervös in den Schatten zurück, während die Kinder sich immer noch an ihre Beine klammerten und hinter ihrem Rock hervorlugten. An der Wand stand noch eine zweite, etwas jüngere Frau, die Colin Mor derart ähnlich sah, dass es Anne nicht weiter überraschte, als er sie als seine Schwester Glenna vorstellte.

Die Hütte war genau wie all die anderen unzähligen Hütten, die verstreut in den Tälern lagen oder sich an die Berghänge schmiegten. Die nackte Erde bildete den Fußboden, die aus Holz bestehenden Wände waren mit Erde und Torf abgedichtet und trugen ein steil aufragendes Dach, von dem getrocknete und gesalzene Fleisch- und Fischstreifen herabhingen. Auch das übliche Sammelsurium von Haushaltsgegenständen fehlte nicht. An einem Ende der Hütte grenzte eine einfache Trennwand aus Stroh den schmalen Strohsack, auf dem Colins Schwester schlief, gegen den größeren Teil des Raumes ab, den er mit seiner Frau und den Kindern teilte. Auf der Feuerstelle in der Mitte des Raums stand ein Dreifuß, an dem ein schwarzer Eisenkessel hing. Die Mors waren besser gestellt als die meisten anderen, denn außer mehreren Flickenteppichen besaßen sie auch noch einen Tisch und zwei Bänke. In einer Ecke stand ein Verschlag mit Hühnern, in einer anderen eine Milchziege, die mit einem Strick an einem Pfosten festgebunden war.

»Ich bitte tausendmal um Entschuldigung für die abendliche Störung, gute Frau«, sagte Anne auf Gälisch. »Uns wurde gesagt, durch euer Tal fließe ein Bach, der uns direkt zum Fluss führen würde. Unglücklicherweise konnten wir den Bach im Nebel nicht finden, weshalb wir befürchten mussten, dass unsere Wagen unversehens in den Fluss geraten. Wir haben den Rauch eures Feuers gerochen, und …« Sie machte eine Handbewegung, um anzudeuten, wie sich alles ergeben hatte, doch die Frau starrte sie bloß an.

»Ich weiß, wer Sie sind«, flüsterte Rose, deren anfängliche Ehrfurcht gegenüber den Gästen vom pragmatischeren Gefühl der Angst verdrängt worden war. »Und ich weiß, warum Sie hier sind. Sie sind gekommen, um meinen Colin in den Krieg zu holen.«

»Nein«, erwiderte Anne bedächtig. »Wir sind nicht gekommen, um ihn wegzuholen. Wenn er will, kann er sich uns natürlich anschließen, aber wir zwingen niemanden, mit uns zu kommen. Jeder muss auf sein eigenes Herz hören und selbst entscheiden, was das Beste für seine Familie, seinen Clan, seine Ehre ist.«

»Tja.« Die junge Frau biss sich auf die Unterlippe

und warf einen Blick auf die hölzerne Kinderwiege. »Wenn Sie's so ausdrücken, ist er ja gar nicht in der Lage abzulehnen, nicht?«

Damit drehte sie ihr abrupt den Rücken zu, sodass die beiden an ihr hängenden Kinder gezwungen waren, schnell die Position zu wechseln, um wieder hinter sie zu huschen, beugte sich nach unten, hob das greinende Baby aus der Wiege und nahm es wieder auf den Arm. »Möchten Sie Brühe oder einen Krug Ale? Es ist auch Kaninchenstew da. Wenn Sie möchten, kann Glenna Ihnen welches bringen.«

»Eine Tasse Brühe wäre schön, aber nur wenn es Ihnen keine Probleme macht.«

»Dafür ist es jetzt zu spät.« Sie hielt inne und blickte an Annes Schulter vorbei auf MacGillivray, der gerade, gefolgt von den Farquharson-Zwillingen, mit eingezogenem Kopf durch die niedrige Tür trat. »Sie haben die Probleme ja mitgebracht.«

Als Glenna Mor das attraktive Trio erblickte, zeigte sie zum erstenmal eine Reaktion. Sie richtete sich gerade auf und drückte ihre runden vollen Brüste derart heraus, dass sich ihr Mieder bedenklich dehnte. Dabei gab es so viel zu sehen, dass die Zwillinge erst aufhörten zu gaffen, als John ihnen einen Klaps auf die Schulter gab.

»Ich sag's ja«, murmelte Rose. »Sieht ganz so aus, als hätten Sie Probleme mitgebracht.«

Anne war fest entschlossen gewesen, alle Erinnerungen an den Vorfall in MacGillivrays Schlafzimmer zu unterdrücken. Der Kuss hatte nichts zu bedeuten gehabt, war in keiner Weise ein bewusster Versuch seinerseits gewesen, sie zu verführen. Er war vom vorhergehenden Abend noch halb betrunken gewesen, sodass man ihn kaum für seine Handlungen verantwortlich machen konnte. Doch es war schwierig, die Wirkung, die seine Anwesenheit auf andere Frauen hatte, zu übersehen. Die Schlampe Glenna Mor riss sich fast ein Bein aus, als sie ihm sein Ale servierte und mit der Schöpfkelle die ausgesuchtesten Fleischstückchen in seine Holzschüssel tat. Die Schnürbänder ihres Mieders schienen sich auf wundersame Weise in einem fort zu lockern, sodass sich ihm jedes Mal, wenn sie sich vorbeugte, ein eindrucksvoller Blick auf ihre Brüste bot. Als heißblütiger Mann, der er war, bemerkte er das auch. Mehr als einmal ertappte Anne ihn dabei, wie er – nachdenklich eine Braue hochziehend, den Mund zu einem schiefen Grinsen verzerrt – unverfroren die fleischigen Halbkugeln anstarrte. Robbie hatte sich weniger im Griff und musste praktisch die ganze Zeit seine Hände im Schoß lassen, damit sich sein Kilt nicht jedes Mal, wenn Glenna seine Schulter streifte oder ihm verstohlen zuzwinkerte, ausbuchtete. Obwohl Anne kein Recht hatte, sich über das unschuldige Getändel zu ärgern, kochte sie vor Wut und hätte am liebsten über den Tisch gelangt, um allen eine gepfefferte Ohrfeige zu verabreichen.

Es war einfach nicht fair. Hätte ihr Mann neben ihr gesessen, so wäre sie vielleicht in der Lage gewesen, die viel sagenden Blicke, das Lächeln und die sich hin und her wiegenden Hüften mit etwas mehr Gleichmut zu ertragen. Doch wie die Dinge lagen, spürte sie jedes Mal, wenn das Mieder des Mädchens auseinander klaffte, wie sich ihre eigenen Brüste unter ihrem engen Baumwollhemd spannten, und immer wenn die dralle junge Frau sich mit den Fingern durchs Haar fuhr und offen mit John oder den Zwillingen schäkerte, dachte Anne an die wollüstigen Schauder, die ihr über den Leib gerieselt waren, als Angus ihr mit langsamen, sinnlichen Bewegungen das Haar gebürstet hatte. Sie dachte an seinen Körper, daran, wie er kraftvoll in sie eingedrungen war, erinnerte sich an die Hitze, die von ihm ausging, seinen warmen Geruch, erinnerte sich, wie er den Kopf zurückgeworfen und seine Augen vor Stolz geleuchtet hatten, als immer neue Wellen der Lust sie durchzuckt hatten, sodass sie ihn am liebsten nie mehr freigegeben hätte.

Er hatte für sie gelogen. Er hatte weder Forbes noch Loudoun oder Worsham verraten, dass sie für den Diebstahl verantwortlich war, aber was hatte das zu bedeuten? Was *genau* hatte das zu bedeuten? Wenn sie ihm tatsächlich so sehr am Herzen lag, dass er sich ihretwegen in solch prekäre Lage brachte – wäre man ihm auf die Schliche gekommen, so wäre er sicher verhaftet und genau wie Anne ins Gefängnis gesteckt worden –, warum hatte er sie dann in Drummuir House nicht in die Arme genommen, um ihr ebendas zu sagen? Warum war er mit Bedacht auf Distanz geblieben?

Nein, es war nicht fair. Und es war auch nicht fair, dauernd mit einem Mann zusammen zu sein, der zu wissen schien, dass sie sich nicht ständig hin und her wand und ein rotes Gesicht hatte, bloß weil ihre Hosen kratzten.

»Du siehst aus, als hättest du bereits eine Schlacht hinter dir, Mädel«, sagte hinter ihr MacGillivray mit leiser Stimme. Anne fuhr zusammen und blickte vom Feuer auf, an das sie sich gesetzt hatte, als Robbie der unablässig kichernden Glenna den Hintern tätschelte, womit er ihr, Anne, den letzten Nerv getötet hatte. Wahrscheinlich hatte sie eine ganze Weile in die niedrigen Flammen gestarrt, denn vom Strohlager der Familie war Schnarchen zu hören, und auf dem Fußboden lagen mehrere in Plaids gehüllte Gestalten.

Sie saß auf einem dreibeinigen Hocker, und ohne eine

Einladung abzuwarten, ließ MacGillivray sich mit einem Becher Whisky in der Hand im Schneidersitz neben ihr auf dem Boden nieder.

»Es war ein langer Tag. Wir sind vor Tagesanbruch aufgebrochen, nicht wahr?«

»Ja, sind wir. Und morgen werden wir auch vor Tagesanbruch aufbrechen. Deshalb solltest du das bisschen Zeit, das du hast, um dich auszuruhen, nicht damit vergeuden, über Dinge nachzudenken, auf die es keine Antwort gibt.«

Nachdem sie einen Moment lang sein vom Feuer beschienenes Profil betrachtet hatte, zog sie ein finsteres Gesicht. »Du kannst überhaupt nicht wissen, worüber ich nachdenke, John MacGillivray.«

»Nein? Ich bin gern bereit, mich bei dir zu entschuldigen, falls ich mich irre, aber du siehst aus wie eine Frau, die sich Sorgen um ihren Mann macht.«

Ohne eine Antwort zu geben, starrte sie weiter vor sich hin, bis er schließlich mit verhaltenem Grinsen aufblickte. »Diesen Gesichtsausdruck haben wir beide in den letzten Wochen ziemlich oft gesehen, und zwar jedes Mal, wenn ein Mann seine Frau und seine Kinder geküsst und ihnen versprochen hat zurückzukommen, sobald wir die *Sassenachs* aus Schottland vertrieben haben.«

»Trotzdem wirst du dich bei mir entschuldigen müssen«, sagte sie mit verschmitzter Miene, den Blick wieder aufs Feuer richtend, »denn du irrst dich. Ich habe überhaupt nicht an Angus gedacht. Er hat seine Wahl getroffen, ich die meine, und wir wussten beide, dass wir mit den Folgen würden leben müssen. Eigentlich habe ich an gar nichts gedacht, sondern nur das Gefühl genossen, wieder warme Zehen und Finger zu haben.«

Sie bemerkte, wie er lächelte, doch da ihr in keiner

Weise der Sinn danach stand, ihre Torheit noch zu verschlimmern, weil sie Farbe bekennen musste, vermied sie es, ihn anzusehen.

Nach einer Weile seufzte er wohlig und streckte die Hände in Richtung Feuer. »Das ist wirklich eine Wohltat«, sagte er zustimmend. »Auch für den restlichen Körper.«

Während sie zusah, wie er seine Hände hin und her drehte, fiel ihr auf, wie breit seine schwieligen Handflächen, wie lang seine kräftigen, stumpfkuppigen Finger waren. Angus hatte viel glattere Hände, die eher elegant als kräftig wirkten und denen es besser anstand, eine Feder statt eines *clai'mór* zu halten. Seine Hände waren sanft und behutsam, wenn er sie nach ihr ausstreckte, und Anne konnte sich beim besten Willen nicht vorstellen, dass Angus Moy es fertig bringen würde, sie gegen die Wand einer Jahrmarktsbude zu drücken und ihr zu drohen, sie auf der Stelle in aller Öffentlichkeit zu nehmen, wenn sie ihm nicht sofort einen Kuss gab.

»O Gott, o Gott«, flüsterte sie und senkte kopfschüttelnd das Haupt. Wie sollte sie es bloß anstellen, diese unerwünschten Bilder aus ihrem Kopf zu bekommen?

»Steht dir der Sinn nach einem Gebet?«, fragte MacGillivray.

Als ihr zu Bewusstsein kam, dass sie laut die himmlischen Mächte angerufen hatte, kam sie sich ziemlich dumm vor und lächelte müde. »Eher nach einem Exorzismus. Aber du hast Recht. Ich sollte mich tatsächlich etwas hinlegen, solange ich noch die Gelegenheit habe.«

Doch als sie sich vom Hocker erheben wollte, stellte sie fest, dass ihre Beine sich völlig verkrampft hatten und ihr den Dienst versagten.

Johns Gesicht verzog sich zu einem breiten Grinsen, das jedoch von einem Zungenschnalzen entschärft wurde. »Hast du denn nicht die Salbe benutzt, die ich dir gegeben habe, Mädel? Die macht deine steifen Muskeln locker, sodass du am nächsten Morgen ohne Beschwerden weiterreiten kannst.«

»Aber die riecht so grässlich, nach Kampfer und Terpentin und nach noch irgendwas, das ich aber nicht identifizieren kann.«

»Nach frischer, früh am Morgen abgefüllter Jungfernpisse.« Als er ihren verblüfften Gesichtsausdruck sah, lachte er und sprang so behände auf, dass sie ihm am liebsten einen Tritt gegeben hätte. Dann fasste er sie um die Taille und zog sie langsam hoch, damit ihre Beine sich entkrampfen konnten. Die Prozedur dauerte über eine Minute, und die ganze Zeit lagen Annes Hände mit gespreizten Fingern auf seiner breiten, muskulösen Brust. Da sein Kopf nach unten gebeugt war, nahm sie den erregenden Geruch von Rauch und Whisky deutlicher wahr, als im Moment gut für sie sein mochte. Der Vorschlag, den er ihr dann machte, hätte sie jedoch fast nach hinten kippen lassen.

»Lass deine Hosen herunter, Mädel. Ich werde dich im Handumdrehen von all deinen Beschwerden befreien.«

Ihre blauen, weit aufgerissenen Augen starrten ihn so lange an, dass das Lächeln aus seinem Gesicht verschwand und er rot anlief.

»Mit Salbe, meine ich«, murmelte er. »Damit sie richtig wirkt, muss man sie kräftig einreiben.«

»Das kann ich auch allein machen.«

»Ja, klar kannst du das.« Er hob einen ihrer Arme in die Höhe und schnaubte verächtlich, als es ihr nicht gelang, ihn oben zu behalten, ohne vor Schmerz zusammenzuzucken. »Und jetzt geh rüber zu deiner Decke, lass deine Hosen runter und deck alles zu, was ich nicht sehen soll.«

Anne ließ ihren Blick durchs Zimmer schweifen, um festzustellen, ob sie von irgendjemandem beobachtet wurden, doch da sie sehr leise gesprochen hatten, war keiner der Schlafenden aufgewacht. Sie ging zu ihrem Lager aus Decken hinüber und machte vorsichtig den Bund ihrer Hose auf, um diese über die Hüften und bis zu den Knöcheln hinunter zu schieben, was ihr allerdings nur mit Schwierigkeiten gelingen wollte. Sie trug ein Baumwollhemd von Jamie, das ihr fast bis zu den Knien reichte und das sie sich immer zwischen die Beine stopfte, damit ihre empfindlicheren Körperstellen nicht allzu wund gerieben wurden.

MacGillivray schien nicht weiter auf sie zu achten, als er den Topf mit Salbe aus seiner Satteltasche holte und um das Feuer herum zu ihr kam. Als sie mit dem Gesicht nach unten auf den Decken lag, schmierte er sich einen reichlichen Klecks Salbe auf die Hand und rieb die Handflächen aneinander, um die ölige Masse erst ein bisschen zu erwärmen. Dann kniete er sich neben sie.

Zuerst rieb er die schmierige Substanz mit sanften Bewegungen in ihre Haut ein und verteilte sie über ihre Schenkel und Waden. Mehrmals nahm er sich neue Salbe, die er jedes Mal erst anwärmte, und als Anne nach seinem Dafürhalten geschmeidig genug war, knetete er ihre Muskeln energisch durch. Die Wärme seiner Hände und die Wirkung des Kampfers lösten ein keineswegs unangenehmes Brennen in ihren Beinen aus, sodass sie keine Einwendungen machte, als er kurz innehielt und den Saum des Hemds bis zu ihrer Gesäßspalte hochschob.

»Du erzählst nicht viel von Elizabeth«, murmelte Anne.

»Du erzählst nicht viel von Angus«, konterte er.

»Du wirst sie doch heiraten, oder?«

MacGillivray stieß einen lang gezogenen Seufzer aus. »Wir haben darüber geredet, ja.«

»Nur … darüber geredet?«

»Ja. Ich bin ein großer Redner. Ist dir das noch nicht aufgefallen?«

Möglicherweise hätte sie das Thema weiterverfolgt, wenn sie nicht schon im nächsten Moment überrascht aufgekeucht hätte, weil er ihr Hemd noch weiter nach oben schob und seine Hände bis zu ihren Schultern gleiten ließ. Sie biss sich auf die Unterlippe, während ihre Hände sich noch fester in die Decke krallten. Doch die Massage war so wohltuend und die durch ihren Körper strömende Wärme so angenehm, dass sie schon nach wenigen Sekunden aufhörte, an ihr entblößtes Gesäß zu denken.

MacGillivray merkte zwar, wie schockiert sie war, und sah, wie sich ihre Hände zur Faust zusammenballten, aber ihm fiel nichts anderes ein, um das Gespräch zu beenden. Er wollte nicht über Elizabeth of Clunas oder über seine bevorstehende Hochzeit sprechen, jedenfalls nicht, während seine Hände etwas taten, wonach sie sich schon seit Jahren sehnten. Die Freude darüber, ihre glatte, warme nackte Haut anfassen zu dürfen, war so groß, dass sie verbotene Empfindungen wachrief und ebenso verbotene Gelüste weckte.

Auch wenn er das letzte Mal, als ihre Lippen sich begegnet waren, noch halb betrunken gewesen war, erinnerte er sich nur zu gut daran, wie sie geschmeckt und sich angefühlt und was sie für Laute von sich gegeben hatte, als er sie geküsst hatte. Wahrhaftig, er hatte so oft davon geträumt, bei ihr zu liegen, dass er sich einbildete, genau zu wissen, wo und wie er sie liebkosen musste, bis das Verlangen, ihn in sich zu spüren, ihr den Verstand raubte. Und sobald er in ihr war … sobald er in ihr war, bei Gott, dann würde sie so unersättlich wie eine Nymphe sein, das wusste er, dann würde sie ihn so mit ihren Höhepunkten überfluten, dass er kaum Zeit haben würde, seine eigene Lust zu genießen. Aber trotzdem würde er spüren, wie ihr Fleisch über das seine glitt, es zusammenpresste und es bearbeitete, als schlügen kleine Fäuste darauf ein, und sein Höhepunkt würde dem Ausbruch eines Vulkans gleichen.

Die wilde rote Annie. Wie oft hatte er es schon bereut, sie an jenem Tag auf dem Jahrmarkt nicht genommen zu haben! Sie war durchaus dazu bereit gewesen, in jeder Hinsicht. Sie hatte ihn mit solcher Hingabe geküsst, dass er nur hätte zugreifen müssen. Doch er hatte sich zusammengerissen, hatte sich gezwungen aufzuhören, da er ihren Ruf nicht gefährden und mit diesen Dingen lieber warten wollte, bis sie in aller Form verheiratet waren. Er hatte von dem Verlobungsarrangement gewusst, hatte gewusst, dass sie Angus Moy versprochen war, doch als ihrem Verlobten die erhabene Würde des Clansoberhaupts zugefallen war und es so aussah, als würde das Abkommen für ungültig erklärt werden, war er überzeugt gewesen, dass Fearchar ihn, John Alexander MacGillivray, als würdige Alternative akzeptieren würde. An dem Tag – dem verdammten Tag –, als er beschlossen hatte, nicht länger zu warten und um ihre Hand anzuhalten, hatte er erfahren, dass die Heirat mit MacKintosh wie geplant stattfinden sollte.

Am Tag von Annies Hochzeit hatte er sich so betrunken, dass Gillies ihn hatte fesseln müssen, um ihn davon abzuhalten, in Dunmaglass alles kurz und klein zu schlagen. Einen vollen Monat lang war er rund um die Uhr betrunken gewesen und hatte versucht, sich mit jeder Hure im Umkreis von zehn Meilen zu trösten.

Selbst nach vier Jahren war sein Verlangen lebendig

wie eh und je. Es brachte seine Beine zum Zittern und erhitzte sein Blut, das ihm nun in die Lenden schoss und ihn auf fast unerträgliche Weise anschwellen ließ.

Vor einer Weile hatte er Anne hochgeholfen, doch wer würde jetzt ihm helfen? Wer konnte ihn eigentlich daran hindern, sie auf den Rücken zu drehen und sich auf sie zu werfen? Er würde sie nehmen und sie beide ohne alle Skrupel der Verdammnis aussetzen. Er hatte gesehen, wie sie ihn in Dunmaglass heimlich vom Fenster aus beobachtet hatte, und all die verstohlenen Blicke, die sie ihm seitdem zugeworfen hatte, vermochte er schon nicht mehr zu zählen. Ein Kuss würde sie zum Schweigen bringen. Das brennende Verlangen, das sie erfüllte, machte sie anfällig, zumal Angus nicht da war, um es zu stillen, und törichterweise nicht erkannt hatte, wie kostbar es war.

Die Spannung in Johns Körper wurde so offenkundig wie der in seiner Brust hämmernde Herzschlag. Seine Hände glitten nach unten und verlangsamten sich, als sie über Annes Rippen strichen, bis seine Fingerspitzen gegen die Wölbung ihrer Brüste stießen. Er senkte den Kopf und verfluchte seine Schwäche.

Angus Moy war ebenso sein Freund wie sein Laird. Und nicht nur das. Am Tag vor seiner Abreise nach Edinburgh war er nach Dunmaglass gekommen und hatte John gebeten, sich während seiner Abwesenheit um Anne zu kümmern. Er hatte gesagt, er wisse, dass seine Frau zu eigensinnig sei, um zu Hause zu bleiben und Handarbeiten zu machen, und ob John, falls sie ins Gefängnis geworfen werden sollte, weil sie den Lord President angespuckt hatte, wohl so gut sein würde, das Gerichtsgebäude in die Luft zu sprengen, um sie zu befreien?

Die Ironie des Ganzen hatte MacGillivray die Kehle

zusammengeschnürt, denn wenn ihr Mann eine Stunde früher gekommen wäre, hätte er erleben können, wie Anne in aller Unverfrorenheit verkündete, sie wolle den Clan zusammenrufen und in den Krieg ziehen.

Auch jetzt schnürte es ihm die Kehle zusammen, wenn er bedachte, was hätte sein können, wenn er einen Tag früher zu Fearchar gegangen wäre, wenn er ihr an jenem Tag auf dem Jahrmarkt mehr als nur einen Kuss geraubt hätte, wenn er nicht so verdammt überheblich gewesen wäre und angenommen hätte, sie sei zu wild und temperamentvoll, als dass sonst jemand den Versuch wagen würde, sie zu zähmen …

»Du wirst noch mein Tod sein, Mädel«, flüsterte er. »Das weißt du doch, nicht wahr?«

Als keine Antwort kam, beugte er sich vor und sah ihr ins Gesicht. Ihre Augen waren geschlossen, die Lippen ein wenig geöffnet. Sie schlief tief und fest, und er wusste nicht so recht, ob er darüber erleichtert oder enttäuscht sein sollte.

Er zog ihr Hemd wieder herunter und packte sie so behutsam in die Decken ein, wie er es bei einem Kind getan hätte. Zum Schluss konnte er der Versuchung nicht widerstehen und beugte sich über sie, um ihr einen Kuss auf das glänzende rote Haar zu drücken, wohl wissend, dass es das letzte Mal war, dass er so etwas riskieren konnte. Er liebte sie viel zu sehr, als dass er sie noch mehr leiden sehen wollte als jetzt, und wenn sie ihrem Mann Hörner aufsetzte, würde sie zweifellos daran zerbrechen.

Er stöpselte den Salbentopf wieder zu und stand auf, wobei er einen bösen Blick auf die enorme Ausbuchtung vorne in seinem Kilt warf. Es war wenig wahrscheinlich, dass er diese Nacht würde schlafen können, nicht wenn sein Körper gespannt war wie eine schussbereite

Pistole und ihm tausend Gedanken im Kopf herumgingen, die alle mit *was wenn* und *warum nicht* anfingen.

Er angelte eine Carolina-Zigarre aus seinem Sporran und biss das Ende ab. Während er sich über das Feuer beugte, um einen Holzspan anzuzünden, nahm er aus den Augenwinkeln eine Bewegung wahr und warf einen genaueren Blick in die dunkle Ecke, in der Glenna Mor schlief. Sie hockte mit großen, runden dunklen Augen und zerzaustem Haar da. Wie lange sie sie beobachtet hatte, entzog sich Johns Kenntnis, doch als er sie jetzt anstarrte, legte sie den Kopf schräg und hob die Hände zum Mieder, um die billige Wolle zur Seite zu streifen und ihm ihre üppigen Brüste zu zeigen, deren Warzen hart wie Perlen waren.

Dann wanderten ihre Hände nach unten und glitten zwischen ihre Schenkel. Die Berührung schien zu bewirken, dass sie sich wie eine schnurrende Katze streckte. Erneut legte sie den Kopf schräg, diesmal, um in Richtung Tür zu weisen.

Als der Holzspan aufloderte, kniff John die Augen zusammen. Er hielt ihn an die Zigarre und beobachtete durch den aufsteigenden blauen Rauch hindurch, wie die junge Frau sich ihren Umhang schnappte und auf die Tür zuschlich.

Als sie die Tür erreicht hatte, blieb sie stehen und blickte mit einem einladenden Lächeln zu ihm zurück, bevor sie nach draußen schlüpfte. John folgte ihr, Rauchfäden hinter sich herziehend, die ihn wie Medusa aussehen ließen, doch kaum hatte er die Tür hinter sich geschlossen, als eine dunkle, untersetzte Gestalt aus dem Nebel auftauchte.

»Ich wollte dich gerade holen«, sagte Gillies MacBean. »Wir haben unten am Fluss ein Lager entdeckt. Vierzig *Sassenachs* mit drei Wagen, die offenbar voller

Fässer mit Getreide und Ale sind. Die Männer sind der Ansicht, dass wir solche Dinge dringender brauchen als die Rotröcke.«

MacGillivray spähte umher. Es gab genug lodernde Lagerfeuer, die den Nebel mit einem schwachen, blassen Licht durchdrangen, sodass er die Silhouette des Mädchens neben einem Fleck mit weichem grünen Gras stehen sehen konnte, in diskreter Entfernung vom Haus.

»In Ordnung«, sagte er. »Hol die Pferde. Eine kleine Abwechslung wird uns gut tun.«

Gillies folgte der Richtung seines Blicks und sah den wartenden Schatten. »Ich könnte auch allein mit den Männern losziehen, wenn du Dringenderes vorhast.«

John steckte sich die Zigarre in den Mund und legte dem klein gewachsenen Mann die Hand auf die Schulter. »Du bist ein guter Freund, Gillies, aber wahrscheinlich hast du mich gerade davor bewahrt, dass ich mir eine prächtige Syphilis einfange.«

Gillies grinste. »Erzähl das bloß nicht Robbie. Den hat sie vor nicht einer Stunde in der Heumiete alle gemacht. Da liegt er immer noch, völlig erschöpft und entkräftet, und erklärt, er sei unsterblich in sie verliebt.«

»Verliebt«, schnaubte John. »Das ist fast so schlimm wie Syphilis. Lass uns aufbrechen. In ein paar Stunden bricht der Tag an, und ich habe Appetit auf frische Haferkuchen.«

Elftes Kapitel

Neunzig Meilen weiter südwestlich hatte Angus Moy gerade einen derart üblen Geschmack im Mund, dass weder Rotwein noch Whisky oder französischer Brandy ihn wegzuspülen vermochten. Das lag keineswegs an dem Essen, das er zuvor zu sich genommen hatte, denn der Lachs, der an jenem Abend in Holyrood House serviert worden war, war saftig und der Rehbraten zart. Es war die Gesellschaft, die seine Geduld strapazierte und ihm die Stimmung verdarb, ein Zustand, der jeden Tag häufiger aufzutreten schien. Selbst seine eigenen Männer schnauzte er beim geringsten Anlass an, mochte dieser auch nur in einem Seitenblick oder einem momentanen Zögern bestehen. Am Tag zuvor hatte er sogar – was ihn selbst am meisten mit Abscheu erfüllte – den Befehl gegeben, einen Mann auszupeitschen, weil dieser sein Pferd nicht richtig gestriegelt hatte.

Perverserweise hatte ihm die Härte der Strafe von anderer Seite auch noch Respekt eingetragen. General Henry Hawley war ein erfahrener Feldherr, ein Veteran der Kriege in Europa. Er galt als besonders brutaler Befehlshaber und strenger Zuchtmeister, den niemand liebte und der nur von denen respektiert wurde, die seine Vorliebe fürs Auspeitschen und Hängen teilten. Kein Tag verging, ohne dass ins Parolebuch die Namen von Männern eingetragen wurden, die man zum Auspeitschen verurteilt hatte und die dann eine je unterschiedliche Anzahl von Hieben erhielten. Das Minimum betrug fünfundzwanzig, das Maximum dreitausend. Galgen gehörten mit zum Ersten, was Hawley errichten ließ, wenn er irgendwo sein Lager aufschlug. Nach seinem Dafürhalten wirkte es sich umso günstiger für die

Wahrung der Disziplin aus, wenn der Standort für den Galgen möglichst auffällig war. In Edinburgh hatte er sich den Marktplatz ausgesucht, da sich seine Befugnisse als Kommandant der Besatzungstruppen nicht auf Soldaten beschränkten, sondern auch auf die Bewohner der Stadt erstreckten, von denen es etliche gab, die seiner Ansicht nach eine Lektion in Sachen Loyalität verdienten.

Wurden Geschäftsleute überführt, die Jakobiten bereitwillig mit Waffen und Munition beliefert zu haben, erlegte man ihnen Geldstrafen auf, die sie in den Bankrott trieben, und stellte sie an den Pranger, damit sie bespuckt und mit Unrat beworfen werden konnten. Wer schuldig befunden wurde, an Sabotageakten teilgenommen zu haben, oder im Verdacht stand, Aufruhr angezettelt zu haben, wurde entweder fast zu Tode gepeitscht oder als abschreckendes Beispiel gehängt, meist zusammen mit Soldaten, denen man Feigheit oder Meuterei vorwarf. Frauen erging es kaum besser. Dirnen, die erklärten, dass sie Männern im Kilt den Vorzug gaben, wurden aufs »Karussell« gesetzt. Man band sie auf einem Stuhl fest und zog sie in die Höhe, um sie dann derart lange und mit einem solchen Schwung herumzuwirbeln, dass ihnen noch tagelang danach übel war und sie sich ständig erbrechen mussten.

Cumberlands Beispiel folgend, hatte Hawley Glücksspiele verboten und Frauen aus den Zelten der Soldaten verbannt. Überkam einen Mann ein bestimmtes Bedürfnis, musste er es entweder mit eigener Hand stillen oder das Risiko eingehen, ausgepeitscht zu werden, wenn er sich, nachdem er die Vorposten bestochen hatte, zu den Wagen der Marketenderinnen schlich, von denen trotz aller Restriktionen keine über Mangel an Kundschaft zu klagen brauchte.

Natürlich galten diese Regeln nicht für Offiziere. Viele von ihnen hatten ihre Frau oder ihre Geliebte dabei, und wenn man nach dem prächtigen Aufgebot von Seidenroben, den protzig funkelnden Juwelen, den tiefen Dekolletés und den verführerisch lächelnden Mienen ging, fiel es einem schwer zu glauben, dass das Land gerade von einer Rebellion erschüttert wurde. Selbstverständlich dienten diesen feinen Offizieren auch nicht irgendwelche Baracken als Unterkunft, sondern luxuriöse Häuser von Bürgern und Bankiers, von deren Weinkellern und Vorratskammern sie überdies freizügig Gebrauch machten, wobei sie den Besitzern nur in höchst vager Weise Entschädigung versprachen.

Angus war in ein wunderschönes Haus aus grauem Ziegelstein einquartiert worden, von dem aus man einen atemberaubenden Blick auf die Dächer und Kirchtürme der alten Königsstadt hatte. Von seinem Fenster im Obergeschoss konnte er beobachten, wie die aufgehende Sonne die Zinnen von Edinburgh Castle in goldenes und orangefarbenes Licht tauchte und wie sich der Nebel, der das massive Bauwerk einhüllte, allmählich auflöste, bis schließlich die glitzernden Mündungen der auf die Stadt gerichteten Kanonen zu sehen waren. Der alte Colonel Guest hatte sich in den drei Monaten der jakobitischen Okkupation hartnäckig geweigert, die Burg zu übergeben, und sogar damit gedroht, seine schweren Kanonen auf die Stadt abzufeuern, falls man versuchen sollte, die Festung zu stürmen. Zum Glück für die Bewohner der Stadt standen Charles Stuart damals keine Sturmgeschütze zur Verfügung, sodass die Burg unbehelligt blieb.

Nach dem überstürzten Abzug der jakobitischen Truppen waren die Burgtore mit großem Brimborium geöffnet worden, um General Hawley bei seinem Einzug in die Hauptstadt willkommen zu heißen. Hawley wiederum hatte die belagerten Truppen entsetzt und Colonel Guest derart feierlich vom Crown Square die Royal Mile entlang in eine prachtvolle Unterkunft in Holyrood House geleitet, als hätte dieser im Alleingang den schottischen Besitz der Krone gerettet.

Da Angus während seines Aufenthalts in Edinburgh »Junggeselle« war, war er zusammen mit Major Roger Worsham einquartiert worden. Er zweifelte kaum daran, dass hinter dieser Zusammenlegung die Absicht steckte, sein Kommen und Gehen genauestens zu überwachen, eine Aufgabe, der Worsham ausgesprochen gründlich nachkam. Wenn Angus mal einen Spaziergang machte, musste er ständig darauf achten, nicht allzu schnell stehen zu bleiben, damit der Major ihm nicht in die Hacken trat.

Was seine persönlichen Angewohnheiten betraf, war der Mann ein Lüstling und ein Flegel. Er hatte Adrienne de Boule überredet, aus Inverness nach Edinburgh zu kommen, und obwohl sie offiziell in einem anderen Teil der Stadt untergebracht war, gab es immer wieder Nächte, in denen Angus aus Worshams Zimmer am Ende des Gangs das Gelächter und sonstige Treiben der beiden hören konnte. Mehrmals war es morgens beim Verlassen seines Zimmers zu einer – sei's zufälligen, sei's gewollten – Begegnung mit der meistens höchst spärlich bekleideten Adrienne gekommen, die entweder gerade mit dem Major zum Frühstück nach unten ging oder versuchte, diesen ins Bett zurückzulocken. Die ersten Male waren ihr diese Zusammentreffen offenbar wirklich peinlich gewesen. Danach lachte sie nur noch über Angus' schockierten Gesichtsausdruck.

Seit Angus aus Inverness aufgebrochen war, hatte er

nichts von Anne gehört. Sie hatte ihm nicht geschrieben und noch nicht einmal die Höflichkeit besessen, ihn davon in Kenntnis zu setzen, dass sie Drummuir House verlassen hatte. Und selbst das hätte er wahrscheinlich nicht gewusst, wenn sein Kammerdiener Robert Hardy es ihm nicht verraten hätte. Angus hatte ihn einmal losgeschickt, um noch einige persönliche Dinge zu holen, und dabei hatte die Wirtschafterin Hardy mitgeteilt, dass Anne nicht nur das Haus Lady Drummuirs verlassen, sondern auch alle ihre Sachen aus Moy Hall abgeholt hatte und als Gast von John MacGillivray nach Dunmaglass übergesiedelt war.

Als Angus das gehört hatte, war er wie vor den Kopf geschlagen. Er hatte zwar gewusst, wie verstimmt sie über seine Abreise nach Edinburgh war, aber in keiner Weise mit der Möglichkeit gerechnet, ihre Erbitterung könne so groß sein, dass sie aus seinem Haus aus- und in das eines anderen Mannes einzog.

Insgesamt verstand er nicht allzu viel von Frauen und der weiblichen Mentalität, doch bei Anne, die nie irgendeinen Anlass sah, sich zu verstellen, meinte er immer mit einiger Sicherheit zu wissen, was er jeweils von ihr zu erwarten hatte. Und eben ihre Unfähigkeit, ihre Gefühle zu verbergen, war es ja gewesen, die in den letzten Monaten die größte Gefahr für ihre Sicherheit dargestellt hatte. Die Dolche in ihren Augen waren real; jeder, der so unvorsichtig war, sich ihren Zorn zuzuziehen, wurde beim ersten Blick aufgespießt. Das hatte Angus selbst bei zahlreichen Gelegenheiten zu spüren bekommen, obwohl sie immer davor zurückgeschreckt war, ihn verbluten zu lassen. Und öfter, als er sich eingestehen mochte, hatte er ihre offenkundige Verletzlichkeit benutzt, um Situationen zu entschärfen, die in einem Eklat hätten enden können.

Diese Verletzlichkeit resultierte aus ihrer Liebe für ihn, und so sehr er sie auch in ihren Augen sehen, in ihrer Stimme hören, in ihrem Körper fühlen wollte, wenn sie bebend in seinen Armen lag, so wenig konnte er zulassen, dass irgendjemand anders etwas davon mitbekam. Er konnte zum Beispiel nicht zulassen, dass Forbes oder Loudoun auch nur den leisesten Verdacht schöpften, dass er alles aufgegeben hätte – seinen Clan, seine sämtlichen Titel, seinen Reichtum, selbst sein Leben –, nur um sie vor Schaden zu bewahren.

Obwohl der Major den Vorfall in Drummuir House seither nicht mehr erwähnt hatte, war klar, dass er keine Sekunde lang geglaubt hatte, dass Angus und John MacGillivray sich an jenem Abend oder an irgendeinem anderen Abend in Moy Hall zusammen betrunken hatten. Ob er Anne abgenommen hatte, dass sie sich im Korridor nur ergangen hatte, um ihre verkrampften Glieder zu lockern, war ebenfalls zweifelhaft, doch ohne Beweise konnte er lediglich Mutmaßungen darüber anstellen, wer die Depeschen gestohlen hatte und wie sie schließlich in die Hände von Lord John Drummond gelangt waren. Das war ein erstaunlicher Coup der Jakobiten gewesen, und Angus vermochte immer noch nicht ganz zu fassen, dass einzig und allein seine Frau dafür verantwortlich war, dass sechstausend Elitesoldaten zurück nach Holland geschickt worden waren.

Es gab Gerüchte, denen zufolge das Farquharson-Trio durch die Grafschaft zog und versuchte, eine Rebellion innerhalb des Clans anzuzetteln, und es gab Berichte, nach denen MacGillivray und MacBean das Vorratslager des Quartiermeisters von Fort George geplündert hatten, doch auch hier fehlten die Beweise, und die Hälfte von dem, was die Jakobiten bisher erreicht hatten – inklusive der Panik angesichts der bevorstehenden Landung einer riesigen französischen Flotte –, ging auf Lügen und Gerüchte zurück. Bis zum Rückzug aus Derby hatte die Regierung noch nicht einmal eine klare Vorstellung davon gehabt, wie viele Hochländer bis ins Herz ihres Landes vorgedrungen waren. Geschickt und listig hatte Lord George Murray es verstanden, Verwirrung zu stiften, indem er zum Beispiel der vorrückenden Armee Patrouillen vorausschickte, um den Städten und Ortschaften entlang der Marschroute anzukündigen, dass eine unübersehbare Horde raubgieriger Hochländer über sie herfallen werde. Bisweilen war von zwanzig- bis dreißigtausend Soldaten die Rede gewesen, sodass die Bevölkerung schleunigst die Flucht ergriffen hatte und es den wenigen Tausend Jakobiten gelungen war, unbehelligt in die englischen Städte einzuziehen.

Der Rückzug war für die Hannoveraner ebenso peinlich gewesen wie für die Jakobiten, denn als sich die Nachricht verbreitete, dass die Armee des Prinzen nie aus mehr als fünftausend Schotten bestanden hatte, wurden die Generäle des Königs zur Zielscheibe des Spotts.

Man hätte annehmen können, dass die Generäle sich das eine Lehre sein ließen, doch General Hawley vertrödelte seine Tage und Abende in Holyrood House, während sich die Streitkräfte des Prinzen neu formierten, ihre Ausrüstung erneuerten und jeden Tag an Stärke zunahmen. Die in Glasgow stehende Hauptarmee der Stuarts hatte bereits wieder ihre volle Truppenstärke erreicht, während in Aberdeen Lord Lewis Gordon jeden Tag frische Kontingente begrüßen konnte.

Obwohl Hawley täglich – manchmal sogar stündlich – Berichte über zunehmende Aktivitäten des Feindes erhielt, schien ihn das nicht zu kümmern. Angus hatte den Verdacht, dass die Arroganz des Generals ihm gebot zu warten, bis der Feind so stark war, dass er einen würdigen Gegner abgab. Welchen Wert, so hatte er getönt, sollte denn ein Sieg haben, wenn er seine achttausend Soldaten losschickte, um einen unorganisierten Pöbelhaufen von zwölfhundert Hochländern auszuradieren? Selbst zweitausendfünfhundert stellten keine ernst zu nehmende Bedrohung dar. Aber Charles Stuart treffe ja bereits Anstalten, sein Lager in Glasgow abzubrechen und nach Stirling zu marschieren; *ihn* zu besiegen wäre eine seiner würdige Aufgabe.

Angus hörte sich Hawleys Prahlereien an und hielt ihn wegen seiner Arroganz nur für einen noch größeren Dummkopf. Sicher hatte er doch die Berichte über die Schlacht bei Prestonpans gelesen, in denen die Offiziere dargelegt hatten, dass allein schon das Entsetzen, das der Anblick und der Lärm angreifender Hochländer auslösten, die meisten ihrer Männer in die Flucht getrieben hätten, ohne dass sie auch nur einen einzigen Schuss abgegeben hatten. Der blonde, fischgesichtige Hamilton Garner war an jenem Tag mit dabei gewesen. Wenn es irgendjemanden gab, der Hawley in den Ohren hätte liegen müssen, dann war es Garner, denn er hatte zu den wenigen gehört, die nicht gewichen waren und sich dem blutigen Angriff gestellt hatten, freilich unter grässlichen Opfern, denn über die Hälfte der Dragoner seines Regiments war getötet worden.

»Ach, hier sind Sie, MacKintosh.«

Angus fluchte innerlich und nahm einen weiteren Schluck Brandy. Nach Beendigung des Abendessens hatte er den verräucherten Salon in der Hoffnung verlassen, sich aus Holyrood House davonstehlen zu können, bevor seine Abwesenheit bemerkt wurde. Um die Zeit zu überbrücken, bis Musik und hübsche Frauen die Aufmerksamkeit der übrigen Gesellschaft fesselten, hatte er sich in die Porträtgalerie geflüchtet, eine lange gewölbte Halle, die mit Marmor und Gold ausgeschmückt war.

»Bewundern Sie gerade einen der königlichen Vorfahren?« Major Worsham trat neben ihn und legte den Kopf zurück, um das Gemälde zu studieren, unter dem Angus stand. Die Wände zierten Gobelins und lebensgroße Porträts, die das königliche Haus Stuart in all seiner vergangenen Pracht zeigten. Das Bild, von dem Angus angezogen worden war, stellte die Ururgroßmutter des Prinzen dar, die Stuartkönigin Maria.

In ihrer Jugend war sie von auffallender Schönheit gewesen, und der Maler hatte sein ganzes Können darangesetzt, um sie zu porträtieren. Ihr Haar war flammend rot, der Hals glatt und lang, während die Augen blau wie Saphire waren und verführerisch auf den Betrachter herabblickten.

»Da gibt es in der Tat viel zu bewundern«, räumte Worsham ein, »trotz ihres Hangs zu Mord und Intrige. Und ich verstehe auch, warum Sie gerade ihr Bild betrachten. Die Ähnlichkeit mit Ihrer Frau ist frappant … besonders um die Augen und den Mund herum.«

Als Angus sich zur Seite drehte, nahm er überrascht und mit einem leichten Gefühl des Unbehagens wahr, dass hinter ihm noch ein anderer Offizier in scharlachrotem Uniformrock stand. Es war Major Hamilton Garner, mit der dunkeläugigen Adrienne de Boule am Arm.

»Ich fürchte, das kann ich nicht ganz nachvollziehen«, sagte Garner in leutseligem Ton. »Aber schließlich hatte ich bisher ja auch nur einmal das Vergnügen, Ihrer Frau zu begegnen.«

»Einige Ähnlichkeiten sind in der Tat da«, gab Angus zu.

»Aber ich bitte Sie«, entgegnete Worsham mit einer weit ausholenden Handbewegung. »Das Haar, die Augen, die üppige Form ihrer ... Brüste. Die Ähnlichkeit ist überhaupt nicht zu übersehen. Darf ich fragen, ob Lady Anne schon einmal für ein Porträt Modell gesessen hat?«

»Ich habe es ihr schon mehrere Male vorgeschlagen, aber sie findet immer wieder eine neue Ausrede. Ich fürchte, sie bildet sich ein, zu viele Makel zu haben, die dann auf der Leinwand besonders ins Auge stechen würden.«

»Makel? Davon ist mir nichts aufgefallen.«

»Sie hält sich für zu groß«, murmelte Angus und blickte wieder zu dem Gemälde hoch. »Und sie glaubt, ihre Nase sei extrem schief, während ich ihr immer versichere, dass sie nur ... ganz leicht ... nach links geneigt ist.«

»Gute Güte! Die meisten Männer wären noch nicht einmal imstande zu sagen, ob ihre Frau blaue oder braune Augen hat. Hört sich ganz so an, als ob Sie ihre Gesellschaft vermissen, Sir.«

Angus riss sich zusammen und deutete ein Lächeln an. »Ich gebe zu, dass es Zeiten gibt, wo ich eine gewisse Zerstreuung vermisse.«

»Selbst wenn sich so viele andere Möglichkeiten bieten?«

Angus warf einen Blick auf Adrienne, was diese Bemerkung auch bezwecken sollte. Ihr Haar war hochgesteckt und ebenso weiß gepudert wie ihre Haut. Obwohl sie an sich schon schlank und grazil war, hatte sie sich die Taille noch schmaler geschnürt, während ihre Brüste derart nach oben gedrückt wurden, dass die Ränder der rosigen Warzenhöfe über die burgunderrote Seide ihres Abendkleids hervorlugten.

Als sie sah, wie er sie anstarrte, lächelte sie.

»Soviel ich gehört habe«, sagte Garner wie nebenher, »zerstreut sich Ihre Frau dieser Tage auf eigene Weise.«

»Wie bitte?«

»Haben Sie die heutigen Depeschen nicht gelesen?«

Angus blickte in die jadegrünen Augen und hatte das Gefühl, auf Eis gelockt zu werden, das zu dünn war, um ihn zu tragen. »Ich habe mein Regiment den ganzen Tag im Gebrauch der Muskete gedrillt und muss gestehen, dass die Aussicht auf ein heißes Bad verlockender war als der Gedanke, mich durch einen Berg von Pergament zu arbeiten.«

»Dann wissen Sie also noch nichts von den Aktivitäten Ihrer Frau?«

»So wie Sie das sagen, hört es sich an, als hätte sie London erstürmt und den König als Geisel genommen.«

Garner stieß ein kurzes Lachen aus, das so falsch war wie sein kameradschaftliches Getue. »Ich muss Sie darauf hinweisen, Sir, dass das kein Scherz ist. Wie es scheint, ist Ihre Frau ziemlich unangenehm aufgefallen. Wir wissen aus zuverlässiger Quelle, dass sie heimlich in der Gegend herumgezogen ist und versucht hat, die Männer Ihres Clans aufzuwiegeln. Genauer gesagt, sie hat sich auf die Seite des Prinzen gestellt und die letzten drei Wochen damit verbracht, Unterschriften auf einer Petition zu sammeln, die ihr das Recht geben würde, während Ihrer Abwesenheit die Führung des Clans zu übernehmen.«

Angus sah ihn erstaunt an. »Das glaube ich nicht.«

»Die Quelle ist absolut zuverlässig«, erwiderte Garner, der aufmerksam Angus' Gesicht beobachtete. »Lord Loudoun selbst hat einen Mann verhört, der vor kurzem verhaftet wurde und der … überredet … werden konnte, uns zu verraten, was an den Gerüchten dran ist, die uns seit vierzehn Tagen zu Ohren kommen. Ich will Ihnen nicht verhehlen, dass in manchen Kreisen der Verdacht aufkam, Sie könnten das Verhalten Ihrer Frau gebilligt, wenn nicht sogar sie dazu ermutigt haben, aber ...« Er hob mit der arroganten Lässigkeit eines Menschen die Hand, der daran gewöhnt ist, Beleidigungen auszuteilen, ohne Vergeltung fürchten zu müssen. »... Lord Forbes hat sich persönlich für Ihre Loyalität verbürgt und dem General versichert, dass Sie treu und fest zu König George stehen.«

Angus stellte sein Glas auf einen Tisch in der Nähe und verschränkte die Hände auf dem Rücken. »Ich stehe treu und fest zu Schottland, Sir. Um das Beste für das Land und seine Bewohner zu erreichen.«

»Ohne Zweifel eine bewundernswerte Einstellung, aber wie Sie wissen, ist auf einem Schlachtfeld kein Platz für Einstellungen und Gefühle. Als Offizier interessiert es mich mehr zu wissen, ob Ihre Infanterie hinter uns ist, um uns zu unterstützen, wenn meine Dragoner angreifen.«

»Solange Ihre Leute in der richtigen Richtung angreifen, Major, brauchen Sie sich keine Gedanken über den Aufenthaltsort meiner Person oder meines Regiments zu machen.«

Garners grüne Augen verdunkelten sich vor Wut, und Angus merkte, wie das Eis unter seinen Füßen Risse bekam. Das ganze Heer kannte Garner als meisterhaften Fechter und exzellenten Schützen. Bis jetzt gab es nur einen dunklen Fleck, der die Liste der von ihm ausgetragenen und gewonnenen Duelle trübte.

»Sie nehmen sich mir gegenüber Freiheiten heraus, die meine Geduld auf eine harte Probe stellen«, entgegnete Garner steif.

»Und Sie nehmen sich Freiheiten gegenüber meinem

Land, meiner Familie und meinem guten Namen heraus. Ich weiß nicht, wer Ihre *zuverlässige Quelle* ist, aber ich kann Ihnen versichern, dass meine Frau nicht in der Gegend herumzieht. Sie ist in Inverness, als Gast meiner Mutter, der verwitweten Lady MacKintosh, und wenn es Gerüchte gibt, dann sind sie nach meinem Dafürhalten bestenfalls unbegründet, schlimmstenfalls vollendeter Blödsinn.«

»Und natürlich können Sie beweisen, dass sie in Drummuir House ist?«

Rasch drehte sich Angus Worsham zu und sah ihn mit kaltem Blick an. »Ich kann mir nicht vorstellen, dass ich es nötig habe, so etwas zu beweisen, Sir.«

»Und falls doch?«, konterte der Major mit funkelnden Augen.

»Falls doch«, sagte Angus, »kann ich Briefe von meiner Frau und meiner Mutter vorlegen. Lange und langweilige Briefe darüber, wie sie ihre langen und langweiligen Tage verbringen. Wie können Sie denn sicher sein, dass die Frau, die durch das Land reitet und Unruhe stiftet, meine Frau ist?«

»In verschiedenen Berichten ist von einer großen rothaarigen Frau in Begleitung von John MacGillivray die Rede«, sagte Garner. »Auch dass sie sich in seinem Haus in Dunmaglass aufhält, wird erwähnt.«

»In verschiedenen Berichten wurde auch hoch und heilig beteuert, die Armee des Prinzen sei fünfzigtausend Mann stark. Wenn Ihr Beweis darin besteht, dass diese Frau rote Haare hat, würde ich vorschlagen, dass Sie einmal versuchen, einen Bauernhof, ein Dorf oder eine Taverne in der Stadt zu finden, wo es niemanden gibt, auf den diese Beschreibung passt. Zumindest würde ich vorschlagen, dass Sie die Bekanntschaft von John MacGillivrays Verlobter machen – einer sehr großen, sehr auffallenden Frau mit einer Mähne langen roten Haars –, bevor Sie meine Frau beleidigen.«

Garners Augen verengten sich zu Schlitzen. Angus war ziemlich sicher, dass der Major Elizabeth Campbell noch nie begegnet war beziehungsweise dass er sich, falls er sie doch kannte, nicht daran erinnern würde, dass sie klein und dunkelhaarig war. Gleichwohl machte er sich auf das Schlimmste gefasst und überlegte schon, ob er bei einem Duell mit Säbeln oder mit Pistolen bessere Chancen hätte.

Doch es war Adrienne de Boules viel strapazierter Seufzer, der dem spannungsgeladenen Patt ein Ende machte. Darüber hinaus ließ sie ihren Fächer zuschnappen, was in der Stille wie ein Gewehrschuss klang.

»Aber meine Herren«, schalt sie in geziertem Ton. »Müssen wir uns denn diesen wundervollen Abend verleiden, indem wir einander finstere Blicke zuwerfen? Captain MacKintosh, Sie haben mir einen Tanz versprochen, und wie ich höre, stimmen die Musiker gerade ihre Instrumente.«

»Ich hoffe, Sie vergeben mir, aber mir ist im Moment nicht nach Tanzen zumute.«

»Die Ausrede haben Sie letzte Nacht und die Nacht davor auch schon vorgebracht.« Sie raffte die Falten ihrer Robe zusammen und kam trippelnd auf ihn zu, um sich bei ihm einzuhaken. »Wenn Sie mir noch einmal einen Korb geben, Mylord, wird mir nichts anderes übrig bleiben, als mich vor Verzweiflung aus dem Fenster zu stürzen.«

Stirnrunzelnd blickte Angus zu ihr herunter. Im ersten Moment war er versucht, ihr anzubieten, ein Fenster für sie zu öffnen. Doch als sie ihre Fingernägel in seinen Arm grub, bemerkte er den warnenden Ausdruck in ihren Augen.

»Natürlich würde ich es mir nie verzeihen«, sagte er zögernd, »einen solchen Verlust verantworten zu müssen.«

»*Bien!*« Sie lächelte Garner und Worsham zu. »Wenn die Herren uns dann bitte entschuldigen würden?«

Als sie die Galerie entlanggingen, konnte Angus förmlich spüren, wie sich ihm die finsteren Blicke der beiden Offiziere in den Rücken bohrten.

»Möchten Sie gerne sterben, Captain«, murmelte Adrienne, als sie außer Hörweite waren, »oder sind Sie bloß ein Dummkopf?«

Er machte Anstalten, stehen zu bleiben, doch sie hielt seinen Arm umklammert und zwang ihn weiterzugehen.

»Den beiden wäre nichts lieber, als Sie zu einem Kampf zu provozieren. Besonders Garner ist blutdürstig bis zum Gehtnichtmehr, und Worsham ... nun ja. Er versucht, seine Unzulänglichkeiten in anderen Bereichen dadurch wettzumachen, dass er wie ein Gockel herumstolziert.«

»Mademoiselle de Boule, ich weiß es zwar zu schätzen, dass Sie eingeschritten sind, um die Situation zu entschärfen ...«

»Der Grünäugige würde Sie niederstechen, ohne einen Tropfen Schweiß zu vergießen«, erklärte sie geradeheraus. »Ich habe gehört, dass er mit seinen Opfern spielt wie die Katze mit der Maus, und wenn ihm das Ganze zu langweilig wird, macht er kurzerhand Schluss. So einfach ist das.«

»Die Meinung, die Sie von meinen Fechtkünsten haben, ist äußerst ermutigend«, sagte er in kühlem Ton.

»Ich bin Realistin, Monsieur. Außerdem habe ich Sie im Hof üben sehen.«

»Also jetzt hören Sie mir mal zu ...«

»Nein. Jetzt hören Sie mir mal zu. Sie haben überhaupt keine Ahnung, wie kurz Sie mehrere Male davor gestanden haben, verhaftet zu werden. Der einzige Grund, dass das nicht schon geschehen ist, besteht darin, dass der Major es immer noch nicht geschafft hat, Sie auf frischer Tat zu ertappen, obwohl er fest davon überzeugt ist, dass Sie Informationen an die Jakobiten weiterleiten. Ohne diesen Beweis würde er es nicht wagen, sich über Lord Forbes hinwegzusetzen, der sich für Sie verbürgt hat.«

»Woher wissen Sie denn das alles? Und warum zum Teufel nehmen die an …?« Er blieb stehen, weil sich der Säbel eines vorübergehenden Offiziers in Adriennes Rock verfing, als sie den Ballsaal betraten. Da sie keine Gelegenheit zum Flirten ausließ, versicherte sie dem hübschen jungen Mann zunächst, dass kein Schaden entstanden sei, und neckte ihn dann, während sich die Gäste in zwei Reihen zum Tanz aufstellten, mit allerlei Bemerkungen über die Größe seiner Waffe und die Härte seiner Klinge.

Als die Musik einsetzte, schritt sie auf Angus zu und verneigte sich so vor ihm, dass er ihr etwas zuflüstern konnte.

»Warum zum Teufel nehmen die an, dass ich Informationen an die Jakobiten weitergeleitet habe?«, zischte er.

»Weil Ihre Frau eine von ihnen ist, Monsieur, und weil auch ich den sehnsüchtigen Ausdruck in Ihrem Gesicht gesehen habe, als Sie das Porträt in der Galerie betrachtet haben.«

»Von ihrer politischen Einstellung einmal abgesehen, hat Anne Verstand genug, um sich nicht auf etwas derart Gefährliches einzulassen.«

Adrienne richtete sich wieder auf und warf ihm einen seltsamen Blick zu, bevor sie mit anmutigen Bewegungen im Kreis herumwirbelte, wobei sich die burgunderrote Seide ihrer weiten, rüschenbesetzten Röcke in perfektem Einklang mit den anderen, ebenso farbenprächtigen Röcken zu beiden Seiten bauschte. Als sie einander wieder nahe genug waren, lächelte sie ihn an und sagte, kaum die Lippen bewegend: »Sie Narr! Glauben Sie wirklich, dass sie schmachtend in Drummuir House sitzt?«

»Ich weiß nicht, was Sie damit andeuten wollen, aber ...«

»Sie wissen es *wirklich* nicht?«

»Natürlich nicht, verdammt noch mal ...« Dann mussten sie auseinander gehen, sodass Angus bis zur nächsten Figur gezwungen war, sich auf die Zunge zu beißen.

»Ihre Frau ist einen Tagesritt von Aberdeen entfernt«, sagte Adrienne, als sie mit grazilen Bewegungen auf ihn zuglitt. »Sie hat achthundert Männer Ihres Clans bei sich, die alle bewaffnet sind und alle die Kokarde der Stuarts tragen.«

Angus geriet ins Stolpern und rempelte den Gentleman neben sich an, bei dem er sich hastig entschuldigte, bevor die Paare sich wieder trennten, um die nächste komplizierte Figur auszuführen.

Achthundert Mann!

Das konnte doch unmöglich stimmen!

Großer Gott, und wenn es doch stimmte ... Was dachte sie sich eigentlich? Doch offensichtlich hatte das Denken bei ihr ausgesetzt, aber ... *achthundert Mann*! Er, das Oberhaupt des Chattan-Clans, hatte knapp sechshundert Mann zusammengebracht, von denen sich, als er in Edinburgh angekommen war, bis auf vierzig alle in die Nacht davongestohlen hatten, weil sie es ablehnten, gegen den Prinzen zu kämpfen.

Mit wirbelnden Röcken glitt Adrienne wieder auf ihn

zu. »Sie haben ihr sogar einen Rang verliehen«, sagte sie in süßem Ton. »Sie nennen sie Colonel Anne. Natürlich hat sie auch Offiziere ernannt, die unter ihrem Befehl dienen, allen voran Captain John Alexander MacGillivray.«

Diesmal blieb Angus wie angewurzelt stehen. Seine Arme hingen schlaff herab, und er nahm gar nicht wahr, wie die anderen Tänzer ihn anstarrten und ärgerlich anzischten. Die große Menge Alkohol, die er im Laufe des Abends zu sich genommen hatte, schien urplötzlich ihren Tribut zu fordern. Seine Sinne verwirrten sich, bis ihm schwindlig wurde, sein Mund war wie ausgetrocknet, seine Handflächen feucht. Als Adrienne sah, wie ihm die Farbe aus dem Gesicht wich, nahm sie ihn rasch beim Arm und führte ihn durch eine offene Flügeltür auf die Terrasse.

Auf ihre Aufforderung hin atmete er mit tiefen Zügen die kalte Luft ein, was ihm sehr gut tat. Zumindest bestand jetzt nicht mehr die Gefahr, dass er wie ein Mehlsack zu Boden plumpste.

Adrienne verschwand einen Augenblick, um mit einem Glas unverdünntem Rotwein zurückzukehren, das sie ihm in die Hand drückte.

»Trinken Sie das«, befahl sie. »Das ganze Glas.«

»Woher wissen Sie denn all diese Dinge über Anne? Und woher wissen Sie, dass sie stimmen?«

»Meine Quellen sind besser als die der Hawleys«, erwiderte sie. »Allerdings rechne ich jetzt jeden Tag damit, dass sich diese Sachlage ändert. Sobald Ihr Colonel Anne in Aberdeen ist, dürfte es schwierig sein, irgendjemanden davon zu überzeugen, dass sie zu Hause sitzt und Briefe schreibt.«

Angus rieb sich die Schläfe. »Ich ... verstehe das nicht. Ich meine, ich weiß ja, wie temperamentvoll und eigensinnig sie ist, aber das ... das geht weit über alles hinaus, was sie jemals getan hat.«

»Nun ja, wir alle machen von Zeit zu Zeit Dinge, die weit über alles hinausgehen, was wir je getan haben, besonders in Zeiten wie diesen. Bisweilen überraschen wir sogar uns selbst, indem wir vorgeben, etwas zu sein, was wir nicht sind. Zum Beispiel indem wir so tun, als bereite es uns Vergnügen, begrapscht und befummelt zu werden, obwohl wir die Berührungen kaum ertragen können. Jedenfalls nicht die eines ganz bestimmten Mannes.«

Mit immer finsterer werdendem Blick sah er sie an. »Worsham?«

»Er ist ein Schwein, Monsieur. Ein brutales, gemeines Schwein, und immer wenn ich mit ihm zusammen gewesen bin, schrubbe ich mir am nächsten Morgen den Körper wund.«

»Aber warum ...?«

»Weil er nicht gut lesen kann«, erklärte sie mit verschmitztem Lächeln. »Um die Buchstaben auf dem Papier zu verstehen, muss er oft die Wörter laut vorlesen. Und meistens macht er das nachts in seinem Zimmer, wo keine Gefahr besteht, dass einer der anderen Offiziere ihn beobachtet und vielleicht sogar auslacht. Zuerst war er in meiner Gegenwart immer sehr vorsichtig und hat nur die Lippen bewegt, doch dann stieß er auf etwas, von dem er annahm, es würde mich amüsieren, und als ich sagte, es langweile mich nur und schläfere mich ein, ging er, nur um mich zu ärgern, dazu über, die Sachen laut vorzulesen. Es bereitet ihm nämlich Vergnügen, andere zu ärgern und zu quälen. Je mehr ich seine Depeschen, Berichte und Mitteilungen ignorierte, desto mehr las er davon vor, und da ich ein sehr gutes Gedächtnis habe, konnte ich das Gehörte später niederschreiben und an Leute weiterreichen, die für diese Informationen Verwendung haben. Das ist natürlich nicht so kühn, wie sich ein Schwert um die Hüften zu schnallen und im Land umherzureiten, um die Männer zu den Waffen zu rufen, aber meine Talente sind eben extrem begrenzt. Man könnte sogar sagen, dass ich auf das spezialisiert bin, was ich am besten kann.«

»Sie sind eine *Spionin*?«

»Ich ziehe es vor, mich als loyale Jakobitin zu bezeichnen, Monsieur. Und vielleicht denken Sie daran, welche Opfer ich bringe, wenn Sie mich das nächste Mal aus Worshams Zimmer kommen sehen, und schauen mich dann nicht ganz so finster an, ja?«

Angus war sprachlos, doch sie lachte nur und schüttelte über seine Naivität den Kopf. »Nun denn, mein kühner Captain – auf dessen Verschwiegenheit ich doch wohl zählen darf –, diese Briefe von Ihrer Frau, von denen Sie so galant gesprochen haben … ich nehme an, in Wirklichkeit gibt es sie gar nicht, wie?«

»Worsham wird wohl kaum verlangen, sie zu sehen.«

»Stimmt. Aber er wird Ihr Zimmer durchsuchen lassen, darauf können Sie sich verlassen.«

Er breitete hilflos die Hände aus.

»Lang und langweilig?«, fragte sie mit einem übertriebenen Seufzer. »*Bien*. Ich habe eine Zofe, die so gerne redet, dass sie vergisst, zwischendurch Atem zu holen. Ich werde Constance befehlen, sich mit einer Feder und einem Stoß Papier hinzusetzen, und morgen werden Sie Ihre Briefe haben. Dutzende von Briefen, denn sie ist so kreativ, dass Sie zum Schluss möglicherweise einen ganzen Roman in Händen halten. Aber vergessen Sie nicht, die Briefe auch zu lesen, für den Fall, dass Sie einmal gefragt werden, was darin steht.«

»Gefährden Sie damit nicht Ihre eigene Sicherheit?«

»Ja, das tue ich.« Sie stellte sich auf die Zehenspitzen und legte ihm den Mund ans Ohr. »Und deshalb schulden Sie mir einen sehr, sehr großen Gefallen.«

Nachdem sie seine Wange und seinen Mund flüchtig mit den Lippen gestreift hatte, ließ sie voll neckischer Verschämtheit ihren Fächer aufschnappen und ging in den Ballsaal zurück.

Zwölftes Kapitel

Drei Tage später kam ein Kurier in General Hawleys Hauptquartier an, um ihm die Mitteilung zu machen, dass der Prinz sein Lager abgebrochen habe und nun nach Osten ziehe. Gleichzeitig war auch Lord Lewis Gordon mit schätzungsweise dreitausendzweihundert Mann von Aberdeen nach Westen aufgebrochen, in der Hoffnung, sich mit dem Gros der prinzlichen Armee vereinigen zu können, bevor es Sterling erreichte.

Da General Hawley die Gefahr somit nicht länger unbemerkt lassen konnte, gab er am 13. Januar seinem stellvertretenden Kommandeur Major-General John Huske den Befehl, aus Edinburgh abzumarschieren. Zwei Tage später brach auch Hawley selbst auf, um sich vor der Stadt Falkirk Huskes Truppen anzuschließen. Dort stießen noch zwölf Regimenter der Argyle-Miliz zu ihnen, was die Truppenstärke der Royalisten auf insgesamt achttausend Mann erhöhte. Zum ersten Mal seit Ausbruch des Konflikts war die Anzahl der Soldaten auf beiden Seiten damit gleich, und beide Seiten lechzten nach einem Sieg – Hawley, um die bisherigen Misserfolge der englischen Truppen wieder wettzumachen, Charles, um das auf dem Rückzug eingebüßte Vertrauen wiederherzustellen.

»Nimmst du noch ein Schlückchen, Mädel?«, brüllte Archibald Cameron durch den Lärm und hob einen soeben geöffneten Krug mit *Whisky* an. »Du kannst noch zu sehr geradeaus gucken, und wir müssen einige Toasts auf deinen Mut und deine Schönheit ausbringen.«

Anne lachte, während um sie herum beifällige Rufe erklangen und mit Bierkrügen auf den Tisch geklopft wurde. Selbst wenn sie noch geradeaus gucken konnte, war sie doch schon ziemlich benebelt – wenn auch auf wunderbare, Schwindel erregende Weise. Sie hielt ihren Becher hin, um sich einen weiteren Schluck Whisky eingießen und sich erneut mit einem Trinkspruch feiern zu lassen.

Sie war die einzige Frau in der Taverne, die bis auf den letzten Platz mit stämmigen Hochländern gefüllt war, hinter denen ein Marsch bis ins Herz Englands hinein und wieder zurück lag. Alles tapfere Männer, die schon vorher über Annes Anwesenheit in Aberdeen in Kenntnis gesetzt worden waren und überdies wussten, welche Rolle sie beim Abzug der Holländer aus England gespielt hatte. Als die beiden Verbände der Armee in der Nähe von Stirling aufeinander gestoßen waren, hatte die Hälfte der Männer des Prinzen die zur Stadt führende Straße gesäumt, um Lord Gordon willkommen zu heißen, indem sie ihre Mützen abnahmen und sie derart wild über dem Kopf herumwirbelten, dass die Kopfbedeckungen fast an tanzende Derwische gemahnten.

Solch ein Spektakel hatte Anne noch nie gesehen, geschweige denn daran teilgenommen, und als sie stolz und mit heftig klopfendem Herzen auf ihrem massigen grauen Wallach durch die Menge ritt, gelang es ihr nur mit Mühe, die Tränen zurückzuhalten.

An ihrer Seite ritt John MacGillivray, der grimmige schwarzäugige Riese mit der goldenen Mähne, das Haar zum Pferdeschwanz zusammengebunden und mit Pistolen, Dolchen und Schwertern bewaffnet, die im Sonnenlicht funkelten. Ihm folgten seine Leutnants Robert, Jamie und Eneas Farquharson, zwischen denen der ergraute alte Krieger Fearchar of Invercauld ritt, ohne sich der Freudentränen zu schämen, die ihm übers Gesicht rollten. Gillies MacBean führte die Männer seines Clans an, während seine Dudelsackpfeifer freundschaftlich mit den Pfeifern der Shaws und Davidsons, MacDuffs, MacPhersons und MacKintoshs wetteiferten, die alle in großer Zahl hinter der Standarte des Chattan-Clans hermarschierten.

Charles Edward Stuart, eine fürstliche Erscheinung in Tartanhosen und blauer Samtjacke, hatte sie erwartet, um sie persönlich willkommen zu heißen. Ein auf jungenhafte Weise attraktiver Mann von vierundzwanzig Jahren, hatte er jeden Laird einzeln begrüßt und den jeweiligen Namen laut den dicht gedrängt stehenden, jubelnden Hochländern verkündet. Als Anne auf ihn zugetreten war, hatte er sie davon abgehalten, einen Knicks zu machen, und sich stattdessen galant über ihre Hand gebeugt und sie mit *»ma belle rebelle«* angeredet, was ein derartiges Jubelgeschrei in die frische Winterluft aufsteigen ließ, dass die Eisschicht an den Ästen der Bäume über ihren Köpfen barst und zu Boden fiel.

Hinter sich konnte sie ihren Großvater wie ein Kind schluchzen hören, während sie mit einer ebenfalls höchst unzeremoniellen Umarmung von Lord George Murray begrüßt wurde. MacDonald of Keppoch küsste ihr die Hand und tätschelte ihr anschließend die Wange. Obwohl Donald Cameron of Lochiel immer wieder über ihre Schulter zu John MacGillivray lugte, weil er es offenbar gar nicht erwarten konnte, die Kämpfer in Augenschein zu nehmen, verbeugte er sich feierlich vor ihr und ließ es sich angelegen sein, ihr seine Brüder vorzustellen, nämlich Dr. Archibald und – als hätte ihr an diesem Tag das Herz nicht schon oft genug stillgestanden – den Mann, den man voller Ehrfurcht als »Legende« bezeichnete, den *Camshroinaich Dubh* Alexander Cameron.

In den Tagen davor hatte Anne gebannt den immer wieder an den Lagerfeuern in Aberdeen erzählten Geschichten gelauscht. Sie erfuhr von der Tapferkeit der Camerons, der MacDonalds und der aus Atholl stammenden Männer Lord Georges sowie von der Rolle, die sie beim Sieg über die starke englische Armee gespielt hatten, erst bei Colt's Bridge, später dann bei Edinburgh und Prestonpans. Wie sehr hatte sie damals gewünscht, dass auch Angus zu diesen Männern gehören würde, deren Loyalität unerschütterlich war und deren Kühnheit keine Grenzen kannte, zu diesen Männern, die bereit waren, alles aufzugeben – nicht zuletzt ihr Leben, ihren Besitz und ihr Vermögen –, um ihren König und ihr Land zu verteidigen.

Und wie sehr wünschte sie, er wäre jetzt hier, in dieser überfüllten, stickigen Taverne am Rande von St. Ninians, nur einen Steinwurf vom geheiligten Schlachtfeld von Bannockburn entfernt. Wie sehr sehnte sie sich danach, das berauschende Gefühl mit ihm teilen zu können, wenn im Hintergrund die Dudelsäcke ertönten, die Clansangehörigen sangen und mit ihren Bierkrügen auf die Tische pochten und Männer wie MacGillivray und Alexander Cameron gemeinsam Trinksprüche auf den zukünftigen Erfolg des Prinzen ausbrachten.

Cameron, der genauso groß war und eine ebenso breite Brust hatte wie MacGillivray, hatte die letzten fünfzehn Jahre im Exil verbracht, um auf dem Kontinent an diversen Kriegen teilzunehmen. Bei seiner Rückkehr in sein geliebtes Zuhause in Achnacarry hatte er dann feststellen müssen, dass sein Land kurz vor einer Rebellion stand, und seitdem war er Lord George Murvay nicht mehr von der Seite gewichen. Gerüchten zufolge hatte er sich eine englische Frau mitgebracht, was bei einem Clan, dessen einstiges Oberhaupt nach dem fehlgeschlagenen Aufstand von 1715 zum Exilhof von James Stuart gehört hatte, auf keine allzu große

Begeisterung stieß. Freilich hieß es auch, dass seine englische Braut sich hartnäckig geweigert hatte, in der Sicherheit ihres englischen Heims zu bleiben, und sich beim Rückzug aus Derby zu ihrem Mann gesellt hatte.

Erneutes Gebrüll und Geschrei ließ Annes Blick zum Ende des Tischs wandern, wo der ausgelassene Dr. Archibald Cameron sich gerade an einen hünenhaften Mann gewandt hatte, dessen Name, wie Anne sich erinnerte, Struan MacSorley lautete. Erstaunt sah sie zu, wie er einen Literkrug aus Zinn an die Lippen hob und zu trinken begann. Während die Männer laut mitzählten, leerte er den Krug in zehn Schlucken aus, was mit begeistertem Geschrei quittiert wurde. Nachdem der Doktor ihm auf den Rücken geklopft hatte, blickte er mit zusammengekniffenen blauen Augen herausfordernd zum gegenüberliegenden Ende des Tisches, wo das Opfer saß, das sie sich ausgeguckt hatten. Anne beugte sich vor und grinste, als sie sah, wie Gillies MacBean sich erhob. Jamie und Robbie standen links und rechts neben ihm, um ihm zum Spaß Schultern, Nacken und Bauch zu massieren. Als ein randvoller Krug vor ihn gestellt wurde, traten die Zwillinge feierlich zur Seite und verschränkten die Arme über der Brust, um ihm wie zwei halb betrunkene Bärenbändiger zuzusehen.

Ohne mit der Wimper zu zucken, leerte Gillies den Krug und stellte ihn mit Schwung wieder auf den Tisch. Die Menge geriet außer Rand und Band. Allenthalben wurden Mützen in die Höhe geworfen und Wetten abgeschlossen.

»Es würde mir widerstreben, unsere Landsleute in Verlegenheit zu bringen, indem wir ihnen schon in der ersten Nacht im Lager ihr ganzes Geld abnehmen.«

Anne blickte über den Tisch und lächelte den Sprecher, Alexander Cameron, an.

»Ganz recht, Sir, etwas Ähnliches ist mir auch gerade durch den Kopf gegangen, bloß dass ich mich gefragt habe, wie eure Reaktion aussehen würde, wenn *wir* euch in der ersten Nacht euer ganzes Geld abknöpfen.«

Mit einem Funkeln in seinen mitternachtsblauen Augen lehnte Cameron sich zurück. Sein neben ihm sitzender Clansgenosse Aluinn MacKail brach in schallendes Gelächter aus und holte eine Goldmünze aus der Tasche. Ein dritter Gentleman, ein extravaganter italienischer Graf, der ein mit Bändern geschmücktes Wams und einen mit Federn verzierten Musketierhut trug, legte mit flatternder Spitzenmanschette rasch eine zweite Münze neben die erste.

»Ich weiß von die erste Nacht, wo ich bin gewesen zusammen mit diese Bande von Verrückten, dass man braucht Magen aus Eisen, um zu halten stand MacSorley.«

»Wenn ich mich recht erinnere, Fanducci«, sagte MacKail über die Schulter, »haben Sie ihn aber unter den Tisch getrunken.«

»Ah, sì, sì.« Erneutes Flattern der Spitzenmanschette, als der Graf bescheiden die Hand auf die Brust legte. »Aber ich bin kein gewöhnlich Verrückter. Ich habe getrunken Wein, bevor ich habe getrunken an die Brust.«

Der neben Anne sitzende MacGillivray angelte zwei Goldmünzen und eine frische Zigarre aus seinem Geldbeutel. Als er bemerkte, dass sich die mitternachtsblauen Augen eher auf Letztere als Erstere richteten, grinste er und steckte sich die Zigarre zwischen die Zähne, während er eine zweite Zigarre herausnahm und sie neben die Münzen legte. »Warten wir's ab, wer nach einer Stunde noch aufrecht stehen kann.«

Cameron neigte zur Bestätigung den Kopf und zog zwei dünne schwarze Stumpen aus der Brusttasche. Einen befeuchtete er und schob ihn nachdenklich zwischen die Lippen, den anderen legte er neben die dickere, nicht so fein gerollte Carolina-Zigarre.

Gillies und MacSorley hatten inzwischen ihren zweiten Krug geleert und standen wie eine Eins an den beiden Enden des langen Eichentischs. Dr. Archibald Cameron war auf einen Stuhl gestiegen – was ihn auf gleiche Augenhöhe mit seinem Champion brachte –, und um nicht zurückzustehen, schleiften die Zwillinge ein leeres Fass heran, damit der untersetzte Gillies sich darauf stellen konnte.

»Es ist sehr mutig von Ihrer Frau, Sie zu begleiten, Sir«, sagte Anne zu Alexander Cameron, während um sie herum ein unbeschreiblicher Lärm herrschte.

»Ja, das ist es in der Tat, Colonel. Sie ist sehr mutig und sehr eigensinnig. Wie jemand, der hier ebenfalls am Tisch sitzt.« Er hob seinen Krug, um ihr zuzutrinken. »Und im Übrigen heiße ich Alex, nicht Sir.«

»Dann müssen Sie aber auch Anne zu mir sagen. Ich fürchte, der Rang ist ohnehin nur zur Zierde da.«

»Würden Sie *ma belle rebelle* vorziehen? Oder vielleicht *diese rothaarige Amazone*?«

Lachend schüttelte sie den Kopf. Letztere Bezeichnung war das Resultat eines kleinen, aber heftigen Scharmützels, zu dem es auf der Straße nach Stirling gekommen war. Die Nachhut der Argyle-Miliz war unmittelbar vor Lord Gordons Vorhut durch Blairlogie gezogen, und da diese hauptsächlich aus MacKintosh-Leuten bestanden hatte, war Anne wie gewöhnlich neben MacGillivray hergeritten. Als die Argyle-Leute angegriffen hatten, war ihr keine Zeit mehr geblieben zurückzuweichen, sodass sie sich plötzlich inmitten des dichtesten Kampfgetümmels wiedergefunden hatte. Die Campbells hatten gehofft, den Vormarsch der Jakobiten verzögern oder aufhalten zu können, waren aber stattdessen auf derart heftigen Widerstand gestoßen, dass sie sich glücklich schätzen konnten, mit nur einer Hand voll Gefallener davonzukommen. Einer der fliehenden Clansmänner hatte Anne erspäht, die ihre Mütze verloren hatte und mit wehendem Haar säbelschwingend auf ihrem sich aufbäumenden, prächtigen grauen Wallach saß.

Die Nachricht, dass die Jakobiten eine »rothaarige Amazone« in ihren Reihen hatten, hatte sich wie ein Lauffeuer herumgesprochen und wurde sogar in einem Bericht aus Hawleys Lager erwähnt, den man auf dem Weg nach London abfangen konnte. Das verlieh dem Nimbus, der ihr seit dem verwegenen Diebstahl der Forbes'schen Papiere anhaftete, einen noch helleren Glanz und führte dazu, dass nahezu jeder der an jenem Abend in der Taverne anwesenden Männer den Wunsch hatte, ihren Krug zu füllen und einen Toast auf sie auszubringen.

»... sieben ... acht ... neun ...«

Als die Menge aufbrüllte, beugte Anne sich wieder vor. Gillies war bei seinem vierten Krug, und obwohl er jetzt nicht mehr ganz so schnell schluckte, trank er nach wie vor in tiefen, gleichmäßigen Zügen und stellte das geleerte Gefäß mit derselben kraftvollen Bewegung auf den Tisch, wie es kurz zuvor MacSorley getan hatte.

»Beim heiligen Barte des Erlösers«, erklärte Archibald, der auf seinem Stuhl hin und her schwankte, »dieser Struan ist wirklich gut. Vielleicht brauchen wir bald zwei Fässer – eins zum draus Trinken, eins zum Reinpissen.«

»Ich glaube, ich kann darauf verzichten, diesen Höhepunkt des Abends mitzuerleben«, sagte Anne, die sich schon längst viel zu benebelt fühlte. Sie stemmte sich hoch und bat die Männer, die sich alle mit ihr erheben wollten, sitzen zu bleiben. »Es ist ein sehr langer, anstrengender Tag gewesen ...« Sie hielt inne, da Archibald Cameron gerade besinnungslos nach vorn kippte, um von etlichen hilfreichen Händen aufgefangen zu werden. »Und ich möchte ganz gewiss nicht, dass meine Gegenwart irgendjemanden daran hindert, einem eher männlichen Vergnügen nachzugehen.«

MacGillivray, der ihrer Aufforderung, Platz zu behalten, nicht gehorcht hatte, setzte sich seine Mütze fest, wenn auch schief auf den Kopf.

»Es ist nicht nötig, dass du auch aufbrichst, John«, sagte sie, wobei sie ihm die Hand auf die Brust legte.

Er starrte auf ihre Hand – wie nahezu jedes Paar Augen im Umkreis von zehn Fuß – und lächelte sie dann auf eine Art an, die auf einem Ball die Anstandsdamen reihenweise hätte in Ohnmacht fallen lassen.

»Ich mach mir keine Sorgen. Ich hab volles Vertrauen zu Gillies. Und zwar so sehr«, fügte er hinzu, indem er sich nach vorn beugte und den schwarzen Stumpen vom Tisch nahm, »dass ich das da ebenso gut jetzt schon an mich nehmen und auf dem Weg zum Bett genießen kann.«

Cameron langte nach der dicken Carolina. »Und ich habe genug Vertrauen zu Struan, um mir die hier jetzt schmecken zu lassen und mir morgen früh eine neue zu holen.«

MacGillivray musterte den anderen einen Moment lang mit finsterem Blick, doch dann verzog sich sein Gesicht zu einem breiten Grinsen. »Bloß gut, dass wir beide auf derselben Seite stehen. Sonst könnte es passieren, dass ich Ihrer feinen Nase eine neue Form verpassen müsste.«

»Und Sie haben für meinen Geschmack viel zu viele

Zähne. Es wäre mir das größte Vergnügen, dafür zu sorgen, dass Sie ein paar davon in der Tasche tragen können.«

Die beiden Männer grinsten sich an und drückten sich die Hand. Nachdem er allen eine gute Nacht gewünscht hatte, ging John voran und bahnte sich mit brutaler Rücksichtslosigkeit einen Weg durch die dicht an dicht stehenden Männer. Draußen in der klaren kalten Luft steckte er sich den unangezündeten Stumpen zwischen die Lippen und reckte kurz die Arme zur Seite, bevor er neben Anne in Schritt fiel. Auf sein Drängen hin hatte sie in einem Häuschen Quartier genommen, das man ihr zur Verfügung gestellt hatte, damit sie es möglichst bequem hatte. Da das Dorf sich insgesamt über nicht mehr als eine Viertelmeile erstreckte, zog sie es vor, zu Fuß zu gehen, statt sich wieder in den Sattel zu schwingen.

»Nun?«, fragte sie, sich ihr Plaid um die Schultern ziehend.

»Nun was?«

»Was hältst du von allem?«

»Ich habe zwar noch nicht viel Gelegenheit gehabt, *alles* genau abzuwägen, aber es scheinen prächtige Männer zu sein, die durchweg bereit sind, Lord George zu folgen, wo immer er sie auch hinführen mag.«

Anne fiel auf, dass er die Führungsqualitäten des Prinzen mit keinem Wort erwähnte, was ihr in Erinnerung rief, dass auch sie die Spannung zwischen Charles Stuart und seinem kommandierenden General gespürt hatte. Sie hatte gehört, dass die beiden seit dem Rückzug aus Derby, als Lord Georges Logik sich gegen die Leidenschaftlichkeit des Prinzen durchgesetzt hatte, kaum mehr miteinander sprachen und sich nur noch verständigten, indem sie scharfe, formelle Schreiben austauschten.

Auf dem Marsch von Glasgow nach Stirling hatte sich die Situation in keiner Weise gebessert. Und heute Nachmittag war Lord George mit zweihundert seiner Leute nach Linlithgow aufgebrochen, weil man hoffte, die Wagen mit dem Nachschub für Hawleys Lager abfangen zu können.

»Wie weit ist Falkirk entfernt?«, fragte Anne.

»Ein Tal, einen Berg und einen Sumpf«, erwiderte er. »Etwa zehn Meilen, in dieser Richtung«, fügte er hinzu und zeigte in die Dunkelheit.

»Glaubst du, die Engländer wissen, dass wir hier sind?«

»Wenn sie es nicht wüssten, wären sie ganz schön blöd. Wenn wir auf den nächsten Berg steigen würden, könnten wir sicher in der Ferne den Schein ihrer Feuer sehen, genauso wie sie den unserer Feuer sehen könnten.«

»Glaubst du, dass sie vorhaben anzugreifen?«

»Ich bezweifle, dass sie zum Angeln hergekommen sind, Mädel.« Schweigend gingen sie weiter und lauschten den knirschenden Geräuschen, die ihre Schritte auf der gefrorenen Erde machten. Die Echos von einem Dutzend Dudelsäcken hallten durch die Mündung des Tals, denn die Nacht war schön und klar, der Himmel mit Sternen übersät. Auf den Hängen ringsum leuchteten hundert Lagerfeuer, um die herum zahllose Zelte standen. Man hatte sie in einem weiten Bogen aufgeschlagen, der von hier bis zu den Wiesen von Bannockburn und sogar bis zum Ufer des Forth reichte. Das Lager war deswegen so weit auseinander gezogen, weil man hoffte, auf diese Weise die englischen Kundschafter zu täuschen und ihnen eine wesentlich größere Truppenstärke vorzuspiegeln, eine List, die in der Vergangenheit schon so oft funktioniert hatte, dass es fast lächerlich war.

»Es ist keine Sünde, Angst zu haben, weißt du.«

Ihr Schritt verlangsamte sich. »Ich habe keine Angst. Nicht wirklich. Jedenfalls nicht, wenn ich nicht darüber nachdenke.«

»Und wenn du darüber nachdenkst? Was dann?«

»Dann … fühle ich mich wie der größte Feigling der Welt, weil ich einfach davonlaufen und mich irgendwo verstecken möchte, wo mich nie jemand findet.«

»Bah!« Sanft legte er ihr die Hand auf die Schulter, und obwohl er es nicht beabsichtigt hatte, schoben sich seine Finger unter ihr Haar, bis sie ihren Nacken erreicht hatten. »Dieses Gefühl haben wir von Zeit zu Zeit alle. Glaubst du, ich hätte nachts nie wach gelegen und mir überlegt, wie es sich anfühlen würde, ein englisches Bajonett im Leib zu haben?«

»Das glaube ich nicht«, sagte sie versonnen und seufzte. »Ich glaube nicht, dass du vor irgendetwas Angst hast, John MacGillivray.«

»Da irrst du dich«, erwiderte er nach einer langen Pause. »Weil ich schreckliche Angst vor dir habe, Mädel.«

Anne verlangsamte ihren Schritt noch mehr und blieb schließlich stehen. Ihr wurde plötzlich bewusst, dass seine Finger ihren Nacken liebkosten. Sie glaubte zwar, dass es nur der Ausdruck einer freundlichen Geste war, und dennoch … als sie ihn ansah und die plötzliche Spannung in seiner Hand spürte, die mit dem Geständnis eingesetzt hatte, das er ihr eben mit heiserer Stimme gemacht hatte, wurde ihr klar, dass es nicht die Liebkosung eines Mannes war, der nur ihr Freund sein wollte.

Vielleicht lag es an der Nähe seines Körpers oder daran, dass sie zu viel Ale getrunken hatte. Vielleicht lag es daran, dass zu viele Sterne am Himmel standen oder dass die Musik der Dudelsäcke sie aufwühlte. Oder vielleicht lag es auch nur daran, dass sie beide allein waren, was sie umsichtigerweise selten zuließ, da sie nur zu gut wusste, wie bereits über sie geklatscht wurde.

Vielleicht lag es an dieser Stimmung, dass sie nach seiner Hand griff und sie festhielt, während sie den Kopf drehte, um ihre Lippen auf seine schwielige Handfläche zu pressen.

»Ich glaube, es liegt an deinen Augen«, sagte er mit einer Stimme, die nonchalant klingen sollte. »Die ziehen einen Mann so tief in ihren Bann, dass er das Gefühl hat, nie wieder herauszufinden.«

Eine Hitzewelle durchströmte Anne, die sie bis in die Fußsohlen wahrnahm. Ohne seine gegen ihre Wange geschmiegte Hand loszulassen, senkte sie den Kopf. Ein Bild stieg in ihr auf, das ihr Schauder über den Rücken jagte. Sie erinnerte sich, wie seine Hände über ihre nackte, vom Öl geschmeidige und von seinen Berührungen glühend heiße Haut geglitten waren. Schon im nächsten Augenblick stand sie wieder an der verdammten Rückwand der Jahrmarktsbude, wohl wissend, was er ihr genau in diesem Moment zu bieten hatte. Es bedurfte lediglich eines Zeichens von ihr.

»Es wäre nicht recht«, sagte sie leise.

»Stimmt.«

»Ich liebe meinen Mann«, beteuerte sie, obwohl sie nicht wusste, ob sie versuchte, ihn oder sich selbst zu überzeugen. »Trotz allem, was geschehen ist, all den harten Worten und den schrecklichen Enttäuschungen … liebe ich ihn immer noch.«

»Dann brauchst du dir keine weiteren Gedanken zu machen. Du brauchst nur meine Hand loszulassen und geradewegs in dein Haus zu gehen, um dich zu Bett zu legen. Ansonsten tun wir so, als hätte dieses Gespräch nie stattgefunden.«

»Geht denn das?«

»Meinst du, wir haben eine andere Wahl?«

Sollte das eine Frage oder ein Befehl sein? Sie hob den Kopf, um ihm in die Augen zu sehen, die schwarz wie die Nacht waren und in denen ein Gefühl loderte, das sie einfach nicht zur Kenntnis nehmen wollte, weil sie ihm sonst ihren Körper und ihre Seele darbieten und sie beide den Kampf verlieren würden, den sie in ihrem Innern austrugen.

»Das wäre wohl am besten«, stimmte sie ihm zu.

»Ja, wäre es.«

Sie ließ die Hand sinken. Er ließ die seine sinken. Dann stießen sie beide eine weiße Atemwolke aus.

Anne, der plötzlich eisig kalt war, zog sich das Plaid fester um die Schultern. Sie waren am Ende des kleinen Steinpfads stehen geblieben, der auf die Eingangstür des Häuschens zuführte.

Jemand hatte eine Lampe ins Fenster gestellt, dessen Scheiben aus gepresstem Horn den Schein des Lichts jedoch so dämpften, dass er nicht über das vorragende Dachstroh hinausreichte.

Das kleine Haus war äußerst schlicht und bestand nur aus einem einzigen größeren Raum mit einem Strohlager in einer Ecke und einem Tisch in der anderen. Möglicherweise gab es noch weiteres Mobiliar – einen Stuhl oder einen Hocker, an der Wand hängende Töpfe –, doch im Moment vermochte Anne sich nur an das Bett zu erinnern.

»Dann ist es wohl am besten, wenn ich dich jetzt verlasse«, sagte John. Der Konflikt zwischen Loyalität und Lust ließ seine Stimme angespannt klingen. »Kommst du allein zurecht?«

»Aber sicher. John …!«

Er hatte sich bereits abgewandt, um zu gehen, doch

als sie seinen Namen rief, blickte er zurück – so schnell, dass sie fast unwillkürlich auf ihn zugetreten wäre.

Und wäre das denn so schlimm gewesen? Die englische Armee war einen halben Tagesmarsch entfernt. MacGillivray würde die MacKintoshs in den Kampf führen. Er würde an vorderster Front stehen, würde als Erster seinen Fuß auf das Schlachtfeld setzen, als Erster zum Angriff übergehen, als Erster dem schrecklichen Kugelregen aus tausend englischen Musketen ausgesetzt sein. Es stimmte zwar, dass die Engländer diszipliniert in Reihen standen, wie die Figuren eines Kegelspiels für Kinder, doch das hieß auch, dass sie in der Zeit, die die Hochländer brauchten, um über das offene Feld auf sie zuzustürmen, immer wieder feuern und laden konnten. John würde jeder tödlichen Salve ausgesetzt sein, in vorderster Reihe, denn es war nicht die Art der Hochländer, sich hinter Felsen zu ducken oder im Hinterhalt zu lauern.

Ihr Ehrgefühl und die Tradition erforderten es, dass sie ungestüm ihrem Schicksal entgegenrannten, den Schlachtruf ihres Clans ausstoßend.

Anne würde gezwungen sein, außer Reichweite von verirrten Gewehrkugeln oder Kanonenkugeln zu bleiben. Wenn sie ihren tapferen goldenen Löwen fallen sah, würde es dann noch eine Rolle spielen, dass sie dem Mann treu geblieben war, der durchaus derjenige gewesen sein könnte, der den tödlichen Schuss abgegeben hatte?

Es ist einfach nicht fair, dachte Anne. *Gegenüber John nicht, gegenüber mir nicht, gegenüber Angus nicht.*

»Danke«, flüsterte sie, »dass du mich hergebracht hast.«

Das Verlangen war immer noch da. Die qualvolle Unentschlossenheit, bei der man zwar wusste, was richtig und was falsch war, aber dennoch das Verlangen hatte … und wenn es nur für eine Nacht war …

»Ich schicke einen der Jungs, um dich morgen früh abzuholen«, sagte er. »Versuch, ein bisschen zu schlafen.«

Sie nickte, unfähig, ihm zu sagen, was für ein absurder Gedanke das war, unfähig, überhaupt etwas zu sagen, weil ihre Kehle wie zugeschnürt war. Auf der gefrorenen Erde hörten sich seine Schritte an, als zermalme er unter seinen Füßen Glas, und während sie ihn in die Dunkelheit entschwinden sah, wollte ihr scheinen, als höre es sich ein wenig so an wie das Knirschen ihres wunden Herzens.

Mit einem Seufzer, der aus den Tiefen ihrer Seele zu kommen schien, trat sie in das Häuschen und sah sich um. Klein. Nichts sagend. Trostlos. In fast jeder Hinsicht genau so ein Haus wie das, in dem sie den größten Teil ihres Lebens verbracht hatte. Sie war nie dazu bestimmt gewesen, die Herrin eines prächtigen Landsitzes wie Moy Hall zu werden. Sie war nie dazu bestimmt gewesen, Korsetts und feine Seide zu tragen oder über siebzig Dienstboten zu haben, die auf ihre Befehle warteten.

Sie legte den Kopf zurück und presste ihn gegen das Holz des Türrahmens. Wäre es so schlimm gewesen, nur für eine Nacht ihre Rolle als Schlossherrin zu vergessen? Ihre Einsamkeit ließ sich fast mit Händen greifen, aber das traf auf die Gefühle und Empfindungen der wilden roten Annie ebenso zu. MacGillivray begehrte sie, das verriet jeder Atemzug, jeder unbedachte Blick von ihm. Welche Frau, die noch einigermaßen bei Verstand war, würde ihn wegschicken, damit jeder von ihnen allein in sein kaltes Bett ging? Welche heißblütige, normal empfindende Frau würde sich nicht wünschen, seine Arme um sich zu spüren, seine bebende

Stimme zu hören, wenn er ihr etwas ins Ohr flüsterte, seinen nackten Körper zu fühlen, wenn er langsam in sie eindrang?

Sie stöhnte leise und schloss die Augen.

War es möglich, zwei Männer gleichzeitig zu lieben? Würde sie in der Hölle schmoren müssen, weil sie es auch nur wagte, über so etwas nachzudenken?

Plötzlich klopfte es leise an der Tür. Sie fuhr vor Schreck zusammen. Dann drehte sie sich um und starrte das rissige Holz einen Moment lang an. Ob John wohl die gleichen Gedanken gehabt hatte wie sie? Wenn er es war, der vor der Tür stand, die Mütze in der Hand, einen Fluch auf den Lippen und mit einem unbekümmerten Ausdruck in den Augen … dann war ihr, ob es nun fair war oder nicht, die Entscheidung aus den Händen genommen.

Dreizehntes Kapitel

Nachdem Anne einen überraschten Aufschrei ausgestoßen hatte, brauchte sie noch einen Moment, um die dunkle, in der Tür stehende Gestalt zu erkennen. Er hatte den Kragen seines Umhangs hochgeschlagen und die Mütze tief ins Gesicht gezogen, sodass die Form seiner Nase und der grimmig zusammengepresste Mund im schwachen Schein der Lampe kaum auszumachen waren.

»Angus?«

Er zog die Mütze von seinem dunklen Haar. Hätte Anne sich nicht nach wie vor an der Tür festgehalten, so hätte der Schock sie wahrscheinlich zurücktaumeln lassen. Deshalb war sie froh, sich an etwas festklammern zu können, bis sich das Flimmern vor ihren Augen wieder gelegt hatte.

»Angus?«, flüsterte sie. »Bist du es wirklich? Wo … wo in aller Welt kommst du denn her? Und wie hast du mich gefunden? Mein Gott, du siehst ja völlig durchgefroren aus! Wie lange hast du denn dort draußen gestanden?«

»Weiß ich nicht genau. Vermutlich ein paar Stunden.«

»Ein paar …? Aber … wo …? Warum …? Wie …?«

Sie wusste, wie unzusammenhängend ihre Fragen waren, doch ihre Zunge schien einfach nicht mehr mit ihren wild durcheinander wirbelnden Gedanken Schritt halten zu können. Verwirrt zog sie ihn ins Haus. Erst im letzten Moment, kurz bevor sie die Tür schloss, dachte sie daran, schnell noch einen Blick nach draußen in die Dunkelheit zu werfen.

»Niemand hat mich gesehen«, sagte Angus. »Ich war sehr vorsichtig.«

»Aber wo kommst du denn her? Wie hast du mich gefunden?«

»Ich komme aus Falkirk«, antwortete er. »Und um die Wahrheit zu sagen, war es Hardy, der dich gefunden hat.«

»Hardy?«

»Ich hielt es nicht für sonderlich klug, im Lager des Feindes umherzustreifen. Außerdem war ich mir nicht ganz sicher, ob ich hier willkommen gewesen wäre.«

»Warum denn nicht? Du bist mein Mann. Natürlich wärst du willkommen gewesen.« Als käme ihr das, was er zuerst gesagt hatte, erst jetzt richtig zu Bewusstsein, ließ sie plötzlich seine behandschuhte Hand los und trat einen Schritt zurück. »Aus Falkirk? Du bist mit der Armee des Königs hier.«

Das war keine Frage und bedurfte keiner Antwort. Inzwischen hatte er seinen Umhang aufgeknüpft und den wollenen Kragen nach unten geschlagen, sodass sie das grelle Rot seines Uniformrocks und die blauen Aufschläge am Kragen und an den Manschetten sehen konnte.

Als er gewahrte, wie sie ihn anstarrte, stieß er leise die Luft aus und erklärte trocken: »Es wäre auch nicht sonderlich klug, das Regierungslager zu verlassen, ohne Uniform zu tragen.«

Ihre Blicke kreuzten sich kurz, bevor Anne die schmelzenden Eisklümpchen in seinem Gesicht und auf seinem Haar bemerkte.

»Komm.« Sie ging zum Kamin. »Setz dich ans Feuer und wärm dich. Es dauert nicht lange, um es wieder richtig anzuschüren. Oder … kannst du nicht bleiben?«

»Doch. Zumindest ein Weilchen.«

Von leichter Panik befallen, wandte Anne sich ab. Ihr Mann war da. Seit fast einem Monat hatte sie ihn nicht gesehen, und die letzte Begegnung hatte im Haus von Lady Drummuir stattgefunden …

Plötzlich fiel ihr die hässliche Szene wieder ein und stieg in einer Reihe zusammenhangloser Bilder und zornerfüllter Echos in ihr auf. Sie waren nicht gerade im besten Einvernehmen auseinander gegangen. Seitdem hatte Anne sich offen gegen seine Autorität sowohl als Clansoberhaupt wie auch als Ehemann aufgelehnt, ganz zu schweigen davon, dass sie erst vor wenigen Minuten in Erwägung gezogen hatte, mit einem anderen Mann ins Bett zu gehen.

Die Erinnerung *daran* verdrängte sie jedoch aus ihren Gedanken, so gut es irgend ging, während sie sich über das Feuer beugte, um neues trockenes Holz auf die glühenden Kohlen zu legen.

»Dir geht es gut?«, fragte sie unbeholfen, einen Blick über die Schulter werfend. »Du siehst gesund und munter aus.«

Er stand noch immer an der Tür und hatte keine einzige Bewegung gemacht. Nur die Handschuhe hatte er ausgezogen, um sich anschließend nervös mit den Fingern durch die dunklen Haarwellen zu fahren.

»Mir geht es einigermaßen. Und dir? Du siehst … sehr verändert aus.«

Sie bemerkte, wie sein Blick über ihre Hosen, ihre bis zum Knie reichenden Stiefel, das dicke Wams, den kurzen Mantel und das nachlässig geflochtene Haar glitt, das ihr über die Schulter hing.

»Bitte komm doch näher ans Feuer«, bat sie und zeigte auf einen Hocker neben dem Kamin, »und wärm dich.«

Er schien zu zögern, so als ob er mit dem Eingeständnis, bis auf die Knochen durchgefroren zu sein, gleichzeitig irgendeine andere Schwäche zugeben würde.

Anne wickelte sich aus ihrem Plaid und rieb die Hände aneinander, damit sie wärmer wurden. »Ich bin gerade erst nach Hause gekommen. Wir waren in der Taverne. Wir sind erst heute Vormittag im Lager angekommen. Gegen Mittag, genauer gesagt.«

Jetzt redete sie einzig und allein, um kein Schweigen aufkommen zu lassen. Neben ihr fing der trockene Zunder Feuer und ließ die neuen Holzscheite laut prasselnd auflodern, sodass Anne vor Schreck zusammenfuhr. Um ihre Nervosität zu kaschieren, holte sie eine Flasche Wein vom Tisch. Nachdem sie zwei Becher bis zur Hälfte gefüllt hatte, goss sie aus dem über dem Kaminrost hängenden Kessel heißes Wasser nach.

Widerwillig und mit steifen Bewegungen kam Angus auf sie zu und nahm den Becher, den sie ihm hinhielt. Er schlang die Finger um das erhitzte Metall, um sich die Hände daran zu wärmen. Nach einer weiteren Verlegenheitspause kam er Annes Aufforderung nach und ließ sich vorsichtig auf dem Hocker nieder, während Anne sich neben ihm auf die Fersen hockte.

Sie trank ein Schlückchen Wein, stellte den Becher jedoch sofort wieder neben sich, da sie es nicht riskieren wollte, noch beschwipster zu werden.

»Als ich dich vor der Tür stehen sah, dachte ich … nun ja, da hoffte ich …«

»Da hofftest du, dass ich endlich Vernunft angenommen und beschlossen hätte, mich euch anzuschließen, stimmt's?«

»Etwas in der Art«, gab sie mit leiser Stimme zu.

»Tja, habe ich aber nicht. Will sagen, ich bin nicht gekommen, um mich euch anzuschließen, sondern um dich zu fragen, was zum Teufel du da eigentlich zu veranstalten glaubst. Du und deine verdammten Cousins.«

Er stellte die Frage in einem derart beiläufigen Ton,

mit so sanfter und leiser Stimme, als säßen sie beide zu Hause am lodernden Feuer und erörterten die nächste Apfelernte.

»Keiner von uns hat diese Entscheidung leichtfertig oder übereilt getroffen«, begann sie.

»Stimmt. Soviel ich weiß, habt ihr ja fast drei Wochen gebraucht, um die Unterschriften von genug Dummköpfen zusammen zu bekommen, die bereit waren, dir nach Aberdeen zu folgen. O ja, ich bin bestens im Bilde über deine Petition. Ich kann dir sogar sagen, wer sie unterschrieben hat und welche Drohungen ihr angewandt habt, um die Lairds zur Unterschrift zu zwingen. Was ich allerdings nicht verstehe, ist, warum du nicht erkennst, dass sie dich nur benutzen – Fearchar, deine Cousins, sie alle. Sie haben dich benutzt, um MacGillivray auf ihre Seite zu bekommen, denn sonst hätte er nie und nimmer den Eid gebrochen, den er mir geleistet hat.«

Ein Schauder überlief sie, der nicht von der Kälte herrührte, sondern von dem eisigen Ausdruck in seinen Augen.

»Und was das betrifft …«, fuhr er mit ruhiger Stimme fort, »war es nicht genug, mich zu demütigen, indem du die Führung des Clans übernimmst? Musstest du mir auch noch Hörner aufsetzen?«

»Hörner?«, entgegnete sie mit bebender Stimme. »Ich weiß nicht, was du …«

»Das war wirklich eine rührende Szene, die ich da gerade zwischen dir und MacGillivray miterlebt habe. Als du bei ihm in Dunmaglass gewohnt hast, muss alles viel bequemer für euch beide gewesen sein.«

Weitere Holzscheite fingen Feuer, sodass mehr Licht auf sein Gesicht fiel. Erst jetzt bemerkte Anne, dass es mehr als nur Zorn war, was sein Gesicht so gequält und angespannt aussehen ließ. Auch Schmerz zeichnete sich darin ab, ein tiefer emotionaler Schmerz, der diesen Mann, der sich so viel auf seine Selbstbeherrschung zugute hielt, derart nackt und verletzlich wirken ließ, dass es Anne schier das Herz brach.

»Angus ... John hat sich mir gegenüber stets wie ein Gentleman benommen. Weder mit Worten noch mit Taten hat er je versucht, mir mehr als seine Gastfreundschaft und seine Freundschaft anzubieten. Ich bin von Moy Hall nach Dunmaglass gezogen, gewiss, aber nur als Gast und nur um zu vermeiden, dass etwas auf dich zurückfällt, falls meinem Namen oder meinen Handlungen etwas Ehrenrühriges anhaften sollte. Dunmaglass war ebenso sehr ein Heerlager, wie es Bannockburn jetzt ist, und ich bezweifle stark, dass es uns – selbst wenn wir gewollt hätten – gelungen wäre, einen Moment ungestört zu bleiben, um Händchen zu halten, von anderen Dingen ganz zu schweigen. Aber das ist keinem von uns in den Sinn gekommen. Ich habe nie vergessen, dass ich verheiratet bin, und er ebenfalls nicht.«

»Das schien aber vor ein paar Minuten nicht so zu sein, als ihr vor dem Haus die Köpfe zusammengesteckt habt. Und so, wie du seinen Namen gesagt hast, als du eben die Tür aufgemacht hast ...«

Sie biss sich auf die Lippe. Ihr war nicht bewusst gewesen, dass sie Johns Namen ausgerufen hatte, und sie war sich auch nicht völlig sicher, was sie getan hätte, wenn er und nicht Angus auf der Schwelle gestanden hätte. Doch es war Angus, der jetzt hier vor ihr saß und dessen Ehrgefühl nicht nur als Ehemann verletzt war. Hinter seinem Rücken hatte sie die Macht im Clan an sich gerissen – aber hatte er ihr denn eine andere Wahl gelassen? Und welche Wahl hatte er den Männern seines Clans gelassen? Offenbar eine, die sie nicht hatten treffen wollen, denn auch Anne hatte allerlei Berichte zu Gesicht bekommen. Zwischen den feindlichen Lagern eilten gleich einem Zug von Ameisen ständig Spione und Kuriere hin und her. Angus hatte Inverness mit sechshundert Clansangehörigen verlassen, doch bis zur Ankunft in Edinburgh hatten sich die meisten von ihnen heimlich davongemacht, um entweder nach Hause zurückzukehren oder das Moor zu überqueren und sich dem Prinzen anzuschließen. Das würde sie ihm freilich nie und nimmer ins Gesicht sagen. Und was seine Annahme anging, sie sei nach Dunmaglass übergesiedelt, damit sie und MacGillivray eine wilde, leidenschaftliche Affäre miteinander haben konnten …!

»Ich habe heute Abend viel zu viel Wein getrunken«, gab sie mit zittriger Stimme zu, »und habe nicht die Kraft, mich mit dir zu streiten, Angus. Vor allem habe ich nicht die Kraft, dich anzulügen. Wenn du es vorziehst, an meinen Worten zu zweifeln, wirst du ohnehin das Schlimmste annehmen, und nichts, was ich sage oder tue, wird dich davon abbringen können. Aber ich schwöre, dass ich dir nicht untreu gewesen bin. Ich werde keinen von uns mit der Behauptung beleidigen, ich hätte keine diesbezüglichen Gedanken und Träume gehabt … und einige davon waren so lebhaft, dass ich nachts nicht schlafen konnte. Ich gestehe auch ganz offen, dass ich mich einsam gefühlt und Angst gehabt habe und vielleicht sogar ein wenig das Bedürfnis hatte, dass mich jemand in den Arm nimmt und wie eine Frau behandelt. John ist mir nicht gleichgültig, ganz gewiss nicht, aber ich wüsste nicht genau zu sagen, wie meine Gefühle für ihn sind. Ich habe mein Verhalten nie von ihnen bestimmen lassen. Was du da draußen gesehen hast, war ein Mann, der mir sein Herz offeriert hat, das ich zurückgewiesen habe, da mir ein anderer Mann mehr bedeutet. Nur darum ging es und um nichts anderes. Was die übrigen Dinge betrifft, so bin ich mir durchaus darüber im Klaren, dass Fearchar mich als Mittel zum Zweck benutzt hat, aber irgendwann haben das alle anderen ebenfalls getan. Du auch.«

»Ich? Wie zum Teufel habe ich dich denn benutzt?«

»Ich bitte dich, Angus! Du wärst ja wohl kaum bereit gewesen, mich zu heiraten, wenn du nicht gehofft hättest, dass Fearchar bei der Ernennung des Clansoberhaupts nicht Cluny MacPherson unterstützt, sondern dich! Wenn du nicht geglaubt hättest, dass die Heirat mit einer Farquharson die Spaltung des Clans verhindern würde, zu der es jetzt gekommen ist!«

In der Tiefe seiner Augen flackerte kurz etwas Dunkles auf. »Deswegen habe ich dich nicht geheiratet.«

»Dir ist nie in den Sinn gekommen, nicht einmal, als du vor dem Altar standest und dir deutlich anzumerken war, dass du am liebsten irgendwo anders gewesen wärst – egal mit wem, aber jedenfalls nicht mit mir? – dass du diese Zeremonie allein zum Nutzen des Clans über dich ergehen lässt, dass es sich bloß um einen weiteren undankbaren Teil deiner Pflicht handelt, eine weitere unerwünschte Last, die du mit deinem Titel geerbt hast?«

»Anne ...« Er war zutiefst entsetzt. »Das habe ich nie gedacht. Nicht ein einziges Mal.«

Sie bewegte die Hand vor dem Gesicht hin und her, als wolle sie auf diese Weise weitere nutzlose Lügen abwehren. »Fearchar hat mir erzählt, dass er dich praktisch mit Drohungen dazu zwingen musste, die Abmachung einzuhalten. Außerdem hat er mir erzählt, dass du die Mitgift verlangt hast, weil du wusstest, dass er das Geld nicht hat, und dass der Vertrag ungültig gewesen wäre, wenn er die ausgemachte Summe nicht hätte aufbringen können.«

»Es waren fünftausend Pfund«, murmelte Angus. »Und wenn ich die Heirat wirklich nicht gewollt hätte, Anne, hätte ich mich nie und nimmer in dieser Kapelle eingefunden.«

Anne fand sein gönnerhaftes Gehabe derart widerwärtig, dass sie Anstalten machte, sich von ihm abzuwenden. Doch er stellte schnell seinen Wein beiseite und packte sie bei den Schultern, um sie dann so weit hochzuziehen, dass ihr nichts anderes übrig blieb, als ihm in die Augen zu sehen.

»Als Fearchar dir all diese Lügenmärchen erzählt hat, hat er da zufällig auch erwähnt, wie er an das Geld für die Mitgift gekommen ist?«

»Er sagte, er habe ein wertvolles Stück Land verkaufen müssen.«

»Wertvoll?« Angus stieß ein verächtliches Schnauben aus. »Ein Sumpfgebiet am Rande von Meall a'Bhreacraibh war das, das neun Monate im Jahr einen Meter unter Wasser steht.«

»Meall a'Bhreacraibh? Aber … da hast du doch Land, das an dieses Moor angrenzt.«

»Genau. Und mein Makler hat mich für verrückt erklärt, weil ich zu solch einem lächerlich hohen Preis noch mehr kaufen wollte. Trotzdem hat er getan, wie ihm geheißen wurde, und in bar bezahlt, ohne Fearchar jemals zu verraten, wer der Einfaltspinsel war, der für derart wertloses Land so viel bezahlt hat.«

»*Du* hast ihm das Geld gegeben?«

»Du kannst mich deswegen gern als den größten Narren der Welt bezeichnen, aber ich fand, dass es sich lohnt, diesen Preis zu zahlen.«

Langsam gingen ihre Lippen auseinander, während ihre Schultern sich ein wenig entkrampften. »Tatsächlich?«

»Damals …« Er schien einen Moment zu zögern, bevor er weitersprach. »… ebenso wie jetzt. Ich habe meine Entscheidung nie auch nur eine Sekunde lang bereut, Anne. Und wenn ich damals in der Kirche den Anschein erweckte, als würde ich zögern, dann lag das daran, dass ich befürchtete, ich würde aufwachen und der Traum sich in nichts auflösen, wenn ich mich bewege. Ich wusste nämlich schon damals, dass du dich wahrscheinlich für MacGillivray entschieden hättest, wenn wir beide nebeneinander gestanden hätten. Fearchar hatte mir erzählt, dass ihr ein Verhältnis miteinander gehabt habt …«

»Das stimmt nicht«, warf sie ein.

»Das wurde mir in unserer Hochzeitsnacht auch klar, und du kannst dir gar nicht vorstellen, wie froh ich war, dass du noch Jungfrau warst – einzig und allein weil du dann nie merken würdest, was für eine Angst ich hatte, dass du mich im Vergleich zu John für einen unzulänglichen Liebhaber halten könntest.«

Anne merkte, wie sich in ihrer Brust wieder etwas rührte und zu neuem Leben erwachte. »Und trotzdem hast du mich geheiratet?«

Er ließ ihre Schultern los und nahm ihr Gesicht in die Hände. Dann beugte er den Kopf vor, bis sich ihre Stirnen berührten. »Ich hatte dich auf deinem großen Pferd übers Moor reiten sehen, und dieser Moment war derart schön, dass mir das Herz stehen blieb. Dein Haar wehte dir um den Kopf, deine Haut war vom Wind gerötet, und dein Lachen …« Seine Hände packten fester zu, seine Augen schlossen sich. »Damals dachte ich, es würde mir genügen, diesen Moment für immer in meinem Herzen zu bewahren. Doch dann entdeckte ich den Verlobungsvertrag und erkannte, dass ich noch viel mehr haben konnte.«

Anne schwieg, sie starrte ihn nur an. Seine Wimpern hoben sich dunkel von seinen Wangen ab, und er hatte einen derart schmerzlichen Zug um den Mund, dass sie all ihre Willenskraft aufbieten musste, um ihm nicht die Arme um den Hals zu schlingen und ihre Lippen auf die seinen zu pressen.

Doch sie widerstand der Versuchung. Stattdessen hob sie langsam die Hände, um zunächst seine Wange zu berühren und eine verirrte Haarsträhne aus seinem Gesicht zu streichen. Dann vergrub sie ihre Finger tief in den seidigen braunen Locken. Mit weit geöffneten Augen bot sie ihm ihren Mund dar und drängte sich näher an ihn. Sie spürte, wie seine Hände zitterten, als sie über ihren Hals und ihre Schultern strichen, und zwei oder drei Pulsschläge lang befürchtete sie, er werde sie trotz allem zurückweisen.

Schweigend baten ihre Lippen um Vergebung und bettelten um seinen Mund. Und als er ihr schließlich, seinen ganzen Stolz hinter sich lassend, aufstöhnend ihrem Wunsch nachkam, legte er die Arme um sie und drückte sie so fest an sich, dass sie das wilde Hämmern seines Herzens fühlen konnte. Sie stieß einen ungehemmten Schrei der Erleichterung aus, der jedoch von seinem Mund aufgefangen wurde, sodass sie gemeinsam in dem Gefühl zu schwelgen vermochten, alle Ängste und Bedenken gebannt zu haben. Hart presste er sie an sich und ließ ihr die schmerzende Liebkosung eines Mannes zuteil werden, der sich gestattet hatte, das Schlimmste anzunehmen, auch wenn er verzweifelt versucht hatte, nicht daran zu glauben.

Anne reagierte mit purer Fleischeslust, die nun ihre Arme und ihren ganzen Körper durchströmte und ihr Blut in flüssiges Feuer verwandelte. Sie wühlte ihre Hände noch tiefer in sein Haar und unterband all seine

Versuche, sich von ihr zu entfernen, sei es, um nach Luft zu schnappen, sei es, um den Druck zu lindern, den die plötzliche Anschwellung in seiner Lendengegend hervorrief.

Einen derben Fluch ausstoßend, sprang er auf und zog sie mit hoch. Ohne den Mund von ihren Lippen zu lösen, riss er mit fliegenden Händen ihren Mantel und ihr Wams auf und nestelte an ihrem Hemd herum, das er ihr schließlich in seiner ganzen Ungeduld vom Hals bis zum Saum aufriss, um endlich mit seinen hungrigen Lippen an ihr Fleisch zu gelangen. Als sein heißer Mund sich saugend um ihre Brust schloss, warf Anne den Kopf zurück und stöhnte wie ein verwundetes Tier. Doch als er sie zum Bett hinüber tragen wollte, hielt sie ihn mit einem leisen Schrei davon ab.

Während ihre geschwollenen Lippen nach Atem rangen, befreite sie sich aus seinen Armen und wich gegen die Wand zurück. Sie schnallte ihren Gürtel auf und riss sich die Stiefel und die Hosen vom Leib. Dann entledigte sie sich auch ihrer Oberbekleidung, behielt jedoch das Hemd an, das offen über ihren Brüsten hing.

»Ich will, dass du mich hier nimmst«, sagte sie mit heiserer Stimme. »Genau hier. An der Wand.«

Er war nicht ganz sicher, ob er begriff, was sie verlangte, und ob es ihm gelingen würde, ohne Hilfe die Entfernung bis zu ihr zu überwinden. »Genau dort?«

»Ja.« Sie nickte. »Ich habe einen Dämon in mir, der exorziert werden muss, Mylord, und ich will mir diese Szene so fest einprägen, dass ich, wenn ich die Augen schließe, nichts anderes sehe und empfinde.«

Irgendetwas im Klang ihrer Stimme bewirkte, dass Angus weiche Knie bekam und seine Männlichkeit hart wie Eisen wurde. Damit hatte er in keiner Weise gerechnet. Als er sie vorhin mit MacGillivray im Sternenlicht stehen und die beiden wie Liebende miteinander flüstern sehen hatte, war er sogar versucht gewesen, sich einfach umzudrehen und davonzugehen.

Und jetzt stand sie vor ihm, mit entblößten Beinen, die lang wie die eines Fohlens waren, und hingabebereitem Körper und forderte ihn auf, sie auf eine Weise zu nehmen, die ihm das Blut in die Lenden schießen ließ, obwohl er bereits eine Erektion hatte.

»Du hast sicher nichts dagegen, wenn ich mich erst einmal von ein paar hinderlichen Kleidungsstücken befreie«, murmelte er mit leiser, erregter Stimme und ließ seinen Umhang zu Boden gleiten. Er riss die Knöpfe seines Uniformrocks und seiner Weste auf, die er beide gleichzeitig auszog und beiseite warf, ohne sich darum zu scheren, dass sie in der Nähe des Kaminrosts landeten. Dann schleuderte er die Stiefel von den Füßen. Nachdem er sich das Hemd aus der Hose gezerrt und über den Kopf gezogen hatte, öffnete er die Knöpfe seines Hosenschlitzes, sodass seine Männlichkeit steil aufgerichtet nach vorn schnellte, noch bevor er das hinderliche Kleidungsstück abgestreift hatte.

Anne stand an der Wand, ohne sich zu rühren, während es sie abwechselnd heiß und kalt durchströmte. Nur ihre Augen bewegten sich und verschlangen voller Gier alle Einzelheiten seines prachtvollen nackten Körpers, der sich, wie ihr auffiel, auf subtile Weise verändert hatte. Seine Armmuskeln schienen stärker ausgeprägt zu sein, die Schenkel dicker und sehniger, während seine Bauch- und Hüftmuskulatur insgesamt kräftiger wirkte.

»Du hast in der letzten Zeit offenbar keineswegs müßig herumgesessen«, stieß sie so atemlos hervor, als sei sie gerade gerannt.

»Es gibt allerdings ein paar Muskeln, die ich aus

Mangel an Gelegenheit nicht habe trainieren können«, murmelte er, während er langsam auf sie zukam.

Da sie einfach nicht anders konnte, starrte sie unverwandt seine Erektion an. »Sie scheinen aber nicht gelitten zu haben.«

»Doch, das haben sie ...« Er holte tief Luft und atmete langsam aus. »... das kannst du mir glauben.«

Ohne sie zu berühren, ließ er seinen Blick die aufgerissene Naht ihres Hemds entlangwandern, ein Blick, der freilich so kühn wie eine körperliche Liebkosung war und Anne vor Verlangen erbeben ließ. Sie fuhr sich mit der Zunge über die Lippen und beobachtete, wie sein Blick wieder nach oben glitt, sah, wie seine Männlichkeit zuckte, während er die Hände ausstreckte, um mit langsamen, bedächtigen Bewegungen den Baumwollstoff beiseite zu schieben. Die Finger der einen Hand strebten nach oben, um ihre Brust zu umspannen, die andere wanderte nach unten, strich über ihre kupferfarbenen Schamhaare und schob sich zwischen ihre Schenkel.

Zitternd presste Anne den Kopf gegen die Wand. Ihr Verlangen hatte sie bereits feucht werden lassen, und sie hörte, wie er gedehnt den Atem einsog, als er dies spürte. Er drang mit seiner Hand weiter vor und fuhr mit dem Finger über die seidenweichen Fleischfalten, bis sie flehentlich wimmerte und ihre Schenkel sich um den Eindringling schlossen. Daraufhin trat er einen weiteren Schritt vor, sodass es nicht länger seine Finger waren, die sich in der Feuchtigkeit hin und her bewegten, und die Qual bloßer Verheißung ein Ende zu haben schien.

Als sie ihm die Hüften entgegenreckte, senkte er jedoch lediglich den Kopf, um seinen Mund in ihrem Hals zu vergraben und seine Zunge eine feurige Bahn über ihre Kehle und ihre Schulter ziehen zu lassen. Seine Hände umspannten ihre Brüste, und als seine Daumen auch noch mit ihren harten Brustwarzen spielten, war es mit ihrer Langmut vorbei.

Leise fluchend stellte Anne sich auf die Zehenspitzen und drückte ihre entblößten Brüste gegen ihn. Dann glitt ihre Hand zu seiner Männlichkeit, um die Wurzel zu umschließen und ihn daran zu hindern, von neuem zuzustoßen, damit er endlich begriff, welche Qualen er ihr bereitete. Als sein heißes, von ihrer Feuchtigkeit geschmeidiges Geschlecht in die enge Scheide ihrer Faust glitt, stöhnte er auf. Sie presste die Finger zusammen und hielt ihn fest, um sich an der glatten, geschwollenen Eichel zu reiben, bis der köstliche Druck sich auf die richtige Stelle konzentrierte und seine Hüften vor Verlangen zuckten.

»Ich weiß nicht«, keuchte er, »ob man das so sachte machen kann.«

»Man muss es einfach *machen*«, konterte sie.

Das aufreizende Vorspiel war vorüber.

Er schob ihre Hand beiseite und drückte ihre Schenkel mit einer Gier auseinander, die Verlangen zu purer Lust steigerte. Dann hob er sie an und pflanzte sie auf seine Männlichkeit, um sofort so tief in sie einzudringen, wie es ihm bei dieser Stellung möglich war. Dabei geriet er kurz ins Wanken, da die Wildheit der Lust, die ihn umbrandete und durchströmte, ihn fast zum Höhepunkt gebracht hätte. Doch es gelang ihm, sich zu beherrschen. Es half ihm sogar, das überwältigende Bedürfnis, sich mit einigen paar heftigen Stößen schnell Befriedigung zu verschaffen, zu zügeln. Anne hatte bereits die Arme um seine Schultern gelegt und klammerte sich mit aller Kraft an ihm fest, um sich die Hebelwirkung zunutze zu machen und sich näher an ihn heranzuziehen, worauf er ihr jedoch kurz angebunden befahl, die Beine um seine Hüften zu schlingen. Dann beugte er die Knie und führte mit aller Kraft den nächsten Stoß aus, mit dem er so weit in sie eindrang, wie er es nie für möglich gehalten hätte.

Annes Kopf fiel zurück, und sie schrie auf. Keuchend hielt er inne, da er befürchtete, ihr wehgetan zu haben, doch als ihre Fingernägel sich in seinen Rücken gruben und ihr Körper sich wild gegen den seinen drängte, machte er hemmungslos weiter und gab ihr, was sie haben wollte.

Annes Lust glich einer Explosion. Bereits bei seinem ersten Stoß setzte ihr Orgasmus ein und hörte erst auf, als er sich selbst schon längst zuckend erleichtert hatte. Und selbst dann durchrieselten sie immer wieder kleine Wellen der Lust, sodass sie sich nach wie vor fest an ihn klammerte. Wahrscheinlich hätte sie sich ohnehin nicht bewegen können, da er sie immer noch, schwer atmend und mit zitternden Beinen, gegen die Wand presste.

Von Anne aus hätten sie immer in dieser Stellung bleiben können. Der Krieg, der Prinz oder die Tatsache, dass sie wie ein Seestern an der mit Erde abgedichteten Holzwand einer kleinen, schmuddeligen Hütte klebte – all das spielte jetzt keine Rolle mehr. Das Einzige, was zählte, war, dass sie in den Armen ihres Mannes lag und dass diese Arme vor Lust gezittert hatten.

»Großer Gott im Himmel«, keuchte er, »sei mir gnädig und verrate mir, warum du mir so etwas antust und wie es dazu kommen konnte. Ich war doch immer so vernünftig. Vernünftig, selbstsicher, würdevoll. Sieh dir an, was aus mir geworden ist!«

Während ihr der Beweis seines Sündenfalls über die Schenkel lief, nahm die von Leidenschaft wie benommene Anne sein Gesicht zwischen die Hände und küsste ihn. »Ich brauche mir nichts anzusehen, mein Herr und Ehemann. Ich kann dich immer noch in mir spüren, ohne dass ich irgendeinen Mangel an Selbstsicherheit feststellen könnte.«

»Und dieser Dämon, den du exorzieren wolltest?«

»Der hat sich davongemacht.« Anne lächelte und zog seine Lippen wieder auf ihren Mund. »Aber für den Fall ...«

Anne erwachte von dem dumpfen Geräusch, das entsteht, wenn sich jemand einen Stiefel anzieht und noch einmal nachtritt, damit dieser richtig sitzt. Nachdem sie sich mit der Hand die Augen gerieben hatte, vermochte sie in der Dunkelheit eine schattenhafte Gestalt auszumachen, die nach fehlenden Kleidungsstücken suchte. Seine Hose und seine Stiefel hatte er bereits gefunden, doch sein Hemd schien sich irgendwo versteckt zu haben.

»Wie spät ist es denn?«

»Kurz vor Tagesanbruch«, erwiderte Angus. »Um diese Zeit wollte ich eigentlich schon wieder in Falkirk sein. Hawleys Vorposten sind ein nervöser Haufen.«

»Du gehst wieder zurück?«

Er warf ihr einen Blick zu, sah jedoch schnell wieder weg, als bereite die Frage ihm körperliche Schmerzen.

»Angus ...«

»Bitte mich lieber nicht darum, Anne. Bitte mich nicht darum, etwas zu tun, was ich nicht tun kann.«

»Aber warum denn nicht?« Sie setzte sich auf und zog die Beine an, ohne darauf zu achten, dass sie nackt war. »Erklär mir das bitte einmal. Ich weiß, dass du mit dem Herzen nicht auf der Seite der Engländer bist. Ich weiß es.«

»Aah, da ist es ja.« Er hob sein Hemd auf und schüttelte die Falten heraus, bevor er es über den Kopf zog. Obwohl er es so nachlässig in den Hosenbund stopfte, dass sich das Leinen ungleichmäßig bauschte, legte er danach seine Weste an und knöpfte sie von oben bis unten zu. Während er sich weiter anzog, benutzte er zwischendurch seine Finger als Kamm. Bei alldem vermied er es geflissentlich, zu der hellen Gestalt auf dem Bett hinüberzublicken.

Er konnte einfach nicht glauben, dass er tatsächlich eingeschlafen war, ebenso wenig wie er glauben konnte, dass er sich von weichen Brüsten, noch weicheren Lippen und seidigen Schenkeln hatte verleiten lassen, so leichtsinnig zu sein. Robert Hardy würde außer sich sein und annehmen, dass sein Herr in Gefangenschaft geraten war. Und wenn er Anne so mit ihrer zerzausten roten Mähne dasitzen sah, fand er diese Vorstellung gar nicht einmal so übel. Gleichwohl verscheuchte Angus diesen Gedanken und griff nach seinem Uniformrock.

»Erklär mir das bitte einmal«, wiederholte sie.

»Ich habe es dir schon ein Dutzend Mal erklärt. Ich habe mein Wort gegeben, einen Eid abgelegt als Offizier der Krone.«

Sie sah zu, wie er sich mit den Messingknöpfen abmühte.

»Vor nicht allzu langer Zeit hast du mir versprochen, mich nie anzulügen«, sagte sie mit ruhiger Stimme.

»Ich lüge dich auch nicht an; ich habe mein Wort gegeben. Hast du irgendwo meine Handschuhe gesehen?«

Da war sie wieder, seine kalte Sachlichkeit. Zielstrebig und sicher bewegte er sich hin und her, den Unterkiefer energisch vorgeschoben, wie um zu verstehen zu geben, dass ein paar Stunden ekstatischen Liebesspiels nicht imstande waren, den Lauf der Welt zu ändern.

Anne, für die sich durchaus der Lauf der Welt verändert hatte, senkte den Blick, um ihre Hände zu betrachten. »Sie liegen auf dem Stuhl, unter deinem Umhang.«

Er brummte dankend und nahm den weiten wollenen Umhang mit Schwung vom Stuhl, um ihn sich um die Schultern zu legen. Dann stand er einen Moment lang da und starrte von oben auf Annes Kopf, auf ihre weißen Schultern und ihren üppigen Körper. Obwohl er schon einen seiner Handschuhe über die Finger streifte, drehte er sich plötzlich um und schleuderte beide Handschuhe durchs Zimmer. Am liebsten hätte er auch noch den Stuhl, den Hocker und den Kessel mit kochendem Wasser genommen, um diese Gegenstände ebenfalls durchs Zimmer zu werfen, doch da es in seinem Kopf schon chaotisch genug aussah, wollte er nicht weiteres Durcheinander anrichten.

»Ich bin letzte Nacht mit dem festen Entschluss hergekommen, dich mitzunehmen. Dir als meiner Frau zu *befehlen*, mit mir zu kommen. Wie hättest du reagiert, wenn ich das getan hätte?«

Ohne zu zögern erwiderte sie: »Ich hätte mich geweigert.«

»Und wie hättest du das begründet? Wie hättest du es begründet, dass du deinem Ehemann nicht gehorchst, dem Mann, den zu ehren und dem zu gehorchen du feierlich geschworen hast? Du hättest gesagt, dass es schon vorher einen Eid gab, der dich an einen anderen bindet, einen Eid, der nichts mit Liebe oder Ehe zu tun hat. Aus unerfindlichen Gründen hättest du erwartet, dass ich mich mit dieser Erklärung begnüge. Warum, so frage ich dich im Namen aller Heiligen, die mir die Kraft verleihen mögen, das Ganze zu verstehen, begnügst *du* dich dann nicht mit *meiner* Erklärung? Ist *dein* Wort mehr wert als meins, weil du annimmst, deine Sache sei gerechter als meine? Oder bist du einfach nicht in der Lage, den Widerspruch, die Anmaßung, die *Ironie* zu erkennen, wenn du mich aufforderst, meinen Eid zu brechen, während du selbst so etwas keinen Augenblick lang in Erwägung ziehen würdest?« Er breitete die Arme aus und ließ sie resigniert sinken. »Du kannst nicht beides haben, Anne. Entweder ich bin ein Mann, der sein Wort hält, oder ich bin es nicht. Was ziehst du vor?«

»Deine Loyalität gegenüber dem Stuart-König sollte an erster Stelle stehen«, rief sie leise. »Dein Großvater hat dem Kronrat angehört, dein Vater war 1715 mit dabei.«

Er stieß einen Seufzer aus und setzte sich auf den Rand des Betts. Die Matratze war mit Stroh ausgestopft und ruhte auf Seilen, die über einen einfachen Holzrahmen gespannt waren. All diese Dinge gaben laut ihren Protest kund, jedes auf seine Weise. In der Nacht hatte sie das Knarren und Rascheln amüsiert, doch jetzt zerrte es an den Nerven und ließ ihre Umgebung primitiv und schäbig wirken.

»Anne … sieh mich an.« Nachdem er einen Moment gewartet hatte, ergriff er ihre Hand und führte sie an seine Lippen. »Ich habe dem Stuart-König nie einen Eid geschworen. Niemals. Weder hier noch in Italien oder Frankreich. Mein Großvater und mein Vater schon, und meine Brüder möglicherweise auch, aber *ich* habe James Francis Stuart oder seinem Sohn nie Treue geschworen. Nicht einmal indem ich heimlich einen Trinkspruch auf den König jenseits des Wassers ausgebracht habe.«

»Und was ist mit deiner Loyalität gegenüber Schottland? Willst du, dass unser Land für immer unter englischer Herrschaft bleibt?«

»Das, was ich will, und das, was wahrscheinlich geschehen wird, sind zwei sehr verschiedene Dinge.

Hawley ist mit achttausend Elitesoldaten nach Falkirk gekommen. Gut bewaffneten, gut genährten Soldaten, die nach Rache dürsten. Wenn es in den nächsten Tagen zu einer Schlacht kommen sollte – und das wird sich kaum vermeiden lassen, es sei denn, der Prinz hisst die weiße Fahne und kapituliert –, wird der ganze Konflikt auf die eine oder andere Weise gelöst werden. Was ich am meisten fürchte, ist, dass all dieser ... dieser verwegene Mut, all diese ... unglaublich tapfere Zurschaustellung von Ehre und Loyalität umsonst gewesen sein werden. Der Prinz wird sich nach Frankreich zurückbegeben, seine Soldaten werden auf ihre Bauernhöfe und in ihre Hütten zurückkehren, und in zwanzig Jahren fängt alles wieder von vorn an.«

Sie schwieg. Zumindest zuckte sie vor seiner Berührung nicht zurück, als er ihre eine Haarsträhne aus dem Gesicht strich und hinter das Ohr schob.

»Wärst du bereit, mit mir zu kommen?«

Ihre Augen wurden immer größer und nahmen einen verdächtigen Glanz an, weil sie mit den Tränen kämpfte.

»Ich musste dich das einfach fragen«, sagte er hilflos. »Kannst du denn nicht verstehen, dass mir der Gedanke, du könntest dich in der Nähe eines Schlachtfelds aufhalten, große Angst macht?«

»John hat bereits angekündigt, mir die Hölle heiß zu machen, falls ich nicht weit genug hinter den Linien bleibe, bei dem Prinzen und seiner Garde«, gab sie zu.

»Und du wirst dein Wort halten?«

»Großer Gott!«, flüsterte sie, während ihre Augen noch größer und feuchter wurden. »Du wirst in der vordersten Linie sein, nicht wahr?«

»Ich werde bei meinen Männern sein, ja.«

Sie schloss die Augen und lehnte sich vor, um das Gesicht in seiner Halsbeuge zu vergraben. Sie biss sich auf die Lippe, um die Tränen zu unterdrücken, doch die Nacht war zu reich an Gefühlen, die Lust zu intensiv gewesen, der Verlust, der ihr bevorstehen mochte, war zu entsetzlich, als dass sie es geschafft hätte, die heißen Tränenströme zurückzuhalten, die ihr über die Wangen rannen. Sie schlang die Arme um seinen Hals und presste sich an ihn, ohne darauf zu achten, dass die Wolle und die Knöpfe sie kratzten und stachen. Angus wiederum drückte sie fest an sich.

»Ich muss gehen. Könntest du es dir nicht anders überlegen und mit mir kommen?«

»Könntest *du* es dir nicht anders überlegen und hier bleiben?«

Nachdem Angus sie noch einen Moment festgehalten hatte, löste er sich schweren Herzens von ihr. Halb blind – denn auch in seinen Augen verspürte er ein heißes Brennen – hob er rasch seine Handschuhe auf. Da er wusste, dass es nichts mehr zu sagen gab, verließ er die Hütte und trat in die morgendliche Kälte hinaus, um mit schnellen Schritten auf den in der Nähe gelegenen Wald zuzustreben.

Kaum hatte er den Waldrand erreicht, als eine große, in ein Plaid gehüllte Gestalt mit der goldenen Mähne eines Löwen aus dem Schatten trat und zwei Pistolen spannte, um diese direkt auf Angus' Brust zu richten.

Vierzehntes Kapitel

Langsam hob Angus die Hände in die Höhe. Dabei starrte er derart lange in John MacGillivrays dunkle Augen, dass es ihm wie eine halbe Ewigkeit vorkam. Eine leichte Brise ging und zerzauste das lange kupferfarbene Haar, das unter Johns Mütze hervorquoll. Davon abgesehen war an dem Hochländer nicht die kleinste Bewegung wahrzunehmen.

»Du hast wirklich Glück, dass ich dich nicht erschossen habe. Schließlich hättest du ein Dieb oder ein Spion sein können«, sagte MacGillivray nach einer Weile.

»Ich habe nur meine Frau besucht.«

»Das habe ich mir schon gedacht. Die Männer, die im Wald Wache stehen, haben mir erzählt, dass sie jemanden um die Hütte rumschleichen sehen haben. Es wird dich entzücken zu hören, dass schon zwanzig von uns vor der Tür standen, um ins Haus einzudringen.«

»Und was hat euch davon abgehalten?«

»Dein Kammerdiener, den wir mit vor Kälte klappernden Zähnen in der Nähe der Straße entdeckt haben.«

»Hardy? Ist er in Ordnung?«

MacGillivray zog ein finsteres Gesicht. »Er ist wesentlich besser beieinander, als er es wäre, wenn er noch in der Kälte auf dich warten würde.«

Als die Hähne der beiden Pistolen mit einem leisen Klicken zurückschnappten, ließ der Druck in Angus' Brust nach. Trotzdem wartete er vorsichtshalber auf die Erlaubnis, die Arme wieder herunterzunehmen, die ihm dann auch in Form eines beiläufigen Nickens erteilt wurde.

»Wo ist er denn jetzt?«

»Dort, wo es warm ist. Zusammen mit den Pferden.

Wir wussten ja nicht genau, wie lange du bleiben würdest.«

Als Angus das leise Knirschen von Schritten hörte, drehte er sich zur Seite und sah, wie sich zwei weitere Gestalten aus den Bäumen herausschälten. Die eine Gestalt erkannte er trotz des kurz vor Tagesanbruch herrschenden bläulichen Halbdunkels sofort, denn vor einigen Jahren war er Alexander Cameron auf seinen Reisen durch Europa begegnet. Fast ebenso unvergesslich war sein Freund und Clansgenosse Aluinn MacKail.

»Cameron. MacKail.« Angus nickte ihnen zur Begrüßung zu. »Es ist lange her, seit wir uns begegnet sind. Wie ich sehe, kämpft ihr immer noch gegen Windmühlen.«

»Sie dürfen uns gern als unverbesserliche Romantiker bezeichnen«, erwiderte Alex, »obwohl wir uns sicher nicht allzu sehr von einem Mann unterscheiden, der sich mitten ins Lager des Feindes begibt, bloß um mit seiner Frau zu sprechen. Allerdings …« Er machte eine Pause und grinste. »… hat es sich ganz so angehört, als hättet ihr euch nicht nur unterhalten.«

Angus warf einen Blick in Richtung MacKails, der sich bis zum Kinn in sein Plaid eingemummelt hatte und ebenfalls grinste. »So ist das nun mal bei einem Strohdach«, erklärte er. »Lässt Kälte und Regen zwar nicht nach drinnen, aber Geheimnisse nach draußen dringen.«

Angus stieß ärgerlich eine Atemwolke aus. »Ich hoffe, ihr habt euch alle gut amüsiert.«

»Zweifellos hätten wir das«, entgegnete Cameron, »wenn es keine anderen Zerstreuungen gegeben hätte.«

Er zeigte auf die hinter ihnen verlaufende Straße. Am Horizont breitete sich allmählich die Morgendämmerung aus und spendete genug Licht, um die ausgestreckt daliegenden Körper etlicher in ihre Plaids gehüllter Clansangehöriger erkennen zu können. Nachdem sie aus der Taverne getorkelt waren, hatten sie sich gar nicht erst die Mühe gemacht, ihr Bett aufzusuchen. Mitten auf der Straße lagen Struan MacSorley und Gillies MacBean. Der hünenhafte Mann lag wie gekreuzigt da. Offenbar war er als Erster zu Boden gegangen. MacBean sah aus, als hätte er noch Zeit gehabt, sich hinzusetzen und triumphierend zu lachen, bevor er dann zur Seite gekippt war.

Cameron schnalzte mit der Zunge und zog eine Zigarre aus einer Innentasche. »Zusammen mit Count Fanducci ist das jetzt schon das zweite Mal«, sagte er, während er MacGillivray die Zigarre reichte. »Struan wird so gut gelaunt wie ein Bär sein, wenn er erwacht.«

Angus war der Einzige, der daraufhin nicht lachte. »Darf ich fragen, was jetzt mit mir passiert? Soll ich abgeführt und vor irgendein Marionettengericht gestellt werden?«

»Eigentlich dachten wir eher daran, uns wie gute Nachbarn zu benehmen und dir bis Dunmore eine Eskorte mitzugeben«, erwiderte MacGillivray. »Wir wollen es nicht auf dem Gewissen haben, dass dich einer unserer Jungs erschießt.«

»Ihr lasst mich gehen?«

»Da deine Frau dich schon nicht überreden konnte zu bleiben, hätten wir wohl erst recht kein Glück.«

»Einfach so? Ohne Fragen zu stellen, ohne an meine Loyalität oder meine Ehre zu appellieren, ohne zu versuchen, Informationen aus mir herauszubekommen?«

»Ah, nun ja.« Cameron stützte sich mit einem Fuß an einem Felsbrocken ab und legte den Arm übers Knie. »Jetzt, da Sie es erwähnen … es gibt in der Tat ein paar Dinge, die wir gern wissen würden.«

»Kann ich mir denken. Aber sicher ist Ihnen bekannt, dass ich als Offizier im Dienste Seiner Majestät nicht verpflichtet bin, Ihnen mehr als meinen Rang mitzuteilen.«

»*Captain* MacKintosh, nicht wahr?«, fragte Cameron mit einem freundlichen Lächeln. »Erste Brigade der Royal Scots unter dem Kommando von William Keppel, Earl of Albemarle. Soviel ich weiß, ist Ihr eigenes Regiment ziemlich zusammengeschrumpft – auf insgesamt weniger als vierzig Mann, richtig? –, aber wahrscheinlich werden Ihre Leute in die Argyle-Miliz integriert werden. Ein hochrangiges Kommando, da Albemarle und Hawley nur Cumberland selbst verantwortlich sind. Wie geht es dem Earl, nebenbei bemerkt? Leidet er immer noch unter Verdauungsstörungen? Er sollte morgens nicht so viele rohe Eier essen. Bei zwei Dutzend auf einen Sitz würde jeder Mensch Schwefelwolken ausstoßen.«

Gegen seinen Willen war Angus beeindruckt – was auch beabsichtigt gewesen war. »Da Sie ja bereits gut informiert zu sein scheinen, verstehe ich nicht ganz, worauf Sie noch neugierig sein könnten.«

»Genau das sind wir aber. Wir sind einfach neugierig. Vor allem wüssten wir gern, warum Hawley noch nichts unternommen hat, um in Stellung zu gehen. Zwischen hier und Falkirk gibt es nur wenige Orte, die genug Platz für zwei Armeen bieten. Ein umsichtiger General würde Vorsorge treffen, sich das einzige hoch gelegene Gelände zu sichern, das es gibt.«

»Dasselbe könnte man über den Prinzen sagen.«

»Könnte man«, pflichtete Cameron bei, »wenn man nicht wüsste, dass bereits viertausend Mann unterwegs sind.«

»Ihre Armee ist schon abmarschiert? Heute? Aber

ich dachte …« Angus biss sich auf die Lippe und verstummte, doch wie er an Camerons immer breiter werdendem Grinsen sehen konnte, war es schon zu spät.

»Sie dachten, wir würden uns wie perfekte Gentlemen benehmen und warten, bis der General all seine Wagen mit Proviant und Munition und seine ganze Artillerie zusammengezogen hat? Sie dachten, wir würden warten, bis er die Zeit und den Ort für den Angriff bestimmt?«

Das war, wie Angus insgeheim zugeben musste, genau das, was Hawley angenommen hatte. Er hatte das hoch gelegene Gelände im Moor in Augenschein genommen und für »geeignet« erklärt, dann jedoch keine weiteren Schritte unternommen, um den Royalisten das Terrain zu sichern. Lediglich einige Wachtposten hatte er aufgestellt und ein paar Patrouillen ausgeschickt. Anschließend hatte er sich mit der arroganten Überzeugung in sein Quartier zurückgezogen, dass die Rebellen es nie wagen würden, von sich aus anzugreifen. Überdies hatte er am vergangenen Abend einen Kurier mit einer Botschaft losgeschickt, in der er dargelegt hatte, dass er es für unzivilisiert halte, eine Kampfhandlung zu planen, die sich bis zum Sonntag hinziehen könnte. Wenn es dem Prinzen recht sei, würde er deshalb Montagmorgen vorschlagen.

»Ich glaube, ich kann Ihnen jetzt getrost verraten, dass unsere Männer schon vor zwei Stunden geweckt wurden«, fuhr Cameron fort. »Die übrigen werden abmarschbereit sein, sobald die Sonne aufgegangen ist. Gegen Mittag wird Lord George das hoch gelegene Gelände besetzt und damit die Oberhand haben.«

Angus merkte, wie es ihm kalt den Rücken herunterlief. Wenn die eine Hälfte der prinzlichen Armee das Lager schon im Laufe der Nacht verlassen hatte und die andere Hälfte demnächst aufbrechen würde, lägen genauso gute Voraussetzungen für einen Überraschungsangriff vor wie bei Prestonpans. Die Jakobiten waren um die königlichen Truppen herummarschiert, um sie dann im Rücken, von einem scheinbar unpassierbaren Sumpf aus anzugreifen.

Hawley hatte geschworen, diesen Fehler nicht noch einmal zu machen, und deshalb sein Lager so aufgeschlagen, dass er das aufgewühlte Wasser des Firth im Rücken und total aufgeweichtes Moorgelände in der Flanke hatte. Doch bedauerlicherweise hatte er die Fähigkeit des Feindes unterschätzt, sich von einem Rückzug zu erholen, der wahrscheinlich jede andere Armee entmutigt und demoralisiert hätte.

»Haben Sie schon einmal darüber nachgedacht«, fragte Angus, »wie Cumberland reagieren wird, falls Sie bei Falkirk tatsächlich die Oberhand gewinnen sollten? Trotz Ihrer Versuche, seinen Vormarsch mit nicht vorhandenen französischen Flotten und holländischen Verträgen aufzuhalten, wird er mit über fünftausend hessischen Soldaten aus London kommen, alles riesige hässliche Scheusale, die sich die Bajonette an den Zähnen wetzen.«

Ein Funkeln trat in Alexander Camerons dunkle Augen. »Cumberland ist also in London, ja? Wir haben uns schon gefragt, wo er abgeblieben ist, und da keiner von unseren Leuten ihn aufspüren konnte, haben wir befürchtet, dass er sich vielleicht über Rutherglen an uns heranpirscht.«

Angus' Stirn legte sich in tiefe Falten.

»Außerdem, wenn er fünftausend Soldaten bei sich hat – und für diese Information danke ich Ihnen –, dürfte er mindestens zwei Wochen brauchen, bis er hier ist. Und was seine Reaktion betrifft, falls Lord George

Murray wieder die Oberhand gewinnen sollte, so würde ich sagen, dass er dann sehr verärgert wäre. Aluinn?«

»Ja«, stimmte MacKail ihm zu. »Sehr verärgert. John?«

MacGillivray nickte. »Genau. Sehr verärgert.«

Angus starrte die anderen an. Cameron hatte es mühelos geschafft, genau die Informationen aus ihm herauszulocken, von denen er so vollmundig behauptet hatte, sie nicht preisgeben zu wollen. Man hatte sich große Mühe gegeben, den Aufenthaltsort des Duke of Cumberland geheim zu halten, und die Nachricht über die hessischen Soldaten war nicht dem Papier anvertraut, sondern mündlich von einem Kurier überbracht worden.

»Kein Grund für Sie, sich jetzt ins Schwert zu stürzen«, sagte MacKail, als er den Ausdruck in Angus' Gesicht bemerkte. »Das schafft Alex bei jedem. Das ist ein besonderes Talent von ihm. Wenn man so lange mit ihm zusammen ist wie ich, erwartet man eigentlich schon, sich mindestens einmal am Tag nach einem Gespräch mit ihm verdutzt am Kopf zu kratzen.«

»Aha. Nun ja, wenn es Ihnen nichts ausmacht, würde ich lieber darauf verzichten, so lange hier zu bleiben, dass ich die Richtigkeit Ihrer Theorie nachprüfen kann.«

»Gewiss.« Cameron wechselte die Stellung und blickte mit zusammengekniffenen Augen zum Himmel. »Die Luft riecht nach Regen. Sie sollten sich lieber auf Ihr Pferd schwingen, bevor das Wetter umschlägt.«

Als Angus seinem Blick folgte, stellte er fest, dass das, was er lediglich für eine zögerliche Morgendämmerung gehalten hatte, in Wirklichkeit eine dunkle Wolkendecke war, die tief über den Wipfeln der Kiefern hing. Auch der Wind begann immer böiger zu werden, zerrte an seinem Umhang und trieb ihm die Feuchtigkeit ins Genick.

»Ich werde ihm den Weg zeigen«, sagte MacGillivray, »und ihm eine Eskorte von MacKintosh-Männern mitgeben.«

»Dann sollten wir uns jetzt voneinander verabschieden.« Alexander Cameron richtete sich auf und streckte ihm ohne eine Spur von Groll oder Hohn die Hand entgegen. »Ich wünsche Ihnen viel Glück und alles Gute, MacKintosh. Es ist wirklich schade, dass Sie die falsche Seite des Schlachtfelds gewählt haben, aber das trage ich Ihnen in keiner Weise nach. Ach ja, und falls Sie bei Ihrer Rückkehr nach General Hawley suchen sollten, so fürchte ich, dass er heute Morgen verschlafen hat. Da wir wussten, wie sehr er Feldbetten und feuchte Zeltleinwand verabscheut, haben wir Lady Kilmarnock überredet, ihm in Callendar House Unterkunft zu gewähren, damit er und seine höheren Offiziere es bequem haben. Gestern Abend hat man ihm zu Ehren ein kleines Fest gegeben, und es ist nicht ganz auszuschließen, dass der Wein ihm zu Kopf gestiegen ist.«

»Ich habe schon erlebt, wie Hawley einen Liter Whisky getrunken hat, ohne mit der Wimper zu zucken«, erwiderte Angus.

»Versetzt mit Opiaten?«

Angus schüttelte den Kopf. »Darf ich fragen, warum ihr ihn nicht einfach vergiftet habt?«

»Das wäre ja wohl nicht sehr fair gewesen, oder?«

Trotz allem musste Angus lachen und ergriff Camerons ausgestreckte Hand, wobei ihm erneut einfiel, dass Annes Sicherheit und ihr körperliches Wohl in den Händen dieser verwegenen Irren lag. Er wollte zwar nicht über die Gefahren nachdenken, denen sie bald ausgesetzt sein würde, aber wie sollte er das anstellen?

Sie hatte versprochen, allen Gefahren aus dem Wege zu gehen, doch woher sollte er mit Sicherheit wissen, dass sie ihr Versprechen halten würde?

In Gedanken versunken folgte er MacGillivray einen Waldpfad entlang, doch sobald das Dorf außer Sicht war, blieb der große Hochländer stehen und drehte sich abrupt um.

»Ich möchte, dass du aus meinem eigenen Munde hörst, dass ich sie nie berührt habe, obwohl ich es wollte und öfter, als mir lieb ist, kurz davor war. Aber sie ist dir nie untreu geworden, und ich würde jeden, der das Gegenteil behauptet, zur Rechenschaft ziehen. Selbst dich.«

»Ich glaube dir ja. Ich habe gestern Nacht auch Anne geglaubt.«

»Gestern Nacht? Gestern Nacht hatten wir beide zu viel *uisque* getrunken. Dummerweise ist mir auch noch etwas herausgerutscht, was mir schon seit langem wie Feuer auf der Zunge brennt. Und wenn sie mir auch nur das kleinste Zeichen gegeben hätte, dass sie danach damit leben kann, hätte ich die Flammen auch auf sie übergreifen lassen, und dann hättest du zum Teufel gehen können, Angus Moy.«

John hielt inne und holte tief Luft. Seine massige Gestalt ließ ihn so düster und bedrohlich wirken wie die Kiefern, die den Pfad säumten. Dieser Vergleich brachte Angus zu Bewusstsein, wie gut man unter den Bäumen eine Leiche verbergen konnte, die unentdeckt dort liegen würde, bis im Frühjahr das Tauwetter einsetzte.

»Ja«, sagte John, der den Argwohn in Angus' Augen bemerkte. »Weißt du eigentlich, was für ein Glück du hast? Ist dir klar, wie oft ich schon daran gedacht habe, dich einfach zu packen und dir das Rückgrat zu brechen? Du würdest ganz sicher wie ein trockener Zweig zerknacken. Und dann wäre alles vorüber, und ich brauchte, wenn ich ihr in die Augen sehe, nicht mehr das Leid zu sehen, das du ihr zugefügt hast. Ich würde ihr jeden Tag sagen, wie tapfer und schön sie ist, und wenn sie mich nur einmal … *nur einmal* so ansähe, wie sie dich immer ansieht …« Er hatte die Hand gehoben, um seinen Worten Nachdruck zu verleihen, doch als ihm die Stimme versagte, ballte er seine Finger zur Faust und blickte weg, um bloß nicht in das Gesicht des Mannes schauen zu müssen, dessen Verrat dazu geführt hatte, dass Anne sich in Dunmaglass fast jede Nacht in den Schlaf geweint hatte.

Schließlich begnügte er sich damit, einen Fluch auszustoßen und sich abzuwenden.

»John, ich weiß, wie dir zumute ist. Und ich weiß, wie Anne zumute ist. Aber ihr beide versteht nicht …«

Warnend hob der Hochländer von neuem die Faust, wenn auch ohne sich umzudrehen. »Das reicht. Du hast schon genug gesagt. Noch ein Wort von dir, und es könnte passieren, dass ich dem Clan die Schande erspare, dich in der Uniform der Hannoveraner am anderen Ende des Schlachtfelds zu sehen.«

»Tu, was du nicht lassen kannst! Herrgott noch mal …« Angus sprach mit erhobener Stimme, um die Entfernung zu überbrücken, die der große Schritte machende MacGillivray inzwischen zurückgelegt hatte. »… ich habe mir angehört, wie du mir erklärt hast, dass du meine Frau liebst. Da kannst du mich doch wohl wenigstens ausreden lassen. Wenn schon nicht darum, weil ich dein Clansoberhaupt bin, dann darum, weil ich einmal dein Freund war.«

MacGillivray blieb stehen und atmete tief durch, was seinen Oberkörper noch massiger wirken ließ. Dann riss er sich die Mütze vom Kopf und schleuderte sie mit einem weiteren Fluch zu Boden. Er schüttelte das Plaid ab, das um seine Schultern hing, und langte mit beiden Händen nach oben, um das Heft des auf seinen Rücken geschnallten *claï mór* zu packen. Das Geräusch von eineinhalb Meter geglätteten Stahls, der aus seiner mit Metall besetzten Lederscheide glitt, zitterte durch die kalte Luft und ließ Angus nach dem Heft seines dünnen Säbels greifen.

Angus unterließ es jedoch, seine Waffe zu ziehen, denn er wusste, dass es bei einem Kampf so wäre, als dresche man mit einem Schössling auf eine ausgewachsene Eiche ein. Als MacGillivray auf ihn zukam, um ihm die Spitze seines Schwerts gegen die Luftröhre zu drücken, quittierte er Angus' Zögern mit einem höhnischen Grinsen.

»Dann sag, was du zu sagen hast.«

»In aller Kürze also: Dass ich heute auf der gegenüberliegenden Seite des Schlachtfelds stehe, liegt nicht daran, dass ich dort stehen will, sondern daran, dass Forbes mir sein Wort gegeben hat ... schriftlich und mit dem königlichen Siegel versehen ... dass weder Anne noch meiner Mutter die Gefahr droht, verhaftet zu werden, solange ich in König Georges Armee diene. Das war eine Immunitätsgarantie, und wenn ich mich auf die Bedingungen nicht eingelassen hätte, wären sofort etliche Haftbefehle ausgestellt worden – für sie, für dich, für Fearchar, MacBean und etwa ein Dutzend weiterer Lairds des Chattan-Clans. Er ließ mir in der Angelegenheit keine Wahl, ebenso wenig wie er anderen Lairds in meiner Lage eine Wahl ließ. Glücklicherweise wusste ich schon im Voraus Bescheid, sodass ich ihm einreden konnte, die Jahre in Europa hätten dazu geführt, dass mir politische Intrigen der einen wie der anderen Seite völlig gleichgültig sind. Zu meiner Schande muss ich gestehen, dass ich ihm sogar zu verstehen gegeben habe, meine Ehe sei mir ebenfalls gleichgültig und Annes Verhaftung würde mir einzig und allein deswegen unangenehm sein, weil das meinen edlen Namen beflecken würde. Unglücklicherweise scheine ich die Rolle zu gut gespielt zu haben, denn Anne begann selbst alles zu glauben, und wenn du immer noch die Absicht hast, mich umzubringen, dann tu es jetzt, weil der Schmerz des Todes nicht grausamer sein kann als das, was ich in den letzten Monaten erlitten habe! Hier! Ich werde es dir sogar leichter machen! Ein sauberer Stoß, und wir sind beide aller Sorgen enthoben.«

Wütend zerrte er am Verschluss seines Umhangs und riss ihn zusammen mit seinem Uniformrock und seiner Weste auf. Dann riss er sich mit einem solchen Ungestüm das Hemd auf, dass er sich auf der Brust einen tiefen Kratzer zufügte, der sofort zu bluten anfing. Mit gespreizten Beinen stand er da, den Wind im Rücken, der ihm die dunklen Haarlocken ins Gesicht wehte, und wartete darauf, dass MacGillivray über sein Schicksal entschied.

Dazu schien dieser lange zu brauchen, doch schließlich senkte er langsam das Schwert. Seine schwarz glitzernden Augen verengten sich zu Schlitzen, seine Brauen zogen sich zusammen und bildeten Falten, die immer tiefer wurden, je mehr er über das, was Angus gesagt hatte, nachdachte.

»Immunität? Du hast dich wie eine Hure an die *Sassenachs* verkauft, damit uns allen Immunität gewährt wird?«

»Wie immer nimmst du kein Blatt vor den Mund. Aber es stimmt. Um meine Familie zu schützen, hielt ich den Preis für angemessen. Gleichzeitig konntest du weiterhin ungeschoren deinen Aktivitäten als Schmuggler und Blockadebrecher nachgehen, die, wie ich hinzufügen darf, bei Forbes nicht sonderlich gut angekommen sind, besonders da er genug Beweise hatte und dich in den letzten Monaten schon ein Dutzend Mal hätte verhaften lassen können.«

Nach und nach hellte sich MacGillivrays finsteres Gesicht auf. »Warum um Himmels willen hast du mir dann nichts davon erzählt? Oder Annie, verdammt noch mal. Du hast ihr das Leben zur Hölle gemacht, du Dreckskerl.«

»Ich dachte, auf diese Weise könnte ich sie besser schützen«, erwiderte Angus. »Ihre Verachtung für mich musste echt sein, und sei es nur, um Loudoun und die anderen davon zu überzeugen, dass mein einziges Motiv Gier ist. Ich glaube nicht, dass sie es mehrere Monate lang durchgehalten hätte, sich zu verstellen.«

»Aber du hast es geschafft?«

»Mein ganzes Leben ist ein Rollenspiel gewesen. Ich bin dazu erzogen worden, ständig eine Maske zu tragen.«

»Tja, das ist dir so gut gelungen, dass sie beinahe in den Armen eines anderen Mannes gelandet wäre.«

»Dieses Risiko musste ich eingehen. Stell dir vor, wie fest Forbes mich in der Hand hätte, wenn er wüsste, wie sehr ich meine Frau liebe!«

Das Geständnis wie auch die Aufrichtigkeit in Angus' Stimme ließen MacGillivray einen Schritt zurücktreten. »Trotzdem«, sagte er nach einer Weile, »wird sie es dir nicht danken, wenn sie es herausfindet.«

Angus schüttelte den Kopf. »Sie darf es nicht herausfinden. Bitte gib mir dein Wort darauf, John!«

»Warum zum Teufel willst du denn, dass ich dir so etwas schwöre? Wenn sie wüsste, warum du all das gemacht hast …«

»Würde sie sich nur noch schuldiger und verletzter fühlen als vorher.«

»Und was ist mit den anderen? Gillies? Fearchar? Verdienen sie es nicht zu wissen, warum ihr Laird die hannoveranische Kokarde trägt?«

Angus ließ sein zerrissenes Hemd los und fuhr sich mit den Händen durchs Haar. »Nein. Nein, anders geht es nicht, und wenn du mir nicht glaubst, brauchst du nur dich selbst anzusehen. Vor zehn Sekunden warst du noch bereit, mich wie eine Melone in zwei Teile zu spalten. Und jetzt hast du genau denselben noblen Gesichtsausdruck wie damals, als wir Jungen waren und Ranald MacFeef mich in den Sumpf geworfen hat. Du warst zwar fünf Jahre jünger als ich, aber ich war derjenige, der schluchzend dalag, weil meine nagelneuen Satinhosen Flecken bekommen hatten, während du wie ein riesiger Wolfshund über mir standst, sodass die anderen es nicht mehr wagten, mich auszulachen oder mich mit Dung zu bewerfen. Wenn du es fertig bringst, dann sag, dass du nicht sofort mit mir nach Falkirk kommen würdest, wenn ich dich darum bäte, mir Rückendeckung zu geben!«

MacGillivrays Gesicht verfinsterte sich. Seine Lippen kräuselten sich, als sei er im Begriff, die Unterstellung von sich zu weisen, doch am Ende stieß er lediglich einen Fluch aus. »Und du bräuchtest dich bloß umzudrehen und zur Hütte zurückzugehen. Dann würde ich dir notfalls sogar in der Hölle Rückendeckung geben. Wenn wir heute gewinnen, dürften Loudouns Garantien ohnehin noch nicht einmal das Papier wert sein, auf dem sie stehen.«

Angus stieß aufgebracht die Luft aus. »Aber wenn die Engländer gewinnen, könnten sie so viel wert sein, dass sie jede Beleidigung und jeden Affront aufwiegen, den man mir zugefügt hat.«

»Mit anderen Worten, dein fehlender Glaube an uns ist nicht gänzlich gespielt gewesen.«

»Das alles hat überhaupt nichts mit dem Glauben zu tun, mein Freund, sondern mit Artillerie, Kavallerie und Tausenden von Infanteristen, denen man von früh bis spät Drill und Disziplin eingetrichtert hat. Nur einmal angenommen, der Prinz wird heute gefangen genommen oder fällt im Kampf, seine Armee erleidet eine Niederlage und wird vom Schlachtfeld getrieben. Noch beschützen Annes Cousins sie, wie sie eine jüngere Schwester beschützen würden, und ich zweifle in keiner Weise daran, dass jeder Mann, der sie wie eine keltische Johanna von Orléans vor ihnen herreiten sieht, sich eher die Augen ausstechen würde, als sich dabei erwischen zu lassen, bei ihrem Anblick etwas anderes als reine, ehrenhafte Gedanken zu hegen. Doch wenn die Engländer gewinnen, werden sie nicht viel Federlesens machen. Männer wird man hängen, Hinrichtungen werden an der Tagesordnung sein, und jede Frau, die die weiße Kokarde trägt, egal, wer sie ist oder welches noble Anliegen sie hat in den Kampf ziehen lassen, wird man als Kriegsbeute betrachten.«

»Dazu wird es nie kommen«, entgegnete MacGillivray, indem er sein Schwert fester packte.

»Kannst du das garantieren? Kannst du hundertprozentig garantieren, dass du das Feld lebendig und als Sieger über eine Armee im Blutrausch verlässt? Falls ja, bist du mir über, denn ich habe schon eine Kavallerieattacke miterlebt, ich habe gesehen, wie es ist, wenn die Engländer ihre Gewehrsalven abgeben, und ich wäre weder so dumm noch so arrogant, vorhersagen zu wollen, welche Überlebenschancen ich dabei habe. Aber wenn ich am Leben bleibe, habe ich eine größere Chance, meine Frau davor zu bewahren, dass sie von einem

Trupp siegestrunkener Dragoner vergewaltigt wird, als du es hättest, nachdem du dich ergeben und dein Schwert ausgehändigt hast.«

MacGillivray fletschte wütend die Zähne und war drauf und dran zu sagen, dass er sein Schwert nie aushändigen würde, nicht solange es noch einen Funken Leben in seinem Körper gab, doch der vernünftigere Teil seiner Person sah ein, dass Angus nicht ganz Unrecht hatte. So sehr es ihm auch gegen den Strich ging, über die Konsequenzen einer Niederlage nachzudenken, nachdem sie so lange darauf gewartet hatten, sich endlich der Rebellion anschließen zu können, so musste er doch zugeben, dass die Möglichkeit sehr real war. Auch er wusste nur zu gut, wie mörderisch eine englische Gewehrsalve sein konnte. Anne glaubte zwar, dass er gegen Angst immun sei, doch das stimmte nicht. Er verdrängte sie lediglich und weigerte sich, sie zur Kenntnis zu nehmen.

Ein kalter dicker Regentropfen klatschte ihm ins Gesicht. Heller würde es am Himmel heute wahrscheinlich nicht mehr werden. In der Ferne hörte er die Missklänge von Dudelsäcken, deren Musik die Männer weckte und ihnen für den langen Tag, der ihnen bevorstand, Mut machte. Da das Lager so weit auseinander gezogen war, kamen die Klänge aus allen Richtungen, denn die Dudelsackpfeifer jedes Clans ließen es sich angelegen sein, ihren jeweiligen *piob rach'd* zu spielen, damit das Blut der Männer in Wallung geriet. MacGillivrays eigenes Kontingent bestand aus etwa achtzig Männern, die auf dem Feld der Ehre alle in vorderster Reihe stehen würden.

»Na schön«, sagte er, während er verdrossen nickte. »Ich gebe dir mein Wort, dass ich Annie nichts von alldem erzählen werde. Ich werde ihr noch nicht einmal sagen, dass wir uns getroffen und miteinander gesprochen haben, weil sie mir dann nämlich nicht mehr von der Seite weichen und genau würde wissen wollen, was im Einzelnen gesagt wurde, Wort für Wort, und ich bin mir in keiner Weise sicher, ob ich sie anlügen könnte. Es wird schon schwierig genug sein, sie vom Schlachtfeld fern zu halten.«

»Aber du wirst es tun. Du musst sie auf jeden Fall vom Schlachtfeld fern halten, und wenn du sie irgendwo an einen Baum bindest! Das wäre mir eigentlich fast am liebsten.«

John steckte sein Schwert wieder in die Scheide und hob seine Mütze vom Waldboden auf. »So verrückt ist sie nun wirklich nicht. Außerdem ist sie die Einzige, die imstande sein wird, Fearchar zurückzuhalten.«

»Große Güte, damit willst du doch nicht etwa sagen …«

»Doch, doch. Hat kaum Kraft genug, einen Dolch zu heben, ohne dass er unter dem Gewicht zusammenbricht, besteht aber darauf, in vorderster Reihe mitzuziehen. Es wird Annies Aufgabe sein, ihn in Sicherheit zu bringen, damit er beim Angriff nicht zu Tode getrampelt wird. Wenn sie das nicht schafft oder sich weigert, werde ich mir genug Stricke suchen, dass sie für beide reichen.«

Fünfzehntes Kapitel

Als Robbie und Jamie Farquharson kurz nach Tagesanbruch an ihre Tür hämmerten, war Anne in keiner Weise nach Gesellschaft zumute. Vor etwa einer Stunde hatte Angus sie verlassen, und seitdem saß sie allein in der Dunkelheit, eingehüllt in eine Decke, die noch immer nach seinem Haar und seinem Körper roch. Zunächst hatte sie sich nur selbst unendlich Leid getan. Doch dann waren Wut und Groll über sie gekommen und an die Stelle der entschwundenen Hoffnungen und Erwartungen getreten, die Angus erst kurz zuvor in ihr geweckt hatte.

Gleichwohl konnte sie auf ihren Mann nicht rundum wütend sein, denn dessen Frage, ob seine Ehre weniger wert sei als ihre, ließ sich zweifellos nicht einfach so abtun. Natürlich war seine Ehre nicht weniger wert als ihre, und vermutlich hatte sie das schon die ganze Zeit gewusst; es war nur schwer zu akzeptieren gewesen. Seltsamerweise erleichterte sie diese Erkenntnis in gewisser Hinsicht sogar ein wenig, brauchte sie ihre Liebe zu ihm jetzt doch nicht mehr in Frage zu stellen oder zu rechtfertigen – weder sich selbst noch anderen gegenüber. Er war genauso ehrenhaft wie Fearchar, John MacGillivray oder Alexander Cameron, und was noch wichtiger war: Er liebte sie trotz ihrer gegensätzlichen Ansichten in politischen Fragen, trotz ihrer unterschiedlichen Herkunft, trotz ihrer unterschiedlichen Temperamente, und das war weit mehr, als die meisten Frauen in ihrer Ehe je erhoffen durften.

Das Hämmern an der Tür riss sie jäh aus ihren Träumereien, sodass sie ziemlich gereizt war, als sie öffnete. »Ich bin schon wach. Kein Grund, die Tür ein…«

Die Erscheinung der Zwillinge verschlug ihr die

Sprache, denn wie sie da unter dem düsteren grauen Himmel standen, mit Musketen in den Händen und um die Taille geschnallten Schwertern, sahen sie noch furchterregender aus als sonst. Beide hatten Pistolen und Dolche im Gürtel, ein weiterer Dolch steckte im Bund ihres rechten Strumpfs. Sie trugen mit Nägeln beschlagene Tartschen aus Holz und Leder, hatten jedoch darauf verzichtet, sich ein Plaid um die Schultern zu wickeln, obwohl es deutlich nach Regen aussah. An ihre sauber gebürsteten Mützen hatten sie sich frische Preiselbeerzweige – das Abzeichen des Clans – gesteckt. Alle Spuren von Müdigkeit, die sie nach der Sauforgie in der Taverne noch empfunden haben mochten, waren funkelnder Erregung gewichen.

»Na?«, fragte Jamie. »Du starrst uns ja an, als hätten wir drei Köpfe und nicht zwei.«

Als Anne über die Schultern der beiden lugte, sah sie auf der Straße weitere Männer, die alle mit Gewehren, Schwertern, Piken und Äxten bewaffnet waren. Einer der Dudelsackpfeifer der MacCrimmons kam gerade vom Hauptlager her und führte hundert oder mehr seiner Clansgenossen in scharfem Marschschritt durch St. Ninians. Die Zecher, die am Wegesrand geschlafen hatten, kamen langsam zu sich, setzten sich auf und kratzten sich am Kopf. Doch auch sie schienen genau zu wissen, was vor sich ging. Innerhalb von Sekunden rappelten sie sich hoch und rannten in die entgegengesetzte Richtung, wobei sie ihren Kameraden grinsend zuriefen, ja nicht gleich alle Engländer umzubringen, damit noch ein paar übrig waren, wenn sie sich bewaffnet hatten und zu ihnen gestoßen waren.

»Was ist denn los?«, fragte Anne. »Wo marschieren die denn alle hin?«

»Lord George hat gesagt, wenn der Dreckskerl uns

nicht angreift, werden wir ihn eben angreifen. MacGillivray hat uns aufgetragen, dich abzuholen. Wir werden in der zweiten Kolonne marschieren, zusammen mit den Camerons, beim Blute Christi!«

»Ja.« Robbie nickte begeistert. »Auf dem Schlachtfeld werden wir auch Seite an Seite mit ihnen kämpfen. Einen besseren Platz kann es für einen Kämpfer nicht geben! Nun mach schon, Mädel! Du willst doch sicher nicht, dass wir ohne dich gehen!«

Anne wirbelte herum und schleuderte die Decke von sich, die sie sich um die Schultern gezogen hatte. Da sie schon unzählige Male nackt mit ihren Cousins schwimmen gewesen war – wenn auch vor allem in ihrer Jugend –, hatte sie jetzt keine Bedenken, spärlich bekleidet hin und her zu rennen, um ihre Sachen zusammenzusuchen. Nachdem sie sich ihre Hosen und ein dickes Leinenhemd übergestreift hatte, zog sie Strümpfe und Stiefel an. Ohne auf Robbies ungeduldiges Gemecker zu achten, legte sie eine lange gesteppte Satinweste an, die mit Preiselbeerzweigen bestickt war, und befestigte schließlich noch ein Jabot aus feiner Spitze an ihrem Kragen. Da sie keine Zeit hatte, ihr Haar ordentlich zu bürsten, teilte sie es in drei dicke Stränge, die sie rasch zusammenflocht. Als sie den Zopf mit Nadeln festgesteckt hatte, stopfte sie ihn sich unter die Mütze. Dann zog sie eine blaue Samtjacke mit Goldknöpfen und Spitzenmanschetten an und schnallte sich zwei Ledergürtel um, einen für ihre Pistolen, den anderen für Schwert und Dolch.

Obwohl sie sicher war, sich in ihrem ganzen Leben nie schneller angezogen zu haben, tigerten die Zwillinge ungeduldig im Raum herum. Schließlich eilten alle drei zum Ende des Pfads, wo einige Clansangehörige mit Robert the Bruce warteten – diesen heroischen und hoffentlich Glück verheißenden Namen hatte ihr grauer Wallach –, doch noch bevor Anne den Fuß in den Steigbügel gesetzt hatte, stieß sie einen Laut des Erschreckens aus und rannte in die Hütte zurück. Nachdem sie die Kleidung gefunden hatte, die sie am Vortag getragen hatte, wühlte sie in einer Innentasche herum und zog schließlich das Medaillon mit Angus' Porträt heraus, das sie stets bei sich trug. Als sie es an ihrem Busen befestigt hatte, zog sie ihre Lederhandschuhe an und ging wieder nach draußen.

Die drei Farquharsons saßen auf und ritten in raschem Trab davon, um sich zu MacGillivray und den übrigen Männern des Chattan-Clans zu begeben. Die Felder wimmelten von Männern, die sich zum Teil bereits zu Kompanien, Brigaden und Regimentern formiert hatten. Als der siebenundsechzigjährige Lord Pitsligo Anne erblickte, winkte er ihr zu, desgleichen der jüngere Murray of Broughton, der an der Spitze seiner prächtig gewandeten Husaren ritt, die Pelzmützen und Bandeliere aus schwarzem Leder trugen. Lord Elchos Gardekompanie bestand ausschließlich aus Gentlemen, denen ein großes Vermögen zur Verfügung stand. Ihre Uniformen waren rot und blau, und jeder von ihnen saß auf einem Pferd, das sich auch auf einem Rennplatz hätte sehen lassen können.

Die meisten Clansangehörigen trugen jedoch Kilt und Plaid, die durch ein warmes Wams aus Rindsleder und eine Jacke im Tartanmuster ergänzt wurden. An ihren Mützen steckte das Abzeichen ihres Clans, aus ihrem Mund ertönte der *cath-ghairm*, der sie zum Kampf anfeuerte. Jeder Clan hatte seinen Dudelsackpfeifer, dessen Musik das Blut der Männer in Wallung und den Feind, der ihnen auf dem Schlachtfeld gegenüberstand, in Angst und Schrecken versetzen sollte. Die Clansoberhäupter hatten auch einen Barden bei sich, der die Ereignisse des Tages in allen Einzelheiten festhalten würde, damit jede der mutigen, heldenhaften Taten zum Ruhme des Clans für die Nachwelt erhalten blieb. Später würden diese Männer, die gewöhnlich über ein akribisch genaues Gedächtnis und eine klangvolle Stimme verfügten, dann die Lieder und Gedichte verfassen, die immer wieder an den Lagerfeuern gesungen und vorgetragen werden sollten.

Als sie die Kuppe des letzten Hügels erreicht hatten und Anne die Männer des Chattan-Clans erblickte, schwoll ihr vor Stolz die Brust. Sie alle warteten nur darauf, dass ihr Colonel sie in die Schlacht führte, und als die Männer sie sahen, stieg ein Jubel auf, der lauter als jegliche Dudelsackmusik war. Einige von ihnen würden heute sterben, andere Wunden davontragen, die sie zu Krüppeln machten. Trotzdem jubelten sie alle, und ein halbes Dutzend von ihnen hievte sich John MacGillivray auf die Schultern, um ihn dann auf sein Pferd zu setzen.

MacGillivray, dessen blondes Haar im böigen Wind flatterte, grinste ebenso breit wie seine Männer. Auch er hatte sich mit großer Sorgfalt angezogen und die einfache Wolljacke, die er seit dem Abmarsch aus Aberdeen getragen hatte, gegen eine wesentlich prächtigere, in sattem Blau gehaltene Jacke eingetauscht. Seine Strümpfe und sein Kilt waren rot und hatten blaue und schwarze Streifen; statt Stiefeln trug er *brógs* aus Hirschfell, dessen Fellseite nach außen gekehrt war, damit er besser rennen konnte. Seine Mütze saß ihm in keckem Winkel auf dem Kopf und war außer mit einem Preiselbeerzweig auch mit der weißen Kokarde der Stuarts geschmückt. Auf dem Rücken trug er seinen *clai'mór* mit Korbgriff, der in seinen kräftigen Händen schon tödlich genug war, sodass er all der Pistolen und Dolche, die er bei sich hatte, eigentlich gar nicht bedurfte.

Nachdem er an einer seiner Stirnlocken gezogen hatte, um Anne seine Reverenz zu erweisen, wurde sein Grinsen noch breiter. »Lord George wollte, dass du neben dem Prinzen reitest, aber ich habe ihm gesagt, dass wir dich hier bei uns haben wollen, Colonel. Dass du bei deinen Männern sein musst. Zumindest bis wir das Moor erreichen.«

Das sagte er so laut, dass die Umstehenden abermals in Jubelgeschrei ausbrachen. Anne blinzelte entschlossen die Tränen zurück und nahm voller Stolz ihren Platz an der Spitze der langen Kolonne ein. The Bruce schien zu wissen, dass er an diesem Tag jemanden von großer Bedeutung auf seinem Rücken trug, denn er schritt würdevoll und sicher aus und hob den Schweif wie einen Fächer aus grauer Seide in die Höhe. Im Gegensatz zu anderen Pferden, denen sowohl die vielen Menschen wie auch die Trommeln und die Musik der Dudelsäcke ungewohnt waren, scheute er kein einziges Mal und ging auch nicht durch, als die Armee des Prinzen in den Kampf zog.

Zwölf Meilen weiter südlich setzte Adrienne de Boule gerade die Tasse aus feinem Porzellan ab, aus der sie soeben getrunken hatte. Auf ihrer Unterlippe blieb ein winziger Tropfen Schokolade zurück. Sogleich beugte Major Roger Worsham sich vor und leckte den Tropfen ab, um dann seine Zunge zwischen ihre Lippen zu schieben und sie leidenschaftlich und gierig zu küssen.

Er hatte keine Ahnung, wie spät es war, denn das Licht, das durchs Fenster hereinkam, war matt und grau. Der böige Wind trieb den Regen gegen die Fensterscheiben, sodass es Worsham voll und ganz gerechtfertigt schien, sich erst einmal gemächlich zu recken und es sich dann auf dem weichen Kissen von Adriennes Brüsten gemütlich zu machen. Er hatte immer noch einen dicken Kopf von dem Wein, den er am letzten Abend getrunken hatte – was ihm recht merkwürdig vorkam, da er hätte schwören können, dass er nur zwei, vielleicht drei Glas getrunken hatte. Und obwohl er sich nicht mit Sicherheit erinnern konnte, wie gut er im Bett gewesen war, nahm er doch an, die Kompaniestandarte aufgepflanzt zu haben, denn das kleine Biest sah ziemlich zerzaust aus und roch aufs Köstlichste nach Sex.

Er ließ seine Hand über ihren Körper wandern, der glatt wie Satin war, und fragte sich zum tausendsten Mal, warum eine solche Schönheit ausgerechnet ihn gewählt hatte, obwohl es doch unzählige andere gab, die um ihre Gunst buhlten. Als er seine Finger zwischen ihre Schenkel schob, quittierte sie das mit einem wohligen Stöhnen, sodass er überlegte, ob noch genug Zeit bliebe, bevor die übrigen Bewohner des Hauses aufstanden.

Zwei Türen weiter, in einem Schlafzimmer, das mit purpurfarbenen, um blassgelbe Farbnuancen bereicherten Damasttapeten ausgestattet war, stöhnte Major Hamilton Garner gerade vor sich hin. Er lag mit dem Gesicht nach unten auf dem Bett, Arme und Beine weit von sich gestreckt, während ihm ein dünner Speichelfaden aus dem offenen Mund sickerte. Die Frau neben ihm bewegte sich vorsichtig, um sich so aus dem zerwühlten Bettzeug zu schlängeln, dass er auf keinen Fall erwachte. Ihre Schenkel waren grün und blau, ihre Brüste derart zerkratzt, als wäre ein wildes Tier über sie hergefallen, und jede Öffnung ihres Körpers tat so weh, dass sie vor Schmerz fast in Tränen ausgebrochen wäre.

Es war keineswegs ihre Absicht gewesen, mit einem

der englischen Offiziere ins Bett zu gehen. Gleichwohl hatte sie sich das Ganze selbst zuzuschreiben. Der Major war ihr so schön vorgekommen mit seinen grünen Augen, die so kühn und verführerisch blickten, dass sie schon während des Dinners vor Lust zerflossen war und es kaum hatte erwarten können, seine Hände und seinen Mund auf ihrem Körper zu spüren.

Wie eine ängstliche Maus auf der Suche nach Krümeln klaubte sie so leise und rasch wie möglich ihre Kleidung zusammen. Erst als sie an der Tür stand, drehte sie sich um und warf einen finsteren Blick auf den milchweißen Körper des Majors. Dieser stöhnte gerade wieder und schlug wild um sich, um sich gegen einen unsichtbaren Feind zur Wehr zu setzen. In der vergangenen Nacht hatte sie den Fehler gemacht, ihn nach einem solchen Albtraum zu wecken – aus Mitleid, für das sie teuer hatte bezahlen müssen. Er hatte auf sie eingeschlagen, sie mit »Catherine« angesprochen und sie gezwungen, bestimmte Dinge zu tun, sodass sie am liebsten mit einem Messer auf ihn losgegangen wäre und ihm die betreffenden Körperteile abgeschnitten hätte. Jetzt empfand sie nur noch Abscheu. Verächtlich warf sie ihr langes blondes Haar zurück und verabschiedete sich mit einer derben Geste von ihm, indem sie den Mittelfinger in die Höhe reckte.

General Henry Hawley saß derweil am Frühstückstisch. Sein Kopf tat weh, seine Zunge war pelzig, und er hatte einen sauren Geschmack im Mund, den er auch mit größeren Mengen Schokolade nicht hinunterzuspülen vermochte. Er fühlte sich völlig benommen und hatte ständig den Eindruck, bei den Anweisungen, die er seinem neben ihm sitzenden Adjutanten diktierte, etwas Entscheidendes zu vergessen.

»Ich möchte die Tisch- und die Bettwäsche haben; natürlich muss die erst einmal gewaschen werden. Und ich könnte mir vorstellen, dass der Earl of Kilmarnock auch eine ansehnliche Garderobe hat. Außerdem ist mir aufgefallen, dass es hier eine sehr gut sortierte Bibliothek gibt. Sorgen Sie dafür, dass die Bücher in stabile Kisten gepackt werden, denn ich will nicht, dass sie auf dem Transport nach Edinburgh Schaden nehmen. In meinem Schlafzimmer steht eine sehr hübsche Repetieruhr, und dieser Lackschrank da gefällt mir ausnehmend gut ...« Er machte eine Pause und zeigte auf den mit Einlegearbeiten verzierten Schrank, auf dem Kannen mit Schokolade, Tee und Kaffee standen. »Das Porzellan und das Silbergeschirr kann ich eigentlich auch mitnehmen. Das ist ein schönes Geschenk für meine Schwägerin, die solche Dinge ungemein schätzt. Und nehmen Sie mal die Speisekammer in Augenschein. Die Dame des Hauses scheint einen reichlichen Vorrat an gepökeltem Rindfleisch, Zucker, Schinken und dergleichen zu haben. Davon kann sie uns ruhig etwas überlassen, damit wir auf dem Rückweg nach Edinburgh etwas Schmackhaftes zu essen haben. Ach was, nehmen Sie einfach alles mit und lassen Sie das, was wir nicht brauchen, unter meinem Namen nach Holyrood House bringen.«

»Zu Befehl, Sir. Was soll ich Lady Kilmarnock in puncto Entschädigung sagen?«

»Das, was wir allen sagen: Wenn wir wieder weg sind, kann sie sich an die Militärjustizbehörde wenden, falls sie eine Aufstellung der requirierten Dinge wünscht. Ihre großzügige Gastfreundschaft hat mich in keiner Weise zum Narren halten können, in keiner Weise, sage ich. Sie behauptet zwar, ihr Mann sei in Geschäften unterwegs, aber ich habe den starken Verdacht, dass er diese Geschäfte im Lager des Prätendenten abwickelt. Deshalb kann sie von Glück sagen, wenn wir nicht jedes einzelne Möbelstück und jedes Körnchen Salz konfiszieren und nicht auch noch die Seidenbespannung von den Wänden reißen.«

»Zu Befehl, Sir.«

»Wobei mir einfällt ...« Er nippte an seiner Schokolade und zeigte in Richtung Fenster. »Diese Vorhänge ...«

»Zu Befehl, Sir. Werde mich darum kümmern.«

Ein glockenhelles Lachen aus der Halle ließ Hawley zusammenfahren und den Kopf drehen. Widerwillig nahm er seine in Stiefeln steckenden Beine vom Tisch und stand auf, als ihre Gastgeberin durch die offene Tür hereinrauschte. Lady Kilmarnock war jung und lebhaft und lachte gern und oft, sei es zusammen mit ihren Gästen, sei es mit ihren Dienstboten. Nachdem sie das Dienstmädchen weggeschickt hatte, dem sie gerade verschiedene Anweisungen erteilt hatte, lächelte sie den General an und machte einen anmutigen Knicks vor ihm.

Hawleys schmallippige Erwiderung der Begrüßung fiel nicht sonderlich überzeugend aus. Er hatte sich 1694 sein erstes Offizierspatent gekauft und den größten Teil seines Lebens in der Armee verbracht. Jetzt ging er auf sein siebentes Lebensjahrzehnt zu, war unverheiratet und abstoßend unattraktiv. Lady Kilmarnock hatte in keiner Weise befürchten müssen, dass er in Abwesenheit ihres Mannes versuchen würde, in ihr Boudoir einzudringen. Bei seinen Bettgenossinnen war der General genauso wählerisch wie bei seiner Unterkunft, und in Callendar House gab es keine einzige Frau, die er irgendwie anziehend fand, sah man einmal von der Tochter der Köchin ab, die kaum älter als neun und dick und rund wie ein Kloß war.

»Guten Morgen, General. Meine Güte, ist es wirklich schon fast Mittag? Ich hoffe, Sie haben gut geschlafen?«

»Um die Wahrheit zu sagen«, erwiderte er mit finsterer Miene, »kann ich mich kaum daran erinnern, wie ich geschlafen habe. Jedenfalls brummt mir der Schädel, und ich bin wesentlich länger im Bett geblieben, als es meine Gewohnheit ist – eine Trägheit, die auch einige meiner Offiziere heimgesucht zu haben scheint.«

»Sicher kommt das von dem Schlafmittel, das ich in den Dinnerwein getan habe.«

Einen Moment lang blickte Hawley entgeistert drein, doch als sie den Kopf zurückwarf und auflachte, wurde ihm klar, dass sie einen Scherz gemacht hatte. Er nickte. »Ich ziehe es vor, meine Lethargie meiner Schlafstätte zuzuschreiben, Madam. Ich wünschte, in meinem Zelt ließe sich ein derart bequemes Bett unterbringen. Wenn es ginge, würde ich es unverzüglich tun.« Nachdem er einen Moment lang über diese Feststellung nachgedacht hatte, warf er seinem Adjutanten einen fragenden Blick zu. Dieser nickte und kritzelte einen weiteren Posten auf seine Schreibtafel. Als er fertig war, entließ ihn der General mit einer Handbewegung. »Das wäre im Moment alles, Corporal Martin, danke. Bitte setzen Sie Major Worsham und Major Garner davon in Kenntnis, dass ich sie in fünf Minuten auf diesen beiden Stühlen ...« – er zeigte auf die gegenüberliegende Seite des langen Tisches – »... sitzen sehen möchte, falls sie es nicht riskieren wollen, vors Kriegsgericht zu kommen.«

Der Adjutant schnappte sich seine Kappe, grüßte zackig und ging, während der General und Lady Kilmarnock sich ihrem Frühstück zuwandten. Hawleys Teller war mit Schinkenscheiben, Rinderzunge, Käse sowie in einer dicken Soße schwimmenden Fleischstücken voll gehäuft, wovon ihn bisher allerdings nichts sonderlich angesprochen hatte. Als Lady Kilmarnock jedoch eine Scheibe Speck und ein Würstchen bestellte, gab er dem Diener mit einem Zeichen zu verstehen, eine doppelte Portion zu bringen.

»Ich liebe Frauen, die einen gesunden Appetit haben«, sagte er, »und nicht wie ein Spatz essen.«

»Mein Mann wirft mir immer vor, dass ich wie das liebe Vieh reinhaue, obwohl er bei Tisch ebenfalls ganz viel isst, was man ihm auch ansieht.«

»Ach ja, das Vieh. Wir werden in den kommenden Tagen auf Ihren Viehbestand zurückgreifen müssen, Madam. Außer dem Essen für meine Männer werden wir auch etwas für die Gefangenen brauchen.«

Lady Kilmarnock lächelte. »Sie hören sich an, als seien Sie von einem Sieg überzeugt, General.«

»Ich bin von der Entschlossenheit meiner Männer überzeugt, werte Dame. Sicher, ich weiß, dass es ihnen an Disziplin fehlt und dass ihre Tapferkeit in der Vergangenheit zu wünschen übrig ließ, gelinde ausgedrückt. Aber trotzdem …« Er fuchtelte mit seiner Gabel herum, auf die ein Stück Schinken aufgespießt war. »… gibt es einfach keinen prächtigeren Anblick als englische Soldaten, die sich zum Kampf aufgestellt haben. Das müssen Sie sich einmal vorstellen. Achttausend Mann, in schnurgeraden Reihen stehend. Ein Meer von Scharlachrot. Das Dröhnen der Trommeln, während über den Köpfen der Menge die Fahnen flattern. Das treibt einem fast die Tränen in die Augen! Welchen Eindruck das Ganze auf einen schlecht ausgebildeten Pöbelhaufen in Röcken machen wird, bleibt freilich abzuwarten.«

»Soviel ich gehört habe«, warf sie ein, »kann dieser schlecht ausgebildete Pöbelhaufen aber ganz schön Furcht einflößend sein.«

»Erwachsene Männer in Unterröcken?« Der General lachte schallend, wobei er ein Stück Käse über den Tisch spuckte. »Wenn denen ein kräftiger Wind von hinten zwischen die Beine fährt, dürften sie wohl eher lächerlich als bedrohlich wirken. Ein höchst verachtenswerter Feind, das kann ich Ihnen versichern. Ohne Manieren und Prinzipien. Extrem undiszipliniert und militärisch derart unklug, dass es einen nur verblüffen kann. Vor zwei Tagen haben die zum Beispiel in einem Moor südöstlich von Bannockburn weithin sichtbar die Standarte des Prätendenten aufgepflanzt, als wollten sie uns damit in Panik versetzen. Panik? Pah! Ich war eigentlich versucht, einen Mann zu Fuß loszuschicken, zu Fuß, sage ich, um das verdammte Ding als Trophäe sicherzustellen.«

Lady Kilmarnock presste die Lippen zusammen, ohne etwas zu sagen, blickte jedoch zur Tür, da plötzlich ein Butler aufgetaucht war.

»Ich bitte die Störung zu entschuldigen, Mylady. Aus dem Hauptquartier des Generals ist gerade ein Kurier eingetroffen. Ein höchst aufgeregter junger Mann. Er besteht darauf, sofort mit dem General zu sprechen.«

»Er besteht darauf, ja?«, meinte der General mit einem Stirnrunzeln. »Sagen Sie ihm, dass ich beschäftigt bin und ihn empfangen werde, wenn ich Zeit habe.«

Nachdem der Butler Lady Kilmarnock einen verstohlenen Blick zugeworfen hatte, wandte er sich wieder an den General. »Ich habe ihm bereits mitgeteilt, dass Sie unpässlich sind, Sir, aber er ist äußerst hartnäckig.«

»Sagen Sie ihm, er soll warten«, erwiderte der General, dabei jedes Wort so aussprechend, als wäre es zehn Silben lang.

»Ja, Sir. Sehr wohl, Sir.«

Hawley saugte sich eine Schinkenfaser aus den Zähnen und drehte Lady Kilmarnock sein wütendes Gesicht zu. »Sie müssen den Mangel an Manieren bei meinen Männern entschuldigen, werte Dame. Die meisten von ihnen sind Gesindel, das man in Bordellen rekrutiert hat. Sobald sie geschworen haben, dass sie Protestanten sind und keinen Bruch haben, vertraut man ihnen eine Muskete an und drückt ihnen pro Tag Sixpence in die Hand. Sie beklagen sich über das Klima, sie beklagen sich darüber, dass sie nur Zwieback und Wasser bekommen ...« Er machte eine Pause, um sich eine weitere Gabel Rührei in den Mund zu schaufeln. »Ich schwöre Ihnen, dass mich an manchen Tagen regelrechte Kopfschmerzen plagen, weil ständig das Klatschen der Peitsche zu hören ist.«

»Aber trotzdem sehen sie, wie Sie sagen, auf dem Schlachtfeld ganz prächtig aus«, murmelte Lady Kilmarnock.

Hawleys Lippen kräuselten sich, doch bevor er etwas auf ihren Kommentar entgegnen konnte, erschien der Butler wieder, verlegen in die Hand hüstelnd.

»Ja, Donald?« Lady Kilmarnock zog eine Augenbraue hoch.

»Es geht um den Kurier, Mylady. Er ist völlig außer sich und hat mit Gewalt gedroht, wenn er nicht sofort beim General vorgelassen wird.«

»Sehen Sie, meine Liebe?« Der General breitete resigniert die Hände aus. »Anmaßend bis dorthinaus. Na schön, dann lassen Sie ihn rein.«

Der Butler trat zur Seite und nickte mit hochmütiger Miene einer draußen in der Halle stehenden Gestalt zu. Ein Corporal, dessen Haar und Kleidung von Regen troffen, eilte mit der Kappe unterm Arm auf den General zu und beugte sich, ohne auf Erlaubnis zu warten, zu ihm hinunter, um ihm kurz etwas ins Ohr zu flüstern.

Abrupt hörte der General auf zu kauen. »Was? Was sagen Sie da?«

Der Corporal beugte sich von neuem zu ihm.

»Auf dem Moor! Unmöglich! Im Morgenbericht stand doch, dass sie noch zwölf Meilen nordwestlich sind.«

»Ich versichere Ihnen, Sir, dass ein Irrtum ausgeschlossen ist. Mag sein, dass sie nach Nordwesten marschiert sind, aber nur, um Torwood zu umgehen und den Carron bei Dunipace zu überqueren. Die Rebellen haben Falkirk Moor eingenommen, Sir, und es sieht ganz so aus, als wollten sie die Stellung halten.«

»Als wollten sie die Stellung halten? Da hört sich doch alles auf!«

Hawley erhob sich und ging mit großen Schritten zur Tür, ohne Lady Kilmarnock auch nur zuzunicken. Sein Gebrüll dröhnte durch die Halle und ließ Major Garner und Major Worsham zusammenfahren, die gerade die Treppe herunterkamen. Wüste Flüche ausstoßend, rief er nach seinem Pferd und nach der Wache. Am Portal warf ihm einer seiner Adjutanten sein Cape um die Schultern, wobei ihm jedoch seine Perücke vom Kopf rutschte. Ein anderer Adjutant eilte hinzu, um sie aufzuheben, doch der General schoss bereits durch den Regen davon, ohne Kopfbedeckung und ohne Perücke, die Serviette nach wie vor in den Kragen gestopft.

Im Frühstückszimmer hob Lady Kilmarnock gerade ihre Tasse an die Lippen und trank einen Schluck heißer Schokolade. Nachdem sie einen Moment lang genießerisch die Augen geschlossen hatte, wandte sie sich wieder dem Essen zu.

Sechzehntes Kapitel

Angus Moy traf gerade im rechten Moment im hannoveranischen Lager ein, um den Anblick genießen zu können, den General Henry Hawley bot, als er wie von Hunden gehetzt übers Feld ritt, während ihm etwas großes Weißes um den Hals flatterte, das stark an eine Serviette erinnerte. Ihm auf dem Fuß folgten Major Garner und Major Worsham, die beide schon absaßen, ehe ihre Pferde ganz still standen, und in entgegengesetzte Richtungen davoneilten, um sich zu ihren Regimentern zu begeben.

Das ganze Lager war in Aufruhr. Männer rannten hin und her, schrien nach Pferden, Musketen, Sätteln, machten im Laufen Knöpfe zu und legten lederne Halsbinden an. Der Regen sorgte dafür, dass das Durcheinander noch größer wurde. Das Unwetter war wie eine Furie hereingebrochen und hatte heftigen Sturm sowie eisigen Regen mitgebracht, der schon den ganzen Morgen in Strömen niederging. Da die Schneeschicht, die den Boden bedeckte, sich in Eis verwandelte, wurden die Hänge mit ihrem verdorrten Gras und ihrem Dornengestrüpp noch tückischer und rutschiger.

Die Eskorte, die MacGillivray Angus mitgegeben hatte, hatte diesen eine Meile vor dem Moor verlassen. Danach hatte er dann fast zwei Stunden gebraucht, um über das unebene Gelände zum Lager zu gelangen. Immer wieder hatte er in Deckung gehen müssen, weil überall Hochländer durch die Schluchten strömten und die Hänge hochkraxelten, um, angeführt von Lord George Murray, das hoch gelegene Terrain zu besetzen. Ein Anblick, der ihn zutiefst beunruhigt hatte. Es gelang, ohne dass ein einziger Schuss abgegeben wurde. Drei Regimenter des Donald-Clans hatten die Straße gesichert, damit der Rest der vorrückenden jakobitischen Armee ungehindert zum Moor gelangen konnte. Gegen Mittag, als die englischen Truppen noch ihre Halsbinden befestigten und ihre Munition zusammensuchten, pflanzte Prinz Charles im hinteren Teil des Geländes bereits seine Standarte auf. Unter den Klängen der Dudelsäcke bezogen die MacDonalds ihre traditionelle Stellung auf der rechten Seite der Gefechtslinie, wobei ihre Flanken durch morastiges Sumpfland geschützt wurden. Ganz links standen die Appin Stewarts, in der Mitte die Camerons, Frasers, MacPhersons, MacKenzies sowie die Männer des Chattan-Clans, die immer wieder laute Jubelrufe ausstießen.

Die zweite Linie bestand aus sieben Bataillonen, darunter Lord Elchos Garde und drei Bataillone der Atholl-Brigade Lord Georges. Hinter ihnen stellten sich als Reserve Lord John Drummonds Männer auf. Der einzige Teil des Mänovers, der nicht wie geplant klappte, betraf die Aufstellung der schweren Artillerie, für die der extravagante italienische Graf Fanducci verantwortlich war.

Sobald die Kanonen die Straße verlassen hatten, versanken sie bis zu den Achsen im Schlamm und ließen sich trotz eines stetigen Stroms farbigster Beschimpfungen nicht den Abhang hochbringen.

Als Angus die eindringliche Melodie des MacKintosh'schen *piob rach'd* hörte, wünschte ein Teil seiner Person, neben dem goldmähnigen MacGillivray zu stehen.

Der andere Teil betete.

Obwohl er das Moor, die Schlucht und den Abhang nach Anne abgesucht hatte, hatte er sie nirgendwo entdecken können; erst ganz zum Schluss hatte er sie erblickt, als Hardy, der mit seiner Weisheit am Ende war, seinen Herrn schon mit Gewalt wegzerren wollte, damit man sie am Ende nicht doch entdeckte und kurzerhand erschoss.

Anne war zwar mit den Männern des Chattan-Clans gekommen, hatte sich jedoch, nachdem diese Aufstellung genommen und sie ihnen einige ermutigende Worte zugerufen hatte, schweren Herzens hinter die Linien begeben, wo der Prinz mit seiner Leibwache Position bezogen hatte. Angus betete – inständiger, als er es je im Leben getan hatte –, dass sie dort auch bleiben würde, umgeben von einer Phalanx von Hochländern, deren einzige Aufgabe darin bestand, Charles Stuart und sein Gefolge mit ihrem Leben zu schützen.

Als Erste erreichten drei Dragonerregimenter das Moor, denen zwölf Bataillone kampferprobter Truppen folgten, während Hawleys Artillerie weit zurückblieb. Trotz der haushoch überlegenen Feuerkraft ihrer schweren Geschütze gelang es ihnen lediglich, zwei Vierpfünder und ein kleineres Kartätschengeschütz heranzuschaffen, das man ebenso gut bei den anderen im Morast hätte zurücklassen können.

Die Infanteristen waren in dieser Hinsicht kaum besser dran. Der Regen weichte ihre Pappkartuschen auf und ließ ihr Pulver nass werden, sodass bei der ersten Salve jede dritte Muskete eine Fehlzündung hatte.

Hawley war fuchsteufelswild, ließ den Mut jedoch nicht sinken. Er vertraute auf seine Dragoner und befahl, die Trommeln zu rühren, während er fast dreihundert Reiter zur Attacke übergehen ließ.

Ohne zu wanken, erwarteten die Jakobiten sie. Nervös befingerten sie die Abzüge ihrer Musketen und richteten das eine Auge auf die donnernd näher kommende Mauer aus Pferden, das andere auf Lord George Murray, der vor der Front auf und ab schritt und die

Männer ermahnte, die Stellung zu halten und erst zu schießen, wenn er das Zeichen gab. Wie jedes andere Clansoberhaupt kämpfte er heute zu Fuß.

Er wartete, bis die brüllenden Dragoner nur noch zehn Meter entfernt waren. Dann hob er seine Muskete und gab der fest geschlossenen Reihe von Clansmännern den Befehl zum Feuern. Im ohrenbetäubenden Lärm und im Pulverdampf von tausend gleichzeitig abgefeuerten Gewehren kam die Attacke der Dragoner zum Stehen. In wildem Durcheinander löste sich die Front der Reiter auf, wobei bereits die Hälfte von ihnen tot im Sattel hing. Diejenigen, die weiterritten, entdeckten, warum die Hochländer so ruhig geblieben waren: Keine sieben Meter vor ihren Linien ging ein tiefer Graben durch die Erde, der im Regen und Nebel zunächst nicht auszumachen war und in dem sich weitere Hochländer versteckt hatten, um nun mit ihren Piken und *clai'mórs* den Pferden des Gegners die Bäuche aufzuschlitzen.

Als die restlichen Kavalleristen Hawleys die Schreie ihrer entsetzten Kameraden hörten, die aus dem Sattel gezogen und massakriert wurden, machten sie kehrt und ergriffen die Flucht. Major Hamilton Garner, der seine Kopfbedeckung verloren hatte, schaffte es zwar, mit dem Schwert eine Hand voll Männer wieder in Richtung des Feindes zu treiben, doch im Großen und Ganzen legten sie das gleiche schändliche Verhalten an den Tag wie bei Prestonpans. So erpicht waren die Dragoner darauf, das Schlachtfeld zu verlassen, dass sie rücksichtslos in die vorrückenden Reihen ihrer eigenen Infanterie hineinritten, was zu noch größerem Durcheinander und noch größerer Panik führte.

Die auf der linken Seite stehenden, von den Camerons, den Appin Stewarts und den MacKintoshs angeführten Hochlandregimenter legten an und feuerten ihre Musketen ab, nachdem Hawleys Infanteristen ihre erste Salve abgegeben hatten. Wie der General prahlend gesagt hatte, war der Anblick, den sie boten, in der Tat höchst eindrucksvoll. Ihre scharlachroten Uniformröcke leuchteten förmlich durch den Regenschleier, sodass sie angefangen vom steifen weißen Leder ihrer Halsbinden bis hin zu den hohen weißen Gamaschen ein weithin sichtbares Ziel abgaben.

Im Gegensatz dazu verschmolzen die Hochländer mit ihren in gedämpften Tönen gehaltenen Plaids und ihren einfachen Wolljacken geradezu mit dem Braun und Grau des umliegenden Moorlandes, sodass es letztendlich nichts gab, worauf die Royalisten hätten zielen können, und die meisten ihrer Salven ins Leere gingen.

Wie es ihre Gewohnheit war, warfen die Hochländer ihre abgefeuerten Gewehre nach dem ersten Schuss von sich und stürmten los. Die Luft hallte wider von den jahrhundertealten Schlachtrufen, mit denen schon ihre Vorfahren ihrem Schicksal entgegengerannt waren. Als die in vorderster Reihe stehenden englischen Infanteristen sie mit erhobenen Schwertern aus dem Nebel und dem Rauch auftauchen sahen, machten sie es den Dragonern nach und wichen zurück. Dabei rissen sie auch die zweite Reihe mit sich, sodass sich der völlig entgeisterte General Hawley plötzlich von einem Meer roter Uniformen umgeben sah, das die Abhänge hinunterströmte und auf die zum Lager führende Straße zustrebte.

Sie rannten in Gruppen von vierzig und fünfzig Mann, ohne sich um ihre Musketen zu scheren, die sie einfach zurückließen. Sie rissen sich die Munitionstaschen vom Gürtel und die Halsbinden von der Uniform und warfen alles weg. Sie rannten bis nach Falkirk, um sich in Sicherheit zu bringen, und als ihnen selbst das nicht weit genug vorkam, flohen sie bis nach Linlithgow, das zehn Meilen entfernt war.

Es gab aber auch welche, die nicht voller Panik vom Schlachtfeld flohen. Lord Georges Atholl-Truppen, die Camerons und MacKintoshs stießen auf mehrere Regimenter, die sich entschlossen zum Kampf stellten. Eine Abteilung Regierungstruppen versuchte, ein Flankenmanöver durchzuführen, um Lord Georges Männer ins Kreuzfeuer zu nehmen. Als MacGillivray dies bemerkte, stieß er den Schlachtruf »Loch Moy« aus, damit die Männer des Chattan-Clans sich um ihn sammelten und man den anderen zu Hilfe eilen konnte.

Wie eine Sense fuhren MacGillivrays lange Beine durch das Dornengestrüpp und das gefrorene Gras, als er und seine Männer sich auf die englischen Soldaten warfen. Mit weit ausholenden Bewegungen hieb und stach er auf den Feind mit seinem *clai'mór* ein, der durch Fleisch und Knochen schnitt, als seien sie aus Watte. Nur eine vereinzelte Gruppe von Infanteristen hatte noch die Geistesgegenwart, eine Salve abzufeuern. John spürte ein Ziehen im Schenkel sowie in der Wade und in den Rippen, schüttelte den Schmerz jedoch ab, als hätte ihn lediglich irgendein Insekt gestochen. Im selben Moment nahm er indes aus den Augenwinkeln etwas derart Ungeheuerliches wahr, dass er über einen gefallenen Clansgenossen stolperte und in einen flachen Graben stürzte.

Robbie Farquharson sah zwar, wie der blutüberströmte MacGillivray kopfüber in den Graben fiel, hatte aber keine Zeit, ihm zu Hilfe zu eilen. Zusammen mit seinem Zwillingsbruder pflügte er sich mit dem Schwert einen blutigen Pfad durch die englischen Reihen. Dicht hinter ihnen kamen Eneas und Gillies MacBean. Der untersetzte Hochländer war von oben bis unten mit Blut und Schlamm bespritzt.

Die Engländer gerieten ins Wanken und machten kehrt, um feststellen zu müssen, dass die Camerons wie eine Horde höllischer Dämonen auf sie zustürmten. Geschlossen warfen die königlichen Truppen ihre Musketen zu Boden und hoben die Hände, um sich zu ergeben. Einige von ihnen pressten fest die Augen zusammen und brachen in Tränen aus, weil sie erwarteten, gleich in Stücke gehauen zu werden.

In der Tat hätten die Schotten genau das getan, hätte sie nicht ein gerade noch rechtzeitig gebrüllter Befehl Alexander Camerons davon abgehalten. Allerdings ließ sich nicht verhindern, dass sie mit der Flachseite ihrer Schwerter auf die englischen Soldaten eindroschen, diese anspuckten und beschimpften, zumal als sich herausstellte, dass einige der Gefangenen zu den Brigaden der Royal Scots gehörten.

Als sich alle ergeben hatten und umzingelt waren, krümmte Gillies MacBean sich nach vorn, um keuchend nach Luft zu ringen. Er hatte sich noch nicht ganz von dem Wetttrinken am letzten Abend erholt, und als er grün im Gesicht wurde und aussah, als müsse er sich übergeben, brachen die anderen Männer alle in Gelächter aus.

Außer Robbie, der sich umdrehte und in den schwefligen Nebel starrte.

»Was ist denn los, mein Junge?«, fragte Aluinn MacKail, indem er ihm kräftig auf die Schulter klopfte. »Die Dreckskerle fliehen. Wir haben gewonnen. Warum ziehst du da solch ein langes Gesicht?«

»Wegen MacGillivray. Beim letzten Kreuzfeuer hat es ihn erwischt, Gott schütze ihn, und jetzt ist es so diesig, dass er vielleicht verblutet, bevor wir ihn finden.«

»Gott schütze *dich*, mein Junge«, sagte da MacGillivray, der plötzlich aus Nebel und Regen auftauchte und auf sie zugehumpelt kam. »Ich habe seine Hilfe noch nicht nötig. Aber jemand anders vielleicht.«

Bei diesen Worten riss er den Arm nach vorn und schleuderte Anne Moy MacKintosh zu Boden, wo sie ausgestreckt liegen blieb. Da sie ihre Mütze verloren hatte, hing ihr der Zopf klatschnass auf dem Rücken. Ihr Spitzenjabot war schon längst irgendwo im Schlamm gelandet. Ihr Gesicht und ihr funkelndes Schwert waren mit Blut befleckt.

»Was in Christi Namen …?« Eneas schob seine Brüder beiseite und trat vor, ohne seiner Cousine, die sich gerade wieder hochrappelte, beim Aufstehen zu helfen. »Wo kommst du denn her? Haben wir dir nicht befohlen, hinten beim Prinzen zu bleiben?«

»Ihr habt doch wohl nicht wirklich erwartet, dass ich einfach so rumsitze und bloß zusehe«, erwiderte sie mit trotzig funkelnden Augen. »Wo ich doch besser schießen, besser kämpfen, besser reiten kann als ihr alle zusammen!«

MacGillivray packte sie bei der Jacke und wirbelte sie herum, bis er ihr ins Gesicht sehen konnte. Als er sie durch den strömenden Regen hindurch wahrgenommen hatte, hatte er seinen Augen nicht getraut. Und was noch schlimmer war: Als er zu Boden gegangen war, hatte ein Schuss aus Annes Pistole einen englischen Soldaten davon abgehalten, ihm das Bajonett in den Rücken zu stoßen.

»Herrgott noch mal, du bist die Frau des Clansoberhaupts«, zischte er.

»Ja, das bin ich. Ich bin aber auch Colonel dieses Regiments, und ich bin nicht bereit, müßig unter einem Zeltdach zu sitzen, Wein zu trinken und Süßigkeiten zu knabbern, während die tapferen Männer meines Clans kämpfen und sterben!«

John packte noch fester zu und zog sie so nahe an sich heran, dass sie seinen warmen Atem auf der Wange spüren konnte. Er war so wütend, dass er sie am liebsten gewürgt hätte, eine Einstellung, die ihre Cousins offenbar nicht teilten, warfen sie doch ihre durchweichten Mützen jauchzend in die Luft, um Annes Mut zu preisen. Dann entrissen sie sie MacGillivray und setzten sie sich auf die Schultern, um wie die Irren mit ihr im Kreis herumzutanzen, bis Anne vor Lachen ganz schwindlig wurde und sie ihre Cousins bat, sie wieder abzusetzen.

Von den Engländern, die zu einem elenden Haufen zusammengedrängt dastanden, amüsierte das freilich keinen. Die Scham, die sie empfanden, war ohnehin schon groß genug – und jetzt mussten sie auch noch feststellen, dass ihnen eine Frau auf dem Schlachtfeld gegenübergestanden hatte. Sie hatten zwar Gerüchte gehört, dass es im Lager des Prinzen eine Amazone mit flammend rotem Haar gebe, hatten aber bisher angenommen, dass es sich eben nur um Gerüchte handle. Da sich keine anständige Engländerin auch nur in der Nähe eines Schlachtfelds blicken lassen würde, kamen sie zu dem Schluss, es hier mit einer Mischung aus Mannweib und Hure zu tun zu haben; gleichwohl trug diese Überlegung wenig zur Linderung der Läsionen bei, die ihr Stolz erlitten hatte.

Sie würden sich an sie erinnern.

Jeder Einzelne von ihnen würde sich an sie erinnern.

Diese Erinnerung sollte sich auch noch zahlreichen anderen Gefangenen unauslöschlich einprägen, als Anne später durch das englische Lager ritt und das dort herrschende Chaos in Augenschein nahm. Der kurz vor ihr eingetroffene Prinz hatte nicht nur Hawleys Zelt mit Beschlag belegt, sondern auch dem in einer Ecke kauernden Kammerdiener des Generals sogleich befohlen, Wein und Lebensmittel aus den persönlichen Beständen Hawleys zu holen, damit man den Sieg gebührend feiern konnte.

Die fliehende royalistische Armee hatte ihr Lager einfach im Stich gelassen und dabei fast alle Zelte und die gesamte Ausrüstung zurückgelassen, darunter vierzehn schwere Geschütze und eine beachtliche Menge an Munition – alles Dinge, die in der jakobitischen Armee sehr knapp waren.

Charles Stuart, der eine schreckliche Bronchitis bekämpfte, hatte voller Entzücken festgestellt, dass Hawley ein Faible für französischen Brandy hatte. Als Anne und MacGillivray mit der weit auseinander gezogenen Kolonne ihrer Gefangenen im Schlepptau angeritten kamen, war er bereits beim dritten Glas. Nur Lochiel und Lord George hatten sich bislang noch nicht zu dem Prinzen gesellt, um den Sieg zu feiern. Stattdessen hatten sie die Verfolgung der fliehenden Engländer aufgenommen, da der Sieg ihrer Ansicht nach nicht viel nützen würde, wenn man Hawleys Armee entkommen ließ, um sich dann eines Tages wieder mit ihr auseinander setzen zu müssen.

Als Charles Stuart seine *belle rebelle* das überfüllte Zelt betreten sah und ihre regennasse Kleidung wahrnahm, die ebenso wie das Blut und der Schlamm, mit denen sie bespritzt war, Zeugnis davon ablegte, dass sie ihrem Ruf abermals alle Ehre gemacht hatte, riss er überrascht seine sanften braunen Augen auf. Er war so damit beschäftigt gewesen, von seinem Hügel im Moor aus die Schlacht zu verfolgen, dass er gar nicht bemerkt hatte, wie sie sich davongestohlen hatte.

»Große Güte«, sagte er, nachdem sie einen Knicks gemacht hatte und sich wieder erhob. »Muss ich annehmen, dass Sie einen Befehl Ihres Prinzen missachtet haben?«

»Sie haben mir nie den ausdrücklichen Befehl gegeben, an Ihrer Seite zu bleiben, Eure Hoheit«, wandte sie ein. »Ich konnte deutlich sehen, dass die Schlacht sich zu unseren Gunsten gewendet hatte …« Eine Feststellung, die ihr einen finsteren Blick von MacGillivray eintrug. »… und trachtete nur noch danach, im Moment des Triumphs bei meinen Clansgenossen zu sein.«

Der Prinz hustete in sein Spitzentaschentuch. Obwohl sein Gesicht dunkelrot wurde, winkte er seine zwei Berater O'Sullivan und Thomas Sheridan weg, als diese besorgt auf ihn zutraten. Keinem von diesen beiden war bisher auch nur die Perücke feucht geworden, da sie es geflissentlich vermieden hatten, sich ins Freie zu wagen.

Als der Hustenanfall vorüber war, sank der Prinz in Hawleys hölzernen Feldstuhl zurück und trank einen großen Schluck Brandy.

»Wenn man sich nach einem Sieg so schlecht fühlt, möchte ich mir lieber nicht vorstellen, wie man sich nach einer Niederlage fühlt«, keuchte er, was nur halb als Scherz gemeint war.

»Eure Hoheit …«, begann O'Sullivan.

»Ja, ja, ich weiß. Diese Feuchtigkeit bekommt mir nicht gut, und ich sollte mich sofort wieder zu Bett legen. Aber es gibt bestimmte Freuden im Leben, auf die wir nicht einfach verzichten können, bloß weil wir uns nicht in der Lage fühlen, sie zu genießen. Unser Abendessen wird zum Beispiel in Hawleys Porzellan serviert und an seinem Tisch eingenommen. Es mag engstirnig sein, voller Genugtuung und Schadenfreude am Tisch eines

Mannes zu sitzen, der mich einmal als nichtsnutzigen Verschwender bezeichnet hat, aber so ist das nun mal.« Er schaute zu Anne auf, nachdem sein Blick kurz ihre schlammverkrusteten Stiefel gestreift hatte. »Und Sie, meine Liebe ... was würde Ihnen im Moment, abgesehen von einem heißen Bad, am meisten Freude bereiten?«

»Mir, Eure Hoheit?« Sie trat verlegen von einem Fuß auf den anderen. »Ich bin vollauf zufrieden, Ihnen zu Diensten gewesen zu sein, Sire. Um eine kleine Gunst würde ich Sie allerdings gern bitten, wenn ich darf.«

Er machte eine huldvolle Handbewegung. »Ich höre.«

»Ich würde Ihre Offiziere gern fragen, ob sie etwas über das ... über das Regiment meines Mannes wissen.« Als sie in der Versammlung von Clansoberhäuptern umherblickte, die fast alle blutbefleckt vom Schlachtfeld zurückgekehrt waren, glaubte sie den einen oder anderen verächtlich grinsen zu sehen. Nachdem man die Gefangenen entwaffnet ins Lager abgeführt hatte, war es zu spät gewesen, das Moor abzusuchen. Wenn Angus gefallen war, wenn er irgendwo blutend auf der kalten nassen Erde lag, würde es vielleicht schon zu spät sein, wenn man den nächsten Morgen abwartete.

Angus' Regiment war General Keppel unterstellt gewesen und hatte auf dem Schlachtfeld unmittelbar gegenüber den MacKintoshs gestanden.

»Ich würde gern um Erlaubnis bitten, zum Moor zurückzukehren und nach ihm zu suchen, wenn ...«

Der Prinz hob die Hand, um ihr Schweigen zu gebieten. Dann wedelte er mit zweien seiner schmalen Finger, um jemandem, der neben dem Zelteingang stand, ein Zeichen zu geben.

Als Anne sich umdrehte, sah sie, wie Alexander Cameron gerade lächelnd die Zeltklappe hob. Er trat beiseite, um einen anderen Mann einzulassen – einen

Mann mit dunklen kastanienbraunen Haaren, die ihm nass am Kopf klebten, und klaren grauen Augen, die sich sofort auf Anne hefteten.

Da ihr bewusst war, dass die Clansoberhäupter jede ihrer Bewegungen verfolgten, unterließ sie es, auf ihren Mann zuzustürzen und sich in seine Arme zu werfen, obwohl sie nichts lieber getan hätte als das. Stattdessen ging sie mit ausdruckslosem Gesicht langsam und ruhig auf ihn zu, ließ jedoch schnell den Blick über seinen Körper wandern, um festzustellen, dass beide Arme und Beine unversehrt waren und ihm auch sonst nichts fehlte. Am Kinn hatte er zwar eine klaffende Wunde, bei deren Anblick ihr kurz der Atem stockte, doch seine Augen waren ungetrübt und mit Eindringlichkeit auf sie gerichtet.

»Eure Dienerin, Captain«, sagte sie leise.

Ein Zucken ging durch Angus' Gesicht. Dann drückte er die Schultern zurück und zog langsam sein Schwert, das er bei der Klinge packte und seiner Frau überreichte, um sich den Gepflogenheiten gemäß zu ergeben.

»Mir will scheinen, als sei eher ich Euer Diener ... Colonel ...«, murmelte er, um dann nahezu im Flüsterton hinzuzufügen: »... und darf ich sagen, dass ich das sehr gern bin.«

»Recht so«, warf der Prinz mit verdrießlich klingender Stimme ein. »Und wenn Sie mir jetzt Ihr Ehrenwort geben wollen, Sir, bin ich bereit, darauf einzugehen, damit wir uns dann wieder angenehmeren Dingen zuwenden können.«

Für den Bruchteil einer Sekunde zögerte Angus. Doch dann ging er an seiner Frau vorbei und schritt auf den Köngissprössling zu. Er ließ sich aufs Knie nieder und beugte den Kopf. »Ich gebe Ihnen mein Wort, Sire, nicht mehr zu den Waffen zu greifen, um gegen die Sache der Stuarts zu kämpfen.«

»Ich muss gestehen, dass ich sehr enttäuscht von Ihnen bin, MacKintosh. Ich hatte gehofft, Sie zu meinen liebsten Freunden zählen zu dürfen.« Als Angus nichts darauf erwiderte, machte der Prinz abermals eine huldvolle Handbewegung. »Erheben Sie sich. Ich nehme Ihr Wort als Offizier und Gentleman an.«

»Darf ich um die Erlaubnis bitten, Sire, die Wunde meines Mannes zu versorgen?«, fragte Anne.

Nachdem sie mit einer weiteren huldvollen Handbewegung entlassen worden waren, verließen sie gemeinsam das Zelt. Ohne ein Wort zu wechseln, bestiegen sie ihre Pferde und ritten durchs Lager. Der Regen war inzwischen in Schnee übergegangen. Als sie St. Ninians erreichten, war es völlig dunkel. Beide waren bis auf die Knochen durchgefroren. Vor der Hütte, die Anne als Quartier diente, verließ die Eskorte von Hochländern sie und nahm die Pferde mit, um sie zu füttern und in den Stall zu stellen. Niemand hatte sich um das Feuer gekümmert, sodass nur noch kalte graue Asche im Kamin lag, doch bevor Anne auch nur ihre Jacke ausziehen konnte, wurde hinter ihr die Tür auf eine Weise zugeknallt, die ihr die Hitze ins Gesicht steigen ließ.

Angus lehnte an der Tür. Wie auf dem ganzen Ritt hierher trug er keine Kopfbedeckung. Seine Ohren waren so rot wie seine Nase, seine dunklen Locken waren völlig zerzaust und klebten ihm zum Teil im Gesicht, während sich andere über den Kragen seines Uniformrocks ringelten. Seine grauen Augen waren fest auf Anne gerichtet und musterten sie mit eisigem Blick. Nur einmal starrte er, während die Sekunden verrannen und sich zu einer kleinen Ewigkeit auszudehnen schienen, kurz zu Boden, um dann sofort wieder aufzuschauen.

»Als ich heute Morgen von hier aufgebrochen bin, hatte ich den Eindruck, dass du mir versprochen, mir, wenn du so willst, dein Ehrenwort gegeben hast, dem Schlachtfeld fernzubleiben.«

Anne fuhr sich mit der Zunge über die Lippen und versuchte, den stillen Zorn ihres Mannes mit demselben Argument zu entschärfen, das sie gegenüber dem Prinzen vorgebracht hatte. »Ich habe dir nie mein Wort gegeben, jedenfalls nicht ausdrücklich.«

»Und du meinst, das spricht dich von aller Schuld frei?«

»Diese Begründung hast du auch vorgebracht, als du mir erklärt hast, warum du dich nicht auf die Seite des Prinzen gestellt hast.«

»Versuch nicht, meine Worte oder meine Logik gegen mich auszuspielen«, warnte er sie, indem er sich von der Tür abstieß. »Oder sie so zu verdrehen, dass sie deinen Zwecken entsprechen. Du weißt verdammt gut, dass du nichts auf dem Schlachtfeld zu suchen hattest. Du weißt verdammt gut, was hätte passieren können.«

»In der Tat«, erwiderte sie mit ruhiger Stimme. »John hätte getötet werden können. Das schien mir das Risiko wert.«

Schwer atmend ballte Angus die Fäuste zusammen, sodass die Knöchel erst rosa, dann weiß wurden, und überlegte, ob er nicht ein für alle Mal Schluss machen und sie erwürgen sollte. Doch schließlich ging er auf sie zu, nahm ihr Gesicht zwischen die Hände und presste sie fest und derart lange an sich, dass es schon fast etwas Anomales hatte. Heftig, fast brutal fiel sein Mund über sie her, und sein ganzer Körper war so erregt, dass gar nicht daran zu denken war, ihm irgendetwas zu versagen, nicht einmal, als er sie hochhob und sie kurzerhand aufs Bett warf.

Ohne die Lippen von den ihren zu lösen, fummelte er in fliegender Hast an Knöpfen und Verschlüssen herum, um seinen Kilt zu heben und ihr die Hosen herunterzustreifen. Dann schob er die Arme unter ihre Knie, hob sie an und drückte sie auseinander, bis Anne völlig entblößt vor ihm lag.

Mit wilder Gier drang er in sie ein und stieß immer wieder in schnellen und pulsierenden Bewegungen so stark zu, bis er sich kraftvoll in ihr ergoss und schließlich nur noch ein leises, gesättigtes Keuchen zu hören war.

»Dir ist hoffentlich klar«, presste er nach einer Weile hervor, »dass ich allen Grund hätte, dich grün und blau zu schlagen, weil du die Anordnungen missachtet hast, die sowohl MacGillivray als auch ich dir gegeben haben. Ich könnte dich auf einen Wagen binden und dich in Begleitung von zehn Männern nach Hause schicken, die stark genug wären, um dich notfalls in einem Rübenverschlag unter Verschluss zu halten.«

Anne schluckte schwer. Ihre Beine waren so angewinkelt, dass die Knie fast gegen die Schultern drückten, und die Drohung, in einen Gemüseverschlag gestopft zu werden, kam ihr nach allem, was sie an diesem Tag durchgemacht hatte, entsetzlich komisch vor.

»Hast du nichts dazu zu sagen? Fallen dir keine witzigen Bemerkungen ein? Keine sarkastischen Entgegnungen?«

Sie biss sich auf die Unterlippe und schüttelte den Kopf. Gleichzeitig begann ihr Körper jedoch zu beben, sodass Angus den Kopf hob, der auf ihrer Schulter gelegen hatte.

»Machst du dich etwa über mich lustig?«

Sie brach in unbändiges, schallendes Gelächter aus. »Überhaupt nicht. Ich würde mich nie über dich lustig machen, bloß weil du in einem Moment wie diesem an Rüben denkst – nicht wenn ich einen Krampf im Bein habe und die Knöpfe deiner verdammten englischen Uniform mir das Wappen der Royal Scots in den Bauch drücken.«

Leise fluchend löste er sich vorsichtig von ihr und setzte sich aufrecht hin. Da warf er Anne ihr befremdliches Verhalten vor, dabei hatte er selbst in der letzten Zeit so viele Veränderungen durchgemacht, die überhaupt nicht zu seiner Person passten. Und auch jetzt wusste er nicht so recht, ob er über dieses jüngste Beispiel von Grobheit lachen oder weinen sollte.

»Entschuldige bitte. Ich … ich weiß auch nicht, was über mich gekommen ist.«

»Dasselbe, was letzte Nacht über mich gekommen ist«, sagte sie, seinen Arm berührend. »Ich glaube, gemeinhin nennt man es Lust.«

Er beugte sich vor und presste die Hände gegen die Schläfen. »Soll das ein Trost für mich sein, weil ich jeglichen Anstand verloren habe?«

Sie kniete sich neben ihn und schmiegte die Wange an seine Schulter. »Warum solltest du irgendwie anders sein als ich, Mylord? Du brauchst mich nur anzulächeln oder mir mit dem Finger zu winken, und schon bekomme ich weiche Knie.«

Er schaffte es gerade noch, ein verächtliches Schnauben zu unterdrücken. »*Ich* brauche *dir* nur mit dem Finger zu winken? Ein Blick von dir, die kleinste Berührung von dir, der leiseste Duft deiner Haare oder deiner Haut, und ich verwandle mich sofort in einen geilen Schulbub, der auf drei Beinen herumstolpert. Selbst jetzt, so wütend wie ich bin, so wütend wie ich zu Recht bin, kann ich an nichts anderes denken, als wieder in dich einzudringen. Es ist, als könnte ich nicht genug von dir bekommen. Als hätte ich Angst, nie genug von dir zu kriegen.«

Zärtlich strich ihm Anne eine dunkle Haarlocke aus der Wange und schob sie hinters Ohr. Dann legte sie die Hand auf seine Wange und zwang ihn mit sanfter Gewalt, den Kopf zu drehen und sie anzusehen. »Ob du wohl in einem Dutzend Jahren auch noch so empfindest?«

»Dieses Bekenntnis wird noch auf meinen Lippen sein, wenn ich auf Erden den letzten Atemzug mache«, flüsterte er mit eindringlicher Stimme, »und desgleichen beim ersten Atemzug, den ich im ewigen Leben mache.«

Bebend zog Anne ihn wieder aufs Bett. »Das freut mich sehr, Mylord, denn ich werde es nie müde sein, dieses Bekenntnis von dir zu hören.«

In fast genau dem Moment, da Anne Angus wieder in ihre Arme schloss, hob General Henry Hawley sein Schwert und ließ es ohne zu zögern erbarmungslos niederfahren. Auch er bebte, allerdings vor Wut und nicht vor Lust; nicht in freudiger Erwartung, sondern vor Verachtung. Er stand mitten auf dem Marktplatz von Linlithgow, während der Schnee in großen Flocken auf die gesenkten Köpfe der Offiziere rieselte, die noch soweit beieinander waren, dass sie der Aufforderung des Generals hatten Folge leisten können. Unmittelbar links von Hawley befand sich der lange, massive Stamm eines Baums, den man gefällt und von seinen Ästen befreit hatte, um ihn dann waagerecht zwischen den Ecken zweier Gebäude anzubringen. An diesem behelfsmäßigen Galgen baumelten am Ende von Seilen zuckend und zappelnd die Körper von vierzehn Männern, deren Leben beim Niederfahren von Hawleys Klinge endgültig verwirkt gewesen war.

Die meisten von ihnen waren Dragoner, deren Namen der wutentbrannte Major Hamilton Garner angegeben hatte. Eine weitere Gruppe von Männern, denen man die Rangabzeichen von den Uniformröcken gerissen hatte, wartete mit auf dem Rücken gefesselten Händen auf ihre Hinrichtung. Wenn der makabre Tanz ihrer Kameraden zu Ende war, würden auch sie kurzerhand in die Höhe gehievt werden, um der mit ernsten Mienen dastehenden Menge zu demonstrieren, wie empört und angeekelt Hawley war.

»Ihr Feiglinge!«, geiferte er. »Ihr Schweinehunde! Seht euch diese Hurensöhne gut an, denn sie sind nicht besser als die Exkremente, die sie bei der Flucht aus ihren Stellungen hinterlassen haben! Noch nie hat es eine Armee mit so vielen Feiglingen und Schurken gegeben! Noch nie hat es einen General gegeben, den das Verhalten seiner Soldaten so beschämt, so gedemütigt, so entsetzt hätte! Hängt sie! Hängt sie alle, bei Gott, denn sie sind das Pulver nicht wert, das man brauchen würde, um sie zu erschießen! Pulver, wie ich hinzufügen darf, das wir nicht mehr in ausreichendem Maße haben, da *die ganze gottverdammte Ausrüstung, vierzehn schwere Geschütze und die gesamte Munition im Stich gelassen wurden, auf dass der Feind sich daran erfreuen kann!*«

Als er mitten in seiner wütenden Schmährede außer Atem geriet, ging Hawley zum Ende der Planken, die den Bürgersteig bildeten, und schlug, da er seinem Zorn im Moment nicht auf andere Weise Luft machen konnte, mit seinem Schwert auf den Kopf des nächststehenden Mannes ein, bis die Klinge zerbrach.

»Ich will Namen haben«, tobte er schwer atmend, die Lippen voller Speichel. »Ich will die Namen von allen Männern aus allen Regimentern haben, die vor dem Feind geflohen sind. Ich will, dass sie alle durchgepeitscht werden, bis ihnen die Haut in Fetzen vom Leibe hängt! Und ich will, dass sie danach auf dem Bock liegen bleiben, damit jeder Soldat, der sie sieht, gleich weiß, welche Folgen Feigheit in meiner Armee hat! Ich will, dass sie alle *wissen*«, brüllte er, »dass der Tod auf dem Schlachtfeld in Zukunft tausendmal wünschenswerter sein wird als das, was sie erwartet, wenn sie desertieren oder sich unehrenhaft verhalten! Glaubt bloß nicht, dass ich zögern würde, euch alle zu hängen, wenn ihr mich wieder im Stich lasst! Und jetzt haut ab! Geht mir aus dem Blickfeld! Ihr widert mich an!«

Er trat vom Bürgersteig herunter und stürmte in die Dunkelheit davon. Die Offiziere blieben innerlich zitternd und in so tiefem Schweigen zurück, dass sie sogar die dicken Schneeflocken zu Boden fallen hören konnten. Als die Leichen der ersten Gehängten abgeschnitten wurden und die nächste Gruppe an die Reihe kam, schlichen sich diejenigen, die das Glück gehabt hatten, Hawleys schlimmstem Zorn zu entgehen, davon.

Garner war einer der wenigen, die blieben, desgleichen Major Worsham. Beide hatten die Schlappe, die ihnen ihr unwürdiger Aufbruch aus Callendar House zugefügt hatte, auf dem Schlachtfeld wettgemacht.

Beide Männer waren verwundet. Garner drückte die Hand auf die Rippen, von denen zwei gebrochen waren. Sein Gesicht war grau vor Schmerz, und immer wenn die Knochen knirschend aneinander rieben, biss er die Zähne zusammen, um die in ihm aufsteigende Übelkeit zu unterdrücken. Worshams Wange war bis zum Knochen aufgeschlitzt, sein linker Arm hing schlaff und kraftlos herab. Seine Verletzungen waren zwar in aller Eile von einem Militärarzt verbunden worden, doch sie richtig nähen zu lassen wagte er erst, wenn der Wutanfall des Generals vorüber war.

Schon bei der ersten Salve der Jakobiten war die Entschlossenheit der Dragoner verpufft. Weniger als eine halbe Stunde später hatten sich die gesamten Regierungstruppen auf der Flucht befunden. Im Moment konnte man die Zahl der Toten, Verwundeten und Gefangenen noch nicht einmal annäherungsweise abschätzen, da man von etlichen Soldaten ausgehen musste, die immer noch vor dem Feind davonliefen und erst dann damit aufhören würden, wenn sie sicher waren, dass man sie nie wieder finden würde.

Worsham hatte keine Skrupel, Deserteure oder Feiglinge zu bestrafen. Es war eine unumstößliche Tatsache des Armeelebens, dass sich jeder Mann, der seinen Namen in die Dienstliste eintrug, eidlich verpflichtete, den Befehlen seiner Vorgesetzten zu gehorchen, mochte er nun damit einverstanden sein oder nicht. Wer diesen Eid brach, tat dies auf eigene Gefahr.

Und dann waren da noch die Männer, die überhaupt nie die Absicht gehabt hatten zu kämpfen. Sie waren zwar in Reih und Glied angetreten und aufs Schlachtfeld marschiert, hatten sich dann aber einfach hingekauert, um dem Kugelregen zu entgehen. Sobald dieser vorüber war, waren sie übers Moor gerannt, um sich zu ihren Clansgenossen zu gesellen. Einen dieser Männer hatte Worsham erschossen, als der Betreffende gerade dabei war, einem Clansgenossen in den jakobitischen Reihen Pulteneys Regimentsfahne zu übergeben.

Das MacKintosh-Kontingent war ein gutes Beispiel für diese Art von Verhalten. Die meisten waren schon nach dem Abmarsch aus Edinburgh desertiert, und von den wenigen, die geblieben und an diesem Tag mit ins Feld gezogen waren, war nicht ein Einziger zu seinem Regiment zurückgekehrt. Ihr Clansoberhaupt Angus Moy war nicht mehr gesehen worden, seit sie sich zum

Kampf aufgestellt hatten, und Worsham hoffte aufrichtig, dass der Dreckskerl zwischen den Toten im Moor von Falkirk lag, was auch für ihn selbst besser sein würde.

Die Schmerzen in seinem Arm wurden immer schlimmer. Worsham schloss die Augen und langte in seine Westentasche, um das kleine Päckchen mit Pulver herauszuholen, das der Arzt ihm zur Linderung der Schmerzen gegeben hatte. Beim ersten Mal hatte er nur ein paar Körnchen genommen, weil der Arzt ihn davor gewarnt hatte, zu viel davon zu nehmen; das würde ihn nämlich dergestalt von Schmerzen befreien, dass er die Besinnung verlöre. Diesmal erhöhte er die Dosis und behielt die Körnchen auf der Zunge, bis es ihm gelungen war, mit einer Hand die Flasche Wein zu packen, die er einem der Verurteilten abgenommen hatte. Das Pulver schmeckte so bitter, dass er mehrere Schluck trinken musste, um den Geschmack einigermaßen herunterzuspülen. Dennoch blieben in seiner Kehle ein Gefühl von Trockenheit und ein leicht metallischer Geschmack zurück, der irgendwie an den von Blut erinnerte.

Und merkwürdigerweise auch an den Nachgeschmack, den der ihnen am vergangenen Abend in Callendar House kredenzte Dinnerwein gehabt hatte.

Er tat den Gedanken jedoch ab und schrieb ihn der Tatsache zu, dass er völlig erschöpft war. Als er in das aufgedunsene Gesicht von einem der wenigen Gehenkten blickte, die noch nicht aufgehört hatten zu zappeln, erkannte er den jungen Corporal wieder, der jeden Abend seine Stiefel geputzt hatte.

Das war ein echter Verlust, denn er hatte es als Einziger verstanden, die Stiefel auf Hochglanz zu polieren.

Siebzehntes Kapitel

Bei Falkirk wurden über dreihundert hannoveranische Gefangene gemacht; fast doppelt so viele waren gefallen oder verwundet. Auf der jakobitischen Seite gab es dagegen insgesamt weniger als achtzig Tote und Verwundete, doch da das Wetter immer schlechter wurde und Hawleys Armee sich in aller Eile nach Edinburgh zurückzog, standen Lord George und die Clansoberhäupter erneut vor der Aufgabe, den Prinzen davon zu überzeugen, dass seine Position nach wie vor nicht wirklich gefestigt war.

Lord George hatte Charles Stuart angefleht, seine Truppen die Verfolgung der Engländer aufnehmen zu lassen. Der Prinz jedoch hatte stattdessen auf O'Sullivans Rat gehört und war zu dem Schluss gekommen, dass die Wiedereinnahme von Stirling Castle, das seit dem Aufbruch der Jakobiten aus Glasgow belagert wurde, die Stimmung der Truppe wesentlich mehr heben würde als die Verfolgung einer besiegten Armee. Es sei ungleich dienlicher, so ließ er von seinem Krankenlager aus verlautbaren, den Sieg bei Falkirk zu konsolidieren, indem man die restlichen Regierungstruppen aus Stirling und Perth vertrieb und somit die Kontrolle über das Tiefland südlich des Grampiangebirges wiedererlangte.

Lord George widersprach ihm so heftig, wie er es überhaupt zu tun wagte, jedoch vergebens. Lediglich in privatem Kreis vermochte er seiner ganzen Enttäuschung freien Lauf zu lassen, um sich anschließend sinnlos zu betrinken, weil man sich solch eine hart erkämpfte Gelegenheit, den Feind zu vernichten, entgehen ließ – eine Gelegenheit, die sich vielleicht nie wieder bieten würde, ohne dass man einen wesentlich höheren

Preis zu zahlen hatte. Im Gegensatz zum Prinzen und seinem unausstehlichen irischen Berater begriff er, dass man im Tiefland der Sache der Stuarts nie sehr gewogen gewesen war. Der Versuch, die uneinnehmbare Festung in Stirling zu erobern, konnte Wochen dauern – Wochen, die man lieber im Hochland verbringen sollte, wo die meisten Clans dem Prinzen wohlgesinnt waren und wo man die Möglichkeit haben würde, die eigene Armee zu verstärken, statt sie zu schwächen.

Überdies würden die ausgedehnten Bergregionen mit ihren zahlreichen Seen und ihren unwirtlichen, unwegsamen Mooren die Engländer nicht gerade dazu einladen, einen Winterfeldzug zu unternehmen. Das Wetter und das Terrain würden sie von einer Verfolgung abhalten, zumindest bis zum Frühling, was den Jakobiten Zeit genug geben würde, sich neu zu formieren.

Was Anne betraf, so war sie enttäuscht, als sie erfuhr, dass man, nachdem man schon so weit gekommen war, wahrscheinlich kehrtmachen und nach Invernesshire zurückkehren würde. Gleichzeitig versetzte sie der Gedanke, mit einer Armee aus Tausenden von Männern nach Hause zu marschieren, um Lord Loudoun zu vertreiben und Inverness für den Prinzen zurückzuerobern, jedoch in Hochstimmung.

Die übrigen Clansoberhäupter – Männer wie Lochiel und die MacDonalds of Keppoch – hatten ihre eigenen Gründe, ins Hochland zurückkehren zu wollen. In ihrer Abwesenheit hatten die Engländer ihre Stellungen in Fort William und Fort Augustus verstärkt und starke Garnisonen an beiden Enden des Great Glen stationiert, und da die Stammsitze der Camerons und der MacDonalds in der Mitte lagen, war es dringend notwendig, Ersatz zu schicken. Aus dem weit entfernten Lochaber waren zwar nur sporadisch Nachrichten eingetroffen, aber alle wussten, wie verheerend die Auswirkungen eines derart harten Winters sein konnten. Viele der Clansmänner waren seit dem vergangenen Juli nicht auf ihren Bauernhöfen gewesen und hatten nun das Bedürfnis, sich davon zu überzeugen, dass ihre Familien nicht verhungert waren und auch nicht verhungern würden, falls der Krieg sich über einen weiteren langen Sommer hinziehen sollte. Trotz des Schnees und der eisigen Winde, die den Prinzen zwangen, die letzten beiden Januarwochen in Falkirk zu bleiben, würden die Felder beim ersten Anzeichen von Tauwetter gepflügt und die Saat ausgebracht werden müssen.

Das war das Problem, wenn man eine Armee aus Bauern und Schafhirten aufstellte. So tapfer und loyal sie auch sein mochten – wenn sie kein Land, kein Heim, keine Ernte, keine Herden hatten, zu denen sie zurückkehren konnten, welchen Sinn hatte es dann, überhaupt zu kämpfen? Die Clansoberhäupter würden ihre Pachtgelder verlangen, ohne Rücksicht darauf, ob sie den Krieg gewannen oder verloren. Selbst wenn die großen Schlösser in Achnacarry und Blair Atholl vielleicht ebenfalls davon betroffen wären, dass es nicht genug Weizen gab, um neuen *Whisky* herzustellen, so änderte das nichts an der Tatsache, dass sie seit Jahrhunderten standen und weitere Jahrhunderte stehen würden, da sie ihre Existenz dem Schweiß und der Mühe des gemeinen Mannes verdankten. Im Feudalsystem waren es die Kleinpächter und Häusler, die verhungern würden, weil sie kein Brot hatten, und deren ärmliche Hütten man einreißen oder niederbrennen, deren Land man beschlagnahmen und als Weideland nutzen würde, falls sie ihre Pacht nicht bezahlen konnten.

Der Prinz wurde aggressiv. Obwohl er Lord George ausdrücklich verboten hatte, die Engländer weiter als bis nach Linlithgow zu verfolgen, kreidete er, als er hörte, Hawley sei nach Edinburgh entkommen, unversehens alle Schuld Murray an. Zu allem Übel traf im jakobitischen Lager am letzten Januartag auch noch die Nachricht ein, dass Cumberland London verlassen habe und mit seiner Armee nahezu in Rekordzeit nach Edinburgh marschiert sei. Er hatte nicht nur Verstärkung in Form von Kavallerie und Infanterie mitgebracht, sondern auch neue Artillerie als Ersatz für die bei Falkirk eingebüßten schweren Geschütze. Um Letztere nach Stirling zu transportieren und an günstiger Stelle aufzustellen, brauchten die Jakobiten eine ganze Woche, und nachdem sie die Geschütze zweimal abgefeuert hatten, sorgte die überlegene Feuerkraft der auf den Wällen von Stirling Castle stehenden englischen Kanonen dafür, dass sie in Stücke geschossen wurden.

Der völlig entnervte Lord George befahl, die erfolglose Belagerung aufzuheben und die noch übrigen Kanonen zur nächsten Klippe zu ziehen, wo er sie vernageln und in das aufgewühlte Wasser des Firth kippen ließ.

Der Prinz nahm sowohl die Nachricht von der Ankunft seines Cousins als auch die von der Vernichtung der Artillerie alles andere als gelassen auf. Er wetterte und schimpfte über Lord George und war mehr als je zuvor davon überzeugt, dass sein General entschlossen sei, alle seine Versuche, den Thron zurückzugewinnen, zu hintertreiben. Schäumend vor Wut, ließ er seinen Kopf so lange gegen die Wand knallen, bis er wie ein Betrunkener taumelte. Danach zog er sich mit zwei Flaschen Whisky in seinen Wagen zurück, um sich tatsächlich zu betrinken. Während der Prinz sich in Selbstmitleid wälzte, wurde der Beschluss gefasst, die Armee erneut in zwei Abteilungen aufzuteilen. Der Prinz sollte mit dem Gros der Regimenter den Weg über die Bergpässe nehmen, der über Blair Atholl, Dalnacardoch und Dalwhinnie und somit durch jakobitisches Territorium führte, während Lord George einen Umweg über Aberdeen machen würde, um mit diesem Ablenkungsmanöver Cumberlands Aufmerksamkeit auf sich zu ziehen, falls dieser die Verfolgung aufnehmen sollte. In Inverness würden die beiden Abteilungen wieder zusammenstoßen und gemeinsam zum Schlag gegen die in Fort George stationierten Regierungstruppen ausholen.

»Darf ich kurz mal den Advokat des Teufels spielen«, meinte Angus Moy, »und fragen, was denn dem Prinzen Inverness nutzen soll, falls er es tatsächlich einnimmt?«

Eine praktische, freimütige Frage, die von den anwesenden Männern – Alexander Cameron, Aluinn MacKail und John MacGillivray – mit Schweigen quittiert wurde. Ihre Aufforderung, sich in der Taverne zu ihnen zu gesellen, hatte Angus zwar überrascht, doch aus ganz bestimmten Gründen war er bereitwillig darauf eingegangen.

»Blockadeschiffe riegeln die ganze Küste ab«, fuhr er fort, »und wenn ich in den unzähligen Depeschen, die ich in den letzten Monaten gelesen habe, nichts übersehen habe, verfügt der Prinz über keine eigene Flotte. Nicht über ein einziges Schiff. Loudoun hingegen erhält jeden Tag Nachschub an Proviant – Fleisch, Fisch, Gemüse, Obst, sogar Fässer mit französischem Brandy, den die Zollschiffe im Kanal beschlagnahmt haben. Ihre Bleikugeln kriegen sie in Fässern geliefert, sie müssen sie nicht erst selbst herstellen. Wenn eine Muskete versagt oder eine Fehlzündung hat, kann man sie jederzeit im Magazin gegen eine andere eintauschen. Ich habe die Vorratslager der Engländer gesehen; dort fehlt es an nichts, während viele eurer Männer mit Lappen um die Füße durch den Schnee laufen.«

Camerons dunkle Augen musterten die beiden Hochländer, die ihm gegenüber am Tisch saßen. John MacGillivray war ein wahres Fossil, das alle Merkmale eines Wikingerkriegers aufwies. Nichts schien ihn aufhalten zu können. Obwohl er auf dem Moor von Falkirk an drei Stellen verletzt worden war, hatte er seine Wunden kaum zur Kenntnis genommen und Archibald gerade einmal gestattet, sie zu nähen und zu verbinden. Die Männer hatten große Ehrfurcht vor ihm, und seine Erfahrungen als Schmuggler und Räuber machten ihn für die Armee des Prinzen besonders wertvoll.

Was das Oberhaupt des Chattan-Clans betraf, so war er nur sehr schwer einzuschätzen, da weder sein Blick noch sein Gesichtsausdruck sonderlich viel preisgab. Vielleicht war es das, was Alex instinktiv am meisten anstachelte. War das Oberhaupt des Chattan-Clans ein weitaus gefährlicherer Mann, als er es zu sein schien? Und wenn ja, konnten sie sich das zunutze machen?

Alex drehte eine seiner dünnen schwarzen Zigarren zwischen den Fingern hin und her und blickte zu Aluinn hinüber, aus dessen Gesichtsausdruck sich jedoch nichts Aufschlussreiches entnehmen ließ.

»Nun ja.« Cameron räusperte sich. »Sie spielen die Rolle des Teufels sehr gut, Captain MacKintosh, aber alles, was Sie gesagt haben, wissen wir bereits.«

»Und was wäre, wenn ich Ihnen etwas sagen würde, was Sie noch nicht wissen?«

»Dann würden wir uns wahrscheinlich fragen, welches Motiv Sie für Ihr Entgegenkommen haben«, erwiderte Cameron geradeheraus.

»Natürlich.« Angus lächelte. »Warum sprechen wir dann nicht zuerst über Motive, sozusagen um die Atmosphäre zu reinigen?«

Alex breitete die Hände aus. »Wir sind ganz Ohr.«

»Es geht mir ganz einfach darum, dass meine Frau nach Moy Hall geschickt wird, sobald die Armee wieder in Inverness ist. Mir ist egal, wie das gemacht wird oder wer es unter welchem Vorwand macht, aber ich will, dass sie nach Hause geschickt wird. Ich will aber nicht, dass sie weiß, dass sie nach Hause geschickt wird, denn wenn sie davon Wind bekäme, würde sie euch wahrscheinlich eine lange Nase machen und euch auffordern, ihr den Buckel runterzurutschen.«

Camerons mitternachtsblaue Augen verengten sich zu Schlitzen. »Und was hätten Sie als Gegenleistung anzubieten?«

»Als Gegenleistung könnte ich euch genaue Pläne von Fort George zeichnen, von den Innen- und den Außenanlagen. Ich könnte euch verraten, wo die Mauern vor kurzem verstärkt worden sind und wo sich versteckte Geschützbatterien befinden. Und ich könnte euch verraten, wo die schwächsten Punkte der Befestigungsanlagen sind, die wiederum am besten dazu geeignet wären, um dort Minen zu legen – natürlich vorausgesetzt, dass ihr ein derart groteskes Debakel wie das bei Stirling Castle diesmal vermeiden wollt.«

»Das wollen wir in der Tat«, entgegnete Cameron nach einer Weile, »aber wenn ich Ihnen nun sage, dass Ihre Frau sich schon erboten hat, uns diese Informationen zu geben?«

»Die würden nur bis zu einem gewissen Grade stimmen. Mindestens einer ihrer nichtsnutzigen Cousins hat dort ja hinter Gittern gesessen, und ihr Großvater ist so alt, dass er den Bau der Festung noch miterlebt hat. Aber im vergangenen Jahr sind dort Veränderungen vorgenommen worden, von denen selbst sie nichts wissen dürften. Loudoun ist sehr vorsichtig gewesen, seit er das Kommando übernommen hat. In den letzten Monaten ist er auch sehr misstrauisch gewesen, was sich darin geäußert hat, dass er die meisten Arbeiten – das Ausheben von Erde, den Bau von Geschützstellungen, die Anlage von Fallen und dergleichen – von Soldaten hat ausführen lassen.«

»Von Fallen?«

Angus nickte. »Im Waffenarsenal zum Beispiel. Dort müsstet ihr auf schnellstem Wege hin, denn da stehen mit Zündschnüren versehene Pulverfässer, die nur von jemandem angezündet zu werden brauchen, der dann innerhalb von zehn Minuten durch einen Tunnel verschwinden und sich in Sicherheit bringen könnte. Wenn die explodieren, fliegt das halbe Fort in die Luft – und alle, die sich gerade darin befinden.«

Eine merkliche Pause trat ein, als Cameron abermals in Richtung MacKails blickte, der zwar die Achseln zuckte, aber trotzdem interessiert wirkte.

»Das scheint eine angemessene Gegenleistung zu sein. Es würde uns auch helfen, wenn wir genaue Pläne von Inverness und von allen Verteidigungsanlagen im Hafen und in der Umgebung der Stadt hätten.«

»Die kann Anne euch liefern«, sagte Angus. »Sie hat einen besseren Blick für Details und ist mit den Mooren und Sümpfen der Umgebung besser vertraut. Außerdem wird ihr das etwas zu tun geben, wenn ich weg bin.«

»Weg? Wo wollen Sie denn hin?«

»Ist nicht genau das der Grund, warum ihr mich heute Abend zu euch gebeten habt? Weil ihr wollt, dass ich bei der Freilassung der anderen Gefangenen mit diesen nach Edinburgh zurückkehre?«

Alex versuchte, nicht überrascht oder aufgeregt auszusehen. Wie nach der Schlacht bei Prestonpans hatte man beschlossen, alle Gefangenen freizulassen, sofern sie ihr Wort gaben, nie wieder gegen den Prinzen zu kämpfen. Diesmal war die Anzahl der Gefangenen zwar wesentlich geringer als beim ersten Sieg, wo man fünfzehnhundert feindliche Soldaten gefangen genommen hatte, doch da die Vorräte knapp waren und die Stimmung gereizt, war den Clansoberhäuptern eher daran gelegen, ihre eigenen Leute mit dem Notwendigsten zu versorgen, als Gefangene durchzufüttern.

»Ich gebe zu, dass wir daran gedacht haben«, sagte Cameron. »Die Möglichkeit, jemanden in Cumberlands Nähe zu haben, ist äußerst verlockend, und Ihr Name ist in unseren Gesprächen in der Tat mehrmals gefallen.«

»Also Moment mal«, warf MacGillivray ein.

»Wusstest du denn nicht, dass sie genau darüber mit mir sprechen wollten?«, fragte Angus.

Der große Hochländer sah aus, als hätte er am liebsten Kleinholz aus dem Tisch gemacht. »Nein.«

»Wie ich bereits angedeutet habe ...« Cameron lehnte sich zurück und rollte seine Zigarre nachdenklich zwischen den Fingern hin und her. »... haben Aluinn und ich lediglich mit dem Gedanken gespielt. Und es ist ja keineswegs so, dass Sie irgendetwas Außergewöhnliches tun müssten. Sie bräuchten nicht vermummt und mit einem Dolch in der Hand durch dunkle Gassen zu schleichen. Sie müssten lediglich das tun, was Sie ohnehin tun: Depeschen lesen, Truppenbewegungen verfolgen und uns mitteilen, welche Truppen sich wohin begeben und zu welchem Zweck. Dann bräuchten Sie nur noch ...«

»... einer Brieftaube eine verschlüsselte Nachricht ans Bein zu binden und sie vom Dach eines Hauses losfliegen zu lassen?«

Der trockene Sarkasmus brachte Cameron zum Lächeln. »Nichts ganz so Dramatisches. Wir haben im englischen Lager noch andere Leute, die als Kuriere fungieren.«

»Zum Beispiel Adrienne de Boule?«

Abermals flackerte in Camerons mitternachtsblauen Augen ein Ausdruck von Überraschung auf. »Ja, zum Beispiel Adrienne. Unglücklicherweise hat sie nur zu manchen Dingen Zugang und kann sich nicht jederzeit frei im Lager bewegen.«

»Und wenn ich nein sage?«

»Dann lassen wir die Sache auf sich beruhen, ohne dass irgendjemand einen Schaden davon hätte. Sie können gehen oder bleiben, ganz wie es Ihnen beliebt. Die Bedingungen Ihres Ehrenworts würden Sie auf ehrenvolle Weise von allen Verpflichtungen entbinden, die Sie gegenüber dem König gehabt haben mögen, obwohl ich vermute, dass die Tatsache, dass Ihre Frau bei Falkirk mitgekämpft hat, ohnehin die Immunität aufhebt, die Forbes Ihnen garantiert hat.«

Langsam drehte Angus sich zur Seite, um MacGillivray wütend anzustarren, der jedoch ebenso finster zurückstarrte. »Ich hätte ja fallen können und wollte nicht der Einzige sein, der davon weiß. Und wenn du inzwischen nicht begriffen hast, dass du diesen beiden Männern absolut vertrauen kannst, dann schicke ich dich höchstpersönlich mit einem Tritt in den Hintern nach Edinburgh zurück. Nicht dass ich damit sagen will«, fügte er barsch hinzu und maß Cameron und MacKail mit einem finsteren Blick, »dass ich es für eine gute Idee halte, ihn zurückzuschicken. Wir wissen schließlich, dass Hawley grundsätzlich nichts für schottische Offiziere übrig hat, und wenn es stimmt, dass er bereits dreiundsechzig von seinen eigenen Leuten wegen Fahnenflucht und Feigheit hat hängen lassen, wie könnt ihr dann annehmen, dass MacKintosh nicht ebenfalls am

Galgen baumeln wird, sobald er durch das Stadttor ist?«

»Weil ich mir nicht vorstellen kann, dass irgendeiner dieser Offiziere oder gemeinen Soldaten freiwillig zurückgekehrt ist oder dass sie wertvolle Informationen aus dem Lager der Rebellen mitgebracht haben.«

Angus' einer Mundwinkel zog sich nach oben. »Ich würde also wertvolle Informationen mitbringen?«

Alex zögerte einen Moment, den er dazu benutzte, um an seiner Zigarre zu ziehen. »Sicher wird es uns gelingen, etwas Gehaltvolles zu finden. Der Prinz hat allein im letzten Monat so viele Mitteilungen verfasst, dass man einen ganzen Speicher damit füllen könnte. Einige davon dürften zumindest eine interessante Lektüre für Cumberland sein.«

Angus' ironisches Lächeln verschwand schneller aus seinem Gesicht, als es gekommen war. Nachdenklich fuhr er mit dem Daumen über den Bierkrug und malte Muster in die Feuchtigkeit, die sich auf dem Metall niedergeschlagen hatte. »Um die Wahrheit zu sagen, bin ich mit Hawley eigentlich immer ziemlich problemlos fertig geworden. Es sind die anderen beiden, Worsham und Garner, die mich nicht aus den Augen lassen und mich immer so ansehen, als würden sie mir am liebsten den Hals umdrehen.«

»Major *Hamilton* Garner?«, fragte Cameron mit leiser Neugier in der Stimme.

Ohne aufzublicken, nickte Angus. »Und Major Roger Worsham. Beides karrieregeile Dreckskerle, die zu Cumberlands Günstlingen gehören.«

»Ich glaube, es wird kein Problem für Sie sein, Garners Vertrauen zu gewinnen«, sagte Cameron, nachdem er mit MacKail einen Blick gewechselt hatte. »Ich wäre sogar bereit, eine beträchtliche Summe darauf zu setzen, dass er Ihr engster Freund und Verbündeter wird. Sie brauchen ihm bloß zu erzählen, dass Sie einige Zeit mit mir im selben Zimmer verbracht haben.«

Angus runzelte leicht die Stirn, doch dann fiel ihm alles ein. »Ach ja, er und Ihre Frau Catherine waren ... miteinander bekannt, nicht wahr?«

»Sie waren verlobt, genauer gesagt, bis ich sie ihm in einem Duell abgewonnen habe.« Er grinste durch den Rauch seines Zigarrenstummels hindurch. »Eine lange Geschichte. Aber wie dem auch sei, sagen wir einfach, dass zwischen ihm und mir noch eine Rechnung offen ist, und jede Information, die Sie ihm über mich und darüber, wo ich mich gerade aufhalte, bringen, wird Sie in den Rang eines Favoriten aufsteigen lassen.«

»Ich habe noch nicht zugestimmt«, sagte Angus.

»*Und das brauchst du auch nicht. Ganz gewiss nicht.*«

Als die Männer aufblickten, sahen sie Anne auf sich zukommen. Beim Betreten der Taverne war sie so in ihr Plaid eingemummt gewesen, dass niemand auf sie geachtet hatte und sie sich unbemerkt der dunklen Ecke, in der die Männer saßen, hatte nähern können, wo sie schließlich ihr leuchtend rotes Haar von ihrem Plaid befreite.

Als die Männer sich anschickten aufzustehen, forderte sie sie mit einer wütenden Geste auf, Platz zu behalten, wobei ebendiese Geste Angus verriet, dass die Röte ihrer Wangen nicht nur auf die Kälte zurückzuführen war.

»Habe ich richtig gehört? Sie wollen, dass mein Mann für Sie spioniert?«

»Wir haben ganz schamlos versucht, ihn ein bisschen zu erpressen, ja«, gab Cameron zu.

Angus wurde plötzlich ganz flau im Magen. Wie die anderen hatte er sie nicht in die Taverne kommen sehen und wusste deshalb nicht genau, wie viel sie gehört hatte.

»Und?« Sie stemmte die Hände in die Hüften. »Ist er darauf eingegangen?«

Angus zeigte auf den freien Platz neben sich auf der Bank, was sie jedoch ignorierte. »Sie haben mich gefragt, weiter nichts. Ich habe noch keine Entscheidung getroffen.«

»Möglicherweise wäre er dazu bereit, Colonel«, sagte Cameron, »wenn Sie ihn davon überzeugen, dass es das Beste wäre.«

»Ich?« Sie wickelte sich ihren Schal vom Hals und schüttelte die glitzernden Eiskristalle ab. Einige davon prallten wie kleine Schrotkugeln gegen Angus' Wange. »Warum in aller Welt sollte ich ihn denn dazu überreden, ins hannoveranische Lager zurückzukehren?«

Cameron lehnte sich zurück und verschränkte die Arme auf der Brust. »Weil wir ihn dort brauchen. Hawley hört auf ihn, er bekommt Berichte zu Gesicht, er hat Zugang zu Informationen, die wir uns auf andere Weise nicht beschaffen können. Wir müssen wissen, was Cumberland vorhat, wo und wann er plant, gegen uns loszuschlagen, wie viele Soldaten er hat. MacKail und ich haben Ihrem Mann schon gesagt, dass diese Informationen von entscheidender Bedeutung für die Sicherheit und den Erfolg des Prinzen sein könnten, dass sie möglicherweise sogar der ausschlaggebende Faktor dafür sein könnten, ob wir die Kontrolle über das Hochland gewinnen oder verlieren, aber ...« Die mitternachtsblauen Augen verengten sich zu Schlitzen und funkelten sie auf eine Weise an, die dem Funkeln in Annes Augen in nichts nachstand. »... wir haben ihm auch gesagt, dass es gefährlich ist und unleugbar große Risiken damit verbunden sind. Wir können verstehen, dass er zögert zuzustimmen. Unglücklicherweise sind wir in Kriegszeiten oft gezwungen, andere um schreckliche

Dinge zu bitten, aber mehr tun wir auch nicht. Wir bitten nur darum. Wenn dem Captain nicht wohl dabei ist oder wenn er glaubt, seine Rückkehr nach Edinburgh würde als weiterer Verrat ausgelegt werden …«

»Mein Mann hat seinen Clan nie verraten«, sagte Anne mit ruhiger Stimme. »Im Gegenteil, er hat alles in seiner Kraft Stehende getan, um die Ehre des Clans zu wahren.«

Cameron erhob sich und ertränkte seinen Zigarrenstummel in dem Fingerbreit Ale, der den Boden seines Krugs bedeckte. »Wir alle müssen bisweilen unangenehme Entscheidungen treffen. Manchmal entscheiden wir uns richtig, manchmal nicht. Im vorliegenden Fall bitten wir Ihren Mann lediglich darum, etwas zu tun, was er die ganze Zeit schon getan hat, nämlich die hannoveranische Kokarde zu tragen und in Gesellschaft von Leuten wie Henry Hawley und William Cumberland seinen Brandy zu trinken und seine Zigarren zu rauchen. Wir können keinen von Ihnen zwingen, uns zu helfen, und offen gesagt habe ich keine Zeit, um Sie mit abgedroschenen Phrasen wie *eine Sache auf Leben und Tod* zu erweichen, obwohl es letzten Endes darauf hinauslaufen könnte. Für uns alle. Mit diesen weisen Worten verabschiede ich mich von Ihnen und wünsche Ihnen eine gute Nacht. Lady Anne. Captain MacKintosh. Captain MacGillivray.« Er nickte jedem zu, während er sich sein Plaid um die Schultern wickelte. »Aluinn… kommst du?«

MacKail blickte verdutzt auf und stammelte eine Antwort, um dann schnellstens seine Handschuhe und seine Mütze von der Bank zu nehmen. Als MacGillivray das hintergründige Glitzern in Camerons Augen bemerkte, murmelte er etwas davon, dass er die Posten noch kontrollieren müsse.

Dann verließen die drei gemeinsam den Raum. Anne und Angus blieben allein zurück, die eine stehend, der andere sitzend, ohne dass beide eine geschlagene Minute lang auch nur die kleinste Bewegung machten.

»Vermutlich sollte man sich bei einem Mann wie Cameron nie fragen, woran man mit ihm ist«, sagte Angus schließlich. »Aber in einem hat er Recht. Während ich exzellenten Brandy getrunken und exzellente Zigarren geraucht habe, sind sie nach Derby und wieder zurück marschiert, um zu kämpfen. Und nicht wenige mussten dabei ihr Leben lassen.«

Anne streckte die Hand aus und berührte seine Schulter mit den Fingerspitzen. »Das ist nicht das Einzige, was du getan hast.«

»Nein.« Er legte seine Hand auf die ihre. »Aber so, wie er es ausdrückt, hört es sich fast so an, als sei es ein Akt der Feigheit, wenn man das, was man auf der Welt am meisten liebt, schützen will.«

»Sicher hat er es nicht so gemeint.«

»Schon möglich. Oder vielleicht wollte er mir noch eine letzte Gnadenfrist gewähren, damit ich die Möglichkeit habe, mich in den Augen meiner Frau und meines Clans rein zu waschen.«

»Aber das muss doch auch auf andere Weise möglich sein«, rief sie. »Du brauchst das nicht zu tun. Du brauchst dich ihm oder den anderen gegenüber nicht schuldig zu fühlen.«

»Nicht einmal dir gegenüber?«

»Ach, Angus ...« Sie schlüpfte zwischen Bank und Tisch und kniete vor ihm nieder, um sein Gesicht in ihre kalten, zitternden Hände zu nehmen. »Ich wollte nie, dass du dich schuldig fühlst.«

»Doch, das wolltest du.« Er lächelte sie zärtlich an und hauchte ihr einen Kuss auf die Lippen. »Und das hast du auch verdammt gut geschafft. Es überrascht mich, dass ich überhaupt so lange durchgehalten habe, bei all den Waffen, die du in deinem Arsenal hast, und das sind mehr, als zehn Armeen sie haben, das kann ich dir versichern.«

»Ich wollte nie, dass du dich *derart* schuldig fühlst«, wandte sie kopfschüttelnd ein. »Nicht so sehr, dass du tatsächlich in Erwägung ziehst zurückzukehren. Weißt du denn nicht, was sie mit dir anstellen werden, wenn sie herausbekommen, dass du ein Spion bist?«

»Vermutlich dasselbe wie mit einem Dutzend anderer Männer, die angenommen haben, die Sache sei das Risiko wert. Und in diesem Fall überwiegt der mögliche Nutzen bei weitem die Gefahren. Anne ... es ist ja nicht so, als hätte ich mir mit dem Herzen nicht schon längst gewünscht, mehr zu tun. Es ist mein verdammter Kopf, mein Dickschädel, der sich widersetzt hat und der mir erst zurechtgerückt werden musste, damit ich die Dinge klarer sehe. Cameron hat Recht. Sie brauchen jemanden in Cumberlands Lager, und es ist ganz logisch, dass ihre Wahl auf mich gefallen ist. Ich komme an genau die Informationen heran, die ihnen helfen könnten, eine Katastrophe zu verhindern. Und außerdem«, fügte er in dem hilflosen Versuch, die in ihren Augen flackernde Panik ein wenig einzudämmen, hinzu, »ist das etwas, wozu ich bestens geeignet bin, auch wenn es sich natürlich nicht damit vergleichen lässt, aufs Schlachtfeld zu reiten und Drachen zu töten. Elegante Dinners in Holyrood House, bequeme Quartiere in Stadthäusern, wo ich im Dunkel der Nacht Listen aufstellen und Abschriften von Armeebefehlen anfertigen kann. Selbst wenn ich mich erst in letzter Minute dazu durchringe – ich muss es tun, Anne. Ich bin mir zwar nicht ganz sicher, ob es nicht schon zu spät ist, aber wenn ich helfen kann – nicht nur um des Prinzen willen, sondern um zu verhindern, dass ganz Schottland in Flammen aufgeht –, dann muss ich es versuchen, verstehst du?«

»Du machst das doch nicht etwa nur für mich«, fragte sie argwöhnisch, während sie sein Gesicht nach irgendeinem verräterischen Anhaltspunkt absuchte, »oder weil du den törichten Wunsch hast, bei Männern wie MacGillivray und Cameron Anerkennung zu finden? Denn schließlich hast du nur getan, was nach deinem Dafürhalten für den Clan als Ganzes richtig war. Du hast eine Entscheidung getroffen und daran festgehalten. Dafür braucht man sich nicht zu schämen.«

»Ihre Anerkennung brauche ich nicht, aber ich würde gern zu ihnen gehören, Anne, nur ein Weilchen. Und was dich angeht«, fügte er leise hinzu, »so brauche ich nur deine Liebe, deine Treue und dein Vertrauen. Das ist mehr, als ich mir je erhofft habe.«

Abermals schüttelte sie den Kopf. »Dann lasse ich dich nicht allein zurückkehren. Ich komme mit dir nach Edinburgh.«

»Das kommt überhaupt nicht in Frage«, erwiderte er mit sanfter Stimme.

»Warum denn nicht? Ich kann doch die Rolle der ausgescholtenen, zum Gehorsam gezwungenen Ehefrau spielen, die du aus dem feindlichen Lager fortgeschleppt und der du Prügel angedroht hast, falls sie sich nicht benehmen sollte.« Sie legte ihm die Arme um den Hals und zog sich hoch, um ihr Gesicht an seine Schulter zu schmiegen. »Ich werde auch ganz folgsam sein und mich still wie ein Mäuschen verhalten, sodass du noch nicht einmal merkst, dass ich im Zimmer bin, und … und ich werde mir sogar eine schwarze Kokarde ans Mieder heften und *Up and Waur 'em a' Willie* singen lernen, und wenn mich irgendjemand fragt, werde ich sagen, ich sei aus Moy Hall entführt und gezwungen worden, als Geisel mit dem Clan in den Kampf zu ziehen.«

Er streichelte ihre schimmernden roten Haare. »Du weißt, dass du nicht mitkommen kannst, Anne. Und zwar nicht etwa deshalb, weil ich auch nur einen Moment daran zweifle, dass du mit deinem Charme zehn Dukes of Cumberland um den kleinen Finger wickeln könntest.«

»Aber warum ...?«

»Weil der Clan dich hier braucht. Die Männer brauchen einen starken, furchtlosen Führer, dessen Glaube und dessen Überzeugungen nie auch nur einen Moment lang ins Wanken geraten sind.«

»Sie haben doch MacGillivray. Mich brauchen sie nicht.«

»Dich brauchen sie nicht?« Er nahm ihren Kopf zwischen die Hände und hob ihn so an, dass er ihr in die Augen sehen konnte. »Hast du noch nicht bemerkt, wie die Männer dich ansehen? Hast du noch nicht mitbekommen, wie sie jubeln, wenn du vorbeireitest, wie ihre Brust anschwillt und wie sie vor Stolz übers ganze Gesicht strahlen? Ist von ihnen auch nur ein einziger Mann desertiert?«

Mit unglücklichem Gesichtsausdruck kaute sie auf ihrer Unterlippe herum und flüsterte: »Nein.«

»Eben. Stattdessen haben sich dir jeden Tag weitere Männer angeschlossen. Ich habe mindestens hundert Mann wieder erkannt, die mit mir aus Inverness abmarschiert sind, aber sofort die Seite gewechselt haben, als sie dich mit der Clansfahne auf Robert the Bruce sitzen sahen. Du kannst sie jetzt nicht im Stich lassen, Anne. Sie werden dich mehr als je zuvor brauchen, wenn die Armee ins Hochland zurückkehrt. Sie werden deine Führung brauchen, deinen Mut, deinen Elan.« Jede dieser beneidenswerten Qualitäten besiegelte er mit einem zärtlichen Kuss, die letzte mit einem, den er so lange ausdehnte, bis er seine Gefühle wieder im Zaum zu halten vermochte.

Nachdem sie eingehend sein Gesicht betrachtet hatte, schmiegte sie den Kopf wieder an seine Schulter. »Es ist einfach nicht fair! Da habe ich dich endlich wieder ... und jetzt erwartest du von mir, dass ich ruhig zusehe, wie du wieder gehst!«

»Nur Mut, meine Geliebte!«, murmelte er. »Davon hast du so viel und ich so wenig. Lass mir das bisschen Mut, das ich aufzubringen vermocht habe, und mach es mir bitte nicht noch schwerer, als es bereits ist. Der Prinz marschiert mit seiner Armee nach Inverness. Wenn es ihnen nicht gelingt, die Stadt einzunehmen, können sie nicht darauf hoffen, sich länger als bis zum Frühjahr zu halten. Wie es auch kommt, wir werden jedenfalls wieder nach Hause zurückkehren und zusammen sein, ehe die Blätter an den Bäumen richtig grün sind, das schwöre ich dir.«

Sie schwieg so lange, sodass er anfing, seine Herzschläge zu zählen.

»Du wirst keine unnötigen Risiken eingehen?«

»Ich schwöre dir, dass ich unendlich vorsichtig sein werde. Ich werde die Rolle des kriecherischen Weichlings mit solcher Dreistigkeit spielen, dass man mich für einen Teil der Wandverzierungen halten wird. Im Gegenzug möchte ich, dass du mir feierlich etwas versprichst.«

»Was denn?« Sie hob den Kopf und zog Stirn und Nase kraus.

»Ich möchte, dass du mir hoch und heilig versprichst, in Zukunft alle Waghalsigkeiten zu lassen. Keine Schwerter und Pistolen mehr, keine Ausritte mitten in der Nacht, keine Aktionen auf dem Schlachtfeld. Ich könnte diese Sache nicht in Angriff nehmen, wenn ich mir Sorgen darüber machen müsste, was du in meiner Abwesenheit anstellst. Und in dieser Angelegenheit wird es weder Diskussionen noch Vereinbarungen oder Kompromisse geben. Und auch keine vagen, ausweichenden Formulierungen. Ich möchte, dass du mir dein Ehrenwort gibst ... als Colonel in der Armee des Prinzen, als eine Farquharson, eine MacKintosh, als Frau, Gattin, Geliebte ... habe ich irgendetwas ausgelassen? Habe ich für deine verschlagene Denkweise irgendwelche Schlupflöcher offen gelassen?«

Ihr Stirnrunzeln zeugte von Widersetzlichkeit, ihr Seufzen von Resignation. »Nein. Ich glaube, du hast an alles gedacht.«

»Und?«

Mit mürrischem Gesichtsausdruck blickte sie hoch. »Ich verspreche es. Keine Aktionen auf dem Schlachtfeld mehr.«

Da diese zu schnelle Kapitulation ihn misstrauisch stimmte, studierte er einen Moment lang ihr Gesicht. »Ich sollte dich eigentlich auch noch schwören lassen, keine weiteren unnötigen Risiken einzugehen, aber das würde vermutlich zu weit führen, da du ja bereits den Prinzen eingeladen hast, in Moy Hall unser Gast zu sein, während seine Armee Inverness einnimmt.«

Überrascht riss sie die Augen auf, doch er schüttelte bloß den Kopf und küsste sie auf die Nasenspitze. »Cameron hat mir vorhin von deinem großzügigen Angebot erzählt. Hattest du vor, es mir zu erzählen, oder sollte es eine Überraschung sein?«

»Natürlich wollte ich es dir erzählen. Sobald ... falls ... ich von Seiner Hoheit eine Antwort bekomme«, gab sie mit leiser Stimme zu. »Ich hielt es für ein Gebot der Gastfreundschaft, ihm Unterkunft in Moy Hall anzubieten, da das Haus so nahe bei Inverness liegt und es im Umkreis von zehn Meilen kein anderes Tal gibt, das für das Lager der Armee groß genug wäre.«

»Trotzdem hättest du mich erst fragen können«, murmelte er. »Oder bin ich etwa nicht mehr Herr in meinem eigenen Haus?«

»Natürlich bist du das«, antwortete sie. »Wenn du da bist.«

Er küsste sie von neuem, diesmal auf den Mund. Nachdem er ihre Lippen sanft auseinander gedrückt hatte, erkundete er deren glatte Oberfläche mit der Zungenspitze. Als er sie wieder freigab, beobachtete er, wie sie sich die Feuchtigkeit von den Lippen leckte. Fast hätte er dabei vergessen, wovon sie gerade sprachen.

»Kannst du dich noch an die Höhle erinnern, die ich dir einmal gezeigt habe? In der mein Großvater nach dem ersten Aufstand zwei Monate lang seine ganze Familie versteckte?«

Auch sie starrte auf seinen Mund, während ihre Lippen noch von seinem Kuss prickelten. »Glaub schon. Ja, doch.«

»Die Engländer haben damals Tag und Nacht nach ihr gesucht, konnten sie aber nicht finden. Ich bezweifle, dass es heute mehr als fünf Menschen gibt, die wissen, wo sie ist, mich selbst eingeschlossen. Ich glaube … es wäre am besten, wenn ich Hardy hier bei dir lasse. Wenn du aus irgendeinem Grund dort Zuflucht suchen musst und nicht genau weißt, wo sie ist, kann er dir den Weg zeigen. Auf jeden Fall kann er sich schon einmal nützlich machen und die Höhle mit Essens- und sonstigen Vorräten, Lampen, Bettzeug und dergleichen ausstatten … halt mit allem, was dir nötig scheint, falls der Prinz gezwungen sein sollte zu fliehen. Außerdem, wenn ich Hardy mit nach Edinburgh nehme, beklagt er sich bloß den ganzen Tag und malträtiert mich in einem fort mit seiner Kleiderbürste. Überdies bezweifle ich, dass er einem zweiten Verhör standhalten würde.«

Rasch löste sie den Blick von seinem Mund und sah auf. »Einem zweiten Verhör? Was meinst du damit?«

»Während du den Clan nach Aberdeen geführt hast, hat Hardy vor einem inoffiziell zusammengetretenen Inquisitionsgericht – bestehend aus Garner und Worsham – geschworen, dass du immer noch in Inverness bist und dich als Gast deiner geschätzten Schwiegermutter in Drummuir House zu Tode langweilst. Er hat geschworen, dass es sich bei der in den Berichten erwähnten Person unmöglich um dich handeln kann, da du ja nicht gleichzeitig in Aberdeen und Inverness sein kannst, und dass er handgeschriebene Briefe von dir und Lady Drummuir in Empfang genommen habe, mit denen er das beweisen könne.«

An ihrer Nasenwurzel bildete sich eine winzige Falte. »Ich habe aber gar keine Briefe geschrieben.«

»Stimmt. Aber Adrienne de Boule war so freundlich, ihre Zofe sie für dich schreiben zu lassen.«

Die Falte wurde tiefer, und eine zweite gesellte sich zu ihr. »Adrienne de Boule war in Edinburgh?«

»Ja. Als Gast von Major Worsham.«

»Und sie hat dir geholfen, Briefe zu schreiben?«

»Vier, um genau zu sein. Auf rosa Papier, wenn ich mich recht erinnere, zusammengebunden mit kleinen roten Bändern. Und den Blättern entströmte der Duft eines Parfüms, der höchst exotisch war.«

Das Blau ihrer Augen wurde so dunkel, dass sich die Härchen auf seinen Unterarmen aufrichteten. »Wie exotisch?«

»Sehr exotisch. Der Geruch hat mich an eine kleine

weiße Blume in Indien erinnert, die sich nur im Mondlicht öffnet.«

»Das hört sich wirklich unvergesslich an«, murmelte sie. »Und hat der Geruch noch irgendetwas anderes dazu animiert, sich im Mondlicht zu öffnen?«

»Oh, sicherlich«, erwiderte er. »Aber leider nicht für mich.«

»Leider?«

Angus zuckte zusammen. Wie er bemerkte, waren ihre Arme nicht mehr um seinen Hals geschlungen, doch so befreiend und entkrampfend die vergangenen vierzehn Tage und Nächte auch für seine Seele gewesen waren – dass eine Frau mitten in einer öffentlichen Taverne einem Mann die Hände unter den Kilt schob, hielt er denn doch für etwas zu gewagt.

Dass die beiden im Moment allein waren, war kein sonderlich großer Trost. Die Eingangstür hatte kein Schloss, und auf der anderen Seite einer dünnen Trennwand war gelegentlich das Schlurfen des Tavernenwirts zu hören.

In der Ecke, in der sie saßen, war es zwar ziemlich dunkel, doch die Kerze warf immerhin genug Licht, um die widerspenstig zu Berge stehenden Haare von Anne wie einen feurigen roten Heiligenschein leuchten und auf der Wand hinter ihnen einen Schatten entstehen zu lassen, der das bedächtige Auf und Ab ihrer Hände wiedergab.

»Ich versichere dir«, flüsterte er, »dass du keinen Grund zur Eifersucht hast. Adrienne hat mir lediglich aus einer ziemlich heiklen Situation herausgeholfen. Hör sofort damit auf, du Luder«, fügte er mit einem unsicheren Grinsen hinzu. »Jeden Moment könnte jemand zur Tür hereinkommen.«

»Stimmt«, pflichtete sie ihm bei, einen Blick über die

Schulter werfend. »Aber hast du nicht gerade gesagt, dass du anfangen willst, Risiken einzugehen?«

»Ja, schon, aber ...«

Sie schürzte die Lippen, um ihm Schweigen zu gebieten. Dann senkte sie den Kopf.

»Großer ... Gott«, stieß er hervor. Seine Hände wühlten in ihren Haaren, doch als er merkte, was sie vorhatte, klammerte er sich mit einer Hand an der Tischkante, mit der anderen an der Banklehne fest. Er unterdrückte einen halb schockierten, halb lustvollen Laut, wobei sich trotz der Kälte im Raum Schweißperlen auf seiner Stirn bildeten. Jeder Muskel seines Körpers spannte sich und wurde hart wie Eisen, und ohne es verhindern zu können, spürte er, wie ihm die Erregung in die Lenden schoss, während sein Herz so laut hämmerte, dass es die Stimme der Vernunft voll und ganz übertönte. Als er zu seinem Entsetzen plötzlich undeutlich wahrnahm, wie die Tür aufging und jemand hereinkam, der sich den Schnee von den Stiefeln stampfte, war es bereits zu spät. Ihm blieb nichts anderes mehr übrig, als schnell die Hand auszustrecken und damit auf die Kerze zu klatschen, sodass das Wachs über den Tisch spritzte. Innerlich stöhnend, wappnete er sich für das, was kommen würde, während seine Finger den Talgschaft umklammerten und ihn zu einer unförmigen Masse zerquetschten.

Unfähig, sich zu bewegen, blieb er einige köstlich quälende Momente lang wie erstarrt sitzen. Als er sich wieder zu rühren vermochte, holte er tief Luft und warf Anne einen vorwurfsvollen Blick zu, die gerade die Falten seines Kilts zurechtzupfte. Dann schlüpfte sie neben ihn auf die Bank, um sich sittsam das Kinn abzuwischen und einen Schluck Ale aus seinem Krug zu trinken. Als sie ihn ansah, bemerkte er, dass sie kurz davor war, in

Lachen auszubrechen. Ihre Augen glänzten nach wie vor, doch jetzt drückte sich in diesem Glänzen nicht länger Eifersucht oder Neid aus, sondern die ganze Sicherheit einer Frau, die genau wusste, an wen ihr Mann jede Nacht, die sie voneinander getrennt waren, denken würde.

»Solche Spielchen können auch andere spielen, Madam«, flüsterte er. »Und für diesen Streich wirst du teuer bezahlen.«

»Ist das ein Versprechen, Sir?«

Er ließ seine Hand ihren Schenkel hochgleiten und wartete, bis ihr Lächeln nicht mehr ganz so frech war.

»Eher eine Warnung, würde ich sagen. Das Versprechen, meine Liebe, besteht darin, dass du heute Nacht kein Auge zutun wirst.«

Achtzehntes Kapitel

Inverness

Der Rückzug aus Falkirk begann am 1. Februar, einen Tag nachdem ein Kurier die bestürzende Nachricht gebracht hatte, dass Cumberland mit seinen Truppen unerwartet aus Edinburgh abmarschiert und auf dem Weg nach Linlithgow sei. Noch vor Sonnenaufgang brachen die Jakobiten ihr Lager ab; gegen Mittag zeugten nur noch der zertrampelte Schnee sowie einige kaputte Karren, die in dem mit Unrat übersäten Schlamm von Bannockburn stecken geblieben waren, davon, dass sie einmal hier gewesen waren. In St. Ninians war der Aufbruch nicht ganz so reibungslos vonstatten gegangen. Jemand hatte in der Dorfkirche fahrlässig mit Feuer herumhantiert, und dabei hatte ein Funke etliche Explosionen ausgelöst, bewahrten die Jakobiten hier doch die bei Falkirk erbeuteten Pulverfässer auf. Lochiel wurde fast unter herabfallenden Steinen zerquetscht, und Lord George war verständlicherweise wütend über den Verlust wertvollen Pulvers.

Es dauerte fünfzehn Tage, bis die nur langsam vorankommende Kolonne des Prinzen die Bergpässe überquert hatte. Die Hälfte der Zeit blies ihnen der heulende, durch die Plaids dringende Wind den Schnee ins Gesicht, sodass sich auf den Bärten und Augenbrauen dicke Eiskrusten bildeten. In der restlichen Zeit blendeten sie die weiten weißen Flächen derart, dass sie nur mit großer Mühe die unter dem Schnee begrabenen Straßen und Pfade zu finden vermochten. Die wenigen Kanonen, die sie mit sich führten – das Gros befand sich bei Lord George Murrays Kolonne –, wurden vernagelt und in den gefrorenen Schneewehen zurückgelassen, was keiner der erschöpften, zerlumpten Männer, die sie bisher über das unwegsame Terrain gezogen hatten, bedauerte.

Cumberland hingegen war entzückt, als er die schweren Geschütze entdeckte, die Lord George im Firth hatte versenken lassen, und nahm gern die Verzögerung von zwei Tagen in Kauf, die man brauchte, um sie mit Winden aufs trockene Land zu ziehen. Als er hörte, dass sein Cousin den Weg über die Grampianberge genommen hatte, vergeudete er drei weitere Tage mit dem Versuch, ihm zu folgen, doch der Schnee schaffte etwas, wozu die Jakobiten nicht in der Lage waren: Er veranlasste den Sohn des Königs, kehrtzumachen und nach Osten zu marschieren, hinter Lord George her, der unterdessen fast eine ganze Woche Vorsprung hatte.

Sobald die Männer des Prinzen die Bergkämme hinter sich hatten, kamen sie besser voran. Die Berge fielen steil ab und wurden von Tal zu Tal immer niedriger, bis der schmelzende Schnee und der wallende Nebel schließlich in den Loch Moy mündeten. Die umliegenden Wälder waren dicht mit Zypressen und Zedern bestanden und wimmelten von Wild, während die Berge von schnell fließenden Bächen durchschnitten wurden, die nie zufroren. Die Täler, durch die sie kamen, waren zwar ebenfalls mit Schnee bedeckt, doch lag er hier nur einige Zentimeter hoch. Überall standen kleine Hütten aus Stein und Torf, deren Bewohner herauskamen, um die langsam dahinziehende Karawane anzugaffen. Einige der Bewohner brachen in Jubel aus und boten den Soldaten an, was sie an Essen und Kleidung entbehren konnten. Andere drehten sich um und gingen wieder in ihre Hütten.

Anne war mit MacGillivray und den Männern des Chattan-Clans schon vorausgeritten, um sich zu vergewissern, dass auf der Straße nach Moy und im Glen keine Gefahr drohte und auf dem Landsitz alles soweit in Ordnung war, wie sie es vor sechs Wochen zurückgelassen hatte. Sie hatte Robert Hardy bei sich, der, kaum dass er abgesessen war, den Dienstboten lautstark befahl, Feuer zu machen, das Bettzeug auszulüften, die Fußböden zu schrubben und die Küchenherde anzuheizen. Anne gab einem langen heißen Bad Vorrang vor allem anderen und genoss es, ausgiebig im Wasser zu liegen. Zu ihrer Bedienung waren Dienstmädchen da. Sie lehnte sich zurück und ließ sich von ihnen das Haar waschen. Als die ersten Tropfen Duftöl ins Wasser fielen, war sie so entzückt, dass sie sich die Flasche schnappte und so viel hineingoss, dass es im ganzen Obergeschoss nach Flieder roch.

Ihre Freude an solchen kleinen Dingen wurde jedoch ein wenig getrübt, da sie nichts von Angus gehört hatte, seit sie sich in Falkirk getrennt hatten. Weil ihr aber weder von einer Hinrichtung noch von einer Verhaftung etwas zu Ohren gekommen war, durfte sie hoffen, dass er wieder in die englische Armee aufgenommen worden war, ohne dass es Konsequenzen gegeben hätte. Und natürlich wäre es ihm wohl nur sehr schwer möglich gewesen, Briefe an eine Armee zu schicken, die sich in aller Eile einen Weg über verschneite Berge bahnte.

Da ihr dieser Gedanke nicht mehr aus dem Kopf ging, hatte sie die letzten Meilen nach Moy Hall im Galopp zurückgelegt und war voller Erwartung durch die Tür gestürmt. Doch auch hier hatten keine Briefe auf sie gewartet, nicht einmal eine mündlich überbrachte Nachricht, die ihr zumindest die Gewissheit gegeben hätte, dass er noch am Leben und in Sicherheit war.

Nachdem ein Reiter die Nachricht von der baldigen Ankunft der Vorhut in Moy Hall überbracht hatte, beschloss Anne, eine Robe aus hellblauem Satin anzuziehen, die an den Manschetten mit feinster Mechelner Spitze besetzt war. Der vordere, v-förmige Schlitz des Kleides gab den Blick auf vier Unterröcke in unterschiedlichen Blautönen frei, die sie wie ein Schiff sein Kielwasser hinter sich herzog, als sie zur Tür ging, um ihren königlichen Gast zu begrüßen und voller Stolz den Einzug der Hochländer ins Tal zu beobachten. Die MacKintoshs und die Camerons nahmen die Hänge ein, die an den in Nebel gehüllten Loch Moy grenzten; Keppochs MacDonalds schlugen im Westen, die Appin Stewarts im Osten ihr Lager auf, sodass der Prinz von allen Seiten geschützt war. Ein munterer schwarzweißer Schäferhund kündigte die Ankunft von Charles Stuarts persönlichem Gefolge im Glen an, und obwohl Anne in den vergangenen Wochen oft mit ihm zusammengekommen war, war sie trotzdem aufgeregt, als sie den Königssprössling absteigen und auf das Säulenportal von Moy Hall zuschreiten sah.

»Eure Hoheit«, begrüßte sie ihn mit einem tiefen Knicks. »*Cend mile failte.*«

»*Ma belle rebelle*, meinerseits tausend Dank für Ihre Gastfreundschaft.« Wie es ihm in der letzten Zeit zur Gewohnheit geworden war, hielt er ein parfümiertes Spitzentaschentuch in der Hand, um sich die ständig tropfende Nase zu wischen. Gleichzeitig hatte es aber auch den Zweck, seine Schnapsfahne zu vertuschen. Seine Wangen waren infolge des leichten Fiebers, das ihn seit etwa einem Tag plagte, gerötet und wirkten angesichts seiner ansonsten kreidebleichen Haut wie angemalt. Er war entsprechend dem Wetter mit schwarzen Hosen, einem schweren Lederwams und einer dicken Wolljacke bekleidet. Seine Halsbinde aus einfacher weißer Baumwolle war nicht sonderlich sauber, sein kupferfarbenes Haar hatte allen Glanz verloren und klebte unter der feuchten, ramponierten Wollmütze.

»Ich habe ein Bad und ein Zimmer für Sie herrichten lassen, Sire«, sagte Anne, als sie ihn in das elegante Foyer von Moy Hall führte. »Wenn Eure Hoheit beliebt, wird mein Butler Ihnen den Weg zeigen und Ihnen zur Verfügung stehen, falls Sie noch weitere Wünsche haben.«

»Vielen Dank, werte Dame, aber ich will Ihnen nicht zur Last fallen. Ein Bad und ein Bett sind im Moment alles, wonach mir der Sinn steht.« Er machte eine Pause und hustete in sein Taschentuch, worauf sogleich ein besorgter Adjutant vortrat, den er jedoch abwinkte. »Vielleicht noch eine Schüssel Brühe, sehr heiß und salzig. Und ein wenig Rindfleisch oder ein Perlhuhn, gut durchgebraten und mit Minze zubereitet, falls das möglich sein sollte. Oh, und ich würde vor Freude in die Luft springen, wenn ich etwas Rehbraten haben könnte, in Wein- und Zwiebel-Soße gedünstet. Und Schokolade, schaumig gerührt, mit nur einer Prise Zucker.«

»Ich werde sofort mit der Köchin sprechen, Sire. Wenn wir all diese Dinge im Haus haben, werden Sie sie bekommen.«

Er lächelte blasiert und nickte Hardy zu, der daraufhin das königliche Gefolge die Treppe hinauf zu den Suiten im ersten Stock führte.

Vor der Tür warteten bereits weitere Gäste. Alexander Cameron hatte zunächst zwar Annes Einladung nach Moy Hall abgelehnt, doch da seine Frau Catherine von derselben Erschöpfung und Mattigkeit befallen zu sein schien wie der Prinz, hatte er sich eines anderen besonnen und eingeräumt, dass es eine willkommene Abwechslung sei, statt in einem feuchten, zugigen Zelt in einem warmen Zimmer mit weichem Federbett zu schlafen. Lady Catherine wurde von MacKails Frau Deirdre begleitet, die Annes Gastfreundschaft ebenfalls dankend annahm. Nachdem die Männer die beiden in Annes Obhut gegeben hatten, ritten sie davon, um sich um die Aufstellung von Wachtposten zu kümmern.

Wäre erst einmal die dicke Dreckschicht von ihr abgewaschen, würde Catherine Cameron sich als zarte blonde Schönheit mit porzellanweißer Haut entpuppen, die die Engländer so hoch schätzten. Ihr Vater, Sir Alfred Ashbrooke, gehörte dem House of Lords an. Vor noch nicht allzu langer Zeit war sie eine gefeierte Schönheit der englischen Gesellschaft gewesen. Die Klatschbasen hatten keineswegs übertrieben, als sie behaupteten, sie habe um ihres anrüchigen Hochlandlairds willen alles aufgegeben. In Wollhosen und einem zu großen Baumwollhemd steckend, sah sie eher wie eine arme Waise als wie die Frau einer lebenden Legende aus. Trotzdem kam sich Anne mit ihrer vom Wetter gegerbten Haut, ihren Sommersprossen und ihrem breiten Akzent, der für ein verfeinertes englisches Ohr fast so unverständlich wie Gälisch klingen musste, ihr gegenüber wie ein ungeschlachter Ackergaul vor, der sich mit blauem Satin verkleidet hatte.

»Lady Catherine«, begann sie, jedes Wort mit äußerster Sorgfalt artikulierend. »Ich freue mich sehr, Sie und Ihren Mann zu Gast zu haben. Und Sie ebenfalls, Mrs. MacKail. Wenn Sie bitte der kleinen Drena hier folgen würden. Sie wird Sie auf Ihre Zimmer führen.«

»Sagen Sie doch bitte einfach Catherine zu mir. Es ist schon so lange her, seit ich mich wie eine Lady gefühlt habe.«

Ihr Lächeln war so aufrichtig und bescheiden, dass Anne sich zum ersten Mal seit ihrer Ankunft unbefangen fühlte.

»Dann verzichten wir doch auf alle Förmlichkeiten, und Sie sagen Anne zu mir, ja?«

»Danke, gerne. Darf ich Ihnen meinen Bruder Damien Ashbrooke vorstellen? Er wurde unterwegs aufgehalten und konnte erst zu uns stoßen, als wir aus Falkirk abmarschiert sind.«

Die männliche Ausgabe von Catherine, größer und mit dunklerem Haar, trat vor, mit einem Lächeln, das genauso einnehmend war wie das seiner Schwester.

»Colonel Anne. Ich habe schon viel von Ihnen gehört – Ihr Name hat sogar schon in den Londoner Zeitungen gestanden – und kann Ihnen versichern, dass es mir eine große Freude ist, Sie kennen zu lernen.«

Anne war gerade im Begriff, ihm ihre Meinung über Londoner Zeitungen darzulegen, doch in dem Moment schrie Deirdre MacKail erschrocken auf. Catherine schwankte, die Hand zitternd gegen die Schläfe gepresst, hin und her und wäre beinahe zu Boden gestürzt, wenn Damien sie nicht schnell aufgefangen hätte.

»Mein Gott«, rief Anne. »Ist sie verletzt?«

»Nein, nein«, versicherte ihr Deirdre, »sie ist lediglich erschöpft und durchgefroren. Sie hat sich jetzt schon seit mehreren Wochen nicht richtig ausruhen können, und in der ganzen Zeit, die sie im Sattel verbracht hat … im *Herrensitz*, wohlgemerkt … ist es ein Wunder, dass sie keine Fehlgeburt gehabt hat!«

»Fehlgeburt?« Anne betrachtete Catherines bleiches Gesicht. »Sie ist schwanger? Soll ich einen Arzt holen lassen?«

»Mir geht es bestens«, stieß Catherine hervor. »Nur ein kleiner Schwindelanfall. Nun setz mich doch um Himmels willen wieder ab, Damien.«

Er überhörte ihren Wunsch jedoch und folgte stattdessen Anne, die sie die Treppe hinauf zu den Schlafzimmern führte, wo er seine Schwester sanft aufs Bett legte.

»Ist es nicht gefährlich, in diesem Zustand durch die Lande zu reiten?«, fragte Anne.

»Das habe ich ihr ja auch schon gesagt«, erwiderte Deirdre. »Aber sie ist störrisch wie ein Maulesel. Wenn ihr Mann das wüsste, würde er sie mit Händen und Füßen an einem Bettpfosten festbinden, auch wenn sie noch so sehr darüber schimpfen sollte, wie unfair das alles ist, aber …«

»Der *Camshroinaich Dubh* weiß nicht, dass seine Frau schwanger ist?«

»Sie behauptet, es habe noch keinen passenden Zeitpunkt gegeben, es ihm zu sagen.«

»Vielleicht wäre es dann ganz vernünftig, vorsichtshalber einen Arzt zu holen. Nur um sicherzustellen, dass alles in Ordnung ist. Ich möchte auf keinen Fall, dass ein Mann wie Alexander Cameron mir zürnt, weil ich meine Pflichten als Gastgeberin vernachlässigt habe.«

»Nein«, rief Catherine mit schwacher Stimme, während sie sich mit den Ellbogen hochstemmte. »Bitte lassen Sie keinen Arzt kommen. Ich habe mich bereits Alex' Bruder Archibald anvertraut, der erklärt hat, dass mir nichts fehlt. Ich bin wirklich nur erschöpft und durchgefroren. Und da jetzt bis auf meinen Mann alle Welt mein kleines Geheimnis zu kennen scheint, werde ich es ihm wohl bald verraten *müssen*, bevor es ihm noch als Gerücht zu Ohren kommt!«

»Fein«, sagte Deirdre, indem sie Damien mit einer gebieterischen Handbewegung aufforderte, das Zimmer zu verlassen. »Aber erst einmal wirst du diese schmutzigen Lumpen ausziehen und ein richtiges heißes Bad nehmen. Wenn Lady Anne mir sagt, wo die Küche ist, werde ich dir eine Tasse schönen heißen Tee machen und dir ein bisschen Brot holen, damit dein Magen sich wieder beruhigt.«

»Sagen Sie einfach Drena, was Sie brauchen. Sie wird es Ihnen sofort bringen«, entgegnete Anne, indem sie das Dienstmädchen heranwinkte. »Jetzt werde ich gehen, damit Sie sich ausruhen können. Und bitte denken Sie daran, was ich gesagt habe: Wenn Sie etwas benötigen, dann wenden Sie sich an Drena.«

Die beiden Frauen lächelten sie dankbar an. Dann eilte Anne wieder nach unten in die Eingangshalle, in die gerade zahlreiche Männer mit Gepäck kamen und in der es von Dienern wimmelte, die teils zum Prinzen gehörten, teils im Auftrag ihrer Lairds hier waren, um verschiedene Dinge zu erbitten. Schnell herrschte in der Halle ein unbeschreibliches, lärmendes Durcheinander, das möglicherweise außer Kontrolle geraten wäre, wenn nicht plötzlich das Unheil verkündende Grollen einer vertrauten Stimme zu hören gewesen wäre.

Voller Dankbarkeit nahm Anne die goldene Mähne von John MacGillivray wahr.

Er stand, die Hände in die Hüften gestemmt und mit einer Miene, der sich entnehmen ließ, dass er auch vor Gewaltanwendung nicht zurückschrecken würde, mitten in der Eingangshalle. Er schickte die verschiedenen Diener hierhin und dorthin, je nachdem, ob sie Erkundigungen einholen wollten, etwas brachten oder einfach nur im Wege standen. Offenbar hatte er bemerkt, dass auf der Treppe etwas Hellblaues aufgetaucht war, denn er hielt kurz inne und grinste zu ihr hoch – eine Ablenkung, die ihn Haut und Blut kostete, da einer der Träger seine nackte Wade mit der Kante eines Holzkoffers aufschürfte, sodass MacGillivray vor Schmerz auf einem Fuß umherhopste.

Wie kaum anders zu erwarten, erklärte der Prinz, dass er zu fiebrig sei, um seine abendliche Mahlzeit im Esszimmer einzunehmen. Er bat Anne schriftlich um Entschuldigung und ließ gleichzeitig an Lochiel, Ardshiel und Keppoch einen ganzen Stapel Mitteilungen überbringen. Diese drei Clansoberhäupter hatten sich mit der Bitte an ihn gewandt, Truppenkontingente nach Lochaber zu schicken, um die Regierungstruppen aus Fort Augustus und Fort William zu vertreiben.

Ihr Wunsch sollte ihnen erfüllt werden. Der Prinz hatte beschlossen, sie am nächsten Tag mit ihren jeweiligen Clanskontingenten loszuschicken, um beide Forts in die Luft zu sprengen, falls das erforderlich war, um den Great Glen von der Anwesenheit der Hannoveraner zu befreien. Lord George Murray musste jeden Moment in Inverness eintreffen und würde in seiner ganzen mürrischen Art sicher wissen wollen, warum die Truppen des Prinzen müßig herumsaßen. Charles war fest entschlossen, bei dem Versuch, das Hochland zu erobern, das Kommando zu übernehmen, und ließ sich, obwohl die Clansoberhäupter ihm dringend rieten, die Ankunft Lord Georges abzuwarten, in keiner Weise davon abbringen. Des Weiteren befahl er MacGillivray und den Männern des Chattan-Clans, das Gelände zu erkunden und herauszufinden, wie viele Soldaten in Fort George stationiert waren.

»Der Scheißkerl hat vor, in den Kampf zu ziehen«, schimpfte MacGillivray, während er seine schweren ledernen Bandeliere festschnallte. Zusammen mit fast fünfzig anderen Lairds war er zum Dinner erschienen, nur um dann zu erleben, wie O'Sullivan mit verkniffenem Gesicht die Mitteilungen des Prinzen verteilte. Kein Wort des Dankes dafür, dass man seine königliche Person sicher über die Berge befördert hatte, kein Wort der Anerkennung für die Mühe, die Anne sich machte, um all seinen Bedürfnissen gerecht zu werden, oder für das Risiko, das sie einging, weil sie ihn unter ihrem Dach beherbergte. Die Männer sollten sich noch nicht einmal einen Tag lang ausruhen dürfen, obwohl sie sich nach dem anstrengenden Marsch eine kleine Pause mehr als verdient hatten. »Oder glaubt er vielleicht, Loudoun werde ihm einfach lächelnd die Schlüssel zum Tor des Forts überreichen?«

Nachdem Anne sich eine Weile angesehen hatte, wie er an einem verknoteten Riemen seines Pistolengürtels herumfummelte, schob sie sanft seine großen Hände weg. »Sei bloß vorsichtig. Im Moment können wir keine Männer entbehren, um dich aus dem Gefängnis zu befreien, wenn du in Gefangenschaft gerätst.«

»Mir passiert schon nichts. Aber um dich mach ich mir Sorgen. Ich muss sagen, dass mir die Idee, fast tausend Mann von hier abzuziehen und nach Lochaber zu schicken, überhaupt nicht gefällt, weil du dann nämlich ganz allein hier bist.«

»Lord George wird ja bald mit weiteren tausend Mann eintreffen«, erwiderte sie, den Knoten lösend, um ihm die beiden Enden des Riemens zu reichen. »Und ich bin ja wohl kaum ganz allein hier.«

Ohne den Riemen zu beachten, nahm John ihr Kinn zwischen Daumen und Zeigefinger und zog ihren Kopf nach oben. Seine Augen waren den ihren so nahe, dass es ihr vorkam, als starre sie in einen abgrundtiefen schwarzen Brunnen, und sein Blick war so eindringlich, dass sie angstvoll erschauderte.

»Das ist eine ernste Angelegenheit, Annie. Wir sind nur zehn Meilen von Inverness entfernt – und mit einem guten Pferd ist Moy Hall schnell zu erreichen. Loudouns Männer haben nicht müßig herumgesessen, während wir weg waren, um Hawley den Arsch zu versohlen. Und natürlich bist du so gut wie allein hier, mit einem kranken Prinzen, einer schwangeren Frau und einer Hand voll Männer, die so erschöpft sind, dass sie kaum noch die Augen offen halten können.«

»Lord George ist nur noch einen halben Tagesmarsch entfernt«, insistierte sie mit einem leichten Stirnrunzeln.

»Und wer sagt das? Diese verdammte irische Ratte O'Sullivan? Der könnte doch noch nicht mal abschätzen, wie lange man braucht, um von hier bis zum See zu gehen.«

Er ließ ihr Kinn los und machte sich wieder daran, seine Patronentasche am Gürtel zu befestigen. Anne blickte ihm weiterhin ins Gesicht und nahm auf einmal direkt unterhalb des Ohrs einen Schnitt wahr, der vorher noch nicht da gewesen war. Jetzt bemerkte sie ihn, weil MacGillivray offenbar daran herumgerieben und die Wunde wieder aufgerissen hatte, sodass sein Hals mit Blut beschmiert war. Außerdem fiel ihr auf, dass die Wunde nicht ausgefranst war wie bei einer Schramme oder einem Kratzer. Der Schnitt war vielmehr sauber und gleichmäßig, als stamme er von einem Messer … oder der Spitze eines Schwerts.

Sie sah zu, wie er den Riemen zusammenband, eine simple Sache eigentlich, bei der er sich trotzdem sehr unbeholfen anstellte, und jetzt nahm sie auch wahr, dass die Knöchel seiner rechten Hand aufgerissen und wund waren und dass er den linken Arm zu bevorzugen schien, den er fest gegen die Rippen presste.

»Es gab also wieder einen Kampf«, sagte sie mit leiser Stimme.

»Ich kämpfe jeden Tag, damit die Männer nicht aus der Übung kommen. Man nennt das Drill.«

Sie nahm seine Hand und legte sie flach auf die ihre,

sodass alle Schrammen und Quetschungen zu sehen waren. »Du drillst sie also mit den Fäusten?« Ihr Blick wanderte ein Stück weiter und richtete sich auf seine Rippen. »Was würde ich wohl zu sehen bekommen, wenn ich dich bäte, das Hemd zu öffnen?«

»Eine prächtige Männerbrust. Was würde ich denn zu sehen bekommen, wenn ich dich bäte, deins zu öffnen?« Als er die Überraschung in ihrem Gesicht bemerkte, stieß er einen kräftigen gälischen Fluch aus. »Das war eine dumme Bemerkung, entschuldige bitte, Mädel. Ist mir so rausgerutscht.«

»Ich vergebe dir. Aber dann darfst du mich auch nicht anlügen. Du hast dich wieder geschlagen, nicht wahr?«

Ihre Blicke trafen sich. »Eine kleine Meinungsverschiedenheit, weiter nichts.«

»Nicht mit einem unserer Männer, hoffe ich?«

Er zögerte. Als er den Kopf schüttelte, wusste Anne, dass es besser war, nicht weiter in ihn zu dringen. Auf dem langen Marsch von Falkirk hatte sie von mindestens einem Dutzend Schlägereien gehört, an denen MacGillivray entweder teilgenommen oder die er unterbunden hatte. Ihre Cousins hatten ebenfalls etliche blaue Flecken und Prellungen abbekommen. Anlass für diese Prügeleien war meist, dass sie hörten, wie jemand eine beleidigende oder herabsetzende Bemerkung über das abwesende Oberhaupt des Chattan-Clans machte. Cameron hatte es, weil es für alle Beteiligten sicherer war, für besser gehalten, die Gründe für Angus' Rückkehr nach Edinburgh nur einigen wenigen zu verraten. John und Gillies wussten Bescheid. Annes Cousins und ihr Großvater ebenfalls.

Alle anderen nahmen an, er habe getan, was viele andere englische Offiziere getan hatten, sobald sie ihr Ehrenwort gegeben hatten, und sei voller Arroganz zu seinem Regiment zurückgekehrt, um den Dienst wieder aufzunehmen.

MacGillivray und ihre Cousins hatten sie abgeschirmt, damit zumindest die schlimmsten Bemerkungen nicht zu ihr vordrangen, doch das hatte nur zu Anspielungen und Sticheleien anderer Art geführt. Mehr als einmal hatte Anne gehört, wie im Flüsterton Mutmaßungen über die Beziehung zwischen ihr und MacGillivray angestellt wurden, und wenn sie ihren Verstand ganz beisammengehabt hätte, hätte sie zu ihm Distanz gewahrt. Doch jetzt, da Angus weg war, brauchte sie unbedingt Johns Freundschaft, seine Kraft, seinen Mut. Sie wusste, dass er sich seit jenem nächtlichen Gespräch vor der Hütte in St. Ninians alle Mühe gab, nie mit ihr allein zu sein oder, falls es sich nicht vermeiden ließ, die Unterhaltung nie persönlich werden zu lassen. Doch es gab Zeiten, wo das nicht zu umgehen war. Und es gab auch Zeiten, wo sie es, wie sie zu ihrer Schande gestehen musste, sogar als Trost empfand zu wissen, dass er, falls sie vor Angst in der Dunkelheit aufschreien sollte, sofort da wäre.

»Ach, John«, seufzte sie. »Es tut mir so Leid, dass du wegen mir so viele Unannehmlichkeiten hast. Alles tut mir Leid – dass ich dich in diesen Schlamassel hineingezogen habe, dass ich dir meine ganze Last aufgebürdet habe. Alles. Ich wünschte, es gäbe irgendeine Möglichkeit, alles rückgängig … alles anders zu machen. Ich wünschte …«

Er legte ihr sanft den Finger auf die Lippen, um sie zum Schweigen zu bringen. »Still, Mädel! Was würdest du dir denn anders wünschen? Würdest du dir wünschen, deinen Mann weniger zu lieben? Oder dass er dich weniger liebt?«

»Aber wenn du und ich …«

Sein Finger drückte fester zu, während seine Augen wie zwei schwarze Perlen funkelten. »Sprich es nicht aus. Diesen Gedanken darfst du nie in Worte fassen, denn es sind die Worte, die wir hören und in Erinnerung behalten, nicht die Gedanken. In einem Dutzend Jahren, wenn du glückliche Mutter bist und sich ein Schock Kinder an deine Röcke klammert, wirst du völlig vergessen haben, dass du einmal darüber nachgedacht hast, was hätte sein können, wenn du dieses oder jenes anders gemacht hättest. Aber wenn du es laut sagst, werden sich die Worte wieder einstellen und dich nicht mehr zur Ruhe kommen lassen. Du weißt verdammt gut, dass Angus der richtige Mann für dich ist. Wir beide wissen es, und das macht die Sache trotz allem leichter.«

Er beendete seine Gardinenpredigt, indem er sie sanft unters Kinn fasste, um dann die Hand sinken zu lassen und wieder an seinen Gürteln herumzufummeln. Und fast glaubte sie ihm.

»Und was ist mit den Schlägereien?«, fragte sie seufzend.

»Ich habe ja nicht gesagt, dass dadurch alles leicht wird«, erwiderte er grinsend, »sondern nur leichter. Was das Einschlagen von ein paar Köpfen angeht, nun ... wenn du meine Schwester wärst, würde ich dasselbe tun. Wobei mir einfällt ...« Er machte eine Pause und runzelte die Stirn, um abermals einen Fluch auszustoßen. »... meine Schwester Ruth meint, es sei höchste Zeit, dass ich mich wieder einmal in Clunas blicken lasse.«

»Um Elizabeth zu besuchen?«

»Ja. Gillies meint, ich sollte es tun, solange ich noch die Möglichkeit habe. Vielleicht sollte ich es tatsächlich tun, sonst könnte es passieren, dass mir ihr Vater mit einer Muskete unter den Kilt geht.«

Anne lächelte. »Dann solltest du lieber hin. Es wäre wirklich schade, wenn er dich entmannen würde.«

MacGillivray grinste. »Ja, stimmt. Dann ist diese Frage geklärt. Zuerst werde ich mich nach Inverness begeben, um durch Hecken zu spähen und für den Prinzen Scheißekübel zu zählen, und danach dann einen Tag oder so in Clunas verbringen. Ich werde Gillies das Kommando über die Männer übertragen. Du wirst gut beschützt sein.«

»Mach dir um mich keine Sorgen. Mach dir überhaupt keine Sorgen, sondern denk zur Abwechslung mal an dich. Und nimm ihr ein paar Blumen mit. Das wird ihr gefallen, und sie wird dir deine lange Abwesenheit verzeihen.«

»Blumen? Wo zum Teufel soll ich denn bei dem ganzen Schnee Blumen herbekommen?«

Anne lachte und stellte sich auf die Zehenspitzen, um ihm einen Kuss auf die Wange zu hauchen. »Ebendeshalb wird es ihr gefallen. Wesentlich besser als ein Fässchen Ale und eine Schafsblase mit Blutwurst.«

Obwohl er nicht sonderlich überzeugt aussah, erwiderte er ihr Lächeln, während er sich die Mütze auf den Kopf pfropfte. »Blumen werden ihr besser gefallen als Wurst?«, knurrte er. »Was für seltsame Wesen ihr Frauen doch seid!«

Anne lächelte immer noch, als sie müde die Treppe hinaufstieg, um sich zu Bett zu begeben. Den zahlreichen Fremden zuliebe, die im Haus schliefen, hatte man die Kerzen in den Wandleuchtern brennen lassen. Die meisten Schlafzimmer im ersten und zweiten Stock waren belegt, einige der Gäste mussten sich sogar mit Strohsäcken im Salon begnügen. Als sie leise den Gang entlangging, nahm sie im Licht ihrer flackernden Kerze die schlafenden Gestalten von Dienern wahr, die vor den Türen ihrer Herren zusammengesunken auf Stühlen saßen.

Als sie die Tür ihres Schlafzimmers erreicht hatte, blieb sie einen Moment auf der Schwelle stehen und ließ ihren Blick – wie fast immer, wenn sie den Raum betrat – zu dem Lehnstuhl in der hinteren Ecke schweifen. Wenn sie sich sehr anstrengte, vermochte sie dort Angus' geisterhaftes Abbild sitzen zu sehen, die Füße von sich gestreckt, sein Hemd ein leuchtender weißer Fleck in der Finsternis, eine Locke dunklen kastanienbraunen Haars in der Stirn. Jedes Mal hoffte sie in diesem Augenblick, dort nicht nur ein Phantom zu erblicken. Er hatte sie schon einmal überrascht und war unerwartet aufgetaucht. Könnte das nicht wieder passieren?

Wenn er noch am Leben war.

Ein Luftzug strich an ihrer Wange vorbei und brachte die Kerzenflamme zum Zischen. Draußen ging ein böiger Wind, der so stark war, dass er auf den Schornstein drückte und Rauchwölkchen und Asche in den Kamin zurückwehte. Da die Flammen jedoch hoch genug waren, wurde das Feuer nicht ernsthaft beeinträchtigt; gleichwohl roch die Luft nach Kiefernastknorren und verkohlten Erinnerungen.

»Angus.« In der Stille klang ihr Flüstern sehr laut. »Wo bist du? Ich weiß, dass du noch am Leben bist. Wenn du es nicht wärst, hätte ich es gespürt.«

Sie trat von der Tür weg und ging in ihr Ankleidezimmer, um sich von dort in die angrenzenden Räume zu begeben. Hardy hatte es offensichtlich nicht für nötig befunden, im Zimmer seines Herrn Feuer zu machen oder Lampen anzuzünden, sodass einzig und allein Annes Kerze ein wenig die Dunkelheit erhellte. Hier schien es noch stiller zu sein. Sie schloss die Augen und senkte den Kopf, und als sie tief durchatmete, nahm sie den leichten Geruch von Sandelholzöl wahr.

Sie merkte, wie ihr die Tränen kamen, kämpfte jedoch nicht dagegen an. Sie war allein, und jetzt konnte *la belle rebelle* ruhig weinen. Es war niemand da, der sie hätte sehen oder der ein Urteil über sie hätte fällen können, niemand, den sie mit ihrem Esprit oder der Gelassenheit ihres Benehmens hätte beeindrucken müssen. Hier musste sie nicht stark und tapfer sein oder auf alles eine Antwort wissen. Hier brauchte sie nicht zu verbergen, dass sie innerlich vor Angst zitterte und sich bisweilen so hilflos fühlte, dass sie am liebsten laut schreien würde. Ebenso wenig brauchte sie den Abscheu vor sich selbst zu verbergen, den ihr ihr Neid auf Elizabeth Campbell of Clunas einflößte, ein Neid, der derart ungerechtfertigt und unfair gegenüber MacGillivray war, dass sie unter der zusätzlichen Last des Schamgefühls zusammenbrach.

Die Kerze in ihrer Hand fing an zu beben und wurde so schwer, dass sie sie abstellen musste. Blind vor Tränen, kroch sie in Angus' großes Bett und zog eines der riesigen Samtkissen an den Busen, das sie umklammert hielt, bis sie sich in den Schlaf geweint hatte.

Neunzehntes Kapitel

Prinz Charles rappelte sich kurz von seinem Krankenlager hoch, um eine zündende Rede vor den Camerons und den MacDonalds zu halten, bevor diese nach Lochaber abmarschierten. Fort Augustus lag am nächsten, am südlichen Ende von Loch Ness, einer finsteren, nebelverhangenen Gegend voller Monster. Fort William befand sich dreißig Meilen südwestlich davon, am Rande jenes riesigen Gebiets, über das die Campbells of Argyle herrschten. Dem letzten Bericht zufolge bestand die in Fort Augustus stationierte Garnison aus weniger als hundert Mann, sodass es für die vereinten Truppen von Lochiel und Keppoch nahezu ein Kinderspiel sein würde, die Festung zu erobern. Anders sah es dagegen bei Fort William aus, das über eine Garnison von mehr als fünfhundert Mann und über eine starke Batterie schwerer Geschütze verfügte, aber unbedingt erobert werden musste, wollte man die Kontrolle über das Hochland gewinnen.

Anne kleidete sich in helle, leuchtende Farben, um die tapferen Clansmänner zu verabschieden. Nachdem sie auf Robert the Bruce zum anderen Ende von Loch Moy geritten war, bezog sie auf dem höchsten Hügel Stellung und erwiderte lächelnd das Winken der vorbeimarschierenden Hochländer. Erneut füllte sich das Tal mit Tartans in roter, goldgelber, blauer und grüner Farbe, erneut hallte es von der Musik der Dudelsäcke wider. Nicht mehr als fünfzig Lairds und Captains saßen zu Pferd; die Übrigen gingen zu Fuß, so wie sie die unzähligen Meilen von Glenfinnan nach Edinburgh, von Edinburgh nach Derby und von Falkirk nach Inverness zu Fuß gegangen waren. Einige sangen beim Marschieren. Die meisten überließen es jedoch den Dudelsackpfeifern, der allgemeinen Begeisterung Ausdruck zu verleihen, indem sie auf ihren Melodiepfeifen aufwühlende *piob rach'ds* spielten, deren fernes, eindringliches Echo den Feind in Angst und Schrecken versetzen sollte.

MacGillivray war mit seinen Männern schon vor Tagesanbruch aufgebrochen, sodass Anne keine Gelegenheit mehr hatte, ihm viel Glück zu wünschen, was aber vielleicht ganz gut war. Obwohl sie Schnee vom Fensterbrett gekratzt und sich diesen auf die Augen gelegt hatte, hätte MacGillivray sicher bemerkt, dass sie geweint hatte. Er sollte aber durch nichts von der gefahrvollen Aufgabe, die ihm bevorstand, abgelenkt werden.

Als der Cameron-Clan an ihr vorbeidefilierte, ließ einer der Offiziere seinen großen schwarzen Hengst aus der Formation ausscheren und kam zu Anne den Hügel hochgetrabt. Nachdem Alexander Cameron zur Begrüßung an einer seiner Stirnlocken gezogen hatte, brachte er sein Pferd neben ihr zum Stehen, um den Vorbeimarsch der Männer zu beobachten und ihnen zuzunicken. Auf seinem Gesicht malten sich gleichermaßen Stolz wie Beklommenheit, Gefühle, deren Ursache weder im einen noch im anderen Fall schwer zu erraten war.

»Ich bin gekommen, um Sie unverschämterweise um einen weiteren Gefallen zu bitten, Colonel.«

»Ich werde gut auf Ihre Frau Acht geben, Captain, so wie sie ihrerseits gut auf Ihr Kind Acht geben wird.«

Seine Augenwinkel zogen sich zu Falten zusammen. »Ich habe versprochen, in einer Woche wieder da zu sein, aber sie neigt dazu, sich aufzuregen, wenn sie enttäuscht wird.«

»Dann sollten Sie alles versuchen, sie nicht zu enttäuschen, Sir.«

Er blickte kurz weg. Als er sie wieder ansah, gingen

die Falten in seinen Augenwinkeln in ein Stirnrunzeln über. »Sie haben immer noch nichts von MacKintosh gehört?«

»Nein. Aber ich habe auch nicht damit gerechnet, täglich Briefe zu erhalten. Wir sind beide übereingekommen, dass es sicherer wäre, wenn keine Briefe zwischen uns hin und her gehen. Er könnte etwas schreiben, oder ich könnte etwas schreiben, das ihn in Gefahr bringen könnte.«

»Das ist vermutlich sehr weise. Es dürfte Sie jedoch interessieren, dass heute früh einige Depeschen im Lager eingetroffen sind.«

Annes Gesichtsausdruck hellte sich auf, als breche über den Wipfeln der Bäume die Sonne durch. »Sie haben etwas von Angus gehört?«

»Er teilt uns mit, Cumberland habe erklärt, das Hochland sei die reine Hölle auf Erden. Offensichtlich können seine Männer unseren Winter nicht vertragen. Beim ersten Versuch, Lord George über die Berge zu folgen, sind zweihundert Mann desertiert. Beim zweiten Mal hat er fast vierhundert verloren. Auf Anraten seiner Generäle hat er beschlossen, kehrtzumachen und sich nach Aberdeen zu begeben, um zu warten, bis die Straßen wieder passierbar sind.«

»Aberdeen ist also wieder in der Hand der Engländer?«

»Perth auch. Aber um zu uns zu gelangen, müssen sie da hinüber.« Er nickte in Richtung der imposanten, in blaues und purpurnes Licht getauchten Gipfel der Grampianberge, die sich über den gesamten Horizont erstreckten. »Selbst wenn er bis zum Frühjahr wartet, wird er lediglich feststellen, dass der ganze Schnee zwar geschmolzen ist, die Sümpfe und Moore aber überschwemmt sind.«

»Angus … geht es gut?«

Cameron sah sie wieder an. »Er tut etwas sehr Mutiges, Lady Anne. Es ist nahezu so, als würde er den Kopf vorstrecken und ihn auf den Richtblock legen. Deshalb sollten Sie versuchen, nicht zu hart über ihn zu urteilen, wenn Sie hören, dass er auf dem Weg nach Inverness ist.«

»Er kommt hierher?«

»Nun, nicht direkt *hier*her«, erwiderte er, indem er auf die gefrorene Pracht von Loch Moy wies. »Mehrere Regimenter, darunter auch seins, werden gerade auf dem Seeweg nach Inverness geschickt, als Verstärkung für Lord Loudoun. Die Nachricht ist zwar schon fünf Tage alt, aber wir haben keinen Grund, an ihrer Richtigkeit zu zweifeln. Ach ja … « Er machte eine Pause und zog einen zusammengefalteten, versiegelten Brief aus der Brusttasche, der auf rosa Papier geschrieben und um den ein rotes Band gewickelt war. »… das hier ist mit dem Packen Depeschen gekommen, die er noch herausschmuggeln konnte, bevor sein Schiff in See gestochen ist. Ich würde vermuten, dass rosa Papier in einem Armeelager schwer zu bekommen ist. Selbst in einem englischen Armeelager.«

Nach diesen Worten zupfte er sich mit einem schelmischen Grinsen erneut an der Stirnlocke und riss seinen Hengst herum, um den Abhang hinunterzureiten und sich wieder zu seinen Clansgenossen zu gesellen.

Anne behielt den Brief eine Minute in der behandschuhten Hand, ohne ihn zu öffnen. Ihr Herz klopfte so stark, dass sie befürchtete, es würde zerspringen.

Angus war noch am Leben und befand sich auf dem Weg nach Inverness. Cumberlands Armee würde in der nächsten Zeit nicht ins Hochland einfallen. Mehr brauchte sie eigentlich nicht zu wissen, doch nach der

Dicke des Briefes zu urteilen, hatte er ihr eine ganze Menge mitzuteilen.

Eine Gruppe von Clansmännern jubelte ihr im Vorbeimarschieren zu, was sie mit einem strahlenden Lächeln quittierte. Nachdem sie den Brief in ihren Gürtel gesteckt hatte, winkte sie den Männern zu. Dann blickte sie zum Himmel hoch und dankte demjenigen, dem am meisten Dank dafür gebührte, dass die Nachricht sicher in ihre Hände gelangt war. Kein einziges Wölkchen war zu sehen. Die Sonne schien warm, und unter ihrem wohlwollenden Auge glitzerte der Schnee wie eine Decke aus Diamanten. Anne war abergläubisch wie jeder Hochländer. Wäre der Himmel bedeckt und düster gewesen, so hätte sie darin ein Unheil bringendes Vorzeichen gesehen.

Doch da die Sonne vom Himmel strahlte und sie einen Brief von ihrem Mann am Herzen trug, blickte sie zuversichtlicher in die Zukunft, als sie es seit vielen langen Monaten getan hatte.

»Sind Sie sicher, dass diese Information stimmt, Sir?«, wollte Duncan Forbes wissen. Die Nachricht war so verblüffend, dass er vorübergehend vergaß, dass sein Neffe Douglas ihm gerade einen weiteren Whisky einschenkte. Er drehte sich zur Seite und zog dabei sein Glas unter der Karaffe weg, um schon im nächsten Moment wüste Flüche auszustoßen, da die Flüssigkeit sich über seine Hand und sein Bein und auf den Teppich ergoss. Forbes hielt sich gerade innerhalb der Festungsmauern von Fort George auf.

Bei ihm befanden sich Colonel Blakeney, der soeben mit neuen Depeschen des Duke of Cumberland aus Perth eingetroffen war, sowie Lord Loudoun, der wie ein angeketteter Bär ständig im Kreis herumlief, und

Norman MacLeod, das Oberhaupt des MacLeod-Clans, dem die im Fort stationierten Hochlandregimenter unterstanden.

»Meine Quelle ist absolut zuverlässig, Sir«, erwiderte Blakeney. »Wir haben in der nächsten Umgebung des Prinzen einen Spion, der uns versichert, dass der Prätendent sich direkt vor unserer Nase befindet, Gentlemen. Charles Edward Stuart liegt betrunken in einem Bett in Moy Hall.«

Forbes nahm einen großen Schluck Whisky, so dass es ihn schüttelte. »Und dieser Mann behauptet auch, das Gros der Armee des Prinzen sei abgezogen?«

»Lochiel und Keppoch sind heute Morgen mit ihren Männern nach Lochaber abmarschiert. Lord John Drummond ist in Balmoral Castle, Clanranald in Daless. Dem letzten Bericht zufolge ...« – er machte eine Pause, um die Notizen zu konsultieren, die er auf ein Stück Papier gekritzelt hatte – »... ist Lord George Murray noch dabei, das Moor zu überqueren, um nach Nairn zu gelangen. Es würde mich überraschen, wenn er vor morgen Mittag einträfe. Damit bleibt nur Lady Annes persönliche Leibwache zur Verteidigung der Tore von Moy Hall.«

»Wenn Sie mit *persönlicher Leibwache* MacGillivray meinen«, warf MacLeod ein, »so sprechen Sie vom Fürsten der Hölle persönlich. Wenn der am Himmelstor stünde, würde noch nicht mal Christus reinkommen.«

»MacGillivray ist in Dunmaglass«, erklärte Loudoun, der kurz seine Wanderung unterbrach. »Er und seine Männer haben heute Nachmittag den Viehhof des Quartiermeisters überfallen, und als man sie zuletzt sah, trieben sie das Vieh gerade in die Berge.«

»Das ist immer noch zu nah, als dass man erleichtert aufatmen könnte«, erwiderte MacLeod mit finsterer

Miene. »Außerdem ... erwarten Sie nicht jeden Augenblick Verstärkung aus Edinburgh? Ich würde vorschlagen, ihr Eintreffen abzuwarten, damit unsere eigenen Verluste dann nur halb so hoch sind.«

»Bei dem Truppenschiff scheint es – wie dieser Tage bei allem anderen auch – irgendeine Katastrophe gegeben zu haben, in der Nähe der Küste. Ein Sturm oder etwas in der Art. Soviel wir wissen, kann es ebenso gut morgen wie übermorgen oder nächste Woche ankommen ... vorausgesetzt, dass es nicht schon untergegangen oder an den Felsen zerschmettert ist.«

»Morgen oder übermorgen kann es bereits zu spät sein«, drängte Blakeney. »Wir müssen sofort zuschlagen, solange der Prinz noch wehrlos ist. Eine solche Gelegenheit wird sich vielleicht ... wird sich *ganz sicher* ... nie wieder bieten, und wenn es die Möglichkeit gibt, den königlichen Dreckskerl mit einem Minimum an Blutvergießen gefangen zu nehmen, dann sollten wir sie nutzen. Dann könnte heute um Mitternacht der ganze Spuk vorüber sein. Die Clansoberhäupter und der Kronrat haben den Kampfwillen verloren. Sie haben sich aus Derby zurückgezogen, sie haben sich aus Falkirk zurückgezogen. Nimmt man ihnen den einzigen Grund, ihrem Eid treu zu bleiben, so wird es morgen Abend um diese Zeit keine jakobitische Armee und keinen Krieg mehr geben – zum Ruhme der Männer, die den Weitblick und den Wagemut besaßen, dies zuwege zu bringen!«

Nachdenklich holte Loudoun tief Luft. »Ein unblutiger Sieg würde zweifellos Hawleys Arroganz einen gewaltigen Dämpfer aufsetzen. Außerdem würde sich der König wahrscheinlich sehr erkenntlich zeigen, wenn jemand seinen Sohn davor bewahrt, sich so zu blamieren wie Cope und Hawley.«

»Und wie gedenken Sie das Ganze anzustellen?«, fragte Forbes mit ruhiger Stimme.

Blakeney, der einen Verbündeten witterte, wandte sich dem Lord President zu. »Die Garnison besteht aus zweitausend Mann. Überlassen Sie mir fünfzehnhundert davon.«

»Um einen betrunkenen, schutzlosen Prinzen gefangen zu nehmen?«

»Lediglich um Stärke zu demonstrieren, damit niemand auf den Gedanken kommt, sich einzumischen.«

»Damit Ihnen niemand in den Arsch schießen kann, meinen Sie wohl«, sagte MacLeod trocken, »falls Ihre Information nicht stimmt.«

»Falls sie nicht stimmt«, entgegnete Blakeney, »wird ein gewisser Corporal Jeffrey Peters eine böse Überraschung erleben, weil die Jakobiten dann nämlich seinen auf den Mauern der Festung aufgespießten Kopf als Zielscheibe benutzen können.«

Nachdem Forbes einen Blick mit Loudoun und MacLeod gewechselt hatte, nickte er. »Na gut. Wie schnell können Sie aufbrechen?«

»Die Männer sind innerhalb einer Stunde abmarschbereit. In zwei, höchstens drei Stunden müssten wir wieder hier sein, mit dem Prätendenten und seiner in Ketten gelegten Gastgeberin.«

»Lady Anne?«

»Sie beherbergt doch einen Feind der Krone, nicht wahr? Allein das würde für jedes Militärgericht ausreichen, um sie wegen Aufruhr und Hochverrat anzuklagen. Ich persönlich habe zwar noch nie eine Frau gehängt, habe aber gehört, dass sie wie Schweinchen schreien und quieken – was ich auch schon bei Männern erlebt habe, denen ich den Hals lang gezogen habe.«

Das Geräusch zersplitternden Glases veranlasste die

vier Männer, sich abrupt umzudrehen und Douglas Forbes anzustarren, der in der Ecke des Raums stand und den sie fast vergessen hatten.

»Tut … tut mir Leid, Onkel. Das Glas ist mir aus der Hand gerutscht. Ich … ich werde sofort jemanden holen, um die Splitter aufzufegen. Tut mir Leid. Tut mir Leid, Gentlemen. Bitte setzen Sie doch Ihre Unterhaltung fort.«

Rasch ging er rückwärts zur Tür hinaus. Als er draußen war, schüttelte der Lord President den Kopf. »Mein Bruder – er möge in Frieden ruhen – war weiß Gott genauso. Ist schon ganz bleich geworden, wenn es in einem Gespräch auch nur andeutungsweise um Gewalt ging. Allerdings glaube ich nicht, dass die Reaktion meines Neffen sich allzu sehr von der vieler anderer unterscheidet. Das Hängen von Frauen steht hier nicht zur Debatte, Colonel Blakeney. Außerdem würde so etwas die junge Frau nur zur Märtyrerin machen. Wer Märtyrer schafft, weckt Sympathie. Nein. Lady Anne darf in keiner Weise behelligt werden. Ihr Mann ist nach wie vor loyaler Offizier im Dienste Seiner Majestät, und ich habe ihm dieselben Garantien gegeben wie anderen …« Bei diesen Worten blickte er ostentativ MacLeod an. »… um sicherzustellen, dass er uns weiterhin *freiwillig* unterstützt. Wenn es, wie Sie sagen, wirklich die Möglichkeit gibt, den ganzen Spuk heute Nacht zu beenden, werden wir MacKintosh brauchen, damit er seinen Clan wieder an die Kandare nimmt.«

»Und was ist mit MacGillivray?«, fragte Loudoun. »Meiner Meinung nach ist er zu einer Last geworden, die wir uns weder zu Kriegs- noch zu Friedenszeiten leisten können.«

»Ich habe keine Garantie gegeben, dass es nicht zu Unfällen dieser Art kommt«, erwiderte Forbes. Er sah

Colonel Blakeney an. Damit war die Sache abgemacht. »Bringen Sie mir Schottlands Prinzen, Sir, und Englands Dankbarkeit wird Ihnen gewiss sein.«

Douglas Forbes brauchte einige Augenblicke, um wieder tief durchatmen zu können. Er war aus Lord Loudouns Dienstzimmer getaumelt und hatte es gerade noch bis zur Wand geschafft, um sich abzustützen, bevor seine Beine unter ihm nachgaben.

Sie wollten Lady Anne verhaften! Sie wollten sie in Ketten legen, sie in eine von Ratten wimmelnde Gefängniszelle sperren, um dann ein Spektakel aus ihrer Hinrichtung zu machen! Das war zu viel. Das war verdammt noch mal zu viel – und das konnte er nicht zulassen!

Da der Adjutant des Colonels ihn argwöhnisch beobachtete, riss Douglas sich zusammen und verließ so gelassen wie möglich das Hauptquartier, um sich in den Hof zu begeben. Die Dämmerung war hereingebrochen, und da die Nachmittagssonne stark genug gewesen war, den größten Teil des Schnees innerhalb des Forts zum Schmelzen zu bringen, war der Hof von unzähligen Pfützen bedeckt, die wie Spiegelscherben schimmerten.

Er rief nach seinem Pferd, tat dabei jedoch so, als habe er es nicht sonderlich eilig. Als es ihm gebracht wurde, saß er auf und winkte, während er durch das massive Tor ritt, den Wachen zu. Inverness, das eine Meile vom Fort entfernt lag, war im Vergleich zu anderen Hafenstädten wie Glasgow und Edinburgh winzig. Von den dreitausend ständigen Einwohnern hatten viele in aller Stille ihre Häuser verlassen, um Freunde und Verwandte im Norden oder in den entlegeneren Gegenden von Skye zu besuchen. Wenn, wie sie befürchteten, die

Endschlacht um die Herrschaft über das Hochland hier stattfinden würde, stand ihnen entweder eine längere jakobitische Okkupation oder die in keiner Weise angenehme Militärherrschaft Cumberlands bevor.

Douglas wusste – so sehr die ganzen Ränke und Intrigen ihn auch anwiderten –, dass sein Onkel Recht hatte. War Charles Stuart gefangen, hatte Cumberland keinen Grund, mit seiner Armee nach Norden zu marschieren. Inverness würden die Auswirkungen des Kriegs erspart bleiben, die Einwohner der Stadt könnten zurückkehren und ihr normales Leben wieder aufnehmen.

An dieser Argumentation hatte er nichts auszusetzen. Nicht das Geringste. Andererseits war er jedoch im Laufe der Monate mehr und mehr zu der Überzeugung gekommen, dass Schottland etwas Besseres verdiente, als lediglich eine Kolonie Englands zu sein. Das Land war einzigartig, die Leute waren einzigartig, und wer waren denn Männer wie sein Onkel, dass sie sich anmaßten, darüber zu befinden, was das Beste für die Schotten war? England hatte in der Vergangenheit selbst hart gekämpft, um sich gegen französische und spanische Invasionsversuche zur Wehr zu setzen, da ein Sieg der einen oder der anderen Nation die englische Lebensweise zerstört und dem Land eine Fremdherrschaft aufgezwungen hätte. Warum hielten die Engländer es dann für ihr Recht, den Schotten, Iren und Walisern vorzuschreiben, wie sie regiert werden sollten, zu wem sie beten sollten und wie sie sprechen oder sich kleiden sollten?

Douglas wusste um das Aufrührerische dieser Gedanken, aber andererseits: An welchem Punkt schlugen Stolz, Ehrgefühl und das Verlangen nach Freiheit denn in Aufruhr um?

Er zog scharf die Zügel an. Erst jetzt, als er das Ende der Church Street erreichte, kam ihm zu Bewusstsein, wo er überhaupt hingeritten war. Weitab von der Straße, am Ende einer langen, von Bäumen gesäumten Allee waren die erleuchteten Fenster von Drummuir House zu sehen. Die verwitwete Lady MacKintosh würde wissen, was zu tun war. Sie würde wissen, wie man Lady Anne eine Botschaft zukommen lassen konnte.

Er gab seinem Pferd die Sporen. Nachdem er einem livrierten Türsteher erklärt hatte, dass sein unerwarteter Besuch einen dringenden Grund habe, wurde er die Treppe hoch in Lady Drummuirs Privatsalon geführt. Dort musste er zehn Minuten warten, was ihm unendlich lange vorkam, doch endlich hörte er das Rascheln seidener Unterröcke, woraufhin er sich vom Fenster abwandte und seiner Gastgeberin entgegentrat, die eine schwarze, mit Perlen besetzte Spitzenhaube und ein voluminöses Sackkleid aus Bombasin trug und ohne zu lächeln auf ihn zukam.

»Nun?« Lady Drummuir verschwendete keine Zeit mit Formalitäten. »Ich nehme an, dass Sie einen guten Grund haben, mich beim Abendessen zu stören, junger Mann. Meine Suppe wird kalt, und ich musste die Anweisung geben, die Lachspastete noch nicht aufzutragen, was der Köchin ganz und gar nicht gefallen wird, da ihr ihre Töpfe und Pfannen mehr am Herzen liegen als ihre Kinder.«

»Ich bitte um Vergebung, Lady Drummuir, aber ich wusste nicht, an wen ich mich sonst hätte wenden sollen. Ich wusste nicht, wer sonst noch in der Lage sein könnte, mir zu helfen.«

Lady Drummuirs Gesichtsausdruck wurde milder. »Große Güte, mein Junge, Sie zittern ja wie Espenlaub. Setzen Sie sich erst einmal hin … nein, nicht da ... ans Feuer. Aggie, bring uns Wein. Danach kannst du gehen.«

Das Dienstmädchen, das ihr in den Salon gefolgt war, tat, wie ihm befohlen. Kaum war das Mädchen weg, nickte Lady Drummuir Douglas zu, der daraufhin so kurz und knapp wie möglich das Gespräch wiedergab, das er in Lord Loudouns Dienstzimmer belauscht hatte.

»Ich bin entsetzt, dass mein Onkel auch nur in Erwägung zieht, Lady Anne zu verhaften. Er hat sein Ehrenwort gegeben ...« Erregt fuhr er sich mit der Hand durchs Haar. »Nein, er hat Lord MacKintosh geschworen, dass die Sicherheit seiner Familie und seines Clans gewährleistet ist, und jetzt, da er die Unterstützung des Lairds nicht mehr braucht, macht er einen Rückzieher und plant, Lady Anne zu hängen!«

»Geschworen? Er hat meinem Sohn etwas geschworen?«

Douglas sah sie an. »Er hat ihm schriftliche Immunitätsgarantien gegeben, Mylady. Ich habe die Schriftstücke mit dem königlichen Dienstsiegel mit eigenen Augen gesehen.«

Lady Drummuir wandte sich ab und starrte in die Dunkelheit jenseits des Fensters. »Das würde vieles erklären. Warum hat der Sturkopf uns bloß nichts davon erzählt?«

»Bitte, Lady Drummuir, sagen Sie mir, wie ich helfen kann. Ich habe das Haus meines Onkels verlassen und stehe ganz zu Ihrer Verfügung.«

Einen ausgedehnten Moment lang musterte die alte Dame sein Gesicht und überlegte, ob es klug war, dem Neffen des Lord President zu trauen, mochte er sich auch noch so sehr in ihre Schwiegertochter verguckt haben. Schließlich griff sie nach einer kleinen Tischglocke und läutete so laut, dass das Dienstmädchen förmlich ins Zimmer gerannt kam. Nachdem Lady Drummuir Feder und Papier hatte bringen lassen, schrieb sie zwei kurze Briefe. Der eine würde per Kurier nach Dunmaglass gehen, den anderen übergab sie Douglas.

»Damit Sie an den Wachtposten vorbeikommen, die um Moy Hall aufgestellt sind, und sofort bei Lady Anne vorgelassen werden. Sagen Sie ihr, dass ich nach MacGillivray geschickt habe, und wenn er nicht bereits nach Clunas unterwegs ist, müsste er etwa eine Stunde nach Ihnen eintreffen. Nein, sagen Sie ihr das lieber nicht. Sagen Sie ihr nur, dass ich ihm Bescheid gegeben habe. Nehmen Sie eine Abkürzung und reiten Sie über Meall Moor. Der Boden müsste fest genug sein. Sehen Sie zu, dass Sie vor diesem verfluchten Colonel Blakeney nach Moy kommen. Und seien Sie bloß vorsichtig, verdammt noch mal. In Moy ist die Chance, dass Sie als Spion erschossen werden, genauso groß, wie sie es vorhin war, als Sie aus Fort George hierher kamen.«

Als Douglas Forbes ins Haus geführt wurde, befand Anne sich gerade im Salon. Der junge Mann, der keine Kopfbedeckung aufhatte und dessen Gesicht von der Kälte gerötet war, wurde von zwei extrem stämmigen Clansangehörigen eskortiert, die ihn praktisch die Eingangshalle entlangtrugen.

Die mit Tartanhosen bekleidete Anne war allein im Zimmer. Auf dem Tisch vor ihr war ein ganzes Sortiment von Pistolen und Musketen ausgebreitet, das durch all die Dinge ergänzt wurde, die man brauchte, um die Waffen zu laden und schussfertig zu machen. Der Brief Lady Drummuirs lag neben einem kleinen Pulverfass, und obwohl Anne aufblickte, als Forbes hereingebracht wurde, unterbrach sie ihre Tätigkeit nicht, sondern fuhr fort, eine Bleikugel in den Lauf einer Muskete zu stecken und mit einem eisernen Ladestock nach unten zu schieben.

»Sie sind also gekommen, um uns vor einem Überfall zu warnen, ja?«

Douglas schluckte schwer. Der Gesichtsausdruck der beiden untersetzten Hochländer, die neben ihm stehen geblieben waren, wirkte so bedrohlich wie die Musketen, die sie an ihre Brust drückten.

»Sie kommen ungefähr zwanzig Minuten zu spät«, sagte Anne, ohne eine Antwort abzuwarten. »Ein Junge aus dem Dorf hat ein Gespräch belauscht und ist sofort hierher gerannt, um uns Bescheid zu sagen. Wir haben es geschafft, den Prinzen aus dem Bett zu kriegen, und Mr. Hardy hat ihn zusammen mit ein paar anderen bereits in die Berge gebracht. Können Sie eine Pistole laden, Sir?«

»Ich ... ich ... ja. Ja, natürlich.«

Sie zeigte auf ein Dutzend Musketen mit glattem Lauf, die neben dem Pulver, einer Büchse mit Kugeln und einem seiner Bestimmung harrenden Stück Seide – es musste in Fetzen gerissen werden, damit man Ladepfropfen daraus machen konnte – auf dem Tisch lagen. »Ich fürchte, im Moment haben wir mehr Feuerwaffen als Männer, aber trotzdem ist es besser, vorbereitet zu sein.«

»Dann stimmt es also, Mylady? Sie sind hier tatsächlich ohne Schutz?«

»Meine Cousins Robbie und Jamie beobachten die Straße und haben den Schmied und drei seiner Lehrlinge als Verstärkung mitgenommen. Außerdem sind etwa ein Dutzend kranker oder verwundeter Männer hier, die nicht die Kraft hatten, mit ihren Clans nach Lochaber zu marschieren. Trotzdem haben sie sich einer nach dem andern hier hereingeschleppt und beteuert, dass sie imstande seien, sich nützlich zu machen. Hinzu kommt noch eine Hand voll Diener, die vielleicht schon irgendwann einmal eine Waffe *gesäubert* haben, sowie zwei Dienstmädchen, die aus einer Familie von Wilderern stammen.« Sie legte die Muskete hin und nahm die nächste zur Hand, um abermals Pulver in den Lauf zu füllen, den Pfropf und die Kugel hinzuzufügen und das Ganze mit dem Ladestock festzudrücken.

Ihr Haar hing ihr lose um die Schultern und schimmerte im Licht der unzähligen Kerzen, die man in einem Bogen um den Tisch gestellt hatte, damit der Arbeitsbereich fast genauso hell war wie bei Tageslicht.

»Was starren Sie mich denn so an, Mr. Forbes?«

Er stammelte eine Entschuldigung und griff hastig nach einem doppelläufigen Steinschlossgewehr. »Ich kann es einfach nicht fassen, dass nur noch so wenige Männer da sind, um den Prinzen zu schützen. Wo ist denn seine Armee? Welcher Irre hat sie denn nach Lochaber geschickt?«

»Der Irre war der Prinz selbst«, erwiderte Anne trocken. »Aber ich würde gern wissen, was Sie veranlasst hat, heute Nacht hierher zu reiten, Douglas. Irrsinn ist doch sicher nicht ansteckend.«

»Das war kein überstürzt gefasster Entschluss, Mylady. Ich glaube, in meinem Herzen war ich schon immer mehr für ein unabhängiges Schottland als für das zweifelhafte Vergnügen, König Georges Hof Reverenz zu erweisen. Ich bedaure nur, dass ich so lange gebraucht habe, um auf die richtige Seite des Zauns zu springen.«

»Na, und als Folge dessen werden Sie sich bald eine blutige Nase holen«, sagte sie mit fröhlicher Stimme. Nachdem sie die letzte Waffe gespannt hatte, um die Funktionstüchtigkeit des Hahns zu überprüfen, forderte sie die beiden Hochländer mit einem Zeichen auf, die geladenen Waffen an sich zu nehmen und ihr nach draußen zu folgen, wo Fearchar Farquharson auf einem umgedrehten Eimer saß und den Männern und Frauen Anweisungen gab, die zu zweit oder zu dritt zu ihm kamen, um zu fragen, was sie tun konnten.

»Nun, Großpapa?« Anne trat in das Fackellicht hinaus und sah sich um. »Wie viele Leute haben wir?«

»Auf der Straße haben wir zusammen mit Jamie und Robbie zwölf Männer, in den Büschen zehn oder so, und im Haus und auf dem Dach vielleicht noch mal die gleiche Anzahl. Die Hälfte davon sind allerdings Frauen. Die werden sich in der Dunkelheit wahrscheinlich eher die eigenen Titten abschießen, als dass sie einen Soldaten treffen.«

Anne beugte sich nach unten und küsste ihn auf die runzlige Stirn. »Vielleicht solltest du lieber ins Haus gehen und dich hinter die Barrikaden begeben, um die Frauen im Auge zu behalten und dafür zu sorgen, dass so etwas nicht passiert.«

»Bah! Ich habe keine Angst vor den verfluchten englischen Soldaten. Ich werde hier sitzen bleiben, ob's dir passt oder nicht. Du wirst schon sehen: An mir kommt keiner vorbei. Keiner.«

»Stimmt«, sagte Anne grimmig. »Noch nicht mal, wenn er auf unserer Seite steht.«

»Es war schließlich dunkel!«, erklärte er. »Und er sah aus wie ein verdammter *Sassenach*.«

»Corporal Peters *ist* ein verdammter *Sassenach*«, erwiderte Anne in sanftem Ton. »Und als er dir heute Nachmittag eine Tüte mit gezuckerten Datteln gebracht hat, hast du ihn ohne weiteres erkannt. Aber heute Abend, als er uns seine Hilfe anbieten wollte, hat er fast ein Ohr eingebüßt.«

Abermals starrte Douglas Forbes Anne an. »Haben Sie gesagt … Peters? Corporal *Jeffrey* Peters?«

»Ja. Kennen Sie ihn?«

»Nein. Aber offenbar kennt Colonel Blakeney ihn. Er hat gesagt, er habe einen Spion in der nächsten Umgebung des Prinzen, einen gewissen Corporal Jeffrey Peters, von dem er erfahren haben will, dass Moy Hall heute Nacht ungeschützt ist.«

»Na, da hast du's«, schnaubte Fearchar. »Ich habe dir doch gesagt, dass ich dem Dreckskerl nicht traue. Wie der mit seinen kleinen stechenden Augen immer die Frau des *Camshroinaich Dubh* anguckt. Als wolle er ihr die Haut von den Knochen lecken. Wo ist er? Wo ist der verdammte Dreckskerl? Dem werde ich höchstpersönlich eine Kugel in den Leib jagen!«

Anne blickte in die Finsternis, in Richtung der hohen schroffen Berggipfel, die über den Wipfeln der Kiefern aufragten. »Mein Gott, er ist bei ihnen. Bei dem Prinzen und Catherine und den anderen.«

Fearchar stemmte sich hoch. »Na, dann steh nicht wie angewurzelt da, Mädel! Hol Pferde. Hol ein paar Männer …!«

Abrupt verstummte ihr Großvater, als in der Ferne plötzlich Schüsse zu hören waren, zunächst nur vereinzelt, dann in Salven, sodass der ganze Glen von ihnen widerhallte.

»Die Engländer«, stieß Anne hervor. »Die Engländer sind da.«

Zwanzigstes Kapitel

John MacGillivray kratzte sich am Nacken, doch das irritierende Kribbeln wollte einfach nicht weggehen. Wenn Sommer gewesen wäre, hätte er angenommen, irgendein Insekt sei ihm unter den Kragen gekrochen und delektiere sich an seinem Blut, doch es war mitten im Winter, und selbst den Läusen war es zu kalt, auf Nahrungssuche zu gehen.

Er zog an seiner Zigarre und sah zu, wie der Rest des königlichen Viehs in die enge Schlucht getrieben wurde. Das dahinter liegende Tal hatte nur diesen einen Zugang und bestand aus einem weitläufigen, mit Gras bewachsenen Kessel. Die Steinhänge, die ihn umgaben, waren so steil, dass das Vieh sie nicht emporklettern konnte. Unzählige Herden, geklaut von unzähligen Generationen von MacGillivrays und MacBeans, waren dort schon versteckt worden, zusammen mit Kisten voller unbesteuerter Waren und Schwarzmarktgüter, die von Schmugglern ins Land gebracht worden waren.

John hatte im Laufe der Jahre ein kleines Vermögen erworben und auf diese Weise das hübsche Sümmchen vermehrt, das vor ihm sein Vater und sein Großvater durch ähnliche Aktivitäten zusammenbekommen hatten. Er war indes wahrscheinlich der erste Viehdieb, der ein Gewissen hatte, denn er wusste, dass dieses Vieh letzten Endes der Armee des Prinzen als Nahrung dienen würde und dass er sich glücklich schätzen konnte, wenn er zum Dank dafür zumindest ein Lächeln erntete.

Aber wie viel Geld konnte ein anspruchsloser Mann im Laufe seines Lebens denn überhaupt ausgeben? Er hatte ein gutes Pferd zwischen den Schenkeln, warme Kleider auf dem Leib, einen vollen Magen und ein Dach über dem Kopf. Überdies war er sein eigener Herr und konnte tun und lassen, was er wollte – was brauchte er da noch mehr? Wonach sollte ihm der Sinn noch stehen?

Unwillkürlich tauchte vor seinem inneren Auge das Gesicht der wilden roten Annie auf; seine Zähne verbissen sich in den Zigarrenstummmel.

Er hatte sich geschworen, nicht mehr an sie zu denken, und daran würde er sich bei Gott auch halten. Wenn die Aktion mit dem Vieh abgeschlossen war, hatte er in der Tat vor, unverzüglich nach Clunas zu reiten. Falls sein Pferd sich nicht in einem überfrorenen Sumpfloch den Hals brach, würde er am Vormittag dort ankommen, und mit etwas Glück würde er mittags mit Elizabeth im Bett liegen, die ihm helfen würde, zu vergessen, dass er die Frau eines anderen Mannes liebte.

Wenn bloß ... Hatte Annie das nicht gesagt? Wenn er Elizabeth bloß eher begegnet wäre, denn sie war eine lebhafte, dunkelhaarige Schönheit, die gern lachte und deren Körper ihm unendliche Lust bereitete. Wie er hielt sie nichts von koketten Spielchen und Verstellungen, was dazu führte, dass sie sich gewöhnlich sehr schnell die Kleider vom Leibe rissen, wenn sie zusammen waren. Er wusste, dass sie ihn liebte. Er war ihr erster und einziger Liebhaber, und es erfüllte ihn mit Scham, dass er so lange gewartet hatte, um mit ihrem Vater zu sprechen. Worauf hatte er eigentlich gewartet – auf ein Wunder?

Elizabeth würde ihm eine gute Frau sein und ihm prächtige Söhne schenken, und er würde ihr nie irgendeinen Anlass geben, daran zu zweifeln, dass sie die wichtigste Frau in seinem Leben war. Die *einzige* Frau in seinem Leben. Und das würde sie auch sein.

»John! Hallo, John!«

Der donnernde Hufschlag eines Pferdes war zu hören. Stirnrunzelnd blickte MacGillivray über die Schulter und erkannte im Sattel die untersetzte Gestalt von Gillies MacBean.

»Gillies, ich habe dir doch befohlen, mit den Männern nach Moy Hall zu reiten. Was zum Teufel hast du denn hier zu suchen?«

»Ja«, keuchte Gillies, während er die Zügel fest anzog, um das Pferd zum Stehen zu bringen, »es war in der Tat der Teufel, der mich herführt. Ein Teufel namens Blakeney. Er ist mit der ganzen verdammten Garnison von Fort George losmarschiert, um Moy Hall anzugreifen. Er will den Prinzen überrumpeln und gefangen nehmen.«

Er stieß noch weitere Worte hervor, doch MacGillivray hatte seinem Pferd bereits die Hacken in die Flanken getreten und ritt in wilder Hast über das Moor. Sein wütendes, wie Donner klingendes Gebrüll schreckte die Männer auf, die gerade das Vieh ins Tal trieben. Die meisten von ihnen blieben abrupt stehen und rasten ihm dann hinterher.

Sie waren eine halbe Stunde von Dunmaglass entfernt, und von da nach Moy Hall dauerte es noch einmal eine halbe Stunde.

MacGillivray stieß ein weiteres Brüllen aus und streckte den Kopf über den Hals seines Hengstes, sodass sein im Wind flatterndes Haar wie eine zweite Mähne wirkte.

Colonel Blakeneys Männer waren von Anfang an nervös. Ihnen allen war das Gerücht bekannt, dass eine riesige jakobitische Armee auf Inverness vorrücke, und kein einziger von ihnen glaubte, ein kommandierender General wie Lord George Murray würde seinen Prinzen allein und ungeschützt auf einem Landsitz lassen, der weniger als zehn Meilen von einem Fort entfernt lag, in dem eine ansehnliche Zahl von Regierungstruppen stationiert war. Einige der Männer waren bei Prestonpans mit dabei gewesen und kannten die Heimtücke der Hochländer aus erster Hand. Sie wussten, dass es, wenn es in einem Bericht hieß, hundert Schotten seien im Anmarsch, gewöhnlich tausend waren; dass sie, wenn es hieß, sie seien in Edinburgh, wahrscheinlich gerade an die Tore von London pochten. Lord George war ein Meister der Täuschung, ein brillanter Stratege, und seine Männer würden, wenn er es befahl, durchs Feuer der Hölle marschieren. Überdies kämpften sie nicht wie richtige Soldaten. Sie lauerten auf Bäumen und hinter Büschen, warteten in der Dunkelheit und im Nebel, um dann plötzlich mit Gebrüll aus dem Nichts aufzutauchen, bewaffnet mit ihren verdammten riesigen Schwertern, mit denen sie direkt auf das Herz zielten.

Die Hälfte von Blakeneys Männern waren Engländer. Sie litten unter der Kälte und der Feuchtigkeit; sie hielten das Essen für widerlich und die Bewohner der Stadt für fast ebenso barbarisch wie die Wilden, gegen die sie kämpfen sollten. Die andere Hälfte waren Schotten, ein stattliches Kontingent von Männern, das von den Clansoberhäuptern aufgestellt worden war, die die hannoveranische Monarchie unterstützten. Gleichwohl waren diese Männer in keiner Weise erpicht darauf, gegen ihre Landsleute zu kämpfen. Namen wie Cameron und MacDonald jagten ihnen Entsetzen ein; sie wussten, dass die Schwerter dieser wilden Krieger am tiefsten in das Fleisch von Hochländern schnitten, die die schwarze Kokarde trugen, und dass ihre Landsleute kein Erbarmen haben würden.

»Warum haben Sie die Kolonne denn jetzt Halt machen lassen?«, fragte Ranald MacLeod. Wie sein Vater hatte er ein kantiges, grob geschnittenes Gesicht und fand es schwierig, den Hohn aus seiner Stimme fern zu halten, wenn er mit den englischen Offizieren sprach. »Haben Sie schon wieder Gespenster in den Büschen gesehen?«

Einige der Schotten lachten, obwohl ihnen bei der Vorstellung, über Geister und Gespenster zu spotten, nicht sonderlich behaglich zumute war. Da der Mond noch nicht am Himmel stand, war es trotz der Schneedecke auf der Erde stockfinster. Die Sonne, die die Männer am Tag gewärmt hatte, hatte auch den Schnee auf den Bäumen zum Schmelzen gebracht, sodass der Wald zu beiden Seiten der Straße wie eine solide schwarze Mauer wirkte – eine Mauer, hinter der sich raschelnd allerlei bewegte, wo Zweige knackten und der Nebel von Ast zu Ast waberte. Die Männer, die die Kolonne anführten, trugen abgeblendete Laternen, deren Schein zu beiden Seiten der gewundenen Straße nur wenige Meter beleuchtete. Die hinten marschierenden Männer vermochten außer Dunkelheit nichts zu sehen und mussten darauf vertrauen, dass die Männer vorn sie nicht geradenwegs in einen Abgrund führten.

»Wir müssten uns jetzt der Weggabelung nähern, die zum Loch Moy hinunterführt«, sagte Blakeney, dessen Stimme über die Köpfe der Soldaten schallte. »Ich schlage vor, dass wir uns in zwei Kolonnen aufteilen, um von beiden Seiten in das Tal einzudringen und dann bei Moy Hall wieder zusammenzustoßen.«

»Klar.« MacLeod legte den Kopf zurück und lauschte den laut vom einen Ende der Kolonne zum anderen widerhallenden Worten des Colonels nach. »Vielleicht sollten Sie auch noch die Trommeln schlagen lassen. Möglicherweise haben noch nicht alle gehört, dass wir kommen.«

Blakeney überhörte die spöttische Bemerkung.

»Überprüfen Sie Ihr Pulver, Gentlemen. Vergewissern Sie sich, ob es trocken und ob Ihr Gewehr richtig geladen ist.«

Ein unnötiger Befehl, der unnötigen Lärm machte, denn unter den fünfzehnhundert Soldaten gab es keinen einzigen, der seine Waffe nicht bereits mehrmals überprüft hatte. Auch wenn ihre Handflächen feucht waren und ihr Mund so trocken, dass ihnen die Zunge am Gaumen klebte – von der Waffe eines Soldaten hing sein Leben ab, und wenn er unvorbereitet in einen Kampf geriet, war dieses Leben verwirkt.

Plötzlich ertönte vor ihnen ein undefinierbarer Schrei. Abrupt verstummten die hier und da mit leiser Stimme geführten Gespräche, und fünfzehnhundert Augenpaare starrten angestrengt in die Finsternis. Als der Schrei von neuem ertönte, war zu hören, dass es sich um eine menschliche Stimme handelte.

»Rebellen! Rebellen voraus! Auf den Bäumen und in den Büschen!« Ein vorgeschickter Kundschafter aus einem der Hochlandregimenter kam mit wild fliegendem Haar – seine Mütze hatte er unterwegs verloren – aus der Dunkelheit getaumelt. »Sie sind überall, Sir, und formieren sich zum Angriff. Wir sind in einen Hinterhalt geraten! In einen Hinterhalt!«

Die Nachricht löste ein Stimmengemurmel unter den Männern aus, die sich eng aneinander drängten und ihre Musketen auf die schwarze Mauer aus Bäumen richteten.

»Haltet die Stellung«, brüllte Blakeney. »Wie viele sind es denn, verdammt noch mal?! Eine Vorhut? Eine Kompanie? Ein Regiment? Nun reden Sie schon, Corporal! Was haben Sie gesehen?«

»Ich weiß nicht, wie viele es sind, Sir. Sie waren überall um uns herum, soviel konnte ich durchs Lauschen feststellen. Sie kamen in dichten Schwärmen durch den Wald, wie Fliegen im Juni, aber ganz leise. Um uns aus dem Hinterhalt zu überfallen, würde ich sagen. Jacobs haben sie bereits umgebracht – sie haben ihm die Kehle durchgeschnitten. Mir wäre dasselbe passiert, wenn ich auch nur ein bisschen langsamer gewesen wäre.«

Zweihundert Meter weiter vorn schoss Robbie Farquharson auf das Stichwort des vor Angst fast wahnsinnigen »Corporals« mit seiner Pistole in die Luft. Der Schmied und seine beiden Lehrlinge taten es ihm ebenso nach wie die restlichen Männer, die längs den Büschen verteilt waren. Während sie feuerten und nachluden, flitzten sie von Busch zu Busch, weil sie hofften, auf diese Weise den Eindruck zu erwecken, sie seien viel mehr, als es tatsächlich der Fall war. Außerdem brüllten und schrien sie die ganze Zeit, riefen die Namen von Clans, gaben Gefechtsbefehle und forderten unsichtbare Kanoniere auf, die Artillerie in Stellung zu bringen.

»Allmächtiger Gott!«, kreischte »Corporal« Jamie Farquharson und packte die Zügel von Blakeneys Pferd. »Das ist Lochiel selbst! Sie haben uns erwartet! Die verdammten Dreckskerle haben uns erwartet!«

»Sie haben uns erwartet!«, wiederholte MacLeod, dessen Stimme man anhörte, dass Jamies Angst ihn angesteckt hatte. Er zog sein Schwert und stieß einen gälischen Fluch aus. »Um uns in unserer eigenen Falle zu fangen!«

Blakeneys Pferd bäumte sich auf – was nicht weiter verwunderlich war, da Jamie ihm mit seinem Dolch in den Widerrist gestochen hatte. Eine Musketenkugel zischte am Bein des Colonels vorbei und bohrte sich in die Kehle eines Infanteristen. Der Mann taumelte, seine Kameraden mit Blut bespritzend, zurück und versuchte zu schreien, brachte jedoch nur ein Gurgeln zustande. Die Kolonne fing an sich aufzulösen, und einzelne Männer begannen zurückzuweichen. Als ihnen weitere Kugeln um den Kopf pfiffen, machten sie geschlossen kehrt und rannten die Straße zurück.

»Zieht euch zurück!«, brüllte Blakeney. »Schießt, ohne zu zielen, und passt um Gottes willen auf, dass sie uns nicht in der Flanke zu fassen bekommen!«

»Zieht euch zurück!«, kreischte Jamie. »Zieht euch zurück! Rennt, ihr Dreckskerle! Rennt, bis ihr wieder in Inverness seid!«

Das Sperrfeuer setzte sich fort, abgegeben von einer Phantomarmee, die ein Dutzend beherzter Männer mit ihrem wilden Geschrei ins Leben gerufen hatte. Die irren Farquharson-Zwillinge setzten noch eins drauf, indem sie den fliehenden Engländern nachjagten, bis sie alle ihre Waffen leer geschossen und keine Munition mehr hatten. Das Ganze war eine verrückte, aus der Verzweiflung heraus entstandene Idee gewesen, und keiner von ihnen gab sich der Illusion hin, dass die List weiter als bis zur nächsten Straßenbiegung funktionieren würde. Dort würden der Colonel und seine Männer nämlich Halt machen, weil sie merkten, dass ihnen gar keine Armee auf den Fersen war, worauf sie umkehren und Vergeltung üben würden. Zumindest hatte man auf diese Weise vielleicht die Zeit gewonnen, die Anne brauchte, um den Prinzen in Sicherheit zu bringen.

Schwankend stand Robbie mitten auf der Straße. Neben ihm pellte sich Jamie gerade aus dem scharlachroten Uniformrock, den er dem Kundschafter abgenommen hatte, der von dem Schmied Colin Fraser im Gebüsch entdeckt worden war. Außer dem unglücklichen Corporal und dem Soldaten mit Kehlschuss hatte niemand etwas abbekommen – zumindest bisher, denn in dem Moment holte Jamie aus und streckte seinen Bruder mit einem Kinnhaken zu Boden.

»Beinah hätte dein Schuss *mich* getroffen, du Idiot!«

Robbie nahm ihm den Schlag nicht übel. Während er noch dahockte und dabei war, sich wieder hochzurappeln, kniete sein Zwillingsbruder sich neben ihn und drückte ihn zur Entschuldigung fest an sich. Dann beteten sie beide zu den noch verbliebenen Göttern – welche auch immer das sein mochten –, über sie zu wachen, wenn die Engländer zurückkamen.

Als Anne fünfzehn Minuten später die Straße hochgeritten kam, befanden sich ihre Cousins inmitten der anderen Männer immer noch auf der Straße, bloß dass sie nicht mehr beteten, sondern lachten.

»Sie sind weg? Was meinst du damit?«

»Ich schwöre es, Annie«, stieß Jamie, nach Luft ringend, hervor. »Einer der Jungs ist ihnen gefolgt und hat berichtet, dass sie erst aufgehört haben zu rennen, als sie wieder auf der Hauptstraße waren. Die blöden Dreckskerle haben sich einfach umgedreht und sind davongerannt! Wir haben unsere Waffen abgefeuert, ein paar Namen gebrüllt, und sie sind davongerannt, als sei der Teufel hinter ihnen her.«

Anne starrte die Straße entlang, auf der weder etwas zu sehen noch zu hören war. Der Mond, der gerade über den fernen Berggipfeln zum Zenit aufstieg, tauchte die obersten Äste der Bäume in silbernes Licht und verlieh den darunter befindlichen Schatten Struktur und Substanz. Der beißende Geruch von explodiertem Schießpulver hing in der nebligen Luft, die immer nebliger wurde, je öfter Anne ungläubig den Atem ausstieß.

»Ich kann mir nicht vorstellen, dass sie einfach *weg* sind«, sagte sie, und kaum hatte sie die unheilvollen

Worte ausgesprochen, als das gedämpfte Donnern von Hufschlägen sie veranlasste, sich scharf im Sattel umzudrehen. Die sich nähernden Hufschläge kamen nicht von der Straße nach Inverness, sondern aus der Richtung des Moors!

»Sie haben einen Bogen gemacht«, stieß sie hervor, »und greifen uns von hinten an!«

Robbie befahl den Männern, sich in die Büsche zurückzuziehen. Er befürchtete – was auch sehr wahrscheinlich war –, dass Blakeney seine Truppen zuvor in zwei Hälften aufgeteilt hatte und dass nun die Verstärkung heranrückte.

»Wir haben kein Pulver und keine Kugeln mehr«, sagte Jamie. »Wenn das die Engländer sind, sind wir erledigt. Komm, Annie. Wir sollten uns lieber in den Wald zurückziehen, um außer Sicht zu sein.«

Seine Mahnung kam einen Moment zu spät. Anne hatte kaum den Fuß aus dem Steigbügel genommen, um abzusitzen, als unzählige Reiter aus der Dunkelheit preschten. Sie kamen von allen Seiten, von der Straße, aus dem Wald, mindestens hundert oder noch mehr, alle mit Musketen bewaffnet, und trieben die kleine Gruppe ehemaliger Verteidiger aus den Büschen.

Doch Annes Männer krümmten sich nicht etwa vor Furcht, sondern tanzten vor Freude, und erst nach einer weiteren Schocksekunde erkannte auch sie die kupferfarbenen Locken von John MacGillivray, der neben ihr sein sich aufbäumendes Pferd zum Stehen brachte.

»Wir haben Schüsse gehört«, sagte er, »und haben die Rotröcke die Straße entlangrennen sehen, sodass wir dachten, wir hätten vielleicht den Kampf verpasst. Lord George ist also wieder da?«

Einen Augenblick lang vermochte sie ihn und seine Männer, die aus dem Nichts aufgetaucht zu sein schienen, bloß anzustarren. »Nein«, stammelte sie schließlich. »Nein, nur wir sind hier, und jetzt ihr.«

»Und der Prinz?«

Augenblicklich schwand Annes Erleichterung dahin, denn MacGillivrays Frage brachte ihr Douglas Forbes' Warnung vor dem jungen englischen Soldaten in Erinnerung, der sich erboten hatte, Charles Stuart in die Berge zu begleiten. Sobald sie MacGillivray mit einem Minimum an Worten den Sachverhalt geschildert hatte, riss sie The Bruce herum und ritt in gestrecktem Galopp nach Moy Hall zurück. Kurz nachdem man von dort bewaffnete Gruppen losgeschickt hatte, um in die Berge zu reiten, kam Charles Stuart selbst auf den von Fackeln beleuchteten Vorplatz geritten.

Er war bleich wie der Tod, aber unverletzt. Anders verhielt es sich dagegen mit Robert Hardy, dessen in ein Plaid gehüllter Körper über dem Sattel seines Pferdes hing.

»Was ist geschehen?«, fragte Anne, der die Tränen in die Augen schossen, als sie sah, wie der Körper des geliebten Kammerdieners sanft auf die Erde gelegt wurde.

»Er hat sich einer Kugel in den Weg geworfen, die für mich bestimmt war«, antwortete der Prinz, der zum ersten Mal seit vielen langen Wochen nüchtern war und seine Blasiertheit vorübergehend verloren zu haben schien. »Seien Sie versichert, dass ein unwürdiger Prinz ihm und Ihnen für seine Tapferkeit und seinen noblen Opfermut Dank erweisen wird.«

Anne wusste weder, wo sie hinsehen, noch, was sie sagen sollte, und als sie über die königliche Schulter schaute, bot sich ihrem entsetzten Blick ein weiterer schockierender Anblick dar. Der Prinz drehte sich um und nickte. »Ja, eben. Lady Catherine wurde im Laufe der Auseinandersetzung ebenfalls verletzt, ist aber noch am Leben. Sie hat eine Wunde am Arm, und ihr Bruder …«

Damien Ashbrooke ritt schnell an ihnen vorüber, ohne sich um den Prinzen oder sonst jemanden zu kümmern, da er einzig und allein darauf bedacht war, seine Schwester schnellstens ins Haus zu bringen. Catherine saß an seine Brust geschmiegt vor ihm im Sattel. Im Mondlicht sah ihr Gesicht totenbleich aus, und ihr blutüberströmter Arm lag schlaff in ihrem Schoß. Das war einfach zu viel für Anne.

Eine Welle der Übelkeit durchströmte sie, sodass sie sich an den Zügeln ihres Wallachs festklammern musste, um nicht zusammenzubrechen und in den Schnee zu fallen. Sie war froh, den zuverlässigen MacGillivray neben sich zu haben, und hörte nur halb zu, als der Prinz ihm und den anderen erzählte, wie sie sich in den Höhlen oben in den Bergen in Sicherheit gebracht hatten, nur um dann feststellen zu müssen, dass sie einen Spion und Verräter unter sich hatten. Corporal Peters war entschlossen gewesen, den Prinzen zu töten, und hätte sein Vorhaben wahrscheinlich auch in die Tat umsetzen können, wenn Hardy nicht eingegriffen und Damien Ashbrooke nicht mit Peters gekämpft hätte, um ihn schließlich vom Rande eines steilen Felsvorsprungs in den Tod zu schleudern.

Anne hatte das Gefühl, als stünde sie selbst am Rande eines Abgrunds. Ihr wurde immer übler und schwindliger, und plötzlich spürte sie auch noch, wie ihr etwas Klebriges und Heißes die Schenkel herunterlief.

»Bist du okay, Mädel?«

Sie versuchte, den Blick auf Johns Gesicht zu richten, doch er stand einfach nicht lange genug still und schwankte ständig hin und her, um sich schließlich erst in zwei, dann in vier Johns aufzuspalten. Und gerade als sie schreien wollte, er solle endlich aufhören herumzualbern, streckte er die Hand aus und versetzte ihr einen Schlag in den Bauch. Der Hieb war so kräftig, dass alle Luft aus ihren Lungen entwich und sie sich vor Schmerz zusammenkrümmte. Sie hörte jemanden aufschreien und spürte, wie Hände sich nach ihr ausstreckten, um sie zu packen, und als sie, gegen die tanzenden Lichtflecken vor ihren Augen ankämpfend, zu Boden fiel, sah sie den hellen, immer größer werdenden Blutfleck im Schritt ihrer Hosen.

Einundzwanzigstes Kapitel

Moy Hall verwandelte sich binnen kurzer Zeit in eine Art Festung. In jedem Fenster flackerten Lichter, während draußen zischende Fackeln loderten. Patrouillen von MacGillivrays Männern streiften durch das Tal, über die mit Bäumen bestandenen Hänge und die Straßen. Feuer wurden entzündet, damit der Eindruck entstand, im Glen befinde sich ein riesiges Armeelager, und jeder Mann, der nicht anderweitig beschäftigt war, wurde als Wachtposten abkommandiert, um Alarm zu geben, falls sich auch nur eine Maus in die Nähe von Loch Moy wagen sollte.

Es waren indes keine Mäuse, sondern Männer, die bei Tagesanbruch eintrafen: Lord George Murray ritt an der Spitze seiner Vorhut ins Tal. Als er die erstaunliche Kunde vernahm, eine Hand voll Clansangehöriger und Diener hätten fünfzehnhundert Regierungssoldaten in die Flucht geschlagen, schaffte er den Prinzen, der ausnahmsweise einmal keinen Widerspruch erhob, unverzüglich in das von seinen Bewohnern verlassene und leichter zu verteidigende Culloden House, um ihn dort von dreitausend seiner Männer bewachen zu lassen.

Als sie aus Moy Hall aufbrachen, gab ihnen keine Reiterin auf einem grauen Wallach das Geleit, um ihnen zum Abschied fröhlich zuzuwinken. Nur das dumpfe Echo des Winds war zu vernehmen, als der düstere graue Himmel das Ende des langen Tags anzeigte.

Anne hörte, wie im Hintergrund geflüstert wurde. Eine der flüsternden Stimmen gehörte ihrer Zofe Drena, die zu weinen schien. Die andere Stimme erkannte sie nicht sofort, obwohl der irische Akzent ihr irgendwie vertraut vorkam. Sie runzelte nachdenklich die Stirn.

»Ich glaube, sie wird wach.«

Diese Stimme kannte sie, und sie veranlasste Anne, gegen den Druck der Eisengewichte anzukämpfen, die ihre Augenlider nach unten zogen.

»Ja, sie ist wieder bei Bewusstsein«, sagte MacGillivray, der sich auf seinem Stuhl vorbeugte. »Hör auf zu flennen, Mädel, und hol den Arzt.«

Arzt? Wer brauchte denn einen Arzt?

»J… John?«

»Ja, Mädchen, ich bin's. Direkt neben dir.«

Er sah schrecklich aus. Seine Haare standen ihm wild zu Berge, die rötlich-blonden Bartstoppeln auf seinen Wangen waren mehrere Tage alt, und seine Augen waren von einem feinen Netz geplatzter Äderchen überzogen.

Sie versuchte, sich die Lippen zu befeuchten, doch ihr Mund war völlig ausgetrocknet. Sogleich presste ihr jemand ein kühles, feuchtes Tuch auf den Mund. Dankbar ließ sie sich Wasser auf die Zunge und in die Kehle träufeln.

»Versuch lieber noch nichts zu sagen, Mädel. Drena ist den Arzt holen gegangen.«

Obwohl sich ihr alles drehte und das Blut in ihren Schläfen hämmerte, sah Anne ihn so finster an, wie sie nur konnte. »Warum«, krächzte sie, »hast du mich geschlagen?«

»Dich geschlagen? Ich hab dich nicht geschlagen, Mädel. Du hast einen Schrei ausgestoßen, als würde dich jemand in zwei Teile zerhacken, und ehe ich mich's versah, hast du dich vor Schmerz gekrümmt und warst nicht mehr in der Lage, uns zu sagen, was los ist. Als ich dann das ganze Blut sah …« Er zuckte hilflos entschuldigend die Achseln, wie es die meisten Männer tun, wenn gewisse Themen angeschnitten werden. »Ich habe dich ins Haus getragen, und seitdem liegst du hier, ohne dich zu rühren.«

»Seitdem?«

»Seit vier Tagen.« Er runzelte die Stirn und dachte einen Moment nach. »Ja, seit vier Tagen.«

»Und in dieser Zeit ist Mr. MacGillivray Ihnen nicht von der Seite gewichen«, sagte Deirdre MacKail. Sie stand hinter John, fast verdeckt von seinen breiten Schultern, und Anne kam zu Bewusstsein, dass es ihre Stimme gewesen war, die sie vorhin die weinende Drena hatte trösten hören.

»Muss ... muss ich jetzt sterben?«

»Nicht solange ich noch ein Wörtchen mitzureden habe«, knurrte MacGillivray. »Also schlag dir den Gedanken mal schnell aus dem Kopf.«

»W... was ist eigentlich passiert?«

Er zögerte, und Anne bemerkte, wie er einen Blick mit der jungen Irin wechselte. »Vielleicht solltest du lieber auf den Arzt warten. Er ist gerade in Lady Catherines Zimmer und wird gleich ...«

»Bitte, John, sag mir, was passiert ist.«

Er ergriff ihre Hand und strich ihr sanft mit dem Daumen über den Handteller. »Du hast dein Baby verloren, Mädel«, sagte er leise. »Du hattest eine Fehlgeburt.«

»*Eine Fehlgeburt*? Aber ich war doch gar nicht ...«

»Doch. Ungefähr im zweiten Monat, soweit der Arzt das feststellen konnte.«

Anne spürte, wie ihr alles Blut aus dem Gesicht wich. Zwei Monate schwanger? Sie war im zweiten Monat schwanger gewesen?

Vor zwei Monaten war sie durch das Hochland geritten, um Unterschriften für die Petition zu sammeln, die es ihr ermöglichen sollte, die Führung des Clans zu übernehmen. Bei entsetzlich feuchtem Wetter war sie nach Aberdeen geritten, dann nach Falkirk …

Falkirk, großer Gott! Wie eine Rachegöttin war sie aufs Schlachtfeld gestürmt, ohne etwas zu wissen, ohne etwas zu ahnen. Und danach dann der eisige Ritt über die Berge …

Wie sollte ein winziges Baby es schaffen, das alles zu überleben?

Sie drehte den Kopf zur Seite und starrte, ohne etwas wahrzunehmen, in die Schatten neben ihrem Bett. Sie lag in Angus' Bett, in Angus' Zimmer, und der Geruch nach Sandelholz war ihr auf einmal unerträglich. Sie rang nach Luft und versuchte, die Tränen zu unterdrücken, die Scham, das Schuldgefühl, denn all dies stieg in ihr auf und ließ sie die Fäuste so fest zusammenballen, dass John die Zähne zusammenbiss, weil ihre Nägel sich in sein Fleisch bohrten.

»Ich seh mal nach, wo der Arzt bleibt«, murmelte Deirdre, seine Schulter berührend. »Wenn er kommt, sollten Sie kurz hinausgehen, damit er sich um sie kümmern kann.«

»Nein«, rief Anne. »Nein, bitte verlass mich nicht, John. Bitte bleib hier.«

Verzweifelt sah sie ihn mit tränenumflortem Blick an und versuchte, ihm ihre kraftlosen Arme entgegenzustrecken.

MacGillivray beugte sich vor, um Anne zärtlich an seine Brust zu ziehen. Er flüsterte ihren Namen und vergrub seine Lippen in ihrem Hals, ihrem Haar, in dem süßen Duft, den sie verströmte. Dabei hielt er sie so fest, dass ihm der Schlag seines Herzens in den Ohren dröhnte. »Ich werde nirgendwo hingehen, Mädel, das schwöre ich dir. Ich werde so lange, wie du mich brauchst, hier bei dir bleiben.«

»Angus«, stieß sie schluchzend hervor. »Ach, Angus, es tut mir so Leid.«

MacGillivray öffnete die Augen ... und drückte sie gleich darauf wieder so fest zu, dass zwischen seinen Wimpern nur eine Spur schimmernder Feuchtigkeit hervortrat. Während er sie in den Armen hielt, streichelte er ihr über ihr zerwühltes rotes Haar und wiegte sie sanft hin und her, bis ihr Schluchzen nachließ und in ein herzzerreißendes Wimmern überging. Inzwischen war neben dem Bett der Arzt aufgetaucht, dessen Obhut John Anne schweren Herzens überließ.

»Mach dir keine Sorgen, Mädel«, flüsterte er, die Lippen an ihr Ohr pressend. »Es wird alles wieder gut, dafür werde ich sorgen. Der Arzt ist jetzt da. Lass dir von ihm helfen, damit du deine Schmerzen loswirst. Er wird dir ein Schlafmittel geben, und wenn du aufwachst, wird es dir viel besser gehen. Das schwöre ich dir, bei meinem Namen und meiner Ehre.«

»Du wirst mich nicht verlassen?«

»Ich werde nie mehr als einen Herzschlag von dir entfernt sein, Mädel. Nie mehr, und nie weniger.«

Angus rieb sich die müden Augen. Er wusste zwar nicht genau, wie spät es war, vermutete aber, dass es schon weit nach drei Uhr morgens war. Beim Licht einer einzigen Kerze war er gerade dabei, die Namen von Regimentern und Kommandeuren sowie Angaben über die Ausrüstung und die Stärke dieser Truppen abzuschreiben. Das Ganze war eher eine Übung, um nicht verrückt zu werden, denn er hatte keine Ahnung, an wen er die Informationen jetzt, da mehrere Hundert Meilen zwischen ihm und Adrienne de Boule lagen, weitergeben sollte. In Edinburgh war sie seine Kontaktperson gewesen und hatte ganze Packen von Schriftstücken aus dem Haus geschmuggelt, die er entweder aus Cumberlands Hauptquartier gestohlen oder die er ihr in Form von Abschriften übergeben hatte.

Er war erneut in dem Haus einquartiert worden, in dem er schon vor dem verhängnisvollen Treffen bei Falkirk gewohnt hatte. Roger Worsham war ebenfalls wieder am anderen Ende des Korridors untergekommen und wurde wie zuvor regelmäßig von Adrienne de Boule besucht. Sie hatte immer größere Risiken auf sich genommen und die Schriftstücke unter ihrem Korsett aus dem Haus geschafft, um sie an ihre Kontaktperson in Edinburgh weiterzuleiten. In der Woche vor seiner Abfahrt hatte sie zweimal neue Verbindungsleute ausfindig machen müssen, da die alten verhaftet worden waren. Die Stadt hatte sich in eine einzige riesige Garnison verwandelt, in deren Straßen mehr Soldaten als Einwohner zu sehen waren – Soldaten, deren Nerven vom Wetter und der Tatenlosigkeit, zu der sie verurteilt waren, ebenso strapaziert wurden wie von dem demütigenden Nachspiel der Niederlage bei Falkirk.

Jeden Tag wurden Männer gehängt, fast jede Stunde welche ausgepeitscht. Über die Stadt wurde eine Ausgangssperre verhängt, die vom Einbruch der Dämmerung an galt. Wer danach noch auf der Straße erwischt wurde – ob Soldat oder Zivilist –, wurde verhaftet und bestraft.

Angus' Rückkehr hatte sich relativ problemlos gestaltet. Er hatte sich einfach mit dem Rest der freigelassenen Gefangenen im Hauptquartier zurückgemeldet. Dann hatte er sich etwa eine Stunde lang einer intensiven Befragung über seinen Aufenthalt im feindlichen Lager unterziehen müssen, die von dem mürrischen, schlecht gelaunten Duke of Cumberland und einer ausgewählten Gruppe höherer Offiziere durchgeführt wurde. Zu diesen hatten Garner und Worsham gehört sowie der unglückliche Blakeney, der später nach Inverness geschickt wurde. Hawley war ebenfalls anwesend gewesen, hatte aber den größten Teil der Zeit schweigend in der Ecke gesessen, ohne von jemandem beachtet zu werden.

Der kugelrunde, vor Fett berstende Cumberland stand kurz vor seinem fünfundzwanzigsten Geburtstag. Die letzten fünf Jahre hatte er auf dem Kontinent verbracht, um Kriege zu führen, und dabei den wohlverdienten Ruf eines erfolgreichen Feldherrn erworben. Er verfügte über eine präzise militärische Denkweise und schätzte Ordnung, Disziplin und Logik – drei Dinge, an denen es zumindest aus Sicht seines analytischen Verstands im jakobitischen Lager am meisten fehlte.

»Ich muss gestehen, dass es mir äußerst schwer fällt, Gentlemen«, hatte er gesagt und dabei jeden seiner Offiziere mit kaltem Blick gemustert, »die Widersprüche zu erklären, denen ich mich Tag für Tag gegenübergestellt sehe. Meine Berater versichern mir bei jeder Gelegenheit, dass es diesem Pöbelhaufen an Kampferfahrung und jeglicher Ausbildung mangelt und dass er mit Piken und Mistgabeln bewaffnet zur Schlacht antritt. Wie hat dieser Pöbelhaufen es dann aber fertig gebracht, zweien meiner brillantesten Generäle eine derart demütigende Niederlage beizubringen?«, fragte er mit vor Sarkasmus triefender Stimme, während er Hawley einen vernichtenden Blick zuwarf. »Wie schafft dieser Pöbelhaufen es, uns immer wieder zu entkommen? Von Leuten, die diese Gegend eigentlich sehr gut kennen müssten, ist mir mitgeteilt worden, dass es zu dieser Jahreszeit keine passierbare Route über die Berge gebe. Gleichwohl ist mein Cousin in diesen schneebedeckten Regionen verschwunden, offenbar ohne dass ihm das Wetter etwas ausmacht, während unsere Männer keuchend und kraftlos im Schnee stecken bleiben. Mir wurde gesagt, zwischen Atholl und Inverness gebe es keine Lagermöglichkeit, wo die Versorgung von mehr als fünfhundert Mann gewährleistet wäre. Dennoch ist Lord George mit über dreitausend Männern und Pferden, die alle irgendwie gefüttert werden müssen, irgendwo in der Wildnis abgetaucht.«

»Lord George kennt das Land wie seine Westentasche, Sire. Atholl ist sein Familiensitz.«

»Und mein Familiensitz ist England, Schottland und Wales, Gentlemen. Ich werde diese Röcke tragenden Rebellen in die Knie zwingen, und wenn es zehn Jahre dauern sollte.«

Unversehens waren die vorstehenden Froschaugen zum anderen Ende des Tisches gewandert und hatten sich auf Angus gerichtet. »Sie da, Sir. Sie sind doch mit Lord George Murray verwandt, nicht wahr?«

»Er ist ein angeheirateter Cousin von mir, ja.«

»Ihre reizende Frau und er müssen in Bannockburn ein fröhliches Familientreffen gefeiert haben.«

Auf diese Bemerkung hatte Angus mit aller gebotenen Vorsicht und Zurückhaltung reagiert. Auch wenn es vielleicht einmal geklappt hatte, die Berichte über Annes Aufenthalt in Aberdeen durch ein Bündel Briefe in Frage zu stellen – bei Falkirk hatten sie zu viele gefangene Soldaten gesehen.

»Ich möchte bezweifeln, dass sie sich schon öfter als ein- oder zweimal begegnet sind, Sire, und dann auch nur bei offiziellen Clansveranstaltungen.«

»Und Sie, Sir? Wie es scheint, konnten Sie sich im jakobitischen Lager frei bewegen.«

Daraufhin hatte Angus so verschlagen, wie er es nur zu tun wagte, gelächelt. »Der Prinz selbst hat mir mein

Ehrenwort abgenommen, und danach wurde mir gestattet, mit meiner Frau zusammen zu sein. Ich war in der Tat in der Lage, mich relativ frei zu bewegen, und wurde oft von den anderen Lairds zum Essen eingeladen, von denen einige – sei es aus Leichtsinn, sei es aufgrund einer falschen Einschätzung meiner Person – recht offenherzig über bestimmte Dinge sprachen.«

»Und zwar so offenherzig«, hatte Major Garner an dieser Stelle eingeworfen, »dass sie einige wichtige Informationen preisgegeben haben, die ich mir schnellstens zunutze zu machen gedenke. Wenn es stimmt, dass die Jakobiten in Corgarff Castle einen großen Waffen- und Munitionsvorrat angelegt haben, könnte die Einnahme der Burg ernsthaft die Absicht des Prätendenten gefährden, seine Armee neu auszurüsten. Ich habe vor, den Angriff selbst zu führen, Eure Hoheit, und versichere Ihnen, dass ich nicht ohne Siegesmeldung zurückkehren werde.«

Dann hatte Garner sein Glas gehoben, um einen Toast auf Angus' Gerissenheit auszubringen. Wie Cameron vorausgesagt hatte, hatte sich Major Hamilton Garner, nachdem Angus erwähnt hatte, dass er mit dem *Camshroinaich Dubh* zusammen gewesen sei, fast im Handumdrehen vom Saulus zu Paulus gewandelt.

»Wir brauchen in der Tat dringend einen Sieg«, pflichtete Cumberland ihm bei. »Eine weitere Demütigung würde uns nur noch mehr zum Gespött machen, als wir es bereits sind. Trotzdem, wenn ich ein misstrauischer Mensch wäre, Lord MacKintosh, würde ich vielleicht nicht ganz so blind auf Ihre Informationen vertrauen und mich außerdem fragen, warum Sie Ihre schöne Frau verlassen haben und zu uns zurückgekehrt sind.«

Angus hatte nicht umsonst das edle Blut von zweiundzwanzig Generationen in den Adern. Er erwiderte den Blick des Herzogs mit eisiger Gelassenheit und zog die Augenbraue mit einer Arroganz hoch, die jede Vorstellung, er könne mit derart minderwertigem Gesindel kollaborieren, ad absurdum führte.

»Ich bin zurückgekommen, weil ich Realist bin, Eure Hoheit. Ich weiß, dass es nur noch eine Frage der Zeit ist, bis Ihnen der Prätendent in die Hände fällt, und würde es vorziehen, bei der Beendigung des Konflikts auf der Seite der Gewinner zu stehen.«

»Und Ihre Frau? Was zieht die vor?«

»Im Moment zieht sie es anscheinend vor, Spielchen zu spielen und Unruhe zu stiften, aber letzten Endes wird sie einfach nach Hause zurückkehren, sich wieder ihren Stickereien zuwenden und an diese ganze Sache lediglich als großes Abenteuer zurückdenken.«

»Wie es heißt, habe sie aktiv an der Schlacht teilgenommen.«

»Ja, ich habe diese Geschichten über die rothaarige Amazone, die in voller Kampfausrüstung auf das Schlachtfeld geritten ist, auch schon gehört ...« Angus machte eine Pause, um verächtlich zu lächeln. »... und wenn Ihre Männer diese Geschichten glauben, dann haben die jakobitischen Gerüchtemacher außerordentlich gute Arbeit geleistet, finde ich. Ich war weniger als eine Stunde, nachdem die ersten Schüsse abgefeuert worden waren, bei ihr und kann Ihnen versichern, Sire, dass sie da behaglich mit den Frauen der anderen Offiziere zusammensaß, um Schokolade zu trinken und sich über die kleine goldene Tresse an ihrem Kleid zu amüsieren, die ihren so genannten *Rang* anzeigt. Ich halte es für besser, auf Berichte zu vertrauen, deren Richtigkeit sich nachprüfen lässt, statt auf solche, die jeglicher Logik und Glaubwürdigkeit entbehren.«

Cumberlands Augen verengten sich zu Schlitzen. Angus hielt den Atem an, denn jetzt hing alles davon ab, ob sie seiner Version der Ereignisse Glauben schenkten oder den vagen Berichten einer Hand voll freigelassener Gefangener, die fast alle derart unterschiedliche Beschreibungen von Anne abgegeben hatten, dass selbst Angus sie nur mit Mühe wieder erkannt hätte. Damit er sich bei den Engländern lieb Kind machen konnte, hatte Alexander Cameron ihm die Information über die aus Spanien stammenden Waffen und die Munition gegeben, die die Jakobiten in Corgarff Castle versteckt hatten. Die meisten Gewehre waren so verrostet und die Munition wies derart viele unterschiedliche Kaliber auf, dass man sich eigentlich die Mühe sparen konnte, das Ganze abzutransportieren, aber das würde freilich nicht sofort ins Auge fallen.

Nachdem die Londoner Zeitungen mit Karikaturen von Hawley aufgewartet hatten, der mit der Serviette im Kragen vom Schlachtfeld rannte, hatte der Herzog das fast schon verzweifelte Bedürfnis, sein Vertrauen auf jemand anderen als die inkompetenten Berater zu setzen, deren Ratschläge bisher zu nichts nütze gewesen waren.

Und so kam es denn, dass Major Garner Corgarff Castle stürmte und mit einem Dutzend Wagen voll Musketen und Fässern mit Kugeln nach Edinburgh zurückkehrte. Noch in derselben Woche brachte die *London Gazette* eine Zeichnung vom Duke of Cumberland, der triumphierend auf einem Berg von Waffen thronte, mit dem man die Armeen auf dem Kontinent ein Dutzend Jahre lang hätte ausrüsten können. Da man jetzt von seiner Loyalität überzeugt war, hatte Angus noch innerhalb derselben Woche den Befehl erhalten, an Bord der *Thames Rose* zu gehen, um sich nach Fort George zu begeben und Lord Loudoun bei der Verteidigung von Inverness zu unterstützen.

Erneut rieb sich Angus die müden Augen. Das Schiff war in einen höllischen Sturm geraten und schwer havariert im Hafen angelangt. Nur eine Stunde nach ihrer Ankunft hatte Lord Loudoun erklärt, dass er die Stadt aufgeben wolle. Man hatte beschlossen, die gesamte Garnison über den Moray Firth nach Easter Ross überzusetzen, das unter MacLeods Herrschaft stand und der hannoveranischen Regierung relativ freundlich gesonnen war. Lord George nahm Inverness ein, ohne dass ein einziger Schuss fiel, und obwohl Loudoun mit hoffnungsvollem Blick über den Firth schaute, kapitulierte Fort George kurze Zeit später, ohne dass es zu der erwarteten Explosion des Pulvermagazins gekommen wäre.

Voller Groll auf die unheimliche Fähigkeit der Jakobiten, eine Falle ausfindig zu machen, war Loudoun mit seinen Truppen nach Easter Ross marschiert, und ebendort befand sich Angus jetzt, in einem zugigen Steingebäude, das bei jeder Windbö in den Grundfesten erzitterte, mit verkrampften Fingern und schmerzendem Rücken, weniger als zwanzig Meilen von Moy Hall entfernt, ohne sich diesen Umstand irgendwie zunutze machen zu können. Cumberlands Beispiel folgend, hatte Loudoun eine Ausgangssperre über die Stadt verhängt und den Befehl gegeben, alle Zivilisten und Soldaten, die nach Einbruch der Dämmerung im Freien angetroffen wurden, zu verhaften. Wer in den Verdacht geriet, desertieren zu wollen, wurde kurzerhand von den Patrouillen erschossen, die auf der Suche nach Gesetzesübertretern durch die Straßen streiften.

Als Angus hörte, wie die Uhr halb schlug, legte er seine Feder beiseite. Seine Handschrift war ohnehin kaum noch zu lesen. Gern hätte er auch noch einen Brief an

Anne geschrieben, obwohl er in keiner Weise sicher war, ob sie den letzten erhalten hatte.

Es gab so viel, was er ihr sagen wollte, so viel, bei dem er das Gefühl hatte, es würde ihm leichter fallen, es schriftlich niederzulegen, statt es ihr, unerfahren, wie er in Liebesdingen war, stammelnd und stotternd mündlich zu gestehen. Er ertappte sich sogar dabei, wie er Shakespeare zitierte, wenn er an sie dachte, vermochte er es doch nicht, mit seinen eigenen Worten die Tiefe seiner Gefühle auszudrücken.

»Shakespeare«, murmelte er, die Ironie des Ganzen verfluchend. *»Schlafen! Vielleicht auch träumen!«*

»Was in dem Schlaf für Träume kommen mögen ...«

Angus spürte, wie seine feinen Nackenhärchen sich aufrichteten. Die Stimme hatte leise und heiser geklungen und war so dunkel gewesen wie die Schatten, die außerhalb des kleinen, von der Kerze geworfenen Lichtkreises alles einhüllten. Er hatte kein Geräusch gehört, das ihn auf die Anwesenheit einer anderen Person hingewiesen hätte, und die von einem Glasschirm geschützte Flamme der Kerze hatte nicht ein einziges Mal geflackert.

Langsam drehte er sich um, doch da seine Augen noch auf das Licht eingestellt waren, vermochte er zunächst nichts in der Dunkelheit zu erkennen. Einen Moment später nahm er in der hinteren Ecke eine leise Bewegung wahr und fragte sich, ob er vielleicht tatsächlich träume. Wie die Augen einer großen Katze blickten ihn MacGillivrays Augen mit unheimlichem Funkeln aus der Finsternis heraus an, die alle anderen Teile von ihm unsichtbar machte.

»Wie bist du denn hier hereingekommen?«

»Ich bin schon an ganz andere Orte gelangt, in die einzudringen wesentlich schwieriger war.«

»Dann sollte ich dich wohl lieber nicht fragen, wie lange du schon dort stehst?«

»Eine ganze Weile.«

Angus hatte John MacGillivray immer um seinen unbekümmerten Wagemut beneidet, und das tat er auch jetzt. Der Mann musste eine Mischung aus Gespenst, Dämon und Narr sein, um unversehrt in eine Stadt zu gelangen, die so fest verschlossen war wie ein Fass Pulver.

Oder er musste einen verdammt guten Grund für sein Kommen haben.

Angus spürte, wie ihm von neuem ein Schauder über die Haut lief. »Ist etwas mit Anne? Wo ist sie? Ist ihr etwas zugestoßen?«

Der Schatten löste sich von der Wand und trat so weit vor, dass das Licht auf einige Strähnen goldenen Haars fiel. »Deine Frau ist in Moy Hall, und es geht ihr ganz gut.«

Als Angus das hörte, atmete er erleichtert auf. »Mein Gott, ich bin fast zu Tode erschrocken. Wie zum Teufel bist du denn bloß hier reingekommen? Die Tür ist doch nach wie vor verschlossen, oder?«

MacGillivray kräuselte die Lippen, um auszudrücken, was er von verschlossenen Türen hielt. Sein Blick wanderte zu der auf Angus' Schreibtisch stehenden Karaffe hinüber. »Wenn das Whisky ist, hätte ich nichts gegen ein Schlückchen einzuwenden. Die Kälte draußen ist so eisig wie eine Hexenzitze, und ich bin über vier Stunden im Feuchten gewesen, lange genug, um zu erkennen, dass ich allmählich zu alt werde, um Mauern hochzuklettern und auf dem Bauch über Dächer zu rutschen. Eneas wollte statt meiner kommen; ich hätte es ihm gestatten sollen.«

»Und warum hast du es nicht getan?«

John zuckte die Achseln und griff nach dem Glas Whisky, das Angus ihm eingeschenkt hatte. »Er hat dir am Tag deiner Hochzeit was versprochen; vielleicht wäre er in Versuchung geraten, das Versprechen einzulösen.«

Angus sah zu, wie der Hochländer sein Glas leerte und es ihm zum Nachschenken hinhielt.

Irgendetwas hatte MacGillivray heute Nacht hierher gebracht. Etwas, dass ihm so viel wert war, dass er sein Leben riskierte.

Angus holte sich ein zweites Glas und goss sich ebenfalls einen Whisky ein. »Hast du die Absicht, mir zu erzählen, warum du hier bist, oder soll ich es raten?«

»Über dem Firth liegt schöner dichter Nebel, und Lord George hat den Duke of Perth losgeschickt, um sich das zunutze zu machen. Eine Flotte von Fischerbooten wartet, um tausend Mann überzusetzen.«

Obwohl er sein Glas schon zum Mund geführt hatte, hielt Angus abrupt inne. »Sie wollen Easter Ross angreifen?«

»Ja. Und ich wollte nicht, dass dich vielleicht die Kugel irgendeines törichten Clansgenossen trifft, der meint, dein auf einen Pfahl gespießter Kopf würde eine schöne Trophäe abgeben.«

»Verstehe. Ich soll also wieder *gefangen* genommen werden?«

»Unten am Ufer liegt ein Boot, und auf der anderen Seite warten zwei gesattelte Pferde auf uns.«

»Und wenn wir unterwegs erwischt werden? Ich bin vom letzten Mal noch nicht gänzlich frei von Verdacht, und wenn ich nicht zum Appell erscheine oder nicht da bin, um mich ins Parolebuch einzutragen …«

»Ich hätte keine Bedenken, dich anzuschießen, wenn du meinst, dadurch würde alles überzeugender wirken.

Damit wir uns richtig verstehen: Ich bin gekommen, um dich zu holen, und das werde ich auch tun.«

Mit drohendem Unterton in der Stimme trat MacGillivray so weit in den Schein der Kerze vor, dass sein stoppelbärtiges Gesicht zu erkennen war. Sein Blick hatte nichts von seiner unheimlichen Eindringlichkeit verloren, obwohl seine Augen dunkler und wilder wirkten, als Angus sie in Erinnerung hatte. Unwillkürlich fiel ihm ein, wie MacGillivray mit gezogenem *clai' mór* und gefletschten Zähnen auf der Lichtung in St. Ninians gestanden hatte. Damals war Angus so töricht gewesen, sich das Hemd aufzureißen und MacGillivray aufzufordern, ihn umzubringen, denn ihm war nicht klar gewesen, dass ein so gefährlicher Mann wie John mit leeren Gesten nichts anzufangen wusste.

»Steckt Anne hinter dieser Sache?«, fragte er mit ruhiger Stimme. »Hat sie dich gebeten, hierher zu kommen?«

Die schwarzen Augen verengten sich zu Schlitzen. »Annie weiß nicht, dass ich hier bin. Um die Wahrheit zu sagen, weiß sie im Moment nicht allzu viel. Sie liegt seit einer Woche im Bett und weigert sich zu essen; sie redet nicht viel, und was sie sagt, ergibt wenig Sinn. Sie bleibt den ganzen Tag im Bett, kann aber nicht schlafen. Sie liegt einfach da und starrt die Wand an, weil sie eine Heidenangst hat, dass du ihr nicht vergibst.«

Angus zwinkerte erstaunt. »Dass ich ihr nicht vergebe? Was denn?«

MacGillivrays Kiefermuskeln spannten sich und gerieten einen Moment lang in mahlende Bewegung. »Dass sie dein Kind verloren hat.«

Der Schauder, den Angus vorhin empfunden hatte, war nichts im Vergleich zu dem, was er jetzt erlebte. Es war, als greife ihm jemand in die Brust und drücke seine

Eingeweide nach unten, um den Hohlraum mit Eis aufzufüllen.

»Anne war …?«

»Ja, war sie. Und sie braucht dich im Moment mehr, als irgendeine Armee dich braucht. Sie will von dir hören, dass du ihr an dem Verlust keine Schuld gibst. Und *ich* will von dir hören, dass dir klar ist, dass ich dir den Hals umdrehen werde, falls du ihr auch nur den geringsten Vorwurf machst.«

Angus streckte die Hand aus, um sich an der Tischkante festzuhalten. MacGillivrays Drohung wurde zum größten Teil von dem lauten Dröhnen in seinen Ohren übertönt. Er und Anne hatten zusammen ein Kind gemacht, und jetzt war es nicht mehr da. Sie war allein, hatte Angst und litt Schmerzen, und er machte sich Gedanken über Appelle und Parolebücher.

Als er MacGillivray in die Augen sah, wurde ihm klar, was es den Hochländer gekostet hatte, heute Nacht hierher zu kommen, und warum er die Aufgabe nicht Eneas Farquharson hatte überlassen wollen.

»Sie muss dich einfach sehen«, sagte John leise. »Einen Tag, höchstens zwei. Das Durcheinander hier wird so groß sein, dass du zurück bist, bevor Loudoun überhaupt merkt, dass du weg warst.«

»Dann lass uns keine weitere Zeit vertrödeln«, sagte Angus und riss seinen Umhang vom Wandhaken. »Ich hoffe, dein Boot hat zwei Paar Ruder.«

»Es hat sogar drei. Ich konnte Gillies weder mit Drohungen noch mit guten Worten davon abhalten mitzukommen.«

Anne regte sich und wachte langsam auf. Ihr Gesicht war in einen Wust roten Haars gepresst, und als sie die Augen öffnete, war das Erste, woran sie dachte, Blut –

dass sie in einer Blutlache lag. Sie schloss die Augen wieder, doch das Bild wollte ebenso wenig weichen wie der dumpfe Schmerz in ihrem Unterleib. Sie wollte nichts anderes als schlafen und vergessen, doch es gelang ihr nur von Zeit zu Zeit, in einen kurzen, unruhigen Schlaf zu fallen, und zu vergessen war schlechterdings unmöglich. Der Arzt hatte ihr eine kleine Flasche mit Laudanum dagelassen, von dem sie mehrmals Gebrauch gemacht hatte, und zwar immer dann, wenn der Wunsch zu schreien einen derartigen Druck in ihrem Kopf hervorrief, dass sie den Eindruck hatte, gleich würde ihr das Gehirn platzen.

Doch jedes Mal, wenn sie Laudanum genommen hatte, fühlte sie sich hinterher noch lethargischer und niedergeschlagener als zuvor.

Im Haus war alles dunkel und ruhig. Selbst MacGillivray, der ihr fast eine ganze Woche nicht von der Seite gewichen war, hatte sie vorübergehend verlassen, um sich um irgendeine Clansangelegenheit zu kümmern. Erst jetzt wurde ihr klar, wie sehr sie auf seine Anwesenheit angewiesen war. Es war beruhigend gewesen, zu wissen, dass er, wann immer sie bei Tag oder bei Nacht die Augen aufschlug, neben ihr auf dem Stuhl sitzen würde, das Kinn in die Hand gestützt, das Gesicht vom Kerzenlicht beschienen, das seine Züge weicher wirken ließ.

Als sie ein leises Rascheln hinter sich hörte, blieb sie reglos liegen. Sie kannte Deirdre MacKails leichten Tritt, und sie kannte die raschen, trippelnden Schritte ihrer Zofe. Sie wartete noch eine Minute, bis ihr der Geruch nach Nebel, Holzrauch und feuchtem Plaid verriet, dass es ein Mann war, der versuchte, sich leise auf den Stuhl neben dem Bett zu setzen. Dann drehte sie sich lächelnd zur Seite.

»Du warst aber länger als einen Herzschlag weg, John MacGillivray.«

Doch die Augen, die ihr entgegenblickten, waren nicht schwarz, sondern blaugrau. Das Gesicht war hager und attraktiv, nicht kühn geschnitten und verlegen wirkend, als bitte es um Entschuldigung.

»Angus?«

»Wäre es dir lieber, wenn MacGillivray dir Gesellschaft leistet ...?«

Sie streckte die Hand aus, doch bevor sie etwas sagen konnte, lag er neben ihr auf dem Bett und nahm sie fest in die Arme.

Hinter ihnen, sich im Schatten haltend, der seinen einzigen Schutzschild bildete, um die unverhohlenen Gefühle in seinem Gesicht zu verbergen, stand John MacGillivray und beobachtete das Wiedersehen der beiden Eheleute. Er sah zu, wie Annes Hände sich verzweifelt um Angus' Nacken schlangen, während Angus die Hände in ihrem üppigen roten Haar vergrub, sie an sich zog und versuchte, ihr aufgeregtes Geflüster mit seinen Lippen zum Schweigen zu bringen. Er sah zu, bis es unsinnig war, noch länger zuzusehen. Er drehte sich um, schlüpfte leise in den Korridor hinaus und machte die Tür hinter sich zu.

In dem Moment versagten ihm seine Beine den Dienst. Ohne den Türknauf loszulassen, stand er da und presste die Stirn gegen das Holz.

»Es ist sehr gut, dass Sie den Laird nach Hause geholt haben, Mr. MacGillivray. Gerade jetzt braucht sie ihn dringend.«

Erschrocken blickte John auf und sah Deirdre MacKail vor sich stehen, die Zeugin seines sündigen Begehrens geworden war. Da er sich im Moment nicht zutraute, ihr zu antworten, wie es sich gehörte, nickte er ihr lediglich zu und strich mit der Hand kurz über die Tür, um sich dann abzuwenden.

»Wenn jemand nach mir fragt, würden Sie dann bitte sagen, dass ich nach Clunas geritten bin?«

»Ja, werde ich tun. Und wie lange werden Sie wegbleiben?«

»So lange wie erforderlich, Mädel«, erwiderte er leise. »So lange wie erforderlich.«

Zweiundzwanzigstes Kapitel

Alexander Cameron vermochte sein Versprechen, innerhalb einer Woche wieder in Moy Hall zu sein, nicht zu halten und blieb über vierzehn Tage fort. Fort Augustus hatte sich nach zweitägiger Belagerung ergeben, als eine von Count Fanduccis gut gezielten Kanonenkugeln das Pulvermagazin getroffen hatte. Fort William leistete jedoch hartnäckigeren Widerstand, und auch die Künste der Kanoniere erwiesen sich als weniger einschüchternd als die des temperamentvollen Italieners. Ganze zwei Wochen belagerten sie es, ohne etwas zu erreichen, sodass sie schließlich frustriert und gereizt umkehren mussten, nachdem sie zahlreiche Kanonenkugeln und viel Geduld an den Versuch verschwendet hatten, den entschlossenen Kommandanten des Forts mürbe zu machen.

Der Duke of Perth hingegen hatte Lord Loudouns Truppen erfolgreich in die Flucht geschlagen und sie aus Easter Ross bis in die Berge von Skye getrieben. Ein weiteres großes Kontingent von Gefangenen wurde nach Inverness gebracht, wo der Prinz, der sich der Tatsache verschloss, dass die meisten von ihnen ihr Ehrenwort brechen würden – was bedeutete, dass man sie nur wieder würde besiegen und gefangen nehmen müssen –, sie wie gewöhnlich freiließ.

Dagegen stand in Cumberlands Lager die Frage, ob jemand sein Ehrenwort brach, gar nicht zur Debatte, da niemandem die Freiheit in Aussicht gestellt wurde, wenn er nur versprach, nie wieder gegen die Engländer zu kämpfen. Die Behandlung der Gefangenen spottete vielmehr allen Regeln ehrenhafter Kriegführung. Man prügelte sie und ließ sie verhungern, ohne ihre eiternden Wunden zu behandeln. Viele wurden ohne ordentlichen Prozess gehängt, und noch größer war die Menge derjenigen, die einfach auf Transportschiffe verladen wurden und auf Nimmerwiedersehen verschwanden.

Prinz Friedrich von Hessen, dessen sechstausend Elitesoldaten mit Cumberland nach Norden gekommen waren, entsetzte die Behandlung, die der Herzog den gefangenen Jakobiten zuteil werden ließ, über alle Maßen. Als Deutscher legte er großen Wert auf ehrenhaftes und edelmütiges Verhalten. Er warnte den englischen Herzog, dass seine Hessen nicht mehr kämpfen würden, wenn dieser Kodex nicht eingehalten würde.

Als Antwort darauf ließ Cumberland unverzüglich drei Gefangene hängen, die bei einem Fluchtversuch erwischt worden waren. Seinem Wort getreu zog sich Prinz Friedrich daraufhin mit seinen Männern nach Pitlochry zurück und weigerte sich, Depeschen aus Cumberlands Hauptquartier auch nur zur Kenntnis zu nehmen.

Der März ging in den April über, ohne dass es auf beiden Seiten zu Aktivitäten gekommen wäre, die über bloße Scharmützel hinausgingen. Charles, der seit der Nacht, da er den Engländern mit knapper Not entkommen war, krank war, bestand darauf, sein Fieber, wenn es schon nicht kuriert werden konnte, auf andere Art auszutreiben. Deshalb ordnete er Angel- und Jagdpartien an. Überdies bat er die Damen von Inverness, Bälle zu veranstalten, und siedelte an den betreffenden Abenden von Culloden House als Gast der verwitweten Lady MacKintosh nach Drummuir House über.

Angus gelang es, Moy Hall noch zwei weitere Besuche abzustatten. Anne schalt zwar jedes Mal über seinen Leichtsinn, hatte jedoch keine Bedenken, seinen Aufenthalt schamlos zu genießen.

»Vor einem Monat«, sagte er, »als du mich batest, bei

dir in Falkirk zu bleiben, hatte ich ein Dutzend guter Gründe, es nicht zu tun. Heute Abend, da ich deine Brüste mit den Händen liebkose und mein Körper von deinen Schenkeln umfangen wird, fällt mir kein einziger mehr ein.«

Seufzend bewegte Anne langsam die Hüften hin und her und spürte, wie er tief in sie eindrang. Sie saß mit über die Schultern wallendem Haar auf seinem nackten, ausgestreckt daliegenden Körper und stützte sich mit den Händen auf seiner Brust ab. Auf den Nachttischen brannten etliche Kerzen, damit keinem von beiden auch nur die kleinste Regung im Gesicht des anderen entging.

»Während das Dutzend guter Gründe, die ich hatte, um dich zum Bleiben zu bewegen, mir jetzt alle sehr egoistisch vorkommen. Dieser zum Beispiel …« Sie krümmte den Rücken und stemmte sich mit den Knien hoch, um seine steife Männlichkeit fast bis zur geschwollenen Spitze freizugeben. »Und dieser.«

Mit geschmeidigem Hüftschwung ließ sie sich wieder auf ihm nieder. Angus packte sie bei der Taille und versuchte unter Anspannung all seiner Armmuskeln, wenigstens ein Minimum an Kontrolle zu bewahren. Er hatte eine Heidenangst davor gehabt, sie zu berühren, ihr wehzutun, nach der Fehlgeburt etwas zu überstürzen und zu früh wieder mit ihr Verkehr zu haben. Deshalb hatte er sich bei seinen ersten beiden Besuchen damit begnügt, neben ihr zu liegen und zuzusehen, wie sie in seinen Armen schlief. Diesmal war er jedoch kaum durch die Schlafzimmertür getreten, als sie auch schon anfing, ihre Hände und ihren gierigen Mund unter seiner Kleidung auf Wanderschaft zu schicken, sodass all seine noblen Absichten sich unversehens in nichts aufgelöst hatten. Er hatte indes darauf bestanden, dass sie die führende Rolle übernahm, damit sie alles selbst bestimmen und aufhören konnte, falls es ihr zu viel werden sollte. Allerdings erwies sich jetzt, nach dem vierten Mal innerhalb von vier Stunden, dass es für ihn eine weitaus größere Strapaze war als für sie. Und den gezielten Bewegungen ihrer Hüften sowie dem Lockern und Zusammenziehen all jener tückischen kleinen Muskeln nach zu urteilen wusste sie das auch.

»Jedes Mal, wenn du herkommst, fällt es mir noch schwerer, dich wieder gehen zu lassen«, sagte sie, indem sie ihn erneut bis zur Spitze freigab, um ihn dann, nachdem sie einen Moment in dieser Stellung verharrt hatte, wieder ganz in sich aufzunehmen. »Aber ich nehme an, der Prinz braucht deine Hilfe jetzt mehr als je zuvor.«

»Ich hatte eigentlich den Eindruck«, stieß er zwischen den Zähnen hervor, »dass der königliche Sprössling seit Falkirk ziemlich in deiner Meinung gesunken ist.«

»Aber meine Meinung von Lord George hat sich nicht geändert. Ebenso wenig wie die von Lochiel oder Lord Drummond oder irgendeinem der anderen Männer, die nach wie vor bereit sind, um der Ehre willen alles zu riskieren.«

»Diese Taten«, murmelte er erzitternd, *»diese Ränke, diese schlecht geplante Narrheit, gezeugt von mitternächt'ger Ehre ...«*

Wie gebannt hielt sie in ihren Bewegungen inne. »Was hast du da eben gesagt?«

»O Gott«, krächzte er, »hör nicht schon wieder auf. Das bringt mich noch um.«

»Nein, davor.«

»Das war bloß ein Zitat, das mir gerade in den Sinn kam. Ich kann mich noch nicht einmal erinnern, von wem es ist.«

Sie strich ihm mit beiden Händen über die Brust, ohne seine Aufforderung, in ihren geschmeidigen, reibenden Bewegungen fortzufahren, zu beachten. Dann beugte sie den Kopf vor und nahm eine seiner Brustwarzen zwischen die Zähne, um mit ihrer feuchten Zunge darüber zu fahren. Gleichzeitig kämmte sie mit den Fingern durch die dunklen Haarbüschel auf seiner Brust, um schließlich die Hand weiter nach unten zu schieben und kurz an seinen festen Bauchmuskeln herumzuspielen, die sich so verführerisch anfassten. Dann langte sie noch weiter nach unten und ließ ihre Finger die Innenseite seiner Schenkel hochgleiten, um die kleinen Schätze, die sie dort fand, zu liebkosen, bis er schließlich ein Knurren ausstieß und unter ihr in Bewegung geriet wie ein Vulkan, der kurz vor dem Ausbruch steht. Sie lehnte sich weit zurück, sodass er gezwungen war, den Oberkörper aufzurichten. Anschließend streckte sie die Beine aus und schlang sie um seine Taille, bis sie sich dicht gegenübersaßen, die Beine auf dem Rücken des anderen verschränkt.

Angus legte kurz den Kopf auf ihre Schulter, weil er hoffte, vor dem nächsten Angriff ein wenig Atem schöpfen zu können, damit seine aufgepeitschten Nerven sich etwas beruhigten.

»Du verfolgst ein ganz bestimmtes Ziel, das merke ich doch.«

»Stimmt«, erwiderte sie leise, »und jetzt habe ich es erreicht.«

Sie zwang ihn, ihr den Mund zu reichen, damit sie ihn noch um den letzten Funken Verstand bringen konnte. Während ihre heiße Zunge ihn geißelte, machte ihr feuchter, seidig glatter Körper sich daran, ihn mit kühnen, gierigen Bewegungen in sich einzusaugen und sich so fest um ihn zu schließen, dass er merkte, wie seine

Vorhaut hin und her glitt. Der Druck ließ ihn bald von neuem aufstöhnen und veranlasste ihn, ihre Gesäßbacken mit den Händen zu umspannen, um das Auf und Ab ihres Unterleibs zu beschleunigen.

Nur ein Erdbeben hätte die beiden diesmal wohl aufzuhalten vermocht. Im Moment höchster Ekstase warf Anne den Kopf zurück, während in ihrer Kehle ein Freudenschrei zitterte. Angus hielt sie fest und ergoss sich in sie. Die Intensität seines Höhepunkts brachte seine Hände, seinen Körper, sein gesamtes Wesen zum Beben. Trotzdem wartete er bis zum letztmöglichen Moment, um ächzend auszuatmen, wohl wissend, dass es mehrere Augenblicke dauern würde, bevor er wieder tief durchatmen konnte. Anne presste ihren nach wie vor zitternden Körper so fest an ihn, dass das Zeugnis ihrer Lust warm und feucht zwischen ihnen nach unten rann.

»Die ursprünglichen Bedingungen unserer Abmachung gelten nach wie vor«, stieß er schließlich hervor. »Keine Schlachtfelder, kein nächtliches Herumgeschleiche in der Gegend, keine Gewehre – obwohl ich allmählich glaube, dass keinerlei Versprechen, Eid oder Schwur dich davon abhalten kann, in Schwierigkeiten zu geraten.«

»Die Begegnung mit Blakeneys Männern war nicht meine Schuld«, wandte sie ein. »Ich habe nur versucht, mein Zuhause zu verteidigen.«

»Indem du fünfzehn Männer ausgeschickt hast, um gegen fünfzehnhundert zu kämpfen?«

»Was blieb mir denn anderes übrig? Dir blieb ja auch nichts anderes übrig, als auf Duncan Forbes' Erpressung einzugehen.«

Das sagte sie mit so ruhiger Stimme, dass einige Sekunden verstrichen, bis Angus den Kopf hob und sie anschaute. Unzählige Gefühle spiegelten sich in ihrem Gesicht wider: Zorn, Verwirrung, Stolz, Trotz, Bewunderung, Missbilligung. Es fehlte kaum etwas.

»MacGillivray redet zu viel.«

»Es war nicht John, der mir davon erzählt hat, sondern der junge Douglas Forbes. Er dachte, es würde mich aufmuntern zu wissen, wie tapfer und ehrenhaft mein Mann in Wirklichkeit ist, was für Opfer er bringt, damit die Sicherheit seiner Frau und seiner Clansgenossen gewährleistet ist. Ehrlich gesagt hat es nur den Wunsch in mir geweckt, dir eins auf die Nase zu geben. Und nicht nur, weil du es auf dich genommen hast, diese ganze tugendhafte Last allein zu tragen, sondern vor allem, weil du mir nichts davon gesagt hast.«

»Und was hättest du gemacht, wenn ich es getan hätte?«

Sie nahm sein Gesicht zwischen die Hände und drückte ihm ihre Hüften entgegen, sodass Angus von neuem aufkeuchte. »Das hätte ich gemacht«, flüsterte sie. »Und dich zehnmal mehr geliebt, als ich es ohnehin tue.«

»Aber *dann* hättest du mir eins auf die Nase gegeben?«

»Dann hätte ich dir eins auf die Nase gegeben«, stimmte sie ihm zu.

Immer noch tief in ihre Augen blickend, lächelte er sie unsicher an. »Vielleicht sollte ich meine Seele dann völlig vor dir ausbreiten, damit nichts mehr auf ihr lastet.«

»Du hast noch mehr zu gestehen?«

»Nur eine Sache, obwohl sie mit der anderen in einem gewissen Zusammenhang steht.« Er schluckte, um die Trockenheit in seiner Kehle zu lindern, doch noch bevor er näher darauf eingehen konnte, drang aus der Ferne ein gedämpftes Grollen und Rumpeln in die Stille des Schlafzimmers. Wenige Sekunden darauf klirrten die

Fensterscheiben und die Nippes auf dem Kaminsims. Selbst der Wein in der Karaffe auf dem Nachttisch schwappte leicht hin und her.

Angus befreite sich aus Annes Umschlingung, verließ das Bett und ging zum Fenster hinüber. Er hob den Vorhang und spähte nach draußen, wo er den grauen Himmel und die wogenden Wolken eines Gewitters zu sehen erwartete. Doch die Sonne schien, und das Blau des Himmels stach ihm nach dem gedämpften romantischen Kerzenlicht fast schmerzhaft in die Augen. Dann fiel ihm alles ein.

»Eneas hat gesagt, dass sie heute damit anfangen wollen, Fort George zu sprengen. Ich vermute, die Engländer haben mehr als genug Pulver im Magazin zurückgelassen, sodass man ganze Arbeit leisten kann, und an Freiwilligen wird es dabei auch nicht mangeln. Viele der Männer sind irgendwann einmal unfreiwillig im Fort zu Gast gewesen, während viele andere erlebt haben, wie Väter, Brüder und Söhne dort monatelang ohne Grund eingesperrt wurden. Vermutlich war Fearchar einer der Ersten, der eine Lunte angezündet hat, denn war er nicht im Laufe der letzten hundert Jahre Gast verschiedener Regierungen?«

Als Anne keine Antwort gab, ließ er den Vorhang sinken und kehrte zum Bett zurück. Anne hatte sich in das Nest aus Kissen, Decken und zerwühlten Laken gekuschelt und schlief tief und fest. Behutsam zog er die Decke über ihren prächtigen nackten Körper, um anschließend neben sie ins Bett zu schlüpfen, während aus der Ferne ein weiteres Rumpeln zu hören war, das die Fensterscheiben zum Klirren brachte.

Am 14. April hörten die Explosionen, die Fort George schließlich in Schutt und Asche legten, abrupt auf, denn an diesem Tag traf in Inverness die schockierende Nachricht ein, dass Cumberlands Armee seit einer Woche unterwegs sei.

Die Truppen hatten sogar schon an drei Stellen den Spey überquert, ohne von den Brigaden, die Lord George für eine solche Eventualität dort postiert hatte, daran gehindert worden zu sein. Die Botschaft hätte zu keinem schlechteren Zeitpunkt eintreffen können, befanden sich derzeit doch nicht mehr als tausend Soldaten des Prinzen in Inverness; die meisten anderen waren unterwegs, um Proviant zu organisieren oder Stellungen zu sichern.

Essen und Viehfutter waren gefährlich knapp geworden. Murray of Broughton, der sich während des bisherigen Feldzugs als gerissener und erfindungsreicher Quartiermeister erwiesen hatte, war erkrankt und durch John Hay ersetzt worden, der von Proviantbeschaffung sogar noch weniger verstand als von Feuerwaffen – das einzige Mal, wo er eine Pistole abgefeuert hatte, hatte er sich den großen Zeh abgeschossen. Als er die Männer auf Proviantsuche ausschickte, sandte er sie zu all den Orten, die bereits mehr hergegeben hatten, als sie entbehren konnten, sodass die meisten Wagen leer oder überhaupt nicht zurückkamen.

Deshalb waren nun mehrere Hundert Mann losgeschickt worden, um einem Gerücht nachzugehen, dem zufolge auf der Straße nach Nairn ein hannoveranischer Versorgungstrain gesichtet worden war. Doch stattdessen kehrten sie mit der Neuigkeit zurück, die Armee des Herzogs marschiere die Küstenstraße entlang, ein wogendes Meer roter Uniformröcke und geschulterter Musketen, die in der Sonne glitzerten. Die Royalisten waren ungehindert und relativ unbemerkt achtzig Meilen vorgerückt und schlugen, als der Abend des 14. April anbrach, weniger als einen halben Tagesmarsch von Inverness entfernt ihr Lager auf. Das Ganze war so schnell geschehen, dass die Eskorte, die die Cameron-Frauen nach Achnacarry bringen sollte, im Morgengrauen von Loch Moy aufbrach und nach links in die von Inverness kommende Straße abbog, während die Männer dieser Frauen nach rechts abbogen und in aller Eile in Richtung Stadt ritten. Anne, wie gewöhnlich auf ihrem grauen Wallach sitzend, hatte auf dem Hügel Position bezogen, um die anderen zu verabschieden, doch diesmal ging alles sehr gedämpft und nicht sonderlich fröhlich vonstatten. Sie mochte und bewunderte Catherine Cameron; überdies war sie sich keineswegs sicher, ob sie ohne die ruhige, gelassene Unterstützung von Deirdre MacKail ihr eigenes, schreckliches Martyrium überlebt hätte.

»Sie tun mir so furchtbar Leid«, sagte sie zu ihrem Cousin Eneas, nachdem sie auf schnellstem Weg nach Moy Hall zurückgeritten waren. »Es wird Tage oder sogar Wochen dauern, bis Nachrichten nach Achnacarry gelangen.«

»Vermutlich würde es dann wohl auf keine allzu große Begeisterung stoßen, wenn wir dir vorschlügen, dich selbst für ein paar Tage in die Höhlen zurückzuziehen?«

»In die Höhlen?« Sie riss so stark an den Zügeln, dass Robert the Bruce sich unversehens aufbäumte. »Warum in aller Welt sollte ich das denn tun?«

»Weil Cumberlands ganze verdammte Armee einen halben Tagesmarsch von hier entfernt ist. Weil Moy Hall direkt auf seinem Weg liegt und niemand zu deiner Verteidigung hier ist, falls er es sich in den Kopf setzt, einen Schwenk zu machen und Inverness von zwei Seiten anzugreifen.«

»Aber ich werde gar nicht hier sein«, erwiderte sie, »sondern dort, wo mein Clan ist.«

Eneas griff sich an den Kopf und kratzte sich. »Ach, Annie ... du weißt sehr gut, dass MacGillivray in die Luft geht, wenn er dich noch mal auf einem Schlachtfeld erwischt.«

»John kann nichts dazu sagen, denn er ist nicht hier«, erwiderte sie gelassen.

»Doch, ist er. Er und seine Frau sind gestern in Dunmaglass angekommen, und jetzt wartet er dort drüben auf dich.«

Anne folgte mit dem Blick dem zaghaft ausgestreckten Finger ihres Cousins. Vor Moy Hall hatte sich eine Gruppe von Clansmännern versammelt, und da MacGillivray die meisten anderen um anderthalb Kopf überragte, war er leicht zu erkennen.

Sie ritten die Auffahrt hoch, wo ein Stallknecht Annes Pferd beim Zügel nahm, als sie absaß. Als er The Bruce wegführte, machten die meisten der Männer sich auf einen Blick von MacGillivray hin ebenfalls davon und begaben sich diskret außer Hörweite.

Anne hatte ihn seit der Nacht, da er Angus aus Easter Ross geholt hatte, nicht mehr gesehen. Sie hatte gehört, er habe Dunmaglass noch am selben Tag verlassen und sich nach Clunas begeben, um seinem zukünftigen Schwiegervater Duncan Campbell zu helfen, eine kleine Einheit von Regierungstruppen aus der Gegend zu vertreiben. Dass er geheiratet hatte, hatte sie nicht gehört.

»Gestatte mir, dir herzlich zu gratulieren«, sagte sie mit aufrichtiger Freude. »Eneas hat mir gerade erzählt, dass ihr geheiratet habt.«

»War ja auch höchste Zeit. Außerdem haben ihr die verdammten Blumen so gut gefallen, dass sie nicht warten konnte, bis wir allein waren, und ... na ja ... ihr Vater hat uns im Bett erwischt und gemeint, es sei höchste Zeit, dass ich sie zur ehrbaren Frau mache.«

Irgendwie sah er anders aus. Entspannter. Er wirkte zwar immer noch verwegen und gefährlich, aber ein Teil seiner ganzen Angespanntheit schien von ihm abgefallen zu sein, und wenn das Elizabeths Verdienst war, freute sich Anne noch mehr.

Als sie im Bett gelegen hatte, ganz durchdrungen von dem tragischen Verlust ihres Babys und dem tragischen Verlust des zuverlässigen Robert Hardy, war ihr zu Bewusstsein gekommen, wie viel Johns Freundschaft ihr und Angus bedeutete.

Sie war fest entschlossen, diese Freundschaft nicht kaputtgehen zu lassen.

»Du wirst einen guten Ehemann abgeben, John«, sagte sie lächelnd und küsste ihn auf die Wange. »Den besten, den es überhaupt geben kann.«

»Ich werde mein Möglichstes tun.«

»Wollen wir einen Schluck zusammen trinken? Um auf die Hochzeit anzustoßen?«

»Gern, aber ein andermal. Heute bin ich bloß gekommen, um deine Cousins und den Rest meiner Männer zu holen. Wir werden in Inverness gebraucht.«

»Natürlich. Daran habe ich gar nicht gedacht. Ich hole schnell meine Sachen.«

Sie schickte sich an, an ihm vorbeizuhuschen und die breite Treppe zur Haustür hochzueilen, doch er streckte die Hand aus und hielt sie am Arm fest.

»Es wäre vielleicht besser, wenn du hier bliebest, Annie. In Inverness gibt es wenig für dich zu tun.«

»Falls sich eine Schlacht zusammenbraut, gibt es eine Menge für mich zu tun. Zum Beispiel bei unseren Männern zu sein.«

»*Falls* sich eine Schlacht zusammenbraut? Halt doch mal die Nase in den Wind, Mädel, dann kannst du sogar von hier aus die Angst riechen.«

»Wir haben sie schon zweimal geschlagen, obwohl unsere Chancen eigentlich gleich null waren.«

»Ja, und beide Male stand die Armee unter dem Befehl von Lord George. Das wird diesmal aber nicht der Fall sein, da der Prinz ihn seines Kommandos enthoben hat.«

»Er hat ihn seines Kommandos enthoben? Ist er denn von allen guten Geistern verlassen?«

»Ihm ist zu Ohren gekommen, dass Prinz Friedrich den General zu einer Unterredung zu sich gebeten hat. Der deutsche Prinz hat ihm seine Dienste bei der Aushandlung eines Friedensschlusses mit Cumberland angeboten, und Charles Stuart hat natürlich angenommen, Lord George plane, ihn zu verraten. Selbstredend hat O'Sullivan ihm die ganze Zeit was ins Ohr geflüstert, um ihn in seiner Überzeugung zu bestärken.«

»Diesen verdammten Iren hätte schon längst jemand erschießen sollen.«

»Wenn du das den zweitausend Mann vorschlügest, die sich gerade auf dem Drummossie Moor ihre Eier abfrieren, würden sich die Freiwilligen nur so drängeln.«

»Drummossie? Was machen die denn da?«

»Sie warten auf Cumberland«, erwiderte er in sarkastischem Ton. »Und zwar schon seit Anbruch des Tages, obwohl meine Männer mir berichten, dass der Herzog nicht die geringsten Anstalten macht, mit seinen Kanonen aus Nairn aufzubrechen.«

»Umso mehr Grund für uns, hier keine Zeit mehr zu vertrödeln«, sagte sie. »Du kannst von mir aus auf mich einreden, bis du schwarz bist, John MacGillivray, aber ich habe nicht die Absicht, jetzt einfach davonzulaufen und mich zu verstecken. Du – ausgerechnet du – solltest noch nicht einmal im Traum daran denken, so etwas von mir zu verlangen.«

Er studierte ihre entschlossene Miene und zuckte schließlich mit den Achseln. »Gillies hat schweres Geld darauf gesetzt, dass ich mir wahrscheinlich eine gewaltige Abfuhr einfange, aber du musst zugeben, dass das Ganze einen Versuch wert war.«

Als sie einen Blick auf den untersetzten Hochländer warf, sah sie, wie MacBean grinste und Daumen und Zeigefinger aneinander rieb, um zu bestätigen, dass er gewonnen hatte.

»Gib mir fünf Minuten Zeit«, sagte sie und stürmte die Treppe hoch.

»Sieh zu, dass du es in einer schaffst.«

Auf den aus Inverness herausführenden Straßen drängten sich Menschen, Tiere und Wagen. Letztere waren in aller Eile mit Haushaltsgegenständen beladen worden und rollten hinter angsterfüllten Stadtbewohnern her, die gehört hatten, die Schlacht um die Herrschaft über das Hochland stehe unmittelbar bevor.

Anne hatte sich umgezogen und trug jetzt wieder Hosen sowie ihren kurzen blauen Samtmantel. Duftige weiße Spitze quoll unter ihren Manschetten und aus dem Ausschnitt des Mantels hervor und bildete einen sonderbaren Kontrast zu den beiden langläufigen Messingpistolen, die sie sich um die Taille geschnallt hatte. Neben ihr ritt MacGillivray; MacBean und die Farquharson-Brüder flankierten die beiden, während hinter ihnen etwa hundert Clansmänner, Musketen und Tartschen über die Schultern gehängt, mit grimmigen Gesichtern entschlossenen Schritts die Straße entlangzogen. An der Kreuzung vor der Stadt kam ihnen eine offene Kutsche entgegen, in der zwei Personen saßen. Eine von ihnen trug die schwarze Soutane eines Priesters. Als Anne die zweite Person erkannte und den strengen Gesichtsausdruck von Lady Drummuir bemerkte, holte sie tief Luft und stellte sich auf eine weitere verbale Auseinandersetzung ein. Ihre Befürchtungen waren jedoch unbegründet. Beim Heranreiten an die Kutsche sah Anne, dass der alten Dame Tränen in den Augen standen. Sie griff in einen großen Korb neben ihr auf dem Sitz und holte eine aus weißem Band gemachte, mit einem Preiselbeerzweig verzierte Kokarde heraus, die sie ihrer Schwiegertochter an die Brust heftete, direkt unter das Medaillon, das Angus' Porträt enthielt.

»Dass du mir schön weit hinten bleibst, Fräuleinchen. Ich habe gehört, was bei Falkirk passiert ist, und wenn du wieder nicht auf MacGillivray hörst, bekommst du es diesmal mit mir zu tun.«

»So was musst ausgerechnet du sagen«, murmelte Anne. »Er hat mir erzählt, dass du dich weigerst, die Stadt zu verlassen.«

»Bah! Ich bin zu alt, um die Röcke zu heben und davonzulaufen. Und was Ersteres betrifft, so bin ich auch zu alt, als dass irgendjemand an Vergewaltigung denken würde, wenn feindliche Soldaten in mein Haus eindringen. Aber du, du alter Zausel!«, rief sie mit erhobener Stimme und sah Fearchar, der im Damensitz hinter Robbie Farquharson auf dem Pferd saß, finster an. »Wo zum Teufel glaubst du denn hinzureiten?«

»Ich reite hin, wohin es mir passt, du alter Drache, und glaub bloß nicht, dein finsterer Blick könnte mich daran hindern!«

Robbie hingegen ließ sich sehr schnell von einem finsteren Blick dazu bewegen, sein Pferd neben die Kutsche zu lenken. Nachdem Lady Drummuir jedem der beiden Männer eine Kokarde an die Brust geheftet hatte, streckte sie die Arme aus und packte das knorrige alte

Gesicht Fearchars mit den Händen, um ihm einen Kuss auf den Mund zu drücken.

»Versuch zumindest, wach zu bleiben«, ermahnte sie ihn. »Und wickel dir das Plaid um die Ohren, damit du dir nicht den Tod holst, bevor du überhaupt aufs Moor gelangst.«

Dann wurden MacGillivray, MacBean und fast alle anderen Männer namentlich aufgerufen, um sich die Kokarde und den Preiselbeerzweig ans Plaid heften und sich vom Priester segnen zu lassen. Als schließlich alle weitergezogen waren, blieb Lady Drummuir noch eine Weile in der offenen Kutsche stehen und bewegte lautlos die Lippen, um ein Gebet zu sprechen.

Dreiundzwanzigstes Kapitel

Charles Stuart richtete sein Hauptquartier in Culloden House ein, das knapp eine Meile vom Moor entfernt lag. Nachdem seine Kundschafter ihn davon in Kenntnis gesetzt hatten, dass die Feuer in Cumberlands Lager in Nairn nach wie vor hell loderten und die Soldaten keinerlei Anstalten zum Abmarsch trafen, nutzte er freudigen Herzens die Gelegenheit, das künftige Schlachtfeld auf und ab zu reiten. Eine heroische Gestalt in scharlachrot-blauem Waffenrock schwang ein juwelenbesetztes Schwert, als sei der Sieg bereits errungen, und warf sich für die Männer in Positur, die in Reih und Glied angetreten waren und ihm frierend zusahen.

Erst am späten Nachmittag räumte der Prinz ein, dass sein Cousin an diesem Tage wohl nicht mehr kommen werde, um seine Herausforderung anzunehmen. Die Männer waren inzwischen zu durchgefroren und zu erschöpft, als dass sie das noch irgendwie interessiert hätte. Einige hatten ihrem Prinzen zugejubelt, bis sie heiser waren, andere hatten ihn lediglich angestarrt und sich gefragt, ob wohl alle Fürstlichkeiten ein bisschen verrückt waren. Sie hatten Hunger, denn die meisten von ihnen waren auf das Moor geeilt, ohne auch nur einen Haferkeks im Magen zu haben. Nun wanderten sie zum Park von Culloden House zurück, um sich dort, ohne einen anderen Schutz als ihre Plaids zu haben, irgendwo hinzukauern, oder unternahmen Streifzüge nach Inverness, wo sie erzürnte Bürger, die ihnen die Schuld an dem falschen Alarm gaben, um Speisereste anbettelten.

Schnell füllten sich die wenigen Zelte, die auf dem Gelände von Culloden House aufgestellt worden waren, mit Clansoberhäuptern und Lairds, die erregt über das

Terrain debattierten, das ihr Prinz für die Schlacht ausgewählt hatte. Drummossie war flach und baumlos und würde keinerlei Schutz vor Cumberlands Artillerie gewähren. Lord George hatte ein paar Meilen weiter östlich ein Gelände entdeckt, das zahlreiche Hügel und sumpfige Stellen aufwies und deshalb der Kampftechnik der Hochländer sehr entgegenkam, wohingegen es nicht sonderlich gut geeignet war, um schwere Geschütze in Stellung zu bringen oder Soldaten diszipliniert in Reih und Glied antreten zu lassen. Doch alle Versuche Lord Georges, den Prinzen eines Besseren zu belehren, schlugen fehl, und zum ersten Mal seit Beginn des Feldzugs hörte man den niedergeschlagenen General sagen: »Wir haben verloren, Gentlemen. Gott schütze uns alle.«

Da es nichts gebracht hätte, draußen in der Feuchtigkeit eine kalte, hungrige Nacht zu verbringen, versuchte MacGillivray mit allen Mitteln, Anne zu überreden, nach Moy Hall zurückzukehren, doch davon wollte sie nichts hören. Ebenso wenig nahm sie die Einladung des Prinzen an, mit ihm zu dinieren und in Culloden House zu übernachten, wobei sie als Entschuldigung vorbrachte, dass es ihre Pflicht als Colonel des Regiments sei, bei den Männern zu bleiben, damit diese nicht den Mut verlören. Erst eine dringende Aufforderung Alexander Camerons brachte sie dazu, die Scheune zu verlassen, in der etliche MacKintosh-Männer Schutz gesucht hatten. Da sie von den meisten Lairds immer noch mit »Colonel Anne« angeredet wurde, nahm sie an, dass sie zu einer weiteren der endlosen Debatten und Erörterungen hinzugezogen werden sollte. MacGillivray hatte sich natürlich entfernt, denn solche Diskussionen waren ihm einfach zu langweilig.

Über die wählerische Natur ihres Captains fluchend,

um die sie ihn jedoch insgeheim beneidete, stapfte Anne durch den Nieselregen, der vor einiger Zeit eingesetzt hatte. Der Boden war völlig matschig, doch der Wind rüttelte mit frostiger Hand an den Bäumen und gemahnte auf schroffe Weise daran, dass der Winter noch nicht ganz vorüber war. Die Wolken hingen tief, und weder Sterne noch der Mond waren zu sehen. Keine Dudelsäcke spielten, um die Lagerfeuer hallte kein Gesang wider. Der Kontrast zu der Nacht vor der Schlacht bei Falkirk war so bedrückend, dass Anne sich fröstelnd fester in ihr Plaid hüllte.

Nachdem die Zwillinge sie bis zu dem betreffenden Zelt eskortiert hatten, verschwanden sie mit ebenjenem sicheren Auftreten, das auch auf ihren goldmähnigen Captain zutraf. Aus dem Zelt drangen Stimmen an Annes Ohr. Einen Seufzer unterdrückend, schlüpfte sie hinein. Cameron und seine beiden Brüder Lochiel und Dr. Archibald waren anwesend. Auf einer Seite stand Aluinn MacKail mit Lord John Drummond und einem anderen großen Hochländer zusammen. Lord George Murray beugte sich gerade, sich mit den Händen abstützend, über einen von einer Lampe beleuchteten Tisch.

Der Windstoß, den Anne mit ins Zelt brachte, ließ ihn von den Karten aufblicken, die er studierte. Eine Ecke des obersten Blatts geriet in knisternde Bewegung; die Flamme der Kerze im Glaszylinder flackerte ein wenig und gab ein feines schwarzes Rauchwölkchen von sich.

»Anne. Wie ich sehe, hat Monaltrie Sie gefunden. Ich hoffe, wir haben Sie bei nichts Wichtigem gestört.«

Seine Stimme klang in keiner Weise sarkastisch, und Anne hatte keinen Grund, etwas anderes anzunehmen, als dass er erschöpft und frustriert war.

»Ich habe nur gerade versucht, warm und trocken zu bleiben«, erwiderte sie mit einem schwachen Lächeln. »Falls das als etwas Wichtiges gelten kann.«

»Sicherlich. Beide Empfindungen sind mir schon völlig fremd geworden, dabei halte ich sie für außerordentlich wichtig. Kommen Sie herein, meine Liebe, kommen Sie herein.« Lord George forderte sie mit einer Geste auf, näher an das kleine Becken mit glühenden Kohlen heranzutreten, das ungefähr in der Mitte des Zelts stand. »Wärmen Sie sich. Ich fürchte, ich kann Ihnen noch nicht einmal ein Stück trocken Brot anbieten, aber damit man uns nicht vorwirft, wir hätten unsere Manieren völlig vergessen …«, wandte er sich an einen der anderen Männer, »… haben wir wenigstens etwas, auf dem Lady Anne sitzen könnte?«

Da sonst niemand saß und die anderen sicher zweimal so erschöpft waren wie sie, schüttelte Anne den Kopf. »Das ist wirklich nicht nötig, ich …« Sie machte eine abwehrende Geste, als der bei MacKail stehende Hochländer sich umdrehte und sie sein Gesicht sah.

»Aah.« Lord Georges Augen folgten ihrem verblüfften Blick. »Ja, vermutlich war es grausam von uns, Ihnen nicht schon vorher Bescheid zu sagen, aber dieser Tage scheint selbst ein Flüstern zum Gebrüll anzuschwellen. Angus … kommen Sie her, damit Ihre Frau Sie kneifen und sich davon überzeugen kann, dass Sie es wirklich sind.«

Angus Moy zögerte kurz und drehte seine Mütze in den Händen hin und her. Dann trat er in das hellere Licht. Seit ihrer letzten Begegnung hatte er sich verändert. Die Ringe unter seinen Augen waren dunkler geworden, sein Gesicht war mit Bartstoppeln übersät, und die Fetzen, die er am Leibe trug, hätten eher zu einem Bettler gepasst.

»Du siehst gut aus, Colonel«, murmelte er.

»Und du siehst schrecklich aus, Captain. Gibt es in der königlichen Armee keine Barbiere?«

Auf diese Bemerkung hin zog der eine oder andere überrascht die Augenbraue hoch, da ein Kommentar über die Ungepflegtheit von Angus' Haar das Letzte war, was man von ihr erwartete. Jede andere Ehefrau hätte wohl zunächst etwas zu dem langen, ausgefransten Schnitt gesagt, der sich von seinem linken Ohr bis unter seinen Hemdkragen zog. Die Wunde schien nicht älter als ein oder zwei Stunden, und an der Stelle, wo die Wolle seines Plaids dagegenscheuerte, sickerte immer noch Blut heraus.

»Möchten Sie sich jetzt vielleicht doch setzen?«, fragte Lord George.

Obwohl sie keine weichen Knie hatte, wusste sie aus Erfahrung, dass die Anwesenheit ihres Mannes im Lager nichts Gutes verhieß. »Ja, danke.«

»Sie haben zweifellos schon gehört, warum Cumberland seine Armee heute nicht hat ausrücken lassen?«

»Irgendjemand hat erwähnt, dass der Herzog Geburtstag habe.«

»Genau. Deshalb hat er seiner Armee einen freien Tag spendiert, damit die Soldaten sich ihre Zehen am Feuer wärmen und mit einer halben Pinte Brandy pro Mann auf die Gesundheit ihres tapferen Generals anstoßen können. Ich kann mich noch nicht einmal mehr an den Geschmack von gutem französischen Brandy erinnern, und daran, dass gemeine Soldaten ihn in sich hineinschütten, will ich lieber gar nicht denken. Nun ja. Mit Neid gewinnen wir keine Schlachten, nicht wahr? Nach meinem Dafürhalten, Gentlemen … und Colonel … müssen wir Gott – zu welchem auch immer wir beten mögen – dafür danken, dass es heute nicht zur

Schlacht gekommen ist. Heute Nachmittag sind weitere Männer eingetroffen, und Keppoch hat uns wissen lassen, dass er nur noch wenige Stunden entfernt ist. Und was noch wichtiger ist: Es kann sein, dass der Herzog uns unabsichtlich die Gelegenheit gegeben hat, die wir brauchen, um dieses Fiasko doch noch in einen Sieg zu verwandeln. Sehen Sie hier«, sagte er, wobei er sich wieder über die Karte beugte. Mit seinem langen, schmalen Finger wies er auf die schwarze Markierung, die ihre gegenwärtige Position anzeigte, um dann eine verschmierte, mit Kohle gezeichnete Linie entlangzufahren, bis er zu einer zweiten Markierung gelangte, die Nairn bezeichnete.

»Wie ich erfahren habe, ist dies in Wirklichkeit ein langer Hohlweg, der dem Lauf des Flusses bis südlich von Drummossie folgt und an einer Stelle endet, die Cumberlands Lager überraschend nah ist.«

Als er aufblickte, um sich seine Feststellung bestätigen zu lassen, erkannte Anne, dass es sich um eine der Karten handelte, die sie von der Gegend gezeichnet hatte. »Stimmt, Mylord. Aber dieser Hohlweg liegt sehr tief und ist zweifellos überschwemmt, da das Tauwetter eingesetzt hat.«

»Aber er wäre passierbar?«

»Nicht leicht.«

Der General lächelte. »Haben wir bisher auch nur eine Sache gemacht, die leicht gewesen wäre? Jedenfalls habe ich die Absicht, dem Prinzen einen Vorschlag zu unterbreiten. Ich werde darauf dringen, dass wir ein Flankierungsmanöver durchführen und die Armee in zwei Kolonnen ausrücken lassen. Die eine schicken wir hierhin …« Er tippte mit dem Finger auf das Gebiet östlich von Nairn. »… und die andere in den Westen, um auf diese Weise das englische Lager so in die Zange zu nehmen, dass Cumberland keine andere Rückzugsmöglichkeit bleibt als das Meer. Wenn die Aktion in aller Heimlichkeit durchgeführt wird, gelingt es uns vielleicht, sie zu überrumpeln, während sie noch total verkatert sind und schlaftrunken am morgendlichen Feuer sitzen.«

»Ein Nachtmarsch an einem morastigen Flussufer entlang?«, fragte Lochiel stirnrunzelnd. »Großer Gott, aber meine Männer haben ohnehin schon zwei Tage nicht geschlafen.«

Lord George richtete sich auf. »Nach meiner Ansicht haben wir folgende Wahl: Entweder wir greifen auf unsere Kraftreserven zurück, oder wir bereiten uns darauf vor, uns morgen wieder auf diesem verdammten Moor aufzustellen. Nur mit einem Überraschungsangriff können wir in unserer Lage überhaupt noch hoffen, einen Vorteil zu erringen, und das setzt einen Nachtmarsch voraus. Von hier nach dort sind es ungefähr zwölf Meilen; die könnten wir leicht in, sagen wir, vier Stunden zurücklegen. Abgesehen von der militärischen Etikette kann es nur zu unseren Gunsten sein, wenn wir sie im Bett oder stockbetrunken erwischen. Angus, Sie haben gesagt, seine Artillerie sei nach Westen, also auf uns gerichtet?«

»Ihre Kanonen zeigen immer in die Richtung, in die sie marschieren wollen.«

»Dann wäre es Aufgabe unserer Vorhut, diese Position zuerst anzugreifen, um zu verhindern, dass sie uns ins Kreuzfeuer nehmen. Alex, so ungern ich Sie darum bitte …«

Alexander Cameron lächelte bloß. Einzig und allein dem verwegenen Heldenmut von ihm und seinen Clansgenossen war es zu verdanken gewesen, dass bei Prestonpans die Regierungsartillerie zum Schweigen gebracht werden konnte. Hundert Mann hatten damals eine Batterie von vierzig Geschützen angegriffen und – wenn auch unter schrecklichen Verlusten – die Stellung genommen.

»Wie viele?« Die Frage war an Angus gerichtet.

»Zehn Dreipfünder, vier Signalgeschütze.«

Cameron spitzte die Lippen und wechselte einen Blick mit seinem Bruder Lochiel. »Wir werden Fanducci mitnehmen. Er hat uns schon einmal Glück gebracht.«

»Bleibt noch die andere in Satin gekleidete *prima donna,* mit der wir uns befassen müssen«, sagte Lord George trocken. »John?«

Lord Drummond seufzte. »Sie halsen mir also den Prinzen auf?«

»Es sei denn, Sie ziehen es vor, dass er mit meiner Kolonne mitkommt. In dem Falle müssten Sie ihn nach der Schlacht aus dem Sumpfloch herausholen, in das ich ihn bis zum Hals gesteckt habe.«

»Ach, so übel ist er gar nicht. Man muss ihm nur den ganzen Tag lang um den Bart gehen und ihm versichern, dass einem der Schnitt seines Waffenrocks gefällt.«

»Dann bleibt nur noch die Frage, wer uns führt. Wir brauchen Männer, die den Hohlweg wie ihre Westentasche kennen. Bei dem Nebel heute Nacht ist die Gefahr, sich zu verirren, zu groß.«

»MacGillivray und MacBean«, sagte Anne sofort. »Denen gehört ja praktisch der Fluss. Außerdem noch meine Cousins und ich. Wir sind nämlich hier …« Sie streckte den Finger aus und tippte auf die Karte. »… aufgewachsen. Genau da, wo der Hohlweg vom Sumpf abgeht. John kann die erste Kolonne übernehmen, die zweite führen wir.«

Diesmal war es Angus, der sich zwang zu schweigen,

obwohl ihm schon ein Einwand auf der Zunge lag. So wie Anne es sich zuvor versagt hatte, angesichts der Wunde an seinem Hals besorgt aufzuschreien, so respektierte er jetzt die desperate Stimmung, die in der Gruppe herrschte, und zügelte seine Angst … zumindest für den Moment.

»Das wär's dann«, sagte der General und rollte seine Karten zusammen. »Ich werde dem Prinzen den Vorschlag unterbreiten und ihn darauf hinweisen, dass er von allen, auf deren Meinung es ankommt, gebilligt wurde. Außerdem werde ich die Situation so darlegen, dass er gar nicht ablehnen kann. Ich würde vorschlagen, dass Sie jetzt zu Ihren Clans zurückkehren und den Männern befehlen, sich abmarschbereit zu halten. Angus, ich danke Ihnen für die letzten Informationen. Die ganze Armee ist Ihnen zu Dank verpflichtet, weil Sie große Risiken auf sich genommen haben. Ich lasse draußen eine Eskorte auf Sie warten, die Sie zurückbringt, wenn Sie so weit sind. Es sei denn …?«

Als Antwort auf die unausgesprochene Frage schüttelte Angus den Kopf. Lord George quittierte seine Entscheidung – und den Mut, der sich darin ausdrückte – mit einem Kopfnicken. Dann gab er den übrigen Clansoberhäuptern mit einem Zeichen zu verstehen, Angus und Anne für ein paar Minuten allein zu lassen. Kaum hatte die Zeltklappe sich hinter den anderen geschlossen, als Angus seine Mütze auf den Tisch schmiss, um seine Frau in die Arme zu nehmen.

Nachdem der erste Tagesordnungspunkt zur beiderseitigen Zufriedenheit erledigt worden war, nahm er den zweiten in Angriff. »Vermutlich ist es ja meine eigene Schuld. Bei den Versprechen, die ich dir abgenommen habe, habe ich vergessen anzuführen: *und erbiete dich nicht, mitten in der Nacht eine Armee durch den Sumpf zu führen.*«

»Und du ...« Sie berührte seinen Hals. Endlich brauchte sie ihr Entsetzen darüber, wie dicht der Schnitt an der Halsschlagader lag, nicht mehr zu verbergen. »... du hast dir das da vermutlich eingehandelt, als du Armeelisten abgeschrieben hast?«

»Mein Besuch heute Nacht war nicht abgesprochen. Deshalb kannte ich das Losungswort nicht, und der Wachtposten ist mit einem Messer auf mich losgegangen. Glücklicherweise konnte ich ihm meine Brosche zeigen, um ihm zu beweisen, dass ich tatsächlich derjenige bin, der ich zu sein behauptete.«

»Ich dachte, du seist mit Lord Loudoun auf Skye.«

»War ich auch. Jedenfalls noch vor drei Tagen. Anscheinend hat Cumberland ihn ersucht, mich und ein Dutzend anderer prominenter Lairds zu ihm zu schicken. Er will alle Hochlandregimenter in vorderster Linie aufstellen – und das ist noch nicht einmal das Schlimmste. Er hat bewusst Offiziere vom Schlage Hawleys gewählt, Männer, die absolut kein Gewissen haben, und ihnen den Befehl über Bataillone gegeben, die von brutalen Schlächtern angeführt werden. In der letzten Zeit habe ich Dinge gesehen, bei denen sich mir das Herz im Leibe herumgedreht hat. Ich habe erlebt, wie Männer gehängt wurden, bloß weil sie ihre Meinung gesagt haben, wie Frauen vergewaltigt wurden, weil sie zufällig die Straße entlangkamen und ein Plaid trugen. Ich habe gesehen, wie nur so zum Spaß Bauernhöfe niedergebrannt und das Vieh abgeschlachtet wurde. In einem Moment bezeichnen sie die Schotten als Barbaren, und im nächsten drehen sie sich um und schlitzen einem Mann den Bauch auf, weil er sich geweigert hat, die Tugend seiner Tochter für einen Penny zu verkaufen. Erst gestern wurde ein dreizehn Jahre alter Junge der Spionage angeklagt – nur angeklagt, wohlgemerkt, beweisen konnten sie nichts – und gehängt. Er hat über zehn Minuten am Strick gebaumelt, bevor er gestorben ist, während die Männer des Herzogs Wetten darüber abgeschlossen haben, wie lange er es noch macht. Nachdem ein Mann eines Morgens achthundert Peitschenhiebe erhalten hatte, musste er nachts noch Posten stehen; wenn er sich geweigert hätte, hätte er noch mal achthundert bekommen. Das sind die Männer, die das Hochland gefügig machen wollen, die die Schotten dazu zwingen wollen, sich englischer Disziplin und Ordnung zu beugen.«

»Was versprichst du dir dann davon, dass du zurückkehrst? Was glaubst du als einzelner Mann ausrichten zu können?«

»Prinz Friedrich ist auch nur ein einzelner Mann. Trotzdem hat er es seinen Hessen untersagt, unter diesen barbarischen Bedingungen weiterzukämpfen. Vielleicht gibt es noch andere wie ihn. Vielleicht gibt es genug von uns, sodass es uns gelingt, das Schwert des Damokles am Niedersausen zu hindern.«

Anne wusste zwar nicht so ganz, wer Damokles war, aber wenn Angus ihn fürchtete, verhieß das nichts Gutes. »Du hörst dich an, als glaubtest du nicht, dass wir die Oberhand gewinnen können.«

»Mein Glaube hat sich neben deinem schon mehr als einmal als äußerst dürftig erwiesen.« Er seufzte und nahm ihr Gesicht zwischen die Hände. »Ich nehme an, das Beste, worauf ich zu diesem Zeitpunkt hoffen kann, ist, dass du MacGillivray vertraust und dich seiner Führung überlässt. Wenn er sagt, alles sei verloren, dann glaub ihm und lauf davon. Lauf davon, um deinet- und meinetwillen. Versprichst du mir das?«

Das Zittern in seiner Stimme und in seinen Händen flößte ihr Angst ein. Sie nickte. »Ich werde MacGillivray voll und ganz vertrauen. Ich werde tun, was er sagt.«

Selbst das war schon beruhigend. Er schloss die Augen und näherte seinen Mund dem ihren. Der Kuss war zärtlich und heftig zugleich, eine simple Geste, die eine Unzahl von Gefühlen ausdrückte und viel zu schnell vorüber war.

»Ich muss los. Wenn Lord George sich gegenüber dem Prinzen durchsetzt, kann ich mich vielleicht auf der anderen Seite nützlich machen.« Er zögerte einen Moment und griff sich dann unter die Jacke, um eine silberne Brosche hervorzuholen, in die ein großer Rauchquarz eingelassen und in die das Motto der MacKintoshs eingraviert war: *Fass die Katze nur mit Handschuh an*. »Nimm dies. Es ist nur angemessen, dass der Colonel des Chattan-Clans das richtige Rangabzeichen trägt.«

Sie sagte kein Wort, als er ihr das Abzeichen feierlich am Plaid befestigte. Dann schlang sie die Arme um seine Schultern und vergrub das Gesicht in seinem Hals, um den Duft seines Haars und seiner Haut einzuatmen.

»Versprich mir«, bat sie leise, »dass du dich vor diesem General Damokles vorsiehst.«

Angus versuchte, trotz des Drucks, den er auf der Brust hatte, Atem zu holen. Dann wandte er sich wieder ihren Lippen zu, um sie schließlich sanft von sich zu schieben.

»Ich werde ihn meiden wie die Pest, meine Geliebte«, gelobte er, »und bevor du dich's versiehst, werde ich wieder in deinen Armen liegen.«

Doch sie wusste es bereits besser. Sie spürte den Verlust, noch ehe er das Zelt verlassen hatte.

Angus Moy kehrte auf der Route, die auch die jakobitische Armee in Kürze nehmen würde, nach Nairn zurück, indem er dem Fluss in östlicher Richtung folgte und einen Schwenk machte, um sich dem Lager von hinten zu nähern. Ein Posten sah ihn die Straße entlangkommen und trat aus dem Wachtzelt, um ihn anzurufen, doch Angus kannte die Losung und sagte sie in derart scharfem Ton, dass der Bursche sich beeilte, die Muskete zu senken und zur Seite zu treten.

Der Wind hatte sich gelegt, und der Nebel hüllte alles in milchigen Dunst ein. Die an den Zeltpfosten hängenden Laternen wirkten wie gelbe Augen, die Angus zu beobachten schienen, als er durch die Straßen des Lagers ritt. Wie alles in der englischen Armee folgten diese Straßen einem genauen Plan und wurden von schnurgeraden Reihen spitz zulaufender Zelte gebildet, die sich weit in die Dunkelheit erstreckten. Es waren ihrer unendlich viele. Zwölf Bataillone zu Fuß, drei Regimenter Kavallerie und ein Artillerietrain gruppierten sich in Karrees um das Hauptquartier, das Cumberland und seine führenden Generäle in Balblair House aufgeschlagen hatten. Hinzu kamen noch acht Kompanien schottische, größtenteils von Argyle geschickte Miliz, Männer, die keine Bedenken haben würden, gegen ihre Landsleute im Kilt zu kämpfen.

Im Laufe des Tages waren Ochsen geschlachtet worden, damit die Soldaten anlässlich des Geburtstags des Herzogs in den Genuss von Fleisch kamen, und nach wie vor hing köstlicher Bratenduft in der nebligen Luft. Angus hatte seit dem frühen Morgen nichts gegessen; da er den Zustand des jakobitischen Lagers gesehen hatte und wusste, dass Anne sich hartnäckig geweigert hätte, mehr als den ihren Männern zugeteilten Haferkeks zu sich zu nehmen, hatte er auch keinen Appetit. Ab und an zerriss schallendes Gelächter die Luft, ein Geräusch, das im Stuart-Lager merklich gefehlt hatte, und obwohl es nach Angus' Schätzung schon nach Mitternacht sein musste, saßen immer noch etliche Männer um die Lagerfeuer, um den Geburtstag des Herzogs zu feiern.

Balblair House war hell beleuchtet. Das auf einem Hügel stehende Gebäude funkelte wie ein Kronjuwel durch den dichten Nebel. Cumberland spielte wahrscheinlich mit einer hübschen Frau an seiner Seite Karten – die Lieblingsbeschäftigung eines Mannes, der Glücksspiel und Frauen aus den Zelten der gemeinen Soldaten verbannt hatte. Angus hatte gehört, dass der Herzog ein Auge auf Adrienne de Boule geworfen habe, was bei Major Worsham nicht sonderlich gut ankam. William war, so korpulent und unangenehm er auch sein mochte, immerhin der Sohn des Königs, und Königssprösslinge waren dafür bekannt, dass sie sich einfach nahmen, wonach ihnen gerade der Sinn stand.

Als Angus bei seinem Zelt angelangt war, saß er ab und übergab die Zügel des Pferds einem einfachen Soldaten. Er hatte fast zwei Stunden gebraucht, um die Strecke zwischen den beiden Lagern zurückzulegen, und das Tier war bis zum Hals mit Schlamm bespritzt. Der Boden war hier und da so matschig und aufgeweicht gewesen, dass er die Stellen hatte umreiten müssen, sodass er sich fragte, wie die Männer das zu Fuß schaffen sollten. Sicher waren sie inzwischen aus Culloden aufgebrochen. Selbst wenn man die zusätzliche Zeit hinzurechnete, die sie brauchen mochten, um die schlimmsten Teile des morastigen Terrains zu umgehen, schätzte Angus, dass sie schwerlich vor drei oder vier Uhr morgens ankommen würden. Man hatte ihm eingeschärft, bei Ausbruch der Kampfhandlungen in seinem Zelt zu bleiben oder, falls das nicht möglich war, die weiße Kokarde gut sichtbar an sein Plaid zu heften, damit ihn im Eifer des Gefechts nicht ein anderer Hochländer durchbohrte.

Grimmig in sich hineinlächelnd, fasste er nach dem Schnitt, den er am Hals hatte. Als er die Hand wieder zurückzog, sah er, dass seine Finger mit Blut befleckt waren, und ihm wurde klar, dass er die Wunde verbinden musste, bevor sie durch das ständige Scheuern des Kragens weiter aufriss.

Er hob die Zeltklappe und trat nach drinnen, um sogleich wie erstarrt stehen zu bleiben. Sein Feldbett war völlig zerwühlt, sein Tornister geöffnet und der Inhalt über die Decken verstreut worden. Jemand hatte eine Lampe angezündet, doch der Docht war so weit nach unten gedreht worden, dass Angus den Lichtschein von draußen nicht bemerkt hatte. Es war gerade hell genug, um die in der Ecke sitzende Gestalt und die lange dünne Nase sowie das spitz zulaufende Kinn ausmachen zu können, die Angus verrieten, dass er Major Roger Worsham vor sich hatte.

»Captain MacKintosh. Ich habe schon geglaubt, Sie würden überhaupt nicht mehr wiederkommen.«

Angus warf einen ostentativen Blick auf seinen ausgeräumten Tornister. »Und deswegen haben Sie gedacht, Sie durchsuchen mal meine persönliche Habe?«

»Nein. Diesmal habe ich mir bloß nicht die Mühe gemacht, alles wieder einzupacken.«

Falls er empörtes Protestgeschrei erwartete, hatte er sich verrechnet. Mehr als einmal hatte Angus beim Öffnen seines Tornisters festgestellt, dass einzelne Dinge ein wenig durcheinander geraten waren, so als hätte man den Inhalt durchsucht und sich bemüht, sorgfältig alles wieder an Ort und Stelle zu legen. Man hatte ihm einen neuen Offiziersburschen zugeteilt, einen Mann namens Ewen MacCardle, der zwar kein Robert Hardy war, aber auch nicht so schluderte, dass er von einem Tag auf den anderen vergessen hätte, dass Angus es vorzog, wenn seine Hemden auf eine ganz bestimmte Art und Weise aufeinander gelegt waren.

In Wirklichkeit war es Angus völlig egal, wie seine Hemden gestapelt wurden, doch als ihm zum ersten Mal der Verdacht gekommen war, dass seine Sachen gründlich durchsucht worden waren, hatte er MacCardle eine entsprechende Anweisung gegeben, an die dieser sich seitdem strikt gehalten hatte.

Angus zog sich die Handschuhe aus. »Haben Sie denn etwas Interessantes gefunden? Vielleicht schmutzige Wäsche? Nicht polierte Knöpfe? Oder ein Dankschreiben von Charles Stuart, in dem er mich für meine Loyalität gegenüber seinem Vater lobt?«

Worsham kniff die Augen zusammen. »Versuchen Sie nicht, diese Dinge auf die leichte Schulter zu nehmen, MacKintosh. Ich habe das deutliche Gefühl, dass hinter Ihren Worten mehr Wahrheit steckt, als es den Anschein hat. Wo waren Sie zum Beispiel heute Nacht?«

»Was ich in meiner freien Zeit anfange, ist meine eigene Sache, Sir. Darüber brauche ich Ihnen gegenüber keine Rechenschaft abzulegen.«

»Würden Sie es vorziehen, dem Herzog gegenüber Rechenschaft abzulegen?«

»Ich würde es vorziehen, wenn Sie mein Zelt verlassen, damit ich noch ein bisschen schlafen kann.« Er drehte sich vom Major weg und streifte sich das Plaid von den Schultern. »Es ist ein langer Tag gewesen, und wenn ich mich nicht irre, ist um vier Uhr dreißig Appell.«

Worsham legte den Kopf schräg. »Sie scheinen sich geschnitten zu haben, Captain.«

Automatisch fasste sich Angus mit dem Finger an den

Hals. »Ja. Ein … kleines Missgeschick, das ich meiner eigenen Fahrlässigkeit zu verdanken habe.«

»Sieht aus, als täte es sehr weh. Es überrascht mich, dass Ihre Frau Ihnen die Wunde nicht verbunden hat.«

»Die hatte an ganz andere Dinge zu denken und war ziemlich besch… « Abrupt hielt er inne und presste die Lippen zusammen. Fast hätte er einen lauten Fluch ausgestoßen.

Worsham grinste natürlich. Er hatte aber auch leichtes Spiel gehabt.

»Eigentlich schade. Bis jetzt haben Sie sich wirklich gut gehalten. Selbst heute Nacht, als Sie in Richtung Kingsteps davongeritten sind und eine Stunde im Wald gewartet haben. Mein Fährtenleser Hugh MacDugal ist so ungeduldig geworden, dass er sich beinah verraten hätte.«

»Ich wollte meine Frau sehen. Ist das ein Verbrechen?«

»Wenn diese Colonel der Rebellenarmee ist und wenn Sie fast eine Stunde zusammen mit Lord George Murray verbringen, bevor Ihre Frau überhaupt etwas von Ihrer Anwesenheit im Lager erfährt, schon. Und es ist auch ein Verbrechen, dass Sie in den vergangenen Monaten Depeschen und andere Dokumente an Adrienne de Boule weitergegeben haben, damit sie Spionin spielen kann.«

Angus spürte, wie es ihm kalt den Rücken hinunterlief.

»O ja, über ihre kleinen Spielchen bin ich ebenfalls seit einiger Zeit im Bilde. Ich hätte sie schon längst verhaften lassen, wenn sie nicht so verdammt gut im Bett wäre. Ich schwöre, dass sie einen mit ein paar kleinen Muskeln besser melkt, als ein Mann, der doppelt so stark ist wie sie, es mit zwei Fäusten schaffen würde.

Das können Sie mir glauben, ich spreche aus Erfahrung.«

Er nahm das eine Bein vom anderen, nur um sie gleich darauf wieder übereinander zu schlagen, so als sei ihm die Erinnerung höchst angenehm.

»Und wo befindet sich Mademoiselle de Boule jetzt?«

»Wo sie hingehört. In der Horizontale, mit gespreizten Beinen, damit sich die Männer meiner Kompanie mit ihr verlustieren können. Ein zusätzlicher Bonus, wenn Sie so wollen, anlässlich des Geburtstags des Herzogs. Allerdings habe ich vor etwa einer Stunde erfahren, dass sie sich so in einen der Männer verbissen hat, dass er sie erwürgen musste, damit sie ihn freigab. Aber vorher hat sie wie eine wütende Katze gespuckt und gefaucht, wenn sie von zwei Männern gleichzeitig genommen wurde, falls Sie sich vorstellen können ...«

»Sie perverses Stück Dreck!« Mit drohender Miene trat Angus auf ihn zu, blieb jedoch zwei Schritt vor seinem Ziel stehen, da Worsham plötzlich eine Pistole in der Hand hielt. Der Major stand auf und drückte die Mündung der gespannten Steinschlosspistole derart fest in die Höhlung oberhalb von Angus' Schlüsselbein, dass er ihm fast die Luftröhre einquetschte.

»Nehmen Sie die Hände hoch, Captain, und treten Sie zurück. Ihre heroischen Mätzchen beeindrucken mich nicht im Geringsten, und ich würde liebend gern abdrücken.«

»Warum tun Sie es dann nicht?«

»Sie können mir glauben, dass es mir eine Freude wäre, aber ich bin sicher, dass Cumberland erst noch mit Ihnen sprechen möchte. Und dann möchte ich auch noch gern den Ausdruck im Gesicht dieses arroganten Dummkopfs Garner sehen, wenn er von Ihrem doppelten Spiel erfährt, denn Sie haben ihn ja tatsächlich davon überzeugt, dass Sie ein wahres Gottesgeschenk sind. Auf diesen Moment habe ich viel zu lange gewartet, um ihn jetzt nicht voll und ganz auskosten zu wollen, aber ich kann Ihnen versichern, dass ich mit meiner Enttäuschung fertig werden würde, falls Sie mich zu diesem Schritt zwingen sollten. Also … Hände hoch, wenn ich bitten darf. Und treten Sie zurück.«

Langsam hob Angus die Hände, wobei er die Innenflächen nach außen kehrte und die Finger gegeneinander presste.

»Sehr schön. Und jetzt drehen Sie sich um …«

Angus hatte das Ganze einmal in Paris gesehen, bei einer Vorführung orientalischer Kampftechniken, hatte es jedoch noch nie ausprobiert und wusste nicht einmal, ob es nicht einfach dazu führen würde, dass Worsham unwillkürlich abdrückte. Trotzdem drehte er beide Hände nach innen und ließ die Kanten schräg nach unten sausen, um dem Major mit aller Kraft links und rechts gegen den Hals zu schlagen.

Es war eher Überraschung als Angus' Geschicklichkeit, was Worsham einen Schritt zurücktaumeln ließ. Die Mündung seiner Pistole senkte sich kurz, und mehr brauchte Angus nicht. Er ballte die Faust und versetzte ihm einen ganz konventionellen Kinnhaken.

Der Kopf des Majors fiel zurück, und er geriet erneut ins Taumeln, erholte sich indes von der Attacke wieder so weit, dass er dem nächsten Schlag auszuweichen vermochte und es sogar schaffte, Angus mit der Pistole einen Hieb gegen die Schläfe zu verpassen. Die Haut über MacKintoshs Auge platzte auf, und innerhalb von Sekunden war die linke Seite seines Gesichts von Blut überströmt, was ihn jedoch in keiner Weise daran hinderte, den Dolch aus dem Bund seines Kilts zu ziehen und zuzustechen. Die Spitze der Klinge glitt an einem

Messingknopf ab und drang unterhalb des Brustbeins durch die rote Wolle von Worshams Uniformrock. Fast ohne nachzudenken, bohrte Angus dem anderen die Klinge in den Leib und riss sie in seiner Wut nach oben, sodass sie Haut, Muskeln und schließlich das Lungengewebe durchschnitt.

Worshams Hand öffnete sich und ließ die Pistole fallen. Er sperrte den Mund auf und starrte Angus mit hervortretenden Augen ungläubig an, während dieser die Zähne fletschte und die Klinge ein drittes Mal nach oben riss.

Worsham klammerte sich mit den Händen an Angus' Schultern fest, um sich aufrecht zu halten. Blut schoss ihm aus dem Mund, sprudelte auf die scharlachrote Wolle und bespritzte Angus' Wams.

»Sie gottverdammter kümmerlicher Bücherwurm«, keuchte er, während sein Gesicht sich angesichts der Ironie seiner letzten Lebensmomente verzerrte. »Dabei habe ich nicht ein einziges Mal gesehen, wie Sie auch nur Ihr Schwert gezogen haben.«

Dann wich alle Kraft aus seinen Armen und Beinen. Ungerührt sah Angus zu, wie der Major zu Boden sackte. Nach einer Weile streckte er die Hand aus und zog den Dolch aus der blutgetränkten roten Uniformjacke. Worshams Augen wurden bereits glasig. Der Körper zuckte noch einige Sekunden, dann war alles vorbei.

Als Angus zu Bewusstsein kam, was er gerade getan hatte, taumelte er zurück, als hätte er einen Schlag gegen die Brust erhalten. Er wich zurück, bis er die Kante des Feldbetts in den Kniekehlen spürte. Mit einem Plumps ließ er sich darauf fallen, in der Hand die Waffe, von der rotes Blut troff.

Als er erst den Dolch und dann den Major betrachtete, war er froh, den ganzen Tag nichts gegessen zu haben. Gleichwohl drehte sich ihm der Magen um und beruhigte sich erst wieder, als er mehrmals tief durchgeatmet hatte.

Es würde nichts bringen, wenn er sich übergab. Er hatte gerade einen Offizier der königlichen Armee getötet, zudem nicht irgendeinen Offizier, sondern ausgerechnet den Protegé von William, Duke of Cumberland.

»O ja«, flüsterte er angewidert. »Ich werde Damokles meiden wie die Pest, meine Geliebte.«

Großer Gott, was sollte er jetzt bloß tun? Wenn die Leiche entdeckt wurde …

Wenn die Leiche entdeckt wurde und der Überraschungsangriff der Jakobiten auf das englische Lager Erfolg hatte, würde man lediglich annehmen, dass Worsham bei dem Überfall getötet worden war! Niemand sonst wusste, was heute Nacht passiert war. Sie hatten nicht mit erhobener Stimme gesprochen. Niemand konnte ahnen, dass es eine Auseinandersetzung zwischen ihnen gegeben hatte.

Bis auf Hugh MacDugal, den Fährtenleser, der ihm bis zum Stuart-Lager gefolgt war. Aber hatte der irgendjemand anderem davon erzählt? Oder hatte Worsham darauf bestanden, dass MacDugal die Sache für sich behielt, bis der Major unwiderlegliche Beweise hatte, die es ihm gestatteten, Angus in Ketten legen zu lassen?

Beweise!

Worsham machte sich trotz der Schwierigkeiten, die er mit dem Schreiben hatte, gewissenhaft von allem Notizen. Die waren zwar in einem seltsamen Code abgefasst, aber wenn er etwas über Angus' Aktivitäten in dieser Nacht aufgezeichnet hatte und jemand seine Kritzeleien zu entziffern verstand, konnte man Angus daraus vielleicht einen Strick drehen.

Angus rappelte sich vom Feldbett hoch und zwang sich, Worsham auf den Rücken zu rollen. Die Augen des Majors blickten starr, die Pupillen waren so stark erweitert, dass es aussah, als hätte man ihm zwei Löcher in den Kopf gebohrt. Schnell machte Angus die obersten drei Knöpfe des blutgetränkten Uniformrocks auf und durchsuchte die Innentaschen, ohne indes etwas zu entdecken. Als er jedoch die Klappe der ledernen Gürteltasche öffnete, stieß er auf mehrere Schriftstücke und ein kleines, voll gekritzeltes Notizbuch. Er blätterte es kurz durch, und das, was er zu entziffern vermochte, reichte aus, um seinen Verdacht zu bestätigen. Annes Name tauchte darin ebenso auf wie der seine.

Als er eines der Schriftstücke auseinander faltete, stellte er mit Bestürzung fest, dass seine Hände so stark zitterten, dass er das Papier kaum ruhig zu halten vermochte. Es handelte sich um die offizielle Abschrift der Gefechtsbefehle der Kompanie. Angus war schon dabei, das Schriftstück wieder zusammenzufalten und in die Gürteltasche zurückzustecken, als er noch einmal einen Blick darauf warf und sah, dass es vom selben Tag, das heißt, vom 15. April datierte und von Lord George Murray unterzeichnet war.

Es war also eine Kopie der jakobitischen Gefechtsbefehle, bloß dass irgendetwas nicht ganz stimmte. Erst vor ein paar Stunden hatte Angus das Original dieses Schriftstücks in Culloden gesehen; es hatte im Zelt neben den Karten auf dem Tisch gelegen. Angus hatte es nur flüchtig gelesen, denn solche Gefechtsbefehle hatte er in den vergangenen Monaten zur Genüge zu Gesicht bekommen. Die meisten hatten einen fast identischen Wortlaut – in derart starkem Maße, dass der Kompaniekommandeur selten das Geschriebene zu Rate ziehen musste, wenn er den Inhalt laut vorlas.

Nachdem Angus das Dokument ein zweites und drittes Mal gelesen hatte, richteten sich seine Nackenhärchen auf.

Es ist der ausdrückliche Befehl Seiner Königlichen Hoheit, dass jeder Mann sich irgendeiner Einheit der Armee anschließt und Tag und Nacht bei dieser Einheit bleibt, bis die Schlacht endgültig vorüber ist, und dass den englischen Truppen unter gar keinen Umständen Pardon gewährt wird. Das gilt für die Infanterie ebenso wie für die Kavallerie. Der Gefechtsbefehl ist jedem Offizier im Generalsrang auszuhändigen …

Er brauchte gar nicht weiterzulesen. Das war nicht der Befehl, den er auf Lord Georges Tisch gesehen hatte, und als er das Dokument gegen die Lampe hielt und den Docht höher drehte, wusste er auch, dass die Unterschrift nicht vom Cousin seiner Frau stammte. Es war zwar eine verdammt gute Fälschung, aber Lord George Murray war Linkshänder, und seine Schrift hatte eine deutliche Schräglage, die bei seiner Unterschrift besonders stark ausgeprägt war.

In der Tasche befanden sich noch weitere zusammengefaltete Papiere, und beim dritten Anlauf fand Angus, wonach er suchte, nämlich eine Kopie des Originalbefehls, in dem der skrupellose Satz *dass den englischen Truppen unter gar keinen Umständen Pardon gewährt wird* fehlte.

Das erste Schriftstück enthielt den gefälschten Befehl, keine Gefangenen zu machen und selbst diejenigen, die verwundet auf dem Schlachtfeld zurückblieben, bedenkenlos abzuschlachten. Bei den englischen Soldaten würde dies die Vorstellung einer kreischenden Horde von Hochlandwilden wecken, die über sie herfielen und sie in Stücke hackten, selbst wenn sie sich ergaben. Wenn jeder Offizier eine Kopie dieses gefälschten Befehls erhielt und ihn den Männern seiner Kompanie vorlas, würden diese glauben, der Prinz habe Order gegeben, auf dem Schlachtfeld kein Erbarmen zu zeigen. Das würde die englischen Soldaten veranlassen, ohne Hemmungen Gleiches mit Gleichem zu vergelten.

Angus holte seine Taschenuhr heraus. Es war ein Uhr fünfzehn. Nachdem er sie – zusammen mit den Dokumenten, die er Worsham abgenommen hatte – wieder in seinen Sporran gesteckt hatte, rollte er die Leiche an die hintere Zeltwand. Glücklicherweise war Worsham nur mittelgroß, sodass man seine Knie bloß ein bisschen anzuwinkeln brauchte, damit er unter das Feldbett passte. Wenn die Decke an der Seite herunterhing, wies nichts darauf hin, dass eine Leiche unter dem Bett lag.

Das war zwar keine brillante Lösung, aber etwas Besseres fiel ihm im Moment nicht ein. Als etwas auf die Decke tropfte, während er sich noch nach vorn beugte, kam ihm die Platzwunde über dem Auge wieder in Erinnerung. Bei einem raschen Blick in den Rasierspiegel bot sich ihm ein grauenhaftes Bild dar. Die Wunde hatte stark geblutet und zusammen mit dem Schnitt am Hals zahlreiche Flecken auf seinem Hemd und seiner Jacke hinterlassen.

Er zog sich aus und säuberte sich, so gut es ging. Dann suchte er sich aus dem verstreuten Inhalt seines Tornisters die breiteste Halsbinde heraus, die er finden konnte, und wickelte sie sich bis unters Kinn um den Hals, sodass sie gleichzeitig als Verband diente. Die Wunde über seinem Auge schwoll von Minute zu Minute mehr an, die Haut drum herum nahm einen hässlichen Blauton an, aber zumindest wurde sie von seinem Haar verdeckt. Er holte sich ein sauberes Hemd und legte seinen Kilt und seine Uniformjacke an. Zuletzt fiel ihm noch die weiße Kokarde ein, die Lord George ihm gegeben hatte und die er ebenfalls in seinen Sporran stopfte, nachdem er noch einmal einen Blick auf seine Uhr geworfen hatte.

Ein Uhr vierzig.

Die Stuart-Armee musste inzwischen so nahe sein, dass die Männer den Abfall riechen konnten, der hinter den Zelten des Regimentsmetzgers verbrannt wurde.

Vierundzwanzigstes Kapitel

»Was ist denn das für ein grässlicher Gestank?«, fragte Robbie Farquharson naserümpfend.

»Das ist die Scheiße von den vierzig Pferden vor uns, gemischt mit dem Dreck und dem Schleim aller Fische, die je in diesem verdammten Fluss krepiert sind.« Jamie, der bis zu den Waden im Morast stand, befreite mühselig sein linkes Bein, das sofort wieder einsank, als er es vor das rechte setzte. Seine Schuhe hatte er bereits verloren, da er nicht clever genug war oder nicht rechtzeitig daran gedacht hatte, sie sich an einer Schnur um den Hals zu hängen, wie es die meisten anderen Männer getan hatten. Da sich der Wind im Laufe des Tages plötzlich gelegt hatte, vermochte nichts den dichten Nebel zu vertreiben, der vom Flussufer hochkroch. Je weiter sie nach Osten kamen, desto undurchdringlicher wurde der Nebel, bis der Vordermann schließlich nur noch mit Mühe zu erkennen war und sich nicht mehr feststellen ließ, ob zehn Fuß weiter rechts oder links der Boden vielleicht weniger matschig war.

Um acht Uhr abends war Lord George Murray mit der ersten Kolonne aus dem Lager aufgebrochen, die aus Lochiels Camerons, seinen Atholl-Hochländern und den Clanranald-MacDonalds bestand, insgesamt etwa neunzehnhundert Mann, die von John MacGillivray und Gillies MacBean geführt wurden.

Der Prinz und Lord John Drummond hatten den Befehl über die zweite Kolonne, die zweitausend Mann zählte, größtenteils Tiefländer und französische Freiwillige. Während auch sie sich durch Sumpf und Morast quälten, wurde der Abstand zwischen den beiden Kolonnen immer größer, bis schließlich keine Hoffnung mehr bestand, den Angriff wie geplant gleichzeitig durchführen zu können. Gegen zwei Uhr morgens hatten sie erst sieben Meilen zurückgelegt, und die Situation wurde von Minute zu Minute schlimmer.

»Meine Güte!«, stieß Anne hervor, als Robert the Bruce zum vierten Mal innerhalb kürzester Zeit im Schlamm ausrutschte. Das wackere Tier gab sich alle Mühe, nicht zu straucheln, doch Anne befürchtete die ganze Zeit, dass es sich die Fessel brechen würde, wenn es wieder ausglitt. Zweimal hatten sie und ihre Cousins die Kolonne bereits davor bewahrt, sich in dem dichten Nebel zu verirren und dem falschen Arm des Flusses zu folgen. Bisher war sie imstande gewesen, auf ihrem Pferd zu sitzen, doch jetzt schwang sie ihr Bein mit einem Fluch über den Sattel und ließ sich nach unten gleiten, um sogleich bis zu den Waden im Schlamm zu versinken. Das Pferd spürte offenbar, dass es seine Herrin irgendwie enttäuscht hatte.

»Es ist nicht deine Schuld, mein tapferer Held«, murmelte sie und streichelte seine samtweiche Nase. »Es liegt daran, dass der Schnee von den Bergen abschmilzt und der Boden es nicht schafft, das ganze Schmelzwasser aufzunehmen, weil er noch zu sehr gefroren ist.«

»Aber mich schafft er«, grummelte in der Nähe ein Mann. Er warf sich am Rand des Pfads zu Boden und streckte die Arme wie ein Gekreuzigter von sich. »Ich kann keinen Schritt weiter. Ich krieg keine Luft mehr. Ich kann nichts mehr hören, weil mir das Blut so laut in den Ohren saust. Wenn ich könnte, würde ich weiterkriechen, aber ich kann nicht. Ich kann einfach nicht.«

Als die anderen Männer seine Worte hörten, erhob sich ein teils zustimmendes, teils verärgertes Gemurmel. Sie waren alle erschöpft, durchgefroren und genauso ausgehungert wie am Morgen, als sie mit viel Gefluche ihre aus einem kleinen Haferkeks bestehende Tagesration in

Empfang genommen hatten. Die am langsamsten vorankommmenden Clansgenossen, die weit im Nebel und in der Dunkelheit zurückgeblieben waren, waren mittlerweile einfach stehen geblieben und hatten kehrtgemacht.

»Es geht nicht, Annie«, sagte Eneas, der nach Atem rang wie ein alter Mann. »Wir haben fünf Stunden gebraucht, um sieben Meilen zurückzulegen, und fünf liegen noch vor uns.«

Sie legte den Finger an die Lippen, da sich die Gruppe des Prinzen direkt vor ihnen befand. »Er könnte dich hören.«

»Das ist mir völlig egal. Die Männer können sich kaum noch auf den Beinen halten. Wenn sie weitermarschieren und danach dann auch noch kämpfen sollen, gibt es mit Sicherheit eine Katastrophe, auch wenn er das vielleicht nicht so sieht. Und was noch wichtiger ist: Wenn er gehofft hat, die Rotröcke überrumpeln zu können, dann ist er auf dem Holzweg, denn wir haben bereits einen von Willys Kundschaftern geschnappt, der am Ufer entlanggekrochen ist und uns beobachtet hat. Lomach MacDugal. Kennst du ihn?«

Obwohl der Name irgendwie vertraut klang, schüttelte Anne den Kopf.

»Er und sein Bruder Hugh dienen den *Sassenachs* als Fährtenleser, seit Fort George unter dem Kommando von Loudoun steht. Die beiden sind genauso unzertrennlich wie Jamie und Robbie, und wenn Lomach hier war, kannst du deinen Unterrock darauf wetten, dass Hugh nicht weit weg ist.«

»Habt ihr ihn verhört?«

Eneas runzelte die Stirn. »Mit durchschnittener Kehle hätte er große Schwierigkeiten gehabt zu antworten.«

Vielleicht hätte Anne auf diese Brutalität mit Entsetzen reagieren oder zumindest fragen sollen, ob das denn nötig gewesen sei, doch sie brachte es einfach nicht fertig, sich dazu durchzuringen oder Mitgefühl aufzubringen. Sie konnte Eneas' Wut ebenso nachempfinden wie das ungute Gefühl, das er hatte. Sie war genauso erschöpft, hungrig und niedergeschlagen wie die Männer, die sich aus blindem Gehorsam weiterquälten. Ihre Mütze war ihr irgendwo unterwegs vom Kopf gefallen, sodass ihr die Haare in verfilzten Strähnen über die Schultern hingen. Die ganze Zeit musste sie mit zusammengebissenen Zähnen sprechen, und jetzt war in ihren Ohren auch noch ein Summen zu hören.

Als das Summen lauter wurde, stellte sie jedoch fest, dass es irgendwo von vorn kam. Obwohl sie keine Fackeln dabeihatten, trugen einige der Führer abgeblendete Laternen, und während Anne und Eneas in den Nebel spähten, kam schwankend ein matter Schein auf sie zu. Der Mann, der die Laterne trug, gehörte zu den Führern von Lord Georges Kolonne, und Anne erkannte Colin Mor wieder, in dessen Hütte sie damals übernachtet hatten, als MacGillivray ihr die vom Reiten verkrampften Beine eingerieben hatte.

Als er The Bruce sah, steuerte er durch den Schlamm auf sie zu. »Wir haben kehrtgemacht, Colonel. Der General und die Clansoberhäupter sind zu dem Schluss gekommen, dass es das Beste ist.«

»Dem Herrn sei Dank!«, seufzte Eneas. »Dann ist also alles ausgestanden, ja?«

»Bis auf das Gebrüll da«, erwiderte Colin und wies mit dem Daumen über die Schulter. Noch während er sprach, hörten sie, wie der Prinz protestierend die Stimme erhob und kreischte, dass man ihn schon wieder verraten habe.

»Wo ist Lord George?«, fragte Anne mit gedämpfter Stimme.

»Etwa eine Meile von hier. Er weigert sich, schneller zu gehen als die Männer, die am langsamsten vorankommen, obwohl sie jetzt, da sie wissen, dass sie sich wieder schlafen legen können, ein ziemliches Tempo draufhaben.«

»Und MacGillivray?«

»Er und MacBean sind nicht weit hinter mir. Wenn Sie hier stehen bleiben, wird er wie ich Ihr Pferd sehen und Sie gleich finden.«

Als ein anderer Mann mit einer Laterne vorüberkam, gab Colin die seine Eneas, um dann durch den zertrampelten Matsch zu seiner Kolonne zurückzukehren.

»Wollen wir weiter vorn auf sie warten?«, fragte ihr Cousin.

»Nein. Wir können den Krach, den es gerade gibt, auch ganz gut von hier hören. Ich kann darauf verzichten, ihn aus nächster Nähe mitzuerleben.«

»Stimmt. Dann lasse ich die Laterne hier bei dir, ja?«

»Wo willst du denn hin?«

»Nur ein Stück weiter rüber, wo es trockener ist. Ich muss mich einfach mal kurz hinsetzen, damit ich wieder atmen kann. Die sieben Meilen hierher waren die reinste Hölle, und die sieben Meilen zurück werden nicht anders sein.«

Anne nickte. Fast hatte sie Schuldgefühle, weil sie so lange geritten war, statt ebenfalls zu Fuß zu gehen.

Als sie einige Minuten darauf MacGillivray und Gillies MacBean auf sich zukommen sah, verstärkten sich diese Gefühle noch. John bemerkte sie zunächst gar nicht. Erst als Gillies ihn am Arm zog, hob er den Kopf und schaute in die Richtung, in die sein Clansgenosse zeigte.

Sie sahen beide schrecklich aus und waren von Kopf bis Fuß mit Schlamm bespritzt. Anne hatte John

MacGillivray noch nie mit hängenden Schultern gesehen, und auch jetzt wurde ihr dieser Anblick nur kurz zuteil, da er sich sofort gerade aufrichtete und auf sie zukam. »Du weißt Bescheid?«

»Ja. Wir haben gerade mit Colin Mor gesprochen.«

»Es war einfach das Beste. Als wir Knockanbuie erreicht hatten, ist den anderen klar geworden, dass die Sache aussichtslos ist. Hier ist es ja schon schlimm genug, aber weiter vorn ist der Fluss über die Ufer getreten, sodass die Pferde bis zum Bauch im Wasser versanken. Und die Männer natürlich noch weiter. Gillies dachte einmal, ihm krieche eine Schlange das Bein runter, dabei war es bloß der Schlamm, der ihm vom Pimmel hing.«

MacBean war so erschöpft, dass er noch nicht einmal rot wurde.

»Komm.« John übergab Gillies seine Muskete und verschränkte mit nach unten gestreckten Armen die Hände. »Gib deinen Fuß her, damit ich dir aufs Pferd helfen kann.«

»Nein, ich kann zu Fuß gehen. The Bruce ist ohnehin ziemlich erschöpft, und vielleicht gibt es ja jemanden, der einen Ritt nötiger braucht als ich.«

MacGillivray hatte noch nicht einmal mehr die Energie, ihr zu widersprechen. Deshalb begnügte er sich damit, die Zügel zu nehmen und den Wallach in die Richtung zu führen, aus der sie gekommen waren.

Als das hügelige Parkland um Culloden in Sicht kam, ging es auf sechs Uhr morgens zu. Die meisten Männer ließen sich einfach ins Gras fallen, um an Ort und Stelle einzuschlafen. Unzählige von ihnen schafften es allerdings nur bis zu dem Punkt, wo man von der Straße aus das Dach des Herrensitzes erblicken konnte, in dem gewöhnlich der Lord President residierte. Anne schleppte sich bis zu der Scheune, in der sie in der vergangenen Nacht geschlafen hatte; dort machte sie es sich gemeinsam mit etwa fünfzig Männern des MacKintosh-Clans im Heu bequem. Die meisten von ihnen schliefen im Handumdrehen ein. Anne hingegen saß mit dem Rücken an den Holzplanken gelehnt, ohne die Augen schließen oder auch nur so tun zu können, als wende sie den Blick von MacGillivray ab, der sich, nachdem er seine Jacke ausgezogen hatte, über den Wassertrog beugte, um sich den Schlamm und den Schweiß abzuschrubben.

Es kam ihr vor, als sei es Monate her, seit sie im Obergeschoss von Dunmaglass am Fenster gestanden und beobachtet hatte, wie er sich nach einem anstrengenden Übungskampf mit seinen Männern wusch. Damals hatten sich sein goldenes Haar und sein muskulöser Körper schimmernd gegen das Weiß des Schnees abgehoben; mit viel Gelächter und in kameradschaftlicher Atmosphäre hatten sich alle darauf vorbereitet, zu einem großen Abenteuer auszuziehen, um Schottland für ihren Prinzen wiederzugewinnen.

Jetzt hockten sie an dunklen, schmutzigen Orten herum und waren größtenteils zu erschöpft, um sich um so alltägliche Dinge wie Körperpflege oder die Frage, wie sie für die neben ihnen liegenden Männer riechen mochten, zu kümmern. Anne beschlich der Verdacht, dass auch John, wenn sie nicht da gewesen wäre, um ihrer Rolle als Colonel des Regiments bis zum Schluss gerecht zu werden, sich so verdreckt, wie er war, hingehauen hätte und inzwischen genauso laut schnarchen würde wie die anderen.

Oder vielleicht hätte ihn das Fiasko dieser Nacht auch derart entmutigt, dass er nach Dunmaglass weitergeritten wäre, wo ihm seine frisch angetraute Frau Wärme und Trost spenden würde.

Nein, dachte sie dann, während sie zusah, wie er sich das Wasser von den Händen schüttelte, das in schimmernden Tröpfchen nach allen Seiten spritzte. John MacGillivray würde nie aufgeben, bloß weil die Erfolgschancen sehr gering waren. Er hatte sein Leben und seine Ehre einem Kampf verschrieben, an dem er zunächst gar nicht hatte teilnehmen wollen, doch jetzt, da er mit dabei war, gab es für ihn kein Zurück mehr. Keine Kompromisse. Keine Kapitulation.

Lord George hatte verzweifelt versucht, den Prinzen zum Rückzug aus Inverness zu überreden, damit die Männer ausruhen, sich die Bäuche mit warmem Essen füllen und die Kraft wiedererlangen konnten, die sie brauchten, um gegen Cumberlands frische, gut ausgeruhte Truppen zu kämpfen. Auf dem Rückweg hatten Anne und MacGillivray diese Auseinandersetzung mitbekommen. Wenn Anne nicht Johns Arm festgehalten hätte, so hätte dieser zweifellos die Pistole gezogen und den Iren O'Sullivan erschossen, der, sobald Lord George außer Hörweite war, weitere Anschuldigungen vorbrachte und von Feigheit und Verrat schwatzte.

Der Prinz lehnte es kategorisch ab, sich wieder zurückzuziehen. Er war fest davon überzeugt, dass seine tapferen Hochländer all ihre Kräfte zusammennehmen und kämpfen würden, sofern ihre Anführer nur Zuversicht zeigten. »Die Schotten«, hatte O'Sullivan gesagt, »sind nur so lange gute Soldaten, bis eine Krise eintritt. Dann können sie nur noch von Rückzug reden.«

Das reichte, um die Hand von nahezu jedem Mann nach dem Schwert greifen zu lassen. Einige wollten sogar kehrtmachen und doch noch nach Nairn marschieren.

»Du solltest versuchen, etwas zu schlafen«, sagte MacGillivray, sie aus ihren Gedanken reißend. Er stand vor dem Stall, den ihr die Männer innerhalb der Scheune überlassen hatten, damit ihre Intimsphäre gewahrt wurde, und fischte sich eine Zigarre aus der Satteltasche.

»Werde ich tun. Ich ... versuche nur gerade, meine Beine zu entkrampfen«, erwiderte sie, während sie sich die Waden rieb.

Nachdem er sie einen Moment lang dabei beobachtet hatte, beugte er sich vor, um seine Zigarre an der blassen, flackernden Flamme einer Laterne anzuzünden. Der aufsteigende Rauch schwebte in einer Wolke um seinen Kopf. Als er lange genug gepafft hatte und die Glutschicht am Ende dick genug war, schob er die Klappe der Laterne wieder zu und sog tief und genüsslich den Rauch ein.

»Darf ich auch mal?«

Er blickte stirnrunzelnd zu ihr herunter. »Darfst du auch mal was?«

»Mal probieren«, antwortete sie, auf die Zigarre zeigend.

»Nein, darfst du nicht. Es ist schon schlimm genug, dass du dich wie ein Mann kleidest und wie ein Mann reitest. Ich will nicht dafür verantwortlich sein, dass du dich auch noch räusperst und ausspuckst wie ein Mann.«

»Würdest du dann wenigstens herkommen und dich eine Minute neben mich setzen? Ich mag den Duft dieser Dinger inzwischen nämlich sehr, und außerdem würde dadurch der Geruch in diesem Stall gewaltig verbessert werden.«

Er lächelte, zögerte aber noch. »Annie, ich ...«

»Ach, natürlich, wie egoistisch von mir. Du brauchst

ja auch deinen Schlaf. Also bitte, lass dich nicht abhalten. Ich werde einfach die Augen zumachen und mir vorstellen, wie die Heide nach einem Sommerregen duftet.«

»Das wollte ich nicht sagen.«

Sie warf ebenso wie er einen Blick auf die Reihen schlafender Männer, die auf dem Boden der Scheune lagen. Bis auf einige Streifen Tageslicht, die durch die schmalen Spalten zwischen den Planken hindurchsickerten, war alles dunkel um sie herum. Außer John und Anne schien niemand wach zu sein, oder wenn er es war, dann dachte er wohl eher über die Blasen an den eigenen Füßen als über die Unschicklichkeit eines Gesprächs nach, das flüsternd in einem mit Heu gefüllten Stall geführt wurde.

MacGillivray stieß eine weitere Rauchwolke aus und nahm mit Rücksicht auf den Muskelkater in seinen Beinen äußerst behutsam neben ihr Platz.

Ohne an irgendetwas zu denken, schwiegen sie eine Zeit lang und lauschten dem Prasseln des eisigen Regens, der vor kurzem eingesetzt hatte.

»Ich habe noch gar keine Gelegenheit gehabt, dir zu danken.«

»Wofür denn, Mädel?«

»Dafür, dass du Angus in jener Nacht nach Hause geholt hast.«

»Ach, das. Und ich dachte schon, du wolltest mir dafür danken, dass ich damals die Petition unterschrieben habe, damit du die Möglichkeit hast, heute hier bei uns zu sein und dir den … und dir was abzufrieren.«

»Man schafft es einfach nicht, dir Komplimente zu machen, John MacGillivray.« Und ohne nachzudenken beugte sie sich zu ihm und legte ihm die Hand auf die Wange, um seinen Kopf in ihre Richtung zu drehen, sodass ihre Lippen nur noch einige Zentimeter voneinander entfernt waren. Ein unter solchen Umständen gegebener Kuss hätte von niemandem als etwas anderes als eine freundliche, spielerische Geste gedeutet werden können. Gleichwohl trat plötzlich ein warnender Ausdruck in seine dunklen Augen.

»Du bist mir immer ein guter, treuer Freund gewesen, John«, sagte sie leise. »Ich will nicht, dass sich daran jemals etwas ändert.«

»Das wird es auch nicht, Mädel, das schwöre ich dir.«

Lächelnd streckte sie die Hand aus und nahm ihm, ohne dass er es ihr verwehrte, die Zigarre aus den Fingern.

Das Ende war feucht und schmeckte leicht bitter, als sie es sich zwischen die Lippen steckte. Es war nicht schwer, daran zu ziehen, doch als ihr der Rauch über die Zunge rollte, wusste sie sofort, dass ihr wahrscheinlich seit ihrer Kindheit, als die Zwillinge sie dazu beschwatzt hatten, als Mutprobe eine Kröte abzulecken, kein unangenehmerer Geschmack widerfahren war.

MacGillivray grinste. »Schluck ihn nicht runter, Mädel«, warnte er.

»Mmm?«

»Lass ihn raus. Blas ihn wieder aus, bevor er dir in die Nase steigt.«

Mit einem *Bäh* stieß sie den Rauch aus und gab MacGillivray die Zigarre so schnell wieder zurück, dass er belustigt kicherte. »Mag ja sein, dass ich nicht für Komplimente zu haben bin, aber du warst immer diejenige, die erst den Finger in die Flamme halten musste, bevor sie glaubte, dass es heiß ist. Bist du jetzt, da dein Mund wie ein angesengtes Holzscheit schmeckt, endlich zufrieden?«

Obwohl sie lächelnd nickte, füllten sich ihre Augen unerklärlicherweise mit Tränen, die ihr, so sehr sie auch versuchte, sie zu unterdrücken, in zwei heißen silbernen Bächen über die kalten Wangen rannen.

Fluchend drückte MacGillivray seine Zigarre aus. Dann breitete er, ohne sich darum zu kümmern, ob ihnen vielleicht jemand zusah, die Arme aus und zog sie an seine Brust, was Anne bereitwillig und sogar ein wenig hilflos zuließ. John streichelte ihr zärtlich über das feuchte, verfilzte Haar und kam sofort zum Kern der Sache.

»Ihm wird ganz bestimmt nichts zustoßen, Mädel. Er ist aus härterem Holz geschnitzt, als du denkst.«

Sie schüttelte den Kopf, obwohl sie weiterhin das Gesicht in seinem Hals vergrub. »Wenn ich bloß wüsste, wo er gerade ist und was er gedacht hat, als unser Angriff auf das englische Lager ausblieb.«

»Wahrscheinlich hat er gedacht, der Prinz sei zur Vernunft gekommen. Und wahrscheinlich liegt er gerade in seinem warmen Bett oder macht sich über eine warme Mahlzeit her. Und im Moment wird er denken, wie idiotisch es von ihm war zurückzugehen und dass er lieber hier bei dir hätte bleiben sollen, statt dich in der Obhut eines Schurken wie mir zurückzulassen.«

Sie gab einen erstickten Laut von sich, der halb Schluchzen, halb Lachen war, und schmiegte sich voller Dankbarkeit an seinen warmen Körper, während MacGillivray sich bemühte, sie nicht allzu fest an sich zu ziehen, weil er auf diese Weise zu viel von seiner eigenen Schwäche preisgegeben hätte.

»Es tut mir Leid«, flüsterte sie. »Es tut mir Leid, dass ich eine solche Last für dich bin.«

»Ach, du bist doch keine Last, Mädel«, erwiderte er und drückte ihr einen Kuss auf das weiche Haar. »Manchmal bist du eine Plage«, fügte er mit einem schiefen Grinsen hinzu, »aber keine Last.«

Anne wusste nicht zu sagen, wie lange sie geschlafen oder seit wann der warme Körper neben ihr nicht mehr da war. Es waren die Dudelsäcke, die sie weckten, die Dudelsäcke und die dumpf dröhnenden Trommeln, die die Hochländer zu den Waffen riefen, weil Cumberlands Armee im Anmarsch auf Drummossie Moor war.

Als Anne den Schlaf von sich abgeschüttelt hatte, sah sie, wie sich MacGillivray gerade sein großes breites Schwert auf den Rücken schnallte und die breiten, mit Nieten beschlagenen Ledergürtel umlegte, die ein ganzes Arsenal kleinerer, wenn auch ebenso tödlicher Waffen enthielten, darunter ein Paar Pistolen. Neben ihm stand Gillies und trat einige der Männer wach, die sich bisher noch nicht gerührt hatten.

»W... was ist denn los? Wie spät ist es denn?«

»Kurz nach elf«, sagte John, dessen Stimme gereizt klang. »Die ersten vier Brigaden der englischen Armee stehen bereits auf dem Schlachtfeld, weitere rücken an, während die eine Hälfte unserer Männer noch fest schläft und die andere sich auf Nahrungssuche begeben hat.« Er blickte in Richtung Scheunentor und brüllte: »Ist mein Pferd schon gesattelt? Ich brauche es nur bis zum Moor.«

Jemand schrie etwas zurück, was er mit einem Grunzen quittierte.

Eilig rappelte sich Anne hoch, was ihr sofort einen drohenden Blick von MacGillivray eintrug.

»Du bleibst, wo du bist, Mädel, verstanden? Bei der geringsten Widerrede lasse ich dich von Gillies an den Pfosten hier binden.«

»Das würde er nicht wagen.«

Als beide Männer im Chor *doch* antworteten, begriff sie, dass sie es ernst meinten.

Nachdem der letzte Clansmann hochgejagt, das letzte

Schwert und die letzte Muskete aus dem Heu herausgefischt worden war, schickte MacGillivray die Männer im Laufschritt los. Da er seine eigene Mütze nicht finden konnte, schnappte er sich eine, die neben dem Trog lag, und winkte Gillies damit zu, um ihn aufzufordern, schon vorzugehen.

»Wenn die Sache schief geht«, sagte er, während er sich die Mütze über sein blondes Haar stülpte, »möchte ich, dass du dich auf The Bruce setzt und schnellstens nach Moy Hall reitest. Lord George hat gesagt, dass die Clans sich dort sammeln sollen, falls wir den Prinzen in die Berge bringen müssen.«

»Versprich mir, vorsichtig zu sein.«

»Es könnte passieren, dass bei Einbruch der Nacht fünftausend Mann nach Moy Hall kommen. Also triff entsprechende Vorbereitungen. Es wird Verwundete geben.«

»Versprich mir, dass du nicht dazugehören wirst«, flehte sie zitternd.

Einen ausgedehnten Moment lang sah er sie unverwandt an. Dann wandte er sich ab.

Doch nachdem er zwei lange Schritte gemacht hatte, stieß er einen Fluch aus und drehte sich abrupt um. Dann packte er sie bei den Schultern, zog sie zu sich hoch und küsste sie heftig auf den Mund. Es war kein freundschaftlicher Kuss, und als solcher hätte er auch niemals ausgelegt werden können. Es war ein Kuss voller Leidenschaft, ein Kuss, in dem das angestaute Verlangen eines Mannes zum Ausbruch kam, der wusste, dass er vielleicht nie wieder Gelegenheit dazu haben würde – nicht weil ihn sein Gewissen oder seine Moral daran hinderten, sondern weil ihm bewusst war, dass seine Chancen, das Schlachtfeld lebend zu verlassen, nicht groß waren. Er hatte sich mit dem Tod bereits vertraut gemacht und fürchtete sich nicht davor. Überdies hatte er nie etwas anderes erwartet, als dass eine Musketenkugel oder ein Schwert seinem Leben ein Ende setzen würden. Da er ein Krieger war, wollte er dem Teufel auf keine andere Weise ein Schnippchen schlagen.

Was er nicht bereit war hinzunehmen, war, die ganze Ewigkeit mit dem Wissen zu verbringen, dass er zu feige gewesen war, das Leben ein letztes Mal in seiner ganzen Herrlichkeit auszukosten.

»Versuch, mir zu vergeben, Annie«, stieß er hervor, ohne seine Lippen von ihrem Mund zu lösen. »Aber ich liebe dich. Ich habe dich mein ganzes Leben geliebt und werde dich auch noch lieben, wenn du mich schon lange vergessen hast.«

Dann ließ er sie los, doch erst als er sich umdrehte und aus der Scheune rannte, gab auch sein Blick sie frei. Er schwang sich auf sein gesatteltes Pferd, und als Anne, der es den Atem verschlagen hatte, es endlich schaffte seinen Namen zu rufen, war er bereits davongaloppiert.

Fünfundzwanzigstes Kapitel

Angus war unruhig in seinem Zelt auf und ab gelaufen, bis um vier Uhr dreißig die Signaltrommeln alle Mann zu den Waffen riefen. Er vermutete, dass mit dem geplanten Angriff ganz entschieden etwas schief gegangen war, und fand seine Befürchtungen bestätigt, als er hörte, wie sich die Männer, die auf dem Weg zum Appell an seinem Zelt vorbeikamen, ruhig miteinander unterhielten.

Seine größte Sorge war Worshams Leiche. Draußen war es noch dunkel, doch innerhalb weniger Minuten würden sich die Straßen mit Soldaten füllen, die alle zum Paradeplatz strebten, um sich dort in ihre Kompanie einzureihen und nach Culloden abzumarschieren. Zwar würde es ein gewaltiges Durcheinander geben, gleichwohl würde ein Mann, der einen toten Major auf dem Rücken trug, mit Sicherheit auffallen. Auf der anderen Seite konnte er die Leiche auch nicht einfach unter dem Bett liegen lassen, um dann nach der Schlacht zu erklären, es sei ein Unfall oder sogar Notwehr gewesen.

Als er durch die Zeltklappe spähte, wurde er jedoch vorübergehend von seinem Dilemma abgelenkt, denn er bemerkte, dass von draußen ebenfalls gerade jemand hereinspähte.

Erschrocken sprang Angus zurück. Kurz darauf schlüpfte sein Adjutant Ewen MacCardle herein, der ein kleines Tablett trug, auf dem sich etwas zu essen und eine Tasse dampfenden schwarzen Tees befanden.

»Morgen, Sir. Der General hat befohlen, dass keine Feuer angezündet werden und die Männer nichts zu essen bekommen sollen, weil er glaubt, dass sie mit leerem Magen besser kämpfen. Ich konnte aber ein paar Haferkekse und etwas Käse für Sie auftreiben.«

Angus merkte, wie ihm der Schweiß auf die Stirn trat, als er seinen Adjutanten musterte. Wäre es Robert Hardy gewesen, so hätte er keine Bedenken gehabt, ihn ins Vertrauen zu ziehen. Bei dem höflich-neutralen MacCardle wusste man jedoch nie, woran man war und ob er etwas billigte, missbilligte, übel nahm oder bewunderte.

»Ich habe ein kleines Problem«, sagte Angus langsam, »und habe gehofft, dass Sie mir vielleicht dabei helfen können.«

»Wenn ich dazu in der Lage bin, gern, Sir.«

Angus griff in seine Uniformjacke und holte die weiße Kokarde heraus. Wenn MacCardle jetzt entsetzt zurückprallte oder Alarm schlug, wäre das Spiel auf der Stelle aus, und es würde keine Rolle mehr spielen, ob man die Leiche im Zelt entdeckte oder nicht.

MacCardles Augen hefteten sich auf die Kokarde und sahen sie fast eine ganze Minute an. Dann hob er langsam den Blick, um Angus' Gesicht zu betrachten. Er schien die violette Beule oberhalb der Schläfe zu bemerken, die Angus unbeholfen unter einer Welle braunen Haars zu verbergen versucht hatte. MacCardles haselnussbraune Augen, die MacKintosh bisher immer ziemlich ausdruckslos vorgekommen waren, wanderten zu der Kokarde zurück, um sie abermals einen ausgedehnten Moment lang zu betrachten. Dann spitzte MacCardle die Lippen und nickte.

»Sie scheinen nicht sonderlich überrascht zu sein.«

»Darüber, dass Sie ein Rebell sind, der bei den Royal Scots Seiner Majestät Offizier spielt?« Er zuckte die Achseln. »Die Hälfte der Männer in den Hochlandbrigaden würden die Farben der Stuarts tragen, wenn sie nicht befürchten müssten, dass man dann ihre Hütten niederbrennen würde, sodass ihre Frauen und Kinder obdachlos wären.«

»Und was ist mit Ihnen? Haben Sie auch Frau und Kinder?«

MacCardle bleckte grinsend die verfaulten Zähne. »Ehrlich gesagt, habe ich sogar zwei Frauen, eine in Glasgow und eine in Perth. Die in Glasgow ist potthässlich, aber ihr Vater ist stinkreich, und der hat gesagt, ich soll mich den Campbells anschließen, um sein Land zu schützen. Das Mädel in Perth ist viel süßer und molliger, und ihre Brüder haben sich Lord John Drummonds Truppen angeschlossen. Wenn Sie mich also fragen, wo ich jetzt lieber sein möchte, dann würde ich sagen, in Perth, aber wenn Sie mich bäten, Ihnen zu helfen, dem fetten Willie ein Messer in den Bauch zu stoßen, würde ich das mit Rücksicht auf Glasgow ablehnen müssen.«

»Ich fürchte, etwas in der Art ist bereits geschehen.« Angus stieß den Atem aus und ging zum Feldbett hinüber, um die Decke anzuheben. Als MacCardle den starren Leichnam sah, weiteten sich seine Augen.

»Ja, Sir«, murmelte er. »Das würde ich auch als Problem bezeichnen.«

»Ich muss zu meinem Regiment auf den Paradeplatz. Gott allein weiß, wie die Schlacht heute ausgehen wird, aber wenn man Major Worshams Leiche hier entdeckt, bin ich ohnehin ein toter Mann.«

MacCardle schob den Unterkiefer hin und her, während er das Für und Wider abwog. »Gut. Dann gehen Sie. Überlassen Sie den Dreckskerl mir. Ich werde mir etwas ausdenken, um ihn verschwinden zu lassen.«

»Es wäre ein großes Risiko für Sie, wenn Sie mir helfen, Ewen.«

»Dann sollten Sie zusehen, schnell von hier zu verschwinden, bevor ich's mir noch anders überlege.«

Angus steckte die weiße Kokarde in seinen Uniformrock zurück und schnappte sich seine Mütze. Nachdem er noch einen Blick auf das Feldbett und auf MacCardle geworfen hatte, schlüpfte er in den eisigen Nieselregen hinaus und schloss sich den Männern an, die in Richtung Paradeplatz strömten. Als er sein Regiment gefunden hatte, stand er in der elenden Kälte stramm, um mit über neuntausend anderen Soldaten auf den Befehl zum Abmarsch zu warten.

Auf ein Signal der Trommler hin setzten sie sich, den rechten Fuß genau auf den Hacken des Vordermanns ausgerichtet, in Bewegung. Ihre Musketen hatten sie sich so unter den Arm geklemmt, dass die Pulverpfannen und die Kammern trocken blieben. Zu sechst nebeneinander marschierten sie in Kolonnen das Nairn-Tal entlang nach Westen. Als sie an Balblair House vorbeikamen, schossen zwei schwere Kanonen auf dem Hang Salut.

Seine Hoheit, der Duke of Cumberland, beobachtete vom Rücken seines Pferdes aus den Vorbeimarsch der Männer, deren Zackigkeit und Disziplin ihn entzückten. In seinem scharlachroten, mit breiten goldenen Tressen besetzten Gehrock, dessen breite, spitz zulaufende Revers in Königsblau gehalten waren, gab er eine unverwechselbare Erscheinung ab. Sein Gesicht war so finster und Unheil verkündend wie der Himmel, denn er hatte im ganzen Lager verlautbaren lassen, dass er jeden Einzelnen von ihnen mit eigener Hand hängen würde, wenn sie sich erdreisteten, heute wieder vom Schlachtfeld zu laufen. Da er gehört hatte, dass sein Cousin oft in den Reihen seiner Truppen mitmarschierte, um den Männern mehr Kampfesmut einzuflößen, saß er nach einer Weile ab und übergab die Zügel seines Pferdes einem Adjutanten, um dann neben einem Infanterieregiment in Schritt zu fallen, was die Männer mit lauten Jubelrufen quittierten, die sogar das rhythmische Dröhnen der Trommeln übertönten.

Nach zwölf Meilen stieg er wieder aufs Pferd und bezog auf dem höher gelegenen Gelände am südöstlichen Rand des Moors Position. Es war kalt, und das Wetter war abscheulich, aber zumindest bekamen sie die Graupelschauer nur in den Rücken und nicht ins Gesicht wie die Jakobiten.

Als Angus über das Schlachtfeld spähte und die brüllende Mauer aus Plaid und Stahl wahrnahm, konnte er sich nur über den Wahnsinn wundern, der so wenige gegen so viele antreten ließ. Major Hamilton Garner ritt vorüber und lenkte ihn einen Moment mit der Frage ab, ob er heute Morgen schon Major Worsham gesehen habe. Aus den Augenwinkeln sah Angus, wie Ewen MacCardle eine Atemwolke in die neblige Luft blies, denn dieser hatte seinen Captain inzwischen eingeholt und dabei beiläufig erwähnt, dass das »Problem« in der großen Grube, in der die Köche ihre Abfälle verbrannten, entsorgt worden sei.

Danach gab es nichts mehr, was ihn hätte ablenken können, und er hörte, wie die Offiziere, die die Reihen auf und ab gingen, den Männern befahlen, ihre Waffen schussfertig zu machen.

MacGillivray war direkt in den nassen grauen Schleier aus peitschendem Regen und Hagel hineingeritten, der gerade über Drummossie Moor wehte und die Sicht auf das versperrte, was sie eine halbe Meile entfernt auf der anderen Seite des Schlachtfelds erwartete. Als die Bö vorüber war, war er nicht der Einzige, der schockiert die Zügel anzog.

Es waren Tausende – acht-, neun-, vielleicht sogar zehntausend scharlachrot gekleidete Soldaten, die, zu

Karrees angeordnet, mit der perfekten Disziplin römischer Zenturien auf das Schlachtfeld marschierten. Alle trugen sie rote Uniformröcke und weiße Bandeliere sowie bis zu den Knien reichende Gamaschen und Halsbinden aus steifem Leder. Die auf der rechten Seite stehende Formation erstreckte sich bis jenseits der durch das Moor führenden Straße. Ganz weit links, in einem Winkel, der von der jakobitischen Front abgekehrt zu sein schien, warteten mehrere Abteilungen Kavallerie geduldig auf ihren Einsatz. Die Tiere waren darauf trainiert, erst dann mit donnernden Hufen auf das Schlachtfeld zu galoppieren, wenn die Artillerie ihr schreckliches Werk verrichtet hatte.

Die jakobitische Armee war nur halb so groß und nahm nur die Hälfte der einen Seite des Moores ein, obwohl die Clansoberhäupter versuchten, ihre Kompanien weiter auseinander zu ziehen, damit es nach mehr aussah. Lord George hatte den Befehl über den rechten Flügel, wo die Camerons, die Stewarts und seine eigenen Atholl-Hochländer standen. Letztere stießen mit den Schultern gegen einen Erdwall, der im Laufe der Jahre verlängert worden war, weil man das Parkland von Culloden nach Osten hin erweitert hatte. Die bedenklich vielen Erdwälle und niedrigen Steinmauern an den Rändern des Moors, die den Männern hinderlich werden konnten, hatten einen weiteren Streitpunkt zwischen dem Prinzen und seinem General dargestellt. Der Prinz behauptete, die Wälle und Mauern würden einen gewissen Schutz bieten, während Lord George befürchtete, sie könnten ihnen zum Verhängnis werden.

Lord John Drummond befehligte die in der Mitte stehenden Truppen, und eben dorthin ritt MacGillivray, den die fünfhundert Männer des Chattan-Clans jubelnd begrüßten. Da ihr eigener Grund und Boden und ihre eigenen Heimstätten in der Nähe lagen, schöpften sie Trost aus dem Wissen, dass sie, wenn sie heute auf dem Feld der Ehre fielen, nicht allein und vergessen irgendwo in fremder Erde ruhen müssten.

Der Duke of Perth hatte das Kommando über die linke Flanke, wo er sich mit der tausendköpfigen Schar der MacDonalds of Keppoch, Glengarry und Clanranald auseinander setzen musste, die zum Teil erst am Morgen in Culloden angekommen waren und sich darüber erbosten, dass sie nicht ihren traditionellen Platz auf der rechten Flanke einnehmen durften. Es war der mürrische alte Keppoch, dem bei der Inspizierung des Schlachtfeldes auffiel, dass die Männer auf dem linken Flügel sich in einem schrägen Winkel aufgestellt hatten, sodass die Entfernung zwischen den beiden Armeen auf der einen Seite fünfhundert, auf der anderen achthundert Meter betrug. Er schickte einen Läufer zu Lord George, um in Erfahrung zu bringen, ob sich das korrigieren ließ, doch ehe eine Antwort eintraf, wurde die erste Kanone aus dem bunt zusammengewürfelten Bestand des Prinzen versehentlich von einem noch halb schlafenden Kanonier abgefeuert.

Anne hatte Gewitter noch nie gemocht. Als Kind hatte sie immer gedacht, der Himmel würde zerbersten und ihr auf den Kopf fallen, während sie schlief. Als die Kanonade begann, hörte sie sich genau wie ein schweres Gewitter an, sodass Ängste in ihr aufstiegen, die ihr seit zwanzig Jahren nicht mehr zugesetzt hatten. Die Erde erzitterte, und die Planken der Scheune bebten. Stroh- und Schmutzschauer fielen von den Dachbalken. Zehn Minuten später krachte ein loser Balken nach unten und verfehlte sie nur um wenige Fuß, was ihren Entschluss, ins Freie zu gehen, beschleunigte.

Der Wind verfing sich in ihrem Plaid und riss es ihr vom Kopf. Eisiger Regen klatschte ihr schräg ins Gesicht und ließ ihren Wallach scheuen, während ihm der Kanonendonner nicht viel auszumachen schien. Sie führte ihn zum Schutz vor dem Regen unter eine Baumgruppe und reckte den Hals vor, um durch den Nebel und den Hagel zu spähen. Beunruhigt bemerkte sie, wie über Drummossie Moor große graue Rauchwolken aufstiegen. Aus der Ferne konnte sie den Klang von Dudelsäcken und die *cath-ghairms* hören, die die Männer ausstießen. Beides kannte sie aus Falkirk, sodass sie sich jetzt vorzustellen vermochte, wie die Clans auf dem Schlachtfeld standen, eine unruhige, quirlige Masse roter, grüner und blauer Tartans, und darauf warteten, dass ihr General ihnen das Zeichen gab, sich wie die Berserker auf die Engländer zu stürzen.

Der Prinz würde sie von einem Hügel aus anfeuern. Seine große Seidenstandarte würde im Wind knattern, und er würde auf seinem weißen Hengst sitzen. Eine fürstliche Gestalt in Königsblau und Gold, und möglicherweise würden ihm sogar wie bei Falkirk die Tränen über die Wangen strömen, wenn er seine tapferen Hochländer zum Angriff übergehen sah.

Anne legte den Kopf zurück und lauschte. Nach wie vor konnte sie aus der Ferne den Lärm von Schreien und Dudelsackklängen hören, doch jetzt war noch etwas anderes zu vernehmen, das ihr ebenfalls vertraut war: In das Donnern der schweren Geschütze mischte sich das Knattern von Musketenschüssen. Auch das ließ ein Bild in ihr aufsteigen, und sie stellte sich vor, wie die Clans losstürmten. Wie es die Rangordnung des Feudalsystems vorschrieb, würden die Clansoberhäupter und die Lairds die Furcht einflößende Menge anführen. Ihnen würden die Landbesitzer und alle, die irgendwie von Adel waren, folgen. Dann kämen die Pächter, und darauf die Angehörigen der unteren Schichten, Landarbeiter, Schafhirten und dergleichen. Die zweite Linie der Jakobiten setzte sich aus den irischen und den französischen Freiwilligen und der königlichen Infanteriegarde zusammen. Hinzu kam noch die königliche, ausschließlich aus Gentlemen bestehende Kavallerie Lord Elchos. Ihre Pferde waren während des harten Winters durch den Mangel an Futter stark dezimiert worden. Doch immerhin gab es etwa noch hundert dieser elegant gekleideten Offiziere, die hoch zu Ross nur darauf warten würden, sich auf ein Zeichen ihres Kommandeurs hin ins Getümmel zu stürzen.

Als Anne über den Hals ihres Wallachs strich, spürte sie, dass er vor Ungeduld und Erregung ebenso unruhig war wie sie. MacGillivray hatte ihr befohlen, dem Schlachtfeld fernzubleiben; er hatte ihr indes nicht ausdrücklich untersagt, eine Stelle aufzusuchen, von der aus sie das Geschehen besser verfolgen konnte. Sich mit diesem feinen Unterschied beruhigend, schwang sie sich in den Sattel und galoppierte auf das höher gelegene Gelände jenseits der zum Moor führenden Straße zu.

Die Clans waren wie betäubt von den verheerenden Verlusten, die Cumberlands Artillerie ihnen binnen kürzester Zeit zufügte. Dies war ihr erster Zusammenstoß mit englischen Kanonieren, hatten sie doch bei Prestonpans den Feind überrumpelt, während bei Falkirk die Kanonen im Schlamm stecken geblieben und zurückgelassen worden waren, als Hawleys Truppen vom Schlachtfeld flohen.

Bei Culloden waren sie schon vor dem Eintreffen der Soldaten auf das Moor gezogen worden und mit Offizieren bemannt, die ihr Geschäft verstanden. Ohne Unterlass wurden sie nachgeladen und mit größter Präzision abgefeuert. Zunächst zielten die Kanoniere nur auf die paar bunt zusammengewürfelten jakobitischen Kanonen, die sie auch innerhalb der ersten zehn Minuten in die Luft sprengten. Dann änderten sie die Richthöhe, um die großen schwarzen Mündungen auf die vorderste Linie der Jakobiten zu richten. Die Schreie, die Anne gehört hatte, waren keineswegs die Schlachtrufe der Clans gewesen, sondern die Schreie von Männern, die von Kanonenkugeln zerfetzt wurden. Der Prinz, dessen eigene Stellung unter schweren Beschuss geriet, war gezwungen zurückzuweichen, unterließ es jedoch zunächst, den Clansoberhäuptern den Befehl zum Angriff zukommen zu lassen. Als er dann endlich daran dachte, waren die englischen Kanoniere inzwischen zu Kartätschen übergegangen – mit unzähligen winzigen tödlichen Kugeln gefüllte Geschosse, die bei der Explosion ihren Inhalt wie Hagel verspritzten und gegen die es keinen anderen Schutz gab als den Körper des Vordermanns.

Voller Wut auf die Inkompetenz des Prinzen schickte Lord George seine Männer ins Treffen, ohne den königlichen Befehl abzuwarten. Wie bei einer Stafette folgten Lochiel, Lord Drummond und die anderen Clansoberhäupter seinem Beispiel. Die Letzten, die bemerkten, dass der Angriff begonnen hatte, waren die MacDonalds. Sie hatten zudem die größte Entfernung bis zum Feind zu überwinden, wobei sie unablässig dem Kugelhagel ausgesetzt waren, der ihnen von der reglosen und bis jetzt unversehrten Mauer scharlachrot gekleideter Soldaten entgegengeschickt wurde.

Angeführt von MacGillivray, stürmten die Männer des Chattan-Clans auf Cumberlands vorderste Linie zu. In der Mitte des Felds mussten sie jedoch einen

Schwenk machen, um eine morastige Bodensenke zu umgehen, sodass sie sich plötzlich Schulter an Schulter mit den Camerons wiederfanden. Sie waren die Ersten, die die feindlichen Linien erreichten, wo sie sich mit einem solchen Ungestüm auf die englischen Soldaten warfen, dass diese entsetzt auseinander stoben. Lochiel, dem eine Kartätsche die Fußknöchel zerschmettert hatte, ging zu Boden, doch seine Brüder Alexander und Archibald führten den wütenden Angriff unverzagt fort. Hauend und stechend bahnte sich der Clan einen blutigen Pfad, der indes so breit war, dass die Flanken nicht mehr geschützt und dem Gewehrfeuer der links und rechts stehenden Abteilungen ausgesetzt waren. Solcherart in ein tödliches Kreuzfeuer hineingeraten, blieb ihnen nichts anderes übrig, als sich zurückzuziehen und auf Verstärkung zu hoffen. Doch es waren keine anderen Clans in der Nähe, die ihnen hätten zu Hilfe kommen können.

Lord George Murray hatte sich auf die rechte Flanke des Gegners geworfen, wo der Kampf so heftig tobte, dass seine Männer über ihre toten Kameraden klettern mussten, um an die englischen Soldaten heranzukommen. Cumberlands Truppen verhielten sich äußerst diszipliniert und taten nichts anderes, als zu feuern und nachzuladen. Angesichts der dichten Massen von Hochländern brauchten sie sich noch nicht einmal die Mühe zu machen zu zielen. Auf diejenigen, die die Hagelgeschosse und die aufeinander abgestimmten Gewehrsalven überlebten, wartete dann eine nicht wankende Mauer aus Infanteristen, die mit vierzig Zentimeter langen, gezackten Stahlbajonetten auf sie losgingen.

Frustriert, weil die Rotröcke sich weigerten, wie bei anderen Schlachten die Flucht zu ergreifen, und entsetzt über die sich vor ihnen auftürmenden Toten, begannen die Jakobiten zurückzuweichen. Als Cumberland dies bemerkte, lächelte er triumphierend und nickte den in der zweiten Linie stehenden Truppen zu, die daraufhin voller Entschlossenheit vorrückten, um die angeschlagenen vorderen Reihen zu entlasten.

Als Lord George sah, wie sich diese neue Barriere von Infanteristen in Sechserreihen aufbaute und sich in Feuerstellung begab, wurde ihm die Aussichtslosigkeit ihres Unterfangens klar. Er gab den Befehl zum Rückzug. In dem Moment bemerkte er zu seinem Entsetzen, dass hinter den niedrigen Steinmauern, die er unbedingt hatte niederreißen lassen wollen, Scharfschützen Cumberlands lauerten, die ihre Musketen auf die obersten Steine gelegt hatten und auf die ungeschützten Rücken der zurückweichenden Hochländer zielten.

Vom Regen, vom Rauch und vom ganzen Durcheinander in ihrer Sicht behindert, zogen sich die Clansmänner kämpfend vom Schlachtfeld zurück, das mit ihren toten und sterbenden Kameraden übersät war. MacGillivray hatte Jamie und Robbie Farquharson in der Hitze des Gefechts aus den Augen verloren, doch jetzt entdeckte er sie wieder. Ineinander verkeilt lagen sie mit blutüberströmten Armen und Beinen da. Den einen hatte offensichtlich eine Kugel getroffen, während er versucht hatte, den anderen in Sicherheit zu bringen. Als Eneas, der sich neben MacGillivray befand, seine getöteten Brüder erblickte, machte er mit erhobenem Schwert kehrt und stieß wüste Beschimpfungen gegen die Engländer aus. Obwohl er von mehreren Schüssen in die Brust, den Bauch und die Schulter getroffen wurde, stürmte er wieder auf den Feind los. Dem ersten Mann, der ihm entgegentrat, hackte er die Hand ab, mit der er sein Schwert hielt, dem nächsten spaltete er den Schädel, doch schließlich stürzte sich ein Dutzend Infanteristen auf ihn, unter deren Bajonetten er zu Boden ging.

Gerade als es so schien, dass einige der Clans sich zurückziehen und in Sicherheit bringen könnten, schickte Cumberland seine fünfhundert Mann starke Kavallerie vor. Es waren die Dragoner, die bei Prestonpans und bei Falkirk die Flucht ergriffen hatten und denen es jetzt, da sie sahen, wie angeschlagen und hilflos die Hochländer waren, ein besonderes Vergnügen bereitete, sie zur Strecke zu bringen und selbst diejenigen zu töten, die ihre Waffen wegwarfen und die Arme hoben, um sich zu ergeben.

Da der Rauch bei dem prasselnden Regen nicht abziehen konnte, war die Luft mit Schwefel gesättigt. Der an mehreren Stellen verwundete Lord George, dessen Gesicht von Blut überströmt war, erkannte, dass es nur eine Fluchtmöglichkeit für sie gab, und rief den Clans zu, zusammenzubleiben und sich auf der durch das Moor führenden Straße zurückzuziehen. Die Standarte des Prinzen war bereits eingeholt worden. Er selbst und sein Schimmel waren nirgendwo zu sehen. Man konnte nur dankbar sein, wurde doch das höher gelegene Gelände, wo er Position bezogen hatte, innerhalb weniger Minuten von der englischen Kavallerie überrannt.

Es fiel den Camerons und den MacKintoshs zu, den Rückzug zu decken, obwohl beide Clans die Hälfte ihrer Männer im Kampf verloren hatten. Alexander Cameron übernahm die rechte Seite, und nachdem John MacGillivray ihm bestätigend zugewinkt hatte, gingen die MacKintoshs in Stellung, um die linke Flanke zu schützen. MacBean und MacGillivray hatten es geschafft, sowohl während des Angriffs wie auch hinterher zusammenzubleiben. Auch jetzt kämpften sie Seite an Seite und feuerten ihre Männer an, den Angriff der

Soldaten abzuwehren, die unerbittlich gegen sie anfluteten wie ein Meer aus Scharlachrot und Weiß.

»Also Treffpunkt Moy Hall, ja?«, knurrte Gillies, während er den Blick auf eine Gruppe von Soldaten richtete, die grinsend und mit gefälltem Bajonett über das Moor kamen.

»Genau, Bruder«, erwiderte John, dessen Aufmerksamkeit sich einigen Infanteristen zuwandte, die sich gerade drei verwundeten Atholl-Hochländern näherten.

»Glaubst du, dass wir dort ein bisschen Fleisch bekommen? Und in einem richtigen Bett schlafen können?«

»Da bin ich mir ganz sicher, mein Junge. Und außerdem kriegen wir noch einen Krug mit Ale, um unseren Durst zu stillen.«

»Na, wenn das so ist …« Gillies blickte über die Schulter und grinste. »… dann könnte es ja die Mühe wert sein.«

John streckte die Hand aus, und die beiden Männer, die seit ihrer wilden Jugend Freunde waren, wechselten einen kräftigen Händedruck, um dann auseinander zu gehen. Gillies rannte brüllend auf die erschrockenen Infanteristen zu und ließ sein Schwert mit einer derartigen Wucht auf sie niedersausen, dass er zwei von ihnen köpfte und einem dritten den Bauch aufschlitzte, bevor die übrigen sich formierten und ihn überwältigen konnten.

John, der von Gillies' Schicksal nichts mitbekam, eilte den drei verwundeten Atholl-Hochländern zu Hilfe, indem er den ersten königlichen Infanteristen erledigte, bevor der *Sassenach* auch nur merkte, dass hinter ihm ein Löwe zum Sprung ansetzte. Ein zweiter und ein dritter Rotrock wurden mit grässlichen Wunden zu Boden geschickt, wo sie zuckend liegen blieben, während ein vierter es tatsächlich wagte, mit gefälltem Bajonett auf ihn loszugehen. Mit einem Streich seines Schwerts hieb MacGillivray die Muskete in zwei Hälften, während der Soldat entsetzt den blutigen Stumpf anstarrte, den er jetzt statt eines Arms hatte. Die verwundeten Hochländer fielen über einen weiteren Mann her und entrissen ihm, da sie selbst keine Waffen hatten, seine Muskete, um ihn mit dem Schaft bewusstlos zu schlagen.

Der Letzte der Royalisten, ein Leutnant, holte mit dem Säbel nach MacGillivray aus und schaffte es, ihm an der Schulter den Ärmel vom Hemd zu trennen. John betrachtete den Riss, fluchte auf den Offizier und bohrte ihm dann eineinhalb Meter gehonten Stahl so durch die Brust, dass die Klinge am Rückgrat wieder zum Vorschein kam.

»MacGillivray!«

Geduckt wirbelte er herum und sah das blutbespritzte Gesicht von Hugh MacDugal aus dem Nebel auftauchen. Zwischen ihnen bestand seit langem Feindschaft, und als John das verzerrte hässliche Gesicht erblickte, wusste er, dass der Hass des anderen in den letzten vierundzwanzig Stunden noch zugenommen haben musste.

»Deine gottverdammten Clansgenossen haben letzte Nacht meinen Bruder Lomach getötet. Haben ihm die Kehle durchgeschnitten und ihn im Sumpf liegen lassen. Heute Morgen habe ich ihn gefunden, in seinem eigenen Blut schwimmend.«

»Muss für deine Nase eine schöne Abwechslung gewesen sein«, erwiderte John. »Nach all dem Scheißgeruch, den du den ganzen Tag einatmest, weil du den Rotröcken in den Arsch kriechst.«

»Klar, und mit Ärschen kennst du dich ja aus, nicht wahr? Wie ich gehört habe, beugt sich MacKintoshs Frau ja regelmäßig für dich nach vorn. Vielleicht probier ich sie auch mal aus, wenn ich mit dir und ihrem

Mann fertig bin. Oh, ich weiß, dass der auch Rebell ist, und werde als Erster jubeln, wenn sie ihn aufknüpfen.«

John wischte sich das Blut ab, das ihm ständig ins Auge tröpfelte. Hinter MacDugal tauchten zehn oder zwölf weitere Infanteristen auf, die sich zu einem Halbkreis formierten, als sie den goldmähnigen Hochländer erblickten.

»Halt!«, brüllte MacDugal. »Dieser Dreckskerl gehört mir! Auf diesen Augenblick habe ich zu lange gewartet, um mir das Vergnügen entgehen zu lassen, ihm mit eigenen Händen das Herz aus dem Leibe zu reißen.«

Er hob sein Schwert und stürmte mit einem tosenden Wutschrei auf John los, der ruhig stehen blieb. Als MacDugal nur noch ein halbes Dutzend Schritte entfernt war, packte John das Heft seines *clai'mór* mit beiden Fäusten und schwang das Schwert mit solcher Kraft, dass die anschwellenden Muskeln, die man an seinem entblößten Arm sah, wie polierter Granit wirkten. Er erwischte den Fährtenleser am Bein, das er ihm am Knie abhackte, um anschließend die Arterie des anderen Beins zu durchtrennen und die Schneide seiner Klinge tief in den Schenkelknochen zu treiben.

MacDugal schrie immer noch, als er in einer Blutfontäne zu Boden stürzte, MacGillivrays Klinge mit sich nehmend. Eingeschüchtert wichen die Soldaten einen Moment zurück und starrten entsetzt den beinlosen, blutenden Fährtenleser an, um dann gleichzeitig alle den Blick zu heben und auf MacGillivray zu heften.

»Wenn man einen Mann töten will«, sagte er mit ruhiger Stimme, »sollte man vorher nicht damit prahlen, sondern es einfach tun.«

Einer der Soldaten stieß einen Fluch aus und hob die Waffe. Johns Hand schnellte zur Taille, und schon im nächsten Moment ging der Mann, nach dem Heft des aus seiner Stirn ragenden Dolchs greifend, zu Boden. Ein anderer sah gerade noch, wie der blitzende Stahl auf ihn zukam, als sich die Klinge auch schon mit solcher Wucht in seine Schulter bohrte, dass er hintenüberfiel.

Nachdem die acht Überlebenden überzeugt waren, dass MacGillivray jetzt unbewaffnet war, umzingelten sie ihn und rückten siegessicher gegen ihn vor. John stand völlig reglos da und sah jeden Einzelnen von ihnen herausfordernd mit seinen schwarzen Augen an. Als der erste Mann sich mit gefälltem Bajonett auf ihn stürzte, bückte MacGillivray sich, um eine zerbrochene Wagenachse aufzuheben, die zu seinen Füßen lag. Der Hieb erwischte den *Sassenach* voll im Gesicht, das wie eine gefüllte Blase barst. Mit dem zweiten, weit ausholenden Schlag riss er einem Mann die Kehle auf und schickte einen anderen bewusstlos zu Boden. Dann drang er brüllend vor Wut auf sie ein und setzte die restlichen Infanteristen außer Gefecht, bis es schließlich dem Letzten gelang, mit zitternden Händen seine Muskete zu heben und abzudrücken.

Der Schuss erwischte MacGillivray weit oben in der Brust und schleuderte ihn zu Boden. Inzwischen war eine zweite Gruppe von Soldaten auf den Zusammenstoß aufmerksam geworden und eilte zur Unterstützung ihrer Kameraden herbei. Mehrere von ihnen hoben die Bajonette und stachen wiederholt auf den reglos daliegenden Hochländer ein. Dann rannten sie davon, um nach lohnenderen Opfern Ausschau zu halten.

Doch in diesem Moment kam ein riesiger grauer Wallach auf sie zugaloppiert. Die schreiende rothaarige Frau auf seinem Rücken hob ihre beiden Pistolen und feuerte, um einen der Männer über den Haufen zu schießen, während ein zweiter über eine niedrige Steinmauer purzelte, die sich als Einfassung eines tiefen Brunnens erwies. Seine Schreie hallten noch aus dem Schacht wider, als die Hufe von The Bruce schon den nächsten seiner Kameraden zu Boden trampelten. Mit dem Letzten machte Annes Schwert kurzen Prozess.

Sie hatte den ganzen Horror mit angesehen – den fehlgeschlagenen Angriff wie auch die Metzeleien während des Rückzugs –, und zum Schluss wäre sie beinahe noch von den Reitern hinweggefegt worden, die den Prinzen vom Schlachtfeld und in Sicherheit brachten. Charles Stuart hatte in der Tat geweint, aber diesmal nicht vor Stolz. Er hatte vor Scham und Angst geweint und den Hochländern zugeschrien, nicht den Mut zu verlieren und dass sich alle wieder sammeln würden, um den Kampf ein andermal fortzusetzen.

Die Straße hatte sich mit Jakobiten gefüllt, die sich in Richtung Inverness zurückzogen, doch Anne hatte The Bruce in die andere Richtung gelenkt und sich bis zum Rand des Moors durchgekämpft, wo sie sah, was den Camerons und den tapferen Männern des Chattan-Clans widerfuhr. Sie entdeckte Gillies MacBean, der von Kopf bis Fuß mit Blut überströmt war, aber trotzdem wie ein wilder Derwisch kämpfte. Ihre Cousins vermochte sie nirgendwo auszumachen, aber sie sah MacGillivray … und sie sah, was sich hinter ihm erstreckte: ein Feld des Grauens, übersät von den tapfersten Herzen Schottlands.

Als sie ihren Schock so weit überwunden hatte, dass sie in der Lage war, weiterzureiten, waren sowohl Gillies als auch John bereits zu Boden gegangen. Die Brutalität, mit der die englischen Soldaten auf MacBean eingestochen hatten, ließ keinen Zweifel daran, dass er tot war.

MacGillivray hielt sie ebenfalls für tot, doch als sie aus

dem Sattel glitt und neben ihm auf die Knie fiel, nahm sie in seinem Hals eine schwache Bewegung wahr. Als sie sein Gesicht berührte, zuckten seine Augenlider und öffneten sich. Anne schrie auf und rollte ihn behutsam auf die Seite, um seinen Kopf auf ihre Knie zu betten.

»John! Kannst du mich hören, John?«

Seine Augen blieben zwar offen, schienen sie aber nicht wahrzunehmen. Überall war Blut – in seinen Haaren, auf seinen Wangen und seinen Lippen. Als sie es, so gut es ging, mit einem Zipfel ihres Plaids abwischte, schaffte er es für den Bruchteil einer Sekunde, aufzublicken und sie anzuschauen.

»John …?«

Er stieß einen Seufzer aus, und seine kupferfarbenen Wimpern senkten sich wieder. Die Kraft, die es ihn gekostet hatte, sie ein letztes Mal zu sehen, war verbraucht. Sanft fiel sein Kopf zur Seite. Er war tot.

Anne packte ihn bei seinem Wams und zog ihn eng an sich, zu betäubt vor Entsetzen, um die Gefahr zu bemerken, die sich ihr von hinten näherte.

Die englischen Soldaten durchstreiften das Moor, um Jagd auf versprengte Hochländer zu machen, doch da sie gesiegt hatten, legten sie keine sonderlich große Eile an den Tag. Wie Hunde auf der Suche nach Beute zogen sie in Gruppen über das Schlachtfeld, um die Gefallenen nach Gold oder sonstigen Wertsachen zu durchsuchen und alle Verwundeten zu töten.

Verzweifelt sah Anne sich nach Hilfe um, doch bis auf ein paar humpelnde Nachzügler war niemand auf der Straße zu sehen. Sie versuchte, MacGillivrays Leiche bei den Schultern hochzuziehen, aber sie wusste, dass sie es nie schaffen würde, ihn allein auf The Bruce zu hieven. Den Gedanken, ihn einfach liegen zu lassen, zog sie jedoch noch nicht einmal in Betracht.

Plötzlich hörte sie einen Schrei und sah zwei der königlichen Soldaten auf sich zurennen. Mit gefletschten Zähnen rappelte sie sich hoch, nahm ihr Schwert und bereitete sich darauf vor, den Tod ihres tapferen MacGillivray zu rächen.

Obwohl fast blind vor Tränen, vermochte sie immerhin zu erkennen, dass beide Männer scharlachrote Uniformröcke sowie das verfluchte dunkle Plaid der Royal Scots trugen. Der eine war ein Offizier, und gegen diesen richtete sich ihre Wut zuerst. Wie zuvor MacGillivray packte sie ihr Schwert mit beiden Händen und stürzte sich, den Schlachtruf des Clans auf den Lippen, auf ihren Gegner. Erst im allerletzten Moment kamen ihr das aschfahle Gesicht und das dunkle kastanienbraune Haar irgendwie vertraut vor, doch da war es bereits zu spät, um die Stoßkraft ihres Schwerts zu mindern, und sie spürte, wie es durch die verhasste scharlachrote Wolle drang und sich in Fleisch und Knochen bohrte.

Es war eher ein unbewusster Reflex als irgendetwas anderes, was Angus zurückprallen ließ, als er die Klinge auf sich zukommen sah. Er riss die Hand hoch und schaffte es, die Klinge zur Seite zu schlagen, die sich ihm sonst unweigerlich ins Herz gebohrt hätte. Trotzdem merkte er, wie ihm der scharfe Stahl zwischen die Rippen drang, und es gelang ihm gerade noch, MacCardle zuzurufen, er solle seine Muskete senken und nicht schießen.

»Anne!« Er biss die Zähne aufeinander und riss sich mit aller Kraft zusammen, als sie das Schwert zurückzog und zu einem neuen Stoß ansetzte. *»Anne, ich bin's! Angus!«*

Diesmal parierte er den Stoß mit seinem Säbel, und er bemerkte, dass sie schon nicht mehr ganz so verwirrt schaute. Bei der dritten Parade gelang es ihm, ihr das Schwert aus der Hand zu schlagen, dessen Spitze sich in den Boden bohrte. Abrupt hielt sie inne und starrte ihn mit dem gequälten Blick eines verwundeten, in die Enge getriebenen Tieres an.

»Anne … ich bin es, Liebste. Angus.«

Ihr Blick glitt zu MacCardle, von dem sie nur die abscheuliche scharlachrote Uniform wahrnahm. Ihre Lippen formten sich zu einem weiteren Wutschrei.

»Ewen, gehen Sie hinter mir in Deckung!«

»Ja, Sir. Nur zu gern.«

Rasch entzog sich der Subalterne Annes Blickfeld, sodass sie gezwungen war, ihre ganze Aufmerksamkeit auf Angus zu richten.

»Annie«, sagte er so sanft, wenn auch so eindringlich wie möglich. »Annie, hör mir zu, Liebling. Wir müssen dich von hier fortschaffen. Du musst *sofort* von hier verschwinden. Lass mich dir auf The Bruce helfen.«

»Ich werde John nicht zurücklassen«, krächzte sie.

»Wie? John? Wo …?« Angus warf einen genaueren Blick auf die Leichen, die auf dem gefrorenen Boden der Mulde lagen. Das Blutbad, das hier angerichtet worden war, schockierte ihn zutiefst. Als er den Körper eines großen Mannes entdeckte, der ausgestreckt auf der Seite lag und dessen Hand immer noch eine zerbrochene Wagenachse umklammerte, hätte er John MacGillivray fast nicht wieder erkannt.

»O mein Gott«, flüsterte er.

»Gott war hier heute nicht anwesend«, erklärte Anne in scharfem Ton. »Sieh dich einmal um. Ist dies das Werk eines gütigen, liebenden Schöpfers?«

Angus' Aufmerksamkeit wurde von einem Tumult nahe der Straße abgelenkt. Er hörte zwei Gewehrschüsse und sah, wie eine Frau mit langem blonden Haar vor einer Gruppe von Dragonern flüchtete. Einer der Dragoner war Hamilton Garner, der gerade mit dem Absatz seines Stiefels nach der Frau trat, die daraufhin zu Boden stürzte.

»Anne, wir haben keine Zeit mehr. Wir müssen dich von hier fortschaffen.«

Sie fletschte die Zähne und hob abermals ihr Schwert. »Ich werde dieses Schlachtfeld nicht ohne John MacGillivray verlassen.«

Angus stieß einen Fluch aus, nickte jedoch zustimmend. »Dann halte mal The Bruce am Zügel fest. Ewen …«

MacCardle trat vorsichtig vor, ein Auge auf Anne, das andere auf den großen Wallach gerichtet, als er und Angus die Leiche hochhoben und über den Sattel legten. Sie erregten bereits Aufmerksamkeit, und einige Soldaten forderten sie mit Rufen auf stehen zu bleiben, was Angus jedoch überhörte. Er packte Anne um die Taille, hob sie hinter MacGillivray in den Sattel und reichte ihr die Zügel.

»Verschwinde von hier. Reite nach Moy Hall zurück – und bleib um Gottes willen dort, bis ich dich holen komme. Und jetzt *ab*!«

Er klatschte dem Wallach mit der Flachseite seines Schwerts auf den Hintern und hielt sich so lange aufrecht, bis er sicher war, dass Anne das Schlachtfeld hinter sich gelassen und die Straße erreicht hatte. Erst dann gestattete er seinen Beinen nachzugeben. Erst dann zwang der Schmerz ihn in die Knie.

»Captain?«

MacCardle kniete sich neben ihn. Erst jetzt bemerkte er den großen nassen Blutfleck, der sich von Angus' Achselhöhle bis zum Saum seines Kilts zog.

Sechsundzwanzigstes Kapitel

Anne wusste, dass sie es mit der Leiche John MacGillivrays quer über dem Sattel nicht bis nach Moy Hall schaffen würde. Dunmaglass lag zwar näher, aber um dort hinzugelangen, musste sie offenes Gelände überqueren. Seit sie das Moor verlassen hatte, war sie zweimal gezwungen gewesen, von der Straße herunterzureiten und sich zwischen den Bäumen zu verstecken, weil Gruppen schreiender Dragoner vorüberkamen, die Jagd auf fliehende Hochländer machten. Zu beiden Seiten der Straße lagen die Leichen von Männern, von denen einige sich dort niedergelassen hatten, um an den Wunden, die sie sich auf dem Schlachtfeld zugezogen hatten, zu sterben, während andere erst vor kurzem von den Dragonern niedergemetzelt worden waren. An einer Biegung der Straße hatte Lord George Murray Männer aufgestellt, die eine bluttrunkene Kompanie der Kingston Kavallerie daran hindern sollten, den Hochländern zu dicht zu folgen. Sobald Anne passiert hatte, schlossen sie hinter ihr die Reihen, und wenige Minuten später hörte sie Schüsse und Schreie, was darauf schließen ließ, dass der Überfall auf die Regierungstruppen in vollem Gange war.

Danach waren die englischen Soldaten vorsichtiger, denn als Kampftruppe stellten die Camerons und die Atholl-Hochländer immer noch eine Bedrohung dar. Gleichwohl rückten die Dragoner mit tödlicher Beharrlichkeit vor. Selbst unbeteiligte Zivilisten, die sich in die Nähe des Moors gewagt hatten, um die Schlacht zu beobachten, wurden kurzerhand niedergestreckt und zusammen mit den fliehenden Jakobiten in Stücke gehauen.

Nur eine Hand voll der Kavalleristen des Prinzen saß noch im Sattel. Entweder waren die Tiere getötet worden, oder die Reiter waren von den Pferden geschossen worden, die jetzt aufgeregt auf dem Schlachtfeld umherirrten. Das Blut, das vom Sattel tropfte, rann The Bruce über die Vorderbeine und den Widerrist; er und Anne boten sicher einen grauenhaften Anblick dar, als sie die Brücke nach Inverness überquerten, doch das war Anne in dem Moment herzlich egal. Als hinter den Vorhängen der Fenster Gesichter hervorspähten, während sie vorüberritt, starrte sie zurück. Sie ignorierte den einzigen Reiter, dem sie begegnete – ein gut gekleideter Gentleman, der offenbar seinen Geschäften nachging, als wäre nichts geschehen und als sei fünf Meilen weiter weg nicht die Hölle los. Er seinerseits lenkte sein Pferd auf die andere Straßenseite und glotzte sie entgeistert an. Ihre Ärmel und der vordere Teil ihres kurzen Mantels waren mit Johns Blut getränkt. Außerdem nahm sie an, dass ihr Gesicht genauso rot war wie ihr Haar – eine Vermutung, die Bestätigung fand, als die Eingangstür von Drummuir House aufging und ihre Schwiegermutter entsetzt die Hand vor den Mund schlug, während Anne auf sie zuritt.

»Bei Gott und allen Heiligen, du bist es!«, rief sie.

Anne wischte sich mit der Manschette ihres zerrissenen Ärmels über die Wange, verschmierte die Blutflecken dadurch allerdings nur noch mehr. »Ich wusste nicht, wo ich ihn sonst hätte in Sicherheit bringen können.«

Wenn die goldene Löwenmähne nicht gewesen wäre, hätte Lady Drummuir wahrscheinlich nicht gewusst, wessen Leiche über dem Sattel lag. Sie bekreuzigte sich mit einem Gesichtsausdruck, in dem sich Schmerz und Trauer mischten, und fasste nach dem Saum von Annes Mantel.

»Bist *du* denn unversehrt, Kind?«

Obwohl Anne das eigentlich nicht so recht wusste,

nickte sie stumm. »Ich wusste nicht, wo ich ihn sonst hätte hinbringen sollen. Die Soldaten ... « Sie drehte den Kopf ein wenig zur Seite, als könne sie durch die Berge und Bäume bis zum Schlachtfeld blicken. »... haben solche schrecklichen Dinge mit den Leichen gemacht ...«

Lady Drummuir versetzte einem der Diener eine Ohrfeige. »Steht hier nicht wie angewurzelt rum, ihr Blödköpfe! Helft lieber, diesen tapferen Mann vom Pferd zu nehmen.« Sie winkte zwei der Hausangestellten zu sich. »Geht behutsam mit ihm um! Tragt ihn nach drinnen und säubert ihn ordentlich. Annie, mein Kind, komm vom Sattel runter!«

»Ich muss nach Moy Hall«, flüsterte sie mit rauer Stimme. »Angus hat es mir befohlen.«

Die alte Dame fasste sich ans Herz. »Er lebt also? Mein Angus lebt? Du hast ihn gesehen?«

Anne runzelte die Stirn. Sie war sich zwar ziemlich sicher, dass es Angus gewesen war, den sie zuletzt gesehen hatte, aber in ihrem Kopf drängten sich zu viele Bilder. Zu viel Blut. Zu viel Schmerz. Keine zehn Minuten zuvor hatte sie ein etwa vierjähriges Kind zusammen mit seiner Mutter am Straßenrand liegen sehen, beide mit dem Bajonett erstochen.

»Ich muss nach Moy Hall«, wiederholte sie. »Angus hat es mir befohlen.«

Als Lady Drummuir zu ihrer Schwiegertochter hochblickte, lief es ihr kalt den Rücken herunter. Annes Augen waren riesig, die Pupillen so stark erweitert, dass vom Blau überhaupt nichts mehr zu sehen war. Sie zitterte, als hätte ein schreckliches Fieber sie befallen, und ihre Wangen waren so bleich, dass die Blutspritzer wie karminrote Farbkleckse wirkten.

»Gewiss«, sagte die verwitwete Lady MacKintosh mit

sanfter Stimme. »Sobald du dazu in der Lage bist, kannst du nach Moy Hall weiterreiten, aber jetzt komm erst mal von deinem Pferd runter und lass mich dir helfen. Du wirst etwas heiße Brühe trinken und ein Bad nehmen, und wenn du wieder einigermaßen präsentabel aussiehst, kannst du nach Moy Hall reiten. Bitte komm herunter, Anne.«

Als Anne sah, wie die Diener MacGillivrays Leiche ins Haus trugen, füllten sich ihre Augen wieder mit Tränen. Sie spürte, wie Lady Drummuir sie beim Handgelenk nahm, und blickte durch einen Tränenschleier hindurch nach unten, um zu nicken. Ihr war kälter, als es ihr je im Leben gewesen war, und sie zitterte so sehr, dass sie nicht allein abzusitzen vermochte, sondern sich von den Dienern aus dem Sattel heben lassen musste. Lady Drummuir ließ ihr nicht einmal die Wahl, zu Fuß zu gehen. Sie befahl dem kräftigsten der Männer, Anne ins Haus und die Treppe hoch zu tragen, wo sie den Dienstboten befahl, augenblicklich eine Wanne mit heißem Wasser zu füllen, falls sie sich nicht den Zorn aller MacKintosh'schen Ahnen zuziehen wollten.

Anne saß wie erstarrt und völlig apathisch auf der Bettkante, während ihr ein Dienstmädchen die blutige Kleidung auszog. Sie starrte die Schnittwunden in ihren Händen an, konnte sich jedoch nicht entsinnen, wie sie sich die zugezogen hatte. Eine ihrer Hüften war mit violetten und blauen Flecken übersät, aber auch in dem Falle vermochte sie sich nicht zu erinnern, wann und wo sie sich gestoßen hatte.

Das Dienstmädchen half ihr hoch und führte sie zu der riesigen Kupferwanne, die man vor das Feuer gestellt hatte. Das heiße Wasser rüttelte Anne so weit auf, dass sie sich im Raum umzuschauen begann und nach und nach begriff, dass sie in Sicherheit war. Zumindest waren hier keine Toten und kein Blut, und sie war auch nicht mehr allein.

Der Dampf des Wassers, die Wärme und der Geruch der Seife, mit der ihr Haar gewaschen wurde, stellten sie so weit wieder her, dass sie in der Lage war, die Tasse mit heißer Brühe zum Mund zu führen, ohne sich die Hälfte davon aufs Kinn zu kleckern.

Lady Drummuir ging immer wieder kurz aus dem Zimmer, kehrte jedoch bald zurück, um sich wieder an den Kamin zu setzen. Offensichtlich brannten ihr unzählige Fragen auf den Nägeln, aber das Einzige, was sie Anne fragte, war, ob sie noch mehr Brühe haben wolle.

Nachdem Anne sich mit drei Tassen Brühe gestärkt hatte, fühlte sie sich wohl und warm genug, um aus der Wanne zu steigen und sich neben das Feuer zu setzen. Eingehüllt in einen dicken wollenen Morgenrock, saß sie reglos da und ließ es ohne Widerrede geschehen, dass das Dienstmädchen ihr das Haar bürstete und zu einem dicken Zopf flocht.

»Danke«, sagte sie. Sie blickte von den Flammen auf und sah ihre Schwiegermutter an. »Ich weiß nicht, was auf dem Moor passiert ist. Ich kann mich noch nicht einmal erinnern, wie ich hierher gelangt bin.«

»Du hast einen Schock erlitten, Mädel, was mich in keiner Weise überrascht. Einige Männer, die auf der Flucht waren, haben hier kurz Halt gemacht, um uns die Lage zu schildern.«

Ohne etwas zu erwidern, blickte Anne sie an und wartete.

»Die Soldaten sind auf dem Weg nach Inverness. Sie sind höchstens noch eine Meile von hier entfernt.«

»Ich muss nach Moy Hall«, sagte Anne und stellte ihre Tasse ab. »Die Männer werden Hilfe brauchen. Hast du etwas vom Prinzen gehört?«

»Der ist in Sicherheit. Sie bringen ihn nach Ruthven. Willst du wirklich in diesem Zustand losreiten, Mädel? Es wäre vielleicht besser, wenn du hier bliebest. Im Kellergeschoss sind Räume, die die Soldaten in hundert Jahren nicht finden würden – dort könntest du dich verstecken, bis man wieder ohne Gefahr nach draußen gehen kann.«

Anne schüttelte den Kopf. »Ich fühle mich schon viel besser. Ich kann fast wieder klar denken. Die Männer werden sich nach Moy Hall begeben, und ich muss wissen, wie es ihnen ergangen ist. Jetzt, da John und Gillies nicht mehr da sind … werden sie nicht wissen, was sie tun sollen.«

Ihre Stimme erstarb, und Lady Drummuir griff nach dem Kruzifix, das sie um den Hals trug. »Gillies ist auch tot?«

Anne nickte. Einen Moment lang musste sie die Lippen fest aufeinander pressen. »Eneas und die Zwillinge habe ich nirgendwo gesehen. Vielleicht sind sie ja entkommen. Lord George hat die Nachhut befehligt, um den Rückzug zu decken, aber viele haben sich einfach in die Wälder geschlagen oder sind querfeldein gelaufen. Es wird mehrere Tage dauern, bis wir wissen, wer überlebt hat und wer nicht.«

Lady Drummuir erhob sich langsam und ging zum Fenster.

»Hast du Fearchar gesehen?«

»Nur kurz, heute Morgen. Ich habe ihm eingeschärft, dem Moor fernzubleiben, aber …«

»Tja, von Befehlen hält er genauso viel wie du«, erwiderte die alte Dame mit einem leisen Seufzer. »Wenn du entschlossen bist, heute noch nach Moy Hall zu reiten, dann solltest du lieber gleich aufbrechen, solange der Weg noch frei ist. Reite die Straße am Fluss entlang, bis du zu der östlichen Brücke kommst, und mach dann einen großen Schwenk nach Süden. Ich werde dir für alle Fälle ein paar gut bewaffnete Männer mitgeben.«

»Und was ist mit dir? Was hast du vor?«

»Ich? Ach, mach dir um mich keine Sorgen, Mädel. Einen Prinzen habe ich schon unter meinem Dach gehabt und habe es überlebt. Bevor der Tag zu Ende geht, wird hier wahrscheinlich ein anderer Prinz durch die Räume stolzieren, und das werde ich auch überleben. Eher sollte sich die kleine Kröte Sorgen machen. Ich hätte keine Hemmungen, ihm die Suppe zu vergiften, wenn er mich ärgert.«

»Du kümmerst dich um MacGillivray?«, fragte Anne mit ruhiger Stimme.

»Sie werden ihn nicht finden. Er wird ein anständiges christliches Begräbnis bekommen, darauf kannst du dich verlassen.«

»Ich würde ihn gern noch einmal sehen, bevor ich aufbreche.«

Lady Drummuir strich ihr über die Wange. »Dann kleide dich an, Mädel. Ich warte unten auf dich. Und trag auf keinen Fall Hosen oder ein Plaid«, warnte sie. »Zieh dein bestes Reitkleid an. Je mehr Spitze du am Hals hast, desto weniger werden die Soldaten auf den Gedanken kommen, dass du gerade von einem Schlachtfeld zurückkehrst.«

Zehn Minuten später kam Anne die Treppe herunter, eine elegant gekleidete junge Frau in einem blausamtenen Reitkleid, das am Hals und an den Manschetten mit reichlich Spitze besetzt war.

Lady Drummuir nickte zufrieden und führte Anne dann in den Weinkeller hinunter. Nachdem sie einen Hebel betätigt hatte, der hinter einem der hohen Holzregale verborgen war, schwang die gesamte Regalwand auf. Eine Glaslampe in die Höhe haltend, führte sie Anne mit dem Hinweis, auf die Stufen Acht zu geben, durch die Öffnung und eine Treppe aus flachen Steinen hinunter.

Anne hatte zwar schon allerlei Gerüchte darüber gehört, dass es in der Geschichte der Familie MacKintosh auch etliche Schmuggler gegeben habe, war aber noch nie zuvor im »Gewölbe« unterhalb des Hauses in der Church Street gewesen. Dieses Gewölbe erwies sich als riesiger, höhlenartiger Raum, der unterhalb des Hauses ausgeschachtet worden war und der trotz des Warenmangels infolge der Blockade überraschend gut mit Schwarzmarktgütern bestückt war. Die Wände bestanden aus Steinblöcken, die Decke wurde von massiven Balken gestützt. Es roch nach Erde und Würmern, gleichzeitig aber auch leicht nach Alkohol, was von den unzähligen Fässern und Tonnen kam, die die Wände säumten.

»Einige dieser Flaschen«, sagte Lady Drummuir, indem sie auf ein staubiges Weinregal wies, »stammen noch aus der Zeit von Angus' Ururgroßvater, und ein paar von diesen Fässern mit Whisky sind noch älter. So wie ich den großen John kenne, hätte ihm seine Umgebung sicher gefallen.«

Über zwei Fässer war ein Brett gelegt worden, das von einem Kranz von Kerzen beleuchtet wurde, deren Wachs in gelblichen Klumpen auf die Flaschen tropfte, in denen sie steckten. Lady Drummuir gab den zwei Frauen, die sich gerade mit MacGillivray befassten, mit einer Kopfbewegung zu verstehen, ihr Tun zu unterbrechen, woraufhin beide sich diskret in den Schatten zurückzogen.

Sein Gesicht und sein Haar waren bereits gesäubert

worden; Letzteres war noch feucht und hing in dunklen, kupferfarbenen Strähnen von den Schläfen nach unten. Ein Leinentuch verdeckte die Wunden, die seinen Körper entstellten, sodass es beinah so aussah, als schliefe er nur. Fast erwartete Anne, dass er gleich die Augen aufschlagen würde, um sie sorglos anzugrinsen und ihr mitzuteilen, es sei alles nur ein Missverständnis gewesen.

Sie streckte die Hand aus und fuhr ihm mit den Fingern sanft durch die feuchten Haarlocken. Dann beugte sie sich vor und presste die Lippen auf seine Stirn. »Ich habe nicht viel Zeit, John«, flüsterte sie, »aber ich wollte dir noch einmal dafür danken, dass du immer da warst, wenn ich dich brauchte. Ich wollte dir dafür danken, dass du mein Freund warst. Dass du mich geliebt hast. Und ich wollte dir auch noch sagen«, stammelte sie, während sie einen letzten Kuss auf seine Lippen hauchte, »dass ein Teil von mir dich immer lieben wird, John MacGillivray, und dass mein Leben dadurch, dass ich dich gekannt habe, viel reicher geworden ist. Und ich habe dir nichts zu vergeben, und werde dich auch nie vergessen.«

Dann riss sie sich von ihm los und richtete sich auf, um Lady Drummuir anzusehen. »Könntest du bitte eine Nachricht nach Dunmaglass schicken? Elizabeth ist dort. Sie haben erst vor kurzem in Clunas geheiratet. Sie wird außer sich sein.«

»Ja. Ich werde sie wissen lassen, dass er hier ist.«

Anne nickte. »Das wär's dann. Jetzt muss ich los.«

»Sei bloß vorsichtig, Mädel. Wenn du den Eindruck hast, es sei zu unsicher, dann reite an Moy Hall vorbei und geh in die Berge. Mit samtener Reitkleidung kann man vielleicht einen gemeinen Soldaten hinters Licht führen, aber du darfst nicht annehmen, dass Cumberland nicht genau weiß, wer du bist. Und jetzt ab mit dir.

Ich glaube, ich werde mich noch ein Weilchen zu John setzen.«

Nachdem Lady Drummuir und Anne sich rasch umarmt hatten, eilte diese durch das Gewölbe zurück und die Treppe hoch, um sich zum Hintereingang von Drummuir House zu begeben. Dort stand The Bruce, dessen graues Fell wieder sauber und trocken war; allerdings trug er keinen Sattel. Zwei bewaffnete Stallknechte warteten, bis sie ihrem Wallach mit den Händen über die Flanken und den Widerrist gestrichen hatte, um sich davon zu überzeugen, dass er in keiner Weise verletzt war. Dann saßen die drei auf und ritten, The Bruce am Zügel hinter sich herführend, die mit Schotter bestreute Auffahrt hinunter. Am schmiedeeisernen Tor angekommen, hörten sie aus der Ferne Schüsse. Als sie in Richtung St. John's Chapel blickten, sahen sie einen toten Hochländer auf den Stufen liegen. Sie wandten sich nach Westen und ritten auf die Brücke zu. Im selben Moment vernahmen sie hinter sich Hufschläge und Schreie, und sie beobachteten, wie eine Kompanie Dragoner auf die Hauptstraße von Inverness zugaloppierte.

Lady Drummuirs Warnung erwies sich als überflüssig. Es fiel sofort ins Auge, dass die Soldaten noch nicht bis nach Moy Hall gekommen waren, da auf den Hängen um den See allenthalben erschöpfte und verwundete Clansangehörige lagerten. Die Straße war ebenfalls voller Hochländer gewesen. Über tausend Mann humpelten und taumelten zum Ufer des Sees, wo sie auf die Knie fielen, um sich mit dem kalten, köstlichen Wasser die Wunden auszuwaschen und ihren Durst zu stillen. Als Anne ankam, ließ sie sofort Vieh schlachten, damit die Männer Fleisch bekamen. Jedes verfügbare Gefäß, das Wasser aufnehmen konnte, wurde auf die riesigen

Feuer gesetzt, die man überall angezündet hatte, und in das kochende Wasser wurden, sobald man ihnen den Hals umgedreht und sie gerupft hatte, ganze Hühner geworfen, um Brühe zu machen. Die gesamte Tisch- und Bettwäsche aus Leinen wurde aus den Schränken geholt und in Streifen gerissen, damit man Verbandszeug hatte. Die große Speisehalle wurde in einen Operationssaal verwandelt, in dem Dr. Archibald Cameron unermüdlich versuchte, zerschmetterte Gliedmaßen zu retten und klaffende Wunden zu nähen. Sein Bruder Lochiel war, nachdem ihm Hagelgeschosse die Fußknöchel zertrümmert hatten, auf einem Plaid vom Schlachtfeld getragen worden und lag jetzt leichenfahl auf dem Fußboden, ohne sich zu bewegen. Alexander Cameron, dessen Unterarm bis zum Knochen aufgeschlitzt war, war bewusstlos vom Feld geschleppt worden. Von Aluinn MacKail oder dem hünenhaften Struan MacSorley war nirgendwo etwas zu sehen, und obwohl Anne jeden fragte, der etwas hätte wissen können, hatte auch niemand ihre Cousins oder ihren Großvater gesehen.

Lord George Murray saß mit dem Kopf zwischen den verbundenen Händen da und ging offenbar im Geiste immer und immer wieder die Schlacht durch. An diesem Tag waren so viele Fehler gemacht worden, so viele schwerwiegende Fehler, und die meisten von dem Mann, dem zu folgen sie alles aufgegeben hatten.

Der Prinz hatte in Moy Station gemacht, war aber schon wieder fort, als Anne ankam, sodass sie nicht mehr in den Genuss seiner leidenschaftlichen Rede vor den Clansangehörigen kam. Das einzige wirklich Aufmunternde, was Anne erlebte, waren die Wagen, die von benachbarten Bauernhöfen kamen und Decken, als Verbandszeug gedachte Bett- und Tischtücher sowie Körbe voll Brot brachten.

Sie hatte sich nicht die Mühe gemacht, ihr Samtkleid abzulegen, obwohl sie die diversen Schichten Spitze bereits abgerissen hatte, um hier und da einen Verband anzulegen. Deshalb wirkte sie wie ein azurblauer Farbklecks, als sie in der Tür stand und zusah, wie ein weiterer zweirädriger Karren vor dem Portal von Moy Hall Halt machte und die Hochländer sich um ihn drängten, um die Sachen ins Haus zu tragen und zu verteilen. Da es bereits nach fünf war, wurde der Himmel allmählich dunkel. Aus Inverness war gerade ein Bote mit der Nachricht eingetroffen, dass Cumberland wie ein großer Eroberer in die Stadt eingezogen sei und dass die Bürger ihn mit Glockengeläut begrüßt hätten. Als Erstes hatte er beim Tolbooth Halt gemacht, jenem Gebäude am unteren Ende der Bridge Street, das sowohl als Gericht wie auch als Gefängnis diente, um unverzüglich alle Gefangenen freizulassen, die die Jakobiten dort eingesperrt hatten. Überdies hatte sich der Herzog, der ein Faible dafür hatte, in denselben Betten zu schlafen, in denen zuvor sein Cousin genächtigt hatte, nach Drummuir House begeben und Lady Drummuirs Gastfreundschaft eingefordert.

Da all diese Dinge Anne im Kopf herumwirbelten, bemerkte sie zunächst gar nicht, dass das Bündel, das die Hochländer gerade vom Karren luden, ein Mann war. Ein alter, hinfälliger, völlig gebrochener Mann.

»Großpapa«, flüsterte sie.

Fearchar Farquharson schüttelte die Hände der beiden Hochländer ab, die ihn vom Karren gehoben hatten und ihm weiterhin behilflich sein wollten. Mit steifen Schritten schlurfte er langsam auf die Treppe zu, an deren unterem Ende er stehen blieb, um mit Tränen in den Augen zu Anne hochzublicken. »Heute kann ich sagen, dass ich in meinem langen Leben mehr gesehen habe, als ich je sehen wollte. All die tapferen Jungs«, flüsterte er. »All die tapferen Jungs.«

Anne glaubte, dass ihr das Herz nicht noch mehr brechen könne, als es bereits der Fall war, aber da irrte sie sich.

»Die Kinder sind tot«, sagte er. »Alle drei. Ich habe nach John und Gillies gesucht, konnte sie aber nicht finden.« Der hoffnungsvolle Schimmer in seinen Augen hielt nur so lange an, wie Anne brauchte, um den Kopf zu schütteln. »Nun ja, wahrscheinlich ist es besser, dass sie im Kampf gefallen sind und nicht mehr sehen mussten ... was ich gesehen habe.«

»Komm ins Haus, Großpapa. Wir haben heiße Brühe und Decken ...«

»Was brauche ich heiße Brühe und Decken, wenn tausend Männer auf dem Schlachtfeld in der Kälte liegen, tausend Männer, die man nackt ausgezogen hat und die um ein kleines Schlückchen Wasser betteln! Was ist los mit den Männern hier?«, rief er laut und drehte sich, mit seinem Krückstock fuchtelnd, in Richtung Park. »Warum gehen sie nicht zurück, um ihren Clansgenossen zu helfen? Warum sitzen sie hier, in Decken gehüllt und heiße Brühe trinkend, wenn ihre Väter und Brüder nach einem Schlückchen Wasser lechzen?«

»Glauben Sie, wir wären einfach abgezogen, ohne das zu versuchen?«, fragte Lord George, der sich ihnen leise von hinten genähert hatte. »Alle Männer, die ich zurückgeschickt habe, sind umgebracht worden. Glauben Sie mir, ich würde freudigen Herzens mein Leben hingeben, wenn ich die geringste Chance sähe, auch nur einen Mann lebendig da herauszuholen. Cumberland hat alle Unterhandlungen abgelehnt. Für die Erlaubnis, unsere Verwundeten zu versorgen und unsere Toten zu begraben, verlangt er nichts Geringeres als die offizielle

Kapitulation des Prinzen. Beschimpfen Sie mich, wenn Sie wollen, geben Sie mir die Schuld, wenn Sie wollen, aber setzen Sie die Ehre dieser tapferen Männer nicht herab. Wenn ich es von ihnen verlangte, würden sie alle sofort nach Culloden zurückkehren, aber das werde ich ganz gewiss nicht tun. Lady Anne, dürfte ich Sie einen Moment unter vier Augen sprechen?«

Sie nickte und vertraute ihren Großvater der Obhut von zwei Clansgenossen an. Als sie und der General allein waren, erkundigte sie sich, ob sie ihm während des Gesprächs den durchgebluteten Verband wechseln dürfe, doch er wehrte ab.

»Ihnen ist ja sicher klar, dass die englischen Soldaten nach Loch Moy kommen werden.«

»Es würde mich überraschen, wenn sie es nicht täten.«

»Es ist zu hoffen, dass Logik und Vernunft wieder die Oberhand gewinnen, sobald der Blutrausch vorüber ist, was sicher bald der Fall sein wird. Ich bezweifle stark, dass der Duke of Cumberland als Eroberer gelten möchte, der gegen Frauen und Kinder Krieg führt. Trotzdem sollten Sie Moy Hall vorsichtshalber verlassen.«

Anne schüttelte den Kopf. »Angus hat gesagt, ich soll hier auf ihn warten, und das werde ich auch tun, bis ich etwas Gegenteiliges von ihm höre.«

»Sie haben Ihren Mann gesehen?«

»Nur ganz kurz. Er hat mir geholfen, John MacGillivrays Leiche aufs Pferd zu laden.«

Lord George spitzte die Lippen, und sie merkte, dass er nach einer taktvollen Formulierung suchte, bevor er weitersprach. »Das war möglicherweise nicht sonderlich klug von ihm. Wenn er dabei beobachtet wurde oder wenn seine Tätigkeit für uns aufgedeckt worden ist …«

»Wenn ich in Ruthven oder in einer Höhle oben in den Bergen bin, wie soll ich dann erfahren, ob er verhaftet worden ist oder meine Hilfe braucht? Nein, Mylord. Ich weiß, dass Sie nur um mein Wohl besorgt sind, aber ich habe in unserer Ehe so viele Dinge getan, die ihn enttäuscht haben, ich bin oft so eigensinnig gewesen und habe mich so töricht verhalten ...« Hilflos breitete sie die Hände aus. »Wenn ich nicht gewesen wäre, wenn ich ihn nach Falkirk nicht dazu provoziert hätte, mehr Risiken einzugehen, würde ihm jetzt nicht der Galgen drohen. Meine Loyalität ist das Mindeste, was ich ihm jetzt schulde.«

Lord George senkte einen Moment den Kopf. Dann blickte er wieder auf. »Sie schreiben sich zu viel Schuld an den Risiken zu, die er auf sich genommen hat, meine Liebe. Angus ist schon lange vor Falkirk Risiken für uns eingegangen.«

»Was meinen Sie damit?«

»Ich meine ... davor gab es schon andere Gelegenheiten, bei denen Ihr Mann uns geholfen hat, obwohl das bedeutete, dass er seine Sicherheit damit aufs Spiel setzte. Kurz nachdem Loudoun und Forbes damit angefangen hatten, die einzelnen Lairds zu erpressen, indem sie ihnen mit Gefängnis und dem Einzug ihres Vermögens und ihrer Ländereien drohten, falls sie sich der Rebellion anschlössen, haben wir nämlich mit Angus gesprochen. Ich kann Ihnen versichern, dass er über die Arroganz des Lord President aufs höchste empört war. Überdies haben die versteckten Drohungen gegen Lady Drummuir, Sie selbst und die anderen Lairds des Clans das genaue Gegenteil von dem bewirkt, was beabsichtigt war. Wahrscheinlich hätte er schon in Glenfinnan in vorderster Reihe gestanden, wenn ich ihm nicht vorgeschlagen hätte, uns auf andere Art und Weise behilflich zu sein.«

Anne starrte ihn an und überlegte, ob er während der Schlacht vielleicht einen Schlag auf den Kopf bekommen hatte. »Sie haben ihn gebeten, für Sie zu spionieren?«

»Dazu war er schließlich perfekt geeignet. Er war so lange auf dem Kontinent gewesen, dass sein Mangel an politischem Eifer durchaus überzeugend wirkte. Er war wichtig genug, um sowohl von Forbes als auch vom Earl of Loudoun ins Vertrauen gezogen zu werden. Obwohl er mir damals eine sehr deutliche und sehr entschiedene Absage erteilt hat – ich glaube, er sagte, dann käme er ja vom Regen in die Traufe –, habe ich seitdem immer wieder ganz faszinierende und interessant formulierte Briefe von ihm erhalten. Größtenteils ging es darin um gemeinsame Geschäftsinteressen, doch gelegentlich fanden sich in ihnen ein oder zwei Sätze, die zunächst keinen Sinn ergaben, bis einem dann klar wurde, dass die *Schiffsladung Korn*, auf die er anspielte, mit der Ankunft eines Truppenschiffs zusammenfiel. Oder dass der *Fleischmangel*, der angeblich in Perth und Stirling herrschte, bedeutete, dass in beiden Städten weit weniger Truppen stationiert waren, als die Regierung vorgab. Ich bezweifle, dass wir es gewagt hätten, bei Prestonpans General Cope anzugreifen, wenn wir nicht vorab davon in Kenntnis gesetzt worden wären, dass die *Äpfel in den Gärten noch ganz grün und völlig ungenießbar sind*. Auf diese Weise teilte er uns mit, dass General Cope an jenem Tag praktisch nur Rekruten in den Kampf schicken konnte. In mindestens zwei anderen entscheidenden Situationen war er in der Lage, uns davor zu bewahren, in eine Falle zu laufen.«

»All das hat Angus gemacht? Aber warum hat er mir denn nichts davon erzählt – besonders nach Falkirk, als er sich ganz offen bereit erklärte, nach Edinburgh zurückzugehen, um zu spionieren?«

»Vielleicht war er sich nicht ganz sicher, wie Sie die Sache aufnehmen würden. Ich glaube, es war ein ziemlicher Schock für ihn, dass Sie es ohne seine Zustimmung geschafft haben, den Clan aufzuwiegeln. Möglicherweise nahm er an, sein eigener Beitrag sei zu geringfügig und komme zu spät.«

»Mitternächt'ge Ehre«, flüsterte sie.

»Pardon?«

»So hat er das Ganze genannt. Fünf-Minuten-vorzwölf-Heroismus.«

Sie blickte auf ihre Hände, die so stark zitterten, dass sie sie fest aneinander drücken musste. Sie dachte an all die Monate, da sie ihn ihre Verachtung hatte spüren lassen, an all die Male, da sie kurz davor gewesen war, ihn einen Feigling zu nennen und seine Loyalität sowie seine Ehre in Frage zu stellen! Bei seinem letzten Besuch in Moy Hall hatte er gesagt, dass er ihr noch etwas zu gestehen habe. Hatte er ihr das sagen wollen – dass er in all den Monaten, da sie ihn für einen Judas gehalten hatte, insgeheim für die Sache des Prinzen gearbeitet hatte?

Es hatte Hinweise, sogar ausgesprochene Widersprüche in seinem Verhalten gegeben, die ihr hätten auffallen müssen, wenn sie nicht so arrogant und selbstgerecht gewesen wäre. Zum Beispiel in der Nacht, wo sie den Vertrag aus dem Arbeitszimmer des Lord President gestohlen hatte. Da hätte er bloß hinter dem Vorhang hervorzutreten brauchen, um sie daran zu hindern, aber sie hatte ihn noch nicht einmal gefragt, warum er es nicht getan hatte. Dazu war sie damals viel zu großspurig gewesen. Hatte es daran gelegen, dass er mit der Absicht, die Depeschen selbst zu stehlen, in die Bibliothek zurückgekehrt war? Oder daran, dass er wusste, dass die Dokumente ohnehin in die richtigen Hände gelangen würden, wenn sie sie an sich nahm?

»Oje«, flüsterte sie. »Er muss mich für eine schreckliche, total überspannte Närrin gehalten haben.«

Lord George lächelte. »Im Gegenteil. Er hält Sie für die tapferste Frau, die er kennt, und ist der Ansicht, dass Ihr Mut und Ihre Loyalität keine Grenzen kennen – was selbst bei den meisten Männern eine Seltenheit ist.«

»Nun ja«, erwiderte sie, indem sie matt zurücklächelte, »wenn er so viel von mir hält, wie kann ich ihn denn da jetzt enttäuschen, indem ich mir von ein paar Tausend englischen Soldaten Angst einjagen lasse?«

»Sicher würde er nicht wollen, dass Sie sich vorsätzlich in Gefahr begeben, Anne.«

Nachdem sie einen Moment nachgedacht hatte, schüttelte sie den Kopf. »Nein, das würde er nicht. Ich kann aber auch nicht davonlaufen. Ich muss hier sein, wenn Angus nach Hause kommt. Und er wird nach Hause kommen. Das weiß ich.«

Lord George seufzte und griff nach ihrer Hand, um sie an die Lippen zu führen. »Es ist mir eine Ehre gewesen, Sie in meiner Armee zu haben, Colonel. Mögen Sie Recht haben, und möge Angus bald wieder an Ihrer Seite sein, denn da gehört er hin.«

Siebenundzwanzigstes Kapitel

Drei Tage später kamen die Soldaten nach Moy Hall. Es waren über zweihundert Mann, die sich dem See in zwei Abteilungen näherten, wobei die eine nach Norden vorstieß, während die andere im Süden heranrückte. Offenbar hatten sie gewartet, bis ihre Kundschafter die Nachricht vom Abzug der Clans brachten, der am Nachmittag des Vortags erfolgt war. Obwohl sie vorsichtig vorrückten – besonders entlang der von Bäumen gesäumten Route, die Colonel Blakeneys Männer vor sechs Wochen genommen hatten –, marschierten sie in das Tal ein, als gehöre es bereits ihnen.

Zuvor war schon aus Inverness die Nachricht gekommen, dass Lady Drummuirs unverhohlene Herablassung gegenüber den Gästen in ihrem Haus ihr einen Aufenthalt im Tolbooth-Gefängnis eingebracht hatte. Da Angus Offizier der königlichen Armee war, hatte es Diskussionen darüber gegeben, was man mit seiner jakobitischen Frau anstellen sollte, und es war Hawley, der vorschlug, dass er, wenn sie vor dem Gedanken zurückschreckten, eine Frau zu hängen, seinem Henker die Anweisung geben würde, zu einem seidenen Strick zu greifen.

Cumberland gab sich weitaus pragmatischer. Er stellte einen Haftbefehl für »Colonel Anne« aus und schickte eine Kompanie Soldaten los, die sie nach Inverness bringen sollte. Da Anne im Voraus davon in Kenntnis gesetzt worden war, kleidete sie sich mit besonderer Sorgfalt an. Ihr Haar wurde mit der Brennschere gekräuselt und zu einer Krone aus schimmernden Locken hochgekämmt. Das Kleid, das sie trug, um ihre Besucher zu begrüßen, bestand aus rosaroter moirierter Seide und war so tief ausgeschnitten, dass mehr Fleisch zu sehen war, als das Brusttuch aus hauchdünner Gaze zu verhüllen vermochte. Die zahlreichen Dienstboten hatten alle Spuren beseitigt, die die bis vor kurzem im Haus weilenden Gäste hinterlassen hatten. Lord George hatte beim Abzug der Clans befohlen, nichts zurückzulassen und jeden Karren, jede Decke, ja, sogar alle Abfälle mitzunehmen. Deshalb wirkte der Park auf den ersten Blick keineswegs so, als hätten dort zahlreiche Männer kampiert, sodass der die Abteilung befehligende Offizier sich fragte, ob die Berichte vielleicht übertrieben oder sogar gänzlich falsch gewesen seien. Es wäre nicht das erste Mal gewesen, dass sie über den Aufenthaltsort eines Rebellen beziehungsweise über jemandes Teilnahme an der Rebellion falsch unterrichtet worden waren. In dem Zusammenhang fiel ihm ein weniger als einen Monat zurückliegender Vorfall ein, wo man einen Laird wegen Spionage am Tor seines eigenen Herrenhauses aufgehängt hatte, nur um dann hinterher festzustellen, dass er unschuldig gewesen war.

Der Offizier hatte den Auftrag, eine »rothaarige Amazone« von so männlicher Statur zu verhaften, dass man sie auf dem Schlachtfeld für einen Hochländer gehalten hatte. Die schöne junge Frau, die ihn an der Tür von Moy Hall begrüßte, war vielleicht größer als eine durchschnittliche Frau, aber ansonsten traf die Beschreibung in keiner Weise auf sie zu.

»Lady MacKintosh? Lady Anne MacKintosh?«

»Die bin ich, Sir«, erwiderte sie lächelnd. »Und mit wem habe ich das Vergnügen zu sprechen?«

»Lieutenant-Colonel Thomas Cockayne, Pulteney's Royal Foot, zu Ihren Diensten.« Er schickte sich an zu salutieren, doch als er ihren erstaunten Gesichtsausdruck bemerkte, verbeugte er sich stattdessen. Als er sich wieder aufrichtete und sah, dass sie immer noch höflich-irritiert die Stirn runzelte, fügte er hinzu: »Ist Ihr Mann zufällig zu Hause?«

»Leider nicht. Ich glaube, er ist bei seinem Regiment in Inverness. Vielleicht kann ich Ihnen helfen? Aber wo bleiben meine Manieren! Möchten Sie nicht hereinkommen und eine Tasse Tee oder eine Erfrischung zu sich nehmen? Ich erwarte zwar jeden Moment einige Damen von der Waisenhausgesellschaft in Inverness, bin mir aber sicher, dass Ihre Gesellschaft ihnen höchst willkommen wäre. Vielleicht können Sie uns ja auch sagen, ob wir auf Spenden seitens der Vertreter des Königs hoffen dürfen.«

Unschlüssig stand Thomas Cockayne da und kaute stirnrunzelnd auf der Unterlippe herum. Wenn der zweite Offizier nicht gewesen wäre, der in dem Moment an der Spitze einer Gruppe bewaffneter Soldaten neben ihn trat, hätte er vielleicht erwogen, wieder aufs Pferd zu steigen und davonzureiten.

»Der Durchsuchungstrupp ist bereit, Sir«, sagte der Captain, ein älterer, hässlicher Mann, dessen eines Auge mit einem milchigen weißen Film überzogen war. Das versehrte Auge löste eine ganz bestimmte Erinnerung in Anne aus, und obwohl es mehrere Monate her war, seit sie Captain Fergus Blite während der Forbes'schen Geburtstagsfeier begegnet war, wusste sie sofort, dass er sich nicht so leicht von seiner Aufgabe ablenken lassen würde wie Lieutenant Cockayne. Der Blick seines unversehrten Auges wanderte bereits an ihrer Schulter vorbei. Offenbar erwartete er Räume voll wertvoller Beute, denn die Soldaten, die sich der gefährlichen Aufgabe unterzogen, die Häuser von Rebellen zu durchsuchen, hatten die offizielle Erlaubnis, so viel, wie ein Mann auf dem Rücken tragen konnte, mitgehen zu lassen.

Ungeachtet der Tatsache, dass Angus Moy einem königlichen Regiment angehörte, hatten sich zweihundert Mann freiwillig gemeldet, um nach Moy Hall zu marschieren, zweihundert Mann, die wussten, dass ihre Tornister auf dem Rückweg um einige Pfund schwerer sein würden. Von einem rosaroten Kleid und einer rührenden Anspielung auf Waisenkinder würde sich keiner von ihnen abschrecken lassen.

»Ich habe hier eine Abschrift des Haftbefehls«, sagte Blite, indem er das Dokument mit schwungvoller Gebärde hervorzog. »Und vielleicht könnte die *Dame* jetzt beiseite treten, damit wir uns an die Arbeit machen können.«

Cockayne war ein Gentleman und besaß den Anstand zu erröten. »Ich bitte um Entschuldigung, Mylady, aber leider haben wir unsere Befehle. Ich hoffe, das Ganze wird sich als schreckliches Missverständnis herausstellen, aber zunächst einmal ...«

»Zunächst einmal haben Sie die Absicht, in mein Haus einzudringen, meine Privatsphäre zu verletzen und meinen Besitz zu stehlen?«

»Genau«, sagte Blite. »Und Sie mit nach Inverness zu nehmen, wo eine hübsche und gemütliche Gefängniszelle auf Sie wartet.«

Obwohl Anne sich geschworen hatte, ruhig zu bleiben, funkelten ihre blauen Augen vor Wut.

»Soll ich mein Pferd satteln lassen?«, fragte sie mit gepresster Stimme. »Oder soll ich in Ketten die Straße entlanggezerrt werden?«

»Von solchen drastischen Maßnahmen kann gar keine Rede sein, Mylady«, beeilte sich Cockayne zu sagen. »Ich bin sicher, dass es sich lediglich um eine Formalität handelt.« Er gab einem seiner Männer ein Zeichen. »Lassen Sie Lady Annes Pferd bringen. Captain Blite,

Sie haben eine Stunde, um Ihre Durchsuchung durchzuführen.«

Der Captain grinste und winkte seine Männer, die es kaum erwarten konnten, voran. Sie waren noch nicht ganz im Halbdunkel der Eingangshalle angelangt, als Anne auch schon hörte, wie der erste Schrank unter dem Kolben einer Muskete zersplitterte. Wahrscheinlich würden sie in der Stunde, die ihnen zur Verfügung stand, noch wesentlich mehr Schaden anrichten, denn sie würden enttäuscht sein, wenn sie kaum etwas Wertvolles fanden. Alle Erbstücke, die einen gefühlsmäßigen oder sonstigen Wert hatten, waren schon längst in Boote verladen und auf die kleine Insel in der Mitte des Sees gebracht worden. Nachdem man sie dort vergraben hatte, hatte man die Grasnarbe sorgfältig wiederhergestellt, sodass von keiner Stelle des Ufers aus irgendetwas Ungewöhnliches zu bemerken war.

»Sind Sie verheiratet, Lieutenant? Haben Sie Familie?«

»Ja, doch, habe ich. Eine hübsche Frau und drei Töchter. Sie wohnen in London.«

»Die wären heute sicher sehr stolz auf Sie«, sagte Anne mit sanfter Stimme, während im Hintergrund Glas und Porzellan zersplitterten. »Gewiss noch stolzer, als wenn sie Sie vor drei Tagen auf dem Moor gesehen hätten.«

Cockaynes Grinsen erstarb. Während sich die Minuten hinzogen, herrschte unbehagliches Schweigen, und als Robert the Bruce gebracht wurde, kamen dem Lieutenant erneut Zweifel, denn der gut gepflegte Wallach war völlig unversehrt und hätte selbst auf der Promenade im Londoner Hyde Park Lob geerntet.

Erst als Anne, in einen warmen Umhang gehüllt, im Damensattel saß, hatte er Anlass, seine Zweifel in Frage zu stellen, denn als der Trommler das Abmarschsignal gab, hob das prächtige Tier den Kopf und setzte sich in Bewegung, als schreite es an der Spitze einer Armee einher.

Anne wurde direkt zum Tolbooth gebracht, ein altes Steingebäude, das von einem großen Raum beherrscht wurde, in dem normalerweise das Gericht tagte. Die Wände waren unverputzt und ungetüncht, das Mobiliar bestand aus einem langen Schragentisch und einem Dutzend einfacher Stühle mit hoher gerader Lehne. An der hinteren Wand führte eine Tür zu einem schmalen Korridor, über den man in ein Labyrinth von Zellen gelangte, von denen die wenigsten größer waren als drei mal zwei Schritt. Eine noch geringere Anzahl hatte einen Fensterschlitz aufzuweisen, der breit genug war, um wenigstens einen Hauch frische Luft hereinzulassen.

Auf der anderen Straßenseite, direkt gegenüber vom Tolbooth, lag das größte Gasthaus von Inverness, das in ein Offizierskasino umgewandelt worden war und dessen Zimmer im Obergeschoss man höheren Offizieren als Quartier zur Verfügung gestellt hatte. Da es in Inverness nur vier große Straßen gab, die alle in der Nähe des Gerichtsgebäudes zusammenliefen, tummelten sich in der unmittelbaren Umgebung beider Gebäude etliche Soldaten, die alle in ihrem jeweiligen Tun innehielten, um die Frau im eleganten Kapuzenmantel anzustarren, die, nachdem man ihr vom Pferd geholfen hatte, in den Tolbooth geführt wurde.

Bevor sie das Gebäude betrat, drehte Anne sich um, damit sie ihrerseits die neugierigen Rotröcke anstarren konnte. Um es ihnen leichter zu machen, schlug sie ihre Kapuze zurück. Als sie kurz den Kopf hob, um ihr Gesicht der warmen Sonne entgegenzurecken, hörte sie, wie die Männer miteinander flüsterten und von *la belle rebelle* redeten, obwohl einige heftig widersprachen und meinten, das könne sie unmöglich sein.

»Wenn ich bitten darf, Mylady.« Lieutenant Cockayne wies mit der ausgestreckten Hand auf die offene Tür. Er nahm seinen mit Spitze besetzten Dreispitz ab und wartete, bis Anne durch die Tür gegangen war, um dann die Anweisung zu erteilen, dass niemand sonst eingelassen werden sollte.

Annes Augen brauchten einen Moment, um sich auf das schwächere Licht innerhalb des Gerichtsgebäudes einzustellen. Es gab nur zwei Fenster, deren Innenläden aber geschlossen waren, damit sich von draußen niemand die Nase an den Fensterscheiben platt drückte. Stattdessen standen an den Wänden in bestimmten Abständen hohe, mehrarmige Kandelaber, die dem Raum die düstere Atmosphäre einer Inquisitionskammer verliehen. Vor dem Schragentisch stand ein einzelner Stuhl. Hinter dem Tisch saßen zehn Offiziere in Uniform und Perücke, die es sich auf unterschiedliche Weise bequem gemacht hatten und sich miteinander unterhielten, als Anne den Raum betrat.

Sofort verstummten alle Gespräche. Ein falsch klingendes, bellendes Lachen hallte noch nach und lenkte Annes Aufmerksamkeit auf das brutale Habichtsgesicht von General Henry Hawley, der ganz rechts am Tisch saß.

Hawley war nicht zu verkennen, hatte sie doch genügend Beschreibungen von ihm gehört. Die übrigen Anwesenden waren ihr jedoch – bis auf einen – unbekannt. Als sie den Earl of Loudoun unverwandt ansah, gerieten dessen fette, von unzähligen geplatzten Äderchen durchzogene Backen ins Zittern. Schnell richtete er sich auf und machte sich mit einigen vor ihm liegenden Dokumenten zu schaffen, und obwohl Anne ihn noch ein Weilchen anstarrte, blickte er nicht ein einziges Mal wieder hoch.

Das Gesicht, das sie zu sehen gehofft – und gefürchtet – hatte, nämlich das ihres Mannes, war indes nirgendwo zu entdecken. Obwohl sie nicht das Geringste von ihm gehört hatte, war es ihr gelungen sich einzureden, dass keine Nachrichten gute Nachrichten seien. Er war Offizier, Laird, Clansoberhaupt; wenn er tot gewesen wäre, hätte sich das herumgesprochen. Überdies hatte sie den Verdacht, dass ihre Verhaftung weniger zivilisiert vor sich gegangen wäre, wenn man nicht befürchtet hätte, die lokalen Regierungsvertreter vor den Kopf zu stoßen, unter denen der Lord President Duncan Forbes der wichtigste war – der Mann, der angeblich ihre persönliche Immunitätsgarantie unterschrieben hatte.

»Da haben wir sie also, die rothaarige Aufrührerin«, ließ sich auf einmal eine leise Stimme aus dem hinteren Teil des Raums vernehmen.

Anne blickte stur geradeaus. Schwere, energische Stiefeltritte näherten sich und hallten mit unheimlichem Klang in dem leeren Raum nach, was wahrscheinlich auch in der Absicht des Sprechers gelegen hatte, der jetzt langsam aus dem Schatten trat, in dem er sich verborgen gehalten hatte.

»Ihr Ruf eilt Ihnen voraus, Lady Anne«, sagte die Stimme. »Oder würden Sie es vorziehen, von diesem Tribunal mit *Colonel Anne* angeredet zu werden?«

Jetzt drehte Anne sich um, blickte jedoch bewusst immer noch geradeaus. Die Tatsache, dass der Duke of Cumberland einen ganzen Kopf kleiner war als sie, machte es erforderlich, dass sie die Richtung ihres

Blicks auf seine Körpergröße einstellte, was sie bewusst tat und durch ein leichtes Hochziehen der Augenbrauen unterstrich.

»Da ich weder eine Uniform trage noch den Rang bekleide, den Sie mir zusprechen, Sir, dürfen Sie mich mit Lady MacKintosh anreden.«

»Und Sie dürfen Ihr Knie beugen und mich mit Eure Hoheit anreden«, erwiderte er gelassen.

»Aah. Bitte vergeben Sie mir meine Unwissenheit, Eure Hoheit«, entgegnete sie, indem sie einen eleganten und anmutigen Knicks machte. »Das Licht ist so schlecht, und da wir einander nicht vorgestellt worden sind, war mir nicht bewusst, mit wem ich spreche.«

Er lief in einem weiten Kreis um sie herum, wobei er bisweilen im Schatten verschwand, nur um gleich darauf wieder daraus aufzutauchen. Anscheinend genügte es ihm vorerst, sie zu beobachten und die Spannung zu steigern – was Hawley offensichtlich nicht ertragen konnte.

»Sie stehen heute vor uns, Madam, weil Sie des Aufruhrs und Hochverrats angeklagt sind«, verkündete er, »und um über Ihre Aktivitäten in den letzten fünf Monaten Rechenschaft abzulegen.«

»Soll ich über jeden Tag oder über jede Woche Rechenschaft ablegen, Sir?«

»Sie sollen über Ihre Taten Rechenschaft ablegen, Madam. Leugnen Sie zum Beispiel, dass Sie zum Schwert gegriffen und Ihren Clan dazu aufgewiegelt haben, den verräterischen Versuch des Prätendenten zu unterstützen, den englischen Thron zu usurpieren? Leugnen Sie, dass Sie diese Männer den Truppen des jakobitischen Rebellen Lord Lewis Gordon in Aberdeen zugeführt und sich dann von dort aus nach Falkirk begeben haben, um an kriegerischen Handlungen gegen die königliche Armee teilzunehmen? Und leugnen Sie, dass Sie vor nicht ganz drei Tagen auf dem Moor von Drummossie waren?«

»Haben Sie die Absicht, mir zu unterstellen, ich hätte die gesamte Rebellion angezettelt, Sir? Denn falls das der Fall ist, halte ich es nur für fair, Sie darauf hinzuweisen, dass Sie meinen Einfluss überschätzen.«

»Ihr Einfluss hat immerhin ausgereicht, um ...« Er blickte auf einen Zettel, um seine Notizen zu Rate zu ziehen. »... mindestens fünfhundert Clansangehörige dazu zu verleiten, sich Ihrer Sache anzuschließen.«

»Das war nicht meine Sache, Sir, sondern die Angelegenheit Schottlands. Und in Wirklichkeit waren es fast achthundert.«

Hawleys Gesichtszüge wirkten im Kerzenlicht messerscharf. »Sie leugnen Ihre Verbindung zum Prätendenten also *nicht*?«

»Aus meiner Loyalität gegenüber Schottlands rechtmäßigem König und seinem Erben habe ich nie ein Geheimnis gemacht, wie Lord Loudoun sicher bezeugen kann. Doch auch wenn ich vielleicht die Siege des Prinzen begrüßt und die Entscheidung einiger Clansgenossen meines Mannes unterstützt habe, den Weg zu folgen, den einzuschlagen ihnen ihre Ehre gebot, so würde ich doch nicht sagen, dass ich mehr Einfluss auf ihre Handlungen hatte als unzählige andere Frauen, Mütter und Schwestern.«

»Von denen die meisten allerdings nicht zum Schwert gegriffen haben, um mit ihren Männern in den Kampf zu ziehen.« Hawley erhob sich halb von seinem Stuhl. »Sie sind auf dem Schlachtfeld von Falkirk *gesehen* worden!«

»Tatsächlich?«, erwiderte sie mit ironischem Ton. »Vielleicht von denselben tapferen Männern, die geschworen haben, in der Nacht, als Lord Loudoun Soldaten nach Moy Hall geschickt hat, um den Prinzen gefangen zu nehmen, hätten sie dreitausend Camerons und MacDonalds in den Büschen lauern sehen?«

Bei diesen Worten blickte Loudoun auf und wurde, als sich alle anderen Offiziere vorbeugten, um in seine Richtung zu sehen, knallrot. Gerade als er ansetzte, etwas zu seiner Verteidigung hervorzustammeln, hob Cumberland die Hand und gebot Schweigen.

»Sie leugnen also, in Falkirk gewesen zu sein?«, fragte der Herzog.

»Nein, das leugne ich überhaupt nicht, Eure Hoheit. Gewiss war ich dort, ebenso wie Dutzende von anderen Frauen, denn es war vor allem ein großartiges Abenteuer, wie man es hier in Inverness, wo es nur Weideland und Moor gibt, nie erlebt.«

»Sie behaupten also, es sei nichts weiter als eine Zerstreuung gewesen?«

»Eine *aufregende* Zerstreuung, Eure Hoheit.«

»Und wir sollen Ihnen glauben, dass Sie keinen Anteil an der Rekrutierung von Männern hatten? Oder dass die Berichte, denen zufolge Sie an der Schlacht bei Falkirk teilgenommen haben, falsch sind?«

Sie seufzte. »Darf ich mit einer Gegenfrage antworten und diese Kommission von erlauchten Militärs fragen, ob sie die Anwesenheit von Frauen auf dem Schlachtfeld gutheißen oder ihnen gar Befehlsgewalt einräumen würde? Würden Sie, Lord Loudoun, Ihre Frau dazu ermuntern, in den Kampf zu ziehen? Und wenn ja, würden Sie dann erwarten, dass Ihre Offiziere und Ihre Männer ihr blind über Stock und Stein folgen?«

Einige der Offiziere senkten die Köpfe, um ihr Grinsen zu verbergen, denn Lord Loudouns Frau war groß wie ein Ochse, und die Vorstellung, wie sie die Unterröcke raffte, um über einen Erdwall zu kraxeln, machte es ihnen schwer, die Haltung zu wahren.

Der Herzog nahm seine Wanderung wieder auf, ging diesmal aber nur bis zum Tisch, um seinen Blick von Annes lächelndem Gesicht bis zu ihrem tiefen Ausschnitt schweifen zu lassen. Ihr Umhang war aufgegangen und drohte ihr jeden Moment von den Schultern zu rutschen. Ihr Brusttuch hatte sie irgendwo unterwegs verloren. Der Schein der Kerzen brachte ihre Haut fast zum Leuchten und betonte den tiefen Ausschnitt an ihrem Mieder sowie den Schatten zwischen ihren Brüsten. Einzelne Strähnen ihres Haars hatten sich gelöst und standen vom Kopf ab, sodass es, wenn das Licht darauf fiel, aussah, als trüge sie einen feurigen Heiligenschein.

»Ich muss gestehen, dass Ihre Erscheinung nicht im Geringsten meinen Erwartungen entspricht, Lady MacKintosh«, murmelte Cumberland. »In den Berichten wurden Sie sehr viel größer und korpulenter beschrieben. Außerdem hat man Ihnen einen Schnurrbart angedichtet, der einem Brigadier alle Ehre machen würde. Überdies muss ich gestehen, dass ich es schwierig finde, mir Sie in voller Kampfausrüstung auf einem Schlachtfeld vorzustellen.«

»Danke, Eure Hoheit. Das war eine Anklage, bei der ich nicht recht wusste, wie ich mich verteidigen soll.«

»Oh, ich glaube, das haben Sie auf bewundernswerte Weise geschafft. Das Kleid, das Haar …« Er machte eine Bewegung mit seiner fetten Hand, die ihre gesamte Erscheinung einschloss. »Kein einziger Angehöriger dieses Tribunals hat nicht aufgemerkt, als Sie durch die Tür gekommen sind. Und das sind alles harte, brutale Männer, meine Liebe. Harte, brutale Männer. Wenn noch ein paar Frauen wie Sie auf dem Feld der Ehre gestanden hätten, wäre es uns vielleicht nicht so leicht gelungen, den Sieg zu erringen. Aber wir haben nun mal gewonnen. Und da Sie es sehr geschickt vermieden haben, auf irgendeine unserer Fragen eine direkte Antwort zu geben, und weder Ihre politische Einstellung noch die Tatsache leugnen, dass Sie in diese Rebellion verwickelt waren, bleibt uns wohl nichts anderes übrig, als zu befinden, dass es mehr als ausreichende Beweise gibt, die es rechtfertigen, Sie zu verhaften und Sie des Aufruhrs und der Rebellion anzuklagen. Sicher könnten wir Ihnen jetzt gleich den Prozess machen und Sie für schuldig befinden, aber die ganze Situation ist äußerst heikel, und wir müssen die äußeren Formen wahren und ein zivilisiertes und faires Verhalten an den Tag legen, nicht wahr?«

Anne hatte von Anfang an gewusst, wie das Ergebnis des Verhörs aussehen würde. Immer wieder hatte sie sich auf die Zunge gebissen, bis diese anfing zu bluten. Aber diese Tirade war einfach zu viel, und sie konnte es nicht verhindern, dass ihr die Zornesröte ins Gesicht schoss.

»*Zivilisiert* und *fair*? Nennen Sie das, was ich heute auf dem Weg nach Inverness gesehen habe, zivilisiert und fair? Ich habe vierzehn nackte, verstümmelte Leichen gezählt, die man im Gras hat liegen lassen, damit jeder vorbeikommende Soldat sie treten und anspucken kann. Wie ich gehört habe, gibt es auf dem Schlachtfeld von Culloden immer noch Verwundete, die man in der bitteren Kälte hat liegen lassen, ohne sich um sie zu kümmern. Stattdessen sind rund um das Moor Wachen aufgestellt worden, die ihre Familien daran hindern, ihnen auch nur ein Schlückchen Wasser zu bringen, damit sie leichter sterben können. Und Sie stellen mir eine *zivilisierte, faire* Behandlung in Aussicht? Warum? Weil ich eine Frau bin und weil man Ihnen noch weit schlimmere Namen geben würde als *Schlächter Billy*, wenn Sie mich hängen …« Bevor sie weitersprach, warf sie Henry Hawley einen finsteren Blick zu. »… ob nun mit einem seidenen Strick oder irgendeinem anderen?«

Die Augen des Herzogs traten noch ein wenig weiter vor. »Ihr Hohn gereicht Ihnen nicht zur Ehre, Madam.«

»Ebenso wenig wie Ihnen Ihre Leichtgläubigkeit, *Sir*«, konterte sie. »Wenn Sie bereit sind, einem Bericht Glauben zu schenken, der besagt, dass bei Falkirk Frauen mitgekämpft hätten, welches Licht wirft das wohl auf den ohnehin angeschlagenen Ruf der Männer unter dem Befehl Ihres Generals, die an jenem Tag davongelaufen sind?«

Hawley gab einen erstickten Laut von sich und wäre vielleicht über den Tisch gesprungen, um sich auf sie zu stürzen, wenn nicht ein anderer Offizier, der sich als Colonel Cholmondeley vorstellte, das Wort ergriffen hätte.

»Wenn Sie, wie Sie sagen, lediglich den Frauen der anderen Offiziere Gesellschaft geleistet haben, dann möchte ich Sie daran erinnern, dass Ihr Mann die Regimentsfarben der Royal Scots-Brigaden getragen hat!«

»Er hatte bezüglich Gesellschaft seine Präferenzen, und ich die meinen.«

»Sie sind die Nichte von Fearchar Farquharson, nicht wahr?«

»Die Enkelin.«

Cholmondeley nahm eine Feder, tauchte sie in Tinte und kritzelte etwas auf ein Stück Papier. »War er es, der Sie dazu überredet hat, Ihrem Mann nicht zu gehorchen und den Clan aufzuwiegeln?«

»Seit meiner Kindheit hat mich noch nie jemand zu etwas überredet, was ich nicht wollte.«

»Mir ist aufgefallen, dass Sie sich noch gar nicht nach dem Befinden Ihres Mannes erkundigt haben«, warf Cumberland ein. »Wollen Sie denn nicht wissen, wie es ihm in der Schlacht ergangen ist?«

»Wenn Lord MacKintosh tot wäre«, erwiderte sie, während sie versuchte, sich einen losen Faden an ihrer Manschette abzureißen, »hätte ich das inzwischen sicherlich längst erfahren.«

»Sie haben in den letzten drei Tagen keinen Kontakt mit ihm gehabt?«

Diese Vorstellung tat Anne mit einer Handbewegung ab, mit der sie gleichzeitig den abgerissenen Faden wegwarf. »Ich habe meinen Mann seit mehreren Wochen weder gesehen noch gesprochen, und meines Wissens hat *er* sich auch nicht nach *meinem* Befinden erkundigt. Wahrscheinlich werden Sie sogar früher etwas von ihm hören als ich, wenn er entdeckt, dass sein preisgekröntes Vieh requiriert worden ist und Ihre Soldaten sein Haus verwüstet haben. Diese Dinge dürften eher seine Aufmerksamkeit erregen als die kleinen Sünden einer ungehorsamen Frau.«

Cumberland lächelte. Es war ein boshaftes, verschlagenes Lächeln, das sich, nachdem er zunächst nachdenklich die zu roten Lippen gespitzt hatte, wie eine klaffende blutige Wunde über sein Schweinegesicht ausbreitete.

»Wie es der Zufall so will, meine Liebe, ist Ihr Mann ganz in der Nähe. Nur hundert Schritt von hier entfernt, würde ich meinen.« Er wandte sich an einen der Offiziere, um zu fragen: »Würden Sie nicht auch sagen, dass es von hier bis zum Hospital etwa hundert Schritt sind?«

Anne erstarrte. »Hospital?«

»Nun, kein richtiges Hospital«, sagte Cumberland,

indem er auf dem Absatz kehrtmachte, um sie wieder anzusehen. »Aber wir konnten unsere verwundeten Offiziere ja schlecht zusammen mit dem gemeinen Pöbel unterbringen.«

Anne musste zweimal ansetzen, bevor sich aus dem Krächzen, das aus ihrer Kehle kam, verständliche Worte herausschälten. »Angus ist verwundet?«

»Er wurde auf dem Schlachtfeld niedergestreckt – soviel ich weiß, hat ihm jemand einen Säbel in den Bauch gerammt. Die Ärzte werden natürlich tun, was in ihrer Macht steht, aber …« Er zuckte gleichgültig die Achseln. Selbst der Teufel hätte mehr Mitgefühl aufgebracht als er. »Bauchwunden werden nach meiner Erfahrung gewöhnlich schnell brandig.«

Anne spürte, wie der Boden unter ihren Füßen wankte. Auch um sie herum drehte sich alles, und die Gesichter der Offiziere verschwammen zu fleischfarbenen Farbklecksen, unter denen sich scharlachrote Flecken befanden.

Eine Bauchwunde, von einem Säbel …?

In den letzten drei Tagen hatte sie Albträume gehabt, in denen sie die Schlacht noch einmal durchlebte. Meistens träumte sie, MacGillivray liege sterbend in ihren Armen, während hinter ihr ein Soldat angerannt kam. Dann sprang sie immer auf, um mit ihm zu fechten, und nach einer Weile spürte sie, wie die Klinge sich in sein Fleisch bohrte. In ihren Träumen war das Gesicht stets verzerrt gewesen, doch jetzt, während die Gesichter des Tribunals immer mehr in der Dunkelheit verschwanden, trat ihr das Gesicht des Soldaten deutlich vor Augen. Es war Angus.

»O mein Gott«, flüsterte sie.

»Die Heilung liegt in der Tat in Gottes Hand«, erwiderte Cumberland. »Sagt jedenfalls der Regimentsarzt.«

»Darf ich ihn sehen?«

»Aber natürlich, meine Liebe.« Das heimtückische Lächeln breitete sich wieder auf seinem Gesicht aus. »Sobald Sie uns verraten haben, was wir wissen möchten.«

Sie runzelte die Stirn. Ihre Gedanken überschlugen sich, sodass sie seinen Worten nicht zu folgen vermochte. »Wie … verraten …?«

»Namen, meine Liebe. Wir möchten die Namen aller Clansoberhäupter und Lairds haben, die die weiße Kokarde getragen haben. Sie haben gesagt, dass Sie lediglich um der Gesellschaft wackerer Männer willen zu diesem großen Abenteuer ausgezogen sind … und wir möchten wissen, wer diese wackeren Männer waren. Lord Lovat zum Beispiel. Wir haben zwar den Verdacht, dass er aktiv am Aufstand teilgenommen hat, aber uns fehlen die Beweise. Wir brauchen beeidigte, mit Unterschrift versehene Aussagen, denn gegen Angehörige des Hochadels einen Schuldspruch zu erwirken ist nicht so einfach wie gegen irgendwelche Kleinbauern. Sie müssen nach London gebracht werden, damit ihnen vor dem House of Lords der Prozess gemacht wird …« Er breitete die Hände aus, als heische er um Bestätigung, wie ungemein lästig das alles war.

»Und Sie erwarten von mir, dass ich Ihnen diese Namen nenne? Dass ich gegen diese tapferen Männer als Zeugin aussage?« Ihre Stimme war sanft und leise geworden und hatte einen zitternden Unterton, der jeden, der sie kannte, veranlasst hätte, automatisch einen Schritt zurückzuweichen. »Im Gegenzug gestatten Sie mir dann, meinen Mann zu besuchen, der vielleicht an einer brandigen Wunde sterben wird?«

»Sie haben's erfasst, meine Liebe. Wenn Sie mit uns zusammenarbeiten, wird auch die Anklage gegen Sie fallen gelassen. Wir werden sogar Ihre geschätzte

Schwiegermutter, Lady Drummuir, freilassen, was ganz im Sinne der Wärter wäre, die sich Tag für Tag ihren Redeschwall anhören müssen.«

Anne ballte die Fäuste so fest zusammen, dass sich ihre Nägel in das Fleisch der Handflächen bohrten. Das Zimmer hatte glücklicherweise aufgehört sich zu drehen. Auch die Gesichter der Offiziere konnte sie wieder klar erkennen. Voller Verachtung musterte sie einen nach dem anderen, um schließlich ihren Blick auf John Campbell, Earl of Loudoun, zu heften.

»Sie haben einmal behauptet, ein Freund meines Mannes zu sein, Sir. Haben Sie nichts zu dieser Farce zu sagen?«

Loudoun räusperte sich hinter vorgehaltener Hand. »Sie haben gehört, welche Bedingungen gestellt werden, Lady Anne. Ich würde vorschlagen, dass Sie sie annehmen.«

Voller Abscheu sah Anne ihn an. Fast eine ganze Minute hielt er den Blick aus, mit dem sie ihn musterte. Dann stahl seine Hand sich zum Kragen seines Uniformrocks, wo er den Finger unter die leinene Halsbinde schob, um den Druck zu mildern. Als das nichts half, begannen seine Backen zu zittern, sein Kinn sackte nach unten, und er schnaufte wie eine übergewichtige Bulldogge. Schließlich wurde sein Keuchen derart bedenklich, dass ihm die Offiziere zu seiner Linken und zu seiner Rechten hochhalfen und ihn zur Hintertür hinausgeleiteten. Eine Zeit lang hörte man, wie er draußen hustete und japste und über »diese verfluchten Teufelsaugen« schimpfte.

»Dürfen wir davon ausgehen, dass Sie etwas Zeit brauchen, um über Ihre Antwort nachzudenken?«, fragte Cumberland, während er träge etwas Dreck unter dem Fingernagel hervorpulte.

Du darfst ihm nicht zeigen, dass dir das etwas ausmacht. Du darfst ihm nicht zeigen, wie viel dir das ausmacht, sonst seid ihr beide verloren, du und Angus.

»Sie dürfen davon ausgehen, Sir, dass weder Sie noch ich lange genug auf dieser Erde weilen werden, um zu erleben, dass ich auf derart *unzivilisierte* Forderungen eingehe.«

»Tapfer gesprochen, meine Liebe, aber vielleicht kommen Sie zur Vernunft, wenn Sie ein paar Tage in einer Zelle verbracht haben, wo die Ratten so groß wie Schäferhunde sind.«

Er nickte Colonel Cockayne zu, der äußerst widerwillig vortrat. »Eskortieren Sie Colonel Anne in ihr neues Quartier, wenn ich bitten darf. Ich würde Ihnen auch raten, sie gründlich zu durchsuchen, bevor Sie die Tür hinter ihr abschließen. Wenn Lady Drummuir es fertig gebracht hat, ein so großes Messer in ihre Zelle zu schmuggeln, dass sie einem der Wärter ein Auge ausstechen konnte, dann ist die Dame hier sicher auch dazu imstande. Darf ich Ihnen noch eine letzte Chance geben, es sich anders zu überlegen, Madam?«

Annes Antwort bestand darin, dass sie dem Herzog auf den glänzend polierten Stiefel spuckte.

Achtundzwanzigstes Kapitel

Inverness, Mai 1746

Die Angst hüllte sie ein wie eine Decke, unter der sie keine Luft mehr zu bekommen schien. Die glitschigen Steinwände ihrer Zelle schienen jeden Tag näher zu rücken, schienen sich enger und enger um sie zusammenzuziehen. Die Luft war so dünn und verpestet, dass sie immer wieder keuchend nach Atem ringen musste, um den Druck in ihren Lungen zu mildern. Die Geräusche aus den anderen Zellen waren so entsetzlich, so durchdringend wie die Schreie, die sie bei Tag wie bei Nacht in ihren Träumen heimsuchten.

Dreimal war Cumberland in den vergangenen sechs Wochen ins Gefängnis gekommen, um ihr die Freiheit anzubieten, falls sie bereit war, als Kronzeugin gegen die Anführer der Jakobiten auszusagen. Jedes Mal musste er, deutsche Flüche vor sich hinmurmelnd, unverrichteter Dinge wieder abziehen.

Ihr Haar war stumpf und durch und durch verdreckt. Ihre Haut war grau. Dunkle purpurfarbene Ringe lagen unter ihren Augen. Ihre Hände starrten vor Schmutz, ihre Nägel waren rissig und abgebrochen, weil sie sich immer wieder zu dem schmalen Fenster oben in der Zellenwand hochzog.

Sie wusste eigentlich nicht, was sie dort zu sehen hoffte außer dem schwindenden Licht, das anzeigte, dass ein weiterer Tag in die Nacht überging. Tage wie Nächte zogen sich endlos dahin, die einen angefüllt mit Albträumen von den Lebenden, die anderen mit Albträumen von den Toten. Es gab Zeiten, da sie sich fast wünschte, eines Morgens einfach nicht mehr zu erwachen. Cumberland hatte zwar gesagt, Angus sei noch am Leben, doch sie hatte keinen Grund, ihm zu glauben. Wenn er das Fieber und den Brand der Bauchwunde überlebt hatte, wenn er tatsächlich noch am Leben war, dann hätte er doch irgendeine Möglichkeit gefunden, ihr eine Nachricht zukommen zu lassen. Nicht alle Wärter waren grausam und brutal. Es gab auch einige, die keine lüsternen Blicke warfen und sich nicht zwischen die Beine fassten, wenn sie bei ihr vorbeikamen, sondern stattdessen mal eine Extratasse Wasser in ihre Zelle schmuggelten. Einmal hatte sie im Austausch gegen einen der Rosettenknöpfe an ihrem Kleid sogar eine halb abgenagte Hühnerkeule bekommen.

Jetzt waren die Knöpfe alle weg, und die Seide ihres Kleids war eher grau als rosarot. Der einzige Wertgegenstand, den sie noch hatte – und von dem sie sich nie trennen würde, es sei denn, man nahm ihn ihrer Leiche ab –, war die silberne Brosche mit dem Rauchquarz, die Angus ihr in der Nacht vor der Schlacht angesteckt hatte. Sie trug sie unter ihrem Korsett, direkt am Busen, und immer, wenn ihre Standfestigkeit ins Wanken geriet, wenn die Verzweiflung sie zu überwältigen drohte und die Schreie der sterbenden Männer sie fast um den Verstand brachten, presste sie die Hand gegen das Metall, bis es ihr tief in die Haut schnitt.

So leicht würde sie es Cumberland nicht machen. Wenn er ihren Tod wollte, würde er den Befehl geben müssen, sie zu hängen, und da sie die Frau eines prominenten Clansoberhaupts war, konnte das nicht geschehen, ohne dass sie zuerst nach London gebracht und dort vor Gericht gestellt wurde.

Gemeine Soldaten und Deserteure waren da wesentlich schlechter dran. So hatte man zum Beispiel unter den jakobitischen Gefangenen dreißig Männer entdeckt, die zuvor in der Armee des englischen Königs gedient hatten. Sie wurden im Schnellverfahren abgeurteilt und gehängt. Bereits eine Stunde nach Beginn des Kriegsgerichtsverfahrens baumelten ihre nackten Leichen am Galgen. Während im Hof die Trommeln schlugen, wurde einer dieser Männer an Annes Zelle vorbeigeführt. Als er einen Moment vor ihrer Tür stehen blieb, hätte sie ihn unter dem ganzen Schmutz und Blut beinahe nicht erkannt. Es war der junge Douglas Forbes. Es gelang ihm noch, ihr zum Abschied zuzulächeln, und später erfuhr sie, dass er erhobenen Hauptes zum Galgen geschritten sei und es abgelehnt habe, sich die Augen verbinden zu lassen, um stattdessen in die Weite des Himmels über sich blicken zu können, bis die Falltür unter ihm aufging.

Jeden Tag wurden weitere Gefangene gebracht. Als das Fassungsvermögen des Tolbooth-Gefängnisses überschritten war, schaffte man die Gefangenen in Kirchen und danach auf Schiffe, die man in Gefängnishulke umwandelte.

Ende April erließ Cumberland den Befehl, dass den Vertretern der Krone alle Jakobiten oder dieser Gesinnung verdächtigten Personen gemeldet werden müssten. Die Pfarrer mussten Listen derjenigen Gemeindemitglieder anlegen, die während der Rebellion abwesend gewesen waren; für alle in den Aufstand verwickelten Clansoberhäupter und Adligen wurden Haftbefehle ausgestellt, für ihre Ergreifung Belohnungen ausgesetzt. Auf den Kopf von Charles Stuart hatte man dreißigtausend Pfund ausgesetzt, geringere, aber immer noch beträchtliche Summen auf diejenigen, deren Namen auf dem Schlachtfeld am häufigsten zu hören gewesen waren: Murray, Cameron, Glengarry, Clanranald, Ardshiel. Infanterie- und Dragonerregimenter wurden ausgeschickt, um die fliehenden jakobitischen

Kontingente zur Strecke zu bringen. Lochiels Festung in Achnacarry wurde zerstört, die Burg in Schutt und Asche gelegt, während das Clansoberhaupt und seine Verwandten gezwungen waren, sich in Höhlen in den Bergen zu verstecken. Graue Rauchwolken hingen über den Tälern, in denen die Dörfer niedergebrannt wurden, während man die Schafe und das übrige Vieh nach Inverness trieb. Cumberland hatte die Befugnis erhalten, alles zu tun, was er für nötig erachtete, um die rebellische Natur der Hochländer zu unterdrücken. In seiner Entschlossenheit, gründlich durchzugreifen, machte er sich wenig Gedanken über die Schuld oder Unschuld der breiten Masse der Bevölkerung. Angesichts der Unmenge von Gefangenen fand eine Auslosung statt: Jedem zwanzigsten Mann wurde der Prozess gemacht. Falls die Übrigen es sich leisten konnten, sich freizukaufen, wurden sie unter der Bedingung, Schottland zu verlassen und nie ins Land zurückzukehren, freigelassen; alle anderen, die kein Geld hatten, verlud man auf Transportschiffe und schickte sie als Zwangsarbeiter in die Kolonien.

Vier Angehörige des Hochadels wurden verhaftet und zum Tod durch die Axt verurteilt. Einer von ihnen war der Earl of Kilmarnock, bei dessen Frau General Hawley am Abend vor der Schlacht von Falkirk zu Gast gewesen war. Den Gerüchten zufolge, die nachts im Tolbooth flüsternd von Zelle zu Zelle weitergegeben wurden, hatte der ehemalige Quartiermeister des Prinzen, Murray of Broughton, als Kronzeuge gegen den Earl ausgesagt, um seinen eigenen Hals zu retten. Überdies hieß es, Lady Kilmarnock sei der Patrouille, die sie nach Inverness schaffen sollte, entkommen, indem sie den Männern Wein angeboten habe, der mit so viel Opium versetzt war, dass sofort alle bewusstlos wurden.

Von diesem Wein hätte Anne jetzt gern ein wenig gehabt. Sie war hungrig und durchgefroren. Sie wusste, dass Cumberland bald wiederkommen würde, um ihr Essen, ein sauberes Bett und ein heißes Bad anzubieten, und sie war sich in keiner Weise sicher, wie lange sie es noch schaffen würde, sein Angebot abzulehnen, beziehungsweise wie lange er ihre Widerspenstigkeit noch hinnehmen würde. Immerhin wies einiges darauf hin, dass sich an dieser Pattsituation bald etwas ändern würde. Der König hatte dem Herzog zwar freie Hand gegeben und ihm gestattet, mit den Rebellen so zu verfahren, wie er es für richtig hielt, doch nach sechs Wochen zügellosen Mordens und Blutvergießens trat allmählich das Gegenteil von dem ein, was beabsichtigt gewesen war. Angst schlug in Wut um. Aus Männern, die ansonsten wohl still nach Hause zurückgekehrt wären und ihre Wunden auskuriert hätten, wurden leidenschaftliche Fanatiker. In den Londoner Zeitungen erschienen Artikel, in denen der Herzog offen als »Schlächter Billy« bezeichnet wurde, und im Parlament gab es Proteste von Lords, die eine zivilisiertere Lösung des schottischen Problems forderten.

Cumberland würde bald nicht mehr ganz so freie Hand haben. Lady Drummuir war bereits freigelassen worden, stand allerdings noch unter Hausarrest. Sechzehn andere Damen – deren Männer verdächtigt wurden, Jakobiten zu sein –, die man eine Zeit lang in Kirchen und Gasthäusern eingesperrt hatte, waren zu ihren Familien zurückgeschickt worden, nachdem die Frauen mehrerer Parlamentsabgeordneter sich für sie verwandt hatten. Anne wusste, dass auch sie in ihrer stinkenden kleinen Zelle nicht vergessen worden war. Sie musste nur noch einen weiteren Tag durchhalten, und dann vielleicht noch einen …

Sie kamen, als sie gerade schlief. Obwohl die Zellentür äußerst behutsam geöffnet wurde, kreischten die verrosteten Angeln protestierend auf. Zwei dunkle Gestalten kamen herein und zerrten Anne hoch, bevor sie richtig wach war. Als sie ihre Benommenheit abgeschüttelt hatte, hatte man ihr bereits die Hände mit einem Lederriemen gefesselt, ihr einen schmutzigen Lappen in den Mund gestopft und ihr einen Jutesack über den Kopf gezogen.

Sie gab einen röchelnden Laut von sich und versuchte, nach ihren Angreifern zu treten, doch in dem Moment schlug ihr jemand mit einem harten stumpfen Gegenstand gegen die Schläfe, sodass sie halb das Bewusstsein verlor.

Undeutlich nahm sie wahr, wie sie hochgehoben und über eine breite Schulter geworfen wurde, um anschließend in den Korridor hinaus und durch eine Tür getragen zu werden, die so niedrig war, dass der Mann, der sie auf der Schulter hatte, sich ducken musste, um nicht mit dem Kopf gegen den Türsturz zu stoßen. Sie spürte, wie kalte Luft um ihre Beine strich, und hörte das Schnauben mehrerer Pferde. Nachdem man ihr einen Mantel oder eine Decke um die Schultern gewickelt hatte, wurde sie auf einen Sattel gehoben und ihre Hände am Sattelknauf festgebunden.

»Halt dich fest.« Immer noch wie betäubt, spürte sie, wie ihr jemand mit einem Lederriemen auf die Finger klatschte. »Ich sagte, halt dich am Sattel fest, du Miststück, sonst legen wir dich wie einen Sack Abfall darüber und binden dich fest.«

»Die riecht ja schon wie Abfall«, meinte ein anderer und zog laut die Nase hoch. »Wie weit müssen wir sie denn bringen? Die Nacht ist verdammt kalt, und der Nebel kriecht mir schon unter die Kleidung.«

»Wir haben unsere Befehle, und die befolgen wir auch. Nimm den Zügel und pass gut auf. Wir würden ganz schön blöd dastehen, wenn sie es jetzt noch schaffen würde, zu entkommen.«

»Ich würde vorschlagen, dass wir sie einfach zum Fluss bringen. Was macht es denn für einen Unterschied, ob wir sie unten an der Brücke oder draußen im Wald umbringen? Außerdem sparen wir dann Zeit.«

Anne blinzelte und versuchte etwas zu erkennen, doch abgesehen von dem matten Schein einer Laterne, der ab und an durch den Sack drang, war sie so gut wie blind.

Jetzt war es also so weit. Die Pattsituation war zu Ende. Cumberland hatte endgültig die Geduld verloren – oder vielleicht wurde ihm auch die Zeit knapp –, sodass er, statt sie vor Gericht zu stellen, den Befehl gegeben hatte, sie fortzuschaffen und in aller Stille zu ermorden. Danach würde man ihre Leiche dann im Sumpf versenken oder im Wald vergraben, wo sie nie jemand finden würde, sodass auch nie herauskäme, was geschehen war. Ihr fiel ein, wie sie in ihrer Jugend einmal ein Skelett gefunden hatte. Jamie und Robbie hatten ein Loch gegraben, um einen neuen Brunnen anzulegen, und dabei hatten sie auf einmal mit dem Spaten einen Schädel zutage gefördert, der sie aus leeren Augenhöhlen angeglotzt hatte. Ein Teil der Schädeldecke war eingeschlagen, was darauf schließen ließ, dass der Betreffende mit einem Stein oder einem Knüppel umgebracht worden war. Vielleicht würde in zehn oder hundert Jahren jemand beim Graben im Wald ihren Schädel zutage fördern, obwohl niemand wissen würde, dass es ihr Schädel war, und zuvor auch niemand die Gelegenheit gehabt hätte, ihren Tod zu betrauern.

Anne unterdrückte die in ihr aufsteigende Panik und

klammerte sich mit den Händen am Sattelknauf fest, als das Pferd sich in Bewegung setzte. Die Fesseln um ihre Handgelenke schnürten ihr derart das Blut ab, dass ihre Finger schon halb taub waren. Da sie ihre Schuhe schon vor Wochen gegen etwas zu essen eingetauscht hatte, waren ihre Füße nackt und hingen ungeschützt unter ihrem zerlumpten Rock hervor. Der Sattel war rissig und uneben und scheuerte bei jeder ruckartigen Bewegung gegen ihre Schenkel, aber zumindest schärfte der Schmerz ihre trüben Sinne wieder. Sie merkte, wie sie von der Kirk Street abbogen und die Bridge Street entlangritten, und als sie über Holzplanken ritten, wusste sie, dass sie den Fluss überquerten und Inverness verließen. Das Knarren zahlreicher Sättel und die Hufschläge der Pferde ließen sie vermuten, dass die Gruppe aus mindestens einem Dutzend Reitern bestand – viel zu viele, um gefesselt und mit einem Sack über dem Kopf einen Fluchtversuch zu machen. Andererseits – wenn sie sie ohnehin in den Wald schafften, um sie zu töten, was hatte sie da noch zu verlieren?

»Lass dir das ja nicht einfallen, Schätzchen!«, knurrte neben ihr eine leise Stimme. »Die Hälfte dieser Männer war bei Falkirk dabei und hätte nur zu gern einen Vorwand, um dir mit der Muskete in den hübschen Hintern zu schießen. Und was mich betrifft … ich würde dir gern was anderes hinten reinstecken, was auch noch passieren kann, falls du Ärger machst.«

Anne drehte den Kopf ein Stück zur Seite. Obwohl der Sack ihr Hörvermögen beeinträchtigte, hatte die Stimme vertraut genug geklungen, um ihr einen eisigen Schauer über den Rücken zu jagen und unwillkürlich das Bild eines versehrten, mit einem milchigen Film überzogenen Auges in ihr aufsteigen zu lassen.

Schweigend legten sie eine Meile oder auch mehr zurück. Es war schwierig, unter diesen Umständen Entfernungen oder die Zeit abzuschätzen. Erneut waren es die Geräusche, die ihr verrieten, dass sie die feste Straße verließen und durch dichtes hohes Gras ritten. Sie konnte riechen, dass der Frühling in der feuchten nebligen Luft lag. Der köstliche Duft von Schösslingen und frischem Grün mischte sich mit dem schweren Kompostgeruch verfaulter Blätter und Kiefernnadeln. Da kein Wasserrauschen zu hören war, konnten sie nicht dem Fluss gefolgt sein. Südlich von Inverness gab es indes einen dichten, etwa fünf Meilen langen Waldstreifen, der für das, was die Männer heute Nacht vorhatten, bestens geeignet war. Anne überlegte, ob sie ihr zum Schluss wenigstens den Sack abnehmen würden, damit sie einen letzten Blick in den Himmel und auf die Bäume werfen konnte.

Einer der Männer stieß einen Fluch aus, als er mit dem Uniformrock an einem Ast hängen blieb. »Wie weit ist es denn noch, verdammt noch mal?«

»Die Lichtung müsste gleich kommen.«

Äste streiften Annes Kopf, bis ihr Pferd schließlich nach etwa hundert Schritten auf die Seite geführt und zum Stehen gebracht wurde. Wie sie dem heftigen Knarren der Sättel entnahm, saß ihre Eskorte ab. Hände streckten sich nach ihr aus, um sie vom Sattelknauf loszubinden und vom Pferd zu zerren. Das Gras unter ihren Füßen war feucht und kalt, die Erde zwischen ihren Zehen locker. Obwohl sie versuchte, sich zusammenzureißen, begann sie zu zittern.

Nachdem ihr jemand den Sack vom Kopf gezogen hatte, sah sie sich blinzelnd um. Sie befanden sich auf einer Lichtung, die von mächtigen Tannen gesäumt wurde. Der Nebel reichte ihnen bis zur Taille. Der am Himmel stehende Halbmond sowie die beiden mit Pech getränkten Fackeln, die man nahebei in die Erde gesteckt hatte, hellten die nächtliche Finsternis etwas auf. Anne wurde von acht rot uniformierten Soldaten mit Musketen im Arm flankiert. Auf der anderen Seite der Lichtung standen sechs weitere Soldaten, die so aussahen, als hätten sie ungeduldig auf ihre Ankunft gewartet.

Die sechs stellten die Eskorte einer weiteren vertrauten Gestalt dar, die klein und fett war und einen dunklen, mit goldenen Tressen besetzten Gehrock trug. Das Gesicht wurde von der Krempe eines Dreispitzes beschattet.

Der Duke of Cumberland starrte Anne einen ausgedehnten Moment lang an, bevor er einem ihrer Bewacher mit einem Zeichen zu verstehen gab, ihr den schmutzigen Knebel aus dem Mund zu nehmen. Als dies geschehen war, befreite sie mit der Zunge ihre Lippen von den Fusseln und dem Dreck, die der Lappen dort hinterlassen hatte. Ihre Mundwinkel waren eingerissen und bluteten. Sie atmete rasch und flach, um ihrem ausgetrockneten Mund so viel Feuchtigkeit wie möglich zuzuführen.

Langsam kam der Herzog mit auf dem Rücken verschränkten Händen auf sie zu. Mit verächtlichem Blick musterte er ihre verdreckte Erscheinung und grinste triumphierend.

»Ein schöner Abend für ein letztes Gespräch, finden Sie nicht?«

Anne presste die Lippen zusammen und starrte ihn an, ohne ein Wort zu erwidern.

»Entschlossen, mir bis zum Schluss zu trotzen, wie ich sehe«, murmelte er. »Ich gestehe ganz offen, dass Sie eine bewunderungswürdige Gegnerin waren. Eigentlich hatte ich damit gerechnet, Ihren Widerstand schon vor Wochen brechen zu können. Aber Sie haben immer noch Zeit, es sich anders zu überlegen; es sind noch ein paar Minuten bis Mitternacht.«

»Ich habe Ihnen nichts zu sagen«, erwiderte sie mit krächzender Stimme.

»Das habe ich auch nicht erwartet. Trotzdem gibt es noch eine Kleinigkeit zu erledigen, bevor wir weitermachen können.« Lächelnd winkte er einen seiner Adjutanten heran, der eine in Leder gebundene Mappe brachte, die er aufschlug und dem Herzog überreichte. Dann holte er aus dem Ranzen, den er über der Schulter hängen hatte, eine kleine Flasche mit Tinte und einen Federkiel hervor.

»Ich habe hier ein Dokument«, sagte der Herzog, indem er die Mappe herumdrehte, sodass Anne die zwei Bögen Papier, die sie enthielt, sehen konnte, »das Ihrer Unterschrift bedarf.«

Anne versuchte, das Geschriebene zu entziffern, doch das Licht war zu schlecht, die Schrift unleserlich. »Was ist das?«

»Nichts, was Ihnen Anlass zur Sorge geben müsste. Nichts, was Ihre Prinzipien oder Ihre politische Einstellung oder gar Ihren heroischen Status innerhalb Ihres Clans kompromittieren würde. Es handelt sich lediglich um die Erklärung, dass Sie Jakobitin sind, dass Sie Ihren Clan gegen den Willen Ihres Mannes aufgewiegelt haben und dass Sie voller Begeisterung an kriegerischen Handlungen gegen die Krone teilgenommen haben.«

»Ein Geständnis? Wollen Sie damit Ihr Gewissen beruhigen, bevor Sie mich ermorden lassen?«

»Meine liebe Lady Anne, wenn ich Sie bloß hätte ermorden lassen wollen, dann hätte ich mir nicht diese ganze Mühe gemacht, das kann ich Ihnen versichern. Was mein Gewissen betrifft, so würde ich Ihnen raten, es nicht noch mehr auf die Probe zu stellen, ebenso wenig wie meine Geduld, denn beides ist inzwischen gefährlich überstrapaziert. Und jetzt unterschreiben Sie. Die Zeit wird knapp, und diese Spielchen werden allmählich langweilig.«

»Das ist schon in Ordnung, Anne. Du kannst ruhig unterschreiben.«

Verdutzt blickte sie auf und schaute umher, um festzustellen, wo die Stimme, die eben gesprochen hatte, herkam. Sie war nicht die Einzige, die in die Bäume rings um die Lichtung spähte. Die Soldaten drehten ebenfalls die Köpfe und brachten ihre Musketen in Anschlag. Der Wald schien plötzlich voller Geräusche und Schatten zu sein. Hinter jedem Baum, jedem Dickicht und jedem Strauch kamen, wie Gespenster aus dem Nebel auftauchend, MacKintosh-Clansmänner hervor, insgesamt mindestens zwanzig, und fast alle waren sie mit Schwertern, Pistolen und Musketen bewaffnet. Von den übrigen Männern löste sich eine Gestalt ab und trat in das Licht der Fackeln. Es war Angus Moy, ein jägergrünes Plaid um die Schultern, um das lederne Bandeliere geschlungen waren. Doch er war nicht mehr der perfekte Gentleman von einst, nicht mehr die gepflegte, elegante Erscheinung mit lässig unbekümmertem Gesichtsausdruck. Sein langes Haar fiel ihm lose auf die Schultern, das Kinn zierten dunkle Bartstoppeln. Das Lodern in seinen blaugrauen Augen, heiß wie die Fackeln, wies ihn als echten Spross seiner kriegerischen Vorfahren aus.

»Das ist schon in Ordnung, Anne. Du kannst diesen Fetzen Papier ruhig unterschreiben. Das gehört zu unserer Abmachung. Es müsste auch noch ein zweites Dokument da sein, das Seine Hoheit vor den Zeugen hier unterschreiben muss und das deine Begnadigung enthält.«

Anne, der ganz schwach zumute war, hatte es den Atem verschlagen. Lautlos formten ihre Lippen den Namen ihres Mannes.

»Sie haben auch etwas für mich?«, fragte Cumberland, indem er sich dem Laird des Chattan-Clans zuwandte.

Angus drehte den Kopf ein wenig zur Seite, worauf eine weitere Gestalt aus dem Wald trat, die den schwarzen Gehrock und das einfache Halstuch eines Schreibers trug. Der Mann fühlte sich inmitten so vieler schwer bewaffneter Soldaten und Hochländer augenscheinlich ziemlich unwohl, und er eilte, den Nebel aufwirbelnd, raschen Schrittes über die Lichtung.

»Ich habe das b… betreffende Dokument dabei, Eure Hoheit«, stammelte er mit so leiser Stimme, dass der Herzog den Kopf neigen musste, um ihn zu verstehen. »Außerdem habe ich einen Brief von Lord Newcastle, dem Ersten Minister Seiner Majestät, in dem dieser vorschlägt, dass Sie auf die Bedingungen der Abmachung eingehen, die Lord MacKintosh und seine Londoner Rechtsanwälte ausgearbeitet haben. Nach Lord Newcastles Dafürhalten könnte es gefährliche und weitreichende Folgen haben, falls das Parlament oder die grässlichen Zeitungen davon Wind bekommen sollten, dass der Gefechtsbefehl von jenem Tag gefälscht oder irgendwie, äh, manipuliert war. Überdies …«

»Ja, ja«, unterbrach ihn der Herzog, der sich der Nähe Annes und der Präsenz der schwer bewaffneten Clansmänner nur zu deutlich bewusst war. Letztere mochten zwar nicht in der Lage sein, zu hören und zu verstehen, was gesagt wurde, stellten aber gleichwohl eine potenzielle Bedrohung dar.

»Sie haben mich schwer enttäuscht, MacKintosh«, sagte der Herzog. »Ich hatte große Hoffnungen auf Ihre Zukunft hier im Hochland gesetzt. Ich hätte Sie zu einem reichen und mächtigen Mann machen können. Sie hätten einen Sitz im Parlament bekommen, sogar Minister werden oder diesen Schlappschwanz Forbes ablösen können.«

»Aller Reichtum, den ich begehre, ist hier«, erwiderte Angus, indem er Anne unverwandt ansah. »Und wenn ich Sie enttäuscht habe, Eure Hoheit, dann kann *ich* mit einem reinen Gewissen sterben.«

Der Herzog grinste höhnisch und murmelte leise: »Das passiert vielleicht eher, als Sie denken.«

Doch Angus hatte ihn gehört. Er hob den Arm, worauf eine weitere Abteilung bewaffneter Hochländer aus dem Wald kam. Die Männer saßen auf Pferden, deren Sättel und Geschirr sie eindeutig als Reittiere der königlichen Dragoner auswiesen.

»Gab es irgendwelche Schwierigkeiten?«, fragte Angus.

»Nein, Sir«, antwortete Ewen MacCardle. »Haben sie genau da gefunden, wo Sie vermutet haben. Lagen im Hinterhalt. Haben sie gut verschnürt im Sumpf gelassen.«

Angus' Lächeln war so Unheil verkündend wie das Sortiment von Dolchen und Pistolen, das in seinen Bandelieren funkelte. Er trat auf den Herzog zu, der, wie alle mitbekamen, automatisch einen Schritt zurückwich. Die Soldaten, die ihn eskortiert hatten, wurden im Handumdrehen entwaffnet, desgleichen die Männer, die Anne vom Tolbooth hierher gebracht hatten. Der Londoner Schreiber, der das Schlimmste befürchtete, zog ein großes weißes Leinentuch aus der Tasche und wischte sich die Stirn ab.

»Oje, oje«, murmelte er. »Das sollte doch alles friedlich enden.«

»Das wird es auch«, sagte Angus, indem er dem zur Salzsäule erstarrten Adjutanten Cumberlands den Federkiel und das Tintenfass aus der Hand nahm. »Und zwar sobald Seine Hoheit die Begnadigung unterschrieben hat.«

»Sie wagen es, mir mit Gewalt zu drohen?«, zischte Cumberland mit hervortretenden Augen.

»Ich drohe Ihnen nicht nur damit. Ich würde Ihnen und all Ihren Männern ohne zu zögern die Kehle durchschneiden. Außerdem würde ich Sie so tief im Wald vergraben, dass niemand Ihre Leichen finden, geschweige denn erfahren würde, was aus Ihnen geworden ist – für meine Frau und mich hatten Sie ja vermutlich ein ganz ähnliches Schicksal geplant.«

Der Herzog spitzte einen Moment die Lippen. Dann nahm er den Federkiel, tauchte die Spitze mit einer abrupten, wütenden Bewegung in Tinte und kritzelte seine Unterschrift auf das betreffende Dokument. Angus nahm es aus der Mappe und blies behutsam auf den Schriftzug, um das Blatt dann zusammenzufalten und dem Schreiber zu übergeben. »Wenn damit irgendetwas passiert, werde ich Sie persönlich zur Verantwortung ziehen. Wenn ich nicht innerhalb einer Woche von meinem Londoner Rechtsanwalt höre, dass er das Dokument erhalten hat, werde ich mir auch noch Ihre Familie vornehmen. Habe ich mich klar und deutlich ausgedrückt?«

Der Schreiber war einem Ohnmachtsanfall nahe. Zitternd betupfte er sich mit seinem Tuch die Schläfen und den Hals. »Voll und ganz, Mylord, voll und ganz.«

»Gut. Und jetzt gehen Sie. Meine Männer werden bei Ihnen bleiben, bis Ihr Schiff in See sticht.«

»Einen Moment«, sagte Cumberland. Er hielt Anne die Mappe hin und klopfte mit dem Finger auf das Geständnis. »Ich bestehe darauf, dass sie ebenfalls unterschreibt.«

Geringschätzig betrachtete Angus den feisten Finger. »Ich glaube kaum, dass Sie im Moment in der Lage sind, auf irgendetwas zu bestehen.«

»Nicht doch«, sagte Anne. »Ich bin gern bereit zu unterschreiben.«

Sie langte nach dem Federkiel. Da ihre Hände immer noch gefesselt waren, war die Bewegung ziemlich unbeholfen. Angus stieß einen wilden Fluch aus und zog einen im Fackellicht aufblitzenden Dolch aus dem Bandelier, um Anne mit einem einzigen Streich zu befreien.

Anne wartete, bis ihre Finger nicht mehr zitterten. Dann schrieb sie mit elegantem Schwung ihren Namen: *Anne Farquharson Moy Mhic an Tosaich, Colonel, SKH Charles Stuart Royal Scots Brigade.*

Epilog

Sanft fuhr Anne mit den Fingern über die hässliche wulstige Narbe, die unterhalb der Rippen die glatte Haut ihres Mannes verunstaltete. Er lag schlafend auf der Seite, doch als ihre Finger und anschließend ihre Lippen ihn berührten, regte er sich und drehte sich langsam auf den Rücken. Als er die Tränen in ihren Augen sah, seufzte er und nahm sie in die Arme, um sie fest an sich zu ziehen.

»Es war doch nicht deine Schuld«, murmelte er, die Lippen in ihrem Haar vergrabend. »Du wusstest ja nicht, was du tatest.«

»Ich wusste immerhin so viel, dass ich dich beinahe getötet hätte.«

»Du warst wütend, und ich bin dir nicht schnell genug aus dem Wege gegangen, ein Fehler, den ich nie wieder machen werde, da kannst du sicher sein.«

»Ich dachte, du seist tot«, flüsterte sie. »In der ganzen Zeit, wo ich nichts von dir gehört habe, dachte ich, ich hätte dich getötet.«

»In den ersten beiden Wochen dachte ich das auch. MacCardle hat mir erzählt, dass ich vom Fieber ganz wirr im Kopf war. Als ich mich dann wieder erholt hatte …« Er machte eine Pause und küsste sie von neuem. Gleichzeitig verstärkte er den Druck seiner Arme, sodass sie mehr oder weniger gezwungen war, sich direkt auf ihn zu legen. »… erfuhr ich, dass du im Gefängnis bist und dass es so gut wie keine Möglichkeit gibt, dich zu befreien. Da bin ich beinah wieder verrückt geworden.«

Anne verschränkte die Arme auf seiner Brust und stützte das Kinn auf die Hände. Es genügte ihr völlig, ihn anzusehen und zu spüren, wie er mit seinen Händen über ihren Rücken strich. Den überwiegenden Teil der letzten zehn Tage hatten sie im Bett verbracht, größtenteils um zu schlafen, zu essen, zu *baden* und wieder zu schlafen. Ab und an hatte Angus sich fortgestohlen, um die Instandsetzungsarbeiten in Moy Hall zu überwachen, denn während Annes Einkerkerung waren die Engländer mehrmals wiedergekommen, sodass es kaum noch einen Stuhl gab, der nicht aufgeschlitzt gewesen wäre, oder einen Schrank, der nicht zu Kleinholz gemacht worden wäre. Die meisten Dienstboten waren zurückgekehrt, als sie hörten, dass der Laird es auf wundersame Weise geschafft hatte, seine Frau zu befreien. Überdies lagerten rund um den See zweihundert Clansangehörige, deren Zahl jeden Tag zunahm. Viele von ihnen gehörten zu MacGillivrays und MacBeans Clan und hatten nicht nur ihr Clansoberhaupt, sondern auch Haus und Hof verloren. Von den einundzwanzig Lairds des Chattan-Clans, die zusammen mit MacGillivray in vorderster Reihe gestanden hatten, hatten nur drei die Schlacht überlebt, und von diesen waren zwei später ihren Wunden erlegen.

Die Clansmänner, die nach Moy gekommen waren, gehörten zu den wildesten und tapfersten Kämpfern, die an jenem Tag in die Schlacht gezogen waren, und Angus erklärte ihnen, während Anne stolz an seiner Seite stand, dass er in den kommenden Wochen und Monaten auf jeden Einzelnen von ihnen angewiesen sei. In den Bergen hielten sich unzählige Flüchtlinge versteckt, die Essen und Kleidung brauchten und außer Landes gebracht werden mussten, und MacGillivrays Männer waren schließlich die besten Schmuggler in ganz Kaledonien. Die Engländer waren systematisch dabei, im Hochland das gesamte Vieh zu requirieren, weil sie hofften, die Menschen durch Hunger gefügig zu machen, doch für eine Bande erfahrener Viehdiebe würde es kein Problem darstellen, zurückzustehlen, was gestohlen worden war.

Am Nachmittag des Vortages hatte Angus von seinem Rechtsanwalt die Nachricht erhalten, dass Annes Begnadigung sicher bei ihm angekommen sei, zusammen mit den eidlichen Erklärungen dreier königlicher Minister, denen Angus den gefälschten Gefechtsbefehl gezeigt hatte. Cumberland hatte das Schriftstück, das Angus Major Worsham abgenommen hatte, unverzüglich vernichtet, eine bestenfalls theatralische, schlimmstenfalls kindisch-trotzige Geste. Nahm man den Gefechtsbefehl für sich, so gab es nichts, was bewiesen hätte, dass er falsch war. Doch Angus hatte ja auch noch andere Papiere bei Worsham gefunden, darunter umfangreiche Notizen zu dem Treffen mit Cumberland, bei dem man darüber gesprochen hatte, wie leicht es gewesen war, Lord Georges Unterschrift zu fälschen und den bewussten Satz einzufügen, der dann zu dem ungerechtfertigten, gewissenlosen Gemetzel auf dem Schlachtfeld geführt hatte. Angus hatte sich selbst nach London begeben, um dem Ersten Minister die Beweise vorzulegen und ihm die Bedingungen zu nennen, unter denen er der *London Gazette* keine Abschriften all dieser Dokumente zukommen lassen würde.

In den Tagen nach der Schlacht von Culloden hatte Cumberland als tapferer Held gegolten, der über eine Armee von zwanzigtausend wilden Hochländern triumphiert hatte. Er hatte England gerettet! Er hatte den Thron seines Vaters gerettet!

Doch als dann allmählich die Kunde von den zahlreichen Hinrichtungen und Brutalitäten bis nach Süden drang, wurde er in den Zeitungen nicht mehr so begeistert gefeiert. Prinz Friedrich von Hessen war mit einer ganzen Armee nach Hause zurückgekehrt, weil diese sich geweigert hatte, unter solch einem »Schlächter« zu kämpfen, und als die Öffentlichkeit Genaueres darüber erfuhr, war sie entsetzt. Man fragte sich auch, warum von den dreitausendfünfhundert Rebellen, die zurzeit im Hochland im Gefängnis saßen, die wenigsten tatsächlich auf dem Schlachtfeld gefangen genommen worden waren.

Angus war in der Lage, einen Augenzeugenbericht von dem absolut mitleid- und ehrlosen Verhalten der englischen Soldaten und der unnötigen Grausamkeit gegenüber Sterbenden und Verwundeten zu geben. Zusammen mit den Beweisen für die Mittäterschaft des Herzogs bei der Fälschung des Gefechtsbefehls würde das aus dem Helden über Nacht eine Bestie machen. Der Triumph würde zur schmachvollen Schande werden, und die Sympathie, die den Schotten daraufhin in England wie im Ausland entgegenschlagen würde, würde möglicherweise ihre Position stärken und ihre Ansprüche auf den englischen Thron untermauern.

Als Gegenleistung für sein diesbezügliches Schweigen verlangte Angus Annes sofortige Freilassung aus dem Gefängnis und ihre Begnadigung. Weil er bis zu dem Moment, da ein »jakobitisches« Schwert ihm eine fast tödliche Wunde zugefügt hatte, in einem Regiment des Königs gedient hatte, erwartete er darüber hinaus, dass die ursprünglichen Bedingungen der Immunitätsgarantie eingehalten wurden und auch für die überlebenden Lairds des Chattan-Clans und ihre Familien galten.

Drei Wochen lang waren zwischen London und Inverness Kuriere hin und her geeilt, doch zum Schluss hatte Angus gewonnen. Vor dem Minister war er in der scharlachroten, goldbetressten Uniform eines Offiziers der Royal Scots erschienen, doch nach Schottland war er in Plaid und Bandelieren zurückgekehrt – als ein

Mann, der über sein Schicksal selbst zu bestimmen vermochte. Noch in derselben Nacht hatten er und Cumberland die Schriftstücke ausgetauscht. Und jetzt, zehn Tage später, lag Anne warm und sicher in seinen Armen. Sie war immer noch schrecklich dünn und wurde nach wie vor von Albträumen gequält, aber zumindest schlief und aß sie genug und weinte nur, wenn sie zu lange allein gelassen wurde, weil sie dann anfing, über all die schrecklichen Verluste nachzudenken.

»Ich habe veranlasst, dass Johns Leiche nach Petty gebracht wird, um unter einem kleinen grünen Hügel begraben zu werden, von dem aus man den Firth sieht.«

»Das würde ihm gefallen«, sagte sie leise, »mit den Bergen im Rücken aufs Wasser blicken zu können.«

»Und MacBean wie immer an seiner Seite. Nachdem wir Gillies' Leiche gefunden hatten, habe ich Elizabeth gefragt, ob sie etwas dagegen hätte, wenn die zwei den Hügel miteinander teilen. Sie sagte, da solle ich lieber den Priester fragen, denn wenn die beiden zusammen auf dem Friedhof lägen, würden sie sicher einen Mordsspektakel veranstalten.«

Ihre Augen glänzten wieder verdächtig, was aber diesmal mit einem Lächeln einherging. »Großpapa hat mir gestern erzählt, dass Elizabeth schwanger ist, sodass also etwas von John weiterleben wird. Es wird nach wie vor einen MacGillivray auf Dunmaglass geben.«

»Wenn es ein Junge wird, werde ich ihm wohl die Waffen seines Vaters zurückgeben müssen.«

Anne kniff die Augen zusammen und runzelte belustigt die Stirn. »Ich habe mich schon neulich auf der Lichtung gefragt, wo du die eindrucksvolle Ausrüstung herhast. Fast hätte ich den gelehrten Gentleman, den ich einmal geheiratet habe, nicht wieder erkannt.«

»Die Aufmachung spiegelte meine Stimmung wider.

Und außerdem brauchte ich ein bisschen von MacGillivrays verwegenem Mut, um mir den Rücken zu stärken.«

»Du hast mehr Mut, als dieser Tage gut sein mag. Oder glaubst du, Cumberland vergisst, dass du ihn erpresst hast?«

»Nein, das wird er nicht. Aber er ist mit seinen Truppen bereits nach Fort Augustus abgezogen. Spätestens in einem Monat wird er sich langweilen, weil es hier weder eine Oper noch Schwanenleber gibt, und nach London zurückkehren. Dort werden wir ihm dann nicht mehr ganz so wichtig vorkommen. Außerdem …« Vorsichtig rollte er sich zusammen mit Anne auf die Seite. Ein weiteres geschicktes Manöver, und sie lag unter ihm. Mit großen runden Augen, die blau wie Saphire leuchteten, blickte sie zu ihm hoch, während er sich zwischen ihre Schenkel schob. »… habe ich im Moment Wichtigeres zu tun, als mir über die verletzte Eitelkeit eines fetten kleinen Tyrannen Gedanken zu machen.«

»Tatsächlich?«

Er reckte die Hüften vor und kostete einen Moment lang die Hitze aus, mit der sie ihn willkommen hieß, um dann die Hände in der feuerfarbenen Seide ihres Haars zu vergraben und sie lange und leidenschaftlich zu küssen.

»Es sei denn, du möchtest lieber Konversation machen«, sagte er, ohne den Mund von ihren Lippen zu lösen. »Was einem gelehrten Gentleman ja durchaus anstehen würde.«

»Wenn das so ist …« Ihre Hände strichen über seine Hüften. »… ziehe ich es, glaube ich, vor, wenn du noch ein Weilchen mein verwegener Krieger bleibst.«

Anmerkung der Autorin

Der Ausdruck »Liebesmüh« findet derart häufig Verwendung, dass seine Bedeutung inzwischen ziemlich verblasst sein dürfte, doch im Falle der *Schönen Rebellin* lässt sich das Ganze wohl kaum anders bezeichnen. Mit diesem Roman fing ich vor zehn Jahren an, unmittelbar nachdem ich *The Pride of Lions* und *The Blood of Roses* abgeschlossen hatte. Im Zuge meiner Recherchen zum Jakobitenaufstand war ich auf Colonel Anne gestoßen, in der ich sofort eine Persönlichkeit erkannte, die ausgeprägt genug war, um als Aufhänger für eine eigene Geschichte zu dienen, ja, die eine eigene Geschichte *verdiente*. Doch nachdem ich mit Schreiben begonnen hatte, legte ich das Ganze nach etwa hundert Seiten wieder beiseite, weil ich erkannte, dass ich zu lange in Schottland gewesen war und erst einmal Distanz zu Culloden gewinnen musste, um Anne gerecht werden zu können. Danach nahm ich dann fast jedes Jahr einmal die Mappe heraus und blätterte die Seiten durch, die ich bereits geschrieben hatte, doch jedes Mal wurde mir klar, dass ich noch nicht so weit war, dass mir noch zu viel von den ersten beiden Büchern im Kopf herumspukte, als dass ich Annes Geschichte mit unvoreingenommenen Blick hätte schreiben können. Na schön, ich geb's ja zu: Ich hatte ganz einfach höllische Angst, die emotionale Wucht des Aufstands bereits in *The Blood of Roses* ausgereizt zu haben.

Vor drei Jahren bot Marjorie Braman mir die Gelegenheit, *Herz in Gefahr (The Pride of Lions)* und *Das Herz der Rose (The Blood of Roses)* für eine Neuauflage zu überarbeiten und auf den neuesten Stand zu bringen. Ich hatte gerade einen während der Regentschaft spielenden Roman, *Unter dem Liebesmond (Pale Moon Rider)*, abgeschlossen und den Vertrag für einen zweiten mit dem Titel *Verlockung der Gefühle (Swept Away)* unterzeichnet, doch als ich den Text der beiden schottischen Bücher wieder in den Computer eingab, richteten sich all die feinen Härchen in meinem Nacken auf. Ich hatte die Geschichte komplett im Kopf, die Figuren drängten sich in meine Gedanken, noch während ich Kutschen durch die Straßen von London jagen ließ. Die einzige Frage, die noch blieb, war: Wie schreibe ich eine Geschichte über eine Frau, die zwei extrem unterschiedliche, im Grunde jedoch ähnliche Männer liebt? Wie schaffe ich es, die Probleme, mit denen alle drei Figuren konfrontiert werden, und die Opfer, die sie bringen, für den Leser so glaubwürdig und so herzzerreißend zu gestalten, wie sie es für die Figuren selbst sind? Und wie soll ich den geneigten Lesern, die mich nach *The Blood of Roses* heruntergeputzt haben, verständlich machen, dass die wahre Tragödie nicht im Verlust, sondern im Vergessen besteht?

Anne und Angus Moy, John MacGillivray, Gillies MacBean und selbst Fearchar Farquharson haben wirklich gelebt – heroische Gestalten der Vergangenheit, die mir, so hoffe ich, die dichterische Freiheit nachsehen würden, mit der ich meine Geschichte um sie herum gesponnen habe. Die Nachkommen von Lochiel und Alexander Cameron haben mich damals mit äußerst freundlichen Briefen bedacht; ich kann nur hoffen, dass die MacKintoshs ebenso wohlwollend sind.